国家出版基金项目
NATIONAL PUBLICATION FOUNDATION

曾道衡文集 束行斋书题

国家出版基金项目
NATIONAL PUBLICATION FOUNDATION

曹道衡文集 卷八

先秦两汉文学史料学

曹道衡 刘跃进 著

中州古籍出版社
·郑州·

本卷说明

曹道衡、刘跃进所著《先秦两汉文学史料学》，本着辨章学术、考镜源流的学术宗旨，对先秦两汉的文学史料进行了详尽的搜集整理，并做了翔实而细致的辨伪存真工作，为先秦两汉文学的研究者提供了切实的治学门径，奠定了先秦两汉文学研究的基石。是书分为上中下三编，上编主要论述先秦文学史料，以经部典籍和诸子百家文献为重点，中编主要论述两汉文学史料，兼及秦汉乐府和说部研究文献，下编主要论述与先秦两汉文学研究相关的文学总集、石刻文献以及文字训诂学论著。

由于先秦两汉典籍流传既久，异文颇多，难免有征引文献不确之处，本次编选《曹道衡文集》时，对引文明显错讹处依据通行的权威版本进行了订正，对于繁简字、异体字问题依据现行汉字规范做了一一处理。特此说明。

中州古籍出版社
2017 年 12 月

目 录

概 说 ………………………………………………………… 1
  一、史料与史学/1
  二、先秦两汉的社会状况和文学史料/8
  三、先秦两汉文学史料的缮写与流传/27
  四、先秦两汉文学史料的特点/34
  五、先秦两汉文学史料的分类/38

上 编

第一章 五经与经部典籍 ………………………………… 43
  第一节 "经"的来源和流传/43
  第二节 所谓"经学"及"今古文之争"/60
  第三节 《周易》和历代关于《周易》的研究/73
  第四节 《尚书》和历代关于《尚书》的研究/88
  第五节 "三礼"和历代关于"三礼"的研究/102
  第六节 《春秋》、《左传》和《国语》及历代关于它们的研究/119
  第七节 《公羊传》、《穀梁传》和历代对它们的研究/137

第八节 《论语》、《孝经》和历代对它们的研究/147

第二章 先秦史籍与神话传说 ……………………………… 153

第一节 "经"、"史"和其他典籍/153

第二节 《逸周书》/155

第三节 《竹书纪年》、《汲冢琐语》、《世本》和《春秋事语》/162

第四节 《战国策》和《战国纵横家书》/166

第五节 《山海经》/178

第六节 《穆天子传》/183

第三章 先秦诸子研究文献 ……………………………… 187

第一节 百家争鸣与先秦诸子/187

第二节 "十家九流"及其来源/191

第三节 《孟子》/196

第四节 《荀子》/207

第五节 《老子》/217

第六节 《庄子》/228

第七节 《文子》和《列子》/240

第八节 《墨子》/247

第九节 《商君书》/253

第十节 《韩非子》/258

第十一节 《管子》/266

第十二节 《晏子春秋》/273

第十三节 《吕氏春秋》/281

第十四节 《尹文子》、《公孙龙子》、《慎子》及《鹖冠子》/288

第十五节 《孙子》及兵家著作/293

中 编

第一章　两汉子书研究文献 ······· 305
- 第一节　陆贾与《新语》/305
- 第二节　贾谊与《新书》/311
- 第三节　刘安与《淮南子》/319
- 第四节　董仲舒与《春秋繁露》/322
- 第五节　桓宽与《盐铁论》/328
- 第六节　王充与《论衡》/330
- 第七节　班固与《白虎通义》/334
- 第八节　桓谭、王符、崔寔、仲长统、荀悦/336

第二章　两汉史书研究文献 ······· 348
- 第一节　《史记》的编撰及历代研究/348
- 第二节　《汉书》的历史功绩/361
- 第三节　从《东观汉记》到范晔《后汉书》/366
- 第四节　有关秦汉文学研究的其他文献/376

第三章　秦汉乐府研究文献 ······· 381
- 第一节　乐府的名称、源流及机构/381
- 第二节　乐府的收集、分类及整理/391
- 第三节　乐府诗研究论著举要/397
- 第四节　乐府诗研究的焦点问题/404

第四章　秦汉诗歌研究文献 …… 416
第一节　秦汉诗歌的著录/416
第二节　五言诗的出现及相关问题/420
第三节　七言诗的起源/442
第四节　历代汉诗研究论著举要/453

第五章　秦汉说部研究文献 …… 458
第一节　小说的含义/459
第二节　《新序》、《说苑》、《列女传》/463
第三节　旧题汉人小说的著录和真伪/472

下　编

第一章　有关先秦两汉文学研究的重要选本与总集 …… 489
第一节　《文选》/489
第二节　《玉台新咏》/496
第三节　《古文苑》与《古文苑续编》/500
第四节　《古诗纪》与《汉魏六朝百三家集》/502
第五节　《全上古三代秦汉三国六朝文》与《先秦汉魏晋南北朝诗》/504

第二章　秦汉石刻简帛文献 …… 511
第一节　秦代石刻与汉碑的价值/511
第二节　秦汉简帛概述/514
第三节　汉代画像的意义/536

第三章　文字、训诂之学与文学史研究 …………………… 544

第一节　文字学、训诂学典籍/544

第二节　《尔雅》与《小尔雅》/549

第三节　《方言》/554

第四节　《说文解字》/557

第五节　《释名》与《通俗文》/563

第六节　《广雅》/565

参考文献要目 ………………………………………………… 568
后　记 ………………………………………………………… 575

概 说

一、史料与史学

当我们研究历史的时候,不论是通史、断代史或某一学科的专史,首先要考虑的就是史料的搜集和鉴别问题。这是因为历史学所研究的问题,大抵为过去曾经发生过的事件,距研究者往往已有几百年甚至几千年之遥。人们既不可能亲身经历,也很难有所见闻,就不得不借助于典籍的记载。然而要靠典籍去了解千载以上的史事,亦决非易事。因为这些古书由于年代久远,有不少已遭湮灭,即使留存的书往往亦已残缺。所以早在春秋战国时代,孔子就说过"夏礼吾能言之,杞不足征也;殷礼吾能言之,宋不足征也。文献不足故也,足则吾能征之矣"(《论语·八佾》)。荀子也说:"文久而灭,节族久而绝。"(《非相》)孔子和荀子上距夏殷尚近,已有文献不足之叹,何况我们生活于两三千年之后,要探讨先秦两汉的史事,困难自然更多。

有关上古的史料所以存者稀少,有种种复杂的原因。首先是因为其受当时的物质条件所限制,那时造纸和印刷术都尚未发明,除了铭刻于龟甲、兽骨和金石上的一部分文字还较易保存外,一般文书均用刀刻写在竹简木牍上或用漆写在竹简或帛一类丝织品上。这些竹帛经过一段时间就会朽腐毁坏。其次是因为这些古代的文字材料又屡遭人为的毁灭,如《孟子·万章下》记北宫锜问孟子关于周代爵禄的制度,孟子答云:"其详不可得闻也。诸侯恶其害己也,而皆去其籍。"至于秦始皇的焚书,更使先秦典籍遭受了一次浩劫。此后历代的藏书,又多次遭到劫难,如梁末江陵失陷时,元帝萧绎所焚毁书籍有十四万卷之多。《隋书·经籍志》所著录的书,有很多都是梁有而隋亡。所以同书《牛弘传》载,牛弘上书隋文帝,说到从上古至隋书籍已经"五厄",而隋亡以后隋炀帝在洛阳的藏书于唐初运往长安,途中在砥柱翻船,许多书都漂没于黄河之中。此后又历经兵燹,其损失亦极大。所以不但《汉书·艺文志》和《隋书·经籍志》所著录的大量典籍均已散佚,而且像雕版技术已发明的宋代,如《崇文总目》等所著录的典籍,遭金兵入侵后亦多有散佚。这种情况对先秦两汉文史的研究来说,影响更大。像我们经常引用的典籍如《世本》、《竹书纪年》等书,均久已散佚。现今所见佚文,皆系后人从各种典籍的引文中辑出。又如盛行于汉代的齐、鲁、韩三家关于《诗经》的解释,亦久已不传于世,清代以来陈寿祺、陈乔枞、魏源、王先谦等人的辑佚,还不免杂有臆测和附会的成分。另外,有些古籍虽散佚而尚有佚文散见他书,有待搜辑;近年出土竹简、帛书与传世诸本的比勘考订,仍有许多工作要展开,而新的发现亦在不断出现。

除了史料的搜集之外,辨伪和存真也是一项重要的工作。在这方面,"五四"以来,曾经有过"疑古"与"信古"之争。当时的争论似乎是"疑古"的论点占了上风,现在看来他们的论点恐怕有许多难以成立,如否定某一史实的存在时,往往使用"默证",即某书和某书均无记载,则此事就不存在。这种论证方法,难免失之武断,由此而来的是把大量古籍说成"伪书",而近年考古发现则证明了这些典籍皆先秦古书,并非后人伪托,如《文子》、《晏子春秋》、《鹖冠子》、《六韬》等。应该承认,对上述一些古书的怀疑,并不全始于近代,有的甚至在唐代就有人疑其出于后人伪托,而这种怀疑,亦可谓"持之有故",言之成理,如果不是定州八角廊和临沂银雀山的发现,的确很难消除。无可否认的事实是古代确有一些人为这样或那样的目的而去伪造古籍。例如东晋出现的伪《古文尚书》,自从宋元以来就有人采取怀疑态度,经过清代阎若璩、惠栋等人的详尽考证,其出于伪托早已论定。同样,像《列子》一书,自从马叙伦先生指出它是伪书以来,虽有人提出异议,但通过季羡林等先生的进一步论证,则其出于伪造亦可定案。至于明人所伪造的子贡《诗传》、申培《诗说》以及《晋乘》、《楚梼杌》等为伪书,亦属不争的事实。因此辨伪和存真的问题,颇为复杂,不能随意对待。例如以前一些学者囿于经学家的门户之见,把《周礼》、《左传》都视为伪书加以怀疑,但近年一些学者通过对金文的研究证实了《周礼》中的记载大多与金文符合,未可轻议。现在随着考古发现证实了不少古书之非伪,又有人转而对过去学者的辨伪工作采取全盘否定的态度,恐亦失之偏颇。例如东晋出现的伪《古文尚书》,经阎若璩、惠栋考证之后,其为伪书已无可疑,如果不加分析地当作真实史料来引用,恐怕是不妥当的。即以近年在临沂和定州出土的几部子书而论,虽证明了这些书并非伪书,但从出土的竹简本看来,既非今本的全书,有些与今本还有不少出入,因此对今本的全书一概视为可信,似亦欠审慎。就像我们所常读的《礼记》一书,毕竟是戴德、戴圣杂取其前人著作编成的,过去有的人怀疑其中大部分出于秦汉以后人之手,自然不对。因为郭店楚简和上博楚简中都有《缁衣》。然而其中是否杂有秦以后人之作,则仍当考虑,因为其《王制》一篇,历来就认为出自汉文帝时博士之手;又如《中庸》之称"今天下车同轨,书同文,行同伦"等语,似亦出于秦以后人之手。因此古书的辨伪和存真问题,至今还有许多繁重的工作有待于今后去完成。

鉴别典籍的真伪，这当然是考订史料的一个重要方面。但具体到对每一件史事的记载，其可信与否还不完全决定于该书的真伪。这个问题梁启超在《中国历史研究法》一书中早已提出过。事实上有些书显然不能说是伪书，但其中有些篇章实无可信，如《战国策》中苏秦以连横说秦惠王之辞，过去的学者已辨其非事实，而马王堆帛书《战国纵横家书》的出土，更证明了此事根本不可能存在。至于伪托之书，总的来说虽不可信，但其中具体的片段则未必尽伪，因为有些话显然取自《左传》、《礼记》、《墨子》、《孟子》、《吕氏春秋》，还有些则取自汉人文章（如《汉书·路温舒传》所引"与其杀不辜，宁失不经"）。尤其是此书的作伪者当在魏晋时代，所见典籍远较我们为多，除了我们习见的一些话以外，是否还有取自已佚古书中的材料，亦很难判断。其他如《孔丛子》、《孔子家语》，甚至今本《竹书纪年》也多少存在这种情况。因此史料之鉴别与考订，应该是史学研究的一个艰巨任务。

关于史料的搜集、整理和鉴别工作的重要性，古代的史学家早有认识，并且做过不少有益的工作。例如汉代的司马迁在撰作《史记》时，就曾"䌷史记石室金匮之书"，掌握了丰富的材料；他又亲自游历全国许多地方，进行实地考察，访问故老，然后开始写作。在写作过程中，他对许多史料又曾作过鉴别。如他在《五帝本纪》中说："学者多称五帝，尚矣。然《尚书》独载尧以来，而百家言黄帝，其文不雅驯，荐绅先生难言之。"在《刺客列传》中，他又说："世言荆轲，其称太子丹之命，'天雨粟，马生角'也，太过。又言荆轲伤秦王，皆非也。始公孙季功、董生与夏无且游，具知其事，为余道之如是。"这些都说明司马迁作《史记》时，对史料的鉴别颇为审慎。即使如此，后来清代的梁玉绳作《史记志疑》，仍然指出了书中许多失实之处（当然，梁书也有一些吹毛求疵的地方)。宋代欧阳修、宋祁撰《新唐书》,而吴缜作《新唐书纠谬》,专纠其失;司马光等人撰《资治通鉴》,附有《考异》,对史料作过较仔细的考订,但后人指出书中的失误亦复不少。可见史料的鉴别工作实不可忽视。在这方面,唐代著名史学家刘知几作《史通》,特设了《采撰》一篇,专论广泛地搜集史料的必要性。他说:

> 盖珍裘以众腋成温,广厦以群材合构。自古探穴藏山之士,怀铅握椠之客,何尝不征求异说,采摭群言,然后能成一家,传诸不朽。

他虽然主张博采,但更强调要有鉴别:

> 其失之者,则有苟出异端,虚益新事,至如禹生启石,伊产空桑,海客乘槎以登汉,姮娥窃药以奔月。如斯踳驳,不可殚论,固难以污南董之片简,沾班华之寸札。

他不光对那些荒诞不经的神话传说提出了质疑,甚至对当时人深信不疑的说法也提出了不同看法。如《疑古》中,他对《尚书·尧典》序中所谓尧舜禅让之说表示怀疑,而对《汲冢琐语》及《竹书纪年》所说"舜放尧于平阳"、"益为启所诛"等记载认为未必不可信,这种想法虽至今有争议,但在当时不失为大胆的识见;在《暗惑》中,他又根据汉代州牧出行时"前驱竟野,后乘塞路,鼓吹沸喧,旌旗填咽"的情况,说明《东观汉记》载郭伋出行,"有儿童数百,各骑竹马,于道次拜迎"等待之事不可信(按:此事亦见范晔《后汉书·郭伋传》)。这些都说明其史识之高。后来宋代的洪迈、王应麟直到清初的顾炎武等人,都曾对许多史事作过卓有见地的考证。至于清代的钱大昕、王鸣盛、赵翼等更对历代正史的许多内容进行详密的考证,说明我国古代的史料学已具有悠久的传统。近代以来,更由于考古的发现和国外先进的社会学说及思维方法的输入,使史料学取得了长足的进步。应该说,20世纪我国的史学是取得了很大成绩的。

当然,近代以来史学在取得进展的同时,也存在着一些缺陷。曾经有一个时期,有人仅仅强调了史料的搜集、整理和考订,而忽视了对历史发展规律的探索,于是就出现了"史学就是史料学"的说法。这当然是片面和不正确的。但与此同时,另一种说法也是错误的,那就是所谓"以论代史"的说法。这种说法虽流行了不久就再没有人坚持,但这种倾向却由来颇久,并且至今仍有所表现。应该说,那种提倡用先进的观点和方法去研究历史的想法是无可非议的。然而那些先进的观点和方法本身也是外国学者研究某一具体时代、具体的国家和民族的历史的结果。他们所以得出这些理论,是因为他们掌握了大量具体材料并经过自己的头脑分析、综合。即使他们的结论完全符合当时当地的历史事实,但具体到我国历史上的某个阶段,情况会有很多不同,恐怕也很难照搬,正如我们很难把商周、秦汉等同于古代希腊、罗马,把欧洲的中世纪等同于唐宋时期一样。但我们现在有些研究者急于提出"石破天惊"之论,就往往不顾具体的史实,不去掌握大量真实的史料,强使我国的历史适应某种外国的"新观点"、"新方法",有的甚至并无什么新的"理论根据",而是凭自己的主观想象去解释历史。为了使他们的论点得以"成立",不惜把某些业经证明是伪书(如伪《古文尚书》)的当作真实史料来引用,更有甚者则断章取义、歪曲原意,甚至凭空捏造(如有人说《隋书·经籍志》著录北朝人的经学著作不比南朝人少)。这种忽视史料的现象显然对学术是十分有害的。作为科学的史学,必须建立在切实的史料基础上,而史料学的目的正在于使史学著作更为翔实可信。二者的关系密不可分,对史料学的任何轻视,都会使史学的科学性受到损失甚至根本丧失。

具体到文学史这样一门关于某一意识形态部门的专史,情况也无不同。文学史研究的任务在于正确地叙述文学的发展过程并探索其规律。显然,要达到这个目的,首先应该全面地、确切地掌握丰富的史料,才能得出正确的结论。文学史研究的史料,包括很多方面,其中最突出的一个方面是关于作家和作品的史料,尤其是作品本身。当然,文学史和文学史料学的研究范围亦有所不同。因为一部文学史,即使是十分详尽的文学史著作,所能论述的亦仅限于一些在历史上有过重大影响并为历来人们所传诵的名作;史料学研究的范围似乎比这要广泛得多。正如我们要认识高峰,有时不能不涉及群山,要认识长江、黄河,有时不能不涉及其支流一样,研究一个大作家或其杰出作品,也必须对其同时的创作有所了解。尽管有些作品并不一定写进文学史著作。

除了作品以外,作为一部文学史,自然要对创作这些作品的作家的生平和思想进行研究。例如,当我们研究《离骚》和《史记》时,如果对屈原和司马迁的生平和思想缺乏认识,显然难以深入。这个道理我们的祖先早已有清楚的认识。例如孟子就说过:"颂(诵)其诗,读其书,不知其人,可乎?是以论其世也。"(《万章下》)作家本人不是孤立的现象,他离不开其生活的时代和社会,也离不开他所接受的传统。因此,研究一个作家或一部作品,必须联系他所生活的时代和社会,研究那个时代大多数人的生活状况、习俗以及思想和艺术趣味。例如当我们研究《诗经》中的"雅"、"颂"部分时,如果能结合两周的某些铜器铭文、秦代的《石鼓文》和《仪礼·士冠礼》中的"祝辞"与"醮辞",显然是有益的;当研究《左传》、《战国策》时,如果联系《竹书纪年》等史籍也是有益的。甚至某些并无文字的出土文物,对文学史的研究亦不可谓无所裨益。这些文献和文物,有些未必能写进文学史,而作为文学史料的研究对象,却完全应该。又如其他的学术著作,亦不必作为文学史的内容,却未始不可作为文学史料,如《说文》、《尔雅》诸书,对理解作品显然有帮助;诸子著作有些并不以文章见长,但对作家思想的影响,亦往往不可忽视。现在有些人对文学史的理解过于狭隘,似乎只有最优秀的作品才能进入文学史,就不很妥当;也有某些文学史著作把一些本属于思想史的内容写了进去,亦无必要。因此,文学史料学和文学史本身的研究范围应有区别,才能收"取精用宏"之功。

二、先秦两汉的社会状况和文学史料

说到先秦两汉的社会状况,我们首先需要解决的是时间的断限问题。在这方面,关于两汉的年代是比较清楚的,一般做法是把汉高祖元年(前206)作为起点,而把魏文帝黄初元年(220)作为终点。但关于先秦的断限就比较困难。因为"先秦"这个概念本泛指秦以前,并未规定其上限,而这个上限本来是难于确定的。根据我们传统的说法,我国有着五千年的文明史,从考古发掘的情况看,有些文化遗址的年代可能还不止此数。然而到目前为止所能见到的有文字记载则限于殷商的后期。[①] 根据国务院在1996年启动的"九五"重大科研项目"夏商周断代工程"集合全国许多专家的研究,大致认为夏代

---

① 20世纪60年代以来在山东莒县阳陵河等遗址出土的大口尊上,有类似于象形文字的图案,一些专家认为这是我国汉字的雏形,迄今已经五千年。参见《莒县文物志》(齐鲁书社,1993)、《莒文化研究文集》(山东人民出版社,2002)等。

约为公元前 2070 至前 1600 年;商前期为公元前 1600 至前 1300 年;商后期为公元前 1300 至前 1046 年;西周为公元前 1046 至前 771 年。(参考江林昌先生《夏商周断代工程的成果及其意义》一文,《文史知识》,2000 年第 12 期)至于东周以后的年代,因为有《史记·十二诸侯年表》和《六国表》,可以有一个大致确切的时限。① 不过,具体到文学史料来说,根据目前所能掌握的资料,最早也只能从殷商后期即盘庚迁殷(前 1300 年左右)开始。因为《尚书》中虽有所谓"虞夏书"及商初的《汤誓》等篇,但一般学者都认为这些篇章皆出后人追记。因此现存商代的文字材料,当以《尚书》中的《盘庚》为最早。② 至于现存的若干商代铜器铭文和清末以来在河南安阳等地陆续出土的甲骨文,也都是武丁(约前 1250 至前 1192)以后的遗物。

从商后期直到东汉灭亡,有一千五百多年。在这个漫长的时间里,社会的情况发生过很多变化,即以过去常用的以王朝分期的方法而论,在这一时期中亦已经历了商、周、秦、汉四朝,而且每一朝的前后期社会状况亦有许多不同。以周代为例,西周和东周就有很大的区别,而春秋和战国两个阶段,亦有显著的差异。这一点,清初的顾炎武在《日知录》卷十三《周末风俗》中已有论及。不过,王朝的更迭虽然有其社会原因,但和人们的生活方式尤其是文学本身的发展演变毕竟不完全同步,因此前几年曾有人提出文学史的编著应"打破王朝体系"的说法。这种倡议应该说是有道理的,然而迄今为止,似尚未有人提出过较完善的新方法来加以取代。除了根据朝代来分期以

---

① 《史记·六国表》中对齐、魏诸王的年代记载有误,现代学者根据古本《竹书纪年》佚文等加以订正。各家计算的年数稍有不同,但总的年数出入不大。
② 今本《盘庚》分为三篇,一般以为乃伪《孔传》作者所分。至于《盘庚》的文字,有些现代学者认为曾经后人加工润饰,未知确否。

外,近几十年不少学者也曾试图根据社会史的分期来对文学史划分阶段,即按照人类社会的发展所曾经历的五种社会形态(原始社会、奴隶制社会、封建社会、资本主义社会和社会主义社会)来对我国的历史和文学史进行分期。但这种观点也存在一些问题。例如到目前为止,中外史学家们对我国社会史的分期就存在着不同的看法:一种说法认为商代为奴隶社会,而从西周开始就是封建社会;另一种说法认为从春秋后期开始,才出现了封建制的萌芽,到战国时期才进入封建社会;再一种意见则认为从商周至两汉都是奴隶制社会,从魏晋开始才成为封建社会。这三种看法都有其一定的史料和理论依据,很难取得一致。依照这三种看法来分析先秦两汉的社会状况就可以得出三种截然不同的结论!对于这些分歧,我们只能姑置勿论。在社会史分期的争论得到公认的结论以前,恐未必一定要选择某一学说作为定论,何况文学史的分期亦未必能与社会史的分期相等同。因此,在目前条件下我们只能根据已有的史料作一个大致的论述。

大体上说,在殷商至汉末这一历史时期的各个不同阶段中,存留下来的文献都存在着各自不同的特点。其中商朝由于年代久远,保存的文献最为稀少。存世的商代青铜器,有些制作颇精美,但很少有铭文,纵有也只是做器者的名字,寥寥数字,很难说得上有文学意味。甲骨文大部分为当时的巫祝为殷王占卜战争、祭祀、狩猎及农业收成的卜辞,一般用刀刻写在龟甲兽骨上,文字大多很简短,只有少数的稍长,而被文学史家们视为具有文学价值的更属极少数。但这些卜辞对我们了解商代的生产和生活情况以及当时人对天神和祖先的崇拜是有重要意义的。根据这些卜辞的内容去考察现存于《尚书》中的《商书》和《诗经》中的《商颂》,显然也会有很大的帮助。卜辞是刻在质地坚硬的龟甲兽骨上的,当时尚属青铜时代,无铁制刀具,刻写这种甲骨文难度显然很大,所以其文字只能很简短。不过,这并不能说明商代没有产生过较长的文章。例如前面提到过的《盘庚》即是一例。此文全长逾千字,显然难于用龟甲兽骨刊刻,而其内容亦非卜辞,所以当刻写于竹简或木牍上面。据《尚书·多士》载,周公旦曾以周王的名义对殷商遗民说:"惟殷先人有册有典,殷革夏命。"周公旦是周武王之弟,参加了周灭殷的事件,他说商代"有册有典"自属可信。这里所谓"册"和"典"就是用绳子或线穿起来的一支支竹简,亦即古代的书籍。这种用竹简刻写的书,书写起来自然比在甲骨上刻写要省力,因此可以容纳长文,但易于朽坏,难以保存,所以这些"典"、"册"能传世者甚少。今存的《盘庚》虽有人怀疑曾经后人润饰,但它基本上还是保存着商代文告的原貌。从《盘庚》一文看来,当时的神权思想十分明显,商王的统治被认为是受到神也就是其祖先庇佑的。文中声称:"汝万民乃不生生,暨予一人猷同心,先后丕降与汝罪疾,曰:'曷不暨朕幼孙有比?'故有爽德,自上其罚汝,汝罔能迪。"同时,在此文中可以看出殷商王朝实际上还没有脱离部落联盟的性质。如云:"古我先王,暨乃祖乃父,胥及逸勤,予敢动用非罚。世选尔劳,予不掩尔善。兹予大享于先王,尔祖其从与享之。作福作灾,予亦不敢动用非德。"不过,商王对不服从其统治的臣民,也常常使用严刑。文中说:"乃有不吉不迪,颠越不恭,暂遇奸宄,我乃劓殄灭之,无遗育,无俾易种于兹新邑。"这篇文告虽然还不能视为文学作品,但说明当时人已经掌握了较高的驾驭文字的能力。《商书》中还有《高宗肜日》、《西伯戡黎》、《微子》诸篇,文字比《盘庚》平易得多,可能经过了润饰或改写,但像《西伯戡黎》记殷人对周族势力东扩的恐慌,说明商周二族的关系决不像儒家说的周文王"三分天下有其二,以服事殷"(《论语·泰伯》)的情况,当有一定的史实根据。《微子》写殷代几个大臣目睹殷商即将灭亡的形势发出哀鸣,情调悲怆,多少可以看出文字技巧的进步。

西周的文献和文物保存至今的远较商代的多,例如现存的今文《尚书》二十八篇,"周书"所占比重最大,且多为西周产物;《诗经》中的《周颂》、《大雅》及《小雅》中的一部分亦都产生于西周;《逸周书》中的不少篇(如《克殷》、《世俘》等)也是那个时代的作品。此外,西周的青铜器亦往往铸有长篇铭文(如《盂鼎》、《曶鼎》、《克鼎》、《毛公鼎》、《散氏盘》、《虢季子白盘》等),对了解当时社会状况及史事有很大帮助,其文章水平亦已颇可观。从现存的文献看来,西周王朝的统治和殷商不同,商王对各诸侯国的控制力似乎较弱,而西周初年周王的势力显然加强。周代分封于中原各地的诸侯,大多数为周王的兄弟子侄或亲戚,依靠血缘的关系维护其在各地的统治。殷商的诸侯大约是因实力之故臣属于殷;而周的封国往往是周王把征服的殷民分配给其宗族姻戚管领,其地已不再属于原来的首领。同时,在周朝当政的大臣也有不少是各国的诸侯。周朝所以要加强这种血缘联系,其实是为了镇压殷遗民的反抗和防备北方的猃狁与南方的楚国等强大势力。所以《周书》诸诰(如《康诰》、《酒诰》、《君奭》等)皆为告诫王族大臣之辞;《诗经》中亦有一些诗歌颂王族内部的团结(如《小雅·常棣》等,直到春秋时代还经常被人提到)。周代史料中有一部分曾遭到儒家怀疑,其实未必不可信。如《孟子·尽心下》:"孟子曰:'尽信书,则不如无书。吾于《武成》,取二三策而已矣。仁人无敌于天下。以至仁伐至不仁,而何其血之流杵也?'"此论曾得到一些人肯定,其实孟子只是把周武王美化成"至仁",才有此论。《武成》虽佚,但从殷、周二族的冲突看来,其实还是《逸周书》的《克殷》、《世俘》诸篇所记情况远比孟子等人说的"吊民伐罪"、"东面而征西夷怨"的话可信。相反,像《尚书·金縢》的情节,显然出于后人编造,根本不足信。

周代文学史料存留至今的远比商代的多,这是因为商代去今更为遥远,但更重要的是因为周代确曾设立过一系列制度去记录历史和保存史料,还有专门的机构去采集民歌。《礼记·玉藻》记古代天子"动则左史书之,言则右史书之"。《汉书·艺文志》则云:"古之王者世有史官,君举必书,所以慎言行,昭法式也。左史记言,右史记事;事为《春秋》,言为《尚书》,帝王靡不同之。"这些话虽为后人追记,却必有根据,因为《尚书》和《春秋》确有"记言"、"记事"之别,而"左史"、"右史"之名,也曾出现于《左传》等典籍。《左传·昭公十二年》讲到楚国的左史倚相能读"三坟、五典、八索、九丘",《国语·楚语》也记载过左史倚相的言行。《史记·老子韩非列传》说老子是"周守藏室之史也",据《索隐》"藏室史,周藏书室之史也",可见当时不但有专职记言、记事之史,亦有专掌典藏之人。除了记言、记事的史官外,还有专职采诗的人。《公羊传·宣公十五年》何休《解诂》云:"男女有所怨恨,相从而歌,饥者歌其食,劳者歌其事。男年六十,女年五十,无子者,官衣食之,使之民间求诗,乡移于邑,邑移于国,国以闻于天子,故王者不出牖户,尽知天下所苦,不下堂而知四方。"《国语·周语》上载邵公谏周厉王时说:"故天子听政,使公卿至于列士献诗,瞽献曲,史献书,师箴,瞍赋,矇诵,百工谏,庶士传语,近臣尽规,亲戚补察,瞽史教诲,耆艾修之,而后王斟酌焉,是以事行而不悖。"何休和《国语》说的虽不是同一件事,但看来周代曾有过采诗的事当属可信。不过当时所以要采诗,是为了解民情,便于施政,并非搜集文学史料。后来的儒家解释《诗经》的篇义时,往往以"美"或"刺"某个君主、大臣来立论,可能就受了这种做法的影响。

西周的统治到懿王姬囏(约前899至前892)时开始衰落,到厉王姬胡时,又因暴虐于公元前842年被国人流放于彘(今山西霍州、洪洞一带),后来宣王姬静虽一度号为中兴,而至其子幽王姬宫湦时卒为犬戎所杀。平王姬宜臼只得东迁洛阳，托庇于晋郑等诸侯，史称东周。东周时的周王虽仍有"共主"的虚名，但政令不行于诸侯，倒是齐、晋、秦、楚和后来兴起的吴、越等国逞强争霸。各国诸侯为了扩大自己的地盘，不断地发动战争，吞并邻近的小国。这样就使许多原来的诸侯及其大臣丧失了固有的地位。不但如此，即使在各大国中，贵族大臣为了争夺权力和财产也不断地互相火并。这些贵族大臣在当时"世卿制"的条件下，本来都是国君的宗族或亲戚，但为了现实的利益，他们也往往顾不上原来的血缘关系。例如晋献公为了削弱自己的对立面，便杀了同族的许多公子，正如《左传·僖公五年》所载，宫之奇说他"亲以宠逼，犹尚害之，况以国乎？"到了春秋后期，例如晋国的叔向就说当时"栾、郤、胥、原、狐、续、庆、伯，降在皂隶"。这八姓本为晋国世卿，一旦在政治斗争中失败，就降在皂隶，失去固有的地位。《国语·晋语九》载窦犨对赵简子说："夫范、中行氏不恤庶难，欲擅晋国，今其子孙将耕于齐，宗庙之牺为畎亩之勤，人之化也，何日之有？"这些原来的贵族，一般都具有较高的文化教养，降为平民以后，就把许多过去只有贵族才能接受的文化知识带到了平民中间。这样就打破了贵族对文化的垄断，于是就出现了"处士横议"的局面。这种情况大约开始于春秋末而大盛于战国。孔子、老子和稍后的墨子正出现在这个时期。

由于文化学术在广大民众中传播和"处士横议"的情况出现，就造成了一个"游士"的阶层。这个阶层的出现使社会又发生了很大变化。原来在春秋时期，西周的宗法制度虽然已经大为削弱，但其残余影响尚在，尤其中原诸侯国之间，还拘守一定的礼法。例如，《左传·成公十六年》记晋国和楚、郑两国在鄢陵作战，晋大夫郤至追击郑君，很可能俘获他，但顾忌到"伤国君有刑"，最后还是放过了他。这大约因为晋、郑两国是同姓诸侯，皆周朝宗室。相反地，在同一战役中晋军射瞎了楚王的一只眼睛,却并未有人非议。这大约是因为在周王和中原诸侯看来,楚国是"蛮夷"。同样,晋文公在城濮打败楚军后向周王献捷,周王亦大加赏赉;而后来的晋君在打败齐军后向周天子献捷,周王却拒绝接受,认为齐是"甥舅之国,而大师之后也",不能像"蛮夷"那样对待。这时代,人和人之间的等级还很森严,《论语·乡党》载,孔子"朝,与下大夫言,侃侃如也;与上大夫言,訚訚如也;君在,踧踖如也,与与如也"。由于这些礼制的束缚,《左传》、《国语》所载当时君臣的外交辞令都彬彬有礼、温文尔雅,和后来战国时代某些人的恃强凌弱、威胁恫吓大异其趣。

春秋时代由于各种学术开始从官府移到民间,就逐渐地出现了私家著作的萌芽。这些书的出现大约和一些从贵族中分化出来的士人之从事私人讲学有关。例如孔子的祖先本是宋国的大夫,其后遇乱奔鲁,至其父叔梁纥时,仍不失大夫身份;老子的家世不很清楚,但既为周朝的"柱下史",至少不失为"士"的身份。孔子和老子都有可能见到过一些原藏于官府的文献史料。他们都还未必有著书立说的意图。孔子自称"述而不作",《论语》不过是门人弟子记其言行;《老子》一书亦语录体,所记当是老聃主张,而书亦可能出于门人后学手笔,和战国诸子仍有区别。稍后的思想家如墨子,其书已可能有本人著作的篇章;至于私家撰述的史籍如《左传》、《国语》等已显得较为自由活泼,杂有某些夸张和想象的成分。但这些史籍记事尚较严谨,事实多可信,而思想亦多受周代以来传统的影响,与后来的《战国策》等书之专以夸张和虚构取胜尚有很大区别。春秋末至战国初的一些人物大抵对商周以来的典籍都较熟悉,他们立论都以《诗》、《书》和周代以来的礼制为依据。值得注意的是当时那些典籍的作者一般为邹鲁之士或其附近地区的人物。这大约和《左传》载晋韩起所说"周礼尽在鲁矣"有关。这种传统一直维持到战国,所以《庄子·天下》

亦称:"其在于《诗》、《书》、《礼》、《乐》者,邹鲁之士,搢绅先生,多能明之。"只有老子的出生地,距鲁稍远,但作为周朝的"柱下史",他可能亦深受旧传统的影响。《礼记》中记载老聃向孔子讲过一些礼制的规定,当有一定根据。这说明刘向、班固以为各派学说出于王官有其一定的道理。当然,春秋末至战国初的学者也不完全局限于传统,例如孔子曾多次引用《诗经》中的一些话,并且对《诗经》发表过一些看法,如《论语》记载他对《关雎》、《淇奥》、《硕人》等诗作过评论和解释,其用意也不完全符合诗的原意,而是自由发挥。《论语·子罕》载孔子论逸诗"唐棣之华,偏其反而。岂不尔思,室是远而"四句,还提出批评。同书《阳货》中记孔子论《诗经》,说了"诗可以兴,可以观,可以群,可以怨"的著名论断,更说明他对《诗经》有自己的看法。这些言论开了后世文学批评的先河。近年来上海博物馆入藏的战国楚竹书中,有一些被整理者称为《孔子诗论》,这些论诗的话,可能是战国儒家之言,未必都是孔子的意见,但亦不能排除其中有些话与孔子的思想相符。

从春秋进入战国,社会状况又发生了很大变化。原来的诸侯国在长期的兼并中不少已被吞并,剩下了七个大国。在这些大国中,政局也都发生了变化,原来的世卿制已经瓦解,各国的君主为了加强其君权,削弱旧贵族的势力以便富国强兵,与邻国争雄,就不得不任用一些平民出身甚至来自他国的士人来辅佐自己。如秦国的名臣商鞅是卫人,张仪和范雎是魏人,李斯是楚人;魏国的吴起是卫人等。当时的形势就如汉代的东方朔在《答客难》中所说"得士者强,失士者亡",贤士对各国的盛衰起着很大的作用。所以李斯在《上书谏逐客》中强调:秦国能够富强正在于能任用别国的贤才。他说:"向使四君(秦穆公、孝公、惠文王和昭襄王)却客而弗纳,疏士而弗用,是使国无富利之实,而秦无强大之名也。"当时的士人既在政治上能起到这样大的作用,其社会地位自然就大为提高。他们已无须依赖某个君主去实现其价值,在这一国不得志,完全可以去另一国。相反,君主们倒在一定程度上有求于他们。于是,士人可以对君主采取分庭抗礼的态度。《战国策·齐策四》载,齐宣王见颜斶,问他:"王者贵乎,士贵乎?"颜斶回答说:"士贵耳,王者不贵!"结果齐宣王只得服输。《孟子·滕文公下》载,有人对孟子说:"公孙衍、张仪岂不诚大丈夫哉? 一怒而诸侯惧,安居而天下熄。"可见士人有时比君主还威风。即使强调"君臣之分"的儒家,态度也有变化。如孟子说:"说大人则藐之,勿视其巍巍然。"(《孟子·尽心下》)荀子也说:"志意修则骄富贵,道义重则轻王公。"(《荀子·修身》)这种态度和孔子见了上大夫还得"訚訚如也"大不相同。那些游说之士对君主更可以利诱威胁,无所不用其极,如《战国策·赵策二》载张仪说赵王,竟声言:"今寡君有敝甲钝兵,军于渑池,愿渡河逾漳,据番吾,迎战邯郸之下。愿以甲子之日合战,以正殷纣之事。"这完全是一种恫吓口吻,在春秋时期是绝无其例的。

由于游士们可以朝秦暮楚,借口舌以取卿相,因此他们对历史人物的论述也往往依自己的眼光来看待。所谓"伊尹以割烹要汤"、"傅说起于胥靡之中"、"太公望本渭滨钓叟"、"宁戚起于饭牛"等等,在春秋时绝无此种传说。因为春秋时世卿制尚未崩溃,列国卿大夫都是世居其官。即使有"楚材晋用"之例,亦是凭其在本国的身份被他国任用,如孔氏家族之仕鲁、田氏家族之仕齐,他们也本是宋、陈大夫之后。至于像虞卿之"蹑蹻檐簦说赵孝成王。一见,赐黄金百镒,白璧一双;再见,为赵上卿"(《史记·平原君虞卿列传》),范雎一见秦昭襄王,拜为客卿,不久即为秦相(《史记·范雎蔡泽列传》),这都是战国中期以后之事。所以,社会状况的变化不但改变了士人的思想,也改变了人们对历史的看法。

士人地位的提高,不但使政治上的"处士横议"日益盛行,也给学术和文艺的繁荣创造了条件,我们历来盛称战国时代的"百家争鸣"局面正是这样形成的。当时出现的学派很多,据司马迁之父司马谈《论六家要旨》(见《史记·太史公自序》)总括为儒、墨、名、法、阴阳、道(德)六家;后来刘向、刘歆《七略》和班固《汉书·艺文志》则分为十家,即在"六家"之外又加上纵横家、农家、杂家和小说家。不过,这都是就大概而论。实际上同一学派中,又分为若干支派。据《韩非子·显学》说:"儒分为八,墨离为三。"这是事实,以现存的儒家著作来说,孟子和荀子就有很大分歧,孟子主"性善",荀子主"性恶"。荀子在《非十二子》中对子思和孟子大加驳斥。这大约就是《韩非子·显学》中所说的"孟氏之儒"和"孙氏之儒"的不同。墨家的情况亦复如是。《庄子·天下》云:"相里勤之弟子,五侯之徒,南方之墨者,苦获已齿邓陵子之属,俱诵《墨经》,而倍谲不同,相谓别墨。"① 不同的学说也造成了各家文章的不同风格,如《孟子》之豪放雄肆,《庄子》之汪洋瑰诡,《荀子》之典雅缜密,《韩非子》之犀利峭刻,以及《战国策》中各派游说之士的说辞奇谲多变,各呈异彩。当时出现的各家辞赋亦各具特色。《汉书·艺文志》中的"诗赋略"把辞赋分作四类,其中"陆贾赋"一类均汉人作品,且多已散佚;"杂赋"一类中可能包括一些古代民间作品和关于某些应用技术的口诀,且亦已散佚,可以暂不讨论。存留至今的只有"屈原赋"和"荀卿赋"二类。"屈原赋"一类包括战国时屈原、宋玉、唐勒等人和许多汉人的赋作。其中屈原和

---

① 按:《韩非子·显学》所谓"墨离为三","有相里氏之墨,有相夫氏之墨,有邓陵氏之墨",可与《庄子》语相印证。

宋玉的一部分作品保存在后来王逸所作的《楚辞章句》中。① 屈原和宋玉的作品文体也有多种不同，但基本上都具有楚歌的特色。"荀卿赋"则见于《荀子·赋篇》及《成相》，文体与屈、宋之作迥异。荀子本赵人，曾游历齐、秦诸国，晚年居楚，其《成相》可能采用了楚地民歌形式，但其语言可能还带有某些北方的特色。宋玉还有一部分作品见于后来的《文选》、《古文苑》等书。这些赋较多散句，与汉代的辞赋比较相近，历来学者对这些赋有不同看法，有的信以为真，有的斥之为伪。自从1972年在山东临沂银雀山汉墓中发现"唐革（勒）赋"残简以来，学术界对这些作品的真伪问题的认识又有所改变，多数人倾向于肯定其为宋玉所作。如果是这样的话，那么当时的辞赋也和散文一样已具有丰富多彩的形式和风格。

　　学术和文艺的空前繁荣使人们对前代文献的研究也得到了加强，许多关于商、周以来的典籍的研究也始于这个时代，如《史记》中所引的《书序》和《周易》中"十翼"的大部分及《礼记》中的大多数篇章大约均作于此时。关于《诗经》的研究大约亦始于这个时代，像《礼记》中的很多篇就有释《诗》的话，上海博物馆所藏楚竹书《孔子诗论》，可以说是开了《诗经》学专著的先河。其释《诗》意见虽与后来齐、鲁、韩、毛诸家有所不同，但四家学说恐亦导源于战国。其他如"《春秋》三传"中《左传》的成书当稍早，而《公羊传》和《穀梁传》的传授源流当亦在此时。除了传统的经典，诸子中的《老子》等亦已有人阐释，如《韩非子》中有《解老》、《喻老》之篇，而《文子》一书，更专为阐述老子学说而作。

　　战国"七雄"互相争强和混战的结果是秦国并吞六国，形成了历

---

① 《楚辞》之名已见《汉书·朱买臣传》及《王褒传》，但《楚辞》成书据说是刘向所编，而《汉书·艺文志》未著录其书。

史上第一个中央集权帝国。秦国在春秋时代本属次等强国,实力不如晋楚。战国初年,国势衰弱,正如秦孝公所说:"会往者厉、躁、简公、出子之不宁,国家内忧,未遑外事,三晋攻夺我先君河西地,诸侯卑秦,丑莫大焉。"(《史记·秦本纪》)因此孝公在任用商鞅以后,专图富国强兵,对学术和文艺很少提倡,战国时代争鸣的诸子百家几乎无一人出身秦国。秦国统治者对百家学说亦多取否定态度。秦始皇统一全国之后,听从了李斯的建议,实行统一思想、禁绝百家学说的政策,于是就有了"焚书"之事。据《史记·秦始皇本纪》载,李斯向秦始皇建议:"史官非《秦论》皆烧之,非博士官所职,天下敢有藏《诗》、《书》、百家语者,悉诣守、尉杂烧之。有敢偶语《诗》、《书》者弃市。"这种政策并非李斯首创,而发自法家的商鞅和韩非。这种政策的实施,对各种学术和文艺的发展显然有很大的不利影响,给文学史料的保存也造成了很大的困难。不过,这种政策的实施到秦代的灭亡不过六七年时间,朝廷的力量不可能消灭所有的民间藏书。有些人把书籍藏在墙壁中,也有些书(如《诗经》)是靠人们熟读而口耳相传,基本上未遭焚毁。不过,秦代在焚书的同时,也并没有完全停止一切文学活动。如秦始皇曾在巡游各地时,勒石颂秦功德;又曾令博士作《仙真人诗》。《汉书·艺文志》还著录有"秦时杂赋"九篇。《仙真人诗》及"秦时杂赋"均久已散佚;秦石刻文字大多数虽保存在《史记》中,文学价值却很少。总的来说,秦的统治对学术文化曾起了很大的不利影响。但统一造成了"车同轨,书同文"的结果,使文化的传播更趋方便,为日后学术文化的大发展创造了一定的条件。

秦代的残暴统治只经历了十五年,就被陈胜、吴广及各地反秦力量所推翻。各派反秦力量又经过了剧烈争战,最后由汉高祖刘邦重新统一中国。汉初的政局在某种程度上又呈现某种割据的现象,因为在各支反秦力量亡秦之后,又互相争夺地盘,其中最强大的是刘邦和项羽。刘邦必须团结其他力量去消灭项羽,而功成之后,势必分封这些人为"王"。他们称王之后,自然也想重新实行战国时分立的局面,不愿由朝廷控制。于是,刘邦又通过种种手段,逐步消灭了各地的异姓诸侯王。但在消灭异姓诸王后,为了镇压当地残余的割据势力,又不得不分封一些同姓子弟去进行统治。这些同姓诸侯王在刘邦在时,尚能对朝廷驯服。但这些同姓诸侯王的封国,仍保存许多割据的残余影响,如各诸侯国境内仍以某王的即位之年纪元,而在其封国之内,官名的设置一如中央。数十年后羽毛日丰,于是背叛朝廷的意图层出不穷,与异姓诸王并无区别。这种情况到文帝刘恒时日益明显,贾谊在《陈政事疏》中早已指出过,终于在景帝刘启之世爆发为吴楚七国之乱。这次叛乱被平定后,汉朝才大力加强中央集权制,但这种政策并非可以一举成功,中间仍有曲折,如《盐铁论·晁错》记桑弘羊的话说:"日者,淮南、衡山修文学,招四方游士,山东儒、墨咸聚于江、淮之间,讲议集论,著书数十篇。然卒于背义不臣,使谋叛逆,诛及宗族。"现在我们看《淮南子》就可发现刘安及其群臣讳安父刘长之名曰"修",而不遵汉制讳文帝恒字,称嫦娥曰姮娥,可见其对朝廷还不甚驯服。及至淮南、衡山诸王被诛,藩国的气焰才渐趋衰歇。这样,在各种意识形态方面亦为之一变。原来在西汉建立之初,由于经历了秦末战乱,经济受到严重破坏,民生凋弊。因此汉初君臣大抵信奉黄老学派清静、无为之说,主张休养生息,尚无余暇去大力提倡学术文化。但一些有识之士早已在劝帝王提倡儒术以巩固其统治,如陆贾《新语》、贾谊《新书》都有较重的儒家色彩。如陆贾曾说"乡(向)使秦已并天下,行仁义,法先圣,陛下安得而有之"(《史记·郦生陆贾列传》);贾谊总结秦亡的原因在于"仁义不施"(《过秦论》)。不过汉初的政论家们思想倾向比较复杂,往往兼具儒、道、法及纵横家的色彩。如陆贾近乎儒;贾谊之文兼具儒、法二家影响,其辞赋还带有较重的道家色彩;晁错基本上属于法家;而枚乘、邹阳等人的一些上书则有明显的纵横家气息。这种情况一直维持到汉武帝实行"罢黜百家,独尊儒术"后才逐渐改变。

汉初的诗赋也得到了一定的发展。汉高祖是丰(今属江苏)人,战国时属楚。他的许多大臣亦多出身于丰、沛一带,所以汉初的皇室及贵戚大臣都喜欢"楚声"。《汉书·礼乐志》:"凡乐,乐其所生,礼不忘本。高祖乐楚声,故《房中乐》楚声也。"这里所谓"楚声"大约不光指文体,还包括语言和声调。所以,刘邦作《大风歌》,文体显然是楚歌,而《史记·留侯世家》所载他的《鸿鹄歌》却是四言诗而亦称"楚歌"。刘邦的姬妾唐山夫人所作《安世房中歌》(见《汉书·礼乐志》),其文体亦与《楚辞》不大一样。由于楚声的盛行,使模仿《楚辞》的作品亦大量出现。汉初赋家如陆贾、枚乘、严忌等皆出身于楚国旧疆,其余有些人的籍贯虽非楚地,创作亦仿楚体。这除了朝廷之尚楚声外,也由于战国之赋唯楚地独盛。所以汉赋的繁荣,实受《楚辞》的影响。已故的段熙仲先生在《汉大赋产生的历史背景及其政治意义》(见《文学遗产》,1980年第二期)中指出司马相如的《子虚》、《上林》诸赋,在手法上深受枚乘《七发》的影响,而《七发》则脱胎于《楚辞·招魂》。因此,汉赋的繁荣与楚声之盛行有着密切的关系。

汉武帝即位以后,继承了景帝以来削弱藩国的政策,他的"罢黜百家"本是为了统一思想,加强中央集权。他所以要独尊儒术,其用意亦极明显。正如司马谈论儒家时所说:"若夫列君臣父子之礼,序夫妇长幼之别,虽百家不能易也。"他看到了用这一套学说来进行统治,同样能起到法家"尊主卑臣,明分职不得相逾越"的作用,却可避免法家那种"严而少恩"之弊,激起民众的反抗。至于藩国的学术则与此异趣,如刘安招集门客所作的《淮南子》强调道家清静无为之说,反对朝廷进行变革、加强控制。所以汉武帝即位之初,就接受了董仲舒的建议:"今师异道,人异论,百家殊方,指(旨)意不同,是以上亡以持一统;法制数变,下不知守。臣愚以为诸不在六艺之科孔子之术者,皆绝其道,勿使并进。邪僻之说灭息,然后统纪可一而法度可明,民知所从矣。"(《汉书·董仲舒传》)董仲舒治《春秋公羊传》,《公羊传》一开卷强调的就是所谓"大一统",这正合乎当时朝廷的需要,所以汉武帝欣赏他的学说决非偶然。从此以后,直到西汉末,人们的著述大都以儒家学说为准绳。例如司马迁作《史记》,对孔子备极推崇,把他列入"世家",但在《太史公自序》中载其父司马谈的《论六家要旨》,就更推崇道家。所以,班固在《汉书·司马迁传》中说:"又其是非颇缪(谬)于圣人,论大道则先黄老而后六经,序游侠则退处士而进奸雄,述货殖则崇势力而羞贱贫,此其所蔽也。"这段话今人颇加非议。显然,班固是站在儒家卫道者的立场上批评司马迁的,但他确实看出了司马迁毕竟不是真正的儒家信徒。其实西汉人之崇儒,有些人无非是引其言行来助成己说,并非真正信奉这学派。例如《盐铁论》记载桑弘羊和"贤良"、"文学"们辩论时,也常常引用《诗经》和《公羊传》等儒家经典,但他实际上是站在法家立场上反对儒家的。同时,那些"贤良"、"文学"虽属儒家,但如《毁学》中"文学"引了《庄子·秋水》中鹓鸰与鸱的故事;《周秦》又引过《老子》"上无欲而民朴,上无事而民自富"的话;《论菑》中还引了《月令》中的话,当时今本《礼记》尚未编成,则其所引当见《汉书·艺文志》所谓"《记》百三十一篇"中,而《月令》实取自《逸周书》或《吕氏春秋》;又《刑德》载,"御史"还曾引用过《韩非子》。可见诸子的学说仍在各派学者中流传。据《论衡·书解》:"秦虽无道,不燔诸子。"所以,近年来在银雀山、八角廊等汉墓中发现的子书较多。

汉代是辞赋的全盛时代,历来论者都认为其代表作者为司马相如和扬雄。据班固《两都赋·序》称,这种文体到汉成帝时,"论而录之,盖奏御者千有余篇",数量不能算少。据说这些辞赋的创作动机是为了"抒下情而通讽谕",其实未必如此。司马相如本非儒家,早年"好读书,学击剑",羡慕枚乘、邹阳这些带有游士习气的人。他创作的《子虚赋》大约不过侈陈声色畋猎之盛,后来因此赋得到汉武帝称赏,又有同乡杨得意的举荐,遂进而作《天子游猎赋》(即今所谓的《子虚》、《上林》二赋),为了投汉武帝所好,加上些"仁义"、"节俭"的儒家色彩以及突出尊天子、抑诸侯的论调,自然更能取得汉武帝的欢心。其实这些赋真正能打动人心的地方,正是其宣扬铺张靡费的场面,而那种"曲终奏雅",宣传"仁义"、"节俭"之辞却往往枯燥无味,令人生厌。扬雄早年羡慕司马相如,仿作了不少同类辞赋,以致韩愈称"子云相如,同工异曲",然而他最后感到后悔,在《法言·吾子》中说这是"雕虫篆刻"、"壮夫不为也"。又说:"讽乎!讽则已,吾恐不免于劝也。"事实确是这样,所以,王充在《论衡·谴告》中批评他们说:"孝武皇帝好仙,司马长卿献《大人赋》,上乃仙仙有凌云之气。孝成皇帝好广宫室,扬子云上《甘泉颂》,妙称神怪,若曰非人力所能为,鬼神力乃可成。皇帝不觉,为之不止。长卿之赋如言仙无实效,子云之颂言奢有害,孝武岂有仙仙之气者,孝成岂有不觉之惑哉?"这大约就是扬雄说的"不免于劝"。其原因正在于那些赋中的说教本非主旨,不过是适应时尚而外加的成分。

相对于辞赋来说,一些儒生的释经之辞,也许对当时的朝政更能起直接的作用。例如汉武帝要加强集权,《公羊》的传人就大讲其"大一统";汉武帝要伐匈奴,《公羊》家就有"齐襄公复九世之仇,《春秋》大之"的理论。传授《诗经》的齐、鲁、韩、毛四家中,齐、鲁二家兴起较早。《鲁诗》传人王式,据《汉书·儒林传》就专以《诗三百》进行讽谏;《齐诗》据说喜讲灾异,实亦用于劝谏君主修德。《韩诗》兴起稍晚,《毛诗》则在汉代未列于学官,故韩、毛二家说《诗》稍能保存战国以来儒家说《诗》原貌。结果是《韩诗》自隋唐以后虽无传人,而其说留存稍多,据杨树达先生说,其《内传》尚未亡,还保存在今本《韩诗外传》中(见《韩诗内传未亡说》,《积微居小学金石论丛》,中华书局1983年版,第218页);而《毛诗》至今流传,说明强使古代典籍的内容去牵合当时的政治需要,势必离其本真而削弱其学术价值。

西汉朝廷所提倡的儒学,实际上是以董仲舒为代表的"今文经学"。这个学派杂糅了儒家以及阴阳家、法家等学说而成的一种谶纬神学。根据当时的规定,士子们应朝廷之举作对策,都要以这一学说作答;太学中的博士们用以教授弟子的也都是这种学说。当时士人的处境正如东方朔在《答客难》中所说的:"圣帝流德,天下震慑。诸侯宾服,连四海之外以为带,安于覆盂,天下平均,合为一家,动发举事,犹运之掌,贤与不肖,何以异哉?……故绥之则安,动之则苦;尊之则为将,卑之则为虏,抗之则在青云之上,抑之则在深渊之下,用之则为虎,不用则为鼠……"在这种情况下,确实曾在一个时期内起到了统一思想的作用。但就是在这个阶段,已列入学官的"今文经学"各派间,仍有许多不同意见;而不同于"今文经学"的"古文经学"虽不得立于学官,却仍在民间传授不绝。

经过西汉一代二百多年的统治,在全国各地渐渐地出现了一些以经商等方式致富的地主富户,他们虽不一定出仕求官,但在地方上具有一定的实力和影响。这些人对朝政往往有所不满,对董仲舒的谶纬神学亦不感兴趣;还有些人原先也可能想在仕途上一展身手,但见到西汉后期朝政的腐败,便绝意仕进以求自适,这些人虽未必富裕,却也足以自食其力,如《汉书·王贡两龚鲍传》提到的谷口郑子真、蜀人严君平"皆修身自保,非其服弗服,非其食弗食"。据说严君平卖卜于成都,得百钱足自养,则闭肆下帘而授《老子》,博览无不通,依老子、庄周之旨著书十余万言(当即今所传的《老子指归》)。郑子真和严君平的出现,说明谶纬神学已失去了往日的权威,而道家学说却逐渐复兴。

西汉末年的社会矛盾日益尖锐,王莽代汉,意图进行改革,起初颇得到不少士人的同情,但他的措施完全错误,结果更激起了社会各阶层的强烈反抗,终遭覆灭。《后汉书·逸民传论》云:"汉室中微,王莽篡位,士之蕴藉义愤甚矣。是时裂冠毁冕,相携持而去之者,盖不可胜数。"及至光武帝建立东汉,竭力征聘这些处士,但其中多数人并不肯出仕。以后朝廷不断地征召名士,授以高官,却也很少收到实效。到东汉中叶,政治日衰,外戚、宦官专权,隐士们更是"羞与卿相等列,至乃抗愤而不顾,多失其中行焉"(同上)。在这种情况下,谶纬之学已难维持其思想统治,尽管光武帝笃信谶纬,而像桓谭及后来的王充、张衡等有识之士却公开加以反对。王充已公开批评董仲舒之说,可见思想界已日趋活跃。这种趋势也表现在一些学者和文人身上。马融号称"大儒",但他在应邓骘的征召时说:"古人有言,'左手据天下之图,右手刎其喉,愚夫不为'。所以然者,生贵于天下也。今以曲俗咫尺之意,灭无赀之躯,殆非老庄所谓也。"(《后汉书·马融传》)这已经近似于魏晋人的思想。张衡的《归田》、《思玄》诸赋直到赵壹、蔡邕诸作,在文体上近于抒情小赋,而思想亦较活泼,正是在这个基础上才会出现汉末的祢衡《鹦鹉赋》、王粲《登楼赋》诸名篇。魏晋士人的任诞之风实际上亦起源东汉。《风俗通义·过誉》所载赵仲让的行为已极狂放,所以余嘉锡先生说:"盖魏晋人一切风气,无不自后汉开之。"(中华书局本《世说新语笺疏》,第21页)像《风俗通义》中的某些篇章,亦已启《世说新语》一类轶事小说之先河。

汉代文学不同于过去的又一重大变化是"乐府诗"和无名氏古诗的兴起。"乐府"之设立据近年考古的发现,至少可以上溯秦代。但关于其职责的记载仍当以《汉书·礼乐志》为最早。据《汉书》记载,汉武帝时立乐府,"采诗夜诵,有赵、代、秦、楚之讴"。朝廷之采集民歌,似乎与周代的采诗不大一样。周代的采诗,可能确有了解民情的用意,而汉武帝的采诗,则更着重娱乐。这些民间歌谣不但得到贵族欣赏,也普遍地受到广大民众的喜爱。《盐铁论·散不足》说到当时的民间聚饮时说:"今富者钟鼓五乐,歌儿数曹。中者鸣竽调瑟,郑舞赵讴。"《汉书·礼乐志》也说西汉后期"郑声尤甚,黄门名倡丙强、景武之属富显于世,贵戚五侯定陵、富平外戚之家淫侈过度,至与人主争女乐"。不过,西汉时代的民歌至今保存者不多,一般认为只有《汉铙歌》中一些作品及《相和歌辞》中的《东光》等少数篇目产生于西汉,其余皆属东汉作品;至于五言古诗,多属东汉的产物。如《文选》所录《古诗十九首》等,往往有"驱车上东门(洛阳城门名)"及"游戏宛与洛"等语,当属东汉作品;就是相传为李陵、苏武及班婕妤的诗,据《文心雕龙·明诗》说,在六朝以前已有人表示怀疑,而近代以来学者多认为它们是东汉无名氏所作。这些乐府诗和无名氏古诗不但文体与过去不同,而且反映的内容亦属普通百姓或下层士人的生活和情绪。这和西汉以来那些论学议政的散文及反映上层人物生活的辞赋迥然不同。

三、先秦两汉文学史料的缮写与流传

先秦两汉一千五百多年间,文字及书写工具屡经变迁。大体上说,我国文字起源甚早,据考古学家们说,殷商的甲骨文已是经历长期进化后的字体,但迄今为止,尚未发现更早的文字。除了甲骨文之外,殷商文字可见者仅一些铜器上少数铭文,但仅记物主姓名,不成句读。据前引《尚书·多士》的话说殷代"有册有典",当亦有写在竹简上的文字,像《商书·盘庚》等当即是当时之"册"或"典"。但这些"典"、"册"究竟是用刀刻,或如后来的一些竹书用笔蘸漆书写,已无从知晓,因为至今未见实物。从西周到春秋时代,保存到今天的文字主要是金文(青铜器铭文),也有少数刻在石片上的文字(如近年山西发现的《侯马盟书》;《左传·僖公二十六年》载展喜对齐孝公说周成王时使周公和齐太公结盟,"载在盟府,太师职之",可能也是用石片刻写)。至于用竹帛所写的文字,因为易于朽坏,至今尚未发现。战国以后的文字不但有金石铭文,更有各地出现的竹简。从字体来说,不但甲骨文、金文和后来战国时的"古文"(竹简上的文字)不同,且各个时期、各个地域的金文和六国"古文"亦差别甚大。这些都是秦统一以前的文字。至于秦统一以后,一般通行篆书和隶书。"篆书"即李斯等人统一文字时所用字体,秦代石刻均用此体。"隶书"据云创于秦代的程邈,但也有人说此体在战国末已经萌芽,而汉代通行的就是这种字体。从这些字体的演变看来,它们显然是不断地由繁复趋向简易的。

最早的书写工具大约是石刀,用来刊刻竹木诸物。《周易·系辞下》云:"上古结绳而治,后世圣人易之以书契。"许慎《说文解字·叙》:"及神农氏结绳为治,而统其事,庶业其繁,饰伪萌生。黄帝之史仓颉见鸟兽蹄迒之迹,知分理之可相别异也,初造书契。"这里都把文字称为"书契"。"契"本有刊刻的意思。《诗经·大雅·绵》:"爰契我龟。"即指在龟甲上刻字以占卜。清人郝懿行在《尔雅义疏》中解释《释诂》的"契,绝也"一语时指出:"契者,'挈'之叚(假)借也。"这"契"字也就是把字刻在竹木上。古人最初的文字大约都是使用刊刻的方法。但刊刻毕竟费力,于是就有人用竹枝或木枝蘸上漆来书写,这样写出的字迹比刊刻更为清晰。但这种方法亦有缺点,即漆比较黏稠,写来笔画粗细不匀。伪孔安国《尚书序》说孔壁中所得古书

"皆科(蝌)斗(蚪)文字",即指落笔时粗而收笔时细,形如蝌蚪之故。伪孔《序》的作者为魏晋人,或许见过这种文字。因为漆书是确实存在的,《后汉书·杜林传》载,杜林曾于西州得漆书《古文尚书》一卷。漆书不但适用于竹木,也适用于帛一类织物。《论语·卫灵公》记孔子弟子子张把孔子对他的教诲"书诸绅",即写在大带上。带子显系布帛等织物所制,不能刊刻,想必是用漆或墨写的。但古人写字一般仍用竹木居多。《诗经·周颂·有瞽》:"设业设虡。"《毛传》:"大版也。"《说文》亦云:"业,大板也。"《礼记·曲礼》:"请业则起。"郑注:"谓篇卷也。"商、周的竹简木牍,至今尚无发现,这是因为难于保存之故。战国、秦汉的竹简则已在许多地方的古墓中出现。这种竹简在写上文字以前先要用火炙干以免变形和便于保存。写成书以后,又要用绳或线把它穿连起来,使之成为"典"或"册"。篆文的"册"字或"典"字都是许多竹简穿连在一起的样子。所谓孔子读《易》"韦编三绝",即指穿连的绳子断了三次。除了竹简木牍外,古人也把文字书写在帛一类织物上。在织物上写字,显然不能刊刻,因此笔就应运而生。过去有人说笔是秦始皇的大将蒙恬发明的,这显然不合事实。因为我国的绘画起源甚早,《周礼·冬官》云:"画缋之事,杂五色。东方谓之青,南方谓之赤,西方谓之白,北方谓之黑,天谓之玄,地谓之黄。……凡画缋之事后素功。"这"画缋"应该指在织物上绘画。《庄子·田子方》:"宋元君将画图,众史皆至,受揖而立,舐笔和墨。"这显然是用笔作画,且在蒙恬以前。事实上建国初年,已有战国时楚国的帛画出土。笔的出现,自然首先用于书写。《礼记·曲礼上》:"史载笔。"《说文·史部》:"史,记事者也,从又持中。"这"中"字,据近代学者说,即像笔之形。《尔雅·释器》:"不律谓之笔。"《说文·聿部》:"聿,所以书也。楚谓之聿,吴谓之不律,燕谓之弗。""笔,秦谓之笔。"可见笔在先秦时代早已在全国各地普遍使用。随着笔的出现,墨亦随之出现,因为漆不但价格太贵且黏稠,不便书写,于是人们转而用别的东西来替代它。最早的墨可能是一种黑色的石块或土块,故《说文·黑部》云:"墨,书墨也,从土从黑。"用带色的土石为颜料写字,势必进行研磨。《说文·石部》:"砚,石滑也。"又云:"研,䃺也。"即磨的意思。古人正是用研磨黑石作书,后来才以人加工制成的墨来代替。一般认为以松烟、油烟制墨始于汉代,最早关于墨的记载可能是《太平御览》卷六〇五引《东观汉记》:"和熹邓后即位,万国贡献悉禁绝,惟岁供纸墨而已。"又引《范子计然》曰:"墨出三辅,上价石百六十,中三十,下十。"和熹邓后在东汉中期以前,她保留以墨作贡品的做法,说明墨的制作,当在此前,可能起于西汉。该书又引蔡质《汉官》曰:"尚书令仆丞郎,月赐隃麋大墨一枚,小墨一枚。"这里的"隃麋"是地名,属右扶风,是当时产墨之地。《宋书·百官志》上亦云汉制"天子所服五时衣以赐尚书令仆,而丞、郎月赐赤管大笔一双,隃麋墨一丸"。不过当时人造的墨颇名贵,非一般人所能得。《太平御览》同卷引葛龚《与梁相书》曰:"复惠善墨,下士所无,摧骸骨,碎肝胆,不足明报。"送他墨而作此等语,足见其昂贵。有了笔、墨和砚,作书自然要方便多了,但在纸发明以前,以竹帛作书,显然价值颇高。当时用来供书写的东西除了竹木以外,还有缣帛。据有的学者说,以缣帛作书始于殷商,但缣帛价值昂贵,且比竹木更易朽烂,故更难保存。现今所见的帛书,大约以长沙子弹库出土的战国楚帛书为最早,后来长沙马王堆出土的帛书则为汉代遗物。帛书虽然不易保存,但它轻便,故古人用来缮写书籍的也不少。如《汉书·艺文志》所著录的书,有的称若干篇,当为竹简;有的称若干卷,则为帛书。不论竹简或帛书,都很昂贵,故贫困的人很难从事著述,而书籍亦难广泛流通。《后汉书·王充传》载,王充曾到京师,师事班彪,"家贫无书,常游洛阳市肆,阅所卖书,一见辄能诵忆",可见当时得书之难。

当时的书,自然都用手抄,所以也有人以抄书求衣食。《后汉书·班超传》:"家贫,常为官佣书以供养。"这里所谓"佣书",即为官府或私人誊写公文或书籍。班超从事"佣书"的时间在汉明帝永平间,造纸术尚未发明,当是写在竹帛上面。造纸术的发明,一般认为始于东汉的宦官蔡伦。《后汉书·宦者列传》载:"自古书契多编以竹简,其用缣帛者谓之为纸。缣贵而简重,并不便于人。伦乃造意,用树肤、麻头及敝布、渔网以为纸。元兴元年奏上之,帝善其能,自是莫不从用焉。"元兴为和帝年号,仅一年,即公元105年。但纸的普遍使用可能要到东汉后期。《后汉书·列女·董祀妻传》载,曹操曾问蔡琰关于蔡邕藏书之事,蔡琰答云:"昔亡父赐书四千许卷,流离涂炭,罔有存者。今所诵忆,裁(才)四百余篇耳。"曹操要派吏人去缮写,蔡琰说:"乞给纸笔,真草唯命。"大约此时的书籍,才主要用纸来缮写。纸的价值比缣帛便宜,携带又较竹木方便,由此,著述者渐多,书籍的传播亦较前远为迅速和广泛。我们试看《隋书·经籍志》,像"经部·诗类"所著录的有关《诗经》著述,绝大部分是魏晋以后人的著作;"史部·正史"一类,关于《史记》、《汉书》的注释,皆出东汉末期以后人之手;关于西汉以前的正史,仅《史记》和《汉书》,而各家《后汉书》有十部之多(训释范晔书者尚未计入);《晋书》有九种之多;"集部"著录先秦人文集仅二部;西汉人文集十五种(加上梁存隋亡者亦不过二十多部),而东汉人文集即使只计隋代尚存者就有二十七种,如加上梁存隋亡者则超过了七十种,魏晋以后文集更多,姑置不论。这种情况产生的主要原因正是由于纸的发明使人们更容易进行著述,也由于容易缮抄而得以存留于世。

先秦两汉的典籍虽然主要是以竹帛以及后来出现的纸来缮写,以致古人往往以竹帛作为书的代称,但还有一部分文献似乎不用竹帛而是铭刻于龟甲、兽骨和金石之上的。这部分文献的文学价值显然不如用竹帛等缮写的书,然而在当时却更受重视。例如刻在龟甲、兽骨上的甲骨文是殷王用以向神占卜所用,由专门的巫师掌管,卜完之后往往深藏,不以示人,而且龟也是很珍贵之物,只有上层贵族才能据有,春秋时鲁国大夫臧文仲藏有龟,孔子以为非礼,何况一般人!至于金石,更是重器,列国间战争时,往往夺取对方的铜器作为战利品。不过,古人把文字写在金石上,本是图传诸永久的。如近年出土的《侯马盟书》是刻在石上的,而《左传·昭公六年》载"郑人铸刑书",即把法律条文铸在铜器上;《昭公二十九年》:"晋赵鞅、荀寅帅师城汝滨,遂赋晋国一鼓铁以铸刑鼎。"也是把法律条文铸在鼎上,以求长期保存。其他像一些铜器上铭刻周王对做器者的赏赐或做器者当年的功绩,亦为传之永久。同样地,秦国之刻《石鼓文》及《诅楚文》,亦是这用意。

相对于用竹帛所写的学术著作和诗文来说,这些金石铭文的内容比较单调,亦较少文采。然而对于了解当时史事及社会状况仍有较重要的作用。还有一点值得注意的是,刻写于金石之上的文字,因为价值昂贵,一般比较郑重,较少错误,而在纸张发明后被广泛传抄,却不免出现更多的错误与异文。于是自汉熹平以来,多次刊刻石经,以统一群"经"的文本。这些金石文字,对校正文字起了一定作用。

从甲骨、金石和竹帛发展到用纸来书写文章,这是一大进步。在纸张出现以前,书籍的流传颇为困难,一些著述成书之后,往往只能上献朝廷或藏诸名山,别人很少能见到,即使知道其书,亦难于缮抄。因此像孔壁中发现的《古文尚书》,入藏金匮石室之后,就很少有人见到。至于"六经"以外的书,更是少有流传,《汉书·宣元六王·东平思王刘宇传》载,东平王刘宇曾"上疏求诸子及《太史公书》(即《史记》)",大臣王凤认为"诸子书或反经术,非圣人,或明鬼神,信物怪;

《太史公书》有战国纵横权谲之谋,汉兴之初谋臣奇策,天官灾异,地形厄塞;皆不宜在诸侯王,不可予"。东平王刘宇作为皇室宗亲,尚难得到这些书,普通人就可想而知了。当时能有机会看到这些书的,只有朝廷中掌管图籍或奉命校理藏书的官员。除此以外,大约只有一些高官,如《盐铁论·毁学》载,桑弘羊在和"文学"争论时,曾引过《史记·货殖列传》中"天下穰穰,皆为利往"二语,称"司马子言"。不过,他当时官居御史大夫,乃"三公"之一,仅次于丞相。当然,自从汉惠帝废除"挟书之禁"以后,先秦以来的书有些藏于民间并未进献朝廷的,也有人缮抄甚至在市肆上出售。再加上王莽末年关中大乱,朝廷藏书亦有部分散失,流入民间,所以杜林能在西州得漆书《古文尚书》,而王充也可以"游洛阳市肆,阅所卖书"。然而这种用竹简和缣帛缮抄之书,当非一般人所能问津。即使在造纸技术出现后,书籍的流传仍靠缮写,所以一些书成书后,在一个时期内很少有人见到。《后汉书·王充传》注引《袁山松书》(即袁山松《后汉书》):"充所作《论衡》,中土未有传者,蔡邕入吴始得之,恒秘玩以为谈助。其后王朗为会稽太守,又得其书,及还许下,时人称其才进。或曰:不见异人,当得异书。问之,果以《论衡》之益,由是遂见传焉。"王朗一直活到曹丕代汉以后,而《论衡》成书尚在东汉之初,可见当时书籍的传播还不甚迅速。不过在东汉后期,蔡邕的藏书据蔡琰说达四千余卷;又据《隋书·牛弘传》,东汉末董卓之乱时,朝廷藏书被迁到长安,共载"七十余乘",其卷数虽不可考,但数量显然可观。据牛弘说:曹丕代汉后曾整理图书,而"晋氏承之,文籍尤广",这说明纸张发明以后,书籍的缮写和流传毕竟与过去不同,数量大增,使书籍的保存亦较前容易。

四、先秦两汉文学史料的特点

先秦两汉由于距今年代久远，所存文献较之历史上各个时期都显得稀少。其中尤以先秦为甚。这一方面是由于年代悠远，文献和文物都更易散失，特别是经历了秦始皇的焚书，使许多古代典籍均归毁灭。另一方面，也由于当时的社会条件所限，能够接受教育、从事著述的人极少。大抵在商代及商以前，仅限于一些巫史和上层统治者。西周以后，范围可能有所扩大，也只是某些大夫和士以上的人物才有接受教育的机会。因此能作诗文的人大抵为上层人物，如《诗经》中《雅》、《颂》部分，一些有主名的诗，作者皆卿大夫，如芮良夫、尹吉甫、召虎等，只有《巷伯》的作者为"寺人孟子"，他大约本亦贵族，被谗受刑而为宦官。至于《国风》中有一部分民歌则本系口头创作，可能有采诗者笔之于书。私人著述的出现要到春秋后期，孔子和老子实际上是"述而不作"，《论语》、《老子》皆弟子记其言论。至于列国官府的藏书，数量亦甚少，晋国为诸侯霸主，韩起为晋卿，在鲁国见了"易象"与《鲁春秋》，叹为"周礼尽在鲁矣"，说明晋国藏书远少于鲁。即使身居鲁国的孔子，也叹关于夏、殷之礼的文献不足。可见在那时史料就不丰富，秦火之后，史料自然更见缺乏。现在我们研究先秦史事，自当以《史记》为重要依据，但司马迁当时所能见到的先秦史料亦颇有限。例如西周自"共和"（前841）以前的年代就仅存帝王世系；只有春秋时代史事因有《春秋》及"三传"、《国语》较为翔实可信；进入战国以后，由于各国史书被秦始皇烧毁，以致年代、世系都常有错误，而作为战国史重要资料的《战国策》又多被拟作者窜乱混淆而不可信。因此《史记》记战国事亦互相抵牾，年代失序，号为难治。

两汉史料则因班固、范晔的著述比较翔实,尤其后汉有多家著作的逸文可资参照,因此较之先秦史料显然要可信得多。然而相对于后世历史阶段的史料,还是要少得多。于是历来人们对先秦史事的解释,往往须借助于想象和推测,于是像《诗经》的某些篇义以及屈原的生平等问题往往所据材料不殊,根据各人理解之差异,而得出不同理解;更有甚者,则如关于古代神话的研究,有些人好逞胸臆,不顾史料之本意,其立论尤令人骇怪。

各种史籍中大体上作史者距所记时代愈近,亲身见闻及直接史料保存较多,其可信程度亦愈高。如班彪、班固父子作《汉书》,上距王莽代汉不过二三十年,距王莽之亡更不过数年;陈寿曾仕蜀汉,上距三国极近,所以《汉书》和《三国志》历来认为较近事实;范晔虽生活于南朝,而有《东观汉记》等为基础,以早于范晔的袁宏《后汉纪》对校,所记事实甚至文字均差别不大,可见取材多相同。历来论者亦以为班、范、陈三书多为信史。至若唐修《晋书》,由于去晋亡已久,原始材料丧失甚多,为了博采异说,甚至收入荒诞不经的材料,故自刘知几以来,多有非议。先秦史料也有类似情况。司马迁作《史记》,其实已颇谨慎,对当时传说已多驳正,但限于史料缺乏,其有关战国部分,已多有错误。至于夏史事,《史记》所载甚略。后来晋皇甫谧《帝王世纪》、徐整《三五历纪》以至唐司马贞《补三皇本纪》,于唐虞以前事所记转详。这些大抵采自民间传说及一部分文人臆说。所以顾颉刚先生提出了"层累地造成的中国古史观",虽未必全对,却亦有其合理的一面。不过,关于类似的记载,亦需具体分析,其中有一部分是先民中原始的神话保存于人民口头而被后人笔之于书,如《韩非子》、《吕氏春秋》所记"夔一足"的故事,及《汉书·武帝纪》注引《淮南子》逸文所记"启母石"故事,当属此类。至于像《燕丹子》记燕太子丹事以及《战国策》记豫让刺而赵襄子随之死亡(这情节今本已删),

皆出后人附会。在这里,对后一种自可辨其诞妄,而对前一种仍当视为研究古代神话与民俗的重要史料。

先秦著述和两汉以后著述颇有不同。两汉人著作,像陆贾《新语》、贾谊《新书》以至东汉王充《论衡》、王符《潜夫论》等,基本上都是个人著述;即如司马迁的《史记》,有部分散佚,经后人(包括褚少孙等)所补,班固《汉书》亦有部分乃班昭、马续所补,但总体上也还是一家之作;只有像《淮南子》乃刘安集门客所作。至于先秦典籍,除《韩非子》较似一人所作(但《初见秦》亦系误入)外,其他子书,成于一人之手者甚少,如《庄子》可确信为庄周本人所作的仅"内篇"七篇,其余虽不一定无庄周自作之文,却杂有门人后学之作。这些"外篇"、"杂篇",过去被人疑为杂有汉人作品,现在有一部分杂篇已发现有战国竹简,但仍不能断为全出庄周之手。《荀子》的情况也差不多,其《大略》以下各篇,亦被视为门人后学之作,不过被视为荀况自作的部分较多。至于像《管子》等书,不但非管仲所作,实出许多人的著作集合而成,思想自难一致。至于"经部"著作,《尚书》、《诗经》非一人一时之作是大家公认的;《周礼》和《仪礼》恐亦非一人之作(《周礼》的《冬官》已佚,今本系用一部叫《考工记》的古书作补);《礼记》更是杂凑而成;"《春秋》三传"都经过了长期流传,由几代人陆续润饰、增补,其可信程度及反映的思想亦有差别。更值得注意的是"经部"诸书,由于传授者分成好几派,《诗经》有齐、鲁、韩、毛四家,《春秋》有《公羊》、《穀梁》和《左氏》三家,往往同一首诗,四家的解释篇义各殊,而诸家之说又往往是借此针对当时某些政治事件而发,其所谓"美"、"刺",都未必符合诗的原意,而从近年发现的楚国竹书《孔子诗论》看来,四家的说法,也和先秦儒者之说有很大区别。"《春秋》三传"的记事也有这种情况,一般来说,《左传》记事较之《公羊》、《穀梁》多可信从,但亦不无《公羊》、《穀梁》可补《左传》之缺,或有些文字反以《公羊》、《穀梁》为可从之例。这些都要求研究者作细致的考订与鉴别。

特别是一些后出之书,有的可能还是魏晋人所作,其记先秦两汉之事,一般较难引为佐证。但这些书的作者毕竟去古未远,见到的古籍有些为今人所无法见到。如伪《古文尚书》自不能当作真实史料引用,但亦未必能说其中不见于其他先秦两汉古籍引用的文字皆属作伪者捏造。又如《孔子家语》等书,也有这种情况。还有一些先秦古籍,根据传统的说法,应归入小说一类。如《穆天子传》,虽出汲冢,无人疑为伪书,却以为离奇而目为小说,其实书中有些人名,却为一些出土金文中所有,可见未必全不可信。然而像"天子觞西王母于瑶池之上"的情节,亦未必全属事实。

先秦两汉的文学史料还有一个比较特殊的情况,就是当时的文、史、哲及其他学科尚无明确的分工。例如最早的散文像《尚书》,其实是政府文诰,《左传》、《史记》均为史籍。《诗经》本属乐歌,而其歌辞亦作为外交场合之用。真正可以算纯文学创作的也许先秦时代作品只有《诗经》和《楚辞》;两汉作品亦仅有辞赋、乐府诗和少量无名氏"古诗"。所以南朝梁萧统编《文选》,对经、史、子三部分典籍中文章均未收录,自有其理由。但像《左传》、《史记》、《庄子》诸书,对后来文学的发展影响极大,并被视为散文的典范之作。即使有些专门之学如《孙子兵法》,以及作为卜筮之书的《易林》等,其文字亦颇具文学意味,虽未必入文学史,却仍不失为文学史料。还有一些政论文章,亦同样不可忽视,历来所谓"文必秦汉",其实秦汉之文,多为政论。这部分作品即使《文选》亦有所选取,就是后来所谓"唐宋八大家"之作,亦多半为政论及应用文字。因此汉代政论之文,自可作为文学作品对待。正由于此,某些有关两汉政论文作者的记述,自亦可入文学史料。

五、先秦两汉文学史料的分类

先秦两汉的文学史料正和其他文学史料一样,首先应该是文学作品。先秦两汉的文学作品由于去今久远,存者较少。这部分作品有一个特殊的情况就是多出后人编集。例如《楚辞》和《战国策》皆由汉人所编,这些书的编者对有些作品的情况,已经"疑莫能明",如《楚辞·大招》究为屈原还是景差所作,王逸已弄不清;《招魂》作者有屈原、宋玉二说,至今争论不决;《战国策》中许多篇的作者更是难于考知。汉人的作品也有类似情况,由于当时尚无编个人文集之例,所以许多作品除被史籍采入本传外,都以单篇的形式在人们中流传,例如,东汉傅毅的《舞赋》、张衡的《二京赋》等,现在所见的出处最早的为《文选》,扬雄的《蜀都赋》、刘歆的《遂初赋》,现今所见的出处更晚。这些作品的真伪似乎没有什么争论。但另一些作品如宋玉的一些赋,有的见于《文选》,有的见于《古文苑》,自从银雀山汉墓出土了"唐勒赋"以来,《文选》所录宋玉诸赋似已无人取怀疑态度,但见于《古文苑》者似尚无一致看法。"乐府诗"和"古诗"亦有这情况,现今所见汉乐府,除少数"郊庙歌辞"见于《汉书·礼乐志》外,大多数文学价值较高的诗均出后人收录,其中最早的为《宋书·乐志》,其次是《文选》和《玉台新咏》,这都是南朝的书,而更多的则见于宋郭茂倩的《乐府诗集》。这些"乐府诗"所见出处虽晚,虽还没人疑为伪作,但有些乐府诗本来可能是汉时民歌,却被说成是建安曹氏父子之作。"古诗"的情况似更复杂,见于《文选》和《玉台新咏》中的所谓"苏李诗"和班婕妤的《怨诗》,历来被人怀疑,但大约还是东汉无名氏之作。《文选》中的李陵《答苏武书》显非汉人所作,宋代苏轼以为是齐梁人伪托则未必正确,当出于晋宋间人之手。

除了作品以外,关于作家及当时历史情况的记载,自然以史籍为主。但记载先秦和西汉史事的《史记》和《汉书》均无《文苑传》。《史记》中《屈原列传》是一篇充满感情的文章,但限于史料缺乏,语焉不详,引起后人的许多争议。《汉书》中对司马相如、司马迁、王褒、扬雄等均有较详的传记;《后汉书》则不但有《文苑传》,且对班固、张衡、蔡邕等大作家均有专传。此外,像晋常璩的《华阳国志》,对两汉文人也有所记载,可补两《汉书》之缺。不过也有些后人著作所记汉事颇有争议,如《西京杂记》中记司马相如论赋的言论及所载羊胜、公孙乘、公孙诡诸人之赋,有的学者表示怀疑,有的学者则倾向肯定。

先秦两汉的子书有不少都可以算是文学名著,如《孟子》、《庄子》、《荀子》、《韩非子》及两汉的《淮南子》、《论衡》、《潜夫论》等,都在文学史中占有各自不同的地位。在文学史中并不一定要论述所有的"子书",但每个时代的各种思潮,都或多或少地会影响作家的思想,因此都应作为文学史料来看待。其次是这些史书都会涉及当时的某些史事和社会状况。例如研究先秦史,显然离不开那些子书中的史料,而要了解西汉的经济政策和东汉的"羌乱",《盐铁论》与《潜夫论》自是必读之书。《论衡》和《风俗通义》则对了解汉代的民俗和迷信传说有重要作用。特别应当提到的是,在先秦两汉时代,尚无专门的文学批评著作,当时不少人对文学的见解往往见于子书及一部分儒生解经之作中。

文字、音韵和训诂之学的典籍及传存和出土的文献文物,亦属文学史料的一个重要组成部分。因为不明训诂即不能透彻地理解作品,而对作品本身缺乏正确理解,也无从正确地论述文学的历史及探索其发展规律。无可否认的是目前有不少研究者确实也颇注意从甲骨文、金文和出土文物的角度来解释一些传统文献和文学现象。但诚如余嘉锡先生在为杨树达先生《积微居小学金石论丛》所作序中所说:"学不穷根柢而但求其枝叶,譬之,未知叔重何所道,钱段何所明,而读甲骨文;班范之书,荀袁之纪,未通能晓,而考金石刻,其于学也,庸有当乎!"(《积微居小学金石论丛》,第9页)这段话颇值得我们深思。当然,这不是说我们不应注意甲骨、金文和文物的研究,而是这种研究应该紧密地和传统文献的研究相结合,这也就是王国维先生当年所说的"双重论证方法",这样才能使我们的研究更笃实而富于说服力。

上编

第一章 五经与经部典籍

第一节 "经"的来源和流传

我国古代对图书的分类一般有两种方法：一种始于西汉后期的刘向、刘歆父子所作的《七略》，共分《辑略》、《六艺略》、《诸子略》、《诗赋略》、《兵书略》、《术数略》、《方技略》七类，其中《辑略》据颜师古注云："辑与集同，谓诸书之总要。"所以实际上仅分六类。后来《汉书·艺文志》沿袭此法，直到南朝齐梁时仍有一些学者承用。另一种分类法大约始于魏晋，据《隋书·经籍志》云："魏秘书郎郑默，始制《中经》，秘书监荀勖，又因《中经》，更著《新簿》，分为四部，总括群书。"[1]从此以后多数整理典籍的人，大都采用后一种分类法。这两种分类法中，七分法的"六艺略"和四分法的"经部"虽有一部分内涵相同，但存在着不小的差异。如《汉书·艺文志》中"六艺"类中《易》的部分包括一些讲灾异的书；《书》的部分包括一些五行传记和

---

[1] 按：郑默乃魏末人，附见《晋书·郑袤传》。但《三国志·魏书·文帝纪》注引曹丕《典论·自叙》云："及长而备历五经、四部、《史》、《汉》、诸子百家之言，靡不毕览。"此"四部"或即指经、史、子、集，则此法起于汉末。

汉人议奏;《礼》的部分包括汉武帝举行封禅时的议奏和典志;《春秋》部分还包括《国语》、《世本》、《战国策》、《楚汉春秋》和《太史公》(即《史记》)等书,这些按四分法不在经部范畴。而且即使照后来流行的四分法,所谓"经部"的书,也并不都是"经书"。

历来公认为"经"的只有《易》、《书》、《诗》、《礼》和《春秋》五种。其中,《周易》中有《卦辞》和《爻辞》为"经",《彖传》、《象传》、《文言》、《系辞》等所谓"十翼"则为"传";"三礼"中只有《周礼》和《仪礼》为"经",而《礼记》则为"传";《春秋》只有本文为"经",《左传》、《公羊》和《穀梁》则均为"传"。"经"在古代具有无上的权威。《汉书·艺文志》以"五经"为"五常之道"。《文心雕龙·宗经》云:"经也者,恒久之至道,不刊之鸿教也。"历来论"经"者大抵遵循此说。近代以来,章太炎先生从文字学的角度提出新的看法,他说:"经者,编丝缀属之称,异于百名以下用版者,亦犹浮屠书称'修多罗'。'修多罗'直译为线,译义为经。"(《国故论衡·文学总略》)章太炎先生的说法显然是从古代书籍的形制着眼的。因为印度古代的书多写在贝多罗(pattra)树的叶子上,号"贝叶书"。这种用树叶写成的书,当然和我国古代那种刻或写在竹简木牍上的书不一样,但要连贯成册,总得用线,所以章太炎先生以"线"释"经"。我国古代的竹简,每片能写的字数不多,一篇文章往往要用许多竹简,为了防止散失,就必然要用"线"或绳穿连起来使之成"册"。《史记·孔子世家》说到孔子读《周易》,"韦编三绝",就是说用以贯串竹简的皮绳因翻阅多次而断损。这"韦编"也就是章太炎先生说的"线"的一种。因为书籍要靠这线穿连起来,所以人们就用"线"来代指书籍。《说文·册部》:"册,符命也。诸侯进受于王也。像其札一长一短,中有二编之形。"这里所谓"编",据《说文·系部》"次简也",亦即用线将竹简按次序贯串起来。古代天子、诸侯下命令给他的臣下,其文书自然也是用竹简缮写,用线贯串。这种文书被当作档案保存起来,由专人保管。这就是《左传·僖公二十六年》展喜所说的"载在盟府,太史职之"①。如周天子有"守藏室之史",鲁国、卫国、晋国和齐国等都有"太史"。据《左传·昭公十五年》载,晋国有个籍谈,其"高祖孙伯黡司晋之典籍",这些都是专职保管典籍的人。这些前人留下的典籍,就成为后人治政的依据。《尚书·多士》所说的殷商"有典有册"就是指的这类典籍。这些典籍的地位不尽相同,有些特别受到尊重,有些则否,所以分"典"和"册"。《说文·丌部》:"典,五帝之书也。从册在丌上,尊阁之也。"又引庄都说:"典,大册也。"这里所谓"大册",是指竹简的长短意味着书籍地位的高低。《论衡·量知》云:"截竹为筒,破以为牒,加笔墨之迹,乃成文字,大者为经,小者为传记。"同书《正说》云:"夫《论语》者,弟子共记孔子之言行,敕记之时甚多,数十百篇,以八寸为尺,纪之约省,怀持之便也。以其遗非经,传文纪识恐忘,故以但八寸尺,不二尺四寸也。"这就是说,古人用竹简写"经",用二尺四寸的简,而《论语》在当时只是"传记",其简只长八寸。这说明"典"与一般的"册"有别。《尔雅·释言》:"典,经也。"故"经"特受尊重,其原因即在于它们是"上古帝王之书",而这些帝王又被美化成"圣人",这自然就使这些典籍成了"恒久之至道,不刊之鸿教"了。

"五经"之所以受到尊崇,虽由于儒家的表彰,但亦有其本身的原因。因为在我国古代的典籍中,其产生年代最早或较早的,大约就是"经"书。一般来说,世界上各大文明区域,往往把其最早的典籍视为"神圣"的东西。如《修多罗》之于古印度,《旧约》(*Old Testament*)之

---

① "太史",通行本作"太师"。按:洪亮吉《左传诂》卷八引武億云:"'师'当作'史',声之误也。"武说是,故从之。

于以色列和基督教国家,《古兰经》(Qur'ān)之于阿拉伯及伊斯兰教诸民族都是这样。如同《修多罗》、《旧约》诸书的作者本无可考一样,中国所谓"五经"的作者亦大多无从考知。传统所说伏羲、尧、舜、禹、汤、文、武、周公、孔子之说,多半出于附会。至多只有《尚书》中部分"周诰"出自周公,其他诸书均难证明出于这些"圣人"之手。至于清末有人认为六经皆孔子作,尤不可信。

"五经"的出现远在儒、道、墨诸家产生之前,本非儒家一派特有的典籍。现存的先秦古籍如《墨子》、《吕氏春秋》和《战国策》等,都引用过《诗经》、《尚书》中文字,说明这些书决非儒家独有。现今所知较早把"五经"和儒家联系起来的似是一位道家人物,即《庄子·天运》的作者。此文云:"孔子谓老聃曰:'丘治《诗》、《书》、《礼》、《乐》、《易》、《春秋》六经,自以为久矣。'"又同书《天下》云:"《诗》以道志,《书》以道事,《礼》以道行,《乐》以道和,《易》以道阴阳,《春秋》以道名分。"但《天运》在《庄子》中属"外篇";《天下》属"杂篇",多数学者均以为非庄周自作,而出于门人后学之手,其写成年代当在战国后期甚至秦汉。尤其是《天下》那段话和《史记·太史公自序》载司马迁答壶遂语相似。司马迁显然受了董仲舒影响,因此这些话难保不是汉人作①,但《庄子》属道家,对"六经"评价不高,认为"夫'六经',先王之陈迹也,岂其所以迹哉"(《天运》)。真正把"经"神化的当为汉代的董仲舒。他说:"孔子作《春秋》,上揆之天道,下质

---

① 但是,楚店墓竹简《六德》也提到了"六经":"观诸《诗》、《书》,则亦在矣;观诸《礼》、《乐》,则亦在矣;观诸《易》、《春秋》,则亦在矣。"这里提到的《诗》、《书》、《礼》、《乐》、《易》、《春秋》,与《庄子》记载的名目次序完全相同,可以证明《庄子·天运篇》确有所本,似非后学缀拾传闻而简单草成。是否还可以再扩而广之,对《庄子》"外篇"的资料给予更积极的关注?

诸人情,参之于古,考之于今。故《春秋》之所讥,灾害之所加也;《春秋》之所恶,怪异之所施也。书邦家之过,兼灾异之变,以此见人之所为,其美恶之极,乃与天地流通而往来相应,此亦言天之一端也。"(《汉书》本传)从这段话看来,《春秋》一"经"即兼备了天道、人情,一切真理皆萃于此。所以,董仲舒就向汉武帝建议:"臣愚以为诸不在六艺之科孔子之术者,皆绝其道,勿使并进。"(同上)这就是所谓的"罢黜百家,独尊儒术"。在董仲舒看来,所谓"六经"或"六艺"似乎都与孔子有着密不可分的关系①。

其实传统所谓"六经",实仅"五经",因为从先秦以来,并无"乐经"存在。至于《易》、《书》、《诗》、《礼》、《春秋》五经,其成书年代各别,且与孔子并无必然联系。例如《周易》的《卦辞》、《爻辞》,其产生年代较早,《易·系辞传下》云:"《易》之兴也,其于中古乎?作《易》者其有忧患乎?"这里所说的"中古",大约指商周时代②。至于作《易》者是何人,但云"其有忧患",未确指何人。《系辞传下》又云:"《易》之兴也,其当殷之末世,周之盛德耶!当文王与纣之事耶?"后来人说周文王"拘而演《周易》"(司马迁《报任少卿书》),盖本于此。但《系辞》原文本属疑问句,且只说"文王与纣之事",并未说文王作。至于《易传》(即:《彖》、《象》、《文言》、《系辞》、《序卦》、《说卦》和《杂卦》),有人说是孔子所作,但现代多数学者则认为这些文字作于战国中后期,其中《杂卦》一篇可能更晚些。我们试看《文言》和《系

---

① 今人王葆玹《今古文经学新论》(中国社会科学出版社)中认为只有"五经"而无"六经",是。他又认为"六艺"指"礼、乐、射、御、书、数",非"六经"别名。不过汉人多以"六艺"代指"六经",今姑用汉人原文。
② 《系辞传》一般认为是战国人作。战国人多以商周为"中古"。《孟子·公孙丑下》:"中古棺七寸。"朱熹云:"中古,周公制礼时也。"

辞》中均有"子曰"字样，当指孔子的话，这用法与《论语》及《礼记》中一些篇章相同，说明作者当生活于孔子以后，而且《周易》中当无孔子手笔。

《尚书》主要是各代文诰。其中最可信的当数被韩愈称为"佶屈聱牙"的"周诰殷盘"，其余如"虞夏书"部分的《尧典》、《禹贡》诸篇，大约为战国人追记。《汉书·艺文志》云："故《书》之所起远矣，至孔子纂焉，上断于尧，下讫于秦，凡百篇。"《论衡·正说》亦曰："盖《尚书》本百篇，孔子以授也。"但《史记·孔子世家》只说孔子"序《书传》，上记唐虞之际，下至秦缪，编次其事"，不言"纂《书》"；《儒林列传》亦未提到《尚书》原有百篇的说法。现在我们看《禹贡》所叙疆域，西北已至今青海的积石山，南方已到南海，这至早应该是战国人的地理观念，非孔子所及见。当然，孔子可能见过今本《尚书》中的某些篇，还可能见过另一些篇中的某些文字，但后者的全文是否同于今本，则尚可研究。如《论语·尧曰》中"尧曰咨尔舜"数语，今本《尧典》中有之，是否战国人追记时采自《论语》亦不无可能。至于孔子删《书》之说，较之删《诗》尤为后起。但历来相信的人不少，故以《逸周书》为孔子删《书》之余。其实先秦古籍中称引《逸周书》，多径称为"《书》"，如《左传·襄公十一年》："《书》曰：'居安思危。'"此语出《逸周书·程典》。《襄公二十五年》："《书》曰：'慎始而敬终，终以不困。'"此语见《逸周书·常训》。则在《左传》时，《逸周书》中某些篇本与《尚书》无区别。近人岑仲勉先生在《两周文史论丛》中据《逸周书·世俘》中"武王成辟四方，通殷命有国"语，以为即《尚书·武成》，可备一说。这也说明"逸《书》"及"删《书》"之说未必可信。

《诗经》的情况与《周易》、《尚书》略有不同。孔子对《诗经》谈论较多，也可能做过某些整理工作。如《论语·子罕》记孔子说："吾自卫反鲁，然后乐正，《雅》、《颂》各得其所。"这大约是指他做了一些校订工作,而且还很可能是在音乐而非文字方面。至于历来所说的"孔子删《诗》",始见于《史记·孔子世家》:"古者《诗》三千余篇,及至孔子,去其重,取可施于礼义,上采契后稷,中述殷周之盛,至幽厉之缺,始于衽席,故曰:《关雎》之乱以为《风》始,《鹿鸣》为《小雅》始,《文王》为《大雅》始,《清庙》为《颂》始。三百五篇孔子皆弦歌之,以求合《韶》、《武》、《雅》、《颂》之音。"关于"孔子删《诗》"的说法,其实不足信,"《诗三百篇》的编订出于乐官之手",这些说法前人已多论到,今人洪湛侯先生《诗经学史》(中华书局2002年版)第7至18页)论之最详切。从现有史料看,《诗经》的基本面貌早在孔子前早已形成,如《左传·襄公二十九年》(前544)记吴公子季札在鲁观乐,其所见乐曲,几乎与今本《诗经》无甚区别,但当时孔子年仅八岁,鲁国乐官不可能按孔子所定《诗经》来演奏。又《左传》、《国语》诸书记列国诸侯大夫朝会聘享时赋《诗》,几乎全为今本《诗经》所有,绝少例外。即使与儒家对立的《墨子》的《三辩》、《尚贤》、《尚同》、《兼爱》、《天志》、《明鬼》诸篇,多次引《诗》及提到《诗》中篇名,亦基本不出今本《诗经》范围,如确系孔子手定,墨子何以遵用? 当然,《左传》及诸子中引《诗》,亦有一些出于今本《诗经》之外,但为数极少[①]。

---

① 迄今所知齐、鲁、韩、毛四家所传《诗经》均为三百零五篇。但据刘歆《移书让太常博士》(见《汉书》本传及《文选》)云"一人不能独尽其经,或为《雅》,或为《颂》,相合而成",在这拼凑过程中,或有遗漏。如《左传·僖公二十三年》和《国语·晋语四》载晋文公赋《河水》,即不见今本《诗经》,而上海博物馆藏楚国竹书《孔子诗论》却提到此诗。又如《左传·襄公二十八年》提到的《茅鸱》,《定公元年》及《国语·周语下》提到的《友》诗皆今本《诗经》所缺。《荀子·正名》、《天论》所引"德义之不愆"等句,亦见《左传·昭公四年》,亦今本《诗经》所无。即便《毛诗·小雅·都人士》首章,齐、鲁、韩三家诗亦缺。

从前人称这些诗为"逸诗",认为是孔子删去之篇,但像《都人士》首章,据《礼记·缁衣》既曾被孔子引用;而《河水》据楚国竹书《孔子诗论》,亦曾被孔子(或其后学假托孔子语)论及,当非被删之篇。可见今本《诗经》早在孔子前已形成,但不叫《诗经》,或可能如《论语》中所称"诗三百"。其编定与孔子并无必然联系。

关于《礼》,照传统的说法是"周公制礼",因此相传今存"十三经"中的《周礼》和《仪礼》,都是周公所作。清代以来,有人认为《周礼》是汉代刘歆伪造,又有些人认为《仪礼》乃孔子所作。其实这些说法都不可信。因为"礼"本无成文的著作。《左传·昭公二年》记晋国的韩起聘鲁,"观书于太史氏,见《易象》与《鲁春秋》,曰:'周礼尽在鲁矣。'"他这段话说明"周礼"的内容即《易象》和《鲁春秋》,并无专门的关于"礼"的专门典籍。同书《昭公七年》记鲁国的孟僖子"病不能相礼,乃讲学之,苟能礼者从之",到他临死时,知道孔子懂礼,就叫他两个儿子去向孔子学礼。我们知道,鲁国的君主是周公的后代,孟僖子又是鲁卿和鲁君本家,如果周公当年确有成文的"礼经",鲁国的太史氏自应收藏,而韩宣子既未见到,孟僖子也不知道,倒要去问在下位的孔子,更说明即使"周礼"尽在的鲁国,亦无成文的"礼经"存在。《论语·八佾》:"子所雅言,《诗》、《书》、执礼,皆雅言也。"这里《诗》、《书》均有成文的书,礼却说"执",即遵守、履行。同时孔子对当时通行的礼,并不认为不可适当改变。如《论语·子罕》记孔子说:"麻冕,礼也;今也纯,俭。吾从众。拜下,礼也;今拜乎上,泰也。虽违从,吾从下。"又同书《八佾》:"子贡欲去告朔之饩羊。子曰:'赐也,尔爱其羊,我爱其礼。'"这里前一条说明孔子认为"礼"并非完全不可修改;后一条说明子贡想对"礼"做些更改,孔子虽不赞成,却未加申斥。如果"礼"确由周公制定,孔子未必允许改动。大抵"礼"的形成往往以多数人的习俗为依据,并非个别人的创造,所谓成文的礼，当是习惯形成之后，有人把它记录下来而已。所以，沈文倬先生说得好："礼典的实践先于文字记录而存在。"（《略论礼典的实行和〈仪礼〉书本的撰作》，见《宗周礼乐文明考论》第7页，浙江大学出版社2001年版）这种在习俗中实践的"礼"，由于尚无成文规定，有时会因人因地而有所不同。例如孔子的弟子们意见有时亦不同。《礼记·檀弓上》记载，"曾子吊于负夏，主人既祖，填池推柩而及之，降妇人而后行礼"，曾参和言偃二人对此看法就不一样。同篇又载，曾参"袭裘而吊"，言偃"裼裘而吊"，曾参起初认为言偃的做法不对，后来又觉得自己错了。曾参、言偃皆孔门高第，如"礼"果为孔子所定，则二人不应时有分歧。从《礼记》中看，有不少礼虽非周公所定，却早在孔子前就有。如《曾子问》载曾参问出殡时路遇日食应采取什么措施，孔子的回答是依据他从老聃那里听到的说法。所以沈文倬先生认为："各种礼典早已存在于殷和西周时代，而'礼书'则撰作于春秋之后。"（《宗周礼乐文明考论》第7页）沈先生又结合文献资料及近年出土的一些实物来考定："《仪礼》书本残存十七篇以及已佚若干篇的撰作时代，其上限是鲁哀公末年鲁悼公初年，即周元王、定王之际；其下限是鲁共公十年前后，即周烈王、显王之际。它是公元前五世纪中期到四世纪中期这一百多年中，由孔子的弟子、后学陆续撰作的。"（同上第54页）沈先生此说，最可信从。至于《周礼》，尽管有人说是"周公作"，却从无人说它是孔子所作。此书被发现较晚，是一种"古文经"，因此一些人斥之为"六国阴谋之书"，后来有人甚至指为刘歆伪造。现在看来，它既非伪书，亦非周公所作。李学勤先生在《从金文看〈周礼〉》（见《缀古集》，上海古籍出版社1998年版）中信从《四库提要》谓"《周礼》一书不尽原文，而非出依托"的说法，同时又引张亚初、刘雨二先生《西周金文官制研究》（中华书局1986年5月版）认为"《周礼》在主要内容上，与西周铭文所反映的西周官制，颇多一致或相近的地方"(第25页)。关于它的成书年代,一般认为是在战国,但据近人洪诚先生从此书语法方面推测,认为《周礼》"成书最晚不在东周惠王之后"①。总之,虽非周、孔之作,仍不失为重要典籍。

"三礼"中的《礼记》,成书甚晚,大抵为汉儒传授礼学时,杂采先秦及当时人著作而成。《汉书·艺文志》中并未著录此书,仅有"《记》百三十一篇",说是"七十子后学者所记也"。今本《礼记》可能即采自这一百三十一篇中,既为"七十子后学者所记",当然是"传"而非"经"②。

"五经"中被人们认为与孔子关系最密切的,大约是《春秋》。这是因为大家熟知《孟子》中"孔子惧,作《春秋》"和"孔子成《春秋》而乱臣贼子惧"诸语(皆见《滕文公下》)之故。其实《春秋》本是鲁国的史书,是鲁国各代史官相继记录的大事记。这种大事记在当时各国大约都有。现在我们所见的《春秋》,其文体与晋代"汲冢"出土的魏国史书《竹书纪年》及《史记·秦始皇本纪》末所附秦国史官所作的

---

① 洪先生的说法,见《洪诚文集·读〈周礼正义〉》,江苏古籍出版社2000年版。
② 近年有人说:"唐太宗命孔颖达等编《五经正义》,其中有《礼记正义》。宋以后,《五经》中的《礼经》皆指《礼记》。"此说殊误。《五经正义》中有《左传正义》,岂《左传》自此亦成"经"? 至于宋以后,个别人误以《礼记》称"经",确有其例,如朱彝尊《经义考》卷一百四十五载明人阎绳芳有《礼经通旨》,余心纯有《礼经搜义》等。但宋明人多数仍不以"礼经"称《礼记》,如明胡宾《礼经图》,即指《仪礼》(见《经义考》卷一三四);又明徐又曾《礼记集注序》(见《经义考》卷一四五)云:"今之《礼记》,戴圣、马融之所定也。……此书盖二《礼》(指《周礼》、《仪礼》)之传。"可见即宋、明人亦多数不认为《礼记》是"经"。至清代则凌廷堪《礼经释例》、曹元弼《礼经校释》皆指《仪礼》。岂作此论者未之见乎?

"秦记"十分相似。《国语·楚语上》,记楚庄王时的申叔时论教太子时说:"教之《春秋》,而为之耸善而抑恶焉,以戒劝其心。"这作用与《孟子》所谓"乱臣贼子惧"本很相似。申叔时早于孔子约半个世纪,可见《春秋》在各国出现,远在孔子之前。即使《左传·昭公二年》载韩起见到的《鲁春秋》,亦必作于孔子以前,因为韩起见此书时,孔子才十二岁。所以,孟子自己也说:"晋之《乘》、楚之《梼杌》、鲁之《春秋》,一也。其事则齐桓、晋文,其文则史。"(《离娄下》)既然在孔子以前,已有鲁《春秋》之存在,那么孔子即使对鲁《春秋》做些整理工作,但主要是校订,对原文恐无所改动。孔子自己说"述而不作"(《论语·述而》),说明他并不承认"作《春秋》"。从今本《春秋》来看,亦可证明此书非孔子所作。因为《左传》所附《春秋》"经"文,是到鲁哀公十六年"四月己丑孔丘卒"为止;而《公羊》、《穀梁》所附"经"文则到十四年"春,西狩获麟"为止。据古代一些人说,《公羊》、《穀梁》是对的,《左传》是错的①。其实"绝笔于获麟"之说,本是汉代董仲舒之流把孔子神化的做法,而且如果承认了《春秋》止于"孔丘卒",无疑等于承认《春秋》非孔子作,因为他不可能写上自己死的月日。有人说"孔丘卒"乃弟子所续,亦无根据,且孔子弟子不可能称孔子为"孔丘",《春秋》中记鲁大夫之死亦不乏其例,那么作为史官所记而非弟子所续,似更近理。孟子认为孔子作《春秋》是为了使"乱臣贼子惧"。但《春秋》中记隐公之死,仅云"公薨",其实隐公为公子翚所杀,而《春秋》不载;《宣公二年》记晋灵公被杀,说"晋赵盾弑其君夷皋",但《左传》和《公羊》、《穀梁》二传均谓为赵穿所杀。《左传》记孔子说过"赵宣子,古之良大夫也,为法受恶。惜也,越竟(境)乃免"的话。既然孔子认为杀晋灵公的责任不在赵盾,却偏要

---

① 甚至为《左传》作注的杜预在《春秋经传集解序》中也这样说。

保存赵盾弑君的原文，这也同样不好解释。又如《桓公十一年》记"宋人执郑祭仲，突归于郑，郑忽出奔卫"。这段文字根本看不出祭仲是怎样一个人物，以致《左传》对他颇有贬辞，而《公羊》却又大加表彰。如果说两位传《春秋》者自己也有不同理解，又何以使"乱臣贼子惧"？所以《春秋》当为鲁史原文，非孔子作。

从上述情况看来，所谓的"经"本是后人所加名号，它们与孔子和上古那些"圣人"亦无必然联系。它们在先秦时代，亦非专属儒家。后来的儒家所以特加崇奉，只是因为儒家的创始者大抵出于"邹鲁"（今山东邹城、曲阜一带）之地，这里自春秋以来，就如韩起所谓"周礼尽在鲁矣"，直到战国，仍然如此。所以《庄子·天下》云："其在于《诗》、《书》、《礼》、《乐》者，邹鲁之士，缙绅先生，多能明之。"所以儒者之好谈"五经"亦非偶然。

"五经"虽同称为"经"，但其被崇奉的时间却颇有先后。自汉代以来，关于"五经"次序的排列有两种方式。一种是后来通行的《易》、《书》、《诗》、《礼》、《春秋》。此种方式大约始于西汉中后期刘向、刘歆父子的《七略》，而《汉书·艺文志》及《儒林传》遵用。另一种方式出现更早，那就是《庄子·天运》中所说的"《诗》、《书》、《礼》、《乐》、《易》、《春秋》六经"，后来《史记》中提到"五经"或"六艺"时常遵用之。这种方式看来似无理由，其实却透露了"五经"这一概念的形成过程。原来在《庄子·天运》以前的典籍中，虽有《诗》、《书》、《礼》、《乐》、《易》、《春秋》等名目，但无称之为"经"之例，亦无并称为"五经"或"六经"之事。多数人提到"经"时，并不是指某一部或几部书。如《孟子·尽心下》："经正则庶民兴。"汉赵岐、宋朱熹注都训"经"为"常"，指常道、正道，非指某书。《荀子·成相》："治之经，礼与刑。"这"经"字与《孟子》所说的"经"，内涵可能不同，但均为常道、正道解则无疑问。《荀子》中提到"经"字而可以指为某些书籍的,只有《劝学》中的一段话:"学恶乎始?恶乎终?曰:其数则始乎诵经,终乎读礼。"这里所谓的"经",据唐杨倞等人的注释,都认为指《诗》和《书》。在这里,他把"经"与"礼"对举,说明"礼"在当时还不算"经"。这亦可为沈文倬先生"礼书"撰作于春秋之后的说法提供一个旁证。《荀子·劝学》下文又把《诗》、《书》、《礼》、《乐》和《春秋》并提,说明这些名目均已出现。但《乐》本无书,《礼》、《春秋》照上文看不能算"经"(《春秋》地位当在《礼》、《乐》之下,故《庄子·天下》只提"诗、书、礼、乐"),至于《易》则根本没有提到。再看《荀子》中《荣辱》等篇,也常常只提"《诗》、《书》、《礼》、《乐》"而不及《易》、《春秋》就很清楚。从现有的史料看来,先秦儒家对《易》不大重视,《孟子》全书中均未提到《易》;《荀子》中除被人们疑为门人后学所作的《大略》以下六篇外,只有《非相篇》中有"故《易》曰:'括囊,无咎无誉。'腐儒之谓也"一语,乃借用其语以作讽刺,未必有尊重此书之意。但《易》的出现较早,据《左传》,不但韩起已见到,而且当时不少人已用它来占卜吉凶。《易》出现于孔子前,当无疑问。《史记·孔子世家》说孔子晚年喜《易》,当属可信[1]。但孔子不大讲"天道",《论语·公冶长》载子贡(端木赐)说:"夫子之言性与天道,不可得而闻也。"但《易》正好专讲"天道",所以许多儒者很少提到它。《易》的被重视,大约和董仲舒之大讲"天人感应"有关。他在对策中就引用了《易》。再加上《易》本卜筮之书,秦焚书时,《易》不在焚毁之列(这也证明秦始皇和李斯不把《易》看作与孔子有

---

[1] 有人据《经典释文》及近年河北定县(今定州市)出土的竹简本《论语·述而》中"五十以学《易》"句"易"作"亦",否定孔子见过《周易》,恐不妥。因为汉代《论语》有一个版本"易"作"亦",不能作为孔子未见《周易》的证据,不然司马迁何以说孔子喜《易》?

关的书），故其学大盛。至于《春秋》，虽被认为是孔子之作，其实在先秦，其地位不如《诗》、《书》、《礼》、《乐》。因为讲的都是"齐桓、晋文之事"，而在儒家看来，其地位远不足与五帝、三王并提。《孟子·梁惠王上》载，孟子对齐宣王说："仲尼之徒无道桓、文之事者，是以后世无传焉。"《荀子·仲尼》亦云："仲尼之门，五尺之竖子，言羞称乎五伯。"所以二书皆不引《春秋》语。直到汉初，《春秋》的地位仍不如《诗》、《书》诸经。如陆贾《新语·术事》云："道近不必出于久远，取其致要而有成。《春秋》上不及五帝，下不至三王，述齐桓、晋文之小善，鲁之十二公，至今之为政，足以知成败之效，何必于三王？"陆贾自己学过《穀梁传》①，说明当时《春秋》地位尚不及《诗》、《书》、《礼》、《乐》，连学《春秋》的人也这样认识。《春秋》地位的提高，大约也和董仲舒有关。因为董仲舒本是公羊学派的大师，而且当时汉武帝要尊孔，当时儒者又编造了孔子代汉高祖"受命"的神话；但在"五经"中却只有《春秋》可说成是出于孔子手笔。

"五经"的概念既为逐步形成的，各书的产生亦有先后。其中《诗》和《书》出现最早，远在西周穆王时，祭公谋父谏穆王征犬戎时，已引了《周颂·时迈》中"载戢干戈"等五句；芮良夫评厉王宠荣夷公时，也引过《周颂·思文》、《大雅·文王》中语（均见《国语·周语上》）。此时今本《诗经》尚未出现。古人引《尚书》之例也许稍晚，但《左传·僖公五年》载，虞宫之奇引《周书》"皇天无亲，唯德是辅"和"黍稷非馨，明德惟馨"等语，前者见《蔡仲之命》，后者见《君陈》，二者今虽仅见伪古文《尚书》，但仍足证早在孔子出生前已有人引

---

① 《新语·道基》引《穀梁传》云："仁者以治亲，义者以利尊。万世不乱，仁义之所治也。"数语不见今本《穀梁传》，《至德》篇末又引"《春秋穀（梁传）》"，惜下文缺失。

《书》。又《僖公二十七年》载晋赵衰引《夏书》:"赋纳以言,明试以功,车服以庸"数语,今见《尚书·舜典》及《益稷》①。这些例子亦远在孔子出生以前。当时这些《诗》、《书》已被列国贵族作为教育子弟的教材。《国语·楚语上》记申叔时论教太子的话说到"教之《诗》,而为之导广显德,以耀明其志";又说:"教之《令》,使访物官。""教之《训典》,使知族类,行比义焉。"这里所谓《令》,当即"命";《训典》当即《尧典》、《伊训》②等,故指《书》,因为《书》本即"典谟训诰誓命"之文。值得注意的是《诗》、《书》、《春秋》之名,在先秦的诸子百家中,不光被儒家提到,也为其他学派所称道甚至引用。其中《墨子》引用最多。今本《墨子》中《三辩》、《尚贤中》、《尚同中》、《兼爱下》、《天志中》、《天志下》和《明鬼下》等篇,均提到《诗》,且均见今本《诗经》;其中除《三辩》仅提《驺虞》篇名外,其余均引《诗》中的话,虽个别文字有出入,而确出于这些《诗》中。《墨子》引《书》之例也很多,如《尚贤中》云:"先王之书《吕刑》道之,曰:'皇帝清问下民,有辞有苗,曰:群后之肆在下,明明不常,鳏寡不盖,德威维威,德明维明。乃名三后,伯夷降典,哲民维刑。禹平水土,主名山川。稷降播种,农殖嘉谷。三后成功,维假于民。'"按:此段文字见今本《吕刑》,但稍有出入。今本《尚书》无"曰群后之肆在下"句的"曰"字,"肆"字作"逮";这句和下面"明明不常"等二句在"皇帝清问下民"句之前;"有辞有苗"作"有辞于苗";"乃名三后"句下有"恤功于民"四字;"哲民"作"折民";"维假于民"作"维殷于民"。《兼爱下》引《禹誓》实即今本《尚书》之《汤誓》:"禹曰:'济济有众,咸听朕言,非惟小子,敢行

---

① "赋纳"二字,《舜典》作"敷奏",《益稷》作"敷纳",疑赵衰引自《益稷》。
② 《伊训》今见《伪古文尚书》,但《孟子·万章上》引过此篇,且《史记·殷本纪》亦提到,可见实有此篇,但原文今佚。

称乱,蠢兹有苗,用天之罚,若予既率尔群对诸辟,以征有苗。'"按:这段文字和今本《尚书》的《汤誓》基本相同,只是作誓者一个是禹,一个是汤;被讨伐者一为"有苗",一为夏桀。这可能是根据了不同的传闻。《墨子》中还多次引用过《泰誓》,如《尚同下》:"小人见奸巧乃闻,不言也,发罪钧。"数语不见今伪古文《泰誓》。但《兼爱下》所引"文王若日若月,乍照光于四方,于西土"一语,却为伪《泰誓》所有。按:《泰誓》虽在伏胜二十九篇之中,但不久亡佚。伪古文既不足信,《汉书·董仲舒传》所引"白鱼入于王舟,火复于王屋,流为乌"数语,颜师古以为是"今文《尚书·泰誓》之辞也",但语涉迷信,亦未必可信。唯有《墨子》和《孟子》等所引,则确为真本无疑。《墨子》中还引过一些今已散佚而为伪孔所有的《尚书》文字,如《汤诰》(《墨子》作"汤说"),《说命》[《墨子》作"术令",孙诒让以为"当是《说命》之叚(假)字"];还有些篇名为伪孔所无,说明先秦人所见《尚书》,有些连篇名都已亡失。在《墨子》中所引《诗》、《书》亦有误合二者为一之例,如《兼爱下》云:"《周诗》曰:'王道荡荡,不偏不党,王道平平,不党不偏。其直若矢,其易若底,君子所履,小人所视。'"按:这段引文中前四句见《尚书·洪范》(《尚书》"不"作"无";"不偏"、"不党"二句在两"王道"句后);后四句见《诗经·小雅·大东》。这种误会的情况,在当时可以理解。因为竹简繁多笨重,不便查核,引者可能有误记。

除了《墨子》以外,其他各家亦偶有引《诗》、《书》者,如《吕氏春秋·贵公》引《尚书·洪范》中"无偏无党"等八句。《战国策·东周策》"温人之周"条引"普天之下,莫非王土;率土之滨,莫非王臣"四句,今见《诗经·小雅·北山》;同书《秦策四》载楚黄歇说秦王时引《诗》"靡不有初,鲜克有终",今见《诗经·大雅·荡》;又引"大武远宅不涉"句,称之为《诗》,清人卢文弨以为即《逸周书·大武》中的

"远宅不薄"一语(孙诒让说同,当本卢氏);又引《诗》云"他人有心,予忖度之;跃跃毚,遇犬获之",按:四句今见《小雅·巧言》。黄歇又引《易》云"狐濡其尾",按:此语当即今本《周易·未济·卦辞》:"小狐汔济,濡其尾。"①这样的例子也还有一些,更说明《诗》、《书》等典籍非儒家所独有。尤其是和儒家对立的墨子大量引《诗》、《书》,且多与儒者所传相合或类似,更可证明《诗》、《书》非孔子所删定。

在儒家以外的各家著作中,除了《诗》、《书》外,也多次提到《春秋》,不过非指鲁《春秋》。如《墨子·明鬼下》曾提到"周之《春秋》"、"燕之《春秋》"、"宋之《春秋》"、"齐之《春秋》";《非命》中:"有于《三代不国》有之曰:'女母崇天之有命也。'"孙诒让《墨子间诂》以为"'三代不国'当为'三代百国',皆古史记之名"。《隋书·李德林传》:"墨子又云:'吾见百国《春秋》。'"此语亦见《史通·六家》。可见当时的各国史书,皆可称"《春秋》",正如各国文诰皆可称"《书》"(如《左传·襄公三十年》和《昭公二十八年》都引过"《郑书》")。《公羊传·庄公七年》引"不修《春秋》云:'雨星不及地尺而复。'"又云"君子修之曰:'星霣如雨。'"这里称修《春秋》者为"君子",不言孔子。"君子"二字在《左传》中常见,多指当时评史事的人,可见《公羊传》作者亦未必以今《春秋》为孔子所修。况且"春秋"之名,在孔子前早已出现,申叔时论教太子,首先提到"春秋"。可见"春秋"实为史书通名,所以《汉书·艺文志》把《战国策》、《史记》与《楚汉春秋》均归入"六艺类"中《春秋》之部,甚至子书中的《虞氏春秋》、《吕氏春秋》亦可以"春秋"为名。

---

① 黄歇即春申君,按:今人缪文远《战国策新校注》(巴蜀书社1998年版第202页)谓文中所提史事,有在春申君身后者,疑非其作品。但无论何人所作,引《诗》终为事实。

第二节　所谓"经学"及"今古文之争"

前面说到先秦时代本无"五经"的概念,最先被称为"经"的只有《诗》和《书》,而首先把《诗》和《书》称"经"的是荀子。不过,荀子本人对《诗》和《书》未必十分重视。在他看来,"将原先王,本仁义,则礼正其经纬蹊径也",《诗》、《书》较之《礼》则显得次要。他说:"不道礼宪,以《诗》、《书》为之,譬之犹以指测河也,以戈舂黍也,以锥餐壶也,不可以得之矣。"然而荀子毕竟是儒家,他对《诗》、《书》诸经还比较尊重。正如前节所引《庄子·天运》说"六经"是"先王之陈迹也"一样,战国诸子对这些古代典籍大抵很少敬意。《韩非子·五蠹》说:"然则今有美尧、舜、汤、武、禹之道于当今之世者,必为新圣笑矣。是以圣人不期修古,不法常可,论世之事,因为之备。……今欲以先王之政,治当世之民,皆守株(指守株待兔)之类也。"《吕氏春秋·察今》云:"先王之法,经乎上世而来者也。人或益之,人或损之,胡可得而法。虽人弗损益,犹若不可得而法。东夏之命,古今之法,言异而典殊。故古之命多不通乎今之言者,今之法多不合乎古之法者。殊俗之民,有似于此,其所为欲同,其所为异。"至于把"经"看得十分"神圣",乃是汉武帝"罢黜百家,独尊儒术"以后的事。汉武帝"罢黜百家"实际上是为了统一思想,巩固统治,在当时有其历史的必然性。然而当时那些被立为博士的儒生为了神化他们自己的学说,往往编造出种种荒唐的神话来。如《尚书》遭秦始皇焚书时,原来做过秦博士的伏胜,把所藏的《尚书》藏在墙壁中,经秦末战乱,"亡数十篇,独得二十九篇,即以教于齐、鲁之间"(《史记·儒林列传》)。后来亡失了《泰誓》,于是只剩二十八篇。但那些儒生却硬说《尚书》

本来只有二十八九篇。据《论衡·正说》记这些人的说法:"或说《尚书》二十九篇者,法斗四七宿也,四七二十八,其一曰斗矣,故二十九。"此说当时还颇有人相信,如《史记·儒林列传索隐》:"案:孔臧《与(孔)安国书》云:旧《书》潜于壁室,歘尔复出,古训复申。唯闻《尚书》二十八篇取象二十八宿,何图乃有百篇。"关于《春秋》,他们认为《公羊传》、《穀梁传》所附"经"文止于哀公十四年获麟,亦有神秘的原因。《论衡·正说》述其种种说法云:"或说《春秋》二百四十二年者,上寿九十,中寿八十,下寿七十。孔子据中寿三世而作,三八二十四,故二百四十年也。又说为赤制之中数也。又说二百四十二年,人道浃,王道备。夫据三世,则浃备之说非;言浃备之说为是,则据三世之论误。二者相伐而立其义,圣人之意何定哉?"更荒唐的是他们编造了孔子代汉高祖"受命"的神话。如为《公羊传》作注的何休在《公羊传·哀公十四年》注中说:"夫子素案图录,知庶姓刘季当代周。见薪采者获麟,知为其出。何者?麟者木精,薪采者庶人,燃火之意,此赤帝将代周居其位,故麟为薪采者所执。西狩获之者,从东方王于西也。东卯,西金象也。言获者,兵戈文也。言汉姓卯金刀,以兵得天下。不地者,天下异也。又先是蠓虫冬踊,彗金精扫旦,置新之象。夫子知其将有六国争强,纵横相灭之败,秦项驱除,积骨流血之虞,然后刘氏乃帝。深闵民之罹害甚久,故豫泣也。"何休是东汉人,其说当继自西汉公羊学派。这种神话在当时甚多,像《太平御览》卷八八九引《孝经古契》说,情节与此稍异,而用意相同。汉代那些成为学官的儒生编造这种神话既是为了把汉朝的统治说成出于天意,也是把孔子和汉皇朝联系在一起,以保持其"博士"的禄位。后来一些在野的儒生虽然不相信这些神话,但他们为了求得与已立学官的学派取得平等地位,显然不愿削弱孔子与汉朝皇帝的关系,于是就出现了章太炎先生在《国故论衡·中·明解诂下》中所说的:"古文师出今文后者,既染俗说,弗能弃捐,或身自傅(附)会之,违其本真(如贾逵谓《左氏》同《公羊》者十有七八之类)。"这样,孔子就被神化,而"五经"亦成了"神圣"的"真理"。例如《文心雕龙》称"五经"为"恒久之至道","不刊之鸿教",甚至认为"道沿圣以垂文,圣因文以明道"(《原道》)的神秘说法,皆由此时发展而来。这种说法之所以能为历来士人所普遍接受,就因为自汉武帝以来,士人想做官,必须通过"对策",而"对策"的内容就必须以"五经"为依据,而提问的帝王或大臣也往往根据"五经"的内容出题并要求士人以"五经"的意思作答。这样一来,士人不通"经",就无法走上仕途。禄利之途一开,士人们就无不潜心于研读"五经",久而久之,就习惯于把它们看作永恒的"真理",丝毫不敢怀疑。这样就形成了一种专门的学问,称之为"经学"。

"经学"这门学问与其他学术不同之处,不但在于对孔子等"圣人"的盲目崇拜,而且对传授这些"经"的"经师",也一味随声附和,不敢置疑,这就是所谓的"师法"和"家法"。这种"师法"和"家法"的形成本亦有其历史原因。因为从秦始皇焚书之后,"五经"已散失甚久,一般的人很少能见到。再说从"焚书"至汉惠帝四年"除挟书律"已二十多年,至汉武帝尊儒则已历六十余年,中间经过秦的统一文字,人们已很少认识那些战国时的古文字,对其中的古言古语也很难读懂。所以当时人学习"五经",开始时犹同启蒙一样,只能听经师传授,不可能产生任何异议。同时,朝廷取士,不光要考察其对"经"的理解和熟悉程度,还要看他对"经"的看法是否符合朝廷所规定的几个学派的观点。于是士人们对经师的话就一律谨遵勿违,这就是所谓的"师法"。但还有一些学派由于未立于学官,他们所传经籍原藏民间,有的还是在"山岩屋壁"中发现的,以前并无人传授,所以无"师法可遵"。但当这些古本"经"书被发现以后,就有人去研读它,就像孔壁《古文尚书》被发现后,"而(孔)安国以今文读之"(《史记·儒林列传》)那样,用汉代流行的隶书去训释和缮写它。但这些"古文经"起初无人传授,因此钻研某"经"者往往不止一人,于是后来的学者往往兼取数人之说,这样他所遵循的往往不是一人而是属于同一学派的多人之说,故称"家法"。"师法"和"家法"的出现本是当时历史条件的产物,无可厚非。但在长期流行之后,就形成了对前人成说的盲目崇拜,丝毫不敢有所怀疑与创新,甚至"入主出奴",各立门户,还为古人圆谎。例如隋唐时代的学者提出了"传不驳经,疏不驳注"的说法,因此有人讥笑他们为"宁言周孔误,不道服(虔)郑(玄)非"。其实服、郑自然有不少误释,而周、孔同样不会全无谬误。宋代一些人敢于疑服、郑,却尤尊周、孔,仍未脱经学"窠臼"。这种风气对我国学术的发展产生了不利影响。这就是经学所以为人诟病的根本原因。

"经学家"不光恪遵师说,且好党同伐异。其中最有名而且延续时间最长的大约是所谓"今古文之争",从西汉后期一直断断续续地争论到清末,并且对"五四"以来甚至现代的某些学者还有一定的影响。所谓"今古文"的本义是指两种字体。"今文"指汉代所流行的隶书,"古文"指秦统一以前在六国流行的古体文字①。这种字体在当时各地并不太一样,大体上说就如近年出土的战国竹简和历来所发现的战国青铜器的铭文,字体往往颇有区别,但人们统称之为"古文"。在秦统一以前,各地学术的发展很不平衡,各派学术大抵行于六国境内,而以东方的齐鲁及楚地为兴盛②,至于秦国,因为较早地

---

① "古文"有时指古书。《盐铁论·相刺》载,桑弘羊说儒生们"坚据古文以应当世"。这些儒生所学主要为今文经,说明此"古文"即古书。
② 鲁本文化最盛之地,故韩起称"周礼尽在鲁矣"。齐地近鲁,而楚自鲁昭公二十六年周内乱时,王子朝奉周之典籍以奔楚(《左传》),后楚又灭鲁,故文化特盛。

采用了商鞅、韩非的政治主张,情况有所不同。

商鞅认为:"农战之民千人,而有《诗》、《书》辩慧者一人焉,千人者皆怠于农战矣。"(《商君书·农战》)韩非认为:"明主之国,无书简之文,以法为教;无先王之语,以吏为师。"(《韩非子·五蠹》)这种政策使儒学和其他各家在秦国都不兴盛。《荀子·强国》记荀子认为秦"其殆无儒邪",而同书《儒效》记秦昭王说:"儒无益于人之国。"所以后来秦始皇焚书,绝非偶然。秦焚书时,虽规定博士所职者不烧,但秦的藏书本不多,自难有全本。至于六国境内的书,由于从焚书令下到陈胜、吴广起兵不过六年左右。陈、吴起兵以后,秦朝对六国旧境已失去了控制力,而即使在陈、吴起兵以前,燕、齐、楚诸地距秦远,秦的统治也鞭长莫及,秦廷不可能对人们进行挨户搜索,所以济南有伏胜壁藏《尚书》,鲁有孔壁藏书,而河间则出现了《周礼》等大批典籍。据《史记》及《汉书·儒林传》所载汉初儒生,其籍贯都为六国人。在秦亡之后,汉惠帝时始废挟书之律,民间的书籍遂得以公开流通,但无人提倡,亦难以盛行。文帝时始命令访求能治《尚书》的人,当时只有伏胜一人,而年已九十,文帝派晁错去济南受学,这是汉初传授"五经"的开始。当时上距秦代已半个世纪左右,"古文"已不通行,所以伏胜当年所藏的《尚书》虽为古文书,而晁错所受并加以缮写的本子则为汉代通用的隶书。至于其他诸经的传授者如治《诗》的申培、辕固生和韩婴,治《礼》的高堂生等人早年所读的"经",亦当为古文本,及至他们传授弟子及弟子们缮写经文时则用汉代通行的隶书,即所谓"今文"。所以照一般说法,传《易》的孟喜是今文家,而许慎《说文解字叙》,则称《易》孟氏"为"古文"。即使今文学派的代表人物董仲舒,属于公羊学派,他本人是否见古文《春秋》不可考,但公羊学派出于战国初之公羊高,入汉,其最早传人为景帝时胡毋子都。公羊高所见《春秋》,必为古文本,即胡毋子都时因为尚未设学官,也可能仍未用今文缮写。《穀梁传》始于鲁人穀梁赤,与秦孝公同时,亦战国前中期人,所用《春秋》自是古文本,即如汉初陆贾、申培治《穀梁春秋》,所见当亦古文本①。据此看来,所谓"今文经",其最早的底本都是古文本,所以前面谈到《盐铁论·相刺》中把古书全称为"古文"。《史记·太史公自序》中,司马迁自称"年十岁则诵古文"②。按:《说文解字叙》引述《汉律》的《尉律》规定:"学僮十七以上,始试讽籀书九千字,乃得为吏。又以八体试之,郡移太史,并课最者,以为尚书史。"此制据云未能坚持实施,但作为史官世家的司马迁,显然是要学"古文"的。他"诵古文",大约即学习籀文,秦以前古文字体。清末以来有些人见《史记》中出现"古文"二字,就斥以为刘歆窜入,其实是不知"古文"二字在不同场合有不同的含义。

至于"古文经",也不等于说这些学派所传经书仍用古文字缮写。事实上像《毛诗》,虽称"古文家",但典籍中并未记载有古文本《诗经》被发现。因为据《汉书·艺文志》,《诗经》是靠"讽诵"传授,不独在竹帛。《毛诗》因未立学官,故人们都以"古文家"视之。《左氏春秋》的情况又有不同。《论衡·案书》云:"《春秋左氏传》者,盖出孔子壁中。孝武皇帝时,鲁共王坏孔子教授堂以为宫,得佚《春秋》三十

---

① 陆贾治《穀梁传》,前已说过。《汉书·陆贾传》:"陆贾,楚人也,以客从高祖定天下。"此时当已年逾二十,而从刘邦称帝上推到秦统一中国才十六年,可见他生于战国末。当时尚不能公开学习《春秋》,所用当古文。申培据《汉书·儒林》本传,"少与楚元王交俱事齐人浮丘伯受《诗》"。浮丘伯,荀卿弟子,当在战国末。

② 唐司马贞《索隐》以为"迁及事伏生,是学诵《古文尚书》",恐非。伏胜虽曾壁藏《古文尚书》,但其传授晁错时,已为今文。且司马迁生年最早为景帝中元五年(前145),而文帝时伏胜已年九十余,至司马迁出生时,他年过一百一十岁,司马迁何能"及事伏胜"?

篇,《左氏传》也。"这当为古体文字。但据《汉书·儒林传》,汉代自张苍、贾谊等人皆修《春秋左氏传》,则所传当亦用隶书缮写。郑玄注《仪礼》,用今古文本对校,或从今文,或从古文,则亦有以隶书缮写的古文本《仪礼》。只有《周礼》,乃河间献王所献,原出"山岩屋壁",上献朝廷后,因为无人传授,士子们并不能因读此书而得官,所以无人留意,送入"金匮石室"之中,无人见到,只有到刘向、刘歆父子校书时,始引起人们注意。此书的出现尽管引起当时一些治"今文经"者的激烈反对,但亦在学者中逐渐流传开来。东汉时马融、郑玄都为之作注。此后人们读的《周礼》,自然也是用隶书缮写的了。

"今文"与"古文"之别,既只在底本的字体,按理说是不会也不可能引起什么争论的。但争论毕竟发生了。这种争论从表面上看来是学术见解的不同,而实质上却是为了"太常博士"的禄位。"古文经"本身是陆续出现的,开始时一些"今文经"学家对"古文经"的出现亦不以为意,甚至多少还加以采择。如《礼》学始于汉初的高堂生,传至宣帝时的后苍均为今文家,后苍弟子戴德、戴圣和庆普皆传其学,戴德和戴圣各从《汉书·艺文志》所载《记》百三十一篇中选取一部分作为教材,戴德所选八十五篇,戴圣所选四十九篇,即今本《礼记》①。在今本《礼记》中亦采古文家说,如《祭法》的内容,即同于《国语·鲁语》,还有学者认为《礼记》兼释《周礼》和《仪礼》。相反地,当时的争论常常发生在"今文家"之中。如《汉书·儒林传》记载:"武帝时,(韩)婴尝与董仲舒论于上前,其人精悍,处事分明,仲舒不能难也。"同书同传又记西汉武帝至宣帝间治《春秋》的《公羊》、

---

① 旧说戴圣的《礼记》即从《大戴(戴德)记》八十五篇中节取。但吴承仕认为:"二戴各自撰《记》,本不相谋。"(见《经典释文序录疏证》第 103 页,中华书局 1984 年版)

《穀梁》二传传人的争论。在汉武帝时，《穀梁传》的传人瑕丘江公曾与董仲舒争论，江公"口呐"，不如董仲舒，武帝采纳了公羊学派，使之立于学官。但他的太子刘据虽奉命学《公羊传》，而私下问及《穀梁传》，并欣赏其说。后来穀梁学派衰落，只有荣广、皓星公二人坚持其说。荣广"高材捷敏"，与公羊学派的眭孟辩论，多次把眭孟难倒，于是穀梁学派复兴。到宣帝即位后，听说其祖父刘据好《穀梁传》，以此询问了丞相韦贤等人，就召见荣广的弟子蔡千秋，经过十几年的辩论，才把穀梁学派立于学官。至于"古文经学"的各派是很难有这种机会的。因为当时朝廷中大臣皆以"经学"起家，他们学的都是"今文经学"，自然要维护本派学说而排斥不同的学说。这时，"古文家"只能在民间传授，对已立学官的各个学派的垄断地位不可能构成威胁，所以从汉武帝到成帝末的一百几十年间还能相安无事。

所谓的"今古文经学"之争，其实是在西汉哀帝时才爆发的。原来汉代自惠帝时取消"挟书之律"，至武帝时又大力访求典籍，凡民间藏书愿意献给朝廷的，都能得到赏赐。这样，前来献书的人逐渐多起来，国家的藏书日益丰富。但这些书一送到朝廷，就被藏于"金匮石室"之中，很少人能看到，事实上大概也仅有像司马迁那样个别人阅读过它们。历武、昭、宣、元四帝一百多年，到成帝刘骜即位后，才想到让汉朝的一位宗室刘向去加以整理、校勘。后来又叫刘向之子刘歆去协助他父亲工作。至哀帝刘欣建平元年（前6），刘向去世，朝廷又叫刘歆继续完成他父亲未竟之业。刘歆早在其父尚在的时候，就从国家藏书中发现了《左传》、《古文尚书》、《周礼》及《毛诗》等典籍，认为很好。关于《春秋》，刘歆曾与刘向争论过，据《汉书·楚元王附刘歆传》载，关于《左传》问题，"歆数以难向，向不能非间也"。唐贾公彦《周礼正义序·序周礼废兴》引马融云"至孝成皇帝，达才通人刘向、子歆，校理秘书，始得列序，著于录略"，据此关于《周礼》

则刘氏父子并无分歧。此时适逢成帝死,哀帝刘欣立,刘歆就向朝廷建议为《左氏春秋》、《周礼》等设立学官,但原有的太常博士们都不同意,于是刘歆就作了《移书让太常博士》一文提出质难。这一下却闯下大祸。因为反对给这些"古文经"传设立学官的不仅有原来已成为学官的"今文经"师,还有朝中一大批显官。他们都是以学习"今文经"起家的,自然要维护本派的地位。所以一时间"诸儒皆怨恨",连光禄大夫龚胜亦上书要求辞官,大司空师丹亦大怒,"奏歆改乱旧章,非毁先帝所立"(以上均见《汉书·楚元王附刘歆传》)。哀帝虽出面调解,认为"歆欲广道术,亦何以为非毁哉?"但刘歆自觉得罪了执政大臣及诸儒,在朝廷中无法安生,只能自动要求离开长安出任地方官。在外多年,直至哀帝死,平帝刘衍立,才回到长安。这时王莽执政,曾一度采纳刘歆意见,为那些"古文经"设立博士,但王莽被推翻后,继之而起的东汉皇朝又恢复了西汉旧制,废除了传授"古文经"的学官。

东汉建立以后,仍有不少儒生向皇帝建议重新为这些"古文经"设立博士。如光武帝刘秀时,陈元曾建议为《左氏春秋》立博士,但遭到范升反对,未果。其后章帝时的贾逵,也力主为《左传》及别的"古文经"设学官,虽得嘉许,却未能成功。不过自从刘歆在西汉末提出"古文经"的问题后,那些"古文"典籍日益引起学者们注意,不管朝廷的态度如何,西汉末至东汉初的杰出思想家如桓谭、王充都明显地同情"古文家";稍后的科学家兼文学家张衡也在《二京赋》中大量引用"古文经"的典故并反对"谶纬"。尤其是东汉一代出现了不少杰出的学者如郑兴、郑众、贾逵、许慎、马融、服虔、蔡邕、郑玄等,大多习"古文经",而"今文经"师除何休一人外,几乎很少有所成就。这就决定了"今文经学"的日趋衰落和"古文经学"的逐渐兴起。从东汉末到三国,已很少有人治"今文经学"。汉末大乱之后,朝廷的学官荒废,刘表在荆州请宋衷主持讲学,所授的为"古文"学说;郑玄晚年在河朔一带讲学,虽说调和"今古文",但亦以"古文经学"为主,此外如卢植等人,亦显然属于"古文"学派。至于"今文"各派学说,如《齐诗》大约至三国时已亡,《鲁诗》亦不过维持到东晋南渡以前;只有《韩诗》一直到唐代犹存,但无传习者。据《隋书·儒林传》述东晋南北朝时代学风的不同说:"南北所治,章句好尚,互有不同。江左《周易》则王辅嗣(弼),《尚书》则孔安国(指伪《孔传》),《左传》则杜元凯(预)。河洛《左传》则服子慎(虔),《尚书》《周易》则郑康成(玄)。《诗》则并主毛公,《礼》则同遵于郑氏。"可见"今文经学"至此已完全失去其影响力。其实魏晋以降,"经学"本身亦已衰微,即如东晋南朝人习《左传》,已舍贾逵、服虔而用晋人杜预注;《周易》则用纯属玄学的王弼注。唐太宗命孔颖达撰《五经正义》,亦承袭东晋南朝之制。唐代有些人已对"五经"旧注产生怀疑,如啖助、赵匡、陆淳等已并疑"三传",而以己意解释《春秋》。韩愈对此亦表同意,在《寄卢仝》一诗中有"《春秋》三传束高阁,独抱遗经究终始"之句(见《韩昌黎全集》卷五)。韩愈不光疑"传",亦且对"经"不甚重视,在《读〈仪礼〉》中,他说:"余尝苦《仪礼》难读,又其行于今者盖寡,沿袭不同,复之无由考,于今诚无所用之。"(同上卷一一)这种议论,已开宋人先声。宋代学者崇尚"义理"之学,往往摒弃传注而以己意释"经"。尽管他们并未改变盲目崇拜古"圣人"的习气,毕竟敢于对某些古籍提出怀疑。例如对于东晋时出现的伪《古文尚书》的怀疑,就是由宋人吴棫首先提出而至清初阎若璩才最后考订;又如关于《毛诗序》对《诗经》中一些篇义的错误解释,也是宋代的欧阳修等人首先提出质难的。在宋、元、明三代,人们关于"五经"的解释虽仍有争论,但大抵是"理学家"之见的不同观点,和"今古文"之争并无关系。不过宋、明人的"疑古"亦不无过火的意见,这对后来清代重新出现的"今古文"之争有不小的影响。

清代的学风与宋明又有了很大的不同。清初学者鉴于明末一些人的"束书不观,游谈无根",又转而向古注中找寻"五经"的解释。但他们去古已远,所能见到的古注,大抵限于东汉郑玄等人的著作。因此这些学者被称为"汉学家"以区别于"宋学"。但"汉学"经过一个时期的发展,又发生了分化。有些人认为西汉的"今文经学"比东汉学者去古更近,于是又转而崇尚"今文家"的学说。这时已距鸦片战争不远,所以这种学风又与后来要求变法图强的思潮结合起来,于是原本是一个纯粹的学术问题变成了当时政治思潮的一部分。这在龚自珍、魏源时,已露其端,而到"戊戌政变"时的康有为就成了纯粹政治宣传的手段了。平心而论,康有为的政治主张在那时具有很大的进步作用,他的目的是要变法维新,改变清朝政权的性质,使之成为一个类似英国和日本的资本主义君主立宪国家。为了宣传变法,康有为召唤孔子的亡灵为现实服务,把孔子打扮成一个变法的先行者,于是作《孔子改制考》。与此相辅而行的,是另一部著作《新学伪经考》。在这部书中,他认为孔子改制的主张都体现于"今文家"的经说,特别是《公羊传》中,而与"今文家"相对立的"古文经",如《周礼》、《左传》等等,统统是刘歆伪造的,而刘歆之所以要伪造经典是因为要帮助王莽篡夺汉朝的帝位。因为王莽国号为"新",故称东汉时代学者的学说为"新学"。不管当时康有为在政治方面有多大进步性,他这些说法在学术上显然是站不住的。因为刘歆表彰"古文经",在当时虽遭反对,但当时人并未说他作伪,而只是说他"非毁先帝所立",也就是说过去那些学官是武宣诸帝设立的,刘歆说他们所传授的"经"残缺不全,那就是"诽谤先帝"。这本是在理屈词穷时,抬出"先帝"来压人。这种话看来气势汹汹,其实并无说服力。如果刘歆所表彰的"古文经"真是假的,那些"太常博士"和达官们何不直接指出其作伪?岂不更有理?他们之所以没有这样做,是因为他们明知这些书不伪,刘歆亦不可能作伪。我们知道,刘歆虽在成帝河平间已参加校书,但仅仅是协助其父刘向工作。据康有为等人说,刘歆伪造这些"经"、"传"是要为王莽篡汉制造舆论准备。但刘向其人正好是最反对外戚王氏专权的,这有《汉书·楚元王附刘向传》中所载"封事"为证。刘向在日,刘歆显然不可能在那里造伪经。再说根据《汉书》,刘歆曾用《左传》说与刘向争论过,说明刘向完全知道《左传》的存在,而不认为它是刘歆伪撰。依据贾公彦引马融说,把《周礼》"著于录略"的是刘向、刘歆父子,可见《周礼》不但不伪,而且刘向亦亲自见过。而且《左传》与《周礼》亦非可以伪造之书。《左传》在汉初已有张苍、贾谊传其学,司马迁作《史记》时已征引过;《周礼》中的《大司乐》一章,据《汉书·艺文志》,在文帝时亦已出现。如果说刘歆伪造这些书是在刘向死后,这更难成立。因为刘向和成帝是同一年死的,刘歆要作伪必须是在哀帝时。但哀帝时王莽并不得势。哀帝即位后,鉴于王氏专权,有意疏远他们,任用其祖母族傅氏和母族丁氏以夺其权。这时王莽屏居家门,不得干预朝政。自哀帝即位到死去,有六年时间,刘歆不可能在五六年以前已预知哀帝会死去,元后会重新掌权再次任用王莽。尤其是当刘歆提议为"古文"、"经"、"传"设立学官遭到众人攻击时,哀帝还出来为他辩解,更说明"古文"、"经"、"传"问题根本与王莽代汉的事无关。哀帝在位前后不过六年,刘歆作《移书让太常博士》后,即遭围攻而被迫要求外出任太守。据《汉书·楚元王附刘歆传》,他历任河内、五原、涿郡太守,"数年,以病免官,起家复为安定属国都尉",遇哀帝崩才回到长安。依此推算,他离开长安时间不晚于建平二年末或三年初(前6~5),上距刘向卒和哀帝立不过两年左右时间,其中还要去掉他和太常博士争论、作《移书》和遭责难而决定要求离开的时间,那么前后还不过一年多时间。在这一年多时间中,他竟能伪撰出一部《周礼》和一部《左传》，这本来已属不可思议之事。何况当时造纸术尚未发明，这些书还得刻或写在竹简上，而这样繁重的劳动还得背着人由他独自来完成，实难想象。更奇怪的是刘歆在这样短短的一年多中伪造的两部书，其中一部竟能和现代人发现的西周铜器铭文所反映的官制颇多一致或近似；一部则被王充认为与《礼记》和《史记》符合而称之为"实书"(《论衡·案书》)。真是奇哉! 这样的"作伪者"似乎于学术无害，且有大功焉。其实所谓刘歆伪造"经"、"传"之说，完全是后人的说法，汉代的"今文家"尚无人敢如此说。例如东汉的何休，斥《周礼》为"六国阴谋之书"，还不认为出于刘歆伪造。这种刘歆伪造"经"、"传"之说，实出于一种偏见，即认为圣人制定的"经"，是万古不变、永远适用的，如果有人照着它办事而遭失败，那就说明它是伪经。这种观点本身就是错误的，因为世移事异，古代制度不适用于后世，这是一个普通的常识。但持这种观点的颇不乏人，如宋代的包恢作《六官疑辨》，其书虽佚，据《经义考》卷一二四引刘克庄说，他认为《周礼》出刘歆伪造，理由是它"一用于新室，再用于后周，三用于熙宁，皆为天下之祸"。其实王莽的失败有其复杂的历史原因，未必由于其遵用《周礼》；北周仅官制方面用《周礼》官名，且未成"天下之祸"，却为隋唐统一奠定了基础；王安石变法参考过《周礼》，但熙宁变法的失败，原因更复杂，除了遭到一些人反对外，还有用人不当的问题，至于"新法"本身，有许多还是颇有进步作用的。以此来归罪《周礼》更属匪夷所思。

原来，康有为作《新学伪经考》完全是为他的政治目的服务，本无意于讨论学术。这一点瑞典人高本汉已看得很清楚。"五四"以来一些学者所以在一定程度上接受他的观点，实由于要借此削弱人们崇古的偏见，其实当时的"疑古"亦实有很大的片面性。

第三节 《周易》和历代关于《周易》的研究

在"五经"中,《周易》一书是比较特殊的。此书的出现不会很晚,但在先秦儒家如孟荀等人的著作中,却没有或很少提到它,以致近代以来有些学者甚至认为它是一部晚出之书。然而传统的习惯,又把它列为"群经之首"。其原因大约在于孔子很少谈"天道",而《易》讲的主要是"阴阳"。值得注意的是即使反对儒家的秦始皇,也不把它和《诗》、《书》等相提并论。《史记·秦始皇本纪》记焚书时"所不去者,医药卜筮种树之书";而《汉书·艺文志》云:"及秦燔书,而《易》为筮卜之事,传者不绝。"可见它是遭秦火而未被焚毁的一部"经"书。

今天所见的《周易》,其实分为两个部分,即《易经》和《易传》,这两部分的产生时代不同,内容亦有很大差别,因此需要分开论述。所谓的"经"即其中的《卦辞》和《爻辞》两个部分。根据历来的说法,都认为"卦"的产生在"爻"之前。如《易·系辞下》:"古者包牺(伏羲)氏之王天下也,仰则观象于天,俯则观法于地,观鸟兽之文与地之宜,近取诸身,远取诸物,于是始作八卦,以通神明之德,以类万物之情。"后来《汉书·艺文志》和《说文解字叙》都引用了这段文字。这里所说的"八卦",就是指的乾☰、坤☷、震☳、巽☴、坎☵、离☲、兑☱、艮☶。这八个卦代表八种事物,如乾为天,坤为地,坎为水,离为火,兑为泽,艮为山。这大约是从原始的图画向象形文字演化过程中的产物,所以坎卦的☵与篆文的水还很相似。后来这八个图像就变成了巫师们进行卜筮的八个符号。但用这八个符号来概括各种社会生活,进行占卜,还是不够的,于是就有了"重卦",也就是把两个卦重叠起来，这样就能显示出更丰富的内容，甚至表现某些观念。如坤下乾上☰为"否"，意思是说天本在上，地本在下，上下不交流，万物不能顺长，国家也难安宁；乾下坤上☰为"泰"，意思是说天地之气交流，上下相通，万物得以顺长，国家得以安定。通过这种方式，八卦就变成六十四卦。这六十四卦中每卦有六爻，共三百八十四爻。每一爻又可以根据其在卦中所处的位置，象征人们的某种处境，如乾卦的倒数第二爻和第五爻①，因处于下面一卦之中位和上面一卦的中位，所以都为"吉"，而最上一爻因为发展到极顶，反而是"凶"了。显然，用这种方式进行占卜，较之仅用八卦要便利得多，而且其中已多少蕴含着某些哲理思想。据传统的说法，这种"重卦"始于周文王。如《汉书·艺文志》云："至于殷、周之际，纣在上位，逆天暴物，文王以诸侯顺命而行道，天人之占可得而效，于是重《易》六爻，作上下篇。"这种"重卦"的方式始于周文王虽未可确信，但以为它出现于八卦之后，应该是正确的，而且说由"重卦"而产生的"卦辞"和"爻辞"产生于"殷周之际"，大约也是可信的。因为本章第一节中我们已引《易·系辞传下》的两段话谈到了这问题。

从《周易》的《卦辞》和《爻辞》看来，一些文字产生于殷周之际，大约是没有疑问的，但恐非一时一人之作。因为其中有的记殷事，用殷人口吻；有的记周事，是周人口吻。如《既济·九三》："高宗伐鬼方，三年克之，小人勿用。""高宗"即殷王武丁。《归妹·六五》："帝乙归妹，其君之袂不如其娣之袂良。月几望吉。""帝乙"亦殷王，纣之父。《明夷·六五》："箕子之明夷，利贞。""箕子"是纣的叔父，曾被囚为奴，明夷即遭遇磨难。这些都是有关殷之史事。又如《升·六

---

① 《周易》中"爻"的次序是由下而上，最下面的叫"初"，其次叫"二"，最上一爻叫"上"。

四》:"王用亨于岐山,吉,无咎。""岐山"是周地,"王"当指"周王"。《坤·卦辞》:"利西南得朋,东北丧朋。"按:殷周之际,周王居丰镐,在今西安附近;殷王居朝歌,在今河南淇县,正好周为西南,殷为东北。《既济·九五》:"东邻杀牛,不如西邻之禴祭,实受其福。"这里也是"东邻"指殷,"西邻"指周。《未济·九四》:"震用伐鬼方,三年,有赏于大国。"按:在殷代,武丁等王和"鬼方"(王国维以为即后来的匈奴族)屡次发生战争,此时周为殷的从属国,主动伐鬼方,得到殷商的赏赐。"大国"指殷。这都是周人的口吻。在《周易》的一些卦中显然和当时部落国家的行军用兵有关。如《师·卦辞》:"贞丈人吉,无咎。"指统率大众的"丈人"(酋长或首领)经占卜是适合的。《初六》:"师出以律,否臧凶。"意谓出兵无纪律,就会失败。《六三》:"师或舆尸,凶。"意谓军中载尸体而归,当然是战争失利。《六四》:"师左次,无咎。"意谓交战中虽受了挫折,但尚无大损失。《六五》:"田有禽。利执言,无咎。长子帅师,弟子舆尸,贞凶。"这段《爻辞》颇费解,疑指出兵中遭遇的变故。前三句是军队在田野里发现小股敌军,可加俘获,统率者要大家遵守纪律,不要争功。这时,他们突然遭到袭击,主帅战死,他的长子率领军队,由其他子弟载着他的尸体败退。这可能是记载某次出征的经历,笔者曾经猜想此卦或许和《晋书·束晳传》载古本《竹书纪年》所说"文丁杀季历"有关,但无确证。《大壮·六五》:"丧羊于易,无悔。"又《旅·上九》:"鸟焚其巢,旅人先笑后号咷。丧牛于易,凶。"这两条爻辞,许多学者都把它们和殷代的先世王亥联系起来。因为据考证,"有易"即"有扈"。《楚辞·天问》:"该(亥)秉季德,厥父是臧,胡终弊于有扈,牧夫牛羊。"又《山海经·大荒东经》:"王亥托于有易、河伯仆牛。有易杀王亥,取仆牛。"这些内容显然是古史研究的重要史料。

除了有关古代部落国家的重大事件外,《周易》的《卦辞》、《爻辞》中反映普通人日常生活的内容也不少,如《家人·九三》:"家人嗃嗃,悔厉吉;妇子嘻嘻,终吝。"这里讲的是居家能忧虑自责往往得吉,而嬉笑怠惰者往往遭凶,以此作为警戒。以"嗃嗃"形容忧惧谨慎,以"嘻嘻"形容嬉笑怠荒,均极生动形象。《噬嗑·六三》:"噬腊肉遇毒,小吝,无咎。"《九四》:"噬干肺,得金矢。利艰贞,吉。"二者都是讲人进食,前者大约指吃到了有毒的肉,虽有害,未造成严重后果;后者大约指吃干肉时遇到肉中藏有的箭镞,这在古代大约是常有的事,因为人们常常射猎野兽补充食物。有的卦、爻辞反映的大约是一些贵族的生活情况,如《讼·九二》:"不克讼,归而逋其邑人三百户,无眚。"意为此人和人打官司,诉讼未成,而其奴隶却乘他外出时逃亡了。同卦《上九》:"或锡之鞶带,终朝三褫之。"则是说他以诉讼得了鞶带,却不能很好地保有它。还有些卦、爻辞的内容,看来比较不太近情理,可能是借此预言事情的成败,如《归妹·上六》:"女承筐,无实,士刲羊,无血,无攸利。"其实"刲羊"不可能"无血","无实"也不会去"承筐",大约指其事无成,所以说"无攸利"。《履·卦辞》:"履虎尾,不咥人,亨。"其实踩了老虎尾巴,不可能不咬人,大约是说此事虽险,却能成功,所以说"亨"(通顺)。还有一些卦、爻辞似更能反映一些古代人的习俗,如《睽·上九》:"睽孤见豕负涂,载鬼一车,先张之弧,后说之弧,匪寇,婚媾。往遇雨则吉。"这段话大概是描写当时人的婚礼还保存原始社会掠夺婚的某些痕迹。女方的人见了男方一车人装扮成鬼前来,误以为强盗,张弓要射击,后来看清了来的人是娶亲的,就放下弓箭。这种文字,显然是社会和民俗学的宝贵史料。

《周易》中的《卦辞》和《爻辞》中不乏生动的描写,具有较高的文学价值,如《屯·上六》形容一个处于困苦境地的人:"乘马班如,泣血涟如。"形容其徘徊不前、十分伤心的样子。《震·卦辞》:"亨、震来虩(xì)虩,笑言哑哑,震惊百里,不丧匕鬯。"形容雷声亦极传神。还有一些卦、爻辞则可能本来就是民间歌谣,如《明夷·初九》:"明夷于飞,垂其翼。君子于行,三日不食。"《井·九三》:"井渫不食,为我心恻。可用汲,王明并受其福。"《中孚·九二》:"鸣鹤在阴,其子和之。我有好爵,吾与尔靡之。"这些显然采自民谣。宋陈骙《文则》曾据《中孚·九二》为例说明"《易》文似《诗》",就是由此。所以《周易》虽属卜筮之书,但从来研究文学史的人,亦无不以重要典籍目之。

《周易》中的另一个部分是《易传》,亦称"十翼",即:《彖传》上下;《象传》上下;《系辞》上下;《文言》、《说卦》、《序卦》和《杂卦》。根据传统的说法,"十翼"至少绝大部分是孔子作的,如《史记·孔子世家》云:"孔子晚而喜《易》,序《彖》、《系》、《象》、《说卦》、《文言》。"张守节《正义》则明确地认为"夫子作'十翼'"。但现在大多数学者都不信"十翼"为孔子所作,也不认为它们出于同一时期和同一人之手。从《系辞传》和《文言传》中都有"子曰"字样,显然指所引为孔子的话,与《论语》、《礼记》相类似,当是孔子的后学所作。《系辞传》现代多数人认为它产生于老子以后和惠施、庄周以前,即战国中期以前。《文言》的文体与之相类,可能也产生于这一时期。《彖辞》似稍晚,约在荀况以前①;《象辞》思想与《彖辞》有时不太一致,但文体相近,可能虽非一人作,而时代相近。《说卦》、《序卦》和《杂卦》情况更复杂一些,其中《说卦》在《史记·孔子世家》中已提到,可见是先秦人作,但时代也许比《系辞》、《文言》及《彖》、《象》稍晚。《序卦》和《杂卦》的产生时代可能最晚,难保不是秦汉人所作。

---

① 《荀子·大略》云:"《易》之《咸》,见夫妇。"按:此取《易·咸·彖辞》:"咸,感也。柔上而刚下,二气感应以相与,止而说,男下女,是以亨利贞,取女吉也。"但《大略》亦有人认为荀门后学所作。

"十翼"和《卦辞》、《爻辞》的一大区别在于这些著述主要是发挥哲理思想,而《卦辞》、《爻辞》则显系卜筮之书。本来《卦辞》、《爻辞》所构成的"经"和"十翼"是各成篇幅,并不合为一书的,至东汉的郑玄才把《彖》、《象》附于"经"中。《三国志·魏书·三少帝纪》载,高贵乡公曹髦问《易》博士淳于俊说:"孔子作《彖》、《象》,郑玄作注,虽圣贤不同,其所释经义一也。今《彖》、《象》不与经文相连,而注连之,何也?"淳于俊回答说:"郑玄合《彖》、《象》于经者,欲使学者寻省易了也。"曹髦又问:"若郑玄合之,于学诚便,则孔子曷为不合以了学者乎?"淳于俊说:"孔子恐其与文王相乱,是以不合,此圣人以不合为谦。"曹髦再问孔子"以不合为谦",郑玄为什么"不谦",淳于俊无法回答。从这段问答可以看出,直到三国后期,《周易》的面貌仍与今本不同,而且即使现在流行的王弼注本《周易》,也仅注《卦辞》、《爻辞》及《彖》、《象》、《文言》部分,至于《系辞》、《说卦》、《序卦》和《杂卦》的注者则为东晋人韩康伯。可见到魏晋时,人们还没有把"十翼"和"经"看作一个整体。

"十翼"与卦辞、爻辞的不同倾向颇为明显,如《乾卦》的《卦辞》云:"乾,元亨,利贞。"只是说这一卦"大通顺,占问有利"(用周振甫先生《周易译注》,中华书局1991年版第一页译文)。但《彖传》就大谈哲理:"大哉乾元,万物资始,乃统天。云行雨施,品物流形。大明终始,六位时成。时乘六龙以御天。乾道变化,各正性命。保合大和,乃利贞。首出庶物,万国咸宁。"《象传》更由此谈到了人的修养:"天行健,君子以自强不息。……"这种变化也是可以理解的,从《左传》所记载的春秋时人占卜时,掌卜的"史"往往发挥卦兆,引出一番议论,其中不无哲理与道德的说教。久而久之,人们在卦象中往往引申出一种哲理的思考。如《左传·襄公九年》记鲁国的穆姜死前曾对人说:"是于《周易》曰:'随,元亨利贞,无咎。'元,体之长也;亨,嘉之会也。利，义之和也；贞，事之干也。体仁足以长人，嘉德足以合礼，利物足以和义，贞固足以干事。然固不可诬也，是以虽《随》无咎……"这段话，和今本《周易》的《乾·文言》第一段十分相似，只是《乾·文言》中在"元"、"亨"、"利"、"贞"四字下各多一个"者"字；"体之长也"作"善之长也"；"体仁足以长人"句上多"君子"二字；"嘉德"作"嘉会"。这里文字虽略有出入，而文义并无不同。如果我们再看一下《周易·随·卦辞》，确有穆姜所引的"《随》，元亨，利贞，无咎"一语，但此卦既无《文言》，而其《卦》、《爻辞》及《彖》、《象》二传亦无类似的话。疑此段文字本是穆姜以前人对《周易》所作的议论，本以释《随》，而后来《乾·文言》的作者采以说《乾》。近年马王堆出土帛书《周易》，同时还有六种释《易》的著述，与今《易传》不同，其中有一种叫《要》，文中记载孔子曾说："后世之士疑丘者，或以《易》乎？吾求其德而已。吾与史巫同涂（途）而殊归者也。"看来孔子虽好读《易》，却并不看重占卜。《论语·子路》："子曰：南人有言曰：'人而无恒，不可以作巫医。'善夫！'不恒其德，或承之羞。'子曰：不占而已矣。"这里"不恒其德"二句，是《周易·恒·九三爻辞》。朱熹《集注》引杨氏云："君子于《易》苟玩其占，则知无常之取羞矣。其为无常也，盖亦不占而已矣。"由此可知孔子从《易》道的变化中悟出了"无常"之理，既然"无常"，便不需占卜。这种观点显然和前面谈到的穆姜的话同是出于哲理的和道德的思考。这就是孔子喜《易》与"史巫"的根本区别。现在我们来看《易传》，的确也体现了这个倾向。例如《系辞传》和《文言传》，虽出后学之手，但其所引孔子之语，大部分是谈到道德修养问题。如《系辞上》云："子曰：《易》，其至矣乎！夫《易》，圣人所以崇德而广业也。知崇礼卑，崇效天，卑法地。天地设位，而《易》行乎其中矣。成性存存，道义之门。"这里丝毫不谈吉凶，而是讲道德，讲哲理。《系辞下》："人不耻不仁，不畏不义，不见利不动,不威不惩。小惩而大诫,此小人之福也。《易》曰:'屦校灭趾,无咎。'此之谓也。"又:"子曰:德薄而位尊,知小而谋大,力少而任重,鲜不及矣。《易》曰:'鼎折足,覆公悚,其形渥,凶。'言不胜其任也。"《文言》也是这样,如《乾·文言》:"九三曰:'君子终日乾乾,夕惕若,厉,无咎。'何谓也?子曰:'君子进德修业,忠信所以进德也,修辞立其诚,所以居业也。知至至之,可与言几也。知终终之,可与存义也。是故居上位而不骄,在下位而不忧,故乾乾因其时而惕,虽危无咎矣。'"在《易传》所引孔子语中,亦颇有其哲学思想,如《系辞传下》:"《易》曰:'憧憧往来,朋从尔思。'子曰:'天下何思何虑?天下同归而殊途,一致而百虑。天下何思何虑?日往则月来,月往则日来,日月相推而明生焉。寒往则暑来,暑往则寒来,寒暑相推而岁成焉。往者屈也,来者信也,屈信相感而利生焉。尺蠖之屈,以求信也。龙蛇之蛰,以存身也。精义入神,以致用也。利用安身,以崇德也。过此以往,未之或知也。穷神知化,德之盛也。'"《乾·文言》:"《易》曰:'飞龙在天,利见大人。'何谓也?子曰:'同声相应,同气相求。水流湿,火就燥,云从龙,风从虎,圣人作而万物睹。本乎天者亲上,本乎地者亲下,则各从其类也。'"《易传》中有些文字则更与《论语》、《礼记》中记孔子之言十分相像,如《系辞下》:"子曰:'颜氏之子,其殆庶几乎?有不善未尝不知,知之未尝复行也。'《易》曰:'不远复,无祇悔,元吉。'"(按:此《复·九三爻辞》)从这些例子看来,《易传》虽非孔子作,却体现的主要是儒家思想。但《易传》强调"变化",认为"一阴一阳之谓道";"是故阖户谓之坤,辟户谓之乾,一阖一辟谓之变,往来不穷谓之通";"是故刚柔相摩,八卦相荡,鼓之以雷霆,润之以风雨。日月运行,一寒一暑"。(皆见《系辞上》)。这阴阳消长,也就是万物发展变化的根源。因此《易传》中强调"谦"和"柔"。如《谦·彖传》:"天道下济而光明,地道卑而上行。天道亏盈而益谦,地道变盈而流谦,鬼神害盈而福谦,人道恶盈而好谦。"《明夷·彖传》:"内文明而外柔顺,以蒙大难,文王以之。"《大有·彖传》:"《大有》,柔得尊位大中,而上下应之。"这种思想亦颇与道家相通。周振甫先生在《周易译注》中认为《彖传》、《象传》受了《老子》的影响,因此与《卦辞》、《爻辞》有别(见《周易译注》第60页),显然是正确的。

《易传》的文章在战国时代也独具特色,特别是《系辞传》和《文言传》,使用的对仗和排偶句特多,文辞亦颇华美。如前面提到《左传》中记穆姜所引的一段文字就是适例。这种文字在《文言》中很多,如:"大哉乾乎! 刚健中正,纯粹精也。六爻发挥,旁通情也。'时乘六龙',以'御天'也。'云行雨施',天下平也。""夫'大人'者与天地合其德,与日月合其明,与四时合其序,与鬼神合其吉凶,先天而天弗违,后天而奉天时。天且弗违,而况于人乎? 况于鬼神乎?"同样地,《系辞上》云:"是故《易》有大(太)极,是生两仪,两仪生四象,四象生八卦,八卦定吉凶,吉凶生大业。是故法象莫大乎天地,变通莫大乎四时,县(悬)象著明莫大乎日月,崇高莫大乎富贵。备物致用,立功成器,以为天下利,莫大乎圣人。探赜索隐,钩深致远,以定天下之吉凶,成天下之亹亹者,莫大乎蓍龟。是故天生神物,圣人则之。天地变化,圣人效之。天垂象,见吉凶,圣人象之。河出图,洛出书,圣人则之。《易》有四象,所以示也。系辞焉,所以告也。定之以吉凶,所以断也。"《说卦》中有些文字,亦多用此种句法,文句显得既整齐又有变化,有较强的节奏感而不流于呆板,文气劲遒而不纤弱。尽管这些文字的内容多为玄奥的哲理或道德伦理,读起来却丝毫不觉枯燥。这种文字对后来一些散文和骈文家都有着较大的影响。清人阮元作《文言说》云:"《文言》数百字,几于句句用韵。孔子于此发明乾坤之蕴,诠释四德之名,几费修辞之意,冀达意外之言,要使远近易诵,古今易传,公卿学士皆能记诵,以通天地万物,以警国家身心,不但多用韵,抑且多用偶。……凡偶皆文也,于物两色相偶而交错之,乃得名曰'文'。文即象其形也。然则千古之文,莫大于孔子之言《易》。"(见《揅经室三集》卷二)在《书梁昭明太子〈文选序〉后》一文中,他又说:"孔子《文言》实为万世文章之祖。此篇奇偶相生,音韵相和,如青白之成文,如咸韶之合节,非振笔纵书者比也,非佶屈涩语者比也。"(同上)他还有一篇《与友人论古文书》,亦持此论,虽名为反驳韩愈以来的所谓"古文"(散体文),其实是针对明清一些标榜"古文"的人(如清初及当时的方苞、姚鼐诸人)而发,遂启后来提倡"选学"的"扬州学派"和继承方、姚衣钵的"桐城派"之争。现在看来,骈、散二体的主张未免各有其偏激处,但他们都各有较好的文章。至于像《系辞》、《文言》这类文章,亦不失为古代说明文的杰作。

《周易》的兴起如《系辞传》所云在殷周之际,虽成书时间可能稍后,但至晚也在春秋以前。据《左传》的记载,在鲁庄公二十三年记陈敬仲奔齐以前有个周代的"史"见陈侯,以《周易》卜筮,"遇《观》之《否》",说:"是谓'观国之光,利用宾于王'。"按:"观国之光"二句乃《观·六四爻辞》;前引襄公九年穆姜引《易》"随,元亨利贞,无咎"一语,亦即今本《随·卦辞》。这说明早在鲁庄公二十三年(前671)以前,《周易》已经问世。可以推知韩起和孔子都能见到其《卦辞》与《爻辞》。从春秋迄战国,当时所谓《易》实即这两个部分,所以遭秦焚书,独得不毁,即因其为卜筮之书,如果当时附有那些儒家色彩十分浓重的《易传》,那就很难幸免了。到了汉代,最早的易学家是田何,他本是齐人,被迁到杜陵。田何授王同、周王孙、丁宽、齐人服生。王同之学传淄川人杨何,杨何为司马迁父司马谈师。丁宽之学传田王孙,田王孙的学生中有施雠、孟喜、梁丘贺等人。因此,西汉《易》学有施、孟、梁丘三家之分。到了后期,又有一个叫京房的人,从梁人焦延寿受《易》。焦曾从孟喜问《易》，孟死后，京房宣称焦氏所传即孟氏《易》，但孟氏《易》的传人不予承认，于是又分化出来一个"京氏《易》"，这都是"今文"学派。同时，还有东莱人费直、沛人高相亦传《周易》。费氏《易》是"古文"家，"无章句，徒以《彖》、《象》、《系辞》、《文言》解说《上、下经》，未能列于学官，但东汉学者多学之"。高氏《易》专讲"阴阳灾异"，到东汉时已衰微。从东汉以后，费氏《易》兴盛，当时名儒陈元、马融、郑众、郑玄所传皆费氏《易》。据《汉书·艺文志》："《易经》十二篇，施、孟、梁丘三家。"京氏亦有著作，但不见有京氏《章句》著录。《隋书·经籍志》则著录有孟氏《周易》"章句"八卷(残缺，梁十卷)；费直注《周易》四卷(梁有，亡)；还有《周易》十卷，京房章句。东汉作《易》注者有马融《传》十卷；荀爽《注》十卷；郑玄《注》十卷，三代皆治费氏《易》。又有刘表《章句》五卷；宋衷《注》九卷，据吴承仕先生说：宋《注》"大抵出入荀氏"，而刘表《章句》"案其义于郑为近"(见《经典释文序录疏证》第39页)，则当亦费氏《易》学派。

　　三国时代治《易》者亦不少。魏有王朗，《三国志·魏书》本传称："朗著《易》、《春秋》、《孝经》、《周官》传，奏议论记，咸传于世。"此书《隋书·经籍志》及陆德明《经典释文·序录》皆不见著录。其子王肃则有《周易注》十卷，《三国志·魏书·王朗附王肃传》说王肃"撰定父朗所作《易传》"，则王朗所作已见王肃《注》中。王肃以不喜郑玄的学说著名，其书多与郑氏立异。其后王弼作《周易注》七卷，自东晋南朝迄于隋唐，都崇尚其书。王弼在注《易》的同时，亦注《老子》，故历来认为他是用道家学说释《周易》，遂开魏晋玄谈之风。此外，魏时治《周易》的还有一位董遇，作《周易章句》十二卷，《隋书·经籍志》以为"十卷"，梁有，至隋已佚。但陆德明《经典释文》曾提到①。吴承仕先生根据《三国志·魏书·王朗传》注引《魏略》说"董遇善治《老子》,为《老子》作训注"的话,认为"今以并注《老子》一事证之,或与辅嗣(王弼)为近"(《经典释文序录疏证》第41页),当大抵一种学风的形成,往往会体现在多人身上,而玄谈之风首先在魏国兴起,故吴说近理。此外还有《隋书·经籍志》说到的荀煇注十卷,梁存隋亡。除了魏国外,吴国的《易》学亦颇兴盛,《隋书·经籍志》著录有姚信《注》十卷;虞翻《注》九卷(《经典释文》作十卷);陆绩《注》十五卷(《经典释文》称《述》,云十三卷)。其中虞翻治孟氏《易》,陆绩治京氏《易》,姚信据云可能为虞氏门徒。清张惠言谓:"虞翻之《易》三百年而亡,其略可见者姚信而已耳。"大抵东汉学者多主费氏《易》,费氏虽属"古文经学",其实亦偏于"术数"之学亦即卜筮、灾异等方面,如郑玄、荀爽、虞翻等人的学说,都讲所谓"爻辰"和"纳甲"。所谓"爻辰"是以《乾》、《坤》二卦的十二爻分主十二个月,用这"十二辰"及二十八宿等来解释《卦辞》及《爻辞》;"纳甲"是以月亮的盈亏晦朔来象征八卦,以此配合天干解释《易》象。这种学说显然带有神秘色彩。其书今均散佚,清张惠言辑有《周易虞氏义》九卷,《虞氏消息》二卷,《虞氏易礼》二卷,《虞氏易事》二卷,《虞氏易言》二卷,《虞氏易候》一卷,《虞氏易变表》二卷,《周易郑氏义》二卷,《周易荀氏九家义》一卷,《易义别录》十四卷,《易图条辨》一卷,《易纬略义》三卷(据《清史稿·艺文志》,其实《周易郑氏注》据《续修四库全书》本为十二卷),略可窥其一斑。汉儒这种学说在魏晋六朝由于学风的变化,已受到王弼等人学说的冲击。所以《三国志·魏书·方技传》注引《管辂别传》载管辂对人批评王弼、何晏说:"故说老、庄则巧而多

---

① 陆德明乃南朝陈人,后入唐,而《隋书·经籍志》乃据隋炀帝在洛阳藏书而作,疑此书在陈、隋间尚存于南方。

华,说《易》生义则美而多伪。"但学风的变化实非个别人所能抗拒,所以到了东晋南朝,学《周易》者已多主王弼注,只有北朝还通行郑氏注。北魏名臣崔浩曾作《周易注》十卷,据《魏书·张湛传》载崔浩自序称"余以《左氏传》卦解之",则似亦近于"术数"之学,可能与郑玄学说有所不同。此书《隋书·经籍志》有著录,而《经典释文》没有提,可能只在北方流行。但据《隋书·儒林传》,北朝士人读《易》,多主郑玄。入唐由于太宗命孔颖达撰《五经正义》,承袭南朝制度,《周易》用王弼注,故崔浩注亦归散佚。

王弼注《周易》,其实只注了《上、下经》和《彖》、《象》、《文言》,至于《系辞》及《说卦》、《序卦》、《杂卦》部分,则为东晋人韩康伯所注。东晋一代玄风盛行,《周易》与《老子》、《庄子》合称"三玄",为士人们所崇尚,故注家亦不少。《隋书·经籍志》所著录的有二十种左右,即《经典释文》所讲到的也不少,较有名的有王廙、张璠、干宝、黄颖和蜀才等("蜀才"其人不详,可能是成汉人范生长)。从东晋到南朝,注《易》者仍不乏人,如宋雷次宗曾注《周易》,见《经义考》卷一二引《豫章古今记》;宋明帝刘彧亦集群臣讲《易义疏》,据《隋书·经籍志》凡十九卷。齐祖冲之、顾欢、沈驎士和周颙各有著述;梁武帝有《周易大义》二十一卷,《周易讲疏》三十五卷,伏曼容、陶弘景、何胤等亦有著述,但均散佚。《经典释文》提到的只有尹涛(不详何人,《经义考》列梁人),齐费元珪、梁褚仲都和陈周弘正等人,其著作今亦不存。

唐代朝廷规定科举考试中《周易》一律用王弼、韩康伯注和孔颖达的《正义》。孔颖达恪遵"疏不驳注"的习惯,竭力维护王、韩学说,故相关内容于《五经正义》中显得最为空泛。但唐代人除了读《正义》以应科举考试外,也有专攻学术的人,其中最著名的是李鼎祚的《周易集解》,搜罗了不少唐以前人解释《周易》的说法,为今人研究汉以来《易学》提供不少方便(此书有木渎周氏刊本,近年已有铅印本出版,比较易得)。唐人注《周易》的也有不少人,但著作多数散佚,除《周易正义》《周易集解》外,仅赵蕤注关子明《易传》一卷及郭京《易举正》三卷存。赵书自称但"随文义解经",关书又残缺,故影响不大。郭书实不过自称得王弼、韩康伯"手写本",以此校正通行之本。后人评"其义较长于今本"。

宋代学风发生了很大变化。由于"理学"的兴起,宋代学者对《周易》尤其重视。但宋人中有很大一部分人言《周易》都受了五代至宋初的一位道士陈抟的影响。陈氏作《易龙图》一卷,清初朱彝尊《经义考》卷一六已云"未见"。但其影响不可忽视。朱熹认为北宋邵雍所讲的先天后天图得于李之才,李得于穆修,穆得于陈抟。其实不光是邵雍,连深受朱熹等人推崇的周敦颐所讲的《太极图》,也出于陈抟。因此如果说魏晋的王弼、韩康伯释《周易》使之带有浓厚的道家思想的话,一些理学家释《周易》,又使之杂有道教色彩。宋人著述甚多,且由于刻版印刷的发明,留存至今的远较前人为多。其中较有影响的如胡瑗《易传》十卷,颇受程颐、朱熹称道。欧阳修《易童子问》三卷,不信《河图》、《洛书》,甚至怀疑《系辞》和《文言》非孔子作,可谓卓识,此书有《欧阳文忠公全集》本。苏轼有《易传》九卷,其说出于乃父苏洵,主张读《易》应合每一卦理解,不能孤立地论其一爻。王安石作《易解》十四卷,其书今佚,据说其书"释《易》中字义甚详",但"只是理会文义"。理学家著作甚多,如周敦颐作《通书》一卷,深受朱熹称赞。邵雍作《古周易》,其学说近于术数之学,与其《方圆图》、《皇极经世》相表里,其书《经义考》已云"未见"。宋人著作中影响最大的是张载《横渠易说》十卷,有通行本,以商务印书馆排印本较易得。程颐《易传》十卷,其说"精于义理而略于卜筮",对朱熹影响甚深。其书不取迷信无谓的《河图》、《洛书》,亦不失有见地。

有江南官书局刊本。南宋学者的著述以朱熹《周易本义》影响最大，明清以来科举考试皆用此本。(此书通行本甚多，如金陵书局本、近年有上海古籍出版社本最易得)。此外如吕祖谦《古易音训》一卷，有《金华丛书》本。朱震《汉上易传》十一卷，《卦图》三卷，《丛说》一卷，有《通志堂经解》本。杨万里《诚斋易传》二十卷，有清武英殿聚珍本。赵汝楳《周易辑闻》六卷，有《通志堂》经解本。

元明二代的《周易》学，大抵沿袭宋人治学的道路。他们的著作存世及见于著录者不少，但较少受人注意，因此影响不如汉宋及后来的清人重大。

清代学风与宋明又有不同。明清之际学者鉴于明代一些人置社会现实于不顾，一味空谈"心"、"性"，另一方面又好逞臆说，"束书不观，游谈无根"。不少学者又深信"五经"和孔孟之道中可以找到"治国平天下"的道理，于是又转而努力钻研"经"史，讲求古代的典章制度及音韵、训诂之学，以探讨"经书"的本意。这种倾向在清初一些"明遗民"身上表现最为突出。如著名思想家黄宗羲作《易学象数论》六卷，认为《周易》自有其"象数"，而深斥自焦延寿、京房以来所讲的"象数"，实即反对以道教迷信解《易》(此书有广雅书局刊本)。王夫之作《周易内传》六卷，《发例》一卷，着重阐释文义；又作《周易外传》七卷，借《周易》以发挥其哲学思想，其观点近于宋代的张载，有明显的唯物主义倾向。(此二书皆《船山遗书》本，有清光绪间刊本和民国时太平洋书局排印本)顾炎武作《易音》三卷，主要探讨《周易》的音韵问题(有中华书局影印的《音学五书》本)。稍后则有胡渭的《易图明辨》十卷，力辨《河图》、《洛书》之妄(有《图书集成》本)。惠士奇作《易说》六卷。其子惠栋作《周易述》二十一卷，《易汉学》八卷，《易例》二卷，《周易本义辨证》五卷(有清乾隆间刊本及《皇清经解》本)。张惠言辑汉人《易》说，前面已谈及。此后治《周易》者，以焦循为最有名,作《易章句》十二卷,《易通释》二十卷,《易图略》八卷,《周易补疏》二卷,《易余籥录》二十卷,《易话》二卷,《易广记》二卷,有焦氏丛书本。近代治《周易》的学者以尚秉和为著,他根据《焦氏易林》以释《周易》,作有《周易古筮考》十卷,又作《周易尚氏学》(有中华书局本)。"五四"以来学者则多从古史的角度来研究《周易》。以《易》证史,颇多创见,惜有的人"疑古"过甚,怀疑《易》之产生在孔子之后,则非笃论。但现代学者中如高亨先生,精于文字、音韵之学,训释《周易》,作《周易大传今注》,由于打破了崇古偏见,又精于古文字之学,故多精见(有齐鲁书社本)。李镜池先生专从古史角度研究《周易》,作《周易探源》,亦多前人未发之论,但多少受"疑古"之风的影响,不无怀疑过当之处。

第四节 《尚书》和历代关于《尚书》的研究

《尚书》亦称《书经》,是古代政府的文诰。今本《尚书》共分"虞"、"夏"、"商"、"周"四个部分,其中《虞书》上起《尧典》,《周书》下讫春秋时秦穆公所作的《秦誓》。《尚书》起初仅称《书》,后来因为是"上古帝王之书",故名之曰"《尚书》"。《尚书》之起源大约出于古代史官的记录。据《礼记·玉藻》载,古代的天子"动则左史书之,言则右史书之"。《汉书·艺文志》的说法稍有不同,云:"古之王者世有史官,君举必书,所以慎言行,昭法式也。左史记言,右史记事,事为《春秋》,言为《尚书》。"二说虽有区别,但有史官记言则同。前面提到《国语·楚语》上记申叔时论教太子的话,其中讲到了《诗》、《礼》、《乐》和《春秋》,却未提到《书》,但他说的"令"、"语"、"故志"、"训典"等当皆《书》之内容。从《左传》记载春秋时列国人士在谈话中屡次引《书》看来,《书》和《诗》一样早已成了贵族们学习的重要教材。

先秦诸子都曾引用过《书》,但引用最多的则为儒家。所以秦始皇焚书时,《书》自然不能幸免,由于秦的焚书,《书》所遭受的损失较《诗》尤甚,这大约与它是散体文字,不便记诵有关。秦焚书以前,《尚书》有多少篇,已难确考,但汉人大抵以为有一百篇,至少要比现今所知的为多,这大约没有疑问。

据《史记》、《汉书》等典籍记载,汉代传《尚书》者以伏胜为最早,他在秦时曾为博士,所以藏有《尚书》,后来回了老家。秦始皇下令焚书时,他把《尚书》藏在墙壁里,"其后兵大起,流亡,汉定,伏生求其书,亡数十篇,独得二十九篇,即以教于齐鲁之间"(《史记·儒林列传》)。他亡失的"数十篇"的确切数目已不可考,而所得二十九篇则为:(1)《尧典》(含今本《舜典》),(2)《皋陶谟》(含今本《益稷》),(3)《禹贡》,(4)《甘誓》,(5)《汤誓》,(6)《盘庚》(今本分三篇),(7)《高宗肜日》,(8)《西伯戡黎》,(9)《微子》,(10)《牧誓》,(11)《洪范》,(12)《金縢》,(13)《大诰》,(14)《康诰》,(15)《酒诰》,(16)《梓材》,(17)《召诰》,(18)《洛诰》,(19)《多士》,(20)《无逸》,(21)《君奭》,(22)《多方》,(23)《立政》,(24)《顾命》(含今本《康王之诰》),(25)《吕刑》,(26)《文侯之命》,(27)《费誓》,(28)《秦誓》;还有一篇,据说即《泰誓》,不久丢失了。其后在汉宣帝时,河内(今河南温县一带)有个妇女,献上《泰誓》一篇,合二十九篇。不过这篇《泰誓》颇有疑点,自汉马融、王肃已疑其伪,所以吴承仕先生说:"《泰誓》有三:一、真《泰誓》,《左传》、《国语》、《孟子》、《墨子》诸书所引者是也;二、汉《泰誓》,即汉人所谓后得《泰誓》是也;三、伪《泰誓》,即孔传《泰誓》,见行梅(颐)本是也。"(《经典释文序录疏证》第59页)

伏胜的二十九（八）篇习惯称为《今文尚书》。据《史记·儒林列传》记载："孝文帝时，欲求能治《尚书》者，天下无有，乃闻伏胜能治，欲召之，是时伏胜年九十余，老，不能行，于是乃诏太常使掌故朝（晁）错往受之。"除晁错外，伏胜的弟子还有济南张生和千乘欧阳生。欧阳生授同郡儿宽。儿宽授欧阳生子，欧阳氏世传《尚书》之学。欧阳生的曾孙欧阳高，作《尚书章句》，为欧阳氏学，直到东汉的欧阳歙，八世为博士。又有济南林尊，受业于欧阳高，亦传欧阳氏《尚书》，直到东汉，最为兴盛。除欧阳氏以外，伏胜弟子张生，授鲁人夏侯都尉，都尉授族子始昌，始昌传族子胜，作《尚书章句》二十九卷，"号大夏侯《尚书》"。夏侯胜的族兄子夏侯建，师事夏侯胜及欧阳高，为"小夏侯《尚书》"。从西汉起，"大小夏侯"及"欧阳"《尚书》，都立于学官。这些都是"今文《尚书》"。这些学派所传《尚书》，显然是残缺的。因为他们的学说都来自伏胜，而伏胜在秦时所藏《尚书》，明明就丢失了"数十篇"。但那些"今文学"家为了维护他们在学术界的垄断地位，却不顾事实，制造了《尚书》二十八篇上应天上"二十八宿"的神话。后来又出现了所谓的《泰誓》，他们又指以为上应天上的北斗星。这显然是荒谬的。其实这种神话，早在汉武帝时代已经破产了。当时有一位藩王叫鲁共王刘余，他要扩建宫室，就拆毁孔子宅，在壁中发现藏有古文《尚书》，孔安国用今文加以释读，比原来的多出了十六篇，即：（1）《舜典》，（2）《汩作》，（3）《九共》，（4）《大禹谟》，（5）《弃稷》，（6）《五子之歌》，（7）《胤征》，（8）《汤诰》，（9）《咸有一德》，（10）《典宝》，（11）《伊训》，（12）《肆命》，（13）《原命》，（14）《武成》，（15）《旅獒》①，（16）《冏命》。郑玄分《九共》为九篇，故一作二十四篇。这些古文《尚书》被发现之时，正值汉武帝宫中出现了有人

---

① 《旅獒》据《经典释文》载，马融以为"作'豪'，酋豪也"。

用巫术诅咒武帝的事①,使汉武帝心里很不愉快,就没有心思去过问此事。已发现的古文《尚书》被送进国家藏书的地方,再没有多少人能见到,而设立学官的事亦被搁置起来,再没人过问。不过当时有些内容可能已流传到外边,被有些人所知,如《汉书·路温舒传》载路温舒上书中引《尚书》"与其杀不辜,宁失不经",即出《大禹谟》,今伪孔本《大禹谟》有此语,疑即采路温舒所引文字。但由于古文《尚书》藏于"金匮石室",世人罕见真本,就出现了作伪之事。《汉书·儒林传》云:"世所传'百两篇'者,出东莱张霸,分析合二十九篇以为数十,又采《左氏传》、《书叙》为作首尾,凡百二篇。篇或数简,文意浅陋。成帝时求其古文者,霸以能为'百两'征,以中书校之,非是。霸辞受父,父有弟子尉氏樊并。时太中大夫平当、侍御史周敞劝上存之。后樊并谋反,乃黜其书。"张霸所谓"古文《尚书》"虽属伪造,但此事也证明真古文确实存在,所以当时能"以中书校之",而且成帝时刘向健在,可以推测他可能见到真古文《尚书》。这部真古文《尚书》在西汉末至东汉初的动乱中,有些可能已流传在外。《后汉书·杜林传》:"林前于西州得漆书古文《尚书》一卷,常宝爱之,虽遭难困,握持不离身。"并曾把它给卫宏、徐巡等看过。有人怀疑杜林所藏漆书古文《尚书》亦伪,但杜林与郑兴相识,"兴尝师事刘歆"(见《杜林传》),郑兴当能识别。后来东汉大儒马融、郑玄所传《尚书》,出于卫宏、贾逵,吴承仕先生认为"马氏承卫、贾之学,为'古文'正传"(《经典释文序录疏证》第71页)。但马、郑所作《尚书》注,限于"今文"部分,这大约因为当时朝廷学官所授限于"今文"部分,士子们为了求官,亦只需学今文二十八篇,因此"古文"十六篇,并未作注。马、郑注《尚书》据吴承仕先生说并非伏胜的今文《尚书》,而是"远承孔氏(安

---

① 据今人考证,汉武帝时"巫蛊之祸"曾有多次,非指太子刘据那一次。

国)"(同上第68页)。但古文《尚书》出现时,孔安国即以"今文"读之,而欧阳《尚书》出于兒宽,据《史记》,兒宽亦曾受业于孔安国。后来郑玄更是调和"今古文"的大家。近人皮锡瑞在《经学通论》中还认为王肃不同于郑玄处,有时亦取"今文家"说。大抵到东汉后期以后,"今古文"界线已日趋淡化。清人牟庭作《同文尚书》,亦有鉴于这种情况。尽管朝廷设立的学官仍为"今文"学说,而且灵帝熹平间所刻石经,亦取"今文"的欧阳《尚书》,但马、郑诸人的学说在士人中影响日盛。经过汉末的黄巾大起义和军阀混战,太学荒废,而郑玄等人在河朔等地传授"经学",影响很大。到魏晋时已取代了"今文"三家的地位。从曹丕代汉至西晋灭亡凡九十七年,中间盛行的大抵为郑玄、王肃的学说。西晋灭亡后,晋元帝在建康(今南京市)建立东晋,有一位豫章内史梅赜(陆德明云:"字仲真,汝南人。"按:《世说新语·方正》有一位豫章太守梅颐,字仲真,与陶侃同时,当即此人),奏上一部"古文《尚书》",实即现今所见的有伪"孔安国《传》"的"古文《尚书》"。这部书缺了《舜典》一篇,购求不能得。"乃取王肃注《尧典》从'慎徽五典'以下分为《舜典》篇以续之,学徒遂盛"(见《经典释文·序录》)。这部"古文"《尚书》的篇目比"今文"为多,而与马、郑所见真古文《尚书》亦颇不同。除从《尧典》分出《舜典》,《皋陶谟》分出《益稷》,《顾命》分出《康王之诰》外,增出二十五篇,即(1)《大禹谟》,(2)《五子之歌》,(3)《胤征》,(4)《仲虺之诰》,(5)《汤诰》,(6)《伊训》,(7)《太甲上》,(8)《太甲中》,(9)《太甲下》,(10)《咸有一德》,(11)《说命上》,(12)《说命中》,(13)《说命下》,(14)《泰誓上》,(15)《泰誓中》,(16)《泰誓下》,(17)《武成》,(18)《旅獒》,(19)《微子之命》,(20)《蔡仲之命》,(21)《周官》,(22)《君陈》,(23)《毕命》,(24)《君牙》,(25)《冏命》。到了南齐明帝建武年间,有个吴人姚方兴在建康的大航市上得到《舜典》一篇,把它呈奏朝廷,比郑注多出"曰若稽古帝舜,曰重华,协于帝,濬哲文明,温恭允塞,玄德升闻,乃命以位"二十八字,分《尧典》为《舜典》。这更是伪中作伪了,但它却是从南朝以来流行了千年以上,直到清初才得考明为伪书的,在前此千年之久,却被多数人信以为真①。这部伪书起初盛行于南方,而北朝则盛行郑玄注,伪篇初时仍不流行。到宋明帝泰始中期(467~468),北魏乘刘宋内乱,夺取了南朝的"淮北四州"(今山东黄河以南至苏皖二省淮河以北)地区。这部伪书也被一部分原住今山东而被迁往平城(今山西大同)一带的士人带到北朝,并在一部分上层人物中流行②。不过,在北朝广大士人中则直到隋唐以后才读到此书。

唐太宗令孔颖达撰《五经正义》,即采用这部伪古文《尚书》和同系伪造的所谓"孔安国《传》"。此《传》之伪更是不争的事实,甚至连后来毛奇龄作《古文尚书冤辞》也认为"古文《尚书》"是"真",而孔《传》为伪。不过,这部伪孔《传》虽系伪书,亦非全无可取,正如吴承仕先生说的:"作伪《传》者大抵为魏晋间人,旧闻多有存者,足以资其捃拾,又采获贾、马、郑、王各家说义,总纰成文。时有善言,亦固其所。"(《经典释文序录疏证》第71页)清代学者段玉裁等人既知其伪,又不抹杀其长处,在《说文解字注》中有时引"某氏《尚书注》"者,即指此书。

---

① 近年以来,由于一些竹简、帛书的发现,证明历来被疑为伪书的古籍,并非伪造。但这和伪"古文《尚书》"问题并不相同,似无理由说此书不伪。更有人以伪孔《传》作者为东晋孔安国,故连"孔《传》"亦不伪。其实东晋孔安国是东晋末人,梅赜乃东晋初人,梅岂能于八九十年前献上孔的《尚书传》?

② 关于伪"古文《尚书》传入北方问题",详见曹道衡《读贾岱宗〈大狗赋〉兼论伪〈古文尚书〉流行北朝时间》一文,载《文史》1999年第4辑。

这部伪《古文尚书》虽被说成是孔安国所传,即被朝廷定为应科举考试所当读之书,但其文字毕竟和"佶屈聱牙"的"周诰殷盘"相去甚远。所以后来的学者渐渐对伪"古文"产生怀疑,最先提出这个问题的据说是北宋后期人吴棫,他作有《书裨传》十二卷,对伪"古文"的文辞明白晓畅感到怀疑,此说受到了后来的朱熹、王应麟等人赞同,惜其书久佚,朱彝尊《经义考》已云未见。但自从他提出怀疑以后,宋、元、明三代响应的颇不乏人。朱熹不但赞成其说,而且在注《周易》、《诗经》及"四书"的同时,并不为《尚书》作注。这说明他确实不信伪"古文"。此后,元代赵孟頫作《书今古文集注》开始将"今文"各篇与伪"古文"篇分开,吴澄作《书纂言》四卷,只释今文二十八篇。到了明代,疑伪"古文"最力者首推梅鷟,他作有《读书谱》四卷,《尚书考异》一卷,力辨伪"古文"不足信,并提出伪"古文"为晋皇甫谧伪造。在他前后认为伪"古文"不可信者不少,如王充耘《读书管见》、杨守陈《书私抄》、郑晓《尚书考》、吴炯《书经质疑》、郝敬《尚书辨解》等,皆力辨伪"古文"之非。这些学者的见解显然是非常卓越的,但主要从文辞顺畅来判定其伪,却难于定谳。因为《尚书》中有些篇在文辞上可能经过后人(东周或战国人)修改或润饰,所以较易读。如《商书》中的《高宗肜日》、《西伯戡黎》,就比《盘庚》要平易得多,《周书》中的《牧誓》、《无逸》诸篇也颇通顺,远较《大诰》、《康诰》诸篇为易懂,至于《尧典》、《禹贡》,时代更古,应更艰奥,却反而比《商书》、《周书》好懂。所以在当时虽有很多人怀疑,却也有一些人出来反对。直到清初的阎若璩作《古文尚书疏证》八卷,这个问题才得以确证。他平生长于考证,首先举出伪《书》与郑玄真"古文"的文字不同,其次举出孔安国《论语注》与伪孔《传》见解不同,更有力的是指出了伪孔《传》注《禹贡》,谓"积石山在金城西南",而"金城"郡名在昭帝时始置,所以被认为"信而有征"。自阎氏之后,惠栋作《古文尚书考》二卷,宋鉴作《尚书考辨》四卷,程廷祚作《晚书订疑》三卷。这些著作遂使伪"古文"问题得到基本公认的解决。当然,在阎若璩之书问世不久,就有人提出异议,这就是毛奇龄作《古文尚书冤辞》,他主要的根据是《隋书·经籍志》,但《隋书》作于唐初,正是朝廷竭力提倡伪"古文"与伪孔《传》之际,因此多数学者均不同意他的说法。

不过,《尚书》作为先秦史和先秦文学史的史料,其情况实极复杂。即以伪"古文"篇目而论,虽出伪造,但作伪者也曾查阅过大量先秦两汉典籍,凡《左传》、《国语》、《孟子》、《墨子》以至汉人如路温舒辈文中所引,大抵均加收入,故虽是伪书,未必每句皆伪(当然,今人引用此语,仍当说明出自《左传》、《墨子》等书)。至于"今文"二十八篇,历来虽不以伪书目之,但其产生的年代亦颇有差别。例如《虞书》、《夏书》当出后人追记,其情况颇有不同。如《尧典》(包括今本《舜典》),大约出于战国人之手,但据梁启超先生在《中国历史研究法》中说,此篇所言天象,确与唐虞时代情况相符,可见追记者或有一定的文献或传说作根据。《禹贡》所载疆域,已南至今广东,西北至青海、甘肃,非虞夏时人所能到,其文字亦较易解,当亦出战国人之手。《甘誓》一篇,其文字与《墨子·明鬼下》所引"《禹誓》"基本相同,则此文之出现或稍早,但仍当为春秋战国间人追记。《商书》中除《盘庚》文字较艰深外,其余几篇皆不难读,但从像《西伯戡黎》写到周文王灭黎、殷朝诸臣感到恐慌等情况看,与孔子所谓"三分天下有其二,以服事殷"的说法颇不同,当属史实,其文字较流畅,或经人润饰,未可以为除《盘庚》外皆出后人之手。《周书》可疑的篇目并不多,主要是《洪范》、《金縢》二篇。《洪范》之被怀疑,主要是其中讲了许多"五行"学说,有的学者据《荀子·非十二子》中批评子思、孟子所说的"案往旧造说,谓之五行"等语,认为出于战国时"思、孟学派"之手。现在看来,周武王访问箕子的事,自难确考,"五行"思想是否产生于殷周之际亦颇可疑。今本《洪范》虽不一定即"思孟学派"所作,但产生于战国大约是可信的。至于《金縢》则记述了这样一个事件:武王病重,周公祭告太王、王季、文王之灵,要求自己代武王死亡。武王死后,成王立,一度对周公产生怀疑。后来他见到了"金縢"(金属做的箱子)中所藏周公要求代武王死去的祷辞,才感悟。篇末还写了灾异"天大雷电以风,禾尽偃,大木斯拔,邦人大恐"等情节,这故事显然令人难以置信。但对后世颇有影响,如王莽曾有"请命于泰畤",愿以身代汉平帝死的闹剧。此文显然亦战国儒家所作,其性质近似小说,情节不足置信。然亦属先秦人作品,作为文学史料,仍有其价值。

《尚书》是我国最早的散文,它本身虽属应用文字,却具有一定的文学价值。如《商书·盘庚上》记盘庚告诫民众的话,多用比喻,有些话亦颇生动,如:"今汝聒聒,起信险肤,予弗知乃所讼。非予自荒兹德,惟汝含德,不惕予一人。予若观火,予亦拙谋,作乃逸。若网在纲,有条而不紊。若农服田力穑,乃亦有秋。"其中"有条而不紊"一语,至今活在人们口头上。文中有些话既有威胁,又动之以情,活现出一个统治者的口吻,如:"汝曷弗告朕而胥动以浮言,恐沉于众。若火之燎于原,不可响(向)迩,其犹可扑灭!则惟汝众自作弗靖,非予有咎。迟任有言曰:'人惟求旧,器非求旧,惟新。'古我先王暨乃祖乃父,胥及逸勤,予敢动用非罚?世选尔劳,予不掩尔善。"盘庚在说这些话时,可能并非有意为文,而读起来颇显出当年商王的威严和他的某些性格。《大诰》等篇,是公认为西周原貌的文章,其文字多艰深之处,但亦有很形象的语言,如:"若考作室,既底法,厥子乃弗肯堂,矧肯构?厥父菑,厥子乃弗肯播,矧肯获?"(《大诰》)以造屋、耕田比喻后人不能继承前辈的事业;"妹土,嗣尔股肱,纯其艺黍稷,奔走事厥考厥长。肇牵车牛,远服贾,用孝养厥父母,厥父母庆,自洗腆致用酒。"(《酒诰》)这些话,都反映了当时人生活的某些方面,语言亦生动可喜。《顾命》（包括被伪"古文"分出的《康王之诰》）是《尚书》中一篇比较特殊的文字，它主要是一篇记事之文，详细描述周成王临终及康王继立时的种种仪式。所以宋陈骙《文则》举此以为"《书》文似《礼》"的例子。此篇宋人虽亦有表示怀疑的，但其说恐难服人。在今天看来，此篇并无可疑，且是研究周代典章制度的重要史料。文辞亦简洁，叙述当时宫廷陈设及群臣执礼的情况，条理清楚，层次分明，已具较高的技巧："越七日癸酉，伯相命士须材，狄设黼扆缀衣。牖间南嚮（向），敷重篾席黼纯，华玉仍几。西序东嚮（向），敷重厎席缀纯，文贝仍几。东序西嚮（向），敷重丰席画纯，雕玉仍几。西夹南嚮（向），敷重笋席玄纷纯，漆仍几。越玉五重，陈宝、赤刀、大训、弘璧、琬琰在西序；大玉、夷玉、天球、河图在东序；胤之舞衣、大贝、鼖（fén）鼓在西房；兑之戈、和之弓、垂之竹矢在东房；大辂在宾阶面，缀辂在阼阶面；先辂在左塾之前，次辂在右塾之前。二人雀弁执惠立于毕门之内，四人綦弁执戈上刃夹两阶戺（shì，阶旁斜石）。一人冕执刘，立于东堂，一人冕执钺，立于西堂，一人冕执戣，立于东垂，一人冕执瞿，立于西垂，一人冕执锐，立于侧阶。王麻冕黼裳由宾阶隮，卿士、邦君，麻冕蚁裳，入即位。太保、太史、太宗皆麻冕彤裳，太保承介圭，上宗奉同瑁，由阼阶隮。太史秉书由宾阶隮，御王册命。"这段叙述似乎只是罗列宝物及仪卫之盛以及君臣升阶次序，但字里行间显示出一种庄重肃穆的气氛。描写故主去世新主即位的文字既不宜渲染铺张，更不能过于浮泛，像这种典雅庄重的笔法可谓十分得体。

《尚书》中还有一些文章亦极有文学价值，如《微子》写殷末贤臣微子和"父师"悲叹殷之将亡。微子云："父师、少师！殷其弗或乱正四方。我祖厎遂陈于上，我用沉酗于酒，用乱败厥德于下，殷罔不小大，好草窃奸宄，卿士师师非度。凡有辜罪，乃罔恒获。小民方兴，相为敌仇。今殷其沦丧，若涉大水，其无津涯，殷遂丧，越至于今。"口气已十分绝望。"父师"的心情亦极度悲哀,他认为这是"天毒降灾荒殷邦",事情已无可为,"商今其有灾,我兴受其败。商其沦丧,我罔为臣仆"。这篇文章虽有几处较艰深,但大意很明白,微子和父师的话中都带有强烈的感情,应该说在先秦散文中是一篇富有感染力的文章。《周书·牧誓》则具有另一种完全不同的风格。此篇为周武王伐纣,兵至殷国的郊外,即将对殷发动最后进攻前的誓命,气势雄伟奔放,极富所谓"阳刚之美"。如文中历数纣之罪状云:"今商王受,惟妇言是用,昏弃厥肆祀,弗答,昏弃厥遗王父母弟,不迪,乃惟四方之多罪逋逃,是崇是长,是信是使,是以为大夫卿士,俾暴虐于百姓,以奸宄于商邑。"接着,武王又命令战士说:"今予发,惟恭行天之罚。今日之事,不愆于六步七步,乃止齐焉,夫子勖哉!不愆于四伐、五伐、六伐、七伐,乃止齐焉。勖哉夫子!尚桓桓,如虎如貔,如熊如罴,于商郊。弗迓克奔,以役西土,勖哉夫子!尔所弗勖,其于尔躬有戮!"这种既有排句,又有散句,既整齐,又有变化的句法,显示出一个统率全军的人在胜利在望时的自信和踌躇满志的心情。近人唐文治曾以"万马奔腾"来形容此文的气势。《尚书》的最后一篇《秦誓》,也是散文名作。此文是春秋时秦穆公对其国人自悔出兵伐郑之事。当初他曾经不听贤臣蹇叔的劝告,派孟明、西乞、白乙率兵袭击郑国,但郑国已有准备,只得还军,在路上遭晋军伏击,秦兵全军覆没,孟明等人被俘。此文乃孟明等被释放回秦时所作。文中秦穆公把战败的责任归于自己。其中有些话颇为人们传诵,如:"番番良士,旅力既愆,我尚有之。仡仡勇夫,射御不违,我尚不欲。惟截截善谝言,俾君子易辞,我皇多有之!昧昧我思之,如有一介臣,断断猗,无他技,其心休休焉,其如有容。人之有技,若己有之,人之彦圣,其心好之,不啻若自其口出,是能容之。以保我子孙黎民,亦职有利哉。人之有技,冒疾以恶之,人之彦圣,而违之俾不达,是不能容,以不能保我子孙黎民,亦曰殆哉。"文气跌宕，音节谐和，为历来所称赏。《尚书》的文体虽质朴而有时显得拙稚，但它因为是散文之祖，亦颇有人加以模仿，例如西晋时夏侯湛作《昆弟诰》，即仿"周诰"文体，但是他的其他作品均无此情况。这大约和当时束晳作《补亡诗》、夏侯湛本人作《周诗》同样反映了一种风气，然影响式微。西魏时的苏绰要矫正当时的骈俪文风，曾为宇文泰作《大诰》，模仿《尚书》，并用行政命令要文人均照此为文。这自然行不通，正如《周书·王褒庾信传论》所说："然绰建言务存质朴，遂糠秕魏、晋，宪章虞、夏。虽属词有师古之美，矫枉非适时之用，故莫能常行焉。"不过，后来文人从《尚书》中吸取营养的例子亦不少。李商隐《韩碑》谓韩愈《平淮西碑》"点窜《尧典》、《舜典》字"，现在来看此碑记唐宪宗向诸将发布其进军命令时情景，和《舜典》颇相似。

《尚书》不但有其文学价值，而且亦可为研究其他作品的史料。如《舜典》中"诗言志，歌永言，声依永，律和声"诸语，为现代研究文学批评史者所经常引用。《吕刑》中的"乃命重黎，绝地天通，罔有降格"等语，自上世纪初法国汉学家马斯贝罗（H. Maspero）提出这是一个关于禁止神灵下降地上，断绝人神来往的神话后，许多研究神话学和民俗学的研究者，都十分重视这一史料。至于《金縢》所记故事，虽难信为史实，但篇中提到了《诗经·豳风·鸱鸮》，认为是周公所作，其说与《毛诗序》相符，大约《毛诗序》作者即采自《金縢》。不管我们对此说是否赞成，但它是在先秦时代已经出现的一种说法则毫无疑问。

《尚书》中那些伪"古文"的篇目，其出现自在魏晋以后，但它们在南北朝隋唐直至宋初，都很少有人怀疑过。尤其是南朝文学批评家刘勰、钟嵘，南北朝作家庾信以及唐代的李杜诸大家诗文中用伪"古文"篇目中的典故亦复不少。因此我们在指出这些伪篇不可信的同时，对其内容亦应有所了解，否则对研究后来不少作品也会发生困难。

《尚书》自汉以来一直被视为神圣的经典，历来注释者代不乏人。但魏晋以前人的传注基本都已散佚。《汉书·艺文志》著录有："《尚书古文经》四十六卷，为五十七篇"；"《经》二十九卷，大、小夏侯二家。《欧阳经》三十二卷"（此指伏生所传"今文"）；"《传》四十一篇"；"《欧阳章句》三十一卷"；"《大、小夏侯章句》各二十九卷"；"《大、小夏侯解故》二十九篇"；《欧阳说义》二篇，均佚。据《经典释文》及《隋书·经籍志》，至隋唐时仅存伏胜《尚书大传》三卷，但亦缺佚。吴承仕先生云："叶梦得、晁公武皆言今本首尾不伦，是宋世已无善本。讫明遂亡。清儒编辑颇有多家，要以陈寿祺本为最完备。"（《经典释文序录疏证》第73页）东汉人注本如《经典释文》及《隋书·经籍志》所言马融注十一卷，郑玄注九卷，亦已散佚。此后如魏王肃注，晋谢沈、李颙、范宁及南朝宋姜道盛注亦皆亡佚。现在通行之本，都以梅赜所献伪"古文《尚书》"为依据。唐孔颖达奉太宗命作《五经正义》，其《尚书》即用伪孔《传》，但《正义》中有时引马融、郑玄、王肃诸人说，尚可略窥前人旧说之一斑。此书最通行的是清阮元所刻《十三经注疏》本，中华书局有影印本，颇易得。宋人注本以朱熹弟子蔡沈所为《书集传》最为有名。此书篇目全承伪孔本，但每篇题下均注明"今文"或"古文"。大约蔡氏已知孔《传》可疑，故作此分别。蔡氏《集传》于句读方面有时据马、郑说，或出己意，与伪孔《传》有所不同。明清科举考试所用，皆为此本。此书通行刊本较多，最易得的是上海古籍出版社重印民国时上海世界书局"四书"、"五经"本。明人关于《尚书》的著述不少，颇有与蔡沈立异者，但自清以来，读者甚少。清人对《尚书》的研究，有些极著名。最早的自推阎若璩的《古文尚书疏证》和毛奇龄的《古文尚书冤辞》二书。其中为今文二十九篇作注疏者有王鸣盛《尚书后案》三十卷,《清经解》本,专主郑玄学说;江声《尚书集注音疏》十三卷,《清经解》本则不专主一家,亦间有己说;但最有名的当推孙星衍的《尚书今古文注疏》三十卷,以今文二十八篇及辑汉《泰誓》与《书序》各为一卷。近现代读者多采用此本,有《续清经解》本及近年中华书局排印本。专门研究《禹贡》地理的,有胡渭的《禹贡锥指》二十卷,图一卷,《清经解》本。专治今文家学说的有陈寿祺《今文尚书经说考》三十四卷,《续清经解》本;皮锡瑞的《今文尚书考证》三十卷,此书近年有中华书局本,易得。此外不属于"今古文"派别的,还有牟庭《同文尚书》三十九卷,勇于提出自己看法,学风近于宋人,有齐鲁书社影印本。孙诒让《尚书骈枝》则用《诗经》中《雅》、《颂》等相关文字参校,以求其通。有《孙诒让遗书》本,齐鲁书社1988年出版。"五四"以来,《尚书》研究又进入了一个新的阶段。在此以前,人们谈论《尚书》往往局限于"今古文"及真伪之别,其论"今古文"又难以跳出门户之见。"五四"以后学者的研究则使情况大为改观。其中成绩最为杰出的是顾颉刚先生。顾先生是古史专家,又是"疑古学派"的代表人物。早在他提出古史问题的讨论后不久,就着手《尚书》的研究,例如在《古史辨》第二册中,就有他对《盘庚》的今译。这种今译绝非单纯根据旧注去译为白话文,而是通过自己的探索,提出自己的看法,在解释上与前此学者颇多不同。此后,他又着重于《禹贡》和古地理的研究,编辑了著名的《禹贡》半月刊。但由于抗战的爆发以及全国解放前后的种种具体情况,他的大量研究论著是在20世纪的80年代以后才得问世。尤其是他和顾廷龙先生合著的《尚书文字合编》,则直到他身后才得出版。顾先生研究《尚书》的一大特点,就是以先秦史料来求证和反驳两汉的今文家和古文家,提出了不同于前人的结论。尽管他自己早在《〈史记〉校点序》中说:"我辈指摘之者是一事,而古史真相又为一事。以甲较乙,固足以明乙之非,然又何足以知甲之必是?故不得谓我辈一加指摘,即可揭发其事实之真相也。"但无论如何,他对《尚书》的研究,确实起了很大的推动作用。在这方面,顾先生的弟子刘起釪先生继续了他的学术道路,作《古史续辨》(中国社会科学出版社,1997年版)和《尚书学史》(中华书局,1989年版),对顾先生的学说续有推进和发挥。

近现代以来,在《尚书》研究方面取得重大进展的是甲骨文和金文的研究,对《尚书》的训释及有关史实的考证起了极大的作用。这种研究始于清末民初的王国维,继之者有杨树达、陈梦家、郭沫若、丁山、于省吾等。但在这些学者中,王国维贡献甚大,却仅为探索甲骨、金文及古史时涉及《尚书》,郭沫若亦然。其有专著的当数于省吾先生的《双剑誃尚书新证》四卷,从文字学来训释《尚书》,颇有创见。陈梦家在甲骨、金文研究方面卓有成就,但其《尚书通论》(中华书局,1985年版)一书,虽多有精见,但其论伪孔《传》作者为东晋孔安国,今所见伪《传》至东晋末始流行,而梅赜所上乃马、郑古文,恐难成立。刘起釪先生谓"此袭用个别清儒之说而实不合事实"(《尚书学史》第455页)。当然,前面谈到有人采陈先生此说而引申为伪"古文《尚书》"不是伪书,那另是一问题,不能由陈先生负责。相关的研究成果参见蒋善国《尚书综述》,上海古籍出版社1988年出版。

第五节 "三礼"和历代关于"三礼"的研究

在"经部"典籍中,"三礼"即《周礼》、《仪礼》和《礼记》,应该说是研究先秦史、特别是其典章制度方面的重要史料,但历来的文学史著作则往往较少论及。这是因为这三部书中,除《礼记》中某些篇章具有较高文学价值外,其他部分则少文采。不过对文学史料学来说,情况有所不同,这些典籍对理解当时的社会状况,特别是对理解《诗经》在当时的演奏及传习问题有很大作用,再说它们对后代散文亦多少有一定影响,所以亦需论述。

按照传统的习惯,在"三礼"中排列在先的是《周礼》,尽管它被视为"经"的时间比《仪礼》要晚,但其成书年代似并不晚,也许更早。今本《周礼》凡分"六官":一、《天官冢宰》;二、《地官司徒》;三、《春官宗伯》;四、《夏官司马》;五、《秋官司寇》;六、《冬官考工记》。每一部分之下又分述其属官的职责。此书本河间献王刘德所献,原缺"冬官",访求不得,乃以《考工记》补之。据贾公彦引马融云:"既出于山岩屋壁,复入于秘府,五家之儒莫得见焉。"因此未得立于学官。到刘向父子校书时,方为多数人所知,而当时儒者皆排斥之。在这部书中,特多古字,大约由于原为战国古文,未经转辗传抄,故往往保留刚隶化的古字,未代以通行的字体。

像《周礼》这样详述官制的书,本非一人所能伪造,何况其所记情况又与现在出土的周代铜器铭文颇多相似。但此书由于出自"山岩屋壁",无人传授,故不但不得列于学官,在西汉时人们亦不承认它是儒家的"经",所以当刘向父子将此书公诸于众时,"时众儒并出共排,以为非是",直到东汉时的何休,还认为它是"六国阴谋之书"。不过两汉的儒者虽不承认它是"经",却无人否认它是先秦古书,更不认为它是伪书。因为它虽然自河间献王上献之后一直藏于秘府,很少人见到,但其中有些部分却早已为人所知。如《汉书·艺文志》载,汉文帝时得战国时魏文侯的乐人窦公"献其书,乃《周官·大宗伯》

之《大司乐》章也"①。武帝时,河间献王好儒,与毛生等共采《周官》及诸子言乐事者,以作《乐记》(当为《艺文志》所著录的"《乐记》二十三篇",是否包括今本《礼记·乐记》,已难确考)。可见当时亦非全无人见过。又其《夏官·职方氏》一章,基本上与《逸周书·职方》相同,当时容或有人见及。所以汉儒绝不斥为伪造,只是不承认它为"经"而已。尽管如此,《周礼》毕竟得以流传,西汉至东汉间,有杜子春受业于刘歆,还家教授门徒,受其业者有郑兴、郑众父子,作《周礼解诂》;其后贾逵亦有同名的注释(并见《经典释文·序录》)。但这些书今均散佚。继之者有马融、郑玄注各十二卷,见《隋书·经籍志》,马书今佚,郑注今存,即贾公彦疏所本。到了汉魏之际,《周礼》地位更得提高,据《续汉书·祭祀志》下刘昭注载,三国时荀彧问仲长统关于社祭问题时,仲长统的回答中已有"《周礼》为礼之经,而《礼记》为礼之传"语,可见《周礼》于此时已被承认为"经"。在我们今天看来,算不算"经"本无重要意义,但在当时则关系到其书在广大士人中的诵习程度。我们试看东汉人对《周礼》的态度就可以看出它的地位在不断上升。如许慎作《说文解字序》,已把它与《易》、《诗》、《书》、《春秋》并列,说明在当时多数士人看来,《周礼》作为"经"的地位已经确定。从张衡《东京赋》看来,东汉的一些礼仪制度已受到《周礼》的影响②。

魏晋以后治《周礼》者,据《隋书·经籍志》较重要的有王肃注十

---

① 后来的今文家往往否定此事,认为魏文侯距汉文帝有二百余年,不可能有窦公其人。但"窦公"为魏文侯乐人,可能是他自吹,而汉人这样吹嘘者亦不少见。这和《周礼》中个别篇章之出现是两回事,不能据此否定《周礼》中个别篇章曾被人见过。

② 其实《西京赋》"周制大胥,今也惟尉"句已用《周礼》典,但属张衡叙述西汉事。

二卷,伊说注(《经典释文》不著录)十二卷,干宝注十二卷(《经典释文》作十三卷)。王肃乃魏人,干宝晋人,伊说时代不详,或在王肃后干宝前。南北朝注解者亦不少。据《隋书·经籍志》,有梁崔灵恩《集注周官礼》二十卷;北周沈重《周官礼义疏》四十卷(《周书》本传作三十一卷);又有无名氏的《周官礼义疏》三种,一种十九卷,一种十卷,另一种九卷。《周礼》一书在北朝颇受重视。《周书·儒林·熊安生传》载,周天和三年(568),齐周通和,周派兵部尹公正使齐,"与齐人语及《周礼》,齐人不能对。乃令安生至宾馆与公正言,公正有口辩,安生语所未至者,便撮机要而骤问之。安生曰:'礼义弘深,自有条贯。必欲升堂观奥,宁可汩其先后。但能留意,当为次第陈之。'公正于是具问所疑,安生皆为一一演说,咸究其根本"。尹公正由此大为叹服,还周后告诉了周武帝。周武帝亦"大钦重之",及平齐后到邺,亲自登门,把他迎请到长安。据《周书》本传,他也作有《周礼义疏》二十卷,全书今佚,贾公彦《疏》中有时引其说。

唐代选拔士人多通过科举考试,主要分两途,一为明经,一为进士,其余如"明法"等科应试中举的名人不多。当时士人习《周礼》、《仪礼》者甚少。从《唐会要》卷七五《贡举上》的记载看来,从太宗贞观九年一直到玄宗开元十六年(635~728)九十多年间,不断有人向皇帝提出鼓励士人们学习《周礼》、《仪礼》及《公羊》、《穀梁》等经传的政策。如开元八年(720)李元瓘上言认为"今明经所习,务在出身,咸以《礼记》文少,人皆竞读。《周礼》经邦之轨则,《仪礼》庄敬之楷模,《公羊》、《穀梁》,历代宗习。今两监及州县,以独学无友,四经殆绝……"他建议对习这四部书的人实行优待,变过去的"帖十得六以上者"为及格为"帖十通五",但仍未起到多大作用。这是因为《周礼》纯言每个官员职责,《仪礼》又讲古人各种礼仪容态,备极琐碎,既难成诵,又难纵论其理,故人们相率弃二书而读《礼记》。所以朝廷虽一再提倡,而稍后的名人如韩愈已认为《仪礼》难读,又不适用于当时,他对《周礼》亦很少提到,大约亦不很看重。

宋初科举制度基本上沿袭唐代的陈规,故读《周礼》的人仍不多。后来改试策论,尤其是王安石为了变法,曾作《新经周礼义》二十二卷。从他的一些政策看来,确实参考过《周礼》的一些内容。王安石的"新法"在历史上显然有其进步作用,但在执行中不无失当,引起了一些人的强烈反对,甚至酿成新旧党争,一直延续到北宋灭亡。到了南宋时,人们往往把"靖康之祸"归罪于王安石的"新法",其实是天大的冤枉。宋代的积弱早已显露于王安石变法以前。赞成"新法"的人中虽有蔡京等坏人,但这和王安石"新法"本非一事,更不用说王安石的"新法",仅仅参考而非事事依据《周礼》。有些人因此得出结论说"新法"的失败证明《周礼》出于刘歆伪造,不但毫无根据,而且简直违反了起码的逻辑。后来那些从"理学家"立场来斥《周礼》的人,其所提理由有时反足以证明《周礼》确为真古籍而不是伪书。如清初的方苞,本来相信《周礼》不伪,后来可能受了同时人姚际恒的影响,就大谈《周礼》为"伪书",乃刘歆伪造。他的理由主要是两点:一为《地官·媒氏》中有"仲春之月,令会男女,于是时也,奔者不禁"的话。这本是古代许多民族普遍实行过的通例,我国现代在西南一些少数民族中还保存着。汉族则由于后来"道学先生"们讲什么"男女授受不亲"而被废除。《周礼》此语则多少保留了古人习俗,而这样宝贵的社会史料,竟被方苞视为"提倡淫乱"而作为《周礼》是伪书的证据,益显荒唐;二是《夏官·方相氏》"掌蒙熊皮,黄金四目,玄衣朱裳,执戈扬盾,帅百隶而时难(傩),以索室殴(驱)疫。大丧先匶(柩)。及墓,入圹,以戈击四隅,殴(驱)方良"这一段文字,认为是迷信荒诞。其实古籍中有迷信成分,不一定说明它是伪。再说像《方相氏》这种记载,原系古代巫术,在先民时代确实存在。我国直到东汉时宫廷中还在举行。张衡《东京赋》"尔乃卒岁大傩,殴(驱)除群厉,方相秉钺,巫觋操茢"即是此俗,至于藏族的"打鬼",亦属这一性质。北京雍和宫的喇嘛至今还举行此种仪式。所以从现代社会学的观点看来,方苞虽据此两点斥《周礼》为伪,我们却正好据此二事证明《周礼》确为先秦古籍。当然,肯定它为先秦古籍却不等于说它是周公之作,也不等于说书中所记官制皆西周之制。前面我们提到张亚初、刘雨二先生认为完全肯定和基本否定《周礼》"都是不妥当的",但其主要内容与西周铜器铭文所记官制确实"颇多一致或相近的地方"。这是很自然的,因为周代有七八百年之久,中间制度当有变革,而作者所记,亦难免有这样或那样的错误。李学勤先生在《缀古集》中讲到法国汉学家毕瓯(E.Bi-ot)把《周礼》译成法文,"自以为不在发掘巴比伦、亚述之下"(第27页)。此语确有一定道理。令人遗憾的是,《周礼》一书在宋以后即被人目为"伪书"而不加重视,直到清代才有人加以研究,其中较为著名的是戴震的《考工记图注》二卷,段玉裁的《周礼汉读考》六卷,而集历代《周礼》研究之大成的则为孙诒让的《周礼正义》八十六卷,有中华书局标点排印本,最易得。清末以来,由于"今文经学"的一度兴起,认《周礼》为伪书之说又甚嚣尘上,直到近年,此风才有所改变。

《周礼》虽非文学作品,但对研究上古文学特别是《诗经》,具有很重要的作用。如《春官·大师》云:"教六诗:曰风,曰赋,曰比,曰兴,曰雅,曰颂。"这就是所谓诗的"六义",后来的《毛诗序》和班固《两都赋序》均从此出。同篇《瞽矇》云:"掌教鼓鼗柷敔埙箫管弦歌,讽诵《诗》、《世》、《奠系》,鼓琴瑟,掌九德六诗之歌以役大师。"《钟师》:"凡祭祀、飨食,奏燕乐。凡射,王奏《驺虞》,诸侯奏《狸首》,卿大夫奏《采蘋》,士奏《采蘩》……"这又涉及《诗经》中一些篇章在古代的演唱问题。《考工记》原来与《周礼》非一书,文体也不大相同。

这一部分的文章,虽不以抒情和辞藻见长,却以典雅、简洁著称,过去的散文家亦有取法它的。如韩愈的《画记》一文,就显示出他曾受《周礼》和《尚书·顾命》的影响。《考工记》文字较《周礼》其他部分似稍多文采。如:"天有时,地有气,材有美,工有巧,合此四者,然后可以为良。材美工巧,然而不良,则不时、不得地气也。橘逾淮北而为枳,鹳鹆不逾济,貉逾汶则死,此地气然也。郑之刀、宋之斤、鲁之削、吴粤之剑,迁乎其地而弗能为良,地气然也。燕之角,荆之干,妢胡之箭,吴粤之金锡,此材之美者也。天有时以生,有时以杀,草木有时以生,有时以死,石有时以泐,水有时以凝,有时以泽,此天时也。"这些文字既有排偶,又有参差变化,举例确当,富于说服力,可以说是很好的说理之文。又如《槀(栗)氏》中写当时人冶炼金属的经验:"凡铸金之状,金与锡黑浊之气竭,黄白次之;黄白之气竭,青白次之;青白之气竭,青气次之,然后可铸也。"在当时的技术条件下,炼制青铜器,全凭感觉经验,这段文字显然是老于此道者所为,故写得很细致,有一定的形象性。

和《周礼》相比,《仪礼》在汉代的命运要好得多。在汉初设立"五经博士"时,此书已立于学官,并且被认为是唯一的《礼经》。前面我们引证沈文倬先生说,指出《仪礼》的出现当在春秋战国之交的一百多年中①。此书原本有多少篇,已难确考,但今存的十七篇决非全帙是肯定的。不过古本篇数多,是否当时儒者记某一礼时,可以有不同的数人各记所闻之事,难以确定。因为《荀子·大略》引"《聘礼》志曰:'币厚则伤德,财侈则殄礼'"。这两句不见今本《仪礼·聘礼》,可见荀子的门人所见《聘礼》,尚与今本《仪礼》不同。这十七篇

---

① 今本《仪礼》在《丧服下》有"子夏传"三字,清段玉裁已疑此三字为后人妄加,现在武威发现汉简本即无此三字。

亦称"士礼",经秦焚书而独得保存下来,可能和鲁地距秦遥远,秦时鲁地儒者仍有人在孔子旧居"以时习礼其家"(《史记·孔子世家》)有关。其余诸篇,在汉时亦有发现。《汉书·艺文志》载,"《礼古经》五十六卷,《经》十七篇"。其所谓"经",指今存的《仪礼》十七篇;所谓"《礼古经》五十六卷",乃河间献王所献,一说出孔氏壁中,其中包括今本的十七篇,而文字有不同,郑玄注《仪礼》时,曾将古文本与今文本对校,有的字从今文,有的字从古文,可证古文《仪礼》确实存在。可惜古文本其他各篇,由于汉时未立学官,无人传习,已散佚。今文的十七篇,汉时最早的传授者为鲁人高堂生,高堂生的后学有瑕丘人萧奋,奋传东海孟卿,卿传同郡后苍。后苍当汉宣帝时,其弟子有梁人戴德、戴圣及沛人庆普。西汉后期至东汉时,戴德、戴圣及庆普之学皆立于学官。据《经典释文序录》,东汉时为《仪礼》作注的有马融和郑玄,据说马融仅注《丧服》,其书已佚;郑注独存,今《十三经注疏》中贾公彦《疏》即从郑注。《仪礼》的郑注和《周礼》情况相同。自魏晋以后,一直为朝廷规定为学习此书必读的注本。但不同于郑注的注也有出现,如三国魏人王肃注十七卷,《隋书·经籍志》尚有著录。晋以后人注《仪礼》者不多,主要集中于《丧服》一篇,如东晋的孔伦、陈铨;南朝宋人裴松之、雷次宗、蔡超、刘道拔、周续之等。这些注大抵散佚。其中雷次宗之学,大约出于释慧远,可能受佛学影响。据《高僧传》卷六《释慧远传》:"远内通佛理,外善群书,夫预学徒,莫不依拟。时远讲《丧服经》,雷次宗、宗炳等并执卷承旨。次宗后别著义疏,首称雷氏。宗炳因寄书嘲之曰:'昔与足下共于释和尚间面受此义,今便题卷首称雷氏乎?'"周续之据《高僧传》,与慧远关系亦颇密切。他研究《丧服》大约和祖企、谢景夷合作,陶渊明有《示周续之祖企谢景夷三郎时三人共在城北讲礼校书》诗,诗中有"马队非讲肆,校书亦已勤"句,似意寓讽刺。《仪礼》在唐代虽有贾公彦疏,但前面已讲到当时已病其难读而不适时用,很少人着意研究。宋代以后,儒者多侈谈"心"、"性",对典章、礼制很少注意,因此专门对《仪礼》下功夫的人很少,终宋元明三代,很少有关《仪礼》的注释及研究著作。到了清代,情况有了变化。清人研究《仪礼》之作有《仪礼郑注句读》十七卷、《监本正误》卷、《石经正误》一卷。金日追《仪礼经注疏正讹》十七卷。凌廷堪《礼经释例》十三卷,目录一卷。胡培翚《仪礼正义》四十卷等。近代以来,关于《仪礼》的研究似较少,这是因为它既无人斥为"伪书",却又对它的产生年代难于肯定有关。沈文倬先生的《宗周礼乐文明考论》一书,不但对《仪礼》成书年代作了精当考证,且结合古史及考古发现,论证周代礼制,对《仪礼》中不少问题都有卓见。

《仪礼》本文确实很少文学价值,但对文学史研究来说,却不失为很重要的史料。因为在"五经"中,《诗》和《礼》的关系颇为密切,《诗经》中一部分诗,讲到朝会、宴享以至婚礼的事,就可以和《仪礼》相比照,其中有相同的,也有时有所出入,那是因为《诗经》产生在前,《仪礼》产生在后,礼制容有变更。其他像《左传》所记朝会聘享之礼,虽因时代不同,未必全合,却亦可互相印证。《仪礼》中一些礼器之名,更可与《诗经》及其他典籍相印证。更重要的是《仪礼》中多次讲到《乡饮酒》、《乡射》、《燕礼》、《大射礼》时使用乐歌的情况,涉及《诗经》中好几首诗。如《乡饮酒礼》:"乐正先升,立于西阶东,北面坐。相者东面坐,遂授瑟,乃降。工歌《鹿鸣》、《四牡》、《皇皇者华》。卒歌,主人献工,工左瑟,一人拜,不兴受爵。主人阼阶上拜送爵,荐脯醢,使人相祭。工饮,不拜既爵,授主人爵。众工则不拜受爵,主人阼阶祭饮,辩有脯醢,不祭。大师则为之洗。宾介降,主人辞降,工不辞洗。笙入,堂下磬南,北面立,乐《南陔》、《白华》、《华黍》。主人献之于西阶上,一人拜,尽阶,不升堂。受爵,主人拜送爵,阶前坐祭,立饮,不拜。既爵。升,授主人爵,众笙则不拜受爵,坐祭,立饮,辩有脯醢,不祭。乃间,歌《鱼丽》,笙《由庚》;歌《南有嘉鱼》,笙《崇丘》;歌《南山有台》,笙《由仪》,乃合乐。《周南》:《关雎》、《葛覃》、《卷耳》;《召南》:《鹊巢》、《采蘩》、《采蘋》。工告于乐正曰:'正歌备。'乐正告于宾,乃降。"这段文字把一系列繁缛的仪式写得井井有条,且写出了某些诗篇的演奏场合,说明了有些人误以《关雎》、《鹿鸣》等诗为"刺诗"之非是。其他如:《乡射礼》、《燕礼》、《大射礼》所记,亦与《乡饮酒礼》相类似,可见这些诗篇应用的场合颇多。《仪礼》中亦载有一些韵文,如《士冠礼》载冠礼时的"始加"祝辞为:"令月吉日,始加元服。弃尔幼志,顺尔成德。寿考维祺,介尔景福。""再加"祝辞为:"吉月良辰,乃申尔服。敬尔远仪,淑慎尔德。眉寿万年,永受胡福。"这样的祝辞共八首,其文体皆仿《诗经》,有不少句子直接取自《诗经》,足见《诗经》在当时上层社会几乎成了必读的教材。

"三礼"中的《礼记》与《周礼》、《仪礼》不同,历来被视为"传"而非"经"。据《汉书·艺文志》云:"《记》百三十一篇,七十子后学者所记也。"但在《汉书·艺文志》中并未提到现今所谓《大戴礼记》和《小戴礼记》。《隋书·经籍志》则著录"《大戴礼记》十三卷,汉信都王太傅戴德撰";又"《夏小正》一卷,戴德撰";又"《礼记》二十卷,汉九江太守戴圣撰"。陆德明《经典释文·序录》云:"《礼记》者,本孔子门徒共撰所闻以为此记,后人通儒各有损益,故《中庸》是子思伋所作,《缁衣》是公孙尼子所制。郑玄云:'《月令》是吕不韦所撰。'卢植云:'《王制》是汉时博士作为。'陈郡《周礼论序》云:'戴德删古《礼》二百四篇为八十五篇,谓之《大戴礼》;戴圣删《大戴礼》为四十九篇,是为《小戴礼》。'后汉马融、卢植考诸家同异,附戴圣篇章,去其繁重及所叙略而行于世,即今之《礼记》是也。郑玄亦依卢、马之本而注焉。"近人吴承仕先生不同意陆德明说,他认为"二戴撰记各不相谋,孰先孰后亦无明据"(《经典释文序录疏证》第102页)。据吴先生说,二戴所采材料的来源有九种:一、古代的《记》百三十一篇及《明堂阴阳》三十三篇;二、乐家之《乐记》(吴先生认为小戴取《乐记》十一篇而舍其十二);三、"《论语》家"的《孔子三朝记》(今在《大戴礼》中);四、"《尚书》家"的《周书》[如《大戴礼》中《文王官人》即《(逸)周书·官人解》];五、九流中的儒家(如《中庸》、《表记》、《缁衣》皆出《子思子》);六、九流的道家(如《大戴礼·武王践阼》本于《太公阴谋》);七、九流的杂家(如《月令》之本于《吕氏春秋》);八、"近(汉)时之作"(指《王制》为汉文帝博士所作);九、《逸礼》(《礼记·奔丧》、《投壶》据郑玄说为《逸礼》之正篇等)①。吴先生这种分析是很有道理的。现在看来,大小戴《礼记》的内容确很复杂。如通行的《小戴礼记》中像《缁衣》已出现于郭店等地出土的楚国竹书中,而且有好多种(如上海博物馆所藏竹书中亦有之)。这些竹简年代都在战国中期,那么《缁衣》的出现当更在其前。前人以为它出于《子思子》,确也很可能出子思(孔伋)之手。《奔丧》、《投壶》据郑玄说乃"逸《礼》"正文,则为先秦古籍当不成问题;《大戴礼记》中的《五帝德》、《帝系姓》,据《史记·五帝本纪》中提到:"孔子所传宰予问《五帝德》及《帝系姓》。"可见司马迁曾见过,其为先秦古籍无疑。又如《小戴礼记》中的《檀弓》,学者多认为文体简古,乃先秦人所作,当亦可信;又如《乐记》,当亦先秦人作,郭沫若指为公孙尼子,未必为定论,但亦不像汉人所为。另一种情况如《月令》,郑玄认为是吕不韦作,但此篇与《逸周书·周月》、《时训》、《月令》诸篇多同,疑吕不韦门客取自前人著述,则亦先秦人作。《礼记》中历来认为是汉人所作

---

① 以上说法系转述吴先生《经典释文序录疏证》第102至第103页,文字略有删改,以减字数。

的主要是一篇《王制》,但事实上恐不是这样,例如《中庸》一篇,虽然人们相传为子思作,却未必合乎事实。因《中庸》中有些话显然是秦统一以后的人说的,如:"非天子不议礼、不制度、不考文。今天下车同轨,书同文,行同伦。虽有其位,苟无其德,不敢作礼乐焉;虽有其德,苟无其位,亦不敢作礼乐焉。"这显然说的是秦汉以后的状况。但秦代无作礼乐之事,当为汉人所作。《中庸》中还说到大地"载华岳而不重",此语亦似秦以后人语,因为先秦儒者如子思辈,皆"邹鲁之士",讲到大山,必称泰山而不会称华山。看来《中庸》亦汉代博士所为,与《王制》同例。从《大戴礼记》和《小戴礼记》看来,即使在汉代的宣、元二帝时代,"今古文"的门户之见还不算严重。像戴德、戴圣,本后苍门人,是今文家。但戴德可以取《五帝德》、《帝系姓》这样"汉时儒者以为非圣人之言,故多不传学也"(《史记索隐·五帝本纪》、《索隐》)的文章,戴圣也可收入《祭法》那样取材于《国语·鲁语》的文章。这一事实说明"今古文"之争,其实是被清末今文学派严重地夸大了。

　　《礼记》一书作为文学史料来说其实是远过于《周礼》和《仪礼》的。这首先由于《礼记》中有一些记载人们言行的篇章,颇有文学意味,其中有些故事,历来颇受传诵。这些文字,大部分见于《檀弓》中。最有名的如:"孔子过泰山侧,有妇人哭于墓者而哀,夫子式而听之。使子路问之,曰:'子之哭也,壹似重有忧者。'而曰:'然,昔者吾舅死于虎,吾夫又死焉,今吾子又死焉。'夫子曰:'何为不去也?'曰:'无苛政。'夫子曰:'小子识之,苛政猛于虎也。'"(见《檀弓下》)这段话不但前人如柳宗元等均加引用,而且已成为人们口头的成语。《檀弓上》记孔子的两个弟子——曾参和卜商的一段对话,亦可看出二人不同的性格:"子夏丧其子而丧其明,曾子吊之曰:'吾闻之也,朋友丧明则哭之。'曾子哭,子夏亦哭,曰:'天乎,予之无罪也。'曾子怒曰:

'商!女(汝)何无罪也。吾与女(汝)事夫子于洙泗之间,退而老于西河之上,使西河之民疑女(汝)于夫子,尔罪一也。丧尔亲,使民未有闻焉,尔罪二也。丧尔子,丧尔明,尔罪三也。而曰尔何无罪与(欤)?'子夏投其杖而拜曰:'吾过矣!吾过矣。吾离群而索居亦已久矣!'"在这里,作者的用意似乎在肯定曾参,但在今天看来,却显得曾参满身道学气,不近人情,倒是卜商似更值得同情。相反地,孔子本人有时却显得较为通达,如《檀弓下》:"孔子之故人原壤,其母死,夫子助之沐椁。原壤登木曰:'久矣,予之不托于音也。'歌曰:'狸首之斑然,执女(汝)手之卷然。'夫子为弗闻也者而过之。从者曰:'子未可以已矣?'夫子曰:'丘闻之,亲者毋失其为亲也,故者毋失其为故也。'"这种态度较诸曾参似更可亲近。除了《檀弓》以外,《礼记》中有些文字亦颇生动,如《哀公问》写孔子对答鲁哀公之间,说:"丘也小人,不足以知礼。"哀公则说:"否,吾子言之也!"写君臣对答,口气都很逼真。有时哀公提问,"孔子愀然作色而对曰"云云,亦颇可窥见孔子的性格。《仲尼燕居》写孔子和子张(颛孙师)、子贡(端木赐)和言游(言偃)三人谈礼,谈话各不相同,也可以显示三人性格的不同和孔子因材施教的特点。

　　《礼记》中说理之文亦颇有其长处。如《学记》中讲教育的一些原理颇为透辟,有些话至今被人认为适用。《礼运》的第一部分谈到上古时代"大道之行,天下为公"的状况,流露出一种向往之情,其文章亦颇有文采,可以说是情文兼茂的文章。但《礼记》作为文学史料,其最重要的方面似乎不在文章本身的文采,而在关于诗及音乐的理论。这些理论主要见于《乐记》中。《乐记》的作者已难确考,有人说是公孙尼子,并无根据。看来还是吴承仕先生说的合理,从《乐记》全文看,确可分作好几段,似是从《汉书·艺文志》的《乐记》二十三篇中选取一部分,合成一篇。《乐记》对诗和音乐产生的原因说得很精辟:"凡音之起,由人心生也。人心之动,物使之然也。感于物而动,故形于声,声相应,故生变,变成方,谓之音。比音而乐之,及干戚羽旄谓之乐。乐者,音之所由生也,其本在人心之感于物也。是故其哀心感者,其声噍以杀,其乐心感者,其声啴以缓,其喜心感者,其声发以散,其怒心感者,其声粗以厉,其敬心感者,其声直以廉,其爱心感者,其声和以柔。六者非性也,感于物而后动,是故先王慎所以感之者。"这不但正确地道出了主观感受和客观存在的关系,而且能分别人们感受不同而反映在乐声中的不同。作者进一步指出:"是故治世之音安以乐,其政和;乱世之音怨以怒,其政乖;亡国之音哀以思,其民困。声音之道与政通矣。"这些道理,在原则上应该还是很对的,但《乐记》作者站在儒家的立场上,对"郑、卫之音"和"桑间濮上"这些情歌采取否定的态度则不足取。《乐记》中还谈到各种声音引起的联想:"钟声铿,铿以立号,号以立横,横以立武,君子听钟声,则思武臣。石声磬,磬以立辨,辨以致死,君子听磬声,则思死封疆之臣。丝声哀,哀以立廉,廉以立志,君子听琴瑟之声,则思志义之臣。竹声滥,滥以立会,会以聚众,君子听竽笙箫管之声,则思畜聚之臣。鼓鼙之声欢,欢以立动,动以进众,君子听鼓鼙之声,则思将帅之臣。君子之听音,非听其铿锵而已也,彼亦有所合之也。"这些话对后世亦颇有影响,常为人们当作典故引用。《乐记》虽然提倡"古乐",不赞成"新乐",但文中也提到了战国时人已对古乐不感兴趣。如:"魏文问于子夏曰:'吾端冕而听古乐,则惟恐卧;听郑卫之音,则不知倦。敢问古乐之如彼何也?新乐之如此何?'"子夏的回答自然是肯定"古乐",否定"新乐"的。但从魏文侯的话看来大约是真实地道出了他的感受,而且他这种感受代表着大多数人的情况。子夏的回答则强调古乐中包含"修身及家,平均天下"的大道理,而"新乐"则"不知父子","淫于色而害于德"。这种看法自然偏于保守。不过,这种矛盾也是常常会有的,即某些在思想上对人有一定教益的作品在艺术上并不具有很高的感染力,而另一些为许多人所喜欢的作品,其内容亦未必都很健康。这种矛盾早在先秦时已经出现。看来像子夏那样一味排斥"新乐"自然不对,但认为多数人喜欢的作品其倾向一定是健康的,恐亦未必。

《礼记》虽有《大戴礼记》与《小戴礼记》之分,但自汉代以来,人们看重的都只是《小戴礼记》,亦即我们现在通行本的《礼记》,所以东汉名儒马融、卢植和郑玄所注,皆为《小戴礼记》。三国以后为《礼记》作注的还有魏王肃注三十卷,孙炎注二十九卷,见于《隋书·经籍志》及《经典释文序录》,入晋以后,作"音义"或单篇注释的较多;《经典释文序录》提到的有两种:宋业遵《注》十二卷,庾蔚之《略解》十卷,梁皇侃《礼记义疏》五十卷①,又《丧服义疏》。《隋书·经籍志》所著录的略多,其中主要有:《礼记新义疏》二十卷,梁贺玚撰;《礼记讲疏》九十九卷,皇侃撰;《礼记义疏》四十卷,陈沈重撰;《礼记义疏》三十八卷,无名氏撰,《礼记大义》十卷,梁武帝撰。这些书可能陆德明未见,或虽见过而家中不备此书,著《经典释文》时未能引用。《隋书·经籍志》中著录的书名还有几部颇可注意。一为《礼记义证》十卷,作者刘芳,《魏书》有传,他本南朝人,十六岁时在梁邹城(今山东邹平北)被魏所俘,入北为"平齐民"。他是把南朝学术传播于北方的重要人物,尤其对礼的熟悉,连投奔北朝的南人王肃亦自叹不如。二为"《礼记中庸传》二卷,宋散骑常侍戴颙撰","《中庸讲疏》一卷,梁武帝撰","《私记制旨中庸义》五卷"(无名氏撰)。这后三种书说明宋以后人把《大学》和《中庸》从《礼记》中抽出并突出其地位的做法,实始于梁代。这些书除郑玄注以外,均已散佚,仅有若干零星佚

---

① 此书据《隋书·经籍志》为四十八卷。

文见于陆德明《经典释文》及唐孔颖达《礼记正义》所称引。

在《小戴礼记》盛行的同时,《大戴礼记》却趋于式微,现今所见唐前人注本仅《隋书·经籍志》所著录的东汉刘熙注,云梁有隋时已佚。又有北周卢辩注本,见于《北史·卢辩传》(《周书》此篇乃后人所补,一部分出于《北史》,凡十三卷,其书今存)。后来的研究者对此书亦少注意,只是对其中的《夏小正》一篇研究者较多。其实像前面提到的《五帝德》、《帝系姓》等,亦颇有重视的必要。

唐代由于《五经正义》的出现,使士人们攻读《礼记》者大大超过《周礼》和《仪礼》。这不但是由于《周礼》、《仪礼》难读,还因为唐朝的科举考试有"大经"、"中经"和"小经"之别。《新唐书·选举志》:"凡《礼记》、《春秋左氏传》为'大经';《诗》、《周礼》、《仪礼》为'中经';《易》、《尚书》、《春秋公羊传》、《穀梁传》为'小经'。通二经者,'大经'、'小经'各一,若'中经'二。通三经者,'大经'、'中经'、'小经'各一。通五经者,'大经'皆通,余经各一。"可见其待遇不同,更使人舍二书而群趋读《礼记》。不过唐人读《礼记》者虽很多,进行研究者却不多。较为人所知者有元行冲《类礼义疏》五十五卷和成伯玙《礼记外传》四卷,二书今均已佚。据清朱彝尊《经义考》卷一五一载,唐李翱作《中庸说》。朱氏云"未见",或已佚。李翱深受韩愈影响,其《复性书》已近于宋代理学,所以他的看重《中庸》是很可理解的。

宋代人关于《礼记》的著述为数不能算少,其中有一些还是著名学者所撰,如张载《礼记说》三卷;李格非《礼记精义》十六卷;王安石《礼记发明》一卷;吕大临《芸阁礼记解》十卷;胡铨《礼记传》十八卷等,其书大抵不存,朱彝尊《经义考》著录其书,而云"佚"或"未见"。据朱彝尊说,存者主要只有卫湜《礼记集说》一百六十卷,此书今亦少见。宋元间陈澔作《礼记集说》三十卷。此书在明清时代为应科举的规定用书,故颇流行,有清武英殿本,民国时,上海世界书局曾影印此书,近年上海古籍出版社又据世界书局本影印,颇易得。

宋人对《礼记》中《大学》、《中庸》二篇最为重视,朱彝尊在《经义考》卷一五六中说:"按取《大学》于《戴记》讲说而专行之,实自温公(司马光)始。"他著录司马光的《大学广义》一卷,但"未见"。此后程颢、程颐各有《大学定本》一卷,朱熹作《四书集注》,其《大学章句》即采用程氏改定之本。《中庸》据《经义考》有司马光等六家《大学中庸解义》,见《宋史·艺文志》,但朱彝尊已说"未见"。正由于自唐及北宋以来,人们对《大学》、《中庸》特别重视,于是到宋时,朱熹就把《大学》、《中庸》从《礼记》中抽出,与《论语》、《孟子》合称"四书"。到了元代,朝廷又规定科举考试要从"四书"中出题,从此《大学》和《中庸》成了士人们初学必读之书。元以后的许多"理学家"亦往往借注释"四书",发挥自己的观点,有的尊朱熹,也有的不赞成朱熹,著述甚多,但现在已很少有人去读,与文学史的关系也不大。

清代学者对《礼记》的注释有《礼记训义择言》八卷,《深衣考误》一卷,江永撰;《深衣释例》三卷,《弁服释例》八卷,任大椿撰;《明堂考》三卷,孙星衍撰;《礼记集解》六十一卷,孙希旦撰;《礼记笺》四十九卷,郝懿行撰;《礼记经注正讹》六十三卷,金曰追撰;《礼记训纂》四十九卷,朱彬撰;《礼记郑读考》六卷,陈乔枞撰;《礼记异文笺》一卷,《礼记郑读考》一卷,《七十二候考》一卷,俞樾撰;《礼记浅说》二卷,皮锡瑞撰等。在注释和研究《小戴礼记》的同时,清代学者对《大戴礼记》的研究著作亦颇不少。其中关于《夏小正》的尤多,如毕沅有《考注》一卷,孙星衍有《校正》三卷,朱骏声有《补传》三卷,王筠有《正义》四卷等。关于全书的注最有名的著作是:孔广森《大戴礼记补注》十三卷,《叙录》一卷;胡培系《大戴礼记笺证》五卷;王聘珍《大戴礼记补注》十三卷;孙诒让《大戴礼记斠补》三卷等。其中王聘珍的《补注》近年有中华书局排印本,最易得。孙诒让的《斠补》收入《孙诒让遗书》,齐鲁书社1988年出版。

近代以来对《礼记》的研究较少知名之作,大抵自"五四"以后,人们对"五经"中的《周易》、《尚书》、《诗经》和《春秋左传》的研究较多,把它们作为上古史和先秦文学史的重要史料来看待,而对"三礼"的研究则较少。尤其《礼记》因为非一人一时之作,不少人对之取怀疑态度,多疑其出于汉人之手。不过从郭店楚简等新发现的文献看,证明像《缁衣》这样的文字实产生于战国中期以前,显然应该对过去那种"疑古"过甚的观点有所修正。

第六节 《春秋》、《左传》和《国语》及历代关于它们的研究

我们今天讲到《春秋》,马上会联想到《左传》、《公羊传》和《穀梁传》。的确,现在我们读《春秋》,大抵都是从《左传》所附的"经"中见到。其实原本的《春秋》是和《左传》各自单行的,只是到了晋代杜预作《春秋经传集解》,才把《春秋》原文按年分开,放在《左传》文字之前,称"经"与"传"以示分别。这种做法有其方便处,但不免使二书都失去其原貌,所以清人洪亮吉作《左传诂》,把"经"与"传"分开,以期恢复汉时旧貌。

《春秋》一书自《孟子》说孔子作《春秋》以来,历代都信为孔子所作,甚至现在一些学者也对此深信不疑。不过,孔子自己说过"述而不作"的话,而且《春秋》之名据典籍所载,不但在孔子出生之前早已出现,而且在孔子十多岁时,晋国的韩起已在鲁国见到"《鲁春秋》";再说这种流水账式的大事记有时还讳言事实真相(如隐公十一年记

鲁隐公之死），不管从什么立场来看，都无从起到使"乱臣贼子惧"（《孟子·滕文公下》语）的作用。据宋人周麟之跋孙觉《春秋经解》记他早年窃听其父讲孙氏学说，"一日，先君谓予曰：初，王荆公欲释《春秋》以行于天下，而莘老（孙觉）之书已出，一见而有忌心，自知不复能出其右，遂诋圣经而废之，曰：'此断烂朝报也！'"（见《经义考》卷182引）。不管周麟之所听说的话是否事实，但王安石说《春秋》像"断烂朝报"实在丝毫没有错。这句话据钱穆先生说："今按：朝报譬今之政府公报也。"（《国学概论》，商务印书馆1997年版，第10页）此书成于上世纪20年代中期，当时"政府公报"自有真实消息，也有隐瞒真相的假消息，虽不尽可信，而毕竟具有重要的史料意义。试想现在我们研究春秋战国的历史，常会感到春秋史事年代先后十分清楚，而战国史事往往年代失考，脉络不清。这种现象的出现，自当首先归功于《左传》，但《春秋》亦有其作用。

　　《春秋》一书记事极为简略，有时连事情的本末也不交代清楚，如果不读《左传》，根本无法了解是怎么回事。如《桓公五年》："秋，蔡人、卫人、陈人从王伐郑。"这次战役为什么会发生，战争的结局如何？《春秋》全无交代，只有《左传》才详记起因及周王战败的情况。又如成公十八年（正月）"庚申，晋弑其君州蒲"。这更显得含糊，究竟晋国的什么人杀了晋厉公州蒲，根本未讲；此事与上一年"晋杀其大夫郤锜、郤犨、郤至"和本年"晋杀其大夫胥童"有什么联系，也只有读了《左传》才明白，否则晋厉公杀"三郤"和栾书、中行偃杀厉公的事根本无法知道（《公羊传》照录《春秋》原文，一无解释；《穀梁传》虽加上"自祸于是起矣"和"称国以弑其君，君恶甚矣"等语，仍难看出事件本末）。《襄公二十七年》和昭公元年鲁叔孙豹两次会楚屈建或公子围、晋赵武等，主盟者都是楚国，而《春秋》都把晋国放在前面，显然不合史实，《左传》有说明而《春秋》无一字交代。这说明《春秋》一书所反映的历史面貌其实很有限。今天我们对春秋时历史有一个较清晰的了解,主要有赖于《左传》。

《春秋》一书记事过于简略,其本身并无多少文学价值。但历来论者对此书在文学上的影响往往作很高的评价,这主要是所谓"《春秋》笔法,微言大义"。其实"微言大义"四字是《公羊传》的学者提出的,主要在《春秋》字句中找寻一些奇异之论,大多是穿凿附会,和今天讲的"《春秋》笔法"是两回事。今天所谓"《春秋》笔法",主要指用客观叙述事件的经过来体现作者的态度。这种笔法,在《左传》中确实很多,唐代刘知几在《史通·惑经》、《申左》二篇中有很详细的论列。他指出《春秋》记事多违反"善恶必书,斯为实录"(《惑经》)的原则,并且指出《春秋》的缺失,"及《左传》既行,而其失自显"(《申左》),都是符合事实的。但由于历来学者大抵迷信孟子之言,以《春秋》为孔子所作,不敢轻议,甚至对刘知几的卓见纷起攻讦。以至像唐代的啖助作《春秋集传》、《春秋例说》,欲取代《左传》与《公羊传》、《榖梁传》,自己为《春秋》作"传"。其书虽佚,其门人赵匡作《春秋阐微纂类义注》十卷,虽存,但有残缺,其后陆淳作《集注春秋》二十卷,《集传春秋纂例》十卷,《春秋辨疑》七卷,《春秋微旨》二卷;其中《集注春秋》已佚,他书犹存。这些书无非是借此发挥自己的臆说,在文学上亦无多大影响。但自啖、赵、陆三人开其端,宋人治《春秋》者也多弃三《传》而逞己见,其中影响最大的是胡安国《春秋传》三十卷。胡安国是北宋末南宋初人,他著《春秋传》,强调"复仇"之义,显然有感于南宋初年政局而发,所以清人尤侗说此书是"宋之《春秋》,非鲁之《春秋》也"。俞汝言也说他"借经以抒己旨,非仲尼之本旨"(均见《经义考》卷一八五)。尽管如此,由于朝廷曾规定科举考试中关于《春秋》要以此书为准,所以曾在士人中颇流行,但从清代以来,已少读者,对文学亦无重大影响。元明二代治理学者仍有一些人舍"三传"而注解《春秋》，他们的论点有的宗胡氏，也有的对胡氏提出批评。这些著作为数不算太少，但读者寥寥，现在也不易见到了①。

《春秋》"三传"中史学和文学价值最高，对后来影响最大的是《左传》。此书全名应为《春秋左氏传》。古人亦称之曰《左氏春秋》②。关于《左传》和《春秋》的关系，最早的说法见于《史记·十二诸侯年表》，据云孔子作《春秋》，"鲁君子左丘明惧弟子人人异端，各安其意，失其真，故因孔子史记具论其语，成《左氏春秋》"。又《后汉书·班彪传》载班彪为《史记》作"后传"，其略论云："定、哀之间，鲁君子左丘明论集其文，作《左氏传》二十篇，又撰异同，号曰《国语》，二十一篇，由是《乘》、《梼杌》之事遂暗，而《左氏》、《国语》独章（彰）。"班彪卒于光武帝建武三十年（54），年五十二，当生于平帝元始三年（3），此时刘歆尚在。《后汉书》本传又谓班彪"父稚，哀帝时为广平太守"。哀帝在位仅六年，刘歆为五原、涿郡太守亦在哀帝时，是班稚与刘歆同时，官位相等，班氏又世居扶风安陵（今陕西咸阳东北），距长安极近，所以班彪的话，应该是可信的。如果《左传》出于刘歆伪造，并且是由《国语》中分出，甚至《史记》中的话亦属刘歆窜乱，他不可能不知道。在《左传》是否"伪书"及它是否传《左氏》的问

---

① 有关《春秋》的作者、成书年代等问题，可参见姚曼波《春秋考论》一书，江苏古籍出版社2002年出版。此外，赵生群《春秋经传研究》以《春秋》一书为中心，具体辨析了"三传"的相关内容，上海古籍出版社2000年出版。

② 有人因为《左传》亦名《左氏春秋》，遂认为它不传《春秋》，而是和《吕氏春秋》一样是另一部书。其实《左氏春秋》之名实同《毛诗》、《韩诗》、《大戴礼》、《小戴礼》一样，乃古人习惯称法。正如北魏时称《左传》服虔注曰"《服氏春秋》"（见《魏书·儒林·徐遵明传》），杜预注曰"《杜氏春秋》"（见《魏书·贾思伯传》），又岂可以为别是一书，与《左传》无关？

题上,钱穆先生的《刘向歆父子年谱》(《古史辨》第五册)和牟润孙先生《春秋左传辨疑》(《注史斋丛稿》,中华书局 1987 年版)论之已很透彻,这里不拟详述。这里仅就那些怀疑《左传》而较能误人的论点略加评驳:某些人怀疑《左传》的理由之一是司马迁在《太史公自序》中说:"昔西伯拘羑里,演《周易》;孔子厄陈蔡,作《春秋》;屈原放逐,著《离骚》;左丘失明,厥有《国语》;孙子膑脚,而论兵法;不韦迁蜀,世传《吕览》;韩非囚秦,《说难》、《孤愤》、《诗三百篇》,大抵贤圣发愤之所为作也。"《汉书·司马迁传》和《文选》所载司马迁的《报任安书》中亦有类似的话,只是个别字有出入。其实这段话完全是抒情文字,并非记叙史实。我们如果认真地推敲一下就可以发现这段话和《史记》本身的记载颇有出入。如吕不韦集门客作《吕氏春秋》,据《史记》本传是在他得势之时,他自己也未尝执笔,根本不是"迁蜀"后所作。韩非的入秦,据《史记·老庄申韩列传》,韩非的《孤愤》、《五蠹》、《内外储》、《说林》、《说难》作于入秦以前,而秦始皇正是欣赏其《孤愤》、《五蠹》而招之入秦的。至于后来被囚,乃由于李斯、姚贾的谗害。事实显然,无可置疑,当然不能据《太史公自序》而疑吕不韦、韩非二传。至于"左丘失明"二句,其实完全是一个文章的修辞问题。凡是学习过写作古汉语文章的人都了解,上文既称孔子"作《春秋》",接着又说左丘明"传《春秋》",这实在不成文体。像这样的问题,如果是现代一些没有试写过文言文的年轻人提出来,本可理解。然而令人遗憾的是提出这样问题的人却是近代善写文言文的名人!

有些人怀疑《左传》的理由是:左丘明与孔子同时,而《左传》记事直到哀公二十七年,并在文中提到晋国的荀瑶(即知伯瑶),说:"赵襄子由是忌知(智)伯,遂丧之。知伯贪而愎,故韩、魏反而丧之。"按:三家灭知氏在公元前 453 年,上距孔子卒(前 479)有二十六七年之久,左丘明与孔子同时,不一定能活到那时。又《左传》中记事已预示到齐国的田氏代替姜氏称王及晋卿魏氏之强大与赵韩分晋之事。其实这也不奇怪。因为我国古代的典籍大抵成于几代人之手，先秦诸子中几乎大多数均非一人之作，如《庄子》、《荀子》和《墨子》中有些篇章，多数学者都承认为门人后学之作。子书本一家言，尚可有后人增益，何况史书？再说古代人本来多有预言未来的话，其中有些与后事相符，有些不符，不能说一切预言均为后人伪造。何况《左传》中有的预言实在并不都应验，如《定公九年》记鲁国阳虎奔晋，"适赵氏。仲尼曰：'赵氏其世有乱乎！'"其实赵氏并未发生内乱。如果说这也是出于后人捏造，岂非作伪者故意要说孔子的话未必可信？显然造伪书者不会这样。

一些怀疑《左传》出于刘歆伪造的人还提出一个理由：《左传》中说到晋国的士会是刘氏的祖先，而士会又是尧的后代。因为《左传·文公十三年》记士会自秦返晋，其家属有留秦的，"其处者为刘氏"；又《襄公二十四年》记士会之孙士匄自称其祖上"自虞以上为陶唐氏"，说明《左传》中说了刘氏是尧的后代。据他们说，承认刘氏为尧后，就是要汉朝皇帝像尧把帝位让给舜一样把帝位让给王莽，所以这是刘歆伪造来帮助王莽篡汉的。这说法实在有些想入非非。据《后汉书·贾逵传》，东汉章帝时，贾逵上奏建议立《左传》时说过："又五经家皆无以证图谶明刘氏为尧后者，而《左氏》独有明文。"贾逵用《左传》去为图谶作证，自然不高明。但他说此语时，王莽早已死了，东汉已成立四五十年，难道还是要汉朝皇帝让位？又班彪《王命论》也说刘邦是帝尧之苗裔，此文作于王莽败亡后不久，难道也是要汉天子把帝位让给王莽？再说古人讲某姓出于某氏，可以有不同之说。例如：《史记·楚世家》以曹姓为祝融氏之后，后来王符《潜夫论·志氏姓》亦同此说。但汉灵帝中平二年的《郃阳令曹全碑》却说曹姓为周文王子曹叔振铎之后。检《三国志·魏书·蒋济传》注引曹操《家传》,自称"曹叔振铎之后"。人们常说曹操在《让县自明本志令》中自比周文王是预嘱曹丕篡汉。这难道能说《郃阳令曹全碑》的作者在曹操刚做到小小的典军校尉而曹丕还未出生之时,就事先为他们代汉制造舆论?

《左传》在汉代未被立于学官,所以西汉时人称引它的较少。此书的出现,有不同的说法。据《论衡·案书》云:"《春秋左氏传》者,盖出孔子壁中。孝武皇帝时,鲁共王坏孔子教授堂以为宫,得佚《春秋》三十篇,《左氏传》也。"但从《经典释文·序录》看来,大约在鲁共王以前,此书已在一部分人中流传。据云:"左丘明作传以授曾申,申传卫人吴起,起传其子期,期传楚人铎椒,椒传赵人虞卿,卿传同郡荀卿名况,况传武威张苍,苍传洛阳贾谊,谊传至其孙嘉。嘉传赵人贯公,贯公传其子长卿,长卿传京兆尹张敞及侍御史张禹,禹数为御史大夫萧望之言《左氏》,望之善之,荐禹,征待诏,未及问,会病死。禹传尹更始,更始传其子咸及翟方进、胡常,常授黎阳贾护,护授苍梧陈钦。《汉书·儒林传》云:'汉兴,北平侯张苍及梁太傅贾谊、京兆尹张敞、太中大夫刘公子皆修《春秋左氏传》。'始刘歆从尹咸及翟方进受《左氏》。'由是言《左氏》者本之贾护、刘歆。'歆传扶风贾徽,徽传子逵。"这里所述《左传》的传授经过很清楚,且所据为《汉书·儒林传》,当属可信。从这个传授源流看来,《左传》在战国时,曾流行于楚、赵二国,赵为"三晋"之一,所以《左传》记晋、楚事尤详。应该承认,在春秋时代,在中原诸国中,晋国最为强大,它的发展、兴盛及衰亡的过程,《左传》记载得最为清楚,因为书中记晋国史事最多。值得注意的是历来被说成同属左丘明所作而称作"外传"的《国语》,亦以《晋语》部分的篇幅为多。这一事实说明《左传》作者所掌握的原始资料也以晋国部分为多。这大约和吴起曾长期居魏,而虞卿、荀况皆赵人不无关系。《左传》中叙述战争的篇幅很多,对行军用兵之道言之甚详,这大约也和作为军事家的吴起有关。像《宣公二年》记"赵盾弑君"故事,虽然动手杀晋灵公的人是赵穿,但"亡不越竟(境),反(返)不讨贼"的事实足以证明主谋是赵盾。《左传》尽管如实地记载此语,却又引孔子的话说"董狐,古之良史也,书法不隐。赵宣子,古之良大夫也,为法受恶",在某种程度上也是为赵国的祖先挽回一些面子。至于此语是否出于孔子,则是另一问题。

《左传》一书历来是散文的典范之作。《文心雕龙·史传》讲到《左传》时云:"丘明同时,实得微言,乃原始要终,创为传体。传者,转也,转受经旨,以授于后,实圣文之羽翮,记籍之冠冕也。"他又在这一篇的"赞"中说"辞宗丘明,直归南董",对《左传》的文辞备极推崇。确实,早在南北朝时,已经有人有意地学习《左传》的文章。如《南史·刘璠附刘显传》云:"显幼而聪敏,六岁能诵《吕相绝秦》、贾谊《过秦》。"我们知道,《吕相绝秦》事见《左传·成公十三年》,是历来传诵名篇,直到清代坊间流行的《古文观止》亦加选录。刘显以此文与贾谊《过秦论》同样背诵,显然是从文章着眼。再说贾谊《过秦论》自左思《咏史诗》已称"著论准《过秦》,作赋拟《子虚》",而"《过秦》"、"《子虚》"均被《文选》所录,《吕相绝秦》没有入选,只因它原属"经部"书,《文选》不录,然《吕相绝秦》在南朝已成名篇则无疑问。南北朝作家大抵都熟读《左传》。《南史·刘怀珍附刘霁传》:"九岁能诵《左氏传》。"大作家庾信也熟读《左传》,《周书·庾信传》:"博览群书,尤善《春秋左氏传》。"现在我们读庾信的作品,就可以发现其中用了大量《左传》中的典故。庾信以骈文驰名,其应用文字,亦多有模仿《左传》的痕迹,他的《移齐河阳执事文》、《又移齐河阳执事文》,其笔法及措辞虽动之以威,而语气仍显温雅,即得力于《左传》中的辞令之文。唐代史学家刘知几对《左传》文章更是推崇备至。他说:"寻《左氏》载诸大夫词令,行人应答,其文典而美,其语博而奥,述远古则委曲如存,征近代则循环可覆。必料其用功厚簿,指意深浅,谅非经营草创,出自一时,琢磨润色,独成一手。斯盖当时国史已有成文,丘明但编而次之,配经称传而行也。"(《申左》)这很能说明《左传》文章的特色。在同书《杂说上》,刘知几更详论《左传》文章的文学价值:"《左氏》之叙事也,述行师则簿领盈视,嗫聒沸腾,论备火则区分在目,修饰峻整;言胜捷则收获都尽,记奔败则披靡横前;申盟誓则慷慨有余,称谲诈则欺诬可见,谈恩惠则煦如春日,纪严切则凛若秋霜;叙兴邦则滋味无量,陈亡国则凄凉可悯。或腴辞润简牍,或美句入咏歌,跌宕而不群,纵横而自得。若斯才者,殆将工侔造化,思涉鬼神,著述罕闻,古今卓绝。"刘知几的这种看法,得到了历来论文者的赞同,即如金代的文论家王若虚,专好挑剔古人行文的瑕疵,但对《左传》之文,亦称叹备至。现在看来,《左传》的文学成就是多方面的,不论记事、写人或记言均有极好的文章。以记事来说,《左传》写到过许多的战争,而每次战争的起因、进程和结果都不一样。《左传》作为一部编年史,虽然要把某一战役的发生、发展及结果分在几年记载,但前因后果却交代得很清楚。例如:写秦晋的韩之战,历叙晋惠公归国以后,如何背弃秦国对他的帮助,在国内又如何"愎谏违卜",不待战事发生,双方的胜负已经十分清楚。至于晋郑的铁之战,着力写郑虽小国,但兵力甚强,参加晋方军队的卫太子蒯聩及赵鞅等人的态度的种种表现,更可以看出晋国这场战争胜来不易。尤其出色的战争描写则为著名的晋楚三大战役——城濮之战、邲之战和鄢陵之战。这三大战役的原因和进程各各不同,但《左传》的记述似重点不在描述厮杀的场面而在战前双方统帅的谋略。这种记述不但显示了双方各将领的性格特点和预示了战争胜败的原因,也为以后两国政局的变化作了张本。例如城濮之战中,写晋方先轸、舅犯之老谋深算,楚方子玉的骄傲轻敌,虽着墨不多,而给人印象颇深;邲之战写晋将先縠、赵旃之轻率冒进及晋方将帅的不和;鄢陵之战写晋国将领之间的议论,尤其是士燮之明知可以取胜而不愿作战,更显示了他对晋国内部情况的清醒估计。在这几次战争中亦不乏极生动的描写。如邲之战写晋军败后,"中军、下军争舟,舟中之指可掬也",短短数字,极为传神。又如"晋人或以广队不能进,楚人惎之脱扃。少进,马还,又惎之拔旆投衡,乃出。顾曰:'吾不如大国之数奔也'",不但生动,即忙中偷闲,插上一句自我解嘲的话,更使人感到趣味无穷。鄢陵之战写楚王"登巢车"遥望晋军时和伯州犁的对话,更是历来称赏之笔:"王曰:'骋而左右,何也?'曰:'召军吏也。''皆聚于中军矣。'曰:'合谋也。''张幕矣。'曰:'虔卜于先君也。''彻幕矣。'曰:'将发命也。''甚嚣,且尘上矣。'曰:'将塞井夷灶而为行也。''皆乘矣,左右执兵而下矣。'曰:'听誓也。''战乎?'曰:'未可知也。''乘而左右皆下矣。'曰:'战祷也。'"这种描写确可以当刘知几的称赞而无愧。

《左传》作为一部编年史,所描写的人物都是历史上实有其人的,因此在记其行事的同时,经常会写到这些人物当时的种种表现及心态。例如"五霸"之一的晋文公,是书中着力记述的人物之一。书中在记述其行事的同时,也鲜明地写出了他的性格成长的过程。例如:《僖公二十三年》详载其出亡及归国的经历。从这段记载看,晋文公作为一代英主确有一个成长的过程,从他出亡之初,"过卫,卫文公不礼焉。出于五鹿,乞食于野人,野人与之块。公子怒,欲鞭之";和"及齐,齐桓公妻之。有马二十乘,公子安之",以致齐女姜氏与舅犯,"醉而遣之。醒,以戈逐子犯",从上所述看来,性格还不成熟。而到楚国以后对答楚成王的话,就可以见出他经历磨炼之后,已经成长起来,及至《僖公二十八年》城濮之战取胜后,听到楚将子玉被杀,"而后喜可知也"则显示了他已成为一个富于心计的政治家。这种描述在作者来说,也许还不是有意识地去塑造人物形象,但这人物的变化过程却已活现在人们面前。

《左传》在叙事时,也不完全排除想象和虚构,如《宣公二年》写晋钼麑奉灵公命行刺赵盾,见赵盾生活朴素又勤于政事,不忍下手,但又不愿违背君命,乃自触庭槐而死,死前叹云:"不忘恭敬,民之主也。贼民之主,不忠;弃君之命,不信。有一于此,不如死也。"这话显然不可能有人听到,而是出于作者想象。又如《襄公二十六年》记楚人侵郑,楚穿封戌俘郑皇颉,公子围与他争功,请伯州犁评理,"伯州犁曰:'请问于囚。'乃立囚。伯州犁曰:'所争,君子也,其何不知?'上其手,曰:'夫子为王子围,寡君之贵介弟也。'下其手曰:'此子为穿封戌,方城外之县尹也。谁获子?'囚曰:'颉遇王子,弱焉。'戌怒,抽戈逐王子围,弗及,楚人以皇颉归。"在这里,伯州犁的"上下其手",显然是给俘虏以暗示,仅仅这一动作,就充分表现了伯州犁的圆滑世故,而"上下其手"如今成了舞弊弄权的代名词。《左传》作者显然未必目睹此事,很可能出于他的想象和虚构。这种虚构的细节不但不违反伯州犁的性格特点,也不影响所记史事的真实性。

《左传》所载外交辞令被历来文人视为典范之作。这些文章尽管用于两军交战的场合,但说得温文尔雅,不卑不亢,和后世那些虚张声势、威胁恐吓无所不用其极的文字颇为不同。所以,历来的文章家不论擅长散文或骈文的人无不推崇和效法《左传》。的确,《左传》中的外交辞令颇富特色,不论像郑国子产等人对晋国交涉,不畏强暴,言词婉转而句句在理,还是如前面提到的《吕相绝秦》,虽双方争强,本无是非可言,而也得说得振振有词,显出了人物的机智和高度的文化修养,文辞亦极富文采,多是古代散文名篇。

《左传》一书中常常体现出古代可贵的民本思想。例如《桓公六年》记随国季梁的话说:"上思利民,忠也。"又说:"夫民,神之主也。是以圣王先成民,而后致力于神。"《僖公十九年》记周史嚚的话说:

"国将兴,听于民;将亡,听于神。"《文公十三年》:"邾文公卜迁于绎。史曰:'利于民而不利于君。'邾子曰:'苟利于民,孤之利也。天生民,而树之君,以利之也。民既利矣,孤必与焉。'左右曰:'命可长也,君何弗为?'邾子曰:'命在养民。死之短长,时也,民苟利矣,迁也,吉莫如之。'"又《襄公十四年》:"师旷侍于晋侯,晋侯曰:'卫人出其君,不亦甚乎?'对曰:'或者其君实甚。良君将赏善而刑淫,养民如子,盖之如天,容之如地。民奉其君,爱之如父母,仰之如日月,敬之如神明,畏之如雷霆,其可出乎?夫君,神之主,而民之望也。若困民之主,匮神之祀,百姓绝望,社稷无主,将安用之?弗去何为?……"这在当时都是很杰出的思想。《左传》在许多问题上的态度,较诸《公羊传》、《穀梁传》,显然要开明得多。例如《襄公三十年》记宋国火灾,鲁女伯姬因为等待女师而不愿出逃,竟被火烧死。《左传》对这件事取批评的态度,而《公羊》、《穀梁》二传对此则大加称赞。这说明《左传》的产生年代比《公羊》、《穀梁》为早,对妇女的束缚和压迫还不像后世那么严重。

《左传》自刘歆和太常博士们争议以后,在汉代虽未得立于学官,却在民间颇为流行。东汉初年,陈元曾向光武帝建议设立《左传》博士,遭范升反对而未果。后来贾逵再次向朝廷建议,亦未能达到目的。但东汉时关于《左传》的研究著作不少,如贾逵作《左氏训诂》,陈元作《左氏同异》,郑众作《左氏条例章句》,马融作《三家同异》,其后延笃受《左传》于贾逵孙贾伯升,为《左传》作注。此后最著名的《左传》研究著作为贾逵的《左氏解诂》三十卷,服虔的《解谊》三十卷。和服虔同时的人如郑玄、崔烈,据《世说新语·文学》记载,都对《左传》有深刻研究。其中服虔注《左传》在魏晋时已颇流行,到南北朝时,北方学者治《左传》皆宗服虔,惜其书今佚。清代学者如洪亮吉、李贻德辈曾致力于贾、服注的辑佚工作。魏王肃曾作《左传》注三十卷,陆德明《经典释文》曾称引,今佚,又有董遇《左传章句》三十卷,亦佚。至今盛行的则为晋杜预所作《春秋经传集解》三十卷。虽有隋刘炫的《春秋左氏传述义》四十卷,对杜注颇有非议,但亦未能传世。后来唐孔颖达作《左传正义》,亦本杜说。自唐代啖助、陆淳起,治《春秋》者大抵不重三传,至宋代胡安国乃至自作《春秋传》,故宋以后人们对《左传》的研究较少重要著作。直到清代,关于《左传》的研究才逐渐复兴。其中最有名的是顾炎武的《左传杜解补正》三卷;马骕的《左传事纬》十二卷,附录八卷;惠栋的《左传补注》六卷;洪亮吉的《春秋左传诂》二十卷;李贻德的《左传贾服注辑述》二十卷;沈钦韩的《春秋左传补注》十二卷,《考异》十卷,《左传地名补注》十二卷;刘文淇、刘毓崧和刘寿曾所撰《春秋左氏传旧注疏证》不分卷。其中惠栋书有《清经解》本,洪亮吉、李贻德书有《续清经解本》,洪书还有中华书局排印本,最易得。刘书有科学出版社排印本及《续修四库全书》本。此外,清人有关研究著作还有顾栋高的《春秋大事表》,为历来所推崇,有中华书局排印本,亦较易得。近人著作以章太炎先生的《春秋左传读叙录》一卷、《镏子政左氏说》一卷为最著,有《章氏丛书》本。今人注释以杨伯峻先生的《春秋左传注》最为精详,有中华书局排印本。有关《左传》的研究著作以童书业先生《春秋左传研究》(上海人民出版社本)和沈玉成、刘宁先生的《春秋左传学史稿》(江苏古籍出版社本)为最著。

  清代以来,凡怀疑《左传》的学说,始于刘逢禄,他作有《左氏春秋考证》三卷,以为《左氏春秋》别是一书,不传《春秋》。其后康有为作《新学伪经考》,以《左传》为刘歆割裂《国语》伪造。与之相呼应的有廖平、崔适诸人。廖平之书表彰《公羊》、《穀梁》而斥《左传》;崔适作《春秋复始》,补充了康有为之说。今人从之者有徐仁甫,作《左传疏证》。康有为书,有三联书店排印本,最易得。徐书亦有排印本,易得。

　　和《左传》同为研究春秋史的另一重要典籍是《国语》。《国语》一书，历来被认为与《左传》同为左丘明所作。主此说者以司马迁为最早。据《史记·十二诸侯年表》，司马迁在说到左丘明作《左传》的同时，也提到《国语》，他说："自共和讫孔子，表见《春秋》、《国语》……"在《太史公自序》和《报任安书》中又两次说到"左丘失明，厥有《国语》"，可见二书同为左丘明作的说法实始自司马迁。其后班彪亦同此说，他在为《史记》作续书时，其"略论"中谈到《春秋》时云："（鲁）定哀之间，鲁君子左丘明论集其文（指《春秋》），作《左氏传》三十篇，又撰异同，号曰《国语》，二十一篇，由是《乘》、《梼杌》之事遂暗，而《左氏》、《国语》独章（彰）。"（见《后汉书·班彪传》）他的弟子王充在《论衡·案书》中云："《国语》，《左氏》之外传也。《左氏》传经，辞语简略，故复选录《国语》之辞以实。"此后，三国时吴人韦昭《国语解叙》云："昔孔子发愤于旧史，垂法于素王，左丘明因圣言以摅意，托义以流藻，其渊源深大，沉懿雅丽，可谓命世之才，博物善作者也。其明识高远，雅思未尽，故复采录前世穆王以来，下讫鲁悼、智伯之诛，邦国成败，嘉言善语，阴阳律吕，天时人事逆顺之数，以为《国语》。其文不主于经，故号曰'外传'……"韦昭这段话有一个弱点，即鲁悼公之立在公元前466年，且孔子卒后十三年；其卒在公元前429年，即孔子卒后五十年；智伯被韩赵魏三家所杀在公元前453年，即孔子卒后二十六年，左丘明与孔子同时，且为孔子称道，其年龄当与孔子相仿。孔子享年七十三，至鲁悼公时智伯被杀当年九十九岁，左丘明未必能活到此时。不过，古代的典籍大抵成于几个人之手，也许是左丘明草创而其门人后学续成之，这也很有可能。未可据此否定司马迁及班、韦之说。因此古代多数学者对此并无异议。但也曾有个别人认为非左丘明作，如魏晋间作家傅玄、刘炫等曾因其所记之事有时与《左传》不同(并见孔颖达《春秋左传正义》引)。但这一理由未必很充分。因为像《左传》、《国语》这类史籍,即使确系一人所作,由于所据史料来源不同,有时也会有所出入。何况《国语》一书的性质,本类似史料汇编,更难免有矛盾抵牾之处。所以班彪所谓"又撰异同",就包含了这层意思。其实从今天看来,《左传》、《国语》二书,恐怕都出于众手,未必是左丘明一人所作;至于二书是否同出一人之手,羌无确证。所以傅玄、刘炫之说,历来殊少附和者。到了近代,由于康有为作《新学伪经考》,说本无《左传》其书,左丘明所作为《国语》,是刘歆取《国语》文字,比附《春秋》史事以伪造《左传》,而把剩余资料作为《国语》。康有为此说显属牵强附会。他的说法提出后,有一位瑞典学者高本汉(Klas Bernhard Johannes Karlgren)不同意康说,他对《左传》和《国语》在用字方面的情况作了统计,认为二书非一人所作。他的文章曾被译成中文,对一部分中国学者产生过影响。后来的研究者大抵认为《国语》是一部史料的汇编,其来源不一,产生的时间及可信程度亦各不同。此书共分周、鲁、齐、晋、郑、楚、吴、越八国,一般认为周、鲁、晋、郑和楚的部分比较可信,而《齐语》多取《管子·小匡》;《吴语》与《越语》文体较不同,疑后人附益。不过这种说法似亦非定论。因为《管子》本是一部战国时齐人著述的汇编,本非一人所作,像《小匡篇》这种文字,本来可能是单行的,《国语》作者可能取其单篇的一部分,未必采自《管子》,而《管子》与《国语》的成书先后,亦难定论,故未必是晚出。吴、越二国的兴起较中原诸国为晚,而《吴语》、《越语》所记更集中在春秋末年的夫差、勾践争霸之事,其地域和年代均与周、鲁、晋、楚诸《语》不同,亦未可谓为后出而附益的篇章。至于《国语》和《左传》是否出于同一些人之手以及二书出现的先后,由于史料缺乏,现在很难得出确切的结论。从二书的文章风格看来,即使有所不同,亦颇相近,应该差不多产生于同时。《左传》的作者很可能见到过许多类似今本《国语》的单篇记载，并以此为根据。但断言《国语》的成书"可能略早于《左传》"却嫌草率。因为今本《国语》究竟是谁所编？已无可考。正如《战国策》的编定者是刘向，而司马迁的《史记》中显然使用了不少战国策士的单篇著述，而其成书则在刘向以前。

《国语》的成书年代虽难确考，而其中所保存的史料当写成在战国以前。如《荀子·正论》："封内甸服，封外侯服，侯、卫宾服，蛮夷要服，戎狄荒服。甸服者祭，侯服者祀，宾服者享，要服者贡，荒服者王。日祭，月祀，时享，岁贡，终王……"这段话，实取自《国语·周语上》祭公谋父谏穆王征犬戎之辞。《礼记·祭法》："夫圣王之制祭祀也，法施于民则祀之，以死勤事则祀之，以劳定国则祀之，能御大菑（灾）则祀之，能捍大患则祀之。是故厉山氏之有天下也，其子曰农，能殖百谷，夏之衰也，周弃继之，故祀以为稷。共工氏之霸九州也，其子曰后土，能平九州，故祀以为社。帝喾能序星辰以著众，尧能赏均刑法，以义终。舜勤众事而野死，鲧鄣（障）鸿（洪）水而殛死，禹能修鲧之功。黄帝正名百物以明民共财，颛顼能修之。契为司徒而民成，冥勤其官而水死。汤以宽治民而除其虐。文王以文治，武王以武功，去民之菑。此皆有功烈于民者也。及夫日月星辰，民所瞻仰也；山林川谷丘陵，民所取财用也。非此族也，不在祀典。"按：此段文字取自《国语·鲁语上》，臧文仲论祀爰居之语，只是对文字稍作删削。《荀子》及《礼记·祭义》大抵为战国人作，则《国语》中不少篇幅，最晚也当在战国中期，甚至更早。从《国语》本书看来，其内容不但如前人说的那样与《左传》有所出入，更值得注意的是不少篇幅的内容甚至文字也与《左传》大同小异。尤其像《晋语》、《吴语》、《越语》记晋文公从出亡到返国以及救助周王及在城濮击败楚军之事，已略近于编年体，但并不严格，有时为了记载某一方面的史实，往往把几年中发生的事放在一起叙述。如《晋语四》,记文公问元帅于赵衰事,本在城濮之战以前,而此篇则被放在败楚、伐郑之后,并从"谋元帅"一直谈到狐毛、狐偃死后的人事安排。至于《吴语》与《越语》叙吴、越争霸,勾践灭吴事,则颇注意时代程序,显然也是有编年的意图,说明《国语》的编者具有较自觉的史学头脑,并非杂乱无章地拼凑史料。至若齐、鲁、郑等《语》,篇幅较少,当由于编者掌握的材料较少,难于贯彻系年的意图,因此看来似稍零碎。这说明《国语》虽是一个史料汇编,却非随意杂凑之书,更不是刘歆删取之余的一些零星篇章。当然,由于各篇史料的来源不同,其系统性和完整性较之《左传》颇有逊色,但亦非后来的《战国策》、《新序》和《说苑》之比。

《国语》和《左传》一样也具有较明显的民本思想。如《周语上》记邵公(邵虎)谏周厉王禁止国人谤毁朝政云:"防民之口,甚于防川。川壅而溃,伤人必多,民亦如之。是故为川者决之使导,为民者宣之使言。"《楚语下》记"斗且见令尹子常,子常与之语,问蓄货聚马",斗且回去对他弟弟说:"吾见令尹,令尹问蓄聚积宝,如饿狼焉,殆必亡者也。"他认为:"夫古者聚货不妨民衣食之利,聚马不害民之财用,国马足以行军,公马足以称赋,不是过也。公货足以宾献,家货足以共用,不是过也。夫货、马邮则阙于民,民多阙则有离叛之心,将何以封也。"既看重民意,又认为应关心民瘼,否则必亡,在当时应该说是较有识见的。

《国语》不但有很高的史学价值,而且在文学史上亦具重要地位。历来的文论家往往把它和《左传》并称,视为先秦散文的典范之作。这些评论者所看重的大抵是其中的外交辞令,如《周语》中载周襄王拒绝晋文公请隧的一篇言论,虽然强调的是"天子"、"诸侯"的"名分",但当时晋强周弱,晋文公又新立大功,要拒绝他的请求,襄王不得不抬出"先王"的制度来,讲得不卑不亢,使晋文公无法回答。全文不但有较强的逻辑性,且富有文采,音节和谐,受到许多人的称赞。《晋语八》写"叔向见韩宣子,宣子忧贫,叔向贺之",文中以历史为鉴戒,叙述了栾、郤二氏的兴衰,强调了富之不可恃及德之不可衰,翻出新意,而文气亦复跌宕有致,也是历来人们传诵的名作。《国语》中也刻画了春秋时代一些人物的形状,颇为传神。如《晋语》一写优施为骊姬出主意谗害太子申生:"优施教骊姬夜半而泣谓公曰:'吾闻申生甚好仁而强,甚宽惠而慈于民,皆有所行之。今谓君惑于我,必乱国,无乃以国故而行强于君。君未终命而不殁,君其若何?盍杀我,无以一妾乱百姓。'"寥寥数语,活画出骊姬阴险狠毒的性格。这几句话看来似乎都是赞扬申生,却句句暗藏杀机,直到引起晋献公的疑惧而说出"若何而可?"骊姬明知晋献公不会放弃权势,却故意来一句"君盍老而授之政",最后又加上"自桓叔以来,孰能爱亲",终于使献公下了杀申生的决心。《晋语二》写骊姬令优施设酒款待里克,用暗示的方式诱使里克中立,以便对申生下手。在这里,优施只是唱歌和舞蹈而里克已有所觉察。"优施出,里克辟奠,不飧而寝。夜半,召优施,曰:'曩而言戏乎?抑有所闻之乎?'曰:'然,君既许骊姬杀太子而立奚齐,谋既成矣。'里克曰:'吾秉君以杀太子,吾不忍。通复故交,吾不敢。中立其免乎?'优施曰:'免。'"这种描写亦极合情合理。本来奚齐之立与申生之死是违反多数人心愿的。但晋献公的权势又使诸大夫不敢有所动作。里克后来虽然还是杀了奚齐、卓子,此时则慑于献公之威,只想中立求免,这情节既合情合理,描写亦极生动。至于《吴语》写黄池之会吴王夫差以军威威胁晋国和《越语下》写范蠡为越王拒绝吴国求和的情景,皆绘声绘色,十分传神。

《国语》一书虽与《左传》相表里,但究非解释《春秋》之书,所以在《汉书·艺文志》和《隋书·经籍志》中虽与"《春秋》三传"同列于"六艺类"或"经部",但自唐以来,朝廷所规定应科举考试所必读之书中并无此书,所以从事研究者较少。迄今所知,汉代自贾谊、司马迁曾综述《国语》,又经刘向校正,到东汉初,贾逵、郑众曾为《国语》注,其后汉末三国之际又有唐固、虞翻为之注,稍后则韦昭曾参考唐、虞二注,成《国语解》二十一卷,独存于世。此书以清黄丕烈士礼居翻宋本为最善,1978年上海古籍出版社有据黄本排印本,最易得。清人研究著作则有汪远孙《国语发正》二十一卷。董增龄《国语正义》二十一卷,清光绪间章寿康刊本,洪亮吉《国语韦昭注疏》十六卷,旌德吕氏刊本。徐有诰《国语集解》二十一卷,中华书局排印本。

第七节 《公羊传》、《穀梁传》和历代对它们的研究

自先秦至汉代为《春秋》作传的,据《汉书·艺文志》有《左氏传》、《公羊传》、《穀梁传》和《邹氏传》、《夹氏传》,但又云"邹氏无师,夹氏未有书",所以到了汉代实际上在士人中流传的仅有三家,而三家中,又只有《公羊》最早立于学官,而《穀梁》则直到宣帝时才设"博士",《左传》则虽屡经争议,而始终未得立于学官,直到魏晋以后才在太学中取得其地位,而《公羊》、《穀梁》二传的势力则趋于衰落。

《公羊传》的作者据《汉书·艺文志》说:"公羊子,齐人。"颜师古注曰:"名高。"公羊高据说是孔子门人子夏的弟子,"受经于子夏"。子夏(卜商)曾为魏文侯师,那么公羊高应为战国初人。旧说公羊氏世传其学,经过四代至公羊寿,大约为汉景帝时人,才把这派学说"著竹帛"即写成书。当时的《公羊》学者以胡毋子都和董仲舒为最有名,但胡毋子都和董仲舒之学有何师承已难确考。据唐徐彦《公羊疏》说胡毋子都为公羊寿弟子而董仲舒为胡毋子都弟子。但吴承仕

先生对此说表示怀疑，认为"疑莫能质也"。关于《公羊传》的作者及成书年代，有着不同的说法。《汉书·儒林传》叙《公羊传》传授来源，始于汉景帝时的博士胡毋子都，而所谓公羊高四传至公羊寿始著竹帛的话，始见徐彦疏引戴宏序曰："子夏传与公羊高，高传与其子平，平传与其子地，地传其子敢，敢传与其子寿。至汉景帝时，寿乃与齐人胡毋子都著于竹帛。"此说与汉何休之见类似。何休在《公羊解诂·隐公二年》中说："其说口授相传，至汉公羊氏及弟子胡毋生等乃始记于竹帛。"看来此说是有根据的。因为在《公羊传》中最常用的手法是自问自答，大约即当时口头传授时的语气。从公羊高到公羊寿和胡毋子都，大约有二百多年口头流传的时间，在这种口耳相传的过程中肯定会有所遗漏和增益。因此我们应该承认：《公羊传》的成书是在汉代，但其基本思想则当形成于战国。近代以来，有些人认为《公羊传》有"大一统思想"，可能是汉人所作。这种看法，有一定的道理，但须具体分析。无可否认的是，《公羊传》中确有一些内容似是适应汉代特别是武帝时的要求的。如《庄公四年》记齐襄公灭纪国，《公羊传》认为是"贤"襄公，"何贤乎襄公，复仇也。何仇尔？远祖也。哀公亨（烹）乎周，纪侯谮之"。"远祖者几世乎？九世矣。九世犹可以复仇乎？虽百世可也。"这个论点曾被汉武帝所引用。《汉书·匈奴传》载，太初四年下诏伐匈奴说："高皇帝遗朕平城之忧，高后时单于书绝悖逆。昔齐襄公复九世之仇，《春秋》大之。"但这大约是汉武帝引《公羊传》以为理论根据，非《公羊传》附合汉武帝主张。像这种例子只能是《公羊传》的文字产生于汉武诏书之前。所谓的"大一统思想"也是这样。大抵春秋特别是战国时代，人们苦于诸侯割据混战，渐渐地产生了统一的要求。这种思想在产生于春秋末的《左传》中已有萌芽，而在战国中期的《孟子》中逐步明确，到战国后期更趋强烈。《公羊传》中的"大一统思想"正反映了当时人们普遍的要求。汉武帝之所以特别看重董仲舒和公羊学派,这是一个重要原因。因为当时汉代统治者在削平"七国之乱"后,正在进一步加强中央集权。当时的公羊学派传人可能看到了这一点而尤加强调,但不能据此以为《公羊传》全书成于汉时,当然也不能排除书中有些内容是公羊寿、胡毋子都所加,因为景帝时正是朝廷与诸侯王的斗争最为激烈之时。也正因为《公羊传》的学说曾经过长期口耳相传,并未形成文字,直到后来才笔之于书,而经历了较长的时间以后,后代传人对春秋时代史实已所知不多,再加上秦代的焚书与"挟书之禁",到公羊寿、胡毋子都时,所能见到的历史资料甚少,因此只能对《春秋》中的文字根据前人解释作一些发挥与推测,对了解春秋时代的历史无甚帮助,主要只能作为战国末至汉初的思想史资料来对待。

现在看来,《公羊传》的民本思想远不如《左传》那样强烈,有时甚至显得十分迂腐。如《襄公三十年》:"秋七月,叔弓如宋,葬宋共姬。外夫人不书葬,此何以书?隐之也。何隐尔?宋灾,伯姬卒焉。其称谥何?贤也。何贤尔?宋灾,伯姬存焉。有司复曰:'火至矣,请出。'伯姬曰:'不可,吾闻之也,妇人夜出不见傅母不下堂。傅至矣,母未至也。'逮乎火而死。"伯姬遇到火灾,不知逃命,却宁愿烧死,这实在不值得称赞。《左传》的态度与此不同,说:"宋火灾,宋伯姬卒,待姆也。君子谓宋共姬女而不妇。女待人,妇义事也。"虽然要求处女守此残酷之礼,对已嫁女子就不这么要求,显然比《公羊传》开明。又如《僖公二十二年》宋襄公和楚国战于泓,他拘守"君子不重伤,不禽(擒)二毛"和"不鼓不成列"的迂腐信条,结果为楚军打得大败。《左传》对此引司马子鱼之言加以批评,而《公羊传》则大加称赞,说什么"故君子大其不鼓不成列,临大事而不忘大礼,有君而无臣,以为虽文王之战亦不过此也"。对这种"蠢猪式"的行为大加提倡,简直令人发笑。《公羊传》作者对春秋史似乎很少了解,如《桓公十一年》

记宋人执郑祭仲事,对祭仲大加称扬。书中说:"(郑)庄公死,已葬,祭仲将往省于留。涂(途)出于宋,宋人执之,谓之曰:'为我出忽而立突。'祭仲不从其言,则君必死,国必亡,从其言,则君可以生易死,国可以存易亡。少辽缓之,则突可故出而忽可故反,是不可得,则病,然后有郑国。古人之有权者,祭仲之权是也。"这种说法完全不符当时史实。春秋初年宋郑两国的实力本来不相上下,从隐公元年至此二十二年间经常发生战争,互有胜负,而多半还是郑军取胜的概率较大。从整个春秋时代的历史来看,即使最强大的两个霸主——楚和晋,也很难灭郑国,杀郑君,事实上他们也没有这样做,何况与郑实力相当的宋国?这件事其实宋国方面是想借此削弱自己的对手,而祭仲也想勾结外援以专郑国之政。所以,《左传》云:"宋雍氏女于郑庄公,曰雍姞,生厉公。雍氏宗有宠于宋庄公,故诱祭仲而执之,曰:'不立突,将死。'亦执厉公而求赂焉。祭仲与宋人盟,以厉公归而立之。"从此郑国政权掌握于祭仲之手,到了鲁桓公十一年,《左传》又载:"祭仲专,郑伯使其婿雍纠杀之。"不幸事机不密,"祭仲杀雍纠","厉公出奔蔡"。次年,"昭公入"。《穀梁传》记此事云:"宋人执郑祭仲,宋人者,宋公也。其曰人何也,贬之也。""突归于郑,曰突,贱之也。曰归,易辞也。祭仲易其事,权在祭仲也。死君难,臣道也。今立恶而黜正,恶祭仲也。"在今天看来,郑昭公忽和厉公突的争位以及祭仲与他们的矛盾本无足深论。但从当时社会强调君君臣臣的伦理道德之际,却对专权的祭仲如此称颂,正说明作者对当时历史缺乏理解。

《公羊传》对《春秋》的解释,有时颇显牵强。如此书一开头云:"元年,春,王正月。元年者何?君之始年也。春者何?岁之始也。王者孰谓?谓文王也。曷为先言王而后言正月,王正月也。何言乎'王正月'?大一统也。"这段话其实不过是释《春秋》的"春王正月"四字。关于这四字,《左传》的解释十分简单明了,只说"元年,春,王周正月",即指周历的正月。因为古代的历法不统一,有的地方用夏历,有的地方用殷历,而《左传》告诉我们《春秋》所言为周历正月。《公羊传》的用意,其实和《左传》并无不同,却不但繁复,且反而使人不清楚。因为"元年"为"君之始年";"春"为"岁之始",这是人所共知的事,本无待解释。至于所谓"先言王而后言正月"以及"大一统"的意思,也无非是指《春秋》所用历法为周历,因为要尊崇周王的正统。但"王者孰谓,谓文王也"一语,颇欠通顺。因为隐公元年上距周文王之死已经好几百年,纵使《公羊传》作者认为周历为文王所定,也无须在鲁隐公元年时说"王者"是"文王"。据《经典释文·序录》及《史通》、《意林》诸书引桓谭《新论·正经》云:"《左氏传》遭战国寝废。后百余年,鲁人榖梁赤为《春秋》,残略,多有遗失。又有齐人公羊高,缘经文作传,弥离其本事矣。"从现有史料来看,除《左传》外,《榖梁传》还有汉初陆贾《新语》曾经提及,而《公羊传》的出现则在汉景帝时,较《榖梁传》尤晚,其释《春秋》亦"弥离其本事"。桓谭生于西汉末,卒于东汉,在王莽时已经出仕,其言当有根据。

《公羊传》一书的文学价值亦较少受到人们称许。唐刘知几在《史通·杂说上》中曾把《公羊传》、《榖梁传》与《左传》对比,认为远不如《左传》。不过平心论之,《公羊传》的文章虽多数缺乏文学意味,但也有若干篇幅写得较为生动。如《宣公六年》记晋灵公的滥杀无辜:"灵公为无道,使诸大夫为内朝,然后处乎台上,引弹而弹之,已趋而辟(避)丸,是乐而已矣。赵盾已朝而出,与诸大夫立于朝,有人荷畚自闺而出者。赵盾曰:'彼何也?夫畚曷为出乎闺?'呼之,不至,曰:'子大夫也,欲视之,则就视之。'赵盾就而视之,则赫然死人也。赵盾曰:'是何也?'曰:'膳宰也。熊蹯不熟,公怒,以斗擎而杀之,支解将使我弃之。'赵盾曰:'嘻!'趋而入。灵公望见赵盾,愬而再拜。赵盾逡巡,北面再拜稽首,趋而出。灵公心怍焉,欲杀之,于是使勇士某者往杀之。"这里通过一系列的细节描写,突出灵公的残暴与赵盾受"君臣名分"的限制,不能不谏,又不敢强谏的心情,也显示了晋灵公自知无理,而又怙恶不悛的状况。后面写到灵公"伏甲于宫中",而假装宴请赵盾想加以杀害:"赵盾之车右祁弥明者,国之力士也,仡然从乎赵盾而入,放乎堂下而立。赵盾已食,灵公谓盾曰:'吾闻子之剑盖利剑也,子以示我,吾将观焉。'赵盾起,将进剑。祁弥明自下呼之曰:'盾,食饱则出,何故拔剑于君所?'赵盾知之,躇阶而走。灵公有周狗,谓之獒,呼獒而属之,獒亦躇阶而从之。祁弥明逆而踆之,绝其颔。赵盾顾曰:'君之獒,不若臣之獒也。'"此段写当时惊险紧张的场面颇见生动。关于灵公要看赵盾的剑一段,可能对后来《水浒传》中林冲误入白虎堂一节有所启发。赵盾"躇阶而走"几句,最为惊心动魄,而文章之妙又在乎能忙中偷闲,来一句"君之獒不若臣之獒也",更显得生动有趣。文章的最后写到灵公的伏甲中有人援救赵盾,其人当即《左传·宣公二年》所记的"灵辄"。其人自称为"子某时所食,活我于暴桑下者也",更显出赵盾平时爱护民众,与灵公大不相同。这一段文字曾得到一些人的好评,确为很杰出的史传文章。

《公羊传》自胡毋子都、董仲舒以后,董仲舒的弟子有兰陵褚大、东平嬴公、广川段仲温、吕步舒等。东平嬴公授东海孟卿及鲁眭弘,眭弘传严彭祖及颜安乐,由是《公羊传》又分为严氏及颜氏二支。严氏之学传琅邪王中,王中传同郡公孙文及东门云;颜氏之学传淮阳泠丰及淄川任翁。泠丰传马宫及琅邪左咸。其后汉朝大臣贡禹初事嬴公,后又从眭弘和孟卿,并传其学于颍川堂溪惠,堂溪惠传泰山冥都。又疏广师事孟卿,授其学于琅邪筦路,筦路和冥都也从颜安乐学而将其学说传予孙宝。据《经典释文·序录》著录,有何休《公羊解诂》十二卷,其书至今留存,其后唐徐彦作疏,有《十三经注疏》本。魏晋以后有王愆期注十二卷,高龙注十二卷,孔衍《集解》十四卷,今均佚。

后来学者对《公羊传》的注释有孔广森《春秋公羊通义》十一卷,《㫪轩所著书》本;刘逢禄《公羊何氏释例》十卷,学海堂本,《公羊何氏解诂笺》一卷,同上。陈立《春秋公羊义疏》七十六卷,《续清经解》本,商务印书馆《国学基本丛书》排印本。现代研究《公羊传》的专著有蒋庆《公羊学引论》,辽宁教育出版社1995年版,可以参看。

和《公羊传》齐名的《穀梁传》,其起源据前引桓谭《新论》的话看来,可能稍早于《公羊传》。因为汉初的陆贾在《新语·道基》中有:"《穀梁传》曰:'仁者以治亲,义者以利尊。万世不乱,仁义之所治也。'"又《至德》篇末又有"故《春秋谷》(下缺)"字样。《道基》所引文字,不见今本《穀梁传》,但在流传中可能有所脱漏。不过今本《穀梁传》有些文字可能成于汉代,因为有些言论似针对《公羊传》而发。如《春秋·宣公十五年》:"冬,蝝生。"《公羊传》云:"冬,蝝生。未有言蝝生者,此其言蝝生何?蝝生不书,此何以书?幸之也。幸之者何?犹曰受之云尔。受之云尔者何?上变古易常,应是而有天灾,其诸则宜于此焉变矣。"照《公羊传》的说法,"蝝生"是由于这一年鲁国实行了"履亩而税"的制度。这种改革本有进步意义,但《公羊传》作者不赞成,说是变故易常,招来天灾。《穀梁传》的看法则与此不同,它说:"冬,蝝生。蝝非灾也。其曰蝝,非税亩之灾也。"《僖公二十二年》记楚宋泓之战,《穀梁传》首先谴责宋襄公出兵的动机说:"泓之战,以为复雩之耻也(按:前一年会于雩,楚人执宋襄公)。雩之耻,宋襄公有以自取之。伐齐之丧,执滕子,围曹,为雩之会,不顾其力之不足,而致楚成王,成王怒而执之。"战后,又责宋襄公不知军事,违背了"倍则攻,敌则战,少则守",认为:"道之贵者时,其行势也。"这种论点显然亦较《公羊传》为高明。

《穀梁传》的作者对春秋时的史实有时较《公羊传》更为了解。如对《桓公十一年》"宋人执郑祭仲"的评论,认为"权在祭仲也",也远比《公羊传》的看法有理。《僖公十年》记晋献公杀太子申生事,情节与《左传》所述基本相符,而《公羊传》则全无记载,可见《穀梁传》作者对事实多少有了解,而《公羊传》则正如桓谭说的那样"缘经文作传,弥离其本事"。当然,《穀梁传》的释经,亦有误同《公羊传》处,如《成公元年》记"王师败绩于贸(茅)戎"。《公羊传》说:"孰败之,盖晋败之。"《穀梁传》也说:"然则孰败之,晋也。"其实当时晋国正在与楚争霸,需要利用周王作为幌子,根本不可能去攻打周王的军队。且这一年齐楚正在合谋威胁晋的盟国鲁、卫,晋人自然更不会对周动手,再看次年晋军击败齐军后,专门派人向周王献捷,更说明击败周王军队的不是晋国。据《左传》记载,这次是晋君派瑕嘉调解周和茅戎的矛盾,取得协议后,周方的官员刘康公却出兵伐茅戎,为戎人所败。《公羊传》、《穀梁传》二传由于不明史实,所以误把茅戎当地名而把打败周军的人说成晋国。

《穀梁传》的文字比较平易简洁,在"三传"争论中往往处于不受重视的地位。例如汉代的"今古文"之争,常常发生在《左氏传》与《公羊传》之间,魏晋以后,人们大抵只重《左传》。尤其是西晋灭亡后,晋元帝在江南建立偏安政权,据《晋书·荀崧传》:"时方修学校,简省博士,置《周易》王氏,《尚书》郑氏,《古文尚书》孔氏,《毛诗》郑氏,《周官》、《礼记》郑氏,《春秋左传》杜氏、服氏,《论语》、《孝经》郑氏博士各一人,凡九人,其《仪礼》、《公羊》、《穀梁》及郑《易》皆省不置。崧以为不可,乃上疏曰……元帝诏曰:'崧表如此,皆经国之务,为政所由。息马投戈,犹可讲艺,今虽日不暇给,岂忘本而遗存邪!可共博议者详之。'议者多请从所奏。诏曰:'《穀梁》肤浅,不足置博士,余如奏。'会王敦之难,不行。"可见《穀梁传》受到轻视,由来已久。其实"三传"也各有其存在的价值。汉人郑玄论"三传"云:"《左氏》善于礼,《公羊》善于谶,《穀梁》善于经。"《穀梁传注》的作者范宁则谓"《左氏》艳而富,其失也巫;《穀梁》清而婉,其失也短;《公羊》辩而裁,其失也俗。"这些评论虽未必尽当,但亦各有不可废的理由。《左传》记事翔实,文章富艳;《公羊传》最为迂阔难信,然而保存了汉初某些上层士人的思想观点;《穀梁传》则以平易取胜,较能反映战国中后期至汉初儒家的思想特点,此时看似"肤浅",其实自有其长处,像前面提到的"蟓生"不是由于"履亩而税"所引起,在当时就是难得的卓见。《穀梁传》的文章,也有其特色,如《僖公十年》记骊姬陷害太子申生时说:"丽姬欲为乱,故为君曰:'吾夜者梦夫人趋而来,曰:'吾苦畏,胡不使大夫将卫士而卫冢乎?'公曰:'孰可使?'曰:'臣莫尊于世子,则世子可。'故君谓世子曰:'丽姬梦夫人趋而来,曰:吾苦畏。女其将卫士往卫冢乎!'世子曰:'敬诺。'筑宫,宫成。丽姬又曰:'吾夜者梦夫人趋而来,曰:吾苦饥。'世子之宫已成,则何为不使祠也。故献公谓世子曰:'其祠!'世子祠,已祠,致福于君。君田而不在,丽姬以酖为酒,药脯以毒。献公田来,丽姬曰:'世子已祠,故致福于君。'君将食,丽姬跪曰:'食自外来者不可不试也。'覆酒于地而地贲,以脯与犬,犬死。丽姬下堂而啼呼曰:'天乎!天乎!国,子之国也。子何迟于为君!'君喟然叹曰:'吾与女未有过切,是何与我之深也!'使人谓世子曰:'尔其图之。'"这段文字不但写出了骊姬的阴险,而"下堂而啼呼"一段更活画出一副刁毒的泼妇嘴脸,即使在《左传》、《史记》等以善写人物的典籍中,亦较少这种传神之笔。

　　《穀梁传》的作者,据《汉书·艺文志》云"穀梁子,鲁人",未言其名。颜师古注则云:"名喜。"但桓谭《新论》、蔡邕《正交》、应劭《风俗通》并谓名赤;《论衡》又作寘。吴承仕先生认为这些不同的字,都音近通转,"故字异而人同"(《经典释文序录疏证》第117页)。穀梁赤据唐杨士勋《春秋穀梁传注疏序》说他"受经于子夏,为经作传,传孙卿(荀况),孙卿传鲁人中公,申公传博士江翁")。此说颇可怀疑。

因为据《史记·仲尼弟子列传》,子夏比孔子小四十四岁,曾为魏文侯师,至魏文侯元年(前424)已逾七十,而荀况生年据先师游泽承先生考证为周赧王元年(前314)(见《游国恩学术论文集》,中华书局1989年版第307页)。穀梁赤受经于子夏,似不当晚于魏文侯元年前后,而此时穀梁赤亦当年逾二十,至荀况出生尚有九十年左右,此时穀梁赤已年一百一十岁左右,至荀卿能就师受经,则尚需二十年左右,穀梁赤已年一百三十岁左右,故颇不近理。且《鲁诗》传人申公,受《诗》于浮丘伯,而浮丘伯为荀况弟子,不当《穀梁传》为公直接受于荀况。但《穀梁传》入汉后传受源流则较清楚,由瑕丘江公(即杨士勋所谓"江翁"),受《穀梁春秋》于申公。江公与董仲舒论学,因口呐不胜,其学遂衰,唯鲁人荣广、浩星公二人受其学。荣广传蔡千秋、梁周庆、丁姓,蔡千秋又师事浩星公。宣帝时,闻卫太子刘据(宣帝祖父)好《穀梁》,遂立《穀梁传》于学官,使周庆、丁姓皆为博士。蔡千秋弟子尹更始为《穀梁章句》十五卷,梁时尚存,隋亡。三国时吴人唐固为《穀梁注》十二卷,魏人糜信亦作注十二卷。晋时孔衍作《集解》十四卷;徐邈作《注》十二卷;徐幹《注》十三卷;范宁《集注》十二卷;段肃《注》十二卷;胡讷《集解》十卷,并见《经典释文序录》,今除范宁《集注》外皆佚。唐杨士勋作《春秋穀梁传注疏》十二卷,今存,有《十三经注疏》本。清人注疏有钟文烝《穀梁补注》二十四卷,有家刻本、《续清经解》本及中华书局排印本。柯劭忞有《春秋穀梁传注》十五卷,1927年排印本。廖平有《穀梁古义疏》十一卷,四川存古书局刻本。

第八节 《论语》、《孝经》和历代对它们的研究

《论语》的作者据《汉书·艺文志》云:"《论语》者,孔子应答弟子时人及弟子相与言而接闻于夫子之语也。当时弟子各有所记。夫子既卒,门人相与辑而论纂,故谓之《论语》。"陆德明《经典释文序录》认为"此是门徒所记"。宋人程颐更谓:"《论语》之书,成于有子、曾子之门人,故其书独二子以子称。"也有人说《宪问》乃孔子弟子原宪所记。大抵此书虽多记孔子言行而有时涉及"七十子"的弟子,则成书当在孔子身后,有可能成于战国初。《论语》一书据《汉书·艺文志》著录,在汉时就有三种不同的本子:"《论语》古二十一篇,出孔子壁中,两《子张》(《论语》本有《子张》)篇。"据颜师古《汉书注》引如淳说"分《尧曰》篇后子张问'何如可以从政'已下为篇,名曰《从政》",又有"《齐》(《齐论》)二十二篇,多《问王》、《知道》","《鲁》(《鲁论》)二十篇,《传》十九篇"(颜师古注以为《传》是"解释《论语》意者")。据三国魏何晏云:"《鲁论语》二十篇。《齐论语》别有《问王》、《知道》,凡二十二篇,其二十篇中章句,颇多于《鲁论》。《古论》出孔子壁中,分《尧曰》下章子张问以为一篇,有两《子张》,篇次不与齐、鲁《论》同。"这三种《论语》据《汉书·艺文志》及《经典释文序录》,在汉代本各自传授。《经典释文》云:"汉兴,传者则有三家:《鲁论语》者,鲁人所传,即今所行篇次是也。常山都尉龚奋、长信少府夏侯胜、丞相韦贤及子玄成、鲁扶卿、太子少傅夏侯建、前将军萧望之并传之,各自名家(据《汉书·艺文志》,还有'安昌侯张禹',并云'张氏最后行于世')。《齐论语》者,齐人所传,别有《问王》、《知道》二篇,凡二十二篇,其二十篇中,章句颇多于《鲁论》。昌邑中尉王吉、少府

宋畸、琅邪王卿、御史大夫贡禹、尚书令五鹿充宗、胶东庸生并传之，唯王阳(即王吉，字子阳。《汉书·王吉传》载，王吉又以其学传子王骏)。《古论语》者，出自孔子壁中，凡二十一篇，有两《子张》，篇次不与齐、鲁《论》同。孔安国为《传》，后汉马融亦注之。"这三家的《论语》到后来互相糅合为今天的面貌。这种糅合据吴承仕先生说："鲁夏侯、安昌侯《论》并为二十一篇，犹存《古论》旧目；唯王骏《论》为二十篇(按：见《汉书·艺文志》著录)，颇似两《子张》之合自骏始。骏父吉本传《齐论》，而骏为《鲁论》，安昌侯受《鲁论》，亦兼讲《齐论》。"吴先生又说："孔安国为《古论》作《传》，《史》、《汉》无文，何晏《集解序》始言安国为之训说而世不传，而《集解》颇引孔《传》文，未详其所自出也。"(并见《经典释文序录疏证》第140页)所谓的孔安国"《古论传》"自清沈涛已明其伪，但其书在魏初已有。从现有的史料看来，三种《论语》的糅合当始于王骏或张禹。王骏事已见前引吴承仕先生语，而张禹据《经典释文》云："安昌侯张禹受《鲁论》于夏侯建，又从庸生、王吉受《齐论》，择善而从，号曰《张侯论》，最后而行于汉世。"①

《论语》的内容其实比较复杂，除了孔子和他弟子们的言论外，也记载孔子的生活习惯，如《乡党》一篇专记孔子的生活习惯及在各种场合的行动容貌；有的章节甚至是记古人之事，如《微子》的末三章："太师挚适齐"、"周公谓鲁公曰"和"周有八士"，还有《尧曰》的首章"尧曰咨尔舜"等，就是这样。《季氏》篇的情况也与各篇不同，凡各篇作"子曰"处，此篇均作"孔子曰"，当即执笔者不同，行文难免有所区别。

---

① 有关《论语》在两汉的编纂流传情况，单承彬《论语源流考述》有比较系统的考察。吉林人民出版社2002年出版。

《论语》所记孔子言行,历来认为是有关孔子的最可信史料。在这里,记载了孔子各方面的言论,也包括他对文学的看法。其中不乏精到之见,对后世也产生过巨大影响。如关于文章的文采(文)和内容(质)的问题,他说:"质胜文则野,文胜质则史(指史官之'多闻习事,诚或不足也')。文质彬彬,然后君子。"(《雍也》)但他在提倡文采的同时,又主张首先要使文辞清楚地表达其思想:"辞达而已矣。"(《卫灵公》)孔子对《诗经》(《诗》)的评论尤多。如:"《诗三百》,一言以蔽之,曰:思无邪。"(《为政》)他强调学《诗》的重要说:"小子何莫学夫《诗》?《诗》,可以兴,可以观,可以群,可以怨。迩之事父,远之事君,多识于鸟兽草木之名。"(《阳货》)这里既谈到了《诗》对人们的鼓舞作用和认识作用,也谈到了从中学习为人处世的道理。孔子还对《诗经》中一些篇章作了评论,如说:"人而不为《周南》、《召南》,其犹正墙面而立也与(欤)。"(《阳货》)他还论《关雎》说:"《关雎》乐而不淫,哀而不伤。"(《八佾》)他这些言论经常为许多论文者所引用。

　　《论语》不但通过记言、记行,比较全面地反映了孔子的思想和性格,也相当生动、鲜明地写出了他几个弟子的不同性格,如颜渊之纯厚好学,子贡(端木赐)之聪明和长于言谈,子路(仲由)之好勇和坦率,都跃然纸上,如见其人。通过《论语》来理解孔子,可以看出他并非一味地道貌岸然,而是一个和我们一样有其喜怒哀乐的活人。有时他急了,也会指天发誓,如《雍也》:"子见南子,子路不说。夫子矢之曰:'予所否者,天厌之!天厌之!'"南子是卫灵公夫人,为人有淫行,但孔子为了要在卫国站住脚跟以推行其道,不得不见,却又难于向仲由说明,才发起誓来。又如他生起气来,也会做出不太理智的行为来,如《宪问》:"原壤夷俟。子曰:'幼而不孙弟,长而无述焉,老而不死,是为贼!'以杖叩其胫。"这种言辞与行动,写出了他的盛怒之状。但孔子有时也很风趣,可以和弟子们开个玩笑,显得平易可亲。如《阳货》:"子之武城,闻弦歌之声。夫子莞尔而笑,曰:'割鸡焉用牛刀?'子游对曰:'昔者偃也闻诸夫子曰:君子学道则爱人,小人学道则易使也。'子曰:'二三子,偃之言是也。前言戏之耳。'"看来孔子说"割鸡焉用牛刀"一语,表面上像批评而实为嘉许,寥寥几句话,颇显示孔子性格的一个方面。《季氏》中的《季氏将伐颛臾》章,写出了仲由、冉求二人的性格差别及孔子对他们的态度。"伐颛臾"一事,本是季氏的主意,而冉求、仲由则为附和,而二人中,仲由尤为季氏所信任,所以孔子一听说,就指出:"求!无乃尔是过与?"冉有辩护说:"夫子(季氏)欲之,吾二臣者皆不欲也。"孔子指出二人应有止谏的责任。冉有知道掩饰不过去,又申述伐颛臾的理由。孔子接着指出:"求!君子疾夫舍曰欲之,而必为之辞。"对"谋动干戈于邦内"的行为提出批评,显示了孔子对他们性格的了解。在这段文字中,仲由始终没有开口,但这更显示了他的坦率而不会掩饰的特点。和这段描写相近的,还有《先进》中的《子路、曾皙、冉有、公西华侍坐》章。在这一章中,仲由、曾皙等数人的言论各自表现了不同的性格,而孔子对那些自视甚高,想在仕途上有所作为的人并不许可,只对曾皙之"浴乎沂,风乎舞雩,咏而归"的自得其乐表示赞同,也显出他性格的一个方面。

《论语》在汉代的地位不如"五经",据王充《论衡》,当时写"五经"的简长二尺四寸,而《论语》为八寸(见前)。据《后汉书·徐防传》,徐防建议太学试博士弟子时,"'五经'各取上第六人,《论语》不宜射策"。但当时人一般都在幼年就要读《论语》,如:《太平御览》卷六一四引《东观汉记》:"和熹邓后七岁读《论语》,志在《书传》。"这大约是当时士人通行的办法,如《三国志·魏书·钟会传》注引其母传曰:"夫人性矜严,明于教训,会虽童稚,勤见规诲。年四岁授《孝经》,七岁诵《论语》。"钟会幼年距汉不远,可能是沿袭汉时风俗。大抵自汉迄唐,《论语》都是人们初学必读之书。所以《颜氏家训·勉学》云:"自荒乱已来,诸见俘虏,虽百世小人,知读《论语》、《孝经》者,尚为人师。"这说明当时即使普通平民,只要有机会学习文化,也同样要读《论语》、《孝经》。唐代似亦无太大变化。杜甫《最能行》写今三峡一带民风号称"荒僻",文化不发达,而谓"小儿学问止《论语》",可见只要能受一些教育,《论语》还是要读的。正因为如此,《论语》的影响有时甚至超过"五经"。到了宋代以后,经过程颐等理学家的表彰,《论语》的地位日益提高。南宋时朱熹继承了程颐的观点,把《论语》和《孟子》以及《礼记》中的《大学》、《中庸》合称"四书",此《论语》为孔子言行,以《大学》为曾参作,《中庸》为子思(孔子孙孔伋)作(这显然不合事实,前面论《礼记》时已有说明),勾画出他们所谓的"道统"。元明以后朝廷规定科举考试都从"四书"、"五经"出题,而"四书"题尤多,因此影响愈大。据《经典释文序录》,较早为《论语》作传的有汉代的孔安国,东汉时包咸和周氏(不详何人)并为《章句》。其后马融、郑玄均曾作注①。三国时何晏集孔安国及包咸、周氏、马融、郑玄、陈群、王肃、周生烈之说,并下己意为《集解》十卷,此书至今犹存,《十三经注疏》本即用何氏集解及宋邢昺疏。魏晋以后注家据《经典释文》尚有王肃、虞翻、谯周、卫瓘诸家之注。南朝梁时有皇侃作《义疏》十卷,宋代的《中兴书目》、《郡斋读书志》等还有著录,至南宋后期,陈振孙《直斋书录解题》已不见著录。此书在日本还保存着,日本大正十二年(1923),日人武内义雄取旧钞本十种详校,排印问世。宋以后注解中影响最大的是朱熹《论语集注》,在

---

① 郑注久佚。敦煌吐鲁番出土文书中有唐写本《论语》郑玄注残卷多种。详见王素《唐写本〈论语〉郑氏注及其研究》,文物出版社1991年出版。

《四书章句集注》中,有多种刻本,最易得者为中华书局《新编诸子集成》排印本。清人著述以刘宝楠《论语正义》二十卷为最有名,有江宁刊本,中华书局有排印本,最易得。近人及今人著作以程树德《论语集释》为最详备,有中华书局排印本。又有杨树达《论语疏证》,用"材料互证的方法疏通孔子学说"(孙钦善:《论语》,春风文艺出版社本第38页)。今注今译有杨伯峻《论语译注》(中华书局排印本),又有钱穆《论语新解》、孙钦善《论语注译》等。

自汉以来被人们普遍用于初学的典籍还有一部《孝经》。此书相传为孔子给门人曾参讲述孝道之作。后来学者认为其书当与《礼记》中《大学》、《中庸》等同为"七十子后学之遗书",其出稍后于《论语》。据今人伏俊连先生考证,当在《论语》之后,编者为曾参门人(见伏俊连《〈孝经〉的作者及成书时代》,《孔子研究》1994年第2期)。此书亦有"今文"、"古文"之分。今文本为河间人颜芝所藏,汉时由其子颜贞献出,长孙氏、博士江翁、少府后苍、谏大夫翼奉、安昌侯张禹都传授此书,凡十八章。又有古文本,出孔氏壁中,别有《闺门》一章,其余分析今文十二章文字,共为二十二章。古文本据云有孔安国《传》,后汉马融亦作《古文孝经传》,不传。至东晋时,出现了郑玄注,但此书在西晋荀勖《中经簿》中未见著录,颇受人怀疑。自魏晋至六朝,据《经典释文序录》著录,有二十多家,今并佚。现在通行的《十三经注疏》本为唐玄宗李隆基注本。清人注释有阮福《孝经义疏补》九卷,有文选楼刊本;丁晏《孝经述注》一卷,六艺堂刊本。

《孝经》一书文学价值并不很高,但因历来被认为初学者必读之书,所以对历代作家亦有较大影响。

第二章 先秦史籍与神话传说

第一节 "经"、"史"和其他典籍

我国古代的史官起源甚早,据汉许慎《说文解字叙》,黄帝时已有史官仓颉,并且说他是文字的创造者。但现代的学者对此多取怀疑态度。不过,史官的出现最迟也在商代以前。《说文·史部》:"史,记事者也,从又持中。中,正也。"后来的学者则认为"中"字象笔之形。史官正是秉笔以记事。《尚书·多士》:"惟殷先人有册有典,殷革夏命。"这里所说记载"殷革夏命"的"册"和"典"就出于当时史官之手。《礼记·玉藻》记当时的君主:"动则左史书之,言则右史书之。"《汉书·艺文志》则谓:"左史记言,右史记事,事为《春秋》,言为《尚书》,帝王靡不同之。"两书说法虽有不同,但有记事、记言的史官则并无分歧。这些记载君主的"事"和"言"的书,亦名为"史"。《论语·卫灵公》:"吾犹及史之阙文也。"然而对于这些记载,当时人们一般不以"史"而以"春秋"称之,如《国语·楚语上》的"教之春秋,而为之耸善而抑恶焉,以戒劝其心",及《墨子》中所谓"周之春秋"、"燕之春秋"、"宋之春秋"、"齐之春秋"(《明鬼下》)与《隋书·李德林传》所说墨子曾见"百国春秋"。这样,史书之名几乎为"春秋"所替代。到了汉代,刘向、刘歆父子整理典籍,就没有使史籍独立成一个部类,而把"记言"之书归入"六艺"类的《尚书》部分(如《逸周书》),把记事兼记言的《战国策》、《史记》归入"六艺"类的《春秋》部分。直到魏晋以后,图书的分类法有所改变,出现了"经"、"史"、"子"、"集"四部的分法,才有了独立的"史部"书。但这种分类在一些具体的典籍方面,仍存在着一定的矛盾。如《逸周书》,在使用四分法的《隋书·经籍志》和后来一些书目中,都归入史部,但它在性质方面说,与"经部"的《尚书》实无太大区别;晋时汲冢出土的《竹书纪年》(这里指的是古本,非明人伪造的今本),其性质亦与"经部"之《春秋》十分相似,而前者入"史部",后者为"经部";至于《国语》的情况更为特殊,因为它历来有"春秋外传"之称,所以从《隋书·经籍志》起,就把它归入"六艺"类的"《春秋》"部分;然而后来有些目录学著作又把它归入史部。看来归入史部应该是合理的,因为这种分国别的史书,踵至者颇不少,如《战国策》以及后魏崔鸿的《十六国春秋》,以至清人记五代史事的《十国春秋》,皆属此体(至于本书把《逸周书》归入"史部"而把《国语》仍放在"经部"论述,则完全是为了行文方便,缘康有为有《左传》从《国语》分出之论)。

除了这些史书以外,还有一些典籍,其内容颇多荒诞和夸饰的成分,如《山海经》和后来在汲冢出土的《穆天子传》都属于这一类。《山海经》在班固根据刘向父子《七略》而作的《汉书·艺文志》中,并不把它当作纪事之史,而是把它归入"数术家"的"形法"部分,和《宫室地形》、《相人》等放在一起。这大约是因为书中多载神话传说之故。《穆天子传》也多少存在着类似的情况。《隋书·经籍志》则《山海经》列入"史部"的"地理类",把《穆天子传》列入史部的"起居注类"。后来有些书目则在"史部"中设"古史"一目,把二书皆归入此类。现代学者大抵承认这两部书的文学价值,但不以史籍视之。

事实上二书所记,大抵为古代的神话传说。这些内容自然和史书有别。但像《山海经》中的某些神话,在今人看来,洵属荒诞,而在当时人或以为实有。还有一些传说,虽出于想象和夸饰,但往往有或多或少的史实作为根据,至少故事中的人名、地名并非虚构,在一定程度上反映了某些史实的影子。在这种书较难别立一目的情况下,附于史籍一类,似亦可行。

第二节 《逸周书》

《逸周书》一书古代亦称之为"《周书》"或"《汲冢周书》"。《汉书·艺文志》中"六艺"类的《尚书》部分有"《周书》七十一篇,周史记"。颜师古注:"刘向云:'周时诰誓号令也,盖孔子所论百篇之余也。'今之存者四十五篇矣。"《隋书·经籍志》中"史部"有"《周书》十卷",云:"汲冢书,似仲尼删书之余。"所谓"《汲冢周书》"之名,大约即由此而起。南宋李焘作《逸周书考》,力辩此书非出汲冢。他指出此书若出于汲冢,"则晋以前初未有此也。然刘向及班固所录,并著《周书》七十一篇,且谓孔子删削之余,而司马迁记武王克殷事,盖与此合。岂西汉世已得入中秘,其后稍隐,学者不道,及盗发冢乃幸复出耶?篇目比汉但阙一耳,必班、刘、司马所见者也。系之汲冢,失其本矣"。后来明代的杨慎又根据《晋书》中《武帝纪》、《荀勖传》、《束皙传》和杜预《春秋经传合解后序》所记汲冢出土书籍之目,证明并无《周书》,因此不应以"汲冢周书"名之,其说可为定论。至于"《逸周书》"之名,大约始于东汉,许慎作《说文解字》曾多次引用此书,如《羽部》云:"《逸周书》曰:'大翰若翬雉。'一名鷩风,周成王时蜀人献之。"(按:此见《王会解》:"蜀人以文翰,文翰者若皋鸡。"文字与《说文》有出入,疑今本《逸周书》误)又《豕部》云:"《周书》曰:'獠有爪而不敢以撅。'"按:此见《周祝解》,云"獠有蚤而不敢以撅"。卢文弨云:"《说文》引作'獠有爪','蚤'与'爪'同。"这两条,《四库总目提要》已经指出。此外如《说文·火部》云:"熮,火貌,从火翏声。《逸周书》曰:'味辛而不熮。'"此语似不见今本《逸周书》。又《内部》:"䨲,周成王时州靡国献䨲,人身反踵自笑,笑即上唇掩其目,食人,北方谓之土蝼……"按:此见《逸周书·王会解》,唯"离"作"费费"(同音通假,即今"狒狒")。"掩"作"龠","土蝼"作"吐喽"。可见此处虽未提《逸周书》之名,而文字则出于此。从《说文》援引的情况看来,《羽部》、《火部》称"《逸周书》"而《豕部》仅称《周书》,则汉时二名并用。据《说文解字》所附许慎子冲上汉安帝书为建光元年(121)九月,下距汲冢诸书出土不过百余年,似不当有"其后稍隐"之事,疑"汲冢"之说本属误传。

　　《逸周书》自宋代以来,就有人认为出于战国人之手。如陈振孙《直斋书录解题》云:"文体与古书不类,似战国后人依仿为之者。"李焘也说:"书多驳辞,宜孔子所不取,抑战国处士私相缀缉,托周为名,孔子亦未必见。"陈、李二人的说法可以说是代表着历来大多数学者对《逸周书》的观点。这种说法应该说有一定见地,却未必全是。首先,他们认为"文体与古书不类",大约是和《尚书》中的"周诰殷盘"作比较。显然,《逸周书》的文字远不如那些文章之艰涩古奥,因此视为出于战国,不失为一种见解。但所谓"书多驳辞"则要具体分析。李焘所谓"驳辞",当指有悖于儒家提倡的道德观念而言。他们认为《逸周书》不可信的理由就如清人姜士昌所谓:"若《酆谋》、《世俘》诸篇,记武王谋伐殷与克殷俘馘甚众,往往夸诞不雅驯。"谢墉所谓:"其中时涉阴谋,如《寤儆》之叹谋泄,《和寤》之记图商,多行兵用武之法。岂即战国时称太公《阴符》之谋与?"其实《逸周书》中《寤儆》、

《和寤》二篇是写周武王和周公在灭殷前的策划之事,这种内容并不限于此二篇。从《程典》、《酆保》中,已经可以看出周文王虽臣服于商,却已暗中联络诸侯,有取而代之的用意。《程寤》篇虽语涉荒诞,也多少反映了周王已有灭商之谋。今本第一、二两卷中诸篇,记文王的文治武略,实际就是为灭商做准备。如《武称》云:"岠嶮伐夷,并小夺乱,□强攻弱而袭不正,武之经也。伐乱、伐疾、伐疫,武之顺也。"这显然是要乘人于危,丝毫不见"仁义"的色彩。书中还谈到削弱对手的办法:"春违其农,秋伐其穑,夏取其麦,冬寒其衣服。"《大明武》讲战争的手段:"主人若杖(孔晁注:'杖,谓坚也'),□至城下,高埋临内,日夜不解。方阵并功,云何能御?虽易必敬,是谓明武。城高难平,湮之以土,开之以走路,俄传器橹。因风行火,障水……"这些作战的手段,亦为古代战争所常用,和《公羊传》所载宋襄公那种"蠢猪"式的用兵大不相同。《逸周书》中确有主张使用阴谋的话,如《武称》云:"美男破老,美女破舌,淫图破□,淫巧破时,淫乐破正,淫言破义,武之毁也。"而《大明武》则公开宣称"委以淫乐,赂以美女"。从当时的历史条件来看,殷和周本是两个不同的部族,殷大周小,殷强盛时,周服从于它;但当殷衰乱时,周人想取而代之,这本来很正常。再说在两个政治集团互相争夺时,尤其在殷大周小的条件下,使用某些阴谋亦可理解。历来人们怀疑这些内容只是由于受了儒家所编造的"圣人"谎言及"三分天下有其二,以服事殷"的话之故,其实《逸周书》这些记载却更符合历史的真相。

《逸周书》如实地记录了周武王处心积虑要灭亡殷商,这种情况在其他典籍中很少见。如《酆谋》:"维王三祀,王在酆,谋言告闻。王召周公旦曰:'呜呼,商其咸辜,维日望谋建功,谋言多信,今如其何?'周公曰:'时至矣!'乃兴师循故。"《寤儆》:"维四月朔,王告儆,召周公旦曰:'呜呼!谋泄哉。今朕寤有商惊予。欲与无□,则欲攻无庸,以王不足,戒乃不兴,忧其深矣。'"这段文字恐有残缺,所以很难确切解释,但大意是周武王梦见受到商王攻击,担心阴谋泄露,想出兵又恐得不到盟友相助。这种情况大约是事实。因为《尚书·牧誓》载,武王伐纣时的同盟者不但有"友邦冢君",还有所谓"庸、蜀、羌、髳、微、卢、彭、濮人"。周文王之谋伐商,大约也是事实。《尚书》中《西伯戡黎》和《微子》二篇,当即殷代官员对此有所觉察而发。如果说《逸周书》这些内容为阴谋而不可信的话,《西伯戡黎》中的祖伊又为何如此恐慌?

历来认为《逸周书》"多驳辞"的另一原因是认为像《程寤》、《太子晋》等篇内容有迷信荒诞的成分。这两篇所记的事难以令人相信,这是事实。不过据此怀疑《逸周书》,似亦嫌太过。《程寤》主要记文王之妻太姒梦见"商之庭产棘",而文王及太子发(武王)以为是"吉梦",预示周王"受商之大命于皇天上帝"。这故事自然不会是事实,但《大开武》中有这样一段话:"周公拜曰:'兹顺天,天降寤于程,程降因于商,商今生葛,葛右有周。'"看来当时确有这个传说。这种传说大约是周人捏造来宣扬他们灭商是奉"天命"行事。这和汉高祖之称刘媪"梦与神遇",太公"见交龙于其上"是一个道理,未必出于后来小说家的虚构。至于《太子晋》,似更荒诞,但恐怕亦非作者杜撰。至少,太子晋是实有其人的,和他对话的师旷、叔誉也都为历史人物,并非子虚乌有。我们试看《国语·周语下》有太子晋谏灵王壅谷、洛二水之辞。《太子晋》中记晋国叔誉认为周将复兴而太子晋也说:"自太皞以下,至于尧舜禹,未有一姓而再有天下者。"这话也和《国语·周语下》载叔向"异哉!吾闻之曰'一姓不再兴'。今周其兴乎"的话相呼应。尽管《逸周书》说是由于太子晋,而《国语》说是由于"单子(单穆公)"。可见即使此篇亦有一定的历史事实作基础,亦非仅凭作家虚构的产物。

李焘说"孔子亦未必见"《逸周书》,其说似亦可讨论。孔子所生活的春秋时代,造纸和印刷术尚未出现,书籍的流通当极困难,因此孔子是否真见过此书,确难考知。但有一点却值得注意,即此书中至少有一些篇目应该出现于孔子之前。如《左传·文公二年》载晋狼瞫曰:"《周志》有之:'勇则害上,不登于明堂。'"按:此二语见《逸周书·大匡》:"勇如害上,不登于明堂。明堂所以明道,明道惟法。"狼瞫的年代显然比孔子要早。又《襄公十一年》载晋魏绛对晋悼公,引"《书》曰:'居安思危。'"按:此见《逸周书·程典》:"于安思危,于始思终,于迩思备,于远思近,于老思行,不备,无违严戒。"襄公十一年(前562)时,孔子尚未出生,魏绛已加征引。又《襄公二十五年》载卫太叔文子云:"《书》曰:'慎始而敬终,终以不困。'"按:见《逸周书·常训》:"慎微以始而敬,终乃不困。"(据卢文弨断句,洪亮吉《左传诂》卷一三引二句读作"慎微以始而敬终,乃不困")这一年孔子虽已出生却尚在童年,可见此书中至少像《大匡》、《程典》、《常训》等篇,其出现在孔子以前,从时代上说,孔子是可能见到的。此外如《韩非子》、《战国策》等亦有征引《逸周书》语之例。韩非和战国的游说之士为了说服对方而援引前人之书时,一般都要引用产生时间较早、广为人们所知之书,如果说是战国时那些"处士私相缀辑"的书,很难有广泛影响,一般不会被这些人物所征引。所以说《逸周书》产生于战国的可能性似乎不大。但陈振孙说它"文体与古书不类"一语,如果指的《尚书》一类书,当无疑是对的。但这种文体究竟应为春秋时人作或战国时人作,本难确切区分。像《逸周书》的文字,清人姜士昌认为:"其文辞湛深质古,出《左氏》上。""东周以后作者不逮也。"谢墉则以为:"是书文义酷似《国语》。"这些话大抵为他们个人的观感,并无确定的标准。大体上说,其文体当后于《尚书》中的《费誓》、《文侯之命》及《秦誓》诸篇而近似《左传》、《国语》等书。但《左传》和《国语》二书恐非一人之作,其中应该保存着不少春秋甚至西周中后期人的原文,却又经过战国初人的加工与润饰,所以显得不像《尚书》那样古奥。《逸周书》的情况大约也是这样。据刘起釪先生在《尚书说略》中说:"《逸周书》中有七篇确为西周原篇,有十余篇为西周原篇史料,可是在流传中可能写定于春秋时,再有一些可能为保存了一些西周原零散史料而写定于战国者。"(《十三经说略》第 28 页,燕山出版社 2002 年版)刘先生说的七篇,当即李学勤先生在《逸周书汇校集注序言》中所指出的《克殷》、《世俘》、《商誓》、《皇门》、《尝麦》、《祭公》和《芮良夫》。李先生此说本与清人朱右曾和今人郭沫若先生相一致,当为学术界比较一致的看法。其他如《酆谋》、《寤儆》诸篇当是刘先生说的有西周原篇史料而写定于春秋的文章。至于像《王会》篇的内容,写到了"稷慎"(孔晁以为即"肃慎",今满族祖先)、"楼烦"、"卜卢"(孔晁以为即汉代至南北朝的"卢水胡",原居住在今青海一带的民族)、"大夏"等名目,似非周初人所知,但这个问题比较复杂,也有可能是战国时人所附益,然亦不宜过于疑古,认为周初人一定对此一无所知。《周月》、《时训》、《月令》诸篇,基本上同于《礼记》中的《月令》及《吕氏春秋》中的"十二纪"。《礼记·月令》据郑玄说取自《吕氏春秋》,但《吕氏春秋》本是杂家著作,吕不韦的门客或许取《逸周书》中的篇章来充数亦有可能,这正如《淮南子·时则》之取自《吕氏春秋》是同一道理,亦不能谓这几篇必出战国晚期人之手。只有《太子晋》一篇,内容似难以置信,然不能据此一篇,判定全书之创作年代。因为即使像《尚书》,其《金縢》一篇亦含荒诞成分,但不能谓《尚书》均产生于战国,亦难于断定《金縢》不可能产生于春秋年间。

《逸周书》文辞虽较平易,但由于错简、脱漏之处甚多,历来整理、校勘者又较少,故从宋代所见刻本起已多有难解之处。所以李慈说它"章句或脱烂难读";后来丁黼得李焘藏本,与它本参校,做了一些修补,尚称"其间数篇,尚有不可句读,脱文衍字,亦有不容强解者"。尽管如此,它仍不失为研究古代史和上古文学史的重要史料。

《逸周书》的某些篇章,亦颇有文学价值。如《克殷》写武王伐纣之役,"王既誓,以虎贲戎车驰商师,商师大崩。商辛奔内,登于鹿台之上,屏遮而自燔于火。武王乃手太白以麾诸侯,诸侯毕拜,遂揖之。商庶百姓咸俟于郊。群宾金进曰:'上天降休!'再拜稽首。武王答拜,先入,适王所。乃剋射之,三发而后下车,而击之以轻吕,斩之以黄钺,折,县(悬)诸太白。乃适二女之所,既缢。王又射之三发,乃右击之以轻吕,斩之以玄钺,县(悬)诸小白,乃出场于厥军"。这段文字写得井井有条,颇为生动。这种虐及尸体的行为虽不足称道,但当是历史的真相。《寤儆》写武王对周公说到自己梦见"有商惊予"一段,寥寥数语,而把武王当时忧惧之情形象地呈现于读者面前。《大聚》中论取得民心的办法,亦颇生动:"泉深而鱼鳖归之,草木茂而鸟兽归之,称贤使能,官有材而士归之。关市平,商贾归之。分地薄敛,农民归之。水性归下,农民归利。王若欲求天下民,先设其利,而民自至。譬之若冬日之阳,夏日之阴,不召而民自来,此谓归德。"这种连用几个相类似的事例,并列而又不用整齐的句法,显得气势雄健,在后来散文写作方面亦为妙笔。《太子晋》的情节虽近荒诞,亦有很好的描写,如写师旷与太子晋的谈话,师旷怀着探测太子晋是否能重兴周朝的想法而去,于是所问皆"古之君子"登为帝王之事,年仅十五的太子晋对答如流,使师旷不禁暗地吃惊。文中有一段细节描写,颇为出色:"师旷东躅其足,曰:'善哉,善哉!'王子曰:'太师何举足骤?'师旷曰:'天寒足跔,是以数也。'"这"举足"分明是吃惊的表现,而师旷为了掩饰,不得不以"天寒足跔"来搪塞。下文写到师旷告辞时,太子晋赠以"乘车四马"说:"太师亦善御之。"师旷本是盲人,根本不可能驾车,实即暗示太子晋自己不可能成为周王,而师旷不解,仍要提出"王子汝将为天下宗乎"的问题,以引出太子晋说明自己三年后将死的话。师旷本号称"博物",在这里却显得输于太子晋一等,颇见风趣。

《逸周书》一书,历来注者甚少,旧注云为晋孔晁所撰。此说始见《旧唐书·经籍志》。但孔晁其人《晋书》无传,仅《傅玄传》有一"孔晁",似为魏晋间人,不知是否即此人。检《隋书·经籍志》、《尚书》类,云梁有《尚书义问》三卷,郑玄、王肃及晋五经博士孔晁撰;又"《春秋外传国语》二十卷,晋五经博士孔晁注",列韦昭后,唐固前。按:唐固乃建安、黄武间人,见韦昭《国语解叙》;而《尚书义问》亦次郑、王后,与孔晁时代相近,或有此可能。孔注颇简,并有数篇无注。自晋迄明,注意《逸周书》的人很少,仅南宋王应麟曾为《王会》作补注。清人著作以朱右曾之《逸周书集训校释》为最有名,此书凡十卷,附逸文一卷,有自刻本、武昌官书局本及《续清经解》本。其后朱骏声、孙诒让、刘师培等皆有所订补。今人著作有黄怀信、张懋镕、田旭东所撰《逸周书汇校集注》十卷,凡二册,有上海古籍出版社排印本,易得。

第三节 《竹书纪年》、《汲冢琐语》、《世本》和《春秋事语》

《竹书纪年》和《汲冢琐语》都是晋武帝时出土的战国古书。《晋书·武帝纪》载,咸宁五年(279)"汲郡人不准掘魏襄王冢,得竹简古书十余万言,藏于秘府"[杜预《左氏经传集解后序》、《正义》引王隐《晋书·束晳传》作太康元年(280);今本《束晳传》及荀勖《穆天子传序》作太康二年。中华书局校点本《校记》从雷学淇《竹书纪年考证》说，以《武帝纪》为是。又"魏襄王"，王隐《晋书·束晰传》作"魏安釐王"，疑王隐《晋书》是]。《晋书·束晰传》言《竹书纪年》事甚详："初，太康二年，汲郡人不准盗发魏襄王墓，或言安釐王冢，得竹书数十车。其《纪年》十三篇，记夏以来至周幽王为犬戎所灭，以事接之，三家分，仍述魏事至安釐王之二十年。盖魏国之史书，大略与《春秋》皆多相应。其中经传大异，则云夏年多殷；益干启位，启杀之；太甲杀伊尹，文丁杀季历；自周受命，至穆王年，非穆王寿百岁也；幽王既亡，有共伯和者摄行天子事，非二相共和也。"但对《汲冢琐语》谈得很简略，仅云："《琐语》十一篇，诸国卜梦妖怪相书也。"大约当时人对后者不甚重视。《隋书·经籍志》"史部"、"编年"一类著录："《纪年》十二卷，《汲冢书》，并《竹书同异》一卷。"又"杂史"类有"《古文琐语》四卷，《汲冢书》"。其后二书均佚。《竹书纪年》后来有一个"今本"，凡二卷，如《四部丛刊》影印明天一阁本即这种"今本"。一般认为"乃宋以后人依托，虽伪书，亦资考证，不可废。"（范希曾《书目答问补正》）近人王国维作《今本竹书纪年疏证》二卷，有中华书局影印《观堂集林》本。近年来有个别研究者认为非伪书，但并未得到多数人赞同。至于古本《竹书纪年》虽佚，但留下佚文不少，较早地对这些佚文进行搜辑的为清人朱右曾，作《汲冢纪年存真》，近人王国维作《古本竹书纪年辑校》一卷，所辑凡四百二十八条，已将朱右曾的成果吸收在内。有中华书局影印《观堂集林》本。今人范祥雍又作《古本竹书纪年订补》。

从朱、王所辑佚文看来，所存商周以前及战国时期史事较多，而有关春秋时期的甚少，大约是因为其所载事实与《春秋》及《左传》多同之故。在现存佚文中，其有关上古史部分常可以和许多史籍及《山海经》、《楚辞·天问》等相印证。战国部分的价值尤高，由于《史记》

关于战国的齐、魏诸国国王年代的记载有误,现代史学家关于战国史事的系年,多据此书佚文,以订正《史记》之误。因此《竹书纪年》本身虽和《春秋》一样,并无太多文学价值,然仍为研究古史及古代文学史的极重要史料。

《汲冢琐语》由于内容多属荒诞迷信,故历来不受人们重视,其影响远不如《竹书纪年》之大。此书大约亡佚于南宋,清人洪颐煊(《经典集林》)、严可均(《全上古三代秦汉三国六朝文》)、马国翰(《玉函山房辑佚书》)等均有辑。从今存条目来看,有些和今存古书颇有类似之处。如《太平御览》卷九〇八引《琐语》佚义:"晋平公梦见赤熊窥屏,恶之而有疾,使问子产。子产曰:'昔共工之卿曰浮游,既败于颛顼,自没沉淮之渊,其色赤,其言善笑,其行善顾,其状如熊,常为天王祟。见之堂则王天下者死,见之堂下则邦人骇,见之门则近臣忧,见之庭则无伤。今窥君之屏,病而无伤。祭颛顼、共工则瘳。'公如其言而疾间。'"这个故事看来有些荒诞不经,但其情节和《左传·昭公七年》记晋平公病,梦见黄熊的事相类。按:"黄熊"和"赤熊"当即今所谓棕熊,而晋平公得梦后并未马上死去,而是过了三年才死去,可见所谓"公如其言而疾间",亦非不可能。再说《左传》和《琐语》,解释这梦的都是子产,而办法又都是祭祀,不过《左传》说是当祀鲧,而《琐语》则谓当祀颛顼和共工。可能当时实有此传说,而二书所记为传闻异辞。又,《太平御览》卷三七七记齐景公伐宋,梦见一个长人发怒,问于晏子,晏子说是盘庚;卷三七八又记景公梦见一个发怒的"短大夫",去问晏子,晏子说是伊尹。这些故事的情节亦见《晏子春秋·内篇谏上》。这些故事看来似亦离奇不经,然而在古人心目中,鬼神被认为是确实存在的,盘庚乃宋人祖先,伊尹为殷商开国元勋,设想他们会对齐景公伐宋发怒,亦可理解。大抵先秦人一些著述中类似的情节,后来往往被看作小说之滥觞,而在当时人心目中又常被视为事实。这就像许多志怪小说在我们看来是无稽之谈,而在《隋书》和《旧唐书》的《经籍志》中皆入"史部"是一个道理。

《世本》在《汉书·艺文志》中属"六艺类"的"《春秋》"部分,云:"《世本》十五篇,古史官记黄帝以来讫春秋时诸侯大夫。"《汉书·司马迁传》说到司马迁作《史记》,曾"采《世本》"。《隋书·经籍志》有"《世本王侯大夫谱》二卷";"《世本》二卷,刘向撰";"《世本》四卷,宋衷撰"。疑刘向、宋衷所作,又有附益。此书分为诸侯大夫之氏姓、世系及都邑、创制之事。如古代诸国都邑及世系,对了解古史颇有裨益。其《作篇》专论某些事物的创制者,如谓奚仲作车等。其书至宋末已佚,但典籍中征引其佚文者尚有若干,清人王谟、孙冯翼、王梓材、陈其荣、秦嘉谟、张澍、雷学淇和茆泮林均有辑本,商务印书馆曾以诸家所辑合为一书,排印出版,名《世本八种》。此书本身亦乏文学价值。但作为研究古史之资料,常为人们所引用。

《春秋事语》是1973年长沙马王堆出土的帛书,凡记故事十六则,共四五千字。所记皆春秋时事,故事内容多半亦见《左传》、《国语》,而文字及情节与《左传》等书或有出入。如记楚宋弘(泓)之战宋襄公不击未济之敌而败,据《左传》为大司马子鱼进谏,而此书为鲁人士匽预言宋兵必败。记士会由秦返晋,秦绕朝预知晋人之计,此书多出晋人用反间计杀绕朝之事。张政烺先生以为乃当时教材,恐即《国语·楚语》申叔时所谓"教之语,使明其德,而知先王之务用明德于民也"之用。此书本无书名,出土后由研究者名之曰《春秋事语》,当即取此意。此书今见郑良树先生《春秋事语校释》,载《竹简帛书论文集》,中华书局1982年版。

第四节 《战国策》和《战国纵横家书》

《战国策》一书中的不少文章为司马迁所采,故班彪、班固父子谓司马迁作《史记》"采《世本》、《战国策》"。但司马迁时代虽有这些文章,却并无"《战国策》"之名。据汉刘向《战国策书录》云:"所校中《战国策》书,中书余卷,错乱相糅舛。又有国别者八篇,少不足。臣向因国别者,略以时次之,分别不以序者以相补,除复重,得三十三篇。本字多误脱为半字,以'赵'为'肖',以'齐'为'立',如此字者多。中书本号,或曰《国策》,或曰《国事》,或曰《短长》,或曰《事语》,或曰《长书》,或曰《修书》。臣向以为战国时游士,辅所用之国,为之策谋,宜为《战国策》。其事继《春秋》以后,讫楚、汉之起,二百四十五年间之事,皆定,以杀青,书可缮写。"大约正因为《战国策》是刘向自己所编定,所以在他和刘歆作《七略》时,就没有说明此书乃刘向所编定,而仅称:"《战国策》三十三篇,记春秋后。"把此书列入"六艺类"的"《春秋》"部分。后来班固作《汉书·艺文志》大约袭用了《七略》的原文。从刘向《战国策书录》看来,他似乎相信所收各篇皆当时策士的原文,故称"皆高才秀士,度时君之所能行,出奇策异智,转危为安,运亡为存,亦可喜,皆可观"。班彪认为司马迁作《史记》,曾采用此书中的史料,大约也认为其书可信。其实《史记》中关于战国史事的记载往往有误,例如根据古本《竹书纪年》的佚文,战国时齐、魏诸国世系及年代就和《史记》所载大有出入,现代学者研究战国史,多据《纪年》以订正《史记》之误。又如战国时代纵横家的两个代表人物苏秦和张仪,其实是张仪在苏秦之前,而《史记》的记载则以为二人同时而苏秦得势在前。这个问题在上个世纪 40 年代曾有学者表示怀疑,后来长沙马王堆汉墓出土的帛书《战国纵横家书》,进一步证实了苏在张后,《战国策》与《史记》皆误。现在看来,司马迁之误从这些今属《战国策》的篇章是有其原因的。正如他在《史记·六国表》中所说:"秦既得意,烧天下《诗》、《书》,诸侯史记尤甚,为其有所刺讥也。《诗》、《书》所以复见者,多藏人家,而史记独藏周室,以故灭。惜哉,惜哉!独有《秦记》,又不载日月,其文略不具。然战国之权变亦有可颇采者,何必上古。"他大约认为既无各国史籍,只能退而求之当时所见的策士之文,这本来是无可非议的。但从刘向的话看来,他在编定此书时所据材料不一,实际上是合好几部书中的文章为一而去其重复,所以各篇的情况很不一样。例如,今本《秦策一》的《张仪说秦惠王》一章,《战国策》以为是张仪,而此文与《韩非子》的《初见秦》篇大致相同。历来学者多不信它是韩非的文章,但文中谈到了秦拔楚鄢都、破赵长平及穰侯治秦之事,皆在秦昭王时代,非张仪之作亦很明显,以至郭沫若先生曾推测它为吕不韦所作,其言虽似近理,然亦无确切根据。至于同卷所谓《苏秦始将连横说秦》一章,与苏秦及秦惠王时代均不合,其言秦国已占有巴蜀、巫山等地,亦与当时秦国的版图不符,故历来受人怀疑。其他各篇中类似的情况亦复不少。如《赵策二》中的《张仪为秦连横说赵王》章,正如今人缪文远先生说的:"此《策》旧以为赧王四年(前311)事,而所言史事及地理与事实不合,自宋代以来,学者已屡加考辨,其为后来辨士拙劣之拟作,更无疑义。"(《战国策新校注》,巴蜀书社1998年版,第563页)又如《齐策一》中的《苏秦为赵合从(纵)说齐宣王》章,当亦为拟托之辞,因为齐国在威王、宣王时代,国势强盛,决无"西面事秦"之事。《楚策一》中的《苏秦为赵合从(纵)说楚》章、《张仪为秦破从(纵)连横说秦》章,从文中所谈到的史事看来,时间上都有可疑之处,所以学者亦多认为出于别人拟托。大抵所谓苏秦、张仪游说各国君主的几篇文章都存在着疑问。另一类的情况与此不同,如《秦策三》中的《范子(雎)因王稽入秦》章、《范雎至秦》章、《范雎曰臣居山东》章和《蔡泽见逐于赵》章等涉及秦国君主专制制度的强化,反映了历史上的重大问题,却和现有的史料并无矛盾,当为研究战国历史的重要史料。又如《燕策二》中的《昌国君乐毅》章等,似亦与历史事实并无矛盾,其中乐毅答燕惠王之辞,当是他的手笔,而篇首叙乐毅仕燕破齐,及其去燕至赵答燕王书之事由则当出后人追记,要亦战国人手笔。这一类篇章,似不必轻疑。再有一类篇章的情况似较复杂,如《赵策三》之《秦攻赵于长平》章,记虞卿与楼缓争论赵国应否割六城与秦。照《策》文讲,赵王后来接受了虞卿的意见,派虞卿使齐求援,秦国知道后,秦就派使者来议和,"楼缓闻之,逃去"。但据《史记·白起列传》则说赵终于割六城给秦国而议和,二者不同。像这种例子比较复杂,一般来说,《史记》所根据的资料当不限于这些《策》文,而司马迁在撰作《史记》时,又经过一定的考虑和核查,当较《策》文为更近史实,因此赵国没有割地而楼缓逃走的话,恐为后人所附益。这文字大约是稍后那些学做纵横家的士人,为了夸大辩士的作用而加。这些话虽不足信,倒也不能据此即谓全文不可信。《齐策四》中的《齐人有冯谖者》章,记孟尝君罢齐相后曾就国于薛及出游他国之事。今人缪文远先生据《水经注·济水》引古本《竹书纪年》有"魏襄王十九年。薛侯来会王于釜邱"语,证明孟尝君曾到魏国,虽与《史记·孟尝君列传》谓曾去秦国异而确有根据,《史记》虽或别有所本,但亦不可因此谓此篇不足信。《战国策》汇集诸家论说之辞为一书,其思想颇不一致,虽多数可以归结为纵横家的学说,但亦有例外。如《齐策四》中的《齐宣王见颜斶》章,其思想近于道家;《赵策一》中的《晋毕阳之孙豫让》章、《韩策二》中的《韩傀相韩》章内容基本上为记事而非记言,近乎《韩非子》所谓"侠以武犯禁"的思想,与一般游说之士颇不同。还有像《齐策》和《赵策》中有一些关于鲁仲连的篇章,其中多数被现代研究者认为出于后人拟托,但鲁仲连其人颇为后世仰慕,视为"高士"。据《汉书·艺文志》"诸子类·儒家"有"《鲁仲连子》十四篇",其书至隋唐犹存,《隋书·经籍志》子部儒家有"《鲁连子》五卷,录一卷。鲁连,齐人,不仕,称为先生"。李善注《文选》时曾加征引。大抵先秦一些"子书"虽有一部分出于本人之手,却也有不少乃门人后学所作。《战国策》中所收篇章,或取自《鲁仲连子》中,其文辞既为后学夸称鲁连之高风,而所记或不合当时史实。因此《战国策》一书实为真伪杂糅,不可一概视为信史,亦不可以为尽出拟托。

《战国策》一书所收录的文章大多为战国策士之作,这些人物在当时就受到不少人的歧视。例如战国初年由儒家向法家转化的政治家吴起,在楚国为相,其政策之一就是"要在强兵,破驰说之言从(纵)横者"(《史记·孙子吴起列传》)。后来法家的集大成者韩非也认为"游居厚养,牟食之民也";"语曲牟知,伪诈之民也",认为都是有害于"国之富强"的"奸伪无益之民"(《韩非子·六反》)。秦始皇焚书时,纵横家言亦在当禁的"百家语"之列。秦亡以后,汉初某些人物或多或少受到过纵横家的影响。如蒯通、郦食其及后来的枚乘、邹阳等人都是这样。这大约和汉初各诸侯王的强大有一定的关系。"七国之乱"平定以后,情况就不同了。《汉书·武帝纪》载,汉武帝初年下诏举"贤良方正直言极谏之士",丞相卫绾奏云:"所举贤良,或治申、商、韩非、苏秦、张仪之言,乱国政,请皆罢。"这建议得到了汉武帝的准许。后来汉武帝所识拔的士人董仲舒,又在他的对策中说:"臣愚以为诸不在六艺之科孔子之术者,皆绝其道,勿使并进。"(《汉书·董仲舒传》)从此以后士人们对纵横家的评价一般都很低,如东方朔在《答客难》中曾说:"使张仪、苏秦与仆并生于今之世,曾不能得掌故,安敢望常侍侍郎乎?"因此刘向虽然将《战国策》编集为一书,而对它的评价也是不高的。他认为"战国之时,君德浅薄,为之谋策者,不得不因势而为资,据时而为画。故其谋扶急持倾,为一切之权,虽不可以临国教化,兵革救急之势也"。此书编成后,直到东汉时,才有高诱为之作注。魏晋以后,人们对《战国策》的评价一般都不高。当时称赏此书的人大约以东晋袁悦(之)为有名。《世说新语·谗险》:"袁悦有口才,能短长说,亦有精理。始作谢玄参军,颇被礼遇。后丁艰,服除还都,唯赍《战国策》而已。语人曰:'少时读《论语》、《老子》,又看《庄》、《易》,此皆是病痛事,当何所益邪?天下要物,正有《战国策》。'"《晋书·王湛附袁悦之传》几乎全抄这段文字。从《世说新语》看来,袁悦之似乎只是一个奸诈小人,但像东晋这样一个动乱的社会中,人们对儒、道学说失去了信心,而想从《战国策》中汲取一些从政的经验,似亦无不可。至于他的被杀,是由于依附会稽王司马道子。司马道子其人虽不足称道,但他的失败由于统治者内部争权,因此依附他的人亦未必都是谗险之人。除了袁悦之其人外,历来表彰《战国策》的人几乎很少。因此从刘向编定《战国策》到隋唐时代屡经战乱,不知有无缺损,已难确知。据《隋书·经籍志》史部杂史类著录有"《战国策》三十二卷,刘向录";又"《战国策》二十一卷,高诱撰注"。这里说三十二卷,与刘向所编三十三篇仅差一卷,是否即以刘向之一篇为一卷?此书在长期传抄中有没有缺漏,已难确考。因为每篇或每卷中又都分为若干章,若有个别章缺失,无从考知。现在所见的本子已经宋代曾巩整理,可能已与刘向原来的本子有所出入。据曾巩《重校战国策序》云:"刘向所定著《战国策》三十三篇,《崇文总目》称十一篇者阙。臣访之士大夫家,始尽得其书,正其误谬,而疑其不可考者,然后《战国策》三十三篇复完。"又云:"此书有高诱注者二十一篇,或曰三十二篇。《崇文总目》存者八篇,今存者十篇云。"曾巩这些话应该是可信的。大抵自汉至唐五代,刻版印刷术尚未发明,书籍的流传一般靠手抄,而这些手抄本一般也不装订成册,而是用卷轴的形式保存。因此有些抄书者仅抄了书的若干部分,而且即使抄录了全书,分为若干卷轴,遇到战乱或收藏者不慎,颇易残缺。所以在长期流传过程中,往往各家所藏均非全帙。照曾巩所说的情况,即使像《崇文总目》这样的国家藏书中,其《战国策》也是残缺不全的。曾巩虽从士大夫家访求,凑足了三十三卷之数,是否完全符合刘向原貌,亦颇成疑问。即以高诱注而论,《崇文总目》为八卷,曾巩搜罗之后为十卷,距《隋书·经籍志》著录的二十一卷,尚不足一半。

从今本《战国策》看来,所谓的三十三卷为:东周一卷,西周一卷,秦五卷,齐六卷,楚四卷,赵四卷,魏四卷,韩三卷,燕三卷,宋、卫一卷和中山一卷。其中最传诵的篇章,大抵都在秦、齐、楚、赵、魏、韩、燕诸卷中。但正如我们在前面所说,传诵的篇章也有不少是出于拟托;而某些篇章虽属当时原文,却未必有很多人传诵。因为这些文章之被读者传诵,大都是从其文学价值着眼,例如《赵策三》中的《秦围赵之邯郸》章,就为历来的人们所激赏,而其文中所记史事,往往如缪文远先生说的:"年代错乱,史事乖违,实辩士之拟作也。"(《战国策新校注》第611页)这类文章虽与当时史实不尽合,然已被司马迁所采,应该还是秦统一以前的产物,以之为战国文学的史料当不成问题。其实《战国策》中许多文章,虽然经不少学者考证,其内容无违反史实之处,亦未必出于当事人的手笔。如《赵策一》中的《晋毕阳之孙豫让》章,记豫让为智伯(荀瑶)报仇,多次行刺赵襄子的事。此事记到豫让事败自杀等情节,自然非豫让自己所作,且亦非赵国史官所记。因为这故事亦为《史记·刺客列传》所采。据《史记索隐》云:"《战国策》曰:'衣尽出血。襄子回车,车轮未周而亡。'此不言衣出血者,太史公恐涉怪妄,故略之耳。"根据《索隐》此语,可见唐时流行的《战国策》，原有神怪的成分，很可能是追记者采自当时民间的传说。又如《韩策二》中的《韩傀相韩》章，亦属记事而非记言之文，文中记聂政在他老母既死、除服之后的一段话，表白自己要去为严仲子出力，显然只是在心中考虑，而不会公开说出来。像这种文字，实为追记者设想之辞。又如《秦策三》中的《范雎至秦》章，此章关系到秦国"强公室，杜私门，蚕食诸侯，使秦成帝业"（李斯《上书秦始皇》语）的重大历史事件。文中范雎所论各事与史实亦无不合，应视为可信的史料。但就是这样的文字，似亦出于别人追记，亦难排除有想象的成分。因为全文既用第三人口吻，不似范雎或秦昭王自作，而文中又有这样一段："秦王屏左右，宫中虚无人。秦王跪而请曰：'先生何以幸教寡人？'范雎曰：'唯唯。'有间，秦王复请，范雎曰：'唯唯。'若是者三。秦王跽曰：'先生不幸教寡人乎？'范雎谢曰：'非敢然也。'……"此文显然亦出追记者想象。因为秦王既然"屏左右，宫中虚无人"，在场的自然仅秦王与范雎二人。作者怎么知道秦王如何"跪而请"，如何"跽"，范雎又怎样三次只说"唯唯"二字，又转而发表长篇言论，痛陈穰侯秉政之失？这一切除了他们之外，又有谁能听到看到？可见所谓追记之文，也可作具体分析，即使出于他人手笔，只要不违反当时的事实，即使附加了某些想象或虚构，仍可视之为信史。即使显然出于后人拟托之文，其史料价值也需具体分析。如《齐策一》中的《苏秦为赵合从（纵）说齐宣王》章，现代学者多以为乃后人所拟托。这看法显然是对的，但其中亦未尝没有可信的史料，如："临淄之中七万户，臣窃度之，下户三男子，三七二十一万，不待发于远县，而临淄之卒固以二十一万矣。临淄甚富而实，其民无不吹竽、鼓瑟、击筑、弹琴、斗鸡、走犬、六博、蹹鞠者。临淄之途，车毂击，人肩摩，连衽成帷，举袂成幕，挥汗成雨，家敦而富，志高而扬。"这段文字至今常为历史学家用为探讨战国城市发展状况的史料。这样引用显然是对的，因为此文虽非苏秦作,要亦出战国人之手。当时人对史事先后容有不太清楚处,但对临淄这样一个各国闻名的大都会,显然不会无所了解,此段文字,容有夸大成分,却不会远离事实。又如《楚策一》中的《张仪为秦破从(纵)连横说楚》章记张仪向楚王说秦国出兵从巴蜀水路攻楚的行程:"秦西有巴蜀,方船积粟,起于汶山,循江而下,至郢三千余里。舫船载卒,一舫载五十人与三月之粮,下水而浮,一日行三百余里;里数虽多,不费马汗之劳,不至十日而拒扞关,扞关惊,则从竟陵已东,尽城守矣,黔中、巫郡非王之有已。"这篇文章研究者亦多以为出后人拟托,但所记自巴蜀进攻郢都的道里和方式应该是符合当时实况的。所以像这种文字,亦可认为是研究战国水上交通史和军事史的重要资料。

如果从文学史料的角度来看《战国策》,那么其价值尤不可忽视。即以被学者们公认出于后人拟托的苏秦、张仪游说之辞而论,对后世文学亦有其不容抹杀的地位。清代学者章学诚在《文史通义·诗教上》中说:"今即以《文选》诸体以征战国之赅备。京都诸赋,苏张纵横六国,侈陈形势之遗也……"的确,现在看来,像班固《两都赋》、张衡《二京赋》等篇,往往历叙地理环境,东西南北,其布局与苏张说辞颇为相似。所以袁行霈先生主编的《中国文学史》中说:"汉初散文,尚有战国遗风,贾谊、邹阳等西汉前期散文家的作品中,更是可以明显看出《战国策》文风的余绪。这种影响持续不断,在苏洵、苏轼等后代作家的散文中,还可以体味到先秦叙事散文的神韵。《战国策》的文章,对汉赋的产生也起过促进作用。汉赋主客问答的形式,铺张扬厉的风格,都可以看出对《战国策》的借鉴。"(《中国文学史》第一册第102页,高等教育出版社1999年8月版)即使像《秦策一》中的《苏秦始将连横说秦》章,因全文未被《史记·苏秦列传》采入,所以最为研究者所怀疑。但就是这篇文章,恐亦未必非战国人所作。因为《史记》中记苏秦所说"秦四塞之国"一段,似即摘取《战国策》文字而述其大意。尤其"以秦士民之众,兵法之教,可以吞天下,称帝而治"几句,全与《战国策》同。秦王说的"毛羽未成,不可以高蜚(飞);文理未明,不可以并兼"等语,亦与《战国策》相似而仅有若干文字有出入,说明司马迁未必没有见过此文。此文的句法比较别致,文中多用排句,且有些句子间有韵语,如:"古者使车毂击驰,言语相结,天下为一;约从连横,兵革不藏;科条既备,民多伪态;书策稠浊,百姓不足;上下相愁,民无所聊;明言章理,兵甲愈起;辩言伟服,战攻不息;繁称文辞,天下不治;舌弊耳聋,不见成功;行义约信,天下不亲。"这段文字基本上每二句押一韵。这种韵散兼用的文字在先秦诸子如《庄子》、《荀子》中亦时有其例。至于写苏秦失意时和得志后家人对他的态度,刻画得十分细致深刻,写尽世态炎凉,可谓"入木三分"。这种文章颇具小说意味,它的出现亦标志着战国文学的一种进步。

《战国策》在宋以后,人们对其思想内容的指责较唐以前尤甚。这是从儒家的立场出发的,并不足怪。值得注意的倒是有一些人对它的性质提出了不同看法,认为它应属"子部"而不属"史部"。原因是此书所收文章多数为战国游说之士的说辞,所以当属"纵横家"。首先提出这个观点的是南宋人晁公武的《郡斋读书志》,此说得到了由宋入元的马端临在《文献通考》中的赞同。但即使在南宋,也有人并不赞成,如陈振孙的《直斋书录解题》,就没有采用晁公武的见解。后来如清代《四库全书总目》,亦不用晁说并对其提出了批评。现在看来,晁公武的做法确有缺点,因为传统所谓"子部"书,大抵是一个思想家或一个流派之书,其思想应成为一家之言。《战国策》的情况并不是这样,其各篇思想往往不成体系,甚至一个人的说辞,也可以朝秦暮楚,并无一定宗旨。所以归入"子部",似不甚合适。不过,此书总的倾向显然是反映着战国各派游说之士的活动,而这些人物大抵为纵横家。

关于《战国策》的作者问题,在上世纪的30年代初,又有学者认为此书乃汉初蒯通所作。首先提出此说的是罗根泽先生和金德建先生。他们的文章见于《古史辨》第四册,后来罗先生又把文章收入了50年代出版的《诸子考索》中。此说似乏佐证。因为《战国策》一书的编纂过程有刘向所作《战国策书录》甚详,而蒯通的著作据《汉书》本传名《隽永》,又《汉书·艺文志·诸子略》纵横家著录有"《蒯子》五篇,名通"。可见别是一书,与《战国策》无涉。不过,从《战国策》的文章看来,其史料价值虽不如近年来马王堆出土的《战国纵横家书》,而文学价值则较后者为高,且文风亦较统一,由此看来,它在被刘向编定成书前,或许经过了像蒯通这样的汉初纵横家加工与润饰,亦颇有可能。

《战国策》一书最早的注本出于东汉人高诱之手。据《隋书·经籍志》著录凡二十一卷,《旧唐书·经籍志》和《新唐书·艺文志》则均为三十二卷,疑经后人据《战国策》本书卷数而分。据此则此书在唐时尚未残缺。但经唐末五代之乱,据曾巩说,宋代的《崇文总目》著录已仅八卷,经过搜罗,亦只剩十卷。现今所见的《战国策》以南宋初年剡川姚宏的刻本为最早。此书经清黄丕烈士礼居覆刻,通行本皆以此为祖本。姚本附有高诱注,但据《四库全书总目》说,此本所附高注,杂有不少高诱以后人的说法,盖姚宏在付刻以前作了校注,附入注中,与高注相混。其后清代的武昌官书局刊本及民国时商务印书馆《国学基本丛书》及中华书局《四部备要》排印本及近年上海古籍出版社排印本皆出此本。除高注姚续外,宋代又有鲍彪作《战国策校注》十卷,元吴师道作《补正》。此书有元至正刻本,《四部丛刊》本即据此影印。此外,有清《惜阴轩丛书》本、曲阜孔氏刊本。但不少研究者多以为鲍彪注多谬误,不甚重视。明清人研究《战国策》的著作则有明董说《七国考》十四卷，中华书局排印本。清程恩泽的《战国策地名考》二十卷，并狄子奇笺，有清粤雅堂刊本。张琦《战国策释地》三卷，广州局刊本。林春溥《战国纪年》六卷，《竹柏山房十一种》本（附《战国年表》一卷）。顾观光《国策编年》一卷，家刻本。吴曾祺《战国策补注》和金正炜《战国策补注》，金氏《补注》较流行，凡六卷，有家刊本已收入《续修四库全书》①。近代人研究著作有钟凤年《国策勘研》，哈佛燕京学社排印本。缪文远《战国策考辨》，中华书局排印本。郑杰文《战国策文新论》，山东人民出版社版；又郑杰文《中国古代纵横家论》，山东人民出版社版。今人为《战国策》作新注则有诸祖耿《战国策集注汇考》，江苏古籍出版社版；何建章《战国策注释》，中华书局版；缪文远《战国策新校注》，巴蜀书社版。何晋《战国策研究》（北京大学出版社2001年版），则是综合性的有关《战国策》文献研究论著。

《战国纵横家书》是1973年底在湖南长沙马王堆三号汉墓中出土的大批帛书中的一部分，全书共二十七章，三百二十五行，一万一千多字。其文字介于篆隶之间，据学者们考订，大约为西汉初年所缮抄。此书本无书名，"《战国纵横家书》"之名，是现代的考古整理者所定。在此书的二十七章中，有十章见于今本《战国策》，八章见于《史记》，其中有些章并见二书，去其重复，则有十一章曾见已有典籍，其余十六章则为新发现的佚书。所以当时唐兰先生称之为"司马迁所没有见过的珍贵史料"。据唐先生研究，这二十七章约可分为三组：第一组自一至十四凡十四章，唐先生认为"应是最早流传的关于

---

① 首都师范大学出版社1994年出版过《战国策校释二种》（赵丕杰、赵立生点校），包括王念孙《读书杂志》中有关《战国策》的三卷和金正炜的《战国策补释》六卷。

苏秦的书信和谈话";第二组自十五至十九,凡五章,唐先生说"以上五章当系另一来源,每章后记字数,最后有总字数";第三组自二十至二十七,凡八章,唐先生以为是"另外抄集的","前三章与苏秦有关,末三章似是最后增入"。唐先生根据《汉书·艺文志》"纵横家"中有"《秦零陵守信》一篇"及《文选·吴都赋》注引《秦零陵令上始皇帝书》推测,此篇或为"零陵守信"所编集。这当然是一种猜测。此书的发现,对研究战国史和战国文学史显然有重要的作用。正如马雍先生所说:"《史记》中有苏秦的记载错误百出,其材料来源多出伪造,可凭信者十无一二。""《战国策》中关于苏秦的记录较《史记》为多,但亦真伪参半。又往往将苏秦和苏代兄弟二人弄得混淆不清。"这些谬误皆可据此书来订正。又如齐湣王的年代,《史记》亦有误,马雍先生认为此可据此以证《史记》之误。

《战国纵横家书》的发现,解决了学术界一些疑案,如苏秦的时代,唐兰先生在1941年作《苏秦考》(《文史杂志》1卷12期)已提出疑问;后来杨宽、徐中舒等先生也有类似看法。此书之出,证实了几位先生的意见。自此书一出,学者们已可排列出苏秦自公元前318年至前284年的活动简表。又如第十八章《触龙见赵太后》章,其文字基本上同于《战国策·赵策四》和《史记·赵世家》中的类似记载,但《史记》作"触龙言",《战国策》作"触詟"。清代学者王念孙在《读书杂志》中指出当从《史记》作"触龙言",《战国策》误合"龙"、"言"为"詟"字。《战国纵横家书》的发现,证实了王念孙的论点。《战国纵横家书》所载文字,大抵不著主名。这种情况也许正是《战国策》中许多策文的原貌。今本《战国策》中有些无主名的文字一般都不悖于史实,相反,有些文章正因为主名与文中所叙史实不符(如《秦策四》之《顷襄王二十年》章),据说是"楚人黄歇"说秦昭王之辞,但文中所言史事有在"黄歇"(春申君)死后者,遂引起学者怀疑。其实此文开头一段("说昭王曰"以前)可能是后人所增,作者另属一人而非黄歇。但这种无主名的文字,有时亦难于解决一些疑难问题。如《魏策三》之《秦将与魏攻韩》章,《战国策》以为是"朱己"说魏王,而《史记·魏世家》作"无忌","无忌"又是信陵君的名字。此文亦见《战国纵横家书》,为此书的第十六章,但无主名。此书的整理者认为:"《荀子·强国篇》杨倞注引《史记》作'朱忌',朱与无形近而误,己与忌通,疑当以朱己为是。"(第61页)而缪文远则认为"此章,帛书不载主名,当依《史记》作无忌"(《战国策新校注》第757页)。

《战国纵横家书》的文字一般比较平实,不似《战国策》中有些文章之铺张夸饰和富于辞采。这可能因为《战国策》中那些最富文采的篇章,大抵出于后人拟托及追记,在文辞方面作过较多的斟酌,有些文章虽基本保存原文,却是经人润饰加工的结果。不过《战国策》今本所存凡四百六十章,而《战国纵横家书》总共不过二十七章,所以那些战国游说之士的文章中也可能还有一些文采华丽之作,未能如这些帛书那样保存下来,亦非无可能。

《战国纵横家书》自发现之后,经学者们整理、考释,于1976年12月,由文物出版社出版,并附有唐兰、杨宽、马雍三先生的研究文章。后来何建章先生作《战国策注释》,曾将此书释文附入,有中华书局排印本。

第五节 《山海经》

《山海经》一书,其名始见《史记·大宛列传》:"《禹本纪》言:'河出昆仑。昆仑其高二千五百余里,日月所相避隐为光明也。其上有醴泉、瑶池。'今自张骞使大夏之后也,穷河源,恶睹《本纪》所谓昆仑者乎？故言九州山川，《尚书》近之矣。至《禹本纪》、《山海经》所有怪物，余不敢言之也。"从司马迁这段话来看，在他那个时代，确已有《山海经》其书，不过由于其中内容多有神怪成分，所以司马迁不敢相信。从《史记》中这段话看来，在司马迁当时，不但已有《山海经》，且有内容与之相近的《禹本纪》，其书今佚，但所说的"昆仑"等神话似均可于今本《山海经》中找到类似的记载，可能在先秦至汉初，尚有多种类似的典籍存在。这些典籍所载离奇的事物，有些可能来自原始社会留下的神话，也有一些出于战国一些人附益。现今所见前人对《山海经》的著录为《汉书·艺文志》之数术类形法之部："《山海经》十三篇。"这里的篇数与今所见的《山海经》不同，今本凡十八卷。据刘秀《上〈山海经〉表》云："侍中奉车都尉光禄大夫臣秀领校，秘书太常属臣望所校《山海经》凡三十二篇，今定为一十八篇，已定。"按："刘秀"即刘歆，《汉书·楚元王传附刘歆传》云："初，歆以建平元年改名秀，字颖叔云。"据此则这篇表作于哀帝以后。但刘歆因建议为"古文经"设立学官而和"太常博士"们发生争论即在建平元年，未几他就畏祸离开长安。据此推测，则这篇表或许作于哀帝死后，王莽执政，刘歆回到长安以后。此时他又叫"秘书太常属臣望"取三十二篇本《山海经》重加校正，故篇数与成帝在时刘向命尹咸所校而著录于《七略》的卷数不同。《汉书》所记，大约是指《七略》中所言卷数。后来晋代郭璞为此书作注，在篇数上又与刘歆所言十八篇之数不同。如《隋书·经籍志》史部地理类云："《山海经》二十三卷，郭璞注。"这种不同据清人郝懿行《山海经笺疏叙》云："《山海经》古本三十二篇，刘子骏校定为一十八篇，即郭景纯所传是也。今考《南山经》三篇，《西山经》四篇，《北山经》三篇，《东山经》四篇，《中山经》十二篇，并《海外经》四篇，《海内经》四篇，除《大荒经》已下不数，已得三十四篇，则与古经三十二篇之目不符也。"《隋书·经籍志》："《山海经》二十三卷。"《旧唐书》十八卷,又《图赞》二卷,《音》二卷,并郭璞撰;此则十八卷又加四卷,才二十二卷,复与《经籍志》二十三卷之目不符也。《汉书·艺文志》:"《山海经》十三篇,在'形法'家不言有十八篇。所谓'十八篇'者,《南山经》至《中山经》本二十六篇合为《五藏山经》五篇,加《海外经》已下八篇,及《大荒经》已下为十八篇也。所谓'十三篇'者,去《荒经》已下五篇,正得十三篇也。古本此五篇皆在外,与经别行,为释经之外篇。及郭作传,据刘氏定本复为十八篇,即又与《艺文志》十三篇之目不符也。郦善长注《水经》云:'《山海经》埋缊岁久,编韦稀绝,书策落次,难以缉缀。后人假合,多差远意。'然则古经残简,非复完篇,殆自昔而然矣。"

关于《山海经》的作者,自刘歆以迄王充(《论衡·别通》)、颜之推(《颜氏家训·书证》),皆谓是虞夏之际禹、益所作,其说恐不可信。现代学者大抵认为此书并非一人之作,各篇产生年代并不一样。如《山经》五篇,一般认为出现最早,有人认为出现于春秋或更早,有人则认为出现于春秋战国之际;"海外"、"海内"诸经,一般认为出现于战国;至于"大荒"诸经则有人认为作于战国,也有人认为作于西汉。诸家之说虽有不同,但大体上以《山经》部分为最早,《海经》诸篇次之,《大荒经》诸篇最晚则似较一致。不过这种看法,亦多有推测成分,尚不能论定。

关于《山海经》的内容,有人认为是根据当时的《山海图》而来,如宋王应麟《周书王会补注》引朱熹的话说:"《山海经》记诸异物飞走之类,多云'东向'或云'东首',疑本依图画而述之。"其后杨慎、胡应麟、毕沅等,也有类似的看法。现在看来这种说法应该是正确的,因为现今所见资料如郭璞曾为《山海经》诸异物作《图赞》;陶渊明亦称《山海经》为"山海图"。再看书中有些文字显然是记载图画的内容,如:《海外西经》:"女丑之尸,生而十日炙杀之。在丈夫北。以右手郚其面。"又:"此诸夭之野,鸾鸟自歌,凤鸟自舞;凤皇卵,民食之;甘露,民饮之,所欲自从也。百兽相与群居。在四蛇北。其人两手操卵食之,两鸟居前导之。"又《大荒东经》:"有困民国,勾姓而食。有人曰王亥,两手操鸟,方食其头。"这些都是形容图中形象,因为如"诸夭之野"的人既不可能终日"两手操卵食之",王亥也不能整天两手操鸟食其头。所以最初的《山海经》,可能是先有图,后有文字的。这种图大约起源甚早。《左传·宣公三年》载周王孙满对楚庄王说道:"昔夏之方有德也,远方图物,贡金九牧,铸鼎象物,百物而为之备,使民知神奸。故民入川泽、山林,不逢不若。螭魅罔两,莫能逢之。"现代学者对禹鼎的存在虽表示怀疑,但古代曾有"铸鼎象物"之事,当为事实。除了"铸鼎象物"之外,在一些建筑物中也有一些壁画为同样的内容。汉王逸《楚辞·天问》注云:"屈原放逐,忧心愁悴,彷徨山泽,经历陵陆。嗟号昊旻,仰天叹息。见楚有先王之庙及公卿祠堂,图画天地山川神灵,琦玮僪佹,及古贤圣怪物行事。周流罢(疲)倦,休息其下,仰见图画,因书其壁,呵而问之,以渫愤懑,舒泻愁思。"《文选》王文考《鲁灵光殿赋》:"图画天地,品类群生。杂物奇怪,山神海灵。写载其状,托之丹青。千变万化,事各缪形。随物象类,曲得其情。"现在我们还可以见到汉代一些石刻的画像,其内容与王延寿所说的"五龙比翼,人皇九头;伏羲鳞身,女娲蛇躯"等语相类。这种图像的最初目的,大约是为了普及古人对自然界的一些认识。这种认识自然含有很多幻想及不真实的成分。但这些事物在古人心目中却信以为真,认为据此可以"知神奸",有"入川泽山林,不逢不若"的实际作用。例如今本《山海经》中的《山经》五篇,其中讲到的地方显然是实有的,如《南山经》中的"苕水"、"具区";《西山经》中的"嶓冢之山"、"汉水";《北山经》中的"汾水"、"雁门";《东山经》中的"泰山"、"峄皋之山";《中山经》中的"霍山"、"伊水"等。这些地方也是周代以来中原政权的势力所能达到的范围。再看这几篇中所叙大抵为一些奇异的草木鸟兽,而涉及神灵、妖怪的并不多,大约就是古人"铸鼎象物"或"图画天地、品类群生"的图画。现代一些学者往往认为《山经》部分出现最早,大约是这个缘故。至于《海经》部分,神怪的成分更重,袁珂先生特别重视这一部分,所以他的整理《山海经》,首先从《海经》着手,而《山经》部分则为后来所补(见《山海经校注》序言)。袁珂先生的更重视《海经》,是可以理解的。因为他长期致力于神话的研究,而《海经》中的神话往往较《山经》更精彩。例如陶渊明《读山海经》中讲到的"夸父逐日"故事见《海外北经》;"刑天舞干戚"故事,见《海外西经》;"危与贰负杀窫窳"故事见《海内西经》等。此外像《海外东经》:"汤谷上有扶桑,十日所浴,在黑齿北。居水中,有大木,九日居下枝,一日居上枝。"《海内经》:"帝俊赐羿彤弓素矰,以扶下国,羿是始去恤下地之百艰。"这些都是设想比较奇特而且影响很大的神话故事,往往可以和《楚辞·天问》及《淮南子》等典籍相印证。当然,《山经》部分也未尝没有著名的神话,如《西山经》:"又西三百五十里,曰玉山,是西王母所居也。西王母其状如人,豹尾虎齿而善啸,蓬发戴胜,是司天之厉及五残。"这里所写西王母的形象颇凶恶,与后来一些志怪小说如《汉武故事》等所描写的西王母大异其趣,可能是比较原始的传说。又如《北山经》:"又北二百里,曰发鸠之山,其上多柘木。有鸟焉,其状如乌,文首、白喙、赤足,名曰精卫,其鸣自詨。是炎帝之少女,名曰女娃,女娃游于东海。溺而不返,故为精卫,常衔西山之木石,以堙于东海。"陶诗的"精卫衔微木,将以填沧海",即咏此事。这些故事亦为历来人们所乐道。

大抵《山海经》的主要内容不外古代的神话传说,而我国古代的神话由于受到儒家"不语怪力乱神"的影响,所以很少完整保存下来,较之希腊等国,不免有所逊色。值得庆幸的是这些先民幻想的产物,虽属一鳞半爪,尚大量地保存在《山海经》中。只是由于《山海经》的记载,本属图像的说明,而古代的图又难于保存,因此难免显得零碎而仅存梗概。不过,经过学者们结合《楚辞》、《淮南子》等典籍加以考订,往往能重现出不少优美动人的故事。因此,《山海经》一书在文学史上的价值不容忽视。更应该指出的是,《山海经》对后来的作家亦有很大的影响,如郭璞、陶渊明等就是显著的例子,其他像阮籍、江淹诸人的诗赋中,往往亦用《山海经》中的很多典故。

《山海经》今存较早的版本有《四部丛刊》影印明成化邢让刻本;涵芬楼《道藏举要》影印《道藏》本等。清人毕沅有《山海经新校正》十八卷,对其作了校和补注;又有郝懿行《山海经笺疏》十八卷,《图赞》一卷。有阮元刻单行本、《郝氏遗书》本及坊刻本,近年又有影印本。据张之洞《书目答问》云:"郝胜于毕。"今人注释则有袁珂《山海经校注》,上海古籍出版社1980年版。新近出版的较有特点的论著有张岩《〈山海经〉与古代社会》,文化艺术出版社1999年版。

第六节 《穆天子传》

《穆天子传》和《竹书纪年》一样,同为晋武帝咸宁五年在汲郡战国魏王古冢中出土的古书。据《晋书·束晳传》载,有"《穆天子传》五篇,言周穆王游行四海,见帝台、西王母"。又说到同时出土的"杂书十九篇",其中有周穆王美人盛姬死事。按:《隋书·经籍志》史部起居注类有"《穆天子传》六卷,汲冢书,郭璞注"。这六卷之数,和今天所见的本子相同,而较《晋书·束晳传》所载,多出一卷。今本第六卷的内容正是记周穆王盛姬之死及其丧葬的事,疑郭璞作注时,因《周穆王盛姬死事》所记亦周穆王事,故附入卷末。周穆王在历史上是实有的人物,《尚书》中的《吕刑》一篇即穆王在位时所作。《国语·周语》中有祭公谋父谏伐犬戎之辞。《逸周书》中亦有《祭公解》,记祭公谋父病重将死时告诫穆王之事。现代学者亦多以为此篇乃西周时原文。今本《穆天子传》卷一云:"河宗伯夭逆天子燕然之山,劳用束帛加璧。先白□天子使郖父受之。"郭注:"郖父,郖公谋父,作《祈招》之诗者。"可见其书所提到的人物,亦多为历史上实有。近人杨树达先生在考证西周的青铜器《毛伯班簋》时,因今本《穆天子传》卷四有"命毛班、逢固先至于周"语(郭注:"毛班,毛伯卫之先也。");卷五又有"□毛公举币玉"语(郭注:"毛公即毛班也。"),认为:"《穆天子传》一书,前人视为小说家言,谓其荒诞不可信。今观其所记人名见于彝器铭文,然则其书固亦有所据依,不尽为子虚乌有之说也。"(《积微居金文说·毛伯班簋跋》)唐兰先生在《西周青铜器铭文分代史征》(中华书局版)中亦有类似的看法。杨、唐二先生的看法当然是正确的,不过,杨先生所说"有所依据",亦未必认为全属信史,至于像近人顾实在《穆天子传西征讲疏》中所说"《穆传》何人所作,则周史也。何时所作,则穆王十三年及十四年西征往还之际也。皆万无可疑者也",则未必合乎事实。大抵周穆王确曾有西征之事。《国语·周语》所记伐犬戎事,韦昭注:"犬戎,西戎之别名也。"《左传·昭公十二年》载楚子革曾说:"昔穆王欲肆其心,周行天下,将皆必有车辙马迹焉。"他的这些事迹,当时周朝史官,当有记载。后人也许是依据其记载,加上一部分想象而作《穆天子传》。因此此书不可能全属虚构,但恐亦非全属信史。像第三章说到"天子宾于西王母","天子觞西王母于瑶池之上。西王母为天子谣曰:'白云在天,山陵自出。道里悠远,山川间之。将子无死,尚能复来。'天子答之曰:'予归东土,和治诸夏。万民平均,吾顾见汝。比及三年,将复而野。'"等语,就似出后人附益。因为西王母本神话中人物(《郭注》引

《山海经》"西王母如人,虎齿蓬发,戴胜善啸"释之,可见郭璞亦以神话视之),"瑶池"亦神话中地名,西王母和周穆王所作的"谣",亦浅近,与周代诗歌显然不同。至于第一章云:"河宗□命于皇天子。河伯号之。帝曰:'穆满,女(汝)当永致用时事。'南向再拜。河宗又号之。帝曰:'穆满,示女春山之宝……。'"这里称周穆王为"帝"和"皇天子",与西周时称呼不同。至于"穆满"二字,更不似当时人手笔。因为"满"乃周穆王的名字,而"穆"乃其谥号,二者不可能连用。若谓此语系穆王原话,则不当称"穆";若谓穆王死后史官追记,则不当称"满"(古人在死后讳其名,《左传·桓公六年》:"周人以讳事神,名终将讳之。"《尚书》中有称名之例,如《牧誓》云:"今予发。"《金縢》云:"以旦代某之身。"皆在武王、周公生前,乃记其自称,至于已有"穆"字谥号,史官当不能复言"满"字,犹武王未死,周公即称之曰"某"而不言"发")。此均可说明此书决非周史所记。但从今本面貌看来,残缺的痕迹很显著,大致与汲冢出土之际未必有太大区别。既为魏王冢墓所出,其时代当不得晚于战国中期(魏襄王或安釐王未必以当时人之作殉葬)。所以有的学者推测此书为春秋末到战国初的产物,应该是合乎事实的。

《穆天子传》从出土以后,多数人大约并不以真实历史视之,如陶渊明《读山海经》,就把它和专记神话传说的《山海经》等量齐观。但此书对研究古代史,正如杨树达、唐兰等先生所说,仍有一定的史料价值。至于在先秦文学史上,此书尤有其特殊的地位,因为它标志着我国的小说脱胎于史书的特点。像书中写到的周穆王、郊公、毛伯都是历史上实有的人,河宗氏恐亦非虚构;至于穆王西征,当亦有其事(至少他征过犬戎,而犬戎在丰镐之西);但同时书中又出现了"西王母"、"瑶池"等神话成分。从《穆天子传》开始,后来的《吴越春秋》、《越绝书》等书,亦有这个特点,最后发展为《三国演义》等历史小说。

从全书来看,《穆天子传》前面几章历记周穆王行程,会见各种人物,大抵按时间记叙,仍为史的笔法;但到第六章写到盛姬之死及其丧礼,不但描写比较细致,且亦哀感动人,颇具文学意味。

《穆天子传》今存较早的版本为《四部丛刊》影印明天一阁刻本和涵芬楼《道藏举要》影印《道藏》本。清人校本以洪颐煊校本(七卷)为最佳,有平津馆本及潮州郑氏重刊本。近人丁谦有《穆天子传地理考证》六卷,杭州局刻《浙江图书馆丛书》本;顾实有《穆天子传西征讲疏》,商务印书馆排印本。今人郑杰文有《穆天子传通解》,山东文艺出版社1992年出版。

第三章　先秦诸子研究文献

第一节　百家争鸣与先秦诸子

在我国历史上,春秋战国时代绝不是什么"太平盛世",然而在学术史上却是历来被艳称的"百家争鸣"的繁荣时期。这种局面的出现本有其社会原因。在这个时期,我国的社会正在发生重大的转变。从春秋鲁宣公十五年"初税亩"到战国秦孝公时商鞅的废井田、开阡陌,显然是一种所有制的改变;"三家分晋"和"陈氏代齐"则为列国政权的变迁。在这种激烈的变化中,自然会造成不少旧制度被破坏,出现"礼坏乐崩"的现象;同时,也会有一些人物在变革中遭遇淘汰,如晋国叔向说:"栾、郤、胥、原、狐、续、庆、伯,降在皂隶。"(《左传·昭公三年》)在这个大变动中,自然会出现各种各样的人物,有的想推动这种变革(如郑国的子产所采取的一些措施),有的在一定程度上想阻止这趋势(如孔子之强调名分;《左传·昭公二十六年》载晏婴之想以"礼"防止陈氏夺取齐政)。但不管怎样,他们都想用一套自己设想的方案去改造当时的现实。除了这些著名的人物外,一些已"降在皂隶"的人,也开始议论起当时的现实来,所以孔子说:"天下有道,则庶人不议。"(《论语·季氏》)但这种现象还仅仅是开始。在整个春秋时代,以私人身份著书立说者几无一例,即如孔子本人和传说中曾为孔子师的老子,虽生活于春秋时代,而《论语》和《老子》也可能成书于战国初期。至于稍后的墨子,则基本上已是战国时人。

战国时代的情况和春秋有很大的不同。正如清初顾炎武在《日知录》中所说:"《春秋》终于敬王三十九年庚申之岁(按:指公元前481),西狩获麟。又十四年,为贞定王元年癸酉之岁(按:指公元前468),鲁哀公出奔;二年,卒于有山氏。《左传》以是终焉。又六十五年,威烈王二十三年戊寅之岁(按:指公元前403),初命晋大夫魏斯、赵籍、韩虔为诸侯,又一十七年,安王十六年乙未之岁(按:指公元前386),初命齐大夫田和为诸侯。又五十二年,显王三十五年丁亥之岁(按:指公元前334),六国以次称王,苏秦为纵长(按:顾言苏秦时间有误,详见上章第四节)。自此之后,事乃可得而纪。自《左传》之终以至此,凡一百三十三年,史文阙佚,考古者为之茫昧,如春秋时,犹尊礼重信,而七国绝不言礼与信矣。春秋时,犹宗周王,而七国则绝不言王矣。春秋时,犹严祭祀,重聘享,而七国则无其事矣。春秋时,犹论宗姓氏族,而七国则无一言及之矣。春秋时,犹宴会赋诗,而七国则不闻矣。春秋时,犹有赴告策书,而七国则无有矣。邦无定交,士无定主,此皆变于一百三十三年之间。史之阙文,而后人可以意推者也。"(卷一三,《周末风俗》条)顾炎武这些话是从儒家的伦理道德观念来评价春秋战国间人情风俗的变化,因此他认为战国风俗远不如春秋。在今天看来,春秋与战国两个时代的社会状况有很大差别,因此其政治和文化亦很不相同。因为春秋时代还没有完全改变西周以来以宗法制度为基础的政治体制,周王和许多诸侯国的君主都有血缘或姻戚的关系(如周和鲁、卫、晋、郑皆姬姓,本出同一祖先;齐、许等国则为姜姓,与姬姓世为婚姻)。各国执政大臣,亦多为世卿世禄,如前面谈到叔向所说的"栾、郤、胥、原"等氏,本为晋国世袭贵族,他们的"降在皂隶",在春秋时被看作不正常现象,而到了战国,则诸国国王的子孙,已无人能三世享其禄位(见《战国策·赵策四》)。至于战国时各国执政大臣则有不少出身于平民,如苏秦为"穷巷掘门、桑户棬枢之士"(《战国策·秦策一》)。虞卿本为游说之士,"蹑蹻檐簦说赵孝成王。一见,赐黄金百镒,白璧一双;再见,为赵上卿"(《史记·平原君虞卿列传》)。范雎本来很穷,"游说诸侯,欲事魏王,家贫无以自资,乃先事魏中大夫须贾",又受到怀疑,受魏齐笞辱,"折胁摺齿"(《史记·范雎蔡泽列传》)。但他们后来都得到诸侯王的重用。李斯在《上书秦始皇》中,历叙秦穆公、孝公、惠王、昭王任用百里奚、商鞅、张仪和范雎所取得的成效,强调:"向使四君却客而弗纳,疏士而弗用,是使国无富利之实,而秦无强大之名也。"李斯说的是实话,所以后来汉代的东方朔也说战国之君"得士者强,失士者亡"(《答客难》);扬雄也说:战国时"士无常君,国无定臣,得士者富,失士者贫,矫翼厉翮,恣意所存,故士或自盛以橐,或凿坏以遁"。正是在这些条件下,士人对君主可以采取藐视态度,以致如《战国策·齐策》记颜斶对齐宣王可说出"士贵耳,王者不贵"的话。正由于这种种变化,战国时代产生的典籍从思想倾向到文风均与春秋时代有很大的不同。这种不同,近年有些研究者称之为"平民化",就是指当时各派思想家已经从世卿世禄制时所受的传统教育中解脱出来,思想渐趋自由活泼,各种不同的意见纷纷出现,推动了学术思想和文学艺术的繁荣和发展。现在我们所见的先秦诸子中的重要著作如《孟子》、《荀子》、《庄子》、《墨子》、《管子》、《韩非子》、《吕氏春秋》等和大小戴《礼记》中的多数篇章,还有《楚辞》中的屈原、宋玉作品以及《战国策》中许多游说辞都产生在这个时代,即如《论语》、《孝经》和《老子》等,也很可能作于战国。这许多著述虽然思想倾向各各不同,文风亦有很大差别,却都在不同程度上反映了当时学术和文艺的繁荣。从战国一代的各家著作来看,所谓"诸子"之书,虽各自代表着一家之言,而它们的情况并不一样。一般来说,中期以前那些著述多数并非出自一人之手。例如儒家著作中已被列入"经部"的《论语》,历来认为是孔子的弟子或再传弟子所作。稍后的《孟子》,也有不同的说法,有人认为乃孟子自作,但多数人似相信乃孟子和他的弟子们一起所作,还有人认为也是孟子弟子和再传弟子所作。墨家的《墨子》,情况也很复杂,一般认为《兼爱》、《非攻》等篇可能为墨子自作,而所谓《墨经》部分,就有可能出于他人之手。道家的《老子》,争论的问题就更多,司马迁作《史记·老庄申韩列传》,对老聃的情况说得就不甚清楚,引起了20世纪二三十年代一些学者的争议,甚至有人怀疑老聃其人的存在。现在的学者们似乎对老聃其人已不再怀疑,但《老子》一书是否他本人所作或出于谁的手笔,亦难确考。《庄子》中有一部分乃庄周自作,至少像"内篇"七篇为他自己所作,似乎并无太大争论;但所谓"外篇"和"杂篇"则多数人似倾向于其中有些出于门人后学之手或后人拟托,不过其中是否还有一些出自庄周之手,则颇难论定。大抵这些战国中期以前的思想家著作,都存在着这样的问题。至于到战国后期,一些子书的情况就和此前不大一样。例如《荀子》,多数学者都认为它出自荀况本人的手笔,只有最后的《大略》、《宥坐》、《子道》、《法行》、《哀公》、《尧问》等篇为荀子弟子们记述,而这些篇的内容也比较零碎,和前面那些篇文风有较大区别。出于荀子门下的韩非则为法家的代表人物,其所作的《韩非子》一书,亦多为韩非自作,只有开首的《初见秦》篇可以确定为后来编纂《韩非子》者误入,其余各篇虽有人认为非韩非作,却无确切根据。这种情况不但和《论语》、《孟子》迥异,就是和《庄子》、《墨子》亦有较大差别。当然,战国后期产生的子书,亦有出于众手者,如《吕氏春秋》,本为秦相吕不韦集门客所作,非一人之作,而且其中有些篇还可能采自前人著述,如《十二纪》就很可能取自《逸周书》。像这样的"杂家"著作,各篇之间思想倾向有时不大一致,自与其他子书不同。还有像题作春秋时管仲所作的《管子》,其作者情况更难确考。大体说来,它恐亦非一时之作,其他如《小匡》中有不少文字与《国语·齐语》相似,出现当在春秋末战国初;另一部分大约如《内业》、《白心》诸篇,郭沫若先生曾认为是宋钘、尹文所作,其说未必可据,但为战国中期齐国的"稷下学士"们所作,大约近于事实。又如另一些涉及阴阳五行的篇目,也可能出于邹衍等阴阳家之手。还有一些篇如《侈靡》,过去有人认为作于汉代,此说虽亦非定论,但《管子》中是否杂有汉人之作,确有研究的必要。至于现在所见的《列子》,被一些学者视为晋人所伪托,至今存在着不同看法。为了谨慎起见,似亦不应遽以为非先秦诸子之书。

第二节 "十家九流"及其来源

先秦诸子号称"百家",这大约是形容其学派和人物之众多。这种说法大约产生于战国时代,如《庄子·天下篇》就有"犹百家众技也"和"百家往而不反"之语;《荀子·成相篇》也有"慎墨季惠,百家之说诚不详"的话。现在我们读班固据刘向、刘歆父子《七略》而作的《汉书·艺文志》,其"诸子"一类所著录的有"百八十九家,四千三百二十四篇之多"。这里自然包括了许多汉人著作,但即使除去这一部分,其数量也远远多出现今所能见到之数。刘向、刘歆父子和班固根据这些子书的思想倾向,把它们分成十家,并且断言这些学派皆出于"王官":"儒家者流,盖出于司徒之官,助人君,顺阴阳,明教化者也。游文于六经之中,留意于仁义之际,祖述尧舜,宪章文武,宗师仲尼,以重其言,于道最为高。""道家者流,盖出于史官,历记成败存亡祸福古今之道,然后知秉要执本,清虚以自守,卑弱以自持,此君人南面之术也。""阴阳家者流,盖出于羲和之官,敬顺昊天,历象日月星辰,敬授民时,此其所长也。""法家者流,盖出于理官,信赏必罚,以辅礼制。《易》曰'先王以明罚饬法',此其所长也。""名家者流,盖出于礼官。古者名位不同,礼亦异数。孔子曰:'必也正名乎!名不正则言不顺,言不顺则事不成。'此其所长也。""墨家者流,盖出于清庙之守。茅屋采椽,是以贵俭;养三老五更,是以兼爱;选士大射,是以上贤;宗祀严父,是以右鬼;顺四时而行,是以非命;以孝视天下,是以上同;此其所长也。""从(纵)横家者流,盖出于行人之官。孔子曰:'诵《诗》三百,使于四方,不能专对,虽多,亦以奚为?'又曰:'使乎,使乎!'言其当权事制宜,受命而不受辞。此其所长也。""杂家者流,盖出于议官。兼儒、墨,合名、法,知国体之有此,见王治之无不贯,此其所长也。""农家者流,盖出于农稷之官。播百谷,劝农桑,以足衣食,故八政一曰食,二曰货。孔子曰'所重民食',此其所长也。""小说家者流,盖出于稗官。街谈巷语,道听途说者之所造也。孔子曰:'虽小道,必有可观者焉,致远恐泥,是以君子弗为也。'然亦弗灭也。"这些话显然是站在儒家的立场来评判各家学说,因此不但说儒家"于道为最高",而且论诸家之长也都是用"六经"和孔子的话作为衡量标准。在刘向和班固看来,"诸子十家,其可观者九家而已",就是说他们认为"小说家"并不足观,只有剩下的九家,尚有可取。于是在使用"十家"的概念同时,又有"九流"一说,其实二者基本相同。

刘向、刘歆父子和班固对先秦诸子的整理和概括叙述虽然在历史上并非最早的,却是包含得最广的。在他们以前,较早地综论诸子百家优劣的要算《庄子·天下》篇。在这一篇中,论到的人物有墨翟、禽滑釐、宋钘、尹文、彭蒙、田骈、慎到、关尹、老聃、庄周和惠施。在这篇文章中所论人物大抵为墨、道、名、法诸家,却没有专门谈论儒家,这大约不是作者对儒家缺乏了解,而是认为儒家学说实为古代道术的继续,所谓"其明而在数度者,旧法世传之史,尚多有之。其在于《诗》、《书》、《礼》、《乐》者,邹鲁之士,搢绅先生多能明之。《诗》以道志,《书》以道事,《礼》以道行,《乐》以道和,《易》以道阴阳,《春秋》以道名分。其数散于天下,而设于中国者。百家之学,时或称而道之"。在庄子一派学者看来,"夫六经,先王之陈迹也,岂其所以迹哉"(《庄子·天运》)。因此像那些记诵"旧法世传之史"的"邹鲁之士"、"搢绅先生"其实并无多大创见,故未加论述。但《庄子》中此篇对先秦诸子的评论,虽然仍持道家立场,推崇老聃、庄周,而对墨子等人的评论则仍较客观,既论其缺失,又称赞其优点。所以颇为历来研究思想史者所推崇。至于《荀子·非十二子篇》的做法则与此不同,此篇提到了它嚣、魏牟、陈仲、史䲡、墨翟、宋钘、慎到、田骈、惠施、邓析和子思、孟轲,一一加以指斥,认为这些人"假今之世,饰邪说,文奸言,以枭乱天下,欺惑愚众,矞宇嵬琐,使天下混然不知是非治乱之所存"。这篇文章虽显得比较苛刻,但里面也谈到了一些和《庄子·天下》篇相同的人物,可以略见在战国时代影响较大的人物有哪些。因此在研究先秦诸子学说时,仍不失为重要的史料之一。

到了汉代,首先对诸子学说进行评论的是司马谈。据《史记·太史公自序》所载他的《论六家要旨》,他所论的是阴阳、儒、墨、名、法、道德六派学说,最推崇道德(即道家)。这大约和汉初盛行"黄老"之学有关。因此班彪、班固父子曾批评司马迁"论大道则先黄老而后六经"(《汉书·司马迁传》)。不过我们现在读司马谈此文,就可以发现刘向、班固之论"十家九流"显然受到了司马谈的影响。如论阴阳家之长说到"敬顺昊天"、"敬授民时",与司马谈"序四时之大顺"相类;而论其失为"牵于禁忌,泥于小数,舍人事而任鬼神",与司马谈所谓"使人拘而多畏"相似;论墨家"贵俭",亦与司马谈所说"要曰强本节用,则人给家足之道也"相似;论其缺点说"见俭之利,因以非礼,推兼爱之意,而不知别亲疏",亦与司马谈使"尊卑无别"、"俭而难遵"相似。特别是论法家之失为"去仁爱,专任刑法而欲以致治,至于残害至亲,伤恩薄厚",尤与司马谈所说"可以行一时之计,而不可长用也","严而少恩"相同。可见刘向、班固尽管在思想上与司马谈不同,但多少受到他的影响。

刘向、班固超过前人之处主要有两点:一是由于他们见到了汉代国家藏书,掌握的资料比较丰富,所以在司马谈所论六家之外,又增加了四家;而较之《庄子》、《荀子》,论及的面尤为广泛。但更重要的则是他们试图探测各学派的来历,像十家出于王官的说法,为前人所未言。这种说法显然不能算完善,所以近人胡适就认为十家九流并不出于王官。他这种怀疑虽然颇有道理,却并没有提出一个有说服力的新说去取代刘、班旧说。现代多数学者则比较强调这些思想家的社会地位及代表的不同阶级和阶层的问题,这自然可以说抓到了诸子百家学说分歧的重要甚至主要的原因。但怎样从这个思路去解释和评价各家学说,仍存在着许多争论。关键在于不少研究者对这些思想家的著述,有各种不同的理解,于是对儒、墨、道、法诸家之说毁誉不一。有人说某家代表当时的"进步"势力,而别人却又认为这一家代表着"落后"甚至"反动"势力。用这种方法去评价古人及其著作,恐未必妥当。因为先秦诸子不论哪一家,都是当时历史条件的产物,不可能没有其局限;同时这些古籍流传了两三千年,一直受到人们重视,如果其中不闪耀着古人的某些智慧,恐怕也难存留至今。例如儒家的孟子主张"民贵君轻"之说,应该是有进步意义的,而他又说什么"劳心者治人,劳力者治于人"的话,就不值得肯定。同样地,法家的韩非强调历史是不断发展的,因此说圣人"不期修古,不法常可,论世之事,因为之备",显然是很有见地的;但他的极端强调君权,说什么"民者固服于势,寡能怀于义"的话,就不足取了。对待道、墨诸家的学说,似亦当作如是观。看来把先秦诸子划分为进步与落后甚至反动两类,恐亦失之机械。因此从不同的社会集团来解释诸子学说,虽不失为一种较好的途径,但在具体操作方面还有待于进一步深入探讨。

诸子学说各不相同的原因应该是多方面的,除了当时社会存在着各种不同集团以及诸子百家各自的个人特点外,恐怕还有种种复杂的因素。现在看来,诸子中的各个学派,其形成和它们的地域可能有一定的关系。例如儒家的代表人物孔子和孟子都是"邹鲁之士",而这里正是春秋时代保存西周文化最多的地方,正如前面引晋韩起所说:"周礼尽在鲁矣。"所以儒家也最重视《诗》、《书》、《礼》、《乐》这些古代文化遗产。墨家的创始者墨翟,据《史记》说是宋人,后来有些研究者考证则说他是鲁人。我们知道,宋国君主乃殷商后人(微子之后),若为鲁人则和儒家情况更相近,所以《墨子》一书所引《诗》、《书》除儒家外,远较其他各家为多。道家的创始人老聃,据说是楚国苦县(今河南鹿邑)人。庄周为宋国蒙(今河南商丘,一说安徽蒙城)人,去楚境不远,所以他们的学说,多少带有南方楚文化的色彩。阴阳家的代表人物邹衍则为齐人。齐国富强,在宣王时代甚至有"朝秦楚"的雄图,后来虽为燕所破,但复国后正当秦国蚕食诸侯之际,而齐独距秦遥远,较少遭攻击,故阴阳家之言似乎多属幻想,与七国纷争较少联系;同时齐地滨海,其地理环境也容易产生邹衍所说的"大九州"、"大瀛海"等等离奇的设想。法家代表人物,多出于韩、魏二国。韩、赵、魏三国本为春秋时晋国旧地,梁惠王称"晋国天下莫强焉"。的确,战国之初,像魏国任用李克、吴起,实行一些改革,在七国中显得颇为强大。但到梁惠王时,为齐、秦所败,遂一蹶不振。与魏国相类似的韩国,在六国中本较弱小,又处于中原地带,最易受到攻击。中间据《史记·老庄申韩列传》载,只有法家申不害执政的阶段,曾收到过"终申子之身,国治兵强,无侵韩者"的效果。据《史记·商君列传》,商鞅虽为卫国的"庶孽公子",但早年"好刑名之学,事魏相公叔座,为中庶子"。申不害为京(今河南荥阳东南)人,京本郑邑,后郑为韩灭,故为韩人。至于韩非,本韩之诸公子。这些法家人物之多出身韩、魏,恐怕与这两国之处境及国人之想救亡图存有一定的关系。至于纵横家中苏代、苏厉和苏秦皆洛阳人,恐怕也和《汉书·地理志》说的"周人之失,巧伪趋利,贵财贱义,高富下贫"的社会风气有一定关系。当然,地理环境虽然是各家不同学说形成的一个因素,但并非主要的因素,决定人们思想的首先是当时社会的发展趋势,其次还有那些思想家本人的种种个人因素。由于当时各国间交通的日益频繁,士人往往不定居一国。如孔子曾"周游列国";孟子曾客游齐、梁;荀子本赵人而曾到过齐、秦,最后客死于楚。商鞅本卫人而仕于秦,连不愿做官的庄周也到过楚、魏诸国。至于纵横家的朝秦暮楚,就更不必说了。随着这种流动,使各地士人互相影响,以至楚人陈良"北学于中国",而韩非也作《解老》、《喻老》之篇。说明当时不但各地学术在频繁交流,而且各个学派间除了相互非议以外,也在不断地互相融合。因此"十家九流"之分在事实上也仅有相对的意义,具体到某个人物身上,有时还难于定为某家。

第三节 《孟子》

孟子是继孔子之后又一个儒家代表人物。《汉书·艺文志》诸子类有"《孟子》十一篇,名轲,邹人,子思弟子,有《列传》"。这里说的

"有列传",应该是指《史记·孟子荀卿列传》。不过,这寥寥数语,却和《史记》的记载颇有出入。首先,《汉书·艺文志》以孟子为子思(孔伋)弟子就与《史记》不合,据《史记》说,他"受业子思之门人",也就是说他只是子思的再传弟子。二说不同,而后人论孟子者,多从《汉书》。因为现存最早的《孟子注》作者东汉赵岐在《孟子题辞》中曾说孟子"长师孔子之孙子思",此外像《孔丛子》中亦以为孟子受业于子思。《孔丛子》后出,一般视为伪托,但刘向、班固和赵岐的话既值得重视,而后来一些学者又随声附和,以致据《史记索隐》云:"(隋)王劭以'人'为衍字,则以轲亲受业孔伋之门也。今言'门人'者,乃受业于子思之弟子也。"其实,从年代来推算,孟子是不可能亲自受业于子思的。因为据《史记·孔子世家》,子思的父亲孔鲤,"字伯鱼。伯鱼年五十,先孔子死",而子思卒年六十二。按照古人一般的情况,父子的年龄相差大约二十岁(《史记·孔子世家》之《索隐》:"按《家语》孔子年十九,娶于宋之并官氏之女,一岁而生伯鱼")。那么伯鱼死时,子思的年龄大约已有三十。伯鱼比孔子先死,孔子卒于鲁哀公十六年(前479),当时子思当已三十多岁。如果照《史记》说的子思卒年六十二计算,他的卒年不当晚于周定王末年(前441)以前。至于孟子的生卒年,历来有多种说法,虽皆为推测,但诸说中最早亦不先于前390年,最迟亦不晚于前370年,所以董洪利先生在《孟子说略》(见燕山出版社本《经史说略》)中说孟子生年在前380年左右,应该是可信的。因为《孟子》一书中记孟子曾亲自见过齐宣王、梁惠王和梁襄王。其中梁襄王元年为周慎靓王三年(前318),卒年为周赧王十九年(前296)。《孟子》书中提到了梁襄王的谥号。即使说这个谥号是他门人后学所加,但孟子见过梁襄王其人是肯定的,那么孟子卒年必在前318年之后。纵使孟子见梁襄王后不久即死去,而这一年上距子思卒年已有一百二三十年之久。历来都说孟子享年八十四,这虽无确证,但在古人已为高寿。据此上推,孟子生年亦不过前402年左右,上距子思之卒,还有四十年左右。这说明孟子不可能是子思弟子,而只能是其再传弟子。

关于《孟子》一书的作者,历来也有多种说法,如司马迁说孟子"退而与万章之徒,序《诗》、《书》,述仲尼之意,作《孟子》七篇"。这显然以为基本是孟子自作;唐韩愈则以为"轲之书非自著,既没,其徒万章、公孙丑记其言耳";还有人认为此书不仅为弟子所作,还可能杂有再传弟子的手笔,虽无确据,亦非无可能。因为先秦诸子大抵多有门人后学附益的文字,且梁襄王卒于前296年,而《孟子》中已称其谥号,则成书更在其后。

《孟子》一书的篇数,《史记》和《汉书·艺文志》不同。考汉赵岐《孟子章句》,亦为七篇,但因每篇分为上下,故作十四卷。检《隋书·经籍志》,与赵岐同为东汉人的郑玄、刘熙所注《孟子》亦七卷,似与赵岐一样,均以《孟子》为七篇,与《史记》合而与《汉志》不同。但赵岐《孟子题辞》中又有一段话:"又有《外书》四篇:《性善》、《辩文》、《说孝经》、《为政》。其文不能宏深,不与《内篇》相似,似非孟子本真。后世依放(仿)而托之者也。"又应劭《风俗通义·穷通》也说孟子"作书中外十篇"。以此推论,《汉书·艺文志》所著录的十一篇,当包括外篇四篇在内,而赵岐、郑玄和刘熙所注则限于"内篇"七篇,亦即《史记》所谓七篇之数。《隋书·经籍志》除了赵岐和郑、刘二注外,又云:"梁有《孟子》九卷,綦毋邃撰,亡。"綦毋邃乃晋人,疑《孟子》的"外篇"至晋梁间已残缺,但尚有部分存留。綦毋邃注在《隋志》中虽云已亡佚,而《旧唐书·经籍志》、《新唐书·艺文志》均有著录,疑唐时又有传本被发现,但仅七卷,则其外篇部分大约在隋时即已亡佚,而内篇注并郑玄、刘熙二注唐以后亦佚,今所存唐以前《孟子》注,仅赵岐注独存。

《孟子》一书自《汉书·艺文志》以后，《隋书》和《旧唐书》的《经籍志》和《新唐书》及《宋史》的《艺文志》，均属"子部儒家类"，而《明史·艺文志》则归入"经部四书类"。清初朱彝尊作《经义考》，后来阮元刻《十三经注疏》，都把《孟子》归入"经部"。《孟子》地位的提高有一个过程，中间也有反复，却有其必然的原因。据《汉书·艺文志》，儒家类中列于《孟子》以前的书有："《晏子》（疑即今《晏子春秋》）八篇；《子思子》二十三篇；《曾子》十八篇；《漆雕子》十三篇；《宓子》十六篇；《景子》三篇；《世子》二十一篇；《魏文侯》六篇；《李克》七篇，《公孙尼子》二十八篇。"这种次序基本上是按时代排列的（其中《曾子》在《子思子》后疑误）。在这里，除晏子和孔子思想不太一样外，其余皆孔子弟子或再传弟子，尤其子思更是孟子老师的老师，而《子思子》受重视的程度远不如《孟子》，当有其原因，只是这些书今均散佚，已难确知。

　　《孟子》成书之初，大约仅仅是儒家的一派。《韩非子·显学》："自孔子之死也，有子张之儒，有子思之儒，有颜氏之儒，有孟氏之儒，有漆雕氏之儒，有仲良氏之儒，有孙氏之儒，有乐正氏之儒。"这八个流派的划分起于何时？这种分法是否精确？亦难考知。如把"子思"与"孟氏"分开，又把孟子的弟子乐正子又作为一派亦不知何故？但孟子在战国确是一个重要的代表人物，现代学者常常把子思和孟子合称"思孟学派"。这个学派在儒家中确有其优越的地位。首先，他们的籍贯都是"邹鲁之士"。这一地区本是儒家的发源地，从《史记》、《汉书》看来一直到汉代，当地儒学还特盛。其次，子思乃孔子的嫡孙，所以这一学派也易被人视为儒学的"正宗"。一些儒家人物即使对他们有非议，有时仍不能不借重他们的言行。如荀子虽作《非十二子》，对子思、孟子作了批判，而其《大略》中也有"孟子三见宣王不言事。门人曰：'曷为三遇齐王而不言事？'孟子曰：'我先攻其邪心。'"《大略》虽可能非荀子自作,但至少亦说明在荀子一派心目中,孟子仍有其地位。秦始皇焚书之际,据赵岐说,《孟子》作为一部子书,得以幸免。到了汉代,《孟子》曾被立于学官,由"传记博士"传授。赵岐此言当属可信,因为今《礼记》中《王制》一篇,据东汉卢植说,乃文帝令博士诸生作。现在我们看《王制》一文,其部分内容显然与《孟子·万章下》所谈"周室班爵禄"的情况相同。可见当时《孟子》一书确曾在儒生中产生重大影响,为其他子书所不及。汉武帝以后,虽取消了"传记博士",学官专授"五经",但《孟子》对人们的影响仍很大。值得注意的是昭帝始元六年的"盐铁之议",以桑弘羊为代表的法家攻击儒家,除了把矛头指向孔子外,其次便是子思和孟子(如《刺复》)。的确,当时的儒生对孟子的熟习与崇拜也确实胜于其他儒家人物,如《通有》载,"文学"引《孟子》"不违农时,谷不可胜食"等句,见《孟子·梁惠王上》;《相刺》记"文学"说"故非君子莫治小人,非小人无以养君子",实即《孟子·滕文公上》驳许行所说的"劳心者治人"那段话;《殊路》中记"文学"说"西子蒙以不洁,鄙夫掩鼻;恶人盛饰,可以宗祀上帝"等语,即出自《孟子·离娄下》:"西子蒙不洁,则人皆掩鼻而过之。虽有恶人,齐(斋)戒沐浴,则可以祀上帝。"更有趣的是,连"大夫"(桑弘羊)也引过《孟子》,如《刺权》记他说:"《孟子》曰:'王者与人同,而如彼者,居使然也。'"这几句话与原文虽稍有出入,但显然出于《孟子·尽心上》:"王子宫室、车马、衣服多与人同,而王子若彼者,其居使之然也。"这个例子更足说明《孟子》在汉代的影响之大。西汉末的扬雄,更对孟子备极称颂,大约也正由于此。他到了东汉,王充作《论衡》有《问孔》、《非韩》和《刺孟》等篇。这里孔子为儒家创始人,韩非为法家集大成者,而加上孟子,亦说明孟子影响之大。再看《孟子》有郑玄注,亦可见其在东汉学者心目中的地位。郑玄本以经学闻名,未尝致力于子书①,而为《孟子》作注,也说明他认为《孟子》不同于一般子书。

到了魏晋南北朝,由于儒学的衰落,人们对《孟子》似不如汉代那样重视。但亦非无人论及,如王肃《圣证论》说到孟子字"子车"(见《汉书·艺文志》引,但《史记·孟子荀卿列传》之《正义》云"字子舆",疑亦据《圣证论》,未知孰是)。此外还有綦毋邃注出现。到了唐代,儒学再度兴起,《孟子》的地位亦得以提高。推崇《孟子》最力者莫如韩愈,他在《原道》一文中标榜从尧舜以来的"道统",认为"孔子传之孟轲,轲之死,不得其传焉。荀(况)与扬(雄)也。择焉而不精,语焉而不详"。在《与孟尚书书》中,称孟子之功"不在禹下"。在《读荀子》中又说:"孟氏醇乎醇者也。荀与扬,大醇而小疵。"这些话都为后来宋代的"理学家"推尊孟子开了先河。

孟子地位的进一步提高始于宋代。但北宋时,还有人对《孟子》不甚满意,如李觏、司马光等。但多数人物如欧阳修、程颢、程颐和王安石等都竭力推崇孟子。当时研究孟子之书较多。董洪利先生在《孟子说略》中曾作过统计,"仅见于著录的就有一百多部"(其中《宋史·艺文志》和《宋史艺文志补》著录有二十八部,《经义考》著录有百余部)。这里当然包括北宋与南宋二代。其中影响最大的自然是北宋时托名孙奭的《孟子正义》十四卷和南宋朱熹的《孟子集注》十四卷。值得注意的是北宋中后期虽有激烈的新旧党争,但两派对孟子似均极推崇。如朱彝尊《经义考》卷二三三著录有王安石《孟子

---

① 检《隋书·经籍志》,未见郑玄曾注子书。唯《南齐书·王僧虔传》载僧虔《诫子书》有"汝开《老子》卷头五尺许,未知辅嗣何所道,平叔何所说,马、郑何所异,《指例》何所明"云云。有人疑马融、郑玄或曾注《老子》,但《后汉书》三人本传及《隋书》、《经典释文》中均无记载,只能存疑。

解》十四卷,其书今佚。朱氏引晁公武云:"王介甫素喜《孟子》,自为之解。其子雱与其门人许允成皆有注释,崇(宁)、(大)观间,场屋举子宗之。"正是在王安石执政,改革贡举法时,《孟子》一书被列入应举士子必读之书;而在王安石退居金陵而朝政仍由新党掌握之时,孟轲本人被朝廷封为邹国公,入祀孔庙。但王安石的政敌也有不少人同样尊崇孟子。如著名的理学家程颐有《孟子解》十四卷;苏辙有《孟子解》一卷;吕大临有《孟子讲义》十四卷。正因为这样,《孟子》的地位在南宋反对王安石新法的高潮中并未受到影响。后来朱熹作《四书章句集注》,将《孟子》和《论语》及《礼记》中的《大学》、《中庸》二篇合称"四书",称之为"六经之阶梯"(《朱子语类》卷一〇五)。元明以后,"四书"成了士子们必读之书。从此孟轲作为"亚圣",《孟子》作为"经"书的地位得以确立。其间虽有明太祖朱元璋之不满《孟子》中"君之视臣如土芥,则臣视君如寇仇"的话,要免去孟子配享孔庙,但不久不得不恢复。从此孟子的地位再未受到动摇。对《孟子》的这种推崇,总的说来是为了利用其中某些言论来维护封建统治,但一些有进步意义的思想家,如清代的戴震作《孟子字义疏证》一书,也曾利用《孟子》中一些词句,对理学家们"以理杀人"的现象作了深刻的批判。

孟子作为儒家学派的代表人物之一,他的思想虽有着儒家的一些共同点,但亦有其特色。在政治主张方面,他特别强调仁政爱民的观点。他所谓的"仁政",首先是要求君主"不嗜杀人"(《梁惠王上》),这主要是反对当时各国君主的互相厮杀,穷兵黩武。其次是要使民众能够维持生计,不致死于饥寒。他说:"是故明君制民之产,必使仰足以事父母,俯足以畜妻子,乐岁终身饱,凶年免于死亡。"(同上)他承认君主有好勇、好货、好色等要求,却认为即使有这些欲望,只要"与百姓同之",就无害于"王天下"的事业。这种理想在当时很难实现,但这种主张毕竟有一定进步意义。与这种政治主张相关联的还有他对君民和君臣关系的观点。他认为:"民为贵,社稷次之,君为轻。是故得乎丘民而为天子……"(《尽心下》)。他又曾对齐宣王说:"君之视臣如手足,则臣视君如腹心;君之视臣如犬马,则臣视君如国人;君之视臣如土芥,则臣视君如寇仇。"(《离娄下》)他认为大臣有两种:一种是"贵戚之卿","君有大过则谏,反复之而不听,则易位"(《万章下》);"异姓之卿"与之不同,"反复之而不听,则去"(同上)。孟子对齐宣王等君主并不驯服,有时齐王召他,他可以托病不去。他也和战国一些游说之士那样,并不把各国君主放在眼里,他说:"说大人,则藐之,忽视其巍巍然。"(《尽心下》)这些在当时都颇有积极意义。但他仍然坚持其天子、诸侯、卿、大夫、士、庶人的等级制(《万章下》),甚至宣扬"或劳心,或劳力,劳心者治人,劳力者治于人;治于人者食人,治人者食于人",认为这是"天下之通义也"(《滕文公上》)。孟子提倡"性善"之说,在这一点上,他和其他儒家人物不太一样。本来人之初生,并无性善、性恶之分。儒家创始人孔子对这个问题亦无明确态度,只说"性相近也,习相远也"(《阳货》)。所谓"性善"和"性恶"的分歧,主要是孟子和荀子的不同。"孟子道性善"(《滕文公上》);他认为"人皆有不忍人之心",断言:"恻隐之心,仁之端也;羞恶之心,义之端也;辞让之心,礼之端也;是非之心,智之端也。人之有是四端也,犹其有四体也。"(《公孙丑上》)这种观点有其积极的一面,即认为每个人都可以达到修养的最高境界,所谓"人皆可以为尧舜"(《告子下》)。但消极的一面就在于把儒家的道德说教看作了人的天性,而违反这些道德,就"非人也"。这种思想后来为宋代的理学家所赞赏,如程颐就说:"孟子有大功于世,以其言性善也。"后来那些理学家由此引申出了"倡天理,灭人欲"之说。然而正如董洪利先生所说:"孟子的性善论,从理论上系统地讨论了人类的共同本性问题,这是对人类认识史的贡献,应该加以肯定。但孟子认为仁、义、礼、智等道德观念天生就有,则是错误的。"(《孟子说略》)

《孟子》在先秦诸子中,以"好辩"闻名。孟子的雄辩主要表现在对当时流行的杨朱和墨子等学派的批评方面。他这种批评目的在于维护孔子的学说,所以唐代的韩愈称"昔者孟轲好辩,孔道以明"(《进学解》)。他在和别的学派争论中,往往条理分明,具有很强的逻辑性,善于抓往对方的弱点。如《滕文公上》记他和许行及其信徒辩论,一连提出"许子必织布而后衣乎?""许子冠乎?"又问"自织之(欤)?"当对方回答说"否,以粟易之"时,又问:"许子奚为不自织?"对方答:"害于耕。"他接着又问:"许子以釜甑爨,以铁耕乎?"又问:"自为之与?"这样,处处显出"一人之身,而百工之所为备"的不可能。尽管他的目的是要强调"劳心"、"劳力"之分的合理,但这种雄辩的方法,确实使对方无辞以对,显示了他的机智过人。孟子在说明自己的主张时,又喜用比喻,有时能用讲故事的形式说明自己的观点。如《离娄下》讽刺那些"求富贵利达"说:

> 齐人有一妻一妾而处室者,其良人出,则必餍酒肉而后反。其妻问所与饮食者,则尽富贵也。其妻告其妾曰:"良人出,则必餍酒肉而后反;问其所与饮食者,尽富贵也,而未尝有显者来,吾将瞯良人之所也也。"早起,施从良人之所之,遍国中无与立谈者。卒之东郭墦间,之祭者,乞其余;不足,又顾而之他,此其为餍足之道也。其妻归,告其妾曰:"良人者,所仰望而终身也。今若此!"与其妾讪其良人,而相泣于中庭。而良人未之知也,施施从外来,骄其妻妾。由君子观之,则人之所以求富贵利达者,其妻妾不羞也而相泣者,几希矣。

这个故事,活画出一个无耻吹嘘者的嘴脸,绘声绘色,极尽揶揄讽刺之能事,可以说是一篇很好的讽刺小说。这个故事在后来不但被读者传诵,且曾被改编为鼓词。《孟子》中这种文字较多,如论到齐国所谓"廉士"陈仲子时,孟子对他的讥讽更是尖锐。陈仲子其人,在当时很有名,《荀子·不苟》《战国策·赵策》中都曾提到过他。孟子讽刺他是由于匡章提到了他:

> 匡章曰:"陈仲子岂不诚廉士哉?居於陵,三日不食,耳无闻,目无见也。井上有李,螬食者过半矣,匍匐往将食之,三咽,然后耳有闻,目有见。"孟子曰:"于齐国之士,吾必以仲子为巨擘焉。虽然,仲子恶能廉?充仲子之操,则蚓而后可者也。夫蚓,上食槁壤,下饮黄泉。仲子所居之室,伯夷之所筑与(欤)?抑亦盗跖之所筑与(欤)?所食之粟,伯夷之所树与(欤)?抑亦盗跖之所树与(欤)?是未可知也。"曰:"是何伤哉?彼身织屦,妻辟纑,以易之也。"曰:"仲子,齐之世家也。兄戴,盖禄万钟。以兄之禄为不义之禄而不食也,以兄之室为不义之室而不居也,辟兄离母,处于於陵。他日归,则有馈其兄生鹅者,己频顣曰:'恶用是鶃鶃者为哉?'他日,其母杀是鹅也,与之食之,其兄自外至,曰:'是鶃鶃之肉也。'出而哇之。以母则不食,以妻则食之;以兄之室则弗居,以於陵则居之。是尚为能充其类也乎?若仲子者,蚓而后充其操者也。"

这段文字显然是有意识地讽刺和挖苦陈仲子。从文中记陈仲子饿急了饥不择食去吃井上被虫蛀的李子一段,已极尽夸张之能事;而吐出鹅肉的情节,更显出了陈仲子之自命清高不近人情。此外,孟子善用比喻,如"挟太山以超北海"(《梁惠王上》),"五十步笑百步"

（同上），"揠苗助长"（《公孙丑上》）等，亦为后人经常引用的典故。前人论孟子之文往往推崇其气势雄肆，笔力遒劲，带有强烈的感情色彩，是诸子散文中的杰作。

《孟子》不但是优秀的散文，而且对文学也富有精辟之见。他在《万章下》有一段话论读古人作品说："颂其诗，读其书，不知其人，可乎？是以论其世也。"这种"知人论世"的读书方法，对理解文学作品显然是一种正确的途径。如果对作者的为人及当时的社会状况毫无所知，显然不可能对作品有真切的了解，这个道理，显然至今适用，并为广大文学批评者所遵奉。孟子论诗亦有精见，如《万章上》云："说《诗》者，不以文害辞，不以辞害志，以意逆志，是为得之。"他举了《诗经》中《大雅·云汉》中"周余黎民，靡有孑遗"二句为例，说明解《诗》不能拘泥于个别字句而对全诗宗旨作出错误的判断。这种观点，亦为历来批评家所认同。

现存《孟子》的古注，仅汉赵岐注，见《十三经注疏》中，但所附宋孙奭疏，据近人考证乃伪作，然流行既久，亦当知之。此外，孙奭有《孟子音义》二卷，有士礼居影宋本、成都局本等。宋人注释自以朱熹《孟子集注》十四卷影响最大，通行本甚多，中华书局排印《四书章句集注》最易得。清人宋翔凤有《孟子赵注补正》六卷，有广州局本、《续清经解》本等，而最称完善的当推焦循《孟子正义》三十卷，有《焦氏丛书》本，中华书局排印本最易得。今人杨伯峻先生《孟子译注》，亦为力作，有中华书局排印本。研究著作有清人戴震《孟子字义疏证》三卷，戴氏遗书本。今人董洪利先生有《孟子说略》，见燕山出版社《十三经说略》中。又有刘鄂培《孟子大传》，清华大学出版社1998年出版。

第四节 《荀子》

在现存的先秦儒家类子书中,最重要的首推孟、荀二家。其中荀子的年代后于孟子,他的思想也与孟子有很大的区别。荀子据《史记·孟子荀卿列传》云:"荀卿,赵人。年五十始来游学于齐。……齐襄王时,而荀卿最为老师。齐尚修列大夫之缺,而荀卿三为祭酒焉。齐人或谗荀卿,荀卿乃适楚,而春申君以为兰陵令。春申君死而荀卿废,因家兰陵。李斯尝为弟子,已而相秦。荀卿嫉浊世之政,亡国乱君相属,不遂大道而营于巫祝,信禨祥,鄙儒小拘,如庄周等又猾稽乱俗,于是推儒、墨、道德之行事兴坏,序列数万言而卒,因葬兰陵。"《索隐》曰:"名况。卿者,时人相尊而号为卿也。……后亦谓之孙卿子者,避汉宣帝讳改也。"按:司马贞此说,本于《汉书·艺文志》,因为《汉志》中作"《孙卿子》"并云"名况,赵人,为齐稷下祭酒,有《列传》"。这里所谓"列传",自指《史记·孟子荀卿列传》,所以颜师古注也说:"本曰荀卿,避宣帝讳,故曰孙。"按:汉宣帝名"询",故汉人自宣帝以后皆讳"荀"而言"孙",与早年的司马迁不同。其实荀姓是晋国旧族,《左传》记春秋初晋献公的谋士有荀息,后来晋国执政六卿中的中行氏和智氏本皆姓荀。赵国本三晋之一,荀子作为赵人,当为荀姓之后。关于他的生卒年,由于《史记》没有明确记载,故说法不一。据浙江大学叶志衡博士统计约有五种不同的推测:先师游泽承先生认为荀子生于周赧王元年(前314),卒于秦始皇三十年(前217)(见《荀卿考》,《古史辨》第四册及《游国恩学术论文集》)。此外,梁启超《荀卿年历》假定为赧王十一年(前304);罗根泽《荀卿游历年表》定为周赧王三年(前312);(以上二说均见《古史辨》第四册)钱穆《诸子生卒年世约数》(见《先秦诸子系年》) 以为是周显王二十九年(前340);梁启雄《荀子行历系年表》(附于所著《荀子简释》)以为荀子生年为显王三十五年(前334)左右。近年来,今人孔繁作《荀子评传》(《南京大学出版社》1997年版)则对荀子活动时间作了估计:"约在公元前298年到前238年之间。"(第3页)而对荀子生卒年采取存疑的态度。现在看来,《荀子·成相》有"春申道缀基毕输"之句,说明他卒于春申君被杀以后;又《尧问》云:"为说者曰:'孙卿不及孔子。'是不然:孙卿迫于乱世,鳍于严刑,上无贤主,下遇暴秦,礼义不行,教化不成,仁者绌约,天下冥冥……"等语看来,荀子活到秦统一以后是完全可能的(尽管《尧问》非荀子本人之作),但其后学对荀子卒年应有了解,似不致有误。照游先生和罗先生的推测,荀子享年不过九十余岁;照梁启超说,更不过八十多岁,似均有可能①。

关于荀子一生的事迹,《史记》本传言而不详,仅知其曾游齐,后适楚,死于兰陵。刘向作《荀子叙录》,说到荀子到楚国后,又遭人谗毁,去楚至赵,最后春申君又听从别人劝告,向荀子道歉,荀子复至楚,又任兰陵令。刘向时先秦文献存者尚多,或有所据,已难确考。不过从《荀子》本书看来,荀子曾见过赵孝成王,与临武君论兵,见

---

① 孔繁先生对荀子生卒年采取存疑态度,这不失为谨慎。但以现存史料看,荀子活动均在战国末期。足以说明荀卿在齐宣王、湣王时期已为稷下学士,仅《史记·孟子荀卿列传》中说到荀子后又插上几句关于邹衍等人的话,但这几句话,可能是追叙。从《史记》叙述次序看来,邹衍等在孟子后而荀子在邹衍等后,未必谓荀子游齐在宣王或湣王时。孔繁先生据《强国篇》说齐相事,以为在湣王时,然从此段文字看来,亦未始不可能是襄王时事。仅孔先生引《韩非子·难三》中说"燕子哙贤子之而非孙卿"一例较难解,但毕竟是个别例子,"孙卿"也可能另是一个,尚不能据此疑游、罗诸先生的推测。

《议兵》篇。此外，据《儒效》《强国》等篇，他还见过秦昭王和应侯（范雎），则为司马迁和刘向所未道及。看来荀子曾到过秦国是事实，不过具体时间不易确考。

荀子在儒家中应属于《韩非子·显学》中所说的"孙氏之儒"。他这一派学说的师承已无从查考。在《荀子·非相》中说到"仲尼长，子弓短"；《非十二子》中也说"圣人之不得势者"为"仲尼、子弓"，又说，"上则法舜禹之制，下则法仲尼、子弓之义"。这位被提出来与孔子并列的"子弓"，有人说即孔子弟子冉雍，字仲弓；但也有人认为是一个叫馯臂子弓的人，二说孰是，无法确考。即使"子弓"指冉雍，其人据《史记·仲尼弟子列传》之《索隐》引《孔子家语》，"少孔子二十九岁"，非荀子所及见。荀子当为其数传的后学。可能正因为如此，荀子在儒家中的地位远不如孟子显赫。不过，荀子在"五经"的传授中，其作用极为重要。例如汉初传《诗经》的申培，其学出于浮丘伯，而浮丘伯即荀子弟子；《左传》据《经典释文·序录》载："左丘明作《传》以授曾申。申传卫人吴起，起传其子期，期传楚人铎椒，椒传赵人虞卿，卿传同郡荀卿名况。况传武威张苍，苍传洛阳贾谊……"同样地，《穀梁传》据唐杨士勋说，其传授过程中亦由荀子传申培。至于《礼》的传授，更与荀子有密切关系，如《法行》载，子贡问于孔子，谈到"君子所以贵玉而贱珉"。这段文字和《礼记·聘义》中一段文字几乎全同。这样的例子还不少，说明《礼记》中一些篇，显然取自荀子学派。清末谭嗣同作《仁学》，认为"二千年来之学，荀学也"，此语虽未必妥当，但荀子学说对后世的影响无可忽视。

荀子作为一个儒家学者，其思想自然与其他儒者有一些共同之处，如尊孔子，推崇尧舜禹汤文武周公，宣扬"五经"等等；但也有一些论点与其他儒者，特别是与孟子不同。其中最为人们所熟知的主要是"法后王"和"性恶"二点。

关于"法后王",看起来与孟子的称颂"先王"不同。荀子说:

> 辨莫大于分,分莫大于礼,礼莫大于圣王。圣王有百,吾孰法焉?故曰:文久而息,节族久而绝,守法数之有司极礼而褫。故曰:欲观圣王之迹,则于其粲然者矣,后王是也。彼后王者,天下之君也,舍后王而道上古,譬之是犹舍己之君而事人之君也。故曰:欲观千岁,则知今日;欲知亿万,则审一二;欲知上世,则审周道;欲知周道,则审其人,所贵君子。故曰:以近知远,以一知万,以微知明。此之谓也。

这里所谓"周道"有不同的解释,其实这"周道"二字,荀子本人在下文中已有明确回答:

> 五帝之外无传人,非无贤人也,久故也;五帝之中无传政,非无善政也,久故也;禹、汤有传政而不若周之察也,非无善政也,久故也。传者久则论略,近则论详。略则举大,详则举小。愚者闻其略而不知其详,闻其细而不知其大也。是以文久而灭,节族久而绝。

这里的"周",显然指周朝,亦即文、武、周公之道。所以《成相》篇有"至治之极复后王"之语,试想"后王"如像杨倞注那样释为当时的君主,又何以称"复"?荀子这种说法,其实和孔子所谓"夏礼"、"殷礼"都"文献不足征"和"周监于二代,郁郁乎文哉!吾从周"(《论语·八佾》)是一个意思。荀子其实并不反对"先王",如《劝学》有"将原先王,本仁义";《荣辱》有"况夫先王之道,仁义之统","故先王案为之制礼义而分之";《非相》"凡言不合先王,不顺礼义,谓之奸言,虽辩,君子不听",像这样的例子甚多。他批评孟子是"略法先王而不知其统"(《非十二子》),不是笼统地反对"法先王"。他和孟子在这问题上的分歧也许在于反对孟子的"言必称尧舜"(《滕文公上》)。看来所谓"后王"还是王先谦《荀子集解》引刘台拱、王念孙说得对,指"文、武、周公"较妥。所以他的"法后王"至少与多数儒者说的"先王之道"并不矛盾。

  荀子和孟子的另一个明显的分歧是他主张人性是恶的,反对孟子所谓"性善"。他在《性恶》中说:"人之性恶,其善者伪也。"他驳斥孟子说:"孟子曰:'人之学者,其性善。'曰:是不然!是不及知人之性,而不察乎人之性伪之分也。凡性者,天之就也,不可学,不可事。礼义者,圣人之所生也,人之所学而能,所事而成者也。不可学、不可事、而在人者,谓之性;可学而能,可事而成之在人者,谓之伪;是性伪之分也。"这种争论其实都未必有理。因为人之初生,浑浑噩噩,本同西方哲学家所说如同一张白纸,无所谓"善",亦无所谓"恶"。至于后来变得善或恶,都是种种社会原因造成的。在这方面,我国的古人告子说得最好:"性犹湍水也,决诸东方则东流,决诸西方则西流。人性之无分于善不善也,犹水之无分于东西也。"(《孟子·告子上》)孟子说仁义礼智与生俱来显然错误;荀子以为争夺、残贼、淫乱是人性亦未必正确。性恶论的积极意义在于强调学习和修养的必要。其弊却在由此引申出君主统治的必要。"今不然,人之性恶。故古者圣人以人之性恶,以为偏险而不正,悖乱而不治,故为之立君上之势以临之,明礼义以化之,起法正以治之,重刑罚以禁之,使天下皆出于治,合于善也。是以圣王之治而礼义之化也。今当试去君上之势,无礼义之化,去法正之治,无刑罚之禁,倚而观天下民人之相与也;若是,则大强者害弱而夺之,众者暴寡而哗之,天下之悖乱而相亡不待顷矣。"他甚至认为"然而孝子之道,礼义之文理也。故顺情性则不辞让矣,辞让则悖于情性矣"。因为像"孝"、"悌"这些道德规范,本是在一定的社会生活中产生的,反之,一些欺诈等反道德的行为亦非人性固有。把"恶"归结为人性,从这种观点出发,必然会引申出韩非、李斯那种残忍刻薄的政治观点。宋代苏轼曾说李斯以荀卿之学乱天下,清代的姚鼐不同意此说,认为"斯逆探始皇二世之心,非是不足以中侈君而张吾之宠。是以尽舍其师荀卿之学,而为商鞅之学……"这两种说法,都有其片面性。正如孔繁先生所说:"荀子与其弟子李斯在政见方面确有分歧。"(《荀子评传》,南京大学出版社1997年版第4页)把李斯所推行的焚书坑儒等政策归罪荀子,确实不合事实。但像李斯的《论督责书》和韩非的《八奸》、《十过》、《亡征》诸篇,把一切人都看作敌对者而处处防备,这不能说和荀子的性恶论毫无关系。

当然,荀子作为一个儒者,他还是继承了儒家的民本思想。例如《王制》中有一段名言:

马骇舆,则君子不安舆;庶人骇政,则君子不安位。马骇舆,则莫若静之;庶人骇政,则莫若惠之。选贤良,举笃敬,兴孝弟,收孤寡,补贫穷,如是则庶人安政矣。庶人安政,然后君子安位。传曰:"君者,舟也;庶人者,水也。水则载舟,水则覆舟。"此之谓也。故君人者,欲安,则莫若平政爱民矣;欲荣,则莫若隆礼敬士矣;欲立功名,则莫若尚贤使能矣;是君人者之大节也。

这里所引"传曰"的"水则载舟,水则覆舟"二句,对后人影响甚大。如汉张衡《东京赋》有"夫水所以载舟,亦所以覆舟"之语,《贞观政要》载,唐太宗亦曾引用这两句话。从这些话看来,荀子毕竟还是重视民众的意志和力量,与韩非等人的专任暴力与阴谋不同。荀子跟孔孟一样,反对朘削平民,聚敛货财。在《王制》中,他说:

> 成侯、嗣公聚敛计数之君也,未及取民也;子产取民者也,未及为政也;管仲为政者也,未及修礼也。故修礼者王,为政者强,取民者安,聚敛者亡。故王者富民,霸者富士,仅存之国富大夫,亡国富筐箧、实府库。筐箧已富,府库已实,而百姓贫,夫是之谓上溢而下漏;入不可以守,出不可以战,则倾覆灭亡可立而待也。故我聚之以亡,敌得之以强。聚敛者,召寇、肥敌、亡国、危身之道也,故明君不蹈也。

在这一篇中,荀子有一些政见,其实和孟子亦颇相似,如:

> 权谋倾覆之人退,则贤良知(智)圣之士案自进矣。刑政平,百姓和,国俗节,则兵劲城固,敌国案自诎矣。务本事,积财物,则勿忘栖迟薛越也,是使群臣百姓皆以制度行,则财物积,国家案自富矣。三者体此而天下服,暴国之君案自不能用其兵矣。何则?彼无与至也。彼其所与至者,必其民也;其民之亲我欢若父母,好我芳若芝兰,反顾其上则若灼黥,若仇雠;彼人之情性也虽桀、跖,岂有肯为其所恶贼其所好者哉!彼以夺矣。故古之人,有以一国取天下者,非往行之也;修政其所,天下莫不愿,如是而可以诛暴禁悍矣。故周公南征而北国怨。曰:何独不来也! 东征而西国怨。曰:何独后我也! 孰能有与是斗者与(欤)!

这段话和《孟子·梁惠王下》引《尚书》佚文所说"东面而征,西夷怨;南面而征,北狄怨。曰奚为后我",以及孟子自己所说"民望之,若大旱之望云霓也"等语十分相像。同篇又云:

> 君者,善群也。群道当,则万物皆得其宜,六畜皆得其长,群生皆得其命。故养长时,则六畜育;杀生时,则草木殖;政令时,则百姓一,贤良服。圣王之制也:草木荣华滋硕之时,则斧斤不入山林,不夭其生,不绝其长也;鼋鼍鱼鳖鳅鳝孕别之时,罔(网)罟毒药不入泽,不夭其生,不绝其长也;春耕夏耘秋收冬藏,四者不失时,故五谷不绝而百姓有余食也;污池渊沼川泽,谨其时禁,故鱼鳖优多而百姓有余用也;斩伐养长不失其时,故山林不童而百姓有余材也。

这段话,也与《孟子·梁惠王上》记孟子对梁惠王所讲的"不违农时,谷不可胜食也"一段十分类似。这说明荀子思想虽与孟子有不同,但作为儒家,其基本的政治理想还是有许多共同之处。

荀子思想中有些观点似较之当时和后来一些儒家更值得称许。如对待自然界某些现象,他丝毫没有迷信之见。像《天论》中说:"天行有常,不为尧存,不为桀亡。应之以治则吉,应之以乱则凶。强本而节用,则天不能贫;养备而动时,则天不能病;修道而不贰,则天不能祸。"在他看来,人的努力是可以改造自然界的。所以在同篇中说:"大天而思之,孰与物畜而制之!从天而颂之,孰与制天命而用之!望时而待之,孰与应时而使之!因物而多之,孰与骋能而化之!思物而物之,孰与理物而勿失之也。愿与物之所以生,孰与有物之所以成!故错人而思天,则失万物之情。"这里既承认客观事物的规律,又不放弃人改造自然的努力。从这个观点出发,他对自然界一些现象并不畏惧。他说:"星队(坠)、木鸣,国人皆恐。曰:是何也?曰:无何也,是天地之变,阴阳之化,物之罕至者也。怪之,可也;而畏之,非也。夫日月之有蚀,风雨之不时,怪星之党(傥)见,是无世而不常有之。上明而政平,则是虽并世起,无伤也;上暗而政险,则是虽无一至者,无益也。"这些观点显然远胜于后来董仲舒之"天人感应"及刘向等人所宣扬的"《洪范》五行"学说。后来五代康澄认为"阴阳不调不足惧;三辰失行不足惧"(《通鉴》卷二七八);王安石所谓"天变不足畏",盖出于此。

荀子和孟子历来被视为战国儒家的两大代表人物,他们思想的区别显示出儒家学说的变化和发展。大抵先秦诸子虽有"十家九流"之分,但在思想上也往往互相吸收对方的某些观点,形成了彼此既纷争又互相渗透与融合的情况。荀子的学说有些显然接受了儒家以外的学说,如《修身》云:"志意修则骄富贵,道义重则轻王公;内省而外物轻矣。传曰:'君子役物,小人役于物。'此之谓矣。"这思想多少近于道家。《王制》等篇多次讲到"尚贤",又近于墨家。但荀子不同于孟子等人的最大特点也许在于他强调以"礼"和"刑"来治国。《成相》有"治之经,礼与刑"之语。他的看重"礼与刑",正是从性恶论出发,认为要天下不乱必须"立君上之势以临之,明礼义以化之,起法正以治之,重刑罚以禁之"。这种思想和孔子所谓"道(导)之以政,齐之以刑,民免而无耻"(《论语·为政》)的思想不很一样。这就说明荀子的思想已经受到他以前的商鞅、申不害等法家人物的影响。事实上早在荀子以前,如吴起、李克皆体现了由儒向法家转化的过程。所以荀子的这种情况,并非个别现象,而他的学生韩非、李斯之成为法家人物,亦非偶然。《荀子》据《汉书·艺文志》"诸子类"有《孙卿子》三十三篇,又"诗赋类"有"孙卿赋十篇"。但据刘向《叙录》则为三十二篇。宋王应麟认为"三十三篇"乃"三十二"之误。清沈钦韩以为三十三篇或包括刘向《叙录》在内。但《玉海》卷五三云："今书自《劝学》至《尧问》三十三篇，杨倞注并序（元和十三年十一月），分为二十卷，篇第颇有移易，使以类相从，改《孙卿新书》为《荀卿子》。"疑今本《荀子》篇目与刘向原貌可能已有不同。今本《赋篇》收《礼》、《知》、《云》、《蚕》、《箴》五赋，不知是否即在《汉志》"孙卿赋十篇"之中。也可能刘向所编《孙卿子》至唐时已残，而杨倞取残存荀卿补入以足三十二篇之数，已难确考。

《荀子·赋篇》所存五赋，基本上皆四言句，文体与屈原、宋玉之作明显不同，所以刘向、班固别立"孙卿赋"一家。现在看来，荀子诸赋的文采虽逊于屈、宋诸人，但和最近出土的《神乌傅（赋）》及后来曹植的《鹞雀赋》等相近，可能为后来的"俗赋"一体开了先河。《荀子》中还有《成相》一篇。这"相"字据近代学者说是一种鼓乐，"成相"即敲打相和歌唱，这本是当时民间一种劳动时唱的民歌形式。《成相》篇中分为许多小段，每段基本上为一首短歌，其句式一般为三、三、七、四、七，如："请成相，世之殃，愚暗愚暗堕贤良。人主无贤，如瞽无相何伥伥。"这种民歌形式当时颇为流行，如近年云梦睡虎地秦墓出土的竹简中有一篇《为吏之道》，其中有几段也使用这种句式，说明此体在当时颇流行。这种句式对后来三言诗、七言诗及杂言诗的成熟，有一定的作用。对此，本书中编第四章"秦汉诗歌研究文献"有所申论，此不赘。

《荀子》一书自刘向编成以后，至《隋书·经籍志》著录为十二卷，今本为唐杨倞注，凡二十卷，通行本甚多。清郝懿行有《荀子补注》二卷，《郝氏遗书》本。最常见的注释为清王先谦《荀子集解》，凡二十一卷，有长沙刊本及中华书局排印本等。今人注释有梁启雄《荀子简释》,中华书局和古籍出版社皆有排印本。杨柳桥有《荀子诂译》,齐鲁书社排印本。研究著作有罗根泽先生《荀卿游历考》(见《古史辨》第四册及《诸子考索》);游国恩先生《荀卿考》(见《古史辨》第四册及《游国恩学术论文集》);钱穆先生《荀卿自齐适楚考》、《荀卿齐襄王时为稷下祭酒考》、《荀卿赴秦见昭王应侯考》、《荀卿至赵见赵孝成王议兵考》及《诸子生卒年世约数》等(见《先秦诸子系年考辨》,商务印书馆2001年版)。今人之作有孔繁先生《荀子评传》(南京大学出版社1997年版)、马积高先生《荀学源流》(上海古籍出版社2000年版)等。

第五节 《老子》

道家的创始人老子,虽在《史记》中有列传,但司马迁对他的叙述似较含糊。《史记·老庄申韩列传》云:"老子者,楚苦县厉乡曲仁里人也,姓李氏,名耳,字聃,周守藏室之史也。"传中还讲到孔子适周,问礼于老子,及老子见周之衰,乃去,出关隐居及著书上下篇之事。虽稍显简略,但事迹本末还较清楚。然下文又云:"或曰:老莱子亦楚人也,著书十五篇,言道家之用,与孔子同时云。""盖老子百有六十余岁,或言二百余岁,以其修道而养寿也。自孔子死之后百二十九年,而史记周太史儋见秦献公曰:'始秦与周合,合五百岁而离,离七十岁而霸王者出焉。'或曰儋即老子,或曰非也,世莫知其然否。"从这些话看来,关于老子的事迹,连司马迁也弄不清楚。从《史记》的记载看来,老子应该确有其人,并且和孔子同时。因为《礼记·曾子问》和《庄子》中都多次提到"老聃",并谈到他和孔子交谈之事。至于《史记》中提到的"周太史儋",在孔子后一百二三十年,老聃自然不可能真活到一百六十余岁甚至二百岁,当系传说。不过"聃"、"儋"同音,可能因为老聃当时曾"修道养寿",遂被人附会出一些传说,使司马迁也感到难于确指。

由于老子的生平难于确定,《老子》一书的产生年代也不易确考。据《史记》本传载,老子归隐,"至关,关令尹喜曰:'子将隐矣,强为我著书。'于是老子乃著书上下篇,言道德之意五千余言而去"。那么今本的《老子》五千余言,当为老聃自著,成书年代约在春秋末。1972年,长沙马王堆汉墓出土的帛书残卷有甲、乙二本,甲本用篆文缮写,乙本则用隶书缮写,其抄写年代当在西汉之初。从帛书看来,今本的下篇(《德经》)在上篇(《道经》)之前,其次序与《韩非子·解老》相同。但帛书本残卷,虽与今本有不少区别,但基本面貌已与今本类似。但1993年10月在湖北荆门市的郭店村楚墓中出土的楚简本《老子》,则情况又不相同。这个竹简本仅两千余字,而且次序与今本差别甚大。如:今本第十九章,在楚简中属于第一部分,其文字与今本出入甚大:

今 本	楚 简 本①
绝圣,弃智,民利百倍,绝仁弃义,民复孝慈;绝巧弃利,盗贼无有。此三者,以为文不足,故令有所属。见素抱朴,少私寡欲。	运(绝)智弃卞(辩),民利百怀(信)。运(绝)攷(巧)弃利,觊(盗)恻(贼)亡又(有)。运(绝)伪(伪)弃虑,民复(复)季(孝)子(慈)。三言以一为叟(辩)不足,或命(令)之,或凭(乎)豆(属)。观索(素)保仆(朴),少厶(私)须(寡)欲。

---

① 今流行诸本《老子》,亦颇有出入。这里所引文字据中华书局1993年排印本《老子道德经河上公章句》。

与此章相接的则是今本第六十六章,文字亦颇有不同:

今 本	楚 简 本
江海所以能为百谷王者,以其善下之,故能为百谷王。是以圣人欲上民,必以[其]言下之;欲先民,必以[其]身后之。是以圣人处上而民不重,处前而民不害,是以天下乐推而不厌。以其不争,故天下莫能与之争。	江、海(海)所以为百浴(谷)王者,以其能为百浴(谷)下,是以能为百浴(谷)王。圣人之才(在)民前也,以身后之,其才(在)民上也,以言下之。其才(在)民上也,民弗厚也。其才(在)民前也,民弗害也。天下乐进而弗诎(厌)。以其不静(争)也。古(故)天下莫能与之静(争)。

从这两段文字看来,我们先不管个别字句的出入,至少有一点很值得注意,即楚简本的分章次序和今天通行的本子颇不同。通行的各本不论是"河上公注"还是王弼注,尽管字句有所出入,但分为上下篇及各章次序是一致的。楚简本以六十六章紧接十九章,显然与今本迥异。那么楚简本究竟是否分上下两篇?它今存二千余字,仅及今本的五分之二,是残缺,是经过删节,还是本来就只有二千余字?这些都可以进一步探讨。更值得注意的是楚简本亦如帛书本之分为甲乙那样,有甲、乙、丙三个部分。其中有些段文字是重复的,如今本第六十四章后半:"为者败之,执者失之。圣人无为故无败,无执故无失。民之从事,常于几成而败之,慎终如始,则无败事。是以圣人欲不欲,不贵难得之货;学不学,复众人之所过,以辅万物之自然,而不敢为。"楚简本甲的"执者失之"句"失"作"远",而丙作"失"。另外"为者"、"执者"甲、丙本均作"为之者"、"执之者"。"民之从事"以下四句,甲作"临事之纪,誓(慎)冬(终)女(如),㠯(始),此亡败事矣";丙作"斱(慎)终若㠯(始),则无败事喜(矣)。人之败也,互(恒)于其獻(旦)成也败之"。看了甲比今本少了前二句;丙虽没少,却放在"慎终如始"二句之后。这种字句的出入,说明即使在郭店楚

简缮写之际,《老子》文字已有文本的不同,说明此书流传已久。据考古学家研究,郭店楚简当为战国中期之物,所以学术界普遍认为《老子》一书作于东周,实即春秋末期,和典籍所记孔子见老子的时代比较符合。至于《老子》一书是否老聃所作①,似可研究。从时代来推测,老聃自作的可能性很大。不过,他自作之本,其面貌和今本未必一样。从楚简本仅二千余字看来,是否有后人附益才成为今本的五千余字,亦非无可能。至少,在《老子》成书后,其流传方式不仅是传抄,还有用口耳相传的办法(古代书籍写在竹简上,既笨重,书写亦颇不便,于是也有口耳相传的方式。如《汉书·艺文志》说《诗经》"遭秦而全者,以其讽诵,不独在竹帛故也";刘歆《移书让太常博士》说:"当此之时,一人不能独尽其经,或为《雅》,或为《颂》,相合而成")。如果《老子》也是经口耳相传流行,那么各章次序不同,字句有多少之别就不难理解。楚简本字数与今本的字数不同,也或可由此得到解释。

  《老子》一书的文体,从前有些研究者把它与《论语》相比,认为辞气相近,这大约指二书皆近"语录体"。近年扬之水先生在《先秦诗文史》中认为二者仍是"异大于同"(辽宁教育出版社2002年版第130页)。她的意见是认为《老子》文体近于《周易》。这两种看法,似都有道理,且未必矛盾。因为《论语》的成书据《论衡·正说》云:"夫《论语》者,弟子共纪(记)孔子之言行,敕记之时甚多,数十百篇,以八寸为尺,纪之约省,怀持之便也。"据此是弟子们带着竹简记录的。老聃未必像孔子这样广收门徒,他的弟子可能也是各记所闻而未能

---

① 老子据《史记》说名叫李耳,后来又有人说他即《国语》中的"伯阳父",因此说他字"伯阳"。清姚鼐认为老子"老其氏也,聃其字也"(《惜抱轩文集》卷三),今姑从其说。

立即笔之于书,而是靠记忆相传。为了便于记忆,故多用韵语(扬之水先生所谓近《易》,或即指此)。正因为口耳相传,故各本出入较大,有的有这句,有的缺那句,或次序不同(如今本六十四章与楚简本之不同)。但大体上看,在流传过程中渐趋一致。所以帛书本面貌较之楚简已更近今本。从文辞来看,今本实有胜于楚简处,说明在流传过程中,曾不断被加工润饰。

老聃其人在当时的名声可能很大,所以他虽为道家的创始人,而儒家、法家以及杂取诸家学说的《管子》、《吕氏春秋》等都要借重他的名望或引证其言论。战国时代一些讲求长生、虚称神仙的人也会用他的名字来做幌子,所谓老子活了一百多岁甚至二百岁的话,可能就是这些人编造出来的。其实老子的学说只是提倡自然无为,并不刻意去求长生不死。这对《老子》一书在后世的流传起了一定影响。

《老子》一书,据《史记》本传说凡上下篇,五千余字,与今本同。《汉书·艺文志》载,汉时关于《老子》的典籍有"《老子邻氏经传》四篇,姓李,名耳,邻氏传其学";《老子傅氏经说》三十七篇,述老子学";"《老子徐氏经说》六篇,字少季,临淮人,传《老子》";"刘向《说老子》四篇"。这些书现在都已散佚。从《汉书·艺文志》看来,似乎到西汉后期时,《老子》一书已有多家注释,其中至少像《老子邻氏经传》这样的书,应附有原文。不过其书久佚,已难据此考知汉时《老子》的面貌。依情理推测,司马迁所见已分上下篇,凡五千余言,而马王堆帛书的情况亦可说明其基本上与今本差别不大。

老子基本上是一位哲学家,他的思想主旨在于"法自然"和"无为"。他说:

> 有物混成,先天地生。寂兮寥兮,独立而不改,周行而不殆,可以为天下母,吾不知其名,字之曰道。强为之名曰大。大曰

逝,逝曰远,远曰反。故道大、天大、地大、王亦大。域中有四大,而王居其一焉。人法地,地法天,天法道,道法自然。

历来的研究者对老子所说的"道",有种种不同的理解,有人把他看成唯物主义者,也有人说他是唯心主义者,但总之他主张"法自然",亦即顺应自然。所谓"道法自然",就是所谓"无为"。他说:

> 道常无为,而无不为。侯王若能守[之],万物将自化。化而欲作,吾将镇之以无名之朴。无名之朴,亦将不欲,不欲以静,天下将自定。(第三十七章)

这里说的"道常无为",魏王弼注就认为是"顺应自然也"。这一章,《河上公注》的标题叫《为政》,意即执政者的要义在于顺应自然,不要违反自然规律行事。这显然是针对春秋战国间诸侯的虐政和互相攻伐而发的。他说:

> 民之饥,以其上食税之多,是以饥。民之难治,以其上有为,是以难治。民之轻死,以其求生之厚,是以轻死。夫唯无以生为者,是贤于贵生。(第七十五章)

他批评当时的统治者说:

> 朝甚除,田甚芜,仓甚虚,服文彩,带利剑,厌饮食,财货有余,是谓盗夸,非道也哉!(第五十三章)

老子反对各国间的争夺和战争。他说:

> 夫佳兵[者]，不祥之器，物或恶之，故有道者不处。君子居则贵左，用兵则贵右。兵者不祥之器，不得已而用之。恬惔为上。胜而不美，而美之者，是乐杀人。夫乐杀人者，则不可以得志于天下矣。吉事尚左，凶事尚右。偏将军居左，上将军居右，言以丧礼处之。杀人众多，以悲哀泣之。战胜，以丧礼处之。（第三十一章）

这些观点显然反映了广大民众对春秋战国间的虐政与战争的不满。《老子》的思想中，常有一些辩证法的成分。如第一章"道可道，非常道，名可名，非常名"，即说明一切道理和事物，均非恒久不变。其第二章，更指出了事物的相对性：

> 天下皆知美之为美，斯恶已；皆知善之为善，斯不善已。故有无相生，难易相成，长短相形，高下相倾，音声相和，前后相随。是以圣人处无为之事，行不言之教。万物作焉而不辞。生而不有，为而不恃，功成而弗居。夫惟弗居，是以不去。

这些思想在当时显然体现了卓越的智慧。当然，老子的思想也有其落后的一面，如第八十章之提倡"小国寡民"，幻想"邻国相望，鸡犬之声相闻，民至老[死]不相往来"，则显然不可能亦不可取。

《老子》一书的文体比较特殊，它基本上为语录，而又多为韵语。这种文章以说理简洁见长，古代的批评家对之颇为推崇，如刘勰在《文心雕龙·情采》中说："老子疾伪，故称'美言不信'；而五千精妙，则非弃美矣。"现代的学者对这种文体的评价不完全一样，有的喜其简洁而往往意味隽永，也有人认为它不够华美。这些评语也各有其一定的见地,由于本书性质,自难与纯文学作品作同样的要求。

《老子》一书在我国思想界的影响极大。从战国时代起,各派学者都根据自己的想法引用《老子》来佐证其学说。如《老子》认为"夫礼者,忠信之薄而乱之首",但《礼记·曾子问》却记载孔子问礼,老子为他解答之语,俨然一位儒者口吻。《老子》认为"法令滋彰,盗贼多有",而提倡严刑峻法的韩非却作有《解老》和《喻老》,成为今天研究《老子》的重要资料。司马迁作《史记》,把"老庄"和"申韩"列为一传,盖由于此。尽管后人对老子和韩非同传颇有非议,但法家曾从《老子》中吸取思想营养是肯定的。例如所谓的《管子》,显然出现于韩非之前。《韩非子·五蠹》云:"今境内之民皆言治,藏商、管之法家有之,而国愈贫,言耕者众,执耒者寡也。"可见其书在韩非看来,已属法家,而《汉书·艺文志》把《管子》八十六篇列入道家。现在看来,《管子》中确有不少思想出于或近于《老子》。战国时期的某些子书似乎颇难确切地判定它为道家或法家。例如《庄子·天下》所叙慎到学说,近于道家,而《汉书·艺文志》有"《慎子》四十二篇"则属法家。《汉书·艺文志》载道家类有"《黄帝四经》四篇",其书久佚,1973年又出土于长沙马王堆汉墓。此书分《经法》、《十六经》、《称》、《道原》四篇。其《经法》中就强调"道生法"。这本书中既强调法的重要性,认为"法"是"明曲直者也","法立而弗敢废也";也强调君臣之分,认为"君臣易位谓之逆,贤不肖并立谓之乱,动静不时谓之逆,生杀不当谓之暴。逆则失本,乱则失职,逆则失天,暴则失人"。这种思想显然已属法家。《汉书·艺文志》中还有托名黄帝之书三种,其中"《黄帝君臣》十篇"、"《杂黄帝》五十八篇",刘向、班固皆以为六国时人作。可见这时所谓的"黄老"学说,实即由道家向法家转化时期的产物。西汉初年所盛行的"黄老"学说,当亦即此类。所以《史记·曹相国世家》讲到曹参为齐相时,尊崇一位胶西的盖公,"善治黄老言","盖公为言治道贵清静而民自定";《儒林列传》载景帝时,"窦太后又好黄老之术",又言"窦太后好《老子》书";而《太史公自序》载司马谈《论六家要旨》中一方面批评法家"严而少恩",却又竭力推尊道家之清静无为。这种学说既有别于秦代的纯行法家的严酷统治,又适应了秦末大乱后民生凋敝的形势,实行与民休息,使生产得以恢复与发展。在这里,老子的学说起了一定作用。魏晋以后出现的《神仙传》诸书,盛称汉文帝读《老子》之事,虽不可信,但从汉代文、景二帝施政的方法来看,受黄老学说的影响,大约是事实。但西汉自武帝即位以后,由于政治形势已不同于往日,所以《史记·儒林列传》说"及窦太后崩,武安侯田蚡为丞相,绌黄老、刑名百家之言",《老子》的学说显得沉寂。但在《淮南子》等书中仍可以看到其思想影响。

西汉的统治发展到武、昭、宣三代可谓"如日中天",而在元帝时已趋衰落,到成帝、哀帝时,社会矛盾更为尖锐,政权落入外戚王氏及丁、傅、董贤之手,士人对朝政日益不满,于是就出现了道家学说复兴的现象。其代表人物就是西汉末年的蜀郡人严遵,即严君平,他著有《老子指归》一书。据《隋书·经籍志》,此书凡十一卷,但《经典释文》则有"《老子》严遵注二卷"(《隋志》亦有著录,但谓梁有而隋亡);又说严遵"又作《老子指归》十四卷"。《旧唐书·经籍志》和《新唐书·艺文志》均作十四卷,而《宋史·艺文志》则谓十三卷。今仅存前七卷已残[①]。《老子指归》可以说是现存最早的关于《老子》的研究著作。但此书是着重讨论宇宙起源等哲学问题,和战国及西汉初年的黄老之学多谈治术者不同。严遵的学说,深受扬雄的推崇。扬雄本人虽是著名的儒者,但他的思想亦深受老子的影响,如他在

[①] 中华书局"道教典籍选刊"收有王德有《老子指归》校点本,1994年出版。

《解嘲》中说:"是故知玄知默,守道之极;爱清爱静,游神之庭。惟寂惟寞,守德之宅……"这些话不但内容,连文句亦颇近《老子》。从严遵和扬雄的著作中可以看出,他们的学说已经有糅合《周易》与《老子》的成分,如严遵讲事物的生成和变化,时常谈到"一阴一阳",这种观点,与《易·系辞传上》所说"一阴一阳之谓道"也是相通的。他们的思想已在一定程度上为后来魏晋玄学导夫先路。在他们的影响下,东汉一些士人都比较重视《老子》,如张衡《东京赋》有"思仲尼之克己,履老氏之常足"二句,将老子与孔子并提;又说"将使心不乱其所在,目不见其可欲",这显然出于《老子》的"不见可欲,使民心不乱"。稍后的马融,亦深受老庄影响,说明魏晋时代玄学的兴盛,在东汉时已开其端。

在东汉士人之重视《老子》同时,由于此时道教的兴起,也促使老子在人们心目中的地位大为提高。道教之起,本和求长生的方士有关,而与道家哲学并无必然联系。也许由于从战国以来,就有关于老子享年一百多岁的传说,而老子学说中也曾讲到清静寡欲得以延年的说法,那神仙方术之士,就假称老子为其创始者。汉桓帝在濯龙宫祠老子,并非因为他是位思想家,而是视之为神仙。在这种背景下,一些讲神仙方术的人就按照他们的观点去解释《老子》。如现在通行的《老子》注,以"河上公注"为较早。这个老子注本,据王卡先生《老子道德经河上公章句前言》引王明先生《老子河上公章句考》说,约成书于东汉桓帝、灵帝时代①。这个注本全从养生求仙的角度解说

---

① 王卡校点本已收录在中华书局"道教典籍选刊"中,1993年出版。关于其作者,历来有争议。《先秦文学史》(人民文学出版社本)以为西汉河上公作。其实自司马迁时,对"河上丈人"的情况已不清楚,只说为战国人,魏晋时嵇康、皇甫谧亦以为战国人。关于"河上公"是西汉人传说,出于《神仙传》,乃道教徒附会,不足信。

《老子》，所以清姚鼐说它"盖本流俗人所为，托于神仙之说"（《老子章义序》，《惜抱轩文集》卷三）。这个注本虽未能切合《老子》本意，但影响很大，后来王弼注的章节，几乎全同此本。稍晚则另一个道教徒亦有注本，名《想尔注》，已佚，尚有敦煌出现的残卷，据云是张鲁辈所作。饶宗颐有《老子想尔注校证》一书，上海古籍出版社1991年版。从哲学上发挥老子思想的，则当推三国时王弼的注本。王弼亦注《周易》，是魏晋玄学的开创者之一。现代学者读《老子》，多据王弼注。显然，王弼注虽未必尽合《老子》本意，却远胜于《河上公注》和《想尔注》。据《隋书·经籍志》载，自汉迄隋关于《老子》的注释及研究著作有二三十种之多；《经典释文》所提到的亦有近三十种。这些书虽大部分没有留存至今，但亦说明《老子》在当时的影响之大。不过，玄谈之盛行自西晋灭亡以后，主要盛于南方。东晋南朝士族，大抵都能说《老子》。《南齐书·王僧虔传》载王僧虔告诫他儿子说："汝开《老子》卷头五尺许，未知辅嗣（王弼）何所道，平叔（何晏）何所说，马、郑何所异，《指例》何所明，而便盛于麈尾，自呼谈士，此最险事。"但北朝人似未必如此，《魏书·崔浩传》："性不好《老》、《庄》之书，每读不过数十行，辄弃之，曰：'此矫诬之说，不近人情，必非老子所作。老聃习礼，仲尼所师，岂设败法文书，以乱先王之教？'"不过，崔浩对道教徒寇谦之的"服食养性之术"却颇信奉。可见在北朝，道家思想与道教的界线还比较清楚，至于梁武帝皈依佛教时把道教说成老子之教，则说明南朝时人们对老子和道教的区别还不很清楚。据《北齐书·杜弼传》，东魏时的杜弼也曾为《老子》作注，说明北朝后期曾大力吸取南朝文化。惜此书已佚，《隋书·经籍志》已不见著录，但《经典释文》曾提到此书，唐张君相作《老子集解》，尚引杜说，可见在唐时还有人见过此书。

唐代因为帝王姓李，自称是老子后裔，所以提倡《老子》和道家学说,追尊老子为"太上玄元皇帝",以《老子》为《道德经》,还曾把《老子》、《庄子》列入科举考试的内容。这虽与李姓有关,也与南朝以来道家地位高有关。因为据学者考证,陆德明的《经典释文》作于陈代,其内容也包括《老子》和《庄子》。唐人关于《老子》的著作数量甚多,但至今已无重大影响,只有道士张君相的《老子道德经三十家注》六卷,尚有人提到。宋代人关于《老子》的研究,似着重义理的探讨,较好的有司马光的《老子道德经注》二卷和苏辙《老子道德经义》二卷。清人著述有毕沅《老子道德经考异》上下卷,经训堂本。近人著述有马叙伦《老子覈诂》四卷,民国时排印本。王重民《老子考》七卷,民国间排印本。杨树达《老子古义》二卷,中华书局排印本。今人著述有朱谦之《老子校释》、高亨《老子正诂》、高明《帛书老子校注》均中华书局"新编诸子集成"排印本,易得。又中华书局有陈鼓应《老子今注今译》,将《老子》译为语体文。

第六节 《庄子》

道家除《老子》外,影响最大的代表著作当数《庄子》。《庄子》的作者历来都说是战国时人庄周。《史记·老庄申韩列传》记庄子生平颇简略:

> 庄子者,蒙人也,名周。周尝为蒙漆园吏,与梁惠王、齐宣王同时。其学无所不窥,然其要本归于老子之言。故其著书十余万言,大抵率寓言也。作《渔父》、《盗跖》、《胠箧》,以诋訿孔子之徒,以明老子之术。《畏累虚》、《亢桑子》之属,皆空语无事实。然善属书离辞,指事类情,用剽剥儒、墨,虽当世宿学不能自

解免也。其言洸洋自恣以适己,故自王公大人不能器之。……

《史记》中这段记载,后人有不同的理解。例如所谓"蒙人也"的"蒙",具体为今天什么地方,自唐以来就有不同说法。《索隐》云:"《地理志》蒙县梁国。刘向《别录》云:'宋之蒙人也。'"据此,多数学者皆谓庄子故乡在今河南商丘东北;但《正义》曰:"《括地志》云:'漆园故城在曹州冤句县北七十里。'"此云庄周为漆园吏,即此,按:其城古属蒙县。此地距商丘虽不太远,尚有一定距离,近年有人说庄子故里在今山东境内,或即据后一说。关于庄子活动的年代,据《经典释文》引司马彪云"庄子与魏惠王、齐宣王同时";李颐云"与齐愍王同时"。吴承仕先生认为"其年辈盖较先于孟子也"(《经典释文序录疏证》第161页)。从《庄子》书中讲到梁惠王的谥号看来,他似乎未必比孟子早,可能是同时。但钱穆先生《先秦诸子系年》附《诸子生卒年世约数》(商务印书馆2001年版第696页)推测为公元前365至前290年,即略后于孟子,大约是可据的。因为孟子热衷于批驳儒家以外的学者而不提庄子;荀子在《解蔽》中则说到"庄子蔽于天而不知人",说明庄子活动时期可能在孟子以后,荀子以前。

《庄子》书据《汉书·艺文志》著录云:"《庄子》五十二篇。名周,宋人。"可见刘向、班固所见《庄子》本有五十二篇。这五十二篇,刘向、班固大约承认全为庄周所作。但到了魏晋时代,一些人为《庄子》作注,各以其意去取。据《经典释文序录》,陆德明所见各本篇数有很大差别,如向秀注本,为二十六篇(也有作二十七或二十八篇),无"杂篇";郭象注凡三十三篇,其中"内篇"七,"外篇"十五,"杂篇"十一;司马彪注五十二篇,其中"内篇"七,"外篇"二十八,"杂篇"十四;还有一种孟氏注,不详其名,亦五十二篇,可能其篇目与司马彪相同;此外还有一种崔譔注,凡二十七篇,其中"内篇"七,"外篇"二十;一种李颐注,凡三十篇。陆德明说:"《汉书·艺文志》'《庄子》五十二篇',即司马彪、孟氏所注是也。言多诡诞,或似《山海经》,或类占梦书,故注者以意去取。其'内篇'众家并同,自余或有'外'而无'杂'。唯子玄(郭象)所注特会庄生之旨,故为世所贵。徐仙民(即徐邈,有《庄子音》三卷)、李洪范(即李轨,有《庄子音》一卷)作《音》,皆依郭本。今依郭为主。"现在我们所见的《庄子》都依郭注为三十三篇,其余各家注本均已亡佚,因此郭象所取之外的十九篇,亦随之亡佚。但尚有佚文见于唐以前典籍,如《艺文类聚》卷九一有:"《庄子》曰:'庄子谓惠子曰:羊沟之鸡,三岁为株,相者视之,则非良鸡也。然而数以胜人者,以狸膏涂其头。'"这段引文在"羊沟之鸡"下有"司马彪曰:'羊沟,斗鸡之处'";在"三岁为株"下有"株,魁师";末句下又有"鸡畏狸也"语。《史记》本传提到的《畏累虚》、《亢桑子》,据《索隐》,乃《庄子》篇名,而《亢桑子》据《正义》即《庚桑楚》篇。那么《畏累虚》当即十九篇的篇名之一。这说明五十二卷本至唐时犹存。检《旧唐书·经籍志》则《隋书·经籍志》和《经典释文》所著录的"向秀《注》二十卷,司马彪《注》二十一卷,崔𢷎《注》十卷和李颐《集解》二十卷"均尚存。所以清姚鼐作《庄子章义》,在《序》中说:"陆德明《音义》,载晋宋注《庄子》者七家,惟司马彪、孟氏载其全书。其余惟内七篇皆同,《外篇》、《杂篇》,各以意为去取。自唐、宋以后,诸家之本尽亡,今唯有郭象注本,凡三十三篇。其十九篇,经象删去,不可见矣。"姚鼐认为:"若郭象之注,昔人推为特会庄生之旨,余观之。特正始以来所谓清言耳,于周之意十失其四五。夫《庄子》五十二篇,固有后人杂入之语。今本经象所删,犹有杂入,其辞义可决其必非庄生所为者。然则其十九篇,恐亦有真庄生之书,而为象去之矣。"(《惜抱轩文集》卷三)姚鼐这种说法,有一定的道理,但被郭象删去的十九篇既已散佚,光凭一些零星佚文,尚难判断是否包含庄周本人文字;至于今存的三十三篇,是否皆庄周所作,确实是一个疑问。根据历来学者的看法,大抵认为"内篇"七篇:《逍遥游》、《齐物论》、《养生主》、《人间世》、《德充符》、《大宗师》和《应帝王》为庄周自作;至于"外篇"和"杂篇"中,可能也有庄周自作的篇章,但亦杂有门人后学的手笔。所以各家注本,对内篇均无异议,而其他人物如梁沈约作《宋书·谢灵运传论》甚至说到东晋诗人们"博物止乎七篇",以"七篇"代指《庄子》全书。至于"外篇"、"杂篇"中有无庄周手笔,已难确考。今人也有认为《秋水》、《天下》为庄周自作,然无确证,难成定说。

庄子虽属道家,并且历来认为他"要其本归于老子之言",其实他的思想和老子并不完全相同。例如关于"道"的解释,老子强调的是它的本体,他说:"有物混成,先天地生。寂兮寥兮,独立不改,周行而不殆,可以为天下母。吾不知其名,字之曰道。"庄子也承认这个独立于人意志之外的"道",但他强调的方面与老子不同。在《大宗师》中,他说:"夫道,有情有信,无为无形,可传而不可受,可得而不可见。自本自根,未有天地,自古以存。神鬼神帝,生天生地。在太极之先,而不为高;在六极之下,而不为深。先天地生而不为久,长于上古而不为老。"他所强调的这个"道",似更强调它对万物的作用。所以他说"维斗得之,终古不忒;日月得之,终古不息";他还以为人也可以得"道",如"肩吾得之,以处大山;黄帝得之,以登云天";"彭祖得之,上及有虞,下及五伯;傅说得之,以相武丁,奄有天下,乘车维,骑箕尾,而比于列星"(同上)。他认为要达到这境界,就是"圣人将游于物之所不得遁而皆存"(同上)。这种说法就如陈鼓应先生所说:"庄子本人所谈的'道'(以内篇为准)乃属境界意义的。"(《老庄研究》上海古籍出版社本第208~209页)如果我们看一下《天下篇》,其论老子学说,较强调其"贵无"等思想;而论庄子学说,则更强调其"死与生与","天地并与"的生活态度,也可以看出庄子思想的特点。

庄子处在战国中后期战乱频仍的年代,一生只做过"漆园吏"这样的小官,他对那个黑暗的现实痛心疾首,因此也不愿做官。《秋水》载:"庄子钓于濮水。楚王使大夫二人往先焉,曰:'愿以境内累矣。'庄子持竿不顾,曰:'吾闻楚有神龟,死已三千岁矣。王巾笥而藏之庙堂之上。此龟者,宁其死为留骨而贵乎?宁其生而曳尾于涂中乎?'二大夫曰:'宁生而曳尾涂中。'庄子曰:'往矣,吾将曳尾于涂中。'"像这样的故事,在《庄子》中不止一处,说明庄子确实无意仕途。同篇又载:

> 惠子相梁,庄子往见之。或谓惠子曰:"庄子来,欲代子相。"于是惠子恐,搜于国中,三日三夜。庄子往见之曰:"南方有鸟,其名为鹓鶵,子知之乎?夫鹓鶵发于南海,而飞于北海。非梧桐不止,非练实不食,非醴泉不饮。于是鸱得腐鼠,鹓鶵过之,仰而视之曰:'吓!'今子欲以子之梁国而吓我邪?"

这个故事,历来为许多蔑视权贵的士人所引用。的确,庄子对那些阿附权势而取富贵者采取极度鄙弃的态度,如《列御寇》:

> 宋人有曹商者,为宋王使秦。其往也,得车数乘,王说之,益车百乘,反于宋。见庄子曰:"夫处穷闾陋巷,困窘织屦,槁项黄馘者,商之所短也。一悟万乘之主,而从车百乘者,商之所长也。"庄子曰:"秦王有病召医,破痈溃痤者,得车一乘,舐痔者,得车五乘。所治愈下,得车愈多。子岂治其痔邪,何得车之多也!子行矣。"

对那些热衷富贵的无耻之徒,其讽刺抨击极为尖刻。庄子所以这样对那些权贵深恶痛绝,是因为他对当时的现实已感到了极度的失望。在《胠箧》中他举出了田氏代齐之例,说:"然而田成子一旦杀齐君而盗其国。所盗者岂独其国邪?并与其圣知之法而盗之。故田成子有乎盗贼之名,而身处尧舜之安。小国不敢非,大国不敢诛,十二世有齐国。"这段话,前些年有人认为是庄子代表没落贵族的立场,因为历史上的田氏代齐,实为由奴隶制转向封建制的标志之一。其实未必如此。因为我国封建制度代替奴隶制的时代究竟始于何时,学者本无一致的看法。田氏和原来齐国的统治者姜氏的矛盾,本是统治者内部的权力之争。事实上庄子生活的战国时代,不论哪一派思想家,对晋国的六卿和齐国的田氏都采取指责的态度。因为当时不论儒家还是法家,都十分强调君臣的名分。所以田成子之被视为"窃国者"大约不是庄子独有的看法。① 值得注意的是庄子下面的那几句话:

彼窃钩者诛,窃国者为诸侯。诸侯之门,而仁义存焉。

这几句话鲜明地表现了庄子对当时统治者所提倡的"仁义道德"等虚假说教的蔑视。同样地,曾一度被人盲目称赞的《盗跖》一文也是这样。此文像《庄子》中很多故事一样,纯属寓言。故事中的柳下惠和孔子既不同时,"盗跖"更是当时的传说,其时代更无定说。庄子所以要使盗跖驳得孔子哑口无言,正是要使盗跖这个在当时公认的恶人来难倒孔子这公认的"圣人",以此来否定所谓善恶之分②。这种思想在《庄子》中是一贯的,他从根本上否定"善恶"、"是非"、"大

---

① 《韩非子·说疑》亦以田氏为窃国奸臣。
② 《韩非子·五蠹》:"仲尼,天下圣人也,修行明道以游海内,海内说其仁、美其义而为服役者七十人。"可见韩非虽不赞成孔子,亦以他为"善"的代表。

小"之分。在《齐物论》中他反对儒墨之争,认为"道恶乎隐而有真伪,言恶乎隐而有是非"。他说:"是亦彼也,彼亦是也,彼亦一是非,此亦一是非。果且有彼是乎哉,果且无彼是乎哉。"因此他认为对争论中双方的是非是无从判定的。他说:"使同乎若者正之,既与若同矣,恶能正之?使同乎我者正之,既同乎我矣,恶能正之?使异乎我与若者正之,既异乎我与若矣,恶能正之?使同乎我与若者正之,既同乎我与若矣,恶能正之?然则我与若与人俱不能相知也。"他既然否定了是非之分,也就不承认事物有大小之区别,人有夭寿之不同。所以他断言:"天下莫大于秋毫之末,而太山为小;莫寿于殇子,而彭祖为夭。"(同上)这种论点,正如《秋水》中所说"又何以知毫末之足以定至细之倪,又何以知天地之足以穷至大之域",包含着某些辩证的因素,否定了形而上学的大小等观念,但其失在于陷入了怀疑论与相对主义,由此泯灭了一切是非善恶的标准。庄子当时可能是感于当时现实的愤激之辞,虽不无偏颇,却对后来那些失意士人提供了一定的安身之术。《庄子》中有些寓言,在今天看来,也许显得消极,如《齐物论》中的梦蝶故事:

> 昔者庄周梦为胡(蝴)蝶,栩栩然胡(蝴)蝶也。自喻适志与,不知周也。俄然觉,则蘧蘧然周也。不知周之梦为胡(蝴)蝶与(欤),胡(蝴)蝶之梦为周与(欤)?周与胡(蝴)蝶,则必有分矣。此之谓物化。

这个故事确实有浮生若梦的思想。后代许多文人大多喜用此典来显示其对平生遭际的感叹。至于《至乐》中所记髑髅的故事,更寓深意:

> ……夜半,髑髅见梦曰:"子之谈者似辩士。视子所言,皆生

人之累也,死则无此矣。子欲闻死之说乎?"庄子曰:"然!"髑髅曰:"死无君于上,无臣于下,亦无四时之事,从然以天地为春秋。虽南面王,乐不能过也。"庄子不信曰:"吾使司命复生子形,为子骨肉肌肤,反(返)子父母妻子闾里知识,子欲之乎?"髑髅深矉蹙额曰:"吾安能弃南面王乐,而复为人间之劳乎?"

这故事看来过于悲观,认为人生不如死,但值得注意的是"髑髅"说到死之可乐,首先在于"无君于上,无臣于下",而前面庄子问"髑髅"死的原因,也在于"亡国之事"、"斧钺之诛"以及"冻馁之患"等等,更显示出当时社会的不合理。这个故事在文学史上影响甚大,东汉张衡作《髑髅赋》,三国曹植作《髑髅说》,皆取庄子此文之意。事实上张衡在当时对东汉中期以后朝政颇有不满,而曹植亦深受曹丕迫害,故借此以发不平之鸣。所以《庄子》一书,历来为广大知识分子尤其是其中的失意者所喜爱,是绝非偶然的。

《庄子》不但是一部思想家著作,也是一部杰出的散文名作。历来论文者谈到先秦诸子无不以《孟子》和《庄子》二书为文章之冠。在《庄子·天下》中,说到此书文风:"以谬悠之说,荒唐之言,无端崖之辞,时恣纵而不傥,不以觭见之也。以天下为沉浊,不可与庄语。以卮言为曼衍,以重言为真,以寓言为广。"这段话是说庄子认为当时现实混乱,不能正面说出自己的观点,而用一些荒诞不经的话来表达其想法,其说不拘滞于世俗之见。他所谓"卮言",即不拘于一成不变的俗见;"寓言"即有所寄托,言在此而意在彼的话;所谓"重言"即他所引证的老子等人的话。因此《庄子》之文以善于夸张、虚构和幻想为特色,所以司马迁评其文谓"善属书离辞,指事类情","其言洸洋自恣以适己",颇能道出《庄子》之文的特点。如《逍遥游》写北海之鲲,其大"不知其几千里也","化而为鸟,其名为鹏,鹏之背不知其几千里也,其翼若垂天之云"。大鹏从"北冥"飞向"南冥","水击三千里,抟扶摇而上者九万里,去以六月息者也"。这"鲲"和"鹏"自然并非真实的存在,但通过幻想所写出的神话,却象征着胸怀大志者的气概,为历来有抱负的士人所欣赏与共鸣,唐李白作《大鹏赋》,即取法此文。《庄子》中不但写了鲲鹏,也写了"蜩与学鸠"这些小动物对它的嘲笑,更显示出那些"知效一官,行比一乡,德合一君,而征一国者",即那些世俗庸人的渺小。所以这段文字看来荒诞,却寓有深刻的含意。

《秋水》中对河伯的描写亦极生动:

> 秋水时至,百川灌河,泾流之大,两涘渚崖之间,不辩牛马。于是焉,河伯欣然自喜,以天下之美为尽在己。顺流而东行,至于北海,东面而视,不见水端。于是焉,河伯始旋其面目,望洋向若而叹曰:"野语有之曰'闻道百,以为莫己若'者,我之谓也。且夫我尝少闻仲尼之闻,而轻伯夷之义者。始吾弗信,今我睹子之难穷也。吾非至于子之门,则殆矣。吾长见笑于大方之家。"

这段文字写大河涨水之状,极为生动,而文章主旨却在说明人稍有所成即感自满者之可笑。尽管"河伯"、"北海若"都非实有,而这故事却使人感到真实而发人深省。

《庄子》之文善于铺张、夸饰,已开汉代赋家之先河。如《齐物论》中写风:

> 夫大块噫气,其名为风。是唯无作,作则万窍怒呺,而独不闻之翏翏乎!山林之畏佳(嵔崔),大木百围之窍穴,似鼻、似口、似耳、似枅、似圈、似臼、似洼者、似污者,激者、謞者、叱者、吸者、

叫者，嚎者，宎者，咬者，前者唱于，而后者唱喁。泠风则小和，飘风则大和，厉风济，则众窍为虚。而独不见之调调之刁刁乎？

这里写的是自然界各种事物形状各不相同，大风吹来，各自发出不同的声响，组成一种奇特的声响。连用排句，二言、三言和四言交替出现，文风雄肆奔放，笔力刚劲，可谓散文作品的卓越典范，对后来韩愈等人的散文有着明显的影响。这种句法，亦开辞赋家排比铺张的先河。历来的散文家取法《庄子》者甚多。如东晋氏族作家苻朗作《苻子》（清严可均《全上古三代秦汉三国六朝文》中辑有其佚文），行文即仿《庄子》。唐韩愈在《进学解》中自述其作文取法先秦两汉，而于诸子中仅称"庄骚"，以《庄子》与《楚辞》并提。他的《答李翊书》，前代评论者多谓行文取法《庄子》；其实他的《送孟东野序》中讲人和自然界的各种"鸣"一段，即显然取法《齐物论》。

《庄子》的思想，在当时的确不讨统治者的喜欢，所以司马迁说"故自王公大人不能器之"，但亦曾得到一些士人的认同。所以即使在黄老之学盛行的西汉初年，讲究《庄子》之学的人也不算多，而一些儒者虽在思想上与《庄子》有很大区别，却也有时运用《庄子》中故事，如《盐铁论·毁学》中记"文学"（儒生）即以《秋水》中鹓鶵典故讥笑公卿。《庄子》一书受到士人们普遍关注恐怕是在东汉以后。例如东汉大儒马融应邓骘之召，就自称"古人有言，左手据天下之图，右手刎其喉，愚夫不为"。所以然者，生贵于天下也。今以曲俗咫尺之羞，灭无赀之躯，殆非老庄所谓也（《后汉书·马融传》）。这大约是士人中较早把《庄子》和《老子》并称之例。到了魏晋时代，由于统治者内部矛盾尖锐，曹氏与司马氏争夺权力，士人罕有能自全者，于是不少人就逃避现实而以玄谈为务。他们所谈论的大抵不出《老子》、《庄子》和《周易》三书，合称"三玄"。不过王弼、何晏的学说，似更重

《老》、《易》。如何晏的思想,其实是为曹魏君主提出一些巩固其统治的思想基础,所以对《庄子》还不十分看重。至于另一些人如嵇康、阮籍则似更强调《庄子》那种否定一切统治的思想。嵇康作《幽愤诗》,自称"托好老庄"。他的《与山巨源绝交书》称"老子庄周,吾之师也";"又读《庄》、《老》,重增其放";书中屡用《庄子》典故,其"思长林","志在丰草"诸语,即概括《庄子·马蹄》篇义,而"非汤武而薄周孔"更来源于《庄子》。阮籍作《达庄论》,亦很推崇庄子。现今所知为《庄子》作注的人,始于魏晋间人向秀①和崔譔。崔譔注今佚,《经典释文序录》谓凡十卷二十七篇。向秀注据《经典释文序录》凡二十卷,二十六篇(一云二十七,一云二十八篇),与《隋书·经籍志》著录卷数相同。其书今亦不可见,但其内容或与今存郭象注相同。《世说新语·文学》云:"初,注《庄子》者数十家,莫能究其旨要。向秀于旧注外为解义,妙析奇致,大畅玄风。唯《秋水》、《至乐》二篇未竟,而秀卒。秀子幼,义遂零落,然犹有别本。郭象者,为人薄行,有俊才,见秀义不传于世,遂窃以为己注,乃自注《秋水》、《至乐》二篇,又易《马蹄》一篇,其余众篇,或定点文句而已。后秀义别本出,故今有向、郭二《庄》,其义一也。"这样看来也许今本郭象注中,就有向秀注原文在内。如《世说新语·文学》:"《庄子·逍遥》篇,旧是难处,诸名贤所可钻味,而不能拔理于郭、向之外。支道林在白马寺中,将

---

① 《世说》注引《晋书》向秀本传或言"秀游托数贤,萧屑卒岁,都无注述,唯好《庄子》,聊应崔譔所注,以备遗忘"云。据此崔譔在向秀前,而《隋书·经籍志》谓"东晋议郎崔譔",疑误。《经典释文》崔在向前。使崔为东晋人,刘注所引向秀本传不应有"聊应崔譔所注"语。疑《世说》所谓"旧注",即包括崔譔注,盖崔向同时,而崔注成于向前也。吴承仕先生亦以《隋志》说为误(见《疏证》第 164 页)。

冯太常(怀)共语,因及《逍遥》。支卓然标新理于二家之表,立异义于众贤之外,皆是诸名贤寻味之所不得。后遂用支理。"刘孝标注引今本郭象注,谓是"向子期(秀)、郭子玄(象)《逍遥》义",许抗生先生将刘注引文与今本文字作了比较,文字虽略有异同,而内容其实是一致的。所以许先生认为:"刘孝标《世说》注引的'向、郭《逍遥》义',实为向秀的《逍遥》义。"(《魏晋玄学史》,陕西师范大学出版社1989年版第250页)据许先生统计,向秀《庄子注》现在可辑得的逸文有二百余条(同上251页)。但现在通常所见的《庄子》古注,则为郭注。除了郭注外,其他像崔谯、司马彪、孟氏、李颐诸注今均已佚。

《庄子》自魏晋玄学盛行之后,直到南朝,仍为士人们所重,据《隋书·经籍志》著录,南朝宋王叔之撰《庄子义疏》,又有梁简文帝萧纲讲疏、陈张讥及周弘正讲疏等,今均佚,但说明当时治《庄》学者之盛。

唐代因老子有姓李之传说,故道家特受尊崇。《旧唐书·玄宗纪》,天宝元年,尊老子为"大圣祖玄元皇帝"。《庄子》亦被称为《南华真经》,在崇玄学中命士子学习。从《旧唐书·经籍志》和《新唐书·艺文志》看,唐代为《庄子》作注疏者亦不少,但至今常为人们所阅读的只有成玄英的《庄子疏》,此《疏》乃解释郭象注本。《新唐书·艺文志》云:"玄英字子实,陕州人,隐居东海。贞观五年召至京师。永徽中,流郁州。书成,道王元庆遣文学贾鼎就授大义。嵩高山人李利涉为序。"今成《疏》附于郭注,凡三十五卷,有道藏本,涵芬楼《道藏举要》影印《道藏》本,近年有中华书局排印本(作十卷)。宋人注《庄子》以林希逸《虞斋庄子口义》十卷为著,有中华书局排印书。清人注释以郭庆藩《庄子集解》十卷为最完善,书中备录郭《注》成《疏》及陆德明《释文》。王先谦《庄子集解》则较简明,有中华书局排印本。近人著述有刘文典《庄子补正》十卷,安徽大学及云南大学二出版社排印本;钟泰《庄子发微》,上海古籍出版社排印本。20世纪30年代,郎擎霄著《庄子学案》一书(上海大东书局1928年版,天津市古籍书店1990年影印)对《庄子》一书的作者、篇目有所考订。今人著述有陈鼓应《庄子今注今译》,中华书局排印本,曹础基《庄子浅注》,中华书局排印本。另外,张默生有《庄子新释》,齐鲁书社排印本,亦有一定影响。

第七节 《文子》和《列子》

《文子》和《列子》都属道家,唐代推尊老子,二书亦受尊崇,文子被称"通玄真人",列子被称"冲虚真人",二书亦称"通玄真经"和"冲虚真经"。但二书的真伪,都曾有争论。

《汉书·艺文志》:"《文子》九篇。老子弟子,与孔子并时,而称周平王问,似依托者也。"看来刘向、班固对文子其人的身世已不清楚,对书的产生年代亦持怀疑态度。《隋书·经籍志》有"《文子》十二卷。"并云:"文子,老子弟子。《七略》有九篇,梁《七录》十卷,亡。"关于《文子》一书及其作者的情况,前人所述,颇有可疑之处。首先,《汉书·艺文志》说是九篇,而《隋书·经籍志》说是十二篇,今所见本为十二卷,十二篇,与《汉志》不符,是否有后人附益?其书据宋王应麟《汉书艺文志考证》,以为即北魏李暹注本;王氏所作《玉海》卷五三,亦云:"今本十二卷,元魏李暹注。"考《魏书》及北朝诸史,并无"李暹"其名,《隋志》亦不言有李暹注。但洪迈《容斋续笔》卷六云:"曹子建表(按:指曹植《求通亲亲表》,中引'《文子》曰:"不为福始,不为祸先。"'李善注:'《文子》曰:"与道为际,与德为邻,不为福始,不为祸先。"《范子》曰:"文子者,姓辛,葵丘濮上人也,称曰计然,南游于越,范蠡师事。"）引《文子》,李善注以为计然,师古盖未能尽也。而《文子》十二卷,李暹注,其序以谓《范子》所称计然……"据此则洪迈亦曾见《文子》有"李暹注",王、洪皆南宋人,或当时有此说,已难确考。至于《文子》作者,依李善注说即计然。洪迈又云:"予按唐贞元中马总所述《意林》一书,抄类诸子百余家,有《范子》十二卷,云:'计然者,葵丘濮上人,姓辛字文子,其先晋国之公子也。为人有内无外,状貌似不及人,少而明,学阴阳,见微知著,其志沈沈,不肯自显,天下莫知,故称曰计然。时遨游海泽,号曰渔父。范蠡请其见越王,计然曰:越王为人乌喙,不可与同利也。'据此则计然姓名出处,皎然可见。裴骃注《史记》,亦知引《范子》(按:指《史记·货殖列传》之《集解》引《范子》,其文字与《意林》所引略同)。《北史》:萧大圜云:'留侯追踪于松子,陶朱成术于辛文(按:二语见《周书》及《北史·萧大圜传》)。'"按此则晋及南北朝以前实有计然即文子之说,但刘向、班固并未提到,未知可信否。至于《文子》的真伪,历来亦颇多持怀疑态度。如唐柳宗元《辩文子》(见《唐柳先生文集》卷四)云:"《文子》书十二篇,其传曰老子弟子。其辞时有若可取,其指意皆本老子。然考其书,盖驳书也。其浑而类者少,窃取他书以合之者多。凡孟、管辈数家,皆见剽窃,峣然而出其类。其意绪文辞叉牙相抵而不合。不知人之增益之欤? 或者众为聚敛以成其书欤? ……"柳宗元此文比较慎重,并未断言此书是伪,只是疑其出于众手或有人附益,此说似较可信。后来有些人甚至怀疑它是伪书,则显然不对。因为考古的发现已证明此书在西汉时确实存在。1973年,河北定州八角廊中山怀王墓出土竹简中有《文子》。中山怀王即刘修,据《汉书·诸侯王表》,宣帝地节元年(前69)嗣位,十五年薨,当卒于五凤三年(前55),至于竹简《文子》的缮写当更在五凤以前,证明早在刘向作《七略》之前,已有其书,而竹简本文字与今《道原篇》多合,亦说明今本

《文子》至少有一部分为《汉书·艺文志》所著录九篇中所有。至于今本十二篇中是否有后人附益的文辞,则恐亦难免。所以此书虽不伪,却如柳宗元所说是被人附益过的驳书。此书今本都引《老子》中语,而为之阐释,所以明代的宋濂在《诸子辨》中说"大概《道德经》之义疏尔"。清人马辅亦有类似的看法。但《文子》所引文字虽有的见于今本《老子》,有的则为今本《老子》所无。如《道原》云:"老子曰:'有物混成,先天地生,惟象无形,窈窈冥冥,寂寥淡漠,不闻其声。吾强为之名,字之曰道。'"这段话,虽有一部分与今本《老子》第二十五章相同,却也只是述其大意而非引本义。又如"老子曰:'夫事生者应变而动,变生于时,知时者无常之行。故道可道,非常道;名可名,非常名。书者,言之所生也,言出于智,智者不知,非常道也。名可名,非藏书者也。……'"这段文字前四句皆非《老子》原文,后面"道可道"几句,见第一章;下面文字散见好几章,可见只是在发挥老子学说时,引用原文而已。王利器先生根据竹简残本、日本古抄本及《群书治要》所引《文子》四十五条,其文字均无"老子曰"开首的做法,认为加添"老子曰"字样,始自唐玄宗开元间(见《文子疏义序》,中华书局2000年版)。其说或可商榷[①],但为唐以后人所加,当是事实。

《文子》的内容,正如清人马骕所说,被《淮南子》采撷殆尽。前人有的认为是《淮南子》抄袭《文子》,有的认为是《文子》抄袭《淮南子》。现在看来,恐怕还是前一种说法较妥。因为从出土竹简看,《文子》既为西汉已有之书,当是战国人所作。《淮南子》在杂家,采撷前人著述,本不足怪。王利器先生在《文子疏义序》中曾说:"马骕《绎史》八三曰:'《文子》,《道德》之疏义,语必称老子,尊所闻以立言

[①] 王先生所举例子有《文选》干令升《晋纪总论》李注文字,李善《文选注》完成于唐高宗显庆三年(658),则在开元之前已有其例。

也.'予今将进一解曰:《淮南》,《文子》之疏义。"王先生此见极是。不但如此,从文体上看,似乎三者有其继承关系。《老子》的文章多用韵语及四言句,但篇幅一般较短,而《文子》之文亦多用四言句,稍有散句且多有韵,只是篇幅较长,发挥老子学说更见充分。如果把《文子·道原》与《淮南子·原道》比较,则《淮南子》文章亦多四言句和韵语,但亦间以字数较多的散句,更可把书中玄理阐述得透辟。在这里可以看出文体发展的痕迹,而且和韵文中由《诗经》发展为荀卿赋再发展为汉赋的情况近似。

从《文子》中某些论点看来,其书似已受到像儒家那些与道家不同学派的影响。如《道原》云"人生而静,天之性也。感物而动,性之欲也",与《礼记·乐记》几乎全同(仅"感物而动"句《礼记》在"物"上多一"于"字)。《乐记》当是战国中期以后的产物,则《文子》当亦成书于战国中后期。

《文子》的注本据李善《文选注》所引,有东晋张湛注,但《隋书·经籍志》却不见著录,现在已亡佚。南宋人曾见北魏李暹注,今亦不见。比较常见的是唐元和间人默希子所作《通玄真经注》,其人即徐灵符,钱塘人,方瀛观道士。其后元杜道坚作《文子缵义》十二卷,有杭州局重刻聚珍本,在《二十二子》中。今人王利器先生有《文子疏义》十二卷,有中华书局"新编诸子集成"排印本。

《列子》一书自唐宋以来就有不少人提出怀疑,自从马叙伦先生作《列子伪书考》以后,《列子》之为晋人伪托之书,几乎已成定论。近代以来虽有岑仲勉先生和日本人武内义雄等提出过异议,但很难动摇马先生的结论。但争论并未结束。严灵峰先生《列子辩诬及其中心思想》等论著力主《列子》为先秦古籍。而马达先生《列子真伪考辨》(北京出版社2000年版)具体论证《列子》是战国初期以前的古籍。尽管如此,在我看来,马先生所举许多例证还是可以成立的,如证明《列子》中所谈到的人物,有在战国中期以后者(如钟子期、伯牙乃楚怀王、顷襄王时人,而列御寇当是春秋后期人,与郑子产同时,非列子所及知)。《列子》中有些话与《史记》不合,而因袭《淮南子》高诱注及《后汉书·郎𫖮传》之说,证明不但不是列御寇本人所作,亦非战国时列子门人后学所为。更重要的是指出了《列子》中有同于晋初汲冢出土的《穆天子传》内容和剽窃佛经内容之处,益可证其出于晋代以后。后来刘汝霖作《周秦诸子考》,确认《列子·杨朱》一篇,袭取佛教《阿含经》中的《寂志果经》,而此经在东晋已有竺昙无兰所译之本。1957 年,季羡林先生作《列子与佛典》,证明《列子·汤问》中偃师之巧故事与西晋竺法护译《生经》卷三故事全同(见《中印文化关系史论丛》,人民出版社版),更为《列子》出晋人伪托得一有力证据。所以《列子》的真伪问题可以说已有定论,只是伪托者究为王弼抑张湛,似尚无定说,而作于元康说,亦尚未得公认。

不过,今本《列子》虽属伪书,但列御寇其人应当是实有的。而且在西汉时代,确实有过一部《列子》。因为先秦典籍中提到列御寇或"列子"处不少。除《庄子》中曾多次提到外,像《吕氏春秋·不二》、《尔雅·释诂》邢昺《疏》引《尸子·广泽》及《战国策·韩策二》(作"列子圉寇")都曾提到他。当然,其中如《庄子·逍遥游》把他形容成一个能"御风而行"的神仙自不足信,但如《吕氏春秋》、《尸子》和《战国策》的话,当属可信。所以《汉书·艺文志》著录"《列子》八篇"时又说"名圉寇,先庄子,庄子称之",当有根据。这部《列子》的作者是否即列御寇?他究竟是什么时代人?目前尚难完全论定。根据一些学者的考订,大致认为列御寇乃郑国人,与子产同时,那么其生活年代当在春秋末。至于刘向、班固所见的《列子》,是否列御寇作,则亦难判断。因为不但其书已佚,而且即如现存的一些书像《管子》、《商君书》等,均非伪书,而《商君书》至多只有少数几篇为商鞅作,《管子》中有无管仲之作更大成问题。刘向、班固所见《列子》自两汉以来,皆无人提及,甚至道家思想盛行的魏和西晋时代,均无人征引及提到。

今本《列子》乃东晋张湛所注,张湛《序》自称得之舅家高平王氏(王粲、王弼家族)。所以梁启超《古书真伪及其年代》以为即张湛本人作伪;而马叙伦先生则以为乃王弼之徒所为。杨伯峻先生作《列子著述年代考》(附见于中华书局排印本《列子集释》中)云:据我看,张湛的嫌疑很大,但是从他的《列子注》来看,他还未必是真正的作伪者。因为他还有很多对《列子》本文误解的地方。任何人是不会不懂得他本人的文章的。因此,我怀疑他可能也是上当者(《列子集释》第347~348页)。许抗生先生则根据多方面理由,认为:"《列子》一书伪成于西晋元康年间,反映的是元康放达派的思想当是无疑问的。"(《魏晋玄学史》第403页)不过,《列子》虽属伪书,却成于晋人之手,当时尚存的古书为数甚多,其中不能排除杂有刘向、班固所见真《列子》的文字在内(许抗生先生在《魏晋玄学史》中也说到《列子》中有一类"既无出处,又与本书主题无关,很可能是真《列子》的佚文")。另一方面,此书对历来的思想史和文学史都产生过不小的影响。如《杨朱》篇和《汤问》篇中的"愚公移山"寓言等都经常为人们所提到,并用作典故。然而迄今为止,许多文学史著作,因为它是伪书而都不予论列。这大约因为此书既属魏晋人所伪托,故先秦文学部分均未提及;至于魏晋文学部分则又因此书假托先秦人所作,亦不予论述。以笔者所知,仅《中国大百科全书·文学卷》中有洪湛侯先生所作《列子》一条;思想史方面许抗生先生《魏晋玄学史》中《两晋之际的玄学》章中有《列子的玄学思想》一节;至于有关文学史料的论著亦未加讨论,似亦属遗憾,故略加探讨。

《列子》出后人伪托,但正如柳宗元在《辨列子》中所说:"其文辞类《庄子》,而尤质厚。"作为一位散文大家,柳宗元的感受应该是正确的。《列子》之文高古,不但是由于书中在一定程度上保留有真本原文,更由于其博采先秦子书,有意识地学习其文辞。其中有些故事写得颇为动人。如《黄帝》中写列御寇和伯昏无人之事:

> 列御寇为伯昏无人射,引之盈贯,措杯水其肘上,发之,镝矢复沓,方矢复寓。当是时也,犹象人也。伯昏无人曰:"是射之射,非不射之射也。当与汝登高山,履危石,临百仞之渊,若能射乎?"于是无人遂登高山,履危石,临百仞之渊,背逡巡,足二分垂在外,揖御寇而进之。御寇伏地,汗流至踵。伯昏无人曰:"夫至人者,上窥青天,下潜黄泉,挥斥八极,今汝怵然有恂目之志,尔于中也殆矣夫!"

这段文字其实是仿《庄子》的笔法。但极写二人当时情状,颇为传神。在《列子》中,还有一些夸张手法,亦与《庄子》相近,如《汤问》中说:

> 渤海之东不知几亿万里,有大壑焉,实惟无底之谷,其下无底,名曰归墟。八纮九野之水,天汉之流,莫不注之,而无增无减焉。其中有五山焉:一曰岱舆,二曰员峤,三曰方壶,四曰瀛洲,五曰蓬莱。其山高下周旋三万里,其顶平处九千里。山之中间相去七万里,以为邻居焉。其上台观皆金玉,其上禽兽皆纯缟。珠玕之树皆丛生,华实皆有滋味,食之皆不老不死。所居之人皆仙圣之种,一日一夕飞相往来者,不可数焉。而五山之根无所连箸,常随潮波上下往还,不得蹔峙焉。仙圣毒之,诉之于帝。帝恐流于西极,失群仙圣之居,乃命禺强使巨鳌十五举首而戴之。

迭为三番,六万岁一交焉。五山始峙而不动。而龙伯之国有大人,举足不盈数步而暨五山之所,一钓而连六鳌,合负而趣,归其国,灼其骨以数焉。于是岱舆、员峤二山流于北极,沉于大海,仙圣之播迁者巨亿计。帝凭怒,侵灭龙伯之国使厄,侵小龙伯之民使短,至伏羲神农时,其国人犹数十丈。

这个故事大约受了神仙方术之士的影响。郭璞《游仙诗》"吞舟涌海底,高浪驾蓬莱",当即指巨鳌载蓬莱仙岛的传说。杜甫《戏为六绝句》中"未掣鲸鱼碧海中"句,当亦即用此典。可见《列子》一书在文学史上的影响,实不可忽视。

当然,由于《列子》是一部后人杂凑的伪书,故思想上并不很统一,如《天瑞》中谈到"子贡倦于学"一段显然取于《荀子·大略》,但《荀子》中讲的是儒家进德修业不得懈怠的道理,而《列子》中讲的却是死为归宿,思想倾向完全不同。老庄等道家决不会用儒家学说来证明自己的思想,尤其《大略》篇为荀门后学之作,有可能出现于秦汉以后,更足以证明《列子》确为"驳书"。

《列子》有东晋张湛注,唐殷敬顺释文,通行本甚多。唐人卢重玄注,有秦恩复校刻本。今人注本有杨伯峻先生《列子集释》,中华书局1979年排印本,易得。

第八节 《墨子》

在先秦诸子中,墨家应该是一个影响很大的学派。当时各个学派的人物大抵都曾提到过墨子。特别是《孟子·离娄下》有"杨朱、墨翟之言盈天下"的话;《韩非子·显学》云:"世之显学,儒墨也。"这都说明墨家在战国时代影响甚大。但关于墨子的身世,我们所知甚少。《史记》中不为墨子立传,仅在《孟子荀卿列传》末附有"盖墨翟,宋之大夫,善守御,为节用。或曰并孔子时,或曰在其后"数语,说明司马迁对他的生平并不太清楚。《汉书·艺文志》:"《墨子》七十一篇。名翟,为宋大夫,在孔子后。"又《史记·孟子荀卿列传》之《索隐》:"按:《别录》云:'今按《墨子书》有文子,文子即子夏之弟子,问于墨子。'如此,则墨子在七十子之后也。"看来关于墨子的生平,刘向所知也不比司马迁多。后来的学者对墨子生平作了些推测,如清人毕沅、武億说他是楚国人,其实是误以鲁国为鲁阳。关于墨子生平,现在比较公认的是清末孙诒让的说法(见《墨子间诂》附《墨子传略》)。孙诒让据《墨子·贵义》"墨子自鲁即齐",及《鲁问》越王"为公尚过束车五十乘以迎子墨子于鲁",判定墨子为鲁人。关于墨子的生卒年,孙诒让说:"窃以今五十三篇之书推校之,墨子前及与公输般、鲁阳文子相问答,而后及见齐太公和与齐康公兴乐、楚吴起之死,上距孔子之卒,几及百年,则墨子之后孔子,盖信。审核前后,约略计之,墨子当与子思并时,而生年尚在其后。当生于周定王之初年,而卒于安王之季,盖八九十岁,亦寿考矣。"(见《墨子间诂》后附《墨子年表》)孙氏的推测多据《墨子》本书,虽未必尽为定论,但多数学者均认同此说。《墨子》书在《汉志》为七十一篇,《隋书·经籍志》则为十五卷,目一卷。今本《墨子》有七十一篇之目,但实际上缺《节用下》、《节葬上》、《节葬中》、《明鬼上》、《明鬼中》、《非乐中》、《非乐下》、《非儒上》等八篇。其中自《尚贤》、《尚同》、《兼爱》、《非攻》、《节用》、《节葬》、《天志》、《明鬼》、《非乐》、《非命》各分上、中、下及《非儒上》、《非儒下》本三十二篇,除去已缺的八篇为二十四篇,历来被视为《墨子》书的精华,自先秦以来评论墨家思想者,多据这些命题立论。近代以来人选读《墨子》中篇章,亦多从这些篇中选取。《亲士》至《三辩》等七篇情况比较复杂,如《所染》有"中山尚染于魏义、偃长,宋康染于唐鞅、佃不礼"诸语,孙诒让指出当墨翟在世时,中山国尚未亡;宋康之亡,当楚顷襄王十一年,上去楚惠王卒一百四十三年,更非墨翟所能见,所以怀疑这些篇出墨子门人后学之手。但也有人认为《亲士》等篇无"子墨子曰"字样,当为墨翟本人之作。不过《墨子》一书流传既久,篇目次第未必尽如原貌。《所染》一篇出后学所为,当是定论;然其余六篇,似尚难论定;至于有无"子墨子曰"字样,恐亦难证明是墨子自作。《经上》以下诸篇,多涉及军事及自然科学问题,其中可能有墨子自作部分,亦可能有出于后学之作。据《庄子·天下》云"苦获、己齿、邓陵子之属,俱诵《墨经》",则这些篇也许出现于战国中期以前。因为《庄子·天下》当为战国后期人作,则"苦获"辈当在其前。至于其中的《耕柱》、《贵义》、《公孟》、《鲁问》和《公输》五篇,文体近于《论语》、《孟子》一类语录体著作,可能是墨子门人记录墨子之言,正如《荀子·大略》等篇亦有此情况,虽非墨翟亦当去墨子时代不远。

历来认为是《墨子》一书的最主要部分是人们所经常提到的《尚贤》、《尚同》、《兼爱》诸篇。这些篇大抵分为上、中、下篇,一般说来,上篇仅讲主旨,比较简略,而中篇与下篇则作了较多发挥,有时亦引证历史上的人物和故事,有时还引证古代典籍如《诗经》、《尚书》中语来证明其观点。如《尚贤上》,讲了"故官无常贵,而民无终贱,有能则举之,无能则下之,举公义,辟私怨,此若言之谓也"等语之后,便举出了尧举舜,禹举益,汤举伊尹,文王举闳夭、泰颠之事为例。但并不详述这些古人的事迹,《尚贤下》则对一些事例作了说明:"是故古之圣王之治天下也,其所富,其所贵,未必王公大人骨肉之亲、无故富贵、面目美好者也。是故昔者舜耕于历山,陶于河濒,渔于雷泽,灰于常阳,尧得之服泽之阳,立为天子,使接天下之政,而治天下之民。昔伊尹为莘氏女师仆,使为庖人,汤得而举之,立为三公,使接天下之政,治天下之民。傅说居北海之洲,圜土之上,衣褐带索,庸筑于傅岩之城,武丁得而举之,立为三公,使之接天下之政,而治天下之民。"从两篇文字看来,意思是相同的,而举的事例略有变化,如上篇的禹举益,文王举闳夭、泰颠,下篇中就没有讲。可见下篇未必为阐释上篇而作,但通过下篇亦能对上篇有一个基本的了解。例如今本《墨子》中《节用》缺下篇,而《节葬》、《明鬼》缺上、中篇,《非乐》缺中、下篇,《非儒》缺上篇,但我们现在根据尚存的文字,仍能有较清楚的了解,其缺点是上、中、下篇间的内容和文字都难免有重复。看来《墨子》书的作者往往只求达意,不注重修辞,因此在诸子中显得颇乏文采。例如,先秦诸子之文一般很讲究以历史故事或寓言来作事例,表达其思想,这些故事和寓言往往写得生动形象,富于文学意味。然而《墨子》的情况则不大一样,像上面提到的《尚贤下》中讲到尧举舜、汤举伊尹,武丁举傅说三个故事,基本情节相似,结果都是"立为××","使之接天下之政,而治天下之民",连文字也没有什么变化。又如《明鬼下》,力主鬼神的确实存在,这种思想本不足取,姑置勿论,而其举例论证,亦复平铺直叙,全无变化。如:

周宣王杀其臣杜伯而不辜。杜伯曰:"吾君杀我而不辜,若以死者为无知则止矣;若死而有知,不出三年,必使吾君知之。"其三年,周宣王合诸侯而田于圃,田车数百乘、从数千,人满野。日中,杜伯乘白马素车,朱衣冠,执朱弓,挟朱矢,追周宣王,射之车上,中心折脊,殪车中,伏弢而死。当是之时,周人从者莫不见,远者莫不闻,著在周之《春秋》,为君者以教其臣,为臣者以儆其子,曰戒之慎之!凡杀不辜者,其得不祥,鬼神之诛,若此之憯(速)也。以若书之说观之,则鬼神之有,岂可疑哉,非惟若书之说为然也。昔者郑穆公当昼日中处乎庙,有神入门而左,鸟身,素服三绝,面状正方。郑穆公见之,乃恐惧犇(奔),神曰:"无惧!帝享女明德,使予锡(赐)女寿十年有九年,使若国家蕃昌,子孙茂,毋失郑。"穆公再拜稽首曰:"敢问神名?"曰:"予为句芒。"若以郑穆公之所身见为仪,则鬼神之有,岂可疑哉?非惟若书之说为然也……

这段文字很长,下面又讲了"燕简公杀其臣庄子仪而不辜";宋文君鲍之臣衪观辜祭神不丰盛;齐庄君判王里国和中里徼之狱等故事,结论都是"著在×之《春秋》","诸侯传而语之曰"等等,尤其燕简公杀庄子仪的情节与前引周宣王故事基本上无甚区别。所以从文学意味而论,《墨子》的价值似较低。有些文学史(如袁行霈先生主编的《中国文学史》)中没有论及《墨子》;聂石樵先生的《先秦两汉魏晋南北朝文学史》(北京师范大学出版社1999年版)说墨子的文章"艺术成就不高,从而对后代文学的影响甚微"(《先秦卷》第319页),是完全正确的。

《墨子》之缺少文学意味,正如聂石樵先生说的:"(墨子)对文艺的作用的看法过于简单、片面。"(同上)这只要看他在《非乐》中把钟鼓等乐器看作是无用之物,否认音乐的作用等狭隘观点就会明白。不过,《墨子》一书虽很少文学价值,但作为文学史料,其作用不可忽视。首先,墨家作为先秦诸子的重要一派,对后代人的思想有较大影响;其次,《墨子》中记春秋战国时事,显然有较高的史料价值;再次,《墨子》中所记故事像前面所引神鬼的事,本身虽不可信,但对当时社会上所流行的迷信传说亦有其认识价值。最重要的是墨家作为不同于儒家的学派,在引用《诗经》、《尚书》方面,有不少部分与儒家所传的相同,但也有一部分则不大一样,可以互相参证。例如《墨子·尚贤上》有"文王举闳夭、泰颠于置罔（网）之中"语，清王先谦《诗三家义集疏》卷一引此语以与《文选》桓温《荐谯元彦表》"五臣"刘良注"殷纣之贤人退处山林，网禽兽而食之"诸语相印证，指出："《墨子》所述，实《兔罝》诗篇古义。"在《墨子》中，也引过很多《诗经》中的话，大部分出于《周颂》、《大雅》和《小雅》，其字句基本和今本《诗经》相同，说明《诗经》、《尚书》等古代典籍不但儒家经常引用，墨家所引亦复不少。足证在先秦时代，《诗》、《书》等典籍尚非儒家一派所独有。如果结合《左传·成公十二年》晋郤至对楚子反引《兔罝》语来看，先秦儒、墨二家对某些《诗》篇义的理解亦颇相同。这大约和《韩非子·显学》中所说"孔子、墨子俱道尧舜"不无关系。《墨子》中不但引过《诗经》，还引用过《尚书》，其中引用《吕刑》的文字，基本与今本《尚书》相同（见《尚贤中》）；引《泰誓》（见《尚同下》、《兼爱下》、《天志中》）则为真《泰誓》佚文；引《仲虺之诰》（见《非命上》）则为真《仲虺之诰》佚文。特别值得注意的是《兼爱下》和《明鬼下》两次引《禹誓》，而其文字则与今本《尚书·甘誓》相同，足以供研读《尚书》者参证和研究。《非乐上》所引《武观中》语，以夏启为荒之君，与《孟子》不同，可以为《楚辞·离骚》中"启《九辩》与《九歌》兮，夏康娱以自纵"及《天问》中"启棘宾商，《九辩》、《九歌》"等句的解释提供参证。这些都说明《墨子》作为文学史料仍有其价值。

《墨子》中的"墨经"部分，涉及不少自然科学问题，其内容比较艰深，虽乏文学价值，但亦反映古人的智慧及自然科学方面的成就，又是中国科学技术史的重要史料。

墨子在先秦遭到了儒家如孟子、荀子等人的猛烈攻击。在先秦诸子中，比较能客观评价墨子的只有《庄子·天下》。其评墨子，虽认为墨子之道很难做到，却也承认"墨子真天下之好也，将求之不得也，虽枯槁不舍也，才士也夫！"汉初一些人如贾谊虽受儒家和法家影响甚深,而对墨子也较宽容。在《过秦论》中把"仲尼、墨翟之贤"并称。但自汉武帝罢黜百家以后,墨家遂隐没不彰。近代有些学者曾认为汉代的游侠即墨家,其说不过是猜测,也未得到公认。西汉末年的扬雄以"辟杨墨"为孟子的大功,此后推崇墨子的人更少。唐代韩愈虽然以孔子学说的卫道者自居,却对墨子似还有所肯定,认为"孔子必用墨子,墨子必用孔子,不相用,不足为孔墨"(《韩昌黎全集》卷一二《读墨子》)。真正对《墨子》一书进行研究始于清代,但清代学者之治《墨子》,本为研究儒家五经时作参照。开始对《墨子》认真作校勘和研究的始于清中叶的汪中、毕沅和武億,其中尤以毕沅所校《墨子》为有名,有杭州局刻《二十二子》本。迄今最好的注本为清末孙诒让的《墨子间诂》,有家刻本及中华书局排印本。此外,"墨经"部分,梁启超、胡适、谭戒甫等均有研究,今人姜宝昌有《墨经训释》,有齐鲁书社排印本。郑杰文《20世纪墨学研究史》(清华大学出版社2002年版)对此有系统的评述。

第九节 《商君书》

《汉书·艺文志》著录法家类子书凡十种,其中除"《李子》三十二篇"据称为魏文侯时的李悝所作外,要数"《商君》二十九篇"较早。李悝其人见《汉书·食货志》,曾"为魏文侯作尽地力之教",和《史记·魏世家》中的"李克"或即一人。李书久佚,则《商君书》当为现存法家类子书中现存最早的一书。《汉书·艺文志》谈到"商君"时说:"名鞅,姬姓,卫后也,相秦孝公,有《列传》。"其所谓"列传",当指《史记·商君列传》。据《史记》云:"商君者,卫之诸庶孽公子也,名鞅,姓公孙氏,其祖本姬姓也。"商鞅本居魏国,闻秦孝公下令求贤,就西入秦,劝说秦孝公变法。曾和一些人辩论,最后秦孝公接受了他的意见,改革秦国的一系列制度,使秦国很快地富强起来,夺取了魏国的"西河之地"(指黄河以西一部分地方,即今陕西东部一带),为后来秦的统一中国奠定了基础。据《史记》等典籍记载,商鞅变法的内容在经济方面是开阡陌,废除原来井田制的遗迹,把原来每一块"井田"间所留的"阡陌"尽行开垦做耕地,扩大了耕地面积,又允许民间可以自由买卖土地,按亩收税,奖励农业,使农业生产很快得到发展。在政治上,他对秦地风俗实行改革,使百姓勇于公战而怯于私斗。他还实行了使民"什伍相保"的政策,一家犯法,邻里也要连坐,严刑峻法实行统治。另一方面,他又削弱了旧有贵族的特权,在秦国境内改分封制为郡县制,以加强君主的权力。他这种做法,显然颇为严酷,所以司马迁说他"其天资刻薄人也"。据说在他变法时,百姓议论法令不便,他认为"民不可与处始而可与乐成"。及秦法既行之后,百姓说其法便,他也认为是"乱化之民,尽迁之于边城"。从这些记载看来,他虽然对推动秦国经济发展促使其统一全国起了不小的作用,但对民众持专制手段,颇显残暴。后来秦的灭亡,也不能说与此全无关系。

商鞅的变法在秦国很快收到了效果,因此许多人就起而效法他,使法家学说盛行一时。所以商鞅虽为秦相,无暇开门授徒,也未必有意去著书立说,然而在战国时代,已经出现了宣扬他的思想的《商君书》。《韩非子·五蠹》:"今境内之民皆言治,藏商、管之法者家有之,而国愈贫。"可见在韩非时,已有商鞅的书,但此书未必就是今本《商君书》。其书包含什么内容?书中是否有商鞅之作?这些都难以确考。因为韩非与秦始皇、李斯同时,死于秦统一中国的前夕,上距商鞅之死已将百年,而在这期间商鞅的政绩已为不少人所盛称,所以韩非所见商鞅之书,亦难保出于别人伪托。高亨先生在 1974 年曾作有《商君书译注》(中华书局排印本),附有《商君书作者考》一文,指出其中《更法》、《错法》、《徕民》、《弱民》、《定分》五篇中内容有涉及商鞅死后之事,可以肯定非商鞅作,如《徕民》中提到长平之战,《更法》中提到秦孝公谥法,而《弱民》中更有一段文字抄自《荀子·议兵》,言及秦昭王拔楚鄢郢之事。高亨先生认为《垦令》一篇或即《更法》中所谓"于是遂出垦草令"的"垦草令"之方案,而《靳令》、《内外》二篇中有些文字为《韩非子》所引,或即韩非所见商鞅之书,推测它们为商鞅自作。这种推测虽然有一定根据,但正如上面所说,即使韩非所见文字,亦不能肯定必出商鞅之手。至于被刘安、司马迁提到的《开塞》和《耕战》,其情况亦与《靳令》、《内外》一样,可能为商鞅作,却未可确定。现在所能肯定的是今本《商君书》虽属先秦古书,却并非一人一时所作。

从《商君书》看来,商鞅一派学者的思想确与后来韩非、李斯及秦始皇所实行的政策有一脉相承的关系。如《开塞》云:

> 圣人不法古,不修(循)今。法古则后于时,修(循)今则塞于势。周不法商,夏不法虞,三代异势,而皆可以王。故兴王有道,而持之异理,武王逆取而贵顺,争天下而上让。其取之以力,持之以义。今世强国事兼并,弱国务力守,上不及虞夏之时,而下不修汤武,汤武之道塞,故万乘莫不战,千乘莫不守。此道之塞久矣,而世主莫之能废也,故三代不四。非明主莫有能听也。

这种论点显然和《韩非子·五蠹》所说的"古今异俗,新故异备"之说相同,而所谓"武王逆取而贵顺"的话,亦与《汉书·陆贾传》所谓"汤武逆取而以顺守之"的话全同。但《商君书》和陆贾等人不同,他似乎专任严刑峻法,他说:

> 今日愿启之以效。古之民朴以厚,今之民巧以伪。故效于古者,先德而治;效于今者,前刑而法。此俗之所惑也。今世之所谓义者,将立民之所好,而废其所恶。此其所谓不义者,将立民之所恶,而废其所乐也。二者名贸实易,不可不察也。立民之所乐,则民伤其所恶。立民之所恶,则民安其所乐。何以知其然也? 夫民忧则思,思则出度;乐则淫,淫则生佚。故以刑治民则威,民威则奸,无奸则民安其所乐。以义教则民纵,民纵则乱,乱则民伤其所恶。吾所谓利者,义之本也。而世所谓义者,暴之道也。夫正民者以其所恶,必终其好;以其所好,必败其所恶。

这种思想实际上是要专任刑法以治民,所以他在下文中说"治国刑多而赏少";"治民能使大邪不生,细过不失,则国治";"此吾以杀刑之反(返)于德,而义合于暴也"。这种思想与韩非的思想如出一辙,而汉初人则看到了秦专任刑法之弊,故陆贾说"秦任刑法不变,卒灭赵氏",而若使秦并天下以后行仁义,却可以长久。《商君书》的作者和秦始皇、李斯一样,也反对《诗》、《书》。如《去强》云:

> 国有礼有乐,有《诗》有《书》,有善有修,有孝有弟(悌),有廉有辩。国有十者,上无使战,必削至亡;国无十者,上有使战,必兴至王。国以善民治奸民者,必乱,至削;国以奸民治善民者,必治,至强。国用《诗》、《书》、礼、乐、孝、弟(悌)、善修治者,敌至必削国,不至必贫;国不用八者治,敌不敢至,虽至必却,兴兵而伐必取,取必能有之,按兵而不攻必富。国好力,日以难攻;国好言,日以易攻。国以难攻者,起一得十;国以易攻者,出十亡百。

这种观点也与《韩非子·五蠹》所说"明主之国无书简之文"等思想是一致的。这些法家人物既然反对《诗》、《书》和"书简之文",自然不重视文章,所以《商君书》的文章较少文采,但逻辑性较强。《商君书》本身虽无太高的文学价值,但作为文学史料,其价值亦不可忽视。因为汉初一些散文家如贾谊、董仲舒总结秦亡原因,皆归咎于商鞅。贾谊在《陈政事疏》中说:"商君遗礼义,弃仁恩,并心于进取,行之二岁,秦俗日败。故秦人家富子壮则出分,家贫子壮则出赘。借父耰钼,虑有德色;母取箕帚,立而谇语,抱哺其子,与公并倨;妇姑不相说(悦),则反唇而相稽。"(《汉书·贾谊传》)董仲舒向汉武帝上奏说:"至秦则不然,用商鞅之法,改帝王之制,除井田,民得买卖,富者田连阡陌,贫者亡立锥之地。又颛川泽之利,管山林之饶,荒淫越制,逾侈以相高;邑有人君之尊,里有公侯之富,小民安得不困。"(《汉书·食货志上》)这些指责,自难说很公允,但在商鞅开阡陌、废井田之后,确实推进了农业生产,同时又使土地兼并日益剧烈,贫富分化日益严重。这些事实不但对评价商鞅这个历史人物,也对认识贾谊、董仲舒这些汉代重要的散文家有着重要意义,而要正确地了解这些问题,显然离不开《商君书》这样有关商鞅的重要史料。

《商君书》现存最早的刊本为《四部丛刊》影印明天一阁刻本。近人范希曾《书目答问补正》谓有"朱师辙《商君书解诂》四卷;王时润《商君书集解》五卷,近年排印本"。按:范书作于上世纪30年代初,所云朱、王二书排印本均不易得。王书至今未见,朱书则上世纪50年代有古籍刊行社排印本。中华书局《新编诸子集成》中有蒋礼鸿先生《商君书锥指》(1996年排印本),最称完备。又高亨先生有《商君书注译》一书,中华书局1974年排印本。其所谓《略论》部分受制于当时"历史条件",多有不妥;但书中对《商君书》作者之考证及所附《商君书新笺》(成于 1963 年初),其中有早年所作札记,不乏精见。

第十节 《韩非子》

韩非其人历来被认为是先秦法家学派的集大成者,其生平事迹见于《史记·老庄申韩列传》:

> 韩非者,韩之诸公子也。喜刑名法术之学,而其归本于黄老。非为人口吃,不能道说,而善著书。与李斯俱事荀卿,斯自以为不如非。非见韩之削弱,数以书谏韩王,韩王不能用。于是韩非疾治国不务修明其法制,执势以御其臣下,富国强兵而以求人任贤,反举浮淫之蠹而加之于功实之上。……故作《孤愤》、《五蠹》、《内外储》、《说林》、《说难》十余万言。……人或传其书至秦。秦王(秦始皇)见《孤愤》、《五蠹》之书,曰:"嗟乎,寡人得见此人与之游,死不恨矣!"李斯曰:"此韩非之所著书也。"秦因急攻韩。韩王始不用非,及急,乃遣非使秦。秦王悦之,未信用。李斯、姚贾害之,毁之曰:"韩非,韩之诸公子也。今王欲并诸侯,非终为韩不为秦,此人之情也。今王不用,久留而归之,此自遗患也,不如以过法诛之。"秦王以为然,下吏治非。李斯使人遗非药,使自杀。韩非欲自陈,不得见。秦王后悔之,使人赦之,非已死矣。

按:《史记·秦始皇本纪》,秦始皇十年,"大索逐客",李斯上书谏,乃止。此年,秦用李斯计"请先取韩以恐他国","韩王患之,与韩非谋弱秦"。据此,韩非之到秦国时间当在秦始皇十年(前237)之后。又《六国表》韩非被遣使秦及被杀皆在秦始皇十四年(前233)。今《韩非子》有《存韩》之篇,附有韩非论存韩的必要和李斯驳斥他的文字,另有李斯说韩王安之文。看来韩非到秦后,起初受秦始皇欣赏,后来又被李斯所谮下狱,最后才自杀。那么韩非之死或在秦始皇十五年左右①。《六国表》所言"我杀非"恐因使秦连带述及。至于韩非的生年及受学于荀卿时间已难确考。

《韩非子》一书根据《史记》本传及《六国表》的记载,应该大部分作于入秦以前,因为本传虽只说了几篇的名字,大约是举些例子,以今本看来,"十余万言"应为差不多全书字数,若仅提到的几篇字数决不到十余万字。所以《太史公自序》及《报任安书》中所言"韩非囚秦,《说难》《孤愤》"二句不过是抒情文字,并不合事实②。因为本传明明说到秦始皇要见他是因为读到了《孤愤》和《五蠹》。《韩非子》一书据《汉书·艺文志》著录为:"《韩子》五十五篇。名非,韩诸公子,使秦,李斯害而杀之。"这五十五篇,与今本所存篇目相同。《隋书·经籍志》则谓二十卷,目一卷,其卷数亦与今本相同。《韩非子》五十五篇,除第一篇《初见秦》及《存韩》篇后所附李斯驳韩非语及说韩王安语外,尚无证据说明不是韩非所作。

《初见秦》篇亦见《战国策·秦策一》,旧以为乃张仪说秦惠王之事。而文中所说到的史事,有秦昭王后期白起破郢、秦破赵长平事,其非张仪作是显然的。但此文当亦非韩非作,因为韩非以韩国使者

---

① 钱穆先生《先秦诸子系年》谓韩非"其使秦在韩王安五年,翌年见杀"(第551页),检《六国表》,非使秦在韩王安六年,即始皇十四年,则被杀当在十五年左右。但钱先生推测韩非"寿在四十、五十之间",疑是。
② 此段文字所叙事实多与本传不合,不独韩非一人。盖抒情文字未必考虑史实。

入秦,当时尚非秦臣,而此文云"为人臣,不忠当死;言而不当,亦当死";篇末又言"大王诚听其说,一举而天下之从不破,赵不举,韩不亡,荆、魏不臣,齐、燕不亲,霸王之名不成,四邻诸侯不朝,大王斩臣以徇国,以为王谋不忠者戒也",与韩非身份不合。又韩非有《存韩》之篇,李斯驳他,曾说他"终为韩不为秦",所以有下狱之事。如果韩非入秦之初就有亡韩之计,李斯就不会用这理由进谗了。再说韩非入秦当为秦始皇十四五年之际。文中所言史事,似以言秦"乃复悉士卒以攻邯郸,不能拔也,弃甲兵弩,战竦而却";"军乃引而复,并于李下,大王又并军而至。与战不能克之也,又不能反。军罢而去"云云,当指庄襄王三年(前247)蒙骜为信陵君击败于河外事。此自是庄襄王时事,非秦始皇时事,而称"大王"云云,与事实不合。所以亦非韩非作。此外,还有范雎、蔡泽、吕不韦诸人作的说法。其中范雎说显然与本文情况不符,因为秦国拔楚鄢郢而未能灭楚之事,在昭襄王末,正范雎为相之时,攻邯郸失利及白起之死,范雎有直接责任,他不会自揭其短。蔡泽入秦及代范雎相秦在王龁围邯郸失败后,下距河外战败尚有十年左右。且文中称"楚"曰"荆",乃避庄襄王讳,蔡泽不当在昭襄王时讳"楚"字。相比较而言,吕不韦作的可能性较大。但据《六国表》,吕不韦于庄襄王元年(前249)相秦,已为秦相,不当如文中称"臣昧死愿望见大王",且河外之败,作为秦相的吕不韦自有责任,疑亦非吕作,而为庄襄王末年到秦国游说之士所作,其人已不可确考。后人编辑《韩非子》,误收此文。

除《初见秦》外,其他五十四篇是否都为韩非手笔,在目前并无确切证据的条件下,只能把它们都看作韩非本人所作①。在这五十四篇中,历来最受人们注意的有两类篇章:一类是阐述韩非政治和学术

---

① 胡适先生曾疑《说难》、《孤愤》等篇,但难以令人信服。

思想之作，其中为人们所常读的代表作当数《六反》《五蠹》《显学》诸篇。例如《五蠹》论到古今条件的不同，说明随着时间的推移，每个历史阶段的社会状况都不相同，不能泥古不化的道理。他从人们生活的条件来说明问题：

> 古者丈夫不耕，草木之实足食也；妇人不织，禽兽之皮足衣也。不事力而养足，人民少而财有余，故民不争。是以厚赏不行，重罚不用，而民自治。今人有五子不为多，子又有五子，大父未死而有二十五孙。是以人民众而货财寡，事力劳而供养薄，故民争，虽信赏罚而不免于乱。

韩非生活在战国末年的历史条件下，眼看人口增长的速度超过了生产发展的能力，因此把当时社会动乱的原因归结为"事力劳而供养薄，故民争"，虽不能说很妥当，但毕竟看到了当时社会的一个不容忽视的现象。由此出发，他引出了当时和上古情况不同的结论，他说：

> 上古之世，人民少而禽兽众，人民不胜禽兽虫蛇。有圣人作，构木为巢以避群害，而民悦之，使王天下，号之有巢氏。民食果蓏蚌蛤，腥臊恶臭而伤害腹胃，民多疾病。有圣人作，钻燧取火以化腥臊，而民说之，使王天下，号之曰燧人氏。中古之世，天下大水，而鲧、禹决渎。近古之世，桀、纣暴乱，而汤、武征伐。今有构木钻燧于夏后氏之世者，必为鲧、禹笑矣；有决渎于殷、周之世者，必为汤、武笑矣。然则今有美尧、舜、汤、武、禹之道于当今之世者，必为新圣笑矣。是以圣人不期修古，不法常可，论世之事，因为之备。

从这一观点出发,他肯定了人类社会的不断发展,批评了复古守常的论点,较之一味颂扬古代,取法尧舜的儒家和墨家以及想还复上古的老庄思想显然是很大的进步。在《显学》中,他进而对儒、墨二家之说作了尖锐的批评。与此同时,他却一味强调了统治者的作用而对民众的作用极度轻视。在《显学》中,他说:

> 今不知治者必曰:"得民之心。"欲得民之心而可以为治,则是伊尹、管仲无所用也,将听民而已矣。民智之不可用,犹婴儿之心也。夫婴儿不剔首则腹痛,不揃痤则浸益。剔首、揃痤,必一人抱之,慈母治之,然犹啼呼不止,婴儿子不知犯其所小苦致其所大利也。今上急耕田垦草以厚民产也,而以上为酷;修刑重罚以为禁邪也,而以上为严;征赋钱粟以实仓库,且以救饥馑,备军旅也,而以上为贪;境内必知介而无私解,并力疾斗,所以禽(擒)虏也,而以上为暴。此四者,所以治安也,而民不知悦也。夫求圣通之士者,为民知(智)之不足师用。昔禹决江浚河,而民聚瓦石;子产开亩树桑,郑人谤訾。禹利天下,子产存郑人,皆以受谤,夫民智之不足用亦明矣。故举士而求贤者,为政期适民,皆乱之端,未可与为治也。

这种论点显然与商鞅等法家人物论点完全一致。所以韩非认为要治国,就必须用严刑峻法。在《六反》中,他说:

> 夫奸必知则备,必诛则止;不知则肆,不诛则行,夫陈轻货于幽隐,虽曾、史可疑也;悬百金于市,虽大盗不取也。不知,则曾、史可疑于幽隐;必知则大盗不取悬金于市。故明主之治国也,众

其守而重其罪,使民以法禁而不以廉止。

正是这样,韩非才把一切希望寄托于君主身上。他的许多政治主张正是从君主的立场出发的。在《韩非子》中有不少篇章专论巩固君权的问题,如:《奸劫弑臣》、《亡征》、《三守》、《备内》、《南面》等篇,都是告诫当时的君主不要过分信任群臣,以致大权旁落。从这些文章中可以看出韩非对一切人几乎都有猜忌。这在《备内》一篇中说得最露骨:

> 人主之患在于信人。信人,则制于人。人臣之于其君,非有骨肉之亲也,缚于势而不得不事也。故为人臣者,窥觇其君心也无须臾之休,而人主怠傲处其上,此世所以有劫君弑主也。为人主而大信其子,则奸臣得乘于子以成其私,故李兑傅赵王而饿主父。为人主而大信其妻,则奸臣得乘于妻以成其私,故优施傅丽(骊)姬杀申生而立奚齐。夫以妻之近与子之亲而犹不可信,则其余无可信者矣。

在韩非看来,后妃、夫人希望君主早死,因为"唯母为后而子为主,则令无不行,禁无不止,男女之乐不减于先君,而擅万乘不疑";太子也希望君主早死,因为"君不死,则势不重,情非憎君也,利在君之死也"(同上)。无可否认的是,韩非所说的这种情况,在历史上确曾有过一些事例,但毕竟是个别的,不能视为通例。更主要的是韩非完全是用当时统治者损人利己的立场去猜测一切人,反映了独夫的阴暗心理。应该说这是他接受了荀子的"性恶论",而把商鞅等法家的君主专制思想发展到极端的结果。因此对韩非的思想应作具体的分析,他那种承认社会在向前发展,反对复古的思想是可取的;而他一味主张加强君权和猜忌、敌视一切人的论点则显然无可称道。

正因为韩非把实现自己政治理想的希望寄托于君主身上,所以在《韩非子》中,有一些篇章就专门探讨游说君主取得其欣赏的办法,其最著名者莫如《说难》。在这篇文章中,韩非指出:"凡说之难,在知所说之心,可以吾说当之。"他认为有的君主好"名高",有的则求"厚利",有的装作好名高而实求厚利,不能了解其底细则表面录用,实加疏远或暗用其言而又弃其人不用。因此他设想了种种方式避免触及君主的忌讳,逐步使君主接受其意见,加以任用。这实际上是一种揣摩别人心理以求苟容的手段。和这篇类似的还有一篇《难言》,此文的口气似是向一位君主说明其进言之顾虑,可能是在韩时对韩王安之辞。韩非在韩国时就不被任用,颇有怨怒之言,如《孤愤》、《和氏》诸篇,就表现了这种情绪。如《孤愤》的篇末一段文字,笔锋显然有强烈的感情:"智士者远见而畏于死亡,必不从重人矣;贤士者修廉而羞与奸臣欺其主,必不从重臣矣。是当途者之徒属,非愚而不知患者,必污而不避奸者也。大臣挟愚污之人,上与之欺主,下与之收利侵渔,朋党比周,相与一口,惑主败法,以乱士民,使国家危削,主上劳辱,此大罪也。臣有大罪而主弗禁,此大失也。使其主有大失于上,臣有大罪于下,索国之不亡,不可得也!"这些话可能即针对韩王安时情况而发,而秦始皇初年正遭吕不韦、嫪毐(ǎi)之事,所以特别欣赏此文,绝非偶然。

《韩非子》中还有《内储说》、《外储说》、《说林》、《说难》等凡十篇,主要是引证一些历史人物及某些寓言以说明其思想,其中有些故事对后人影响极大,已成为常用的典故和成语,如:

> 楚人有鬻盾与矛者,誉之曰:"吾盾之坚,物莫能陷也。"又誉其予曰:"吾矛之利,于物无不陷也。"或曰:"以子之矛陷子之盾

何如?"其人弗能应也。(《难一》)

郑人有置履者,先自度其足而置之其坐(座),至之市而忘操之。已得履,乃曰:"吾忘持度。"反(返)归取之。及反(返),市罢,遂不得履。人曰:"何不试之以足?"曰:"宁信度,无自信也。"(《外储说左上》)

这些故事很简短,却颇生动,其所表现的思想较之平淡的说理之文更为透辟。这种文字显然是韩非平时准备的游说资料,以便在对君主说明自己的观点时使用。这种一段段的短文,多少有些类于汉魏以后的"连珠"这种文体。《文选》陆士衡《演连珠》李善注:"傅玄《叙连珠》曰:'所谓连珠者,兴于汉章之世。班固、贾逵、傅毅三子受诏作之。其文体辞丽而言约,不指说事情,必假喻以达其旨,而览者微悟,合于古诗讽兴之义,欲使历历如贯珠,易看而可悦,故谓之连珠。'"《艺文类聚》卷五七所引《连珠》,有西汉扬雄之作①。看来这些人所作"连珠",多少从《韩非子》这些篇中得到启发。所以这类历史故事与寓言不但本身颇有文学价值,而且在文学史上亦有较大影响,值得重视。

《韩非子》中还有《解老》、《喻老》二篇,是韩非用他的思想来解释《老子》中一些篇章,有些说法和《老子》的思想未必符合。但值得注意的是《解老》中对《老子》的阐释是下篇(《德经》)在前,上篇(《道经》)在后,这种次序和马王堆出土的帛书甲、乙二部相同,而与今天流行的"河上公"及王弼注本不同(郭店楚简本文字较少,且各章次序似无上下篇之分)。可以说是研究《老子》的重要资料。《喻

---

① 《艺文类聚》成书在李善《文选注》以前,但其引傅玄语有"而蔡邕、张华之徒又广焉"。按:张华年辈幼于傅玄,疑《艺文类聚》文字有误,故引《文选注》。

老》中以故事说明《老子》的思想，如《史记·扁鹊仓公列传》所记扁鹊见蔡桓公故事，《喻老》中亦有类似记载。这些故事，亦颇有文学价值。

《韩非子》的文章犀利峭刻，逻辑性严密，虽不刻意为文，而自有其骏爽遒劲之特色，有些篇目还常带感情色彩，对汉初散文家如晁错等人之文有较大影响。

《韩非子》的刊本有清吴鼐本据宋乾道本影刻本；《四部丛刊》影印钱氏述古堂影宋抄本；涵芬楼《道藏举要》影印道藏本。清人注释有王先慎《韩非子集解》二十卷，附考证、佚文一卷，长沙刻本；中华书局据世界书局《诸子集成》排印本；新编诸子集成排印本。今人注释较多，最完善的有梁启雄《韩子浅解》（中华书局排印本）、陈奇猷《韩非子集释》（上海古籍出版社 1963 年排印本）、周勋初先生《韩非子校注》（江苏人民出版社排印本）等。又近人陈启天《韩非子校释》，有民国时代排印本，近年台湾省有重印本。此书对《韩非子》篇目次第有所变更，与各本略有不同。

第十一节 《管子》

在先秦法家著作中，过去曾有人认为以《管子》为最早，这是因为此书托名春秋时管仲所作之故。但据《汉书·艺文志》：“《筦（管）子》八十六篇。名夷吾（管仲字），相齐桓公，九合诸侯，不以兵车也，有《列传》。”其所谓"有《列传》"，当指《史记》的《管晏列传》。然而《汉书·艺文志》却把此书列入"道家"而非"法家"。后来《隋书·经籍志》才改入"法家"，云：“《管子》十九卷，齐相管夷吾撰。”此书在汉代已流传颇广，据刘向校录此书序言中说：“所校雠中《管子》书三百八十九篇,太中大夫卜圭书二十七篇,臣富参书四十一篇,射声校尉立书十一篇,太史书九十六篇,凡中外书五百六十四篇,以校,除复重四百八十四篇,定著八十六篇。"今所见《管子》亦八十六篇,但有十篇(《王言》、《谋失》、《正言》、《封禅》、《言昭》、《修身》、《问霸》、《牧民解》、《问乘马》、《轻重庚》)虽有目而已亡佚,故实存七十六篇。这八十六篇又分为《经言》、《外言》、《内言》、《短语》、《区言》、《杂言》、《管子解》和《管子轻重》八种名目。今本为二十四卷,与《隋书·经籍志》所言卷数不同。

管仲其人据《史记·管晏列传》载"管仲夷吾者,颖上人也",仕齐,周庄王十一年(前686),齐国内乱,管仲奉公子纠奔鲁,其友人鲍叔奉公子小白奔莒。小白先回到齐国,立为齐君,是为齐桓公。桓公经鲍叔推荐,召管仲回国,他辅佐齐桓公称霸诸侯。管仲死于齐桓公以前,早于孔子生年约一百年。他的事迹在《左传》、《国语》等书中都有记载;《论语》中记孔子曾多次提到他,对他有所批评,但对他的功劳也作了充分的肯定。不过在管仲生活的时代,尚无私人著书之例,更不会有今本《管子》那种成篇的论说文,所以现代学者都一致认为此书非管仲自作,书中亦不包括管仲手笔。

现在我们所看到的《管子》,从西晋时的傅玄起就认为:"《管子》之书,半是后之好事者所加,《轻重篇》尤鄙俗。"宋代的叶适认为:"《管子》非一人之笔,亦非一时之书,莫知谁所为。"黄震也说:"《管子》书不知谁所集,乃庞杂重复,似不出一人之手。"这些话都很有见地。不过,托名管仲的书,大约出现很早,《韩非子·五蠹》云:"今境内之民皆言治,藏商、管之法者家有之,而国愈贫。"不过韩非所见的管仲之法是否即今《管子》中某些篇目,是很难考知的。大体上说,今本《管子》中的"经言"等部分应该是产生较早的篇章,如司马迁在《史记·管晏列传》中说:"吾读管氏《牧民》、《山高》、《乘马》、《轻重》、《九府》。"《集解》引刘向《别录》曰:"《九府》书民间无有。《山高》一名《形势》。"《索隐》云:"皆管氏所著书篇名也。按:九府,盖钱之府藏,其书论铸钱之轻重,故云《轻重》、《九府》。余如《别录》之说。"《正义》:《七略》云:"《管子》十八篇,在法家。"可能在刘向校书及编定今本以前,曾有一个十八篇的本子在人们中流传,韩非所言"商、管之法"及司马迁所言"《牧民》、《山高(形势)》、《乘马》"诸篇可能就包括在内。今本《管子》中有《牧民解》(亡)、《形势解》、《立政九败解》和《明法解》五篇,号为"管子解",显然是解释前面"经言"中的《牧民》诸篇,说明《牧民》诸篇产生较早。《汉书·食货志》载贾谊上疏论积贮,引"《管子》曰'仓廪实而知礼节'"语,即见今《牧民》中。可能汉初人心目中的《管子》即为《牧民》、《立政》等篇,甚至战国后期人所谈到的《管子》就是以这些篇为主。但像这些篇的产生时代恐亦不会早于战国初年。因为像《牧民》诸篇,已是论文形式,较之春秋后期的《论语》、《老子》多为语录体且出于门人所记已有不同。这些篇中有些话似可说明其产生年代可能在战国中期左右,至少在孟子以前不久。如《立政》云:

寝兵之说胜,则险阻不守。兼爱之说胜,则士卒不战。全生之说胜,则廉耻不立。私议自贵之说胜,则上令不行。……

按:"寝兵"本为宋钘、尹文的主张,《庄子·天下》论宋钘、尹文之学时有"见侮不辱,救民之斗;禁攻寝兵,救世之战"的话。宋钘一说即《孟子》中的"宋牼",成玄英《庄子疏》云:"宋、尹,并齐宣王时人,同游稷下。""兼爱",乃墨子学说;"全生"和"自贵",当即杨朱"为我"之说。杨朱亦战国时人,稍早于孟子。以此推测,则这些篇的撰作时间亦当在战国中期左右。又如《小匡篇》,其中不少文字与

《国语·齐语》相同,究竟为《管子》采自《国语》或《国语》采自《管子》已难确考,但很可能是这部分文章本为二书,编成以前已经出现,而二书编者采用了同一批材料。从文中看来,这些文字也不可能是管仲所作。因为不论《国语》或《管子》都称齐桓公为"桓公",显然是齐桓公死后之作,而管仲卒于桓公以前,不可能称其谥号。至于《大匡》《中匡》诸篇,亦有桓公谥号,当亦后人追记管仲相齐定霸事迹。大抵由于齐桓公的霸业,桓公、管仲的业绩曾长期在齐国民间所传颂。《孟子·公孙丑上》载孟子弟子公孙丑问孟子说:"夫子当路于齐,管仲、晏子之功,可复许乎?"孟子答云:"子诚齐人也,知管仲、晏子而已矣。"公孙丑不解,又说:"管仲以其君霸,晏子以其君显。管仲、晏子犹不足为欤?"可见直到战国中期,管仲在齐国人心目中的地位还是很高,因此人们著书立说而托名管仲较为普遍。由此可以推想,今本《管子》中很多篇可能是战国时齐人之作。原来齐国在春秋时代本是一个大国,国富兵强,尤其到了战国中期以后,由于西部秦国的勃兴,原来中原的韩、赵、魏等国不断受到秦兵攻击,较少机会提倡学术和文化,而地处今山东一带的齐国由于离秦较远,不大受到战争威胁,所以在齐威王、宣王和湣王早年,颇能提倡学术,临淄的稷下成了各派学者聚集之地,后人有的称之为"稷下学派"。其实这些人的学说并不一致,只是都到过稷下,在那里论学而已。《史记·孟子荀卿列传》所谈到的人物大抵都到过"稷下",其中除孟子和荀子外,还有驺忌、驺衍、驺奭、淳于髡、慎到、环渊、接子、田骈等人。据张守节《正义》:"《慎子》十卷,在法家,则战国时处士。《接子》二篇,《田子》二十五篇,齐人,游稷下,号'天口'。接、田二人,道家。《驺奭》十二篇,阴阳家。"其实这些人物有些亦见《庄子·天下》,《庄子》中以田骈和慎到为一派学说,可见"道家"和"法家"之分其实并不很严格。环渊之书已不见,有人认为即《庄子·天下》中的"关尹",则属道家，但无确证。驺衍、驺奭据《汉书·艺文志》属阴阳家。至于孟子和荀子，显然是儒家。大抵所谓的"九流十家"之分，其名目有些虽自战国时已有，但具体到每个人或每部书分属哪一家则基本上由汉代刘向、班固等人来划分。至于当时诸家，亦未必人人明确地自以为是哪一家。现在我们来看《管子》，情况确也如此。例如《管子》中有《弟子职》一篇，《汉书·艺文志》分入"六艺"类《孝经》之下，应劭注云："管仲所作，在《管子》书。"《幼官》及《幼官图》显然是阴阳家的学说。《白心》、《内业》等篇曾被郭沫若先生指为宋钘、尹文的著作，宋钘、尹文据《庄子·天下》所述，其学说近于墨家，而又与墨翟、禽滑釐不同。可见《管子》一书的内容实为庞杂，不但不是一人一时之作，而且也不属于一个学派的学说。从《管子》中有着《幼官》一类篇章看来，说它有不少是齐国稷下学者所作，大约是不错的。

在《管子》中，也有一部分篇目被人们疑为秦汉以后人作，如《侈靡篇》，在20世纪的50年代，就有人疑为汉人之作，其说似亦非定论。但在汉初黄老之说盛行，"黄老之学"本来介乎道、法两家之间。后来汉武帝罢黜百家之后，商鞅、韩非之学被视为"邪说"，但对管仲仍比较看重。《盐铁论·轻重》记"御史"说："管仲相桓公，袭先君之业，行轻重之变，南服强楚而霸诸侯。今大夫（桑弘羊）各修太公、桓、管之术，总一盐铁，通山川之利而万物殖。"可见汉代法家人物往往以管仲为号召，托管仲之名以发挥自己的学说也是可能的。前面提到《管子》有过十八篇的本子，而最后发展为八十六篇，所增加的篇目中含有秦汉人所作，亦颇可能。《管子》虽非管仲自作，但其政治主张似反映了较早的法家思想，他把"礼、义、廉、耻"称作"国之四维"，"四维不张，国乃灭亡"。但他认为："凡有地牧民者，务在四时，守在仓廪。国多财，则远者来；地辟举，则民留处；仓廪实，则知礼节；衣食足，则知荣辱。"因此他把国家的富强建立在发展生产的基础上，认为

"不务天时,则财不生;不务地利,则仓廪不盈;野芜旷,则民乃营(奸);上无量,则民乃妄……"(以上皆见《牧民》)。《管子》作者既不同于儒家,也不同于后来的商鞅、韩非,他认为"杀戮刑罚,不足用也";"城郭险阻,不足守也";"轻税租,薄赋敛,不足恃也"(《立政》)。他主张治国要"务五谷,则食足;养桑麻,育六畜,则民富";"令顺民心,则威令行";"量民力,则事无不成"(《形势》),应该说是很有见地。

《管子》中有些篇可以看出黄老思想的影响。他主张治国者要取法天地,"天行其所行,而万物被其利,圣人亦行其所行,而百姓被其利。是故万物均既夸众矣。是以圣人之治也,静身以待之,物至而名自治之。正名自治之,奇身名废,名正法备,则圣人无事"(《白心》)。这种思想颇近于道家的"无为而治"。他认识到事物发展到极点往往会走到其反面,认为"日极则仄,月满则亏,极之徒仄,满之徒亏,巨之徒灭"(同上),已具有某些朴素的辩证观点。《管子》中像《水地篇》探讨人和自然环境的关系,认为:"地者,万物之本原,诸生之根菀也,美恶贤不肖愚俊之所生也。水者,地之血气,如筋脉之通流者也。"因此他论到了齐、楚、越、秦和晋各地之水的区别,这些区别决定了这些地方的人们性格亦有不同。这种论点虽未必妥当,却亦不失为一种探索与思考。

《管子》的文章由于出于多人手笔,风格亦颇不一致,如《牧民》、《形势》、《立政》诸篇为政论文,而《白心》、《心术》诸篇为哲理文,均能说理透辟,有较强的逻辑性。有些片段夹杂韵语,在某种程度上近于《老子》,可能产生的年代较早。《大匡》篇实际上是一篇管仲的传记,从管仲初仕于齐讲起,一直讲到他辅佐齐桓公成为霸主。有些描写颇为生动,如:

桓公践位二年,召管仲。管仲至,公问曰:"社稷可定乎?"管仲对曰:"君霸王,社稷定。君不霸王,社稷不定。"公曰:"吾不敢至于此其大也,定社稷而已。"管仲又请,君曰:"不能。"管仲辞于君曰:"君免臣于死,臣之幸也。然臣之不死纠也,为欲定社稷也。社稷不定,臣禄齐国之政,而不死纠也,臣不敢。"乃走出,至门。公召管仲,管仲反(返)。公汗出曰:"勿已,其勉霸乎!"管仲再拜稽首而起曰:"今日君成霸,臣贪承命。"趋立于相位。

这种情景,颇似战国游说之士的作风,未必是管仲当时的真实情况,很可能出于作者想象。但这样的描写多少有些小说意味,又如《小称》写管仲临死的情况,亦颇详尽:

管仲有病,桓公往问之曰:"仲父之病病矣,若不可讳而不起此病也,仲父亦将何以诏寡人?"管仲对曰:"微君之命臣也,故臣且谒之。虽然,君犹不能行也。"公曰:"仲父命寡人东,寡人东;令寡人西,寡人西,仲父之命于寡人,寡人敢不从乎?"管仲摄衣冠起对曰:"臣愿君之远易牙、竖刁、堂巫、公子开方……"

这里写管仲之预见和齐桓公当时对管仲的信服都很真实。但事情果不出管仲所料,在管仲死后,齐桓公虽一时逐走四人,却又不能坚持,仍加召回,于是形势一变:

处期年,四子作难,围公一室不得出。有一妇人遂从窦入,得至公所。公曰:"吾饥而欲食,渴而欲饮,不可得,其故何也?"妇人对曰:"易牙、竖刁、堂巫、公子开方四人分齐国,途十日不通矣。公子开方以书社七百下卫矣,食将不得矣。"公曰:"嗟!兹乎！圣人之言长乎哉！死者无知则已，若有知，吾何面目以见仲父于地下？"乃投素袜以裹首而绝。死十一日，虫出于户，乃知桓公之死也。

这段文字显然乃后人所记，但历来谈论齐桓公的下场都以此为依据。宋代著名散文家苏洵的名文《管仲论》也针对这段文字而发。这段文字的描写细致生动，在文学史上有较大影响。

《管子》一书非管仲手笔虽早为人们所看出，但历来论者对它仍很重视。刘勰在《文心雕龙·诸子》中说："管晏属篇，事核而言练。"此书旧注为唐人所作，托名房玄龄，其实乃尹知章所作，凡二十四卷，有《四部丛刊》影印宋杨忱刻本，杭州局刻《二十二子》本等。其后清人洪颐煊曾作《管子义证》八卷，有传经堂本。目前最通行的是清同治十二年戴望所作的《管子校正》二十四卷，最易得者为中华书局重印世界书局《诸子集成》排印本。今人对《管子》的校释有郭沫若、闻一多、许维遹三先生的校释，20世纪50年代曾由科学出版社排印出版，凡二大册。近年中华书局计划以郭、闻、许三先生校释附于《管子》全文，合为一书，入新编诸子集成，尚未出版。

第十二节 《晏子春秋》

晏婴和管仲一样同为春秋时齐国的名臣，前面引过《孟子·公孙丑上》所载公孙丑语，可见直到战国中期，管仲、晏婴的事迹，仍为齐人所乐道。因此在先秦诸子中不但有《管子》，而且有《晏子春秋》。《晏子春秋》一书据《汉书·艺文志》属诸子略儒家类，云："《晏子》八篇。名婴，谥平仲，相齐景公，善与人交，有《列传》。"按：此"列传"指

《史记·管晏列传》。云:"晏平仲婴者,莱之夷维人也。事齐灵公、庄公、景公,以节俭力行重于齐。既相齐,食不重肉,妾不衣帛。其在朝,君语及之,即危言;语不及之,即危行。国有道,即顺命;无道,即衡命,(《正义》:'衡,秤也。谓国无道则制秤量之,可行即行。')以此三世显命于诸侯。"据《史记索隐》,"平"是晏婴的谥,而"仲"则为字。晏婴的事迹在《左传》中有不少记载,其年代略早于孔子,而孔子也曾论及他,称他"晏平仲",则已是晏婴身后之事。今本《晏子春秋》,旧题晏婴撰,显然是错误的,因为书中屡次讲到齐景公的谥号,而齐景公之卒是在晏婴之后。《晏子春秋》中还多次提到晏婴之死,如《内篇谏上·景公游公阜一日有三过言晏子谏》云:"及晏子卒,公出,背而泣曰:'呜呼!昔者从夫子而游公阜,夫子一日而三责我,今谁责寡人哉!'"又《外篇第八·晏子死景公驰往哭哀毕而去》:"景公游于菑,闻晏子死,公乘侈舆服繁驵驱之。而因为迟,下车而趋;知不若车之速,则又乘。比至于国者,四下而趋,行哭而往,伏尸而号,曰:'子大夫日夜责寡人,不遗尺寸,寡人犹且淫佚而不收,怨罪重积于百姓。今天降祸于齐,不加于寡人,而加于夫子,齐国之社稷危矣,百姓将谁告夫!'"《内篇谏上·景公欲废嫡子阳生而立荼晏子谏》甚至说道:"公不听。景公没,田氏杀君荼,立阳生;杀阳生,立简公;杀简公而取齐国。"此事在景公死后十年以上,非晏婴所及见,更可证此书非晏婴自作。

历来关于《晏子春秋》一书的作者有过不少猜测。有的认为是墨家后学所作,如唐代的柳宗元在《辩晏子春秋》中说:"吾疑其墨子之徒有齐人者为之。墨好俭,晏子以俭名于世,故墨子之徒专著其事以增高为己术者。且其旨多尚同、兼爱、非乐、节用、非厚葬久丧者,是皆出墨子,又非孔子,好言鬼事,非儒、明鬼又出墨子,其问枣及古冶子等尤怪诞,又往往言墨子闻其道而称之,此甚显白者。自刘向、歆,班彪、固父子,皆录之'儒家'中,甚矣,数子之不详也。"(《柳河东集》卷四)此说今人亦有信之者,如新版《辞源》中"晏子春秋"条,即基本取柳说。但今人吴则虞先生对此曾有批评,认为:在《墨子》中除《非儒》曾提到晏婴外,未见墨子与晏婴有何关系,而《晏子春秋》中记到晏婴和孔子的关系却不少,其态度与《墨子》显然不同(详见《晏子春秋集释·序言》,中华书局排印本)。还有一种意见是认为系六朝人伪撰,此说尤难成立。因为吴则虞先生已举出此书在《新书》、《史记》、《淮南子》、《韩诗外传》、《说苑》、《新序》、《列女传》等西汉典籍中已加称引,而刘向《别录》、班固《汉书·艺文志》均有著录,不可能为六朝人伪造。尤其是1972年山东临沂银雀山汉墓中已出现了《晏子春秋》的残简,其文字虽显零星,却与今本《晏子春秋》类同,证明此书乃先秦旧物,决非六朝人所伪作。至于吴则虞先生以为是淳于越一类齐人而为秦博士者所为,似乎比较近乎事实。然而据刘向《叙录》云:"所校中书《晏子》十一篇,臣向谨与长社尉臣参校雠,太史书五篇,臣向书一篇,参书十三篇,凡中外书三十篇,为八百三十八章。除复重二十二篇六百三十八章,定著八篇二百一十五章,外书无有三十六章,中书无有七十一章……"可见其书乃经整理后拼凑而成,未必是一人所作。又,吴先生因书中提到"击缶"一事而推论为秦博士所为,恐亦未妥。因为"击缶"事《晏子春秋》中仅一见,即《外篇第七》首则:《景公饮酒命晏子去礼晏子谏》云"景公饮酒数日而乐,释衣冠,自鼓缶"一语。但从这段文字看,似写齐景公酒后忘形之状,且系孤证。战国时秦国最强,其风俗有可能为六国仿效;而且"缶"乃瓦器,与"鼓盆"类似。《庄子·至乐》:"庄子妻死,惠子吊之,庄子则方箕踞,鼓盆而歌。"庄子非秦人,《至乐》亦未必秦人所作。

从《晏子春秋》看来,大约是有人收集关于晏婴的言论和轶事,有的出于前人著作,有的可能是记录当时民间传说。因为晏婴在当时名声甚大,采集及记载其事迹者不一定是一人,所以今本即使已经刘向校勘,去其重复,但情节相近或类似者仍不少,吴则虞先生《晏子春秋集释》附有《晏子春秋重言重意篇目表》有较详尽的统计。《晏子春秋》中还有不少则内容和文字与其他典籍基本相同。这里可能有几种情况,一是《晏子春秋》采自他书。如《内篇·问下》的《晋叔向问齐国若何晏子对以齐德衰民归田氏》、《内篇·杂上》的《庄公不用晏子晏子致邑而退后有崔氏之祸》、《崔庆劫齐将军大夫盟晏子不与》、《内篇·杂下》的《景公欲更晏子宅晏子辞以近市得求讽公省刑》、《景公毁晏子邻以益其宅晏子因陈桓子以辞》、《外篇·重而异》的《景公问古而无死其乐若何晏子谏》等则,文字与《左传》基本相同;《内篇·问下》的《景公问何修则夫先生之游晏子对以省耕实》则,与《孟子》基本相同。这些部分,大致可以肯定为《晏子春秋》作者采自《左传》和《孟子》。但像《内篇·杂上》的《晏子之晋睹齐纍越石父解左骖赎之与归》和《晏子之御感妻言而自抑损晏子荐以为大夫》等则与《史记·管晏列传》相同,当是《史记》采自《晏子春秋》。至于还有一些故事见于《韩诗外传》、《新序》、《说苑》及《淮南子》等书的,自然以这些书采自《晏子春秋》的可能性较大,但也可能它们都采取了前人所作的同一资料。①

关于《晏子春秋》究竟可称儒家还是墨家之书,从全书看来,似不必强之使列于某家。因为先秦诸子的学说本来各人有自己的观点,刘向、班固不过根据各人的大致倾向分之为"十家九流",但从这些人

---

① 看来《晏子春秋》虽亦出于众手,但与《管子》不同,《管子》中有汉人手笔[如《轻重戊》以鲁、梁为齐邻国,按:春秋时之梁,与秦为邻,去齐甚远。此梁乃指战国之梁(魏),近于齐,但齐桓公时决无梁国。先秦人不致昧于史实如此,疑汉人所为],而《晏子春秋》无此情况。

具体情况而论,未必都自觉地归于"儒"、"墨"或其他学派。例如晏婴年辈长于孔子和墨子,未必想自附于孔、墨,他的思想本来就可能有一些地方近于孔子,另一部分同于墨子。至于后人记他的言行,则可能借儒、墨以尊晏婴。因为据《韩非子·显学》,儒墨二家为战国时"显学"。直到汉代,贾谊尚以"仲尼、墨翟之贤"并称(《过秦论》)。所以在书中,多次提到孔子称赞晏婴;《内篇·杂上》的《景公恶故人晏子退国乱复召晏子》一则也提到墨子。总的来说,提到孔子处远多于墨子,但对孔子略有批评,然亦非否定孔子。值得注意的是《孟子·公孙丑上》记公孙丑并称管仲、晏子,而孟子对管仲颇有微词而对晏子则否。孟子反墨而不反对晏子,说明晏子既非"儒",亦非"墨"。从《晏子春秋》所记晏婴言行看来,他有些作法既不像"儒",也不像"墨",倒有点类似淳于髡一类"滑稽之士",如:《内篇·谏上》记齐景公饮酒,要求诸大夫"无为礼",晏婴谏,景公不听:

少间,公出,晏子不起,公入,不起;交举则先饮。公怒,色变,抑手疾视曰:"向者夫子教寡人无礼之不可也,寡人出入不起,交举则先饮,礼也?"晏子避席再拜稽首而请曰:"婴敢与君言而忘之乎?臣以致无礼之实也。君若欲无礼,此是己!"

这一来,终于使景公省悟。又如同篇《景公所爱马死欲诛圉人晏子谏》则载景公因马死而欲将圉人判刑,晏婴就要求数圉人之罪说:

尔罪有三:公使汝养马而杀之,当死罪一也;又杀公之所最善马,当死罪二也;使公以一马之故而杀人,百姓闻之必怨吾君,诸侯闻之必轻吾国,汝杀公马,使公怨积于百姓,兵弱于邻国,汝当死罪三也。今以属狱。

这一段话,名为数圉人之罪,实在批评齐景公,于是齐景公只能"喟然叹曰:'夫子释之,夫子释之!勿伤吾仁也。'"这种情节,和《史记·滑稽列传》中记优孟谏楚庄王厚葬爱马,优旃谏秦始皇建大苑囿及谏二世漆城的事同一手法。

《晏子春秋》记晏婴的事迹,有时类似战国的纵横家而与儒、墨诸家明显不同,如《外篇第八·仲尼相鲁景公患之晏子对以勿忧》:

> 仲尼相鲁,景公患之。谓晏子曰:"邻国有圣人,敌国之忧也。今孔子相鲁,若何?"晏子对曰:"君其勿忧。彼鲁君,弱主也;孔子,圣相也。君不如阴重孔子,设以相齐,孔子强谏而不听,必骄鲁而有齐,君勿纳也。夫绝于鲁,无主于齐,孔子困矣。"居期年,孔子去鲁之齐,景公不纳,故困于陈蔡之间。

这完全是阴谋手段,疑出战国纵横家之手,《晏子春秋》的作者未加识别,其实这对晏婴的人格颇有损害。如著名的"二桃杀三士"故事亦近于奸诈:

> 公孙接、田开疆、古冶子事景公,以勇力搏虎闻。晏子过而趋,三子者不起。晏子入见公曰:"臣闻明君之蓄勇力之士也,上有君臣之义,下有长率之伦,内可以禁暴,外可以威敌,上利其功,下服其勇,故尊其位,重其禄。今君之蓄勇力之士也,上无君臣之义,下无长率之伦,内不以禁暴,外不可威敌,此危国之器也,不若去之。"公曰:"三子者,搏之恐不得,刺之恐不中也。"晏子曰:"此皆力攻勍敌之人也,无长幼之礼。"因请公使人少馈之二桃,曰:"三子何不计功而食桃?"公孙接仰天而叹曰:"晏子,

智人也！夫使公之计吾功者，不受桃，是无勇也。士众而桃寡，何不计功而食桃矣。接一搏特猏，而再搏乳虎，若接之功。可以食桃而无与人同矣。"援桃而起。田开疆曰："吾仗兵而却三军者再，若开疆之功，亦可以食桃，而无与人同矣。"援桃而起。古冶子曰："吾尝从君济于河，鼋衔左骖以入砥柱之流。当是时也，冶少不能游，潜行逆流百步，顺流九里，得鼋而杀之，左操骖尾、右挈鼋头，鹤跃而出。津人皆曰：'河伯也'！若冶视之，则大鼋之首。若冶之功，亦可以食桃而无与人同矣。二子何不反（返）桃！"抽剑而起。公孙接、田开疆曰："吾勇不子若，功不子逮，取桃不让，是贪也；然而不死，无勇也。"皆反（返）其桃，挈领而死。古冶子曰："二子死之，冶独生之，不仁；耻人以言，而夸其声，不义；恨乎所行，不死，无勇。虽然，二子同桃而节，冶专其桃而宜。"亦反（返）其桃，挈领而死。使者复曰："已死矣。"公敛之以服，葬之以士礼焉。

这故事很有名，从其情节看来，公孙接等三人之死，其实很值得同情。《相和歌辞》中的《梁甫吟》（相传为诸葛亮作）即咏此事，诗中称"一朝被谗言，二桃杀三士；谁能为此谋，国相齐晏子"。看来这首诗的作者对晏子的计谋亦有不满。这个故事的情节确实很生动，刻画出三个勇力之士的性格，亦颇具战国一些游侠的特点。但晏子的计谋却不能令人称赞，且亦不像儒墨二家的行径。

《晏子春秋》中有些故事表现晏子的机智则颇动人，如《内篇·杂下》中《晏子使楚楚为小门晏子称使狗国者入狗门》：

晏子使楚，以晏子短，楚人为小门于大门之侧而延晏子。晏子不入。曰："使狗国者，从狗门入；今臣使楚，不当从此门入。"

傧者更道从大门入,见楚王。王曰:"齐无人耶?"晏子对曰:"临淄三百闾,张袂成阴,挥汗成雨,比肩继踵而在,何为无人?"王曰:"然则子何为使乎?"晏子对曰:"齐命使,各有所主,其贤者使使贤王,不肖者使使不肖王。婴最不肖,故直使楚矣。"

这也是一个极有名的故事,写晏婴之口才颇生动。这种情节显然出于虚构,因为齐景公时齐正想借重楚国来摆脱晋国的控制。而楚国则被吴国困扰亦想拉拢齐国,不会做这种无益的行为,而且在大门旁开小门更不近情理。文中说到临淄人数众多"张袂成阴,挥汗成雨",亦近《战国策》中所谓苏秦说齐王之辞,当亦出后人传说。同篇中还有一则《楚王欲辱晏子指盗者为齐人晏子对以橘》故事,亦属此类。总的来说,《晏子春秋》与别的子书不同,并无长篇论说,所记皆传闻轶事,颇生动而令人感兴趣。这种文章倒和后来的《世说新语》一类"轶事小说"相类似,可能这些书的产生是受了《晏子春秋》的启发。

《晏子春秋》现存的版本相传为元刻本,但见者殊少,有的学者认为即明活字本。《四部丛刊》影印的明活字本较易见到,凡八卷。清人治此书者有孙星衍撰《晏子春秋》七卷本,附《音义》二卷,有岱南阁本,吴鼒仿宋本等。又,苏舆有《晏子春秋集校》七卷,长沙思贤讲舍刻本。现在比较易得的为张纯一《晏子春秋校注》,中华书局重印世界书局版《诸子集成》本和中华书局新编诸子集成中今人吴则虞先生的《晏子春秋集释》,凡八卷,此书校注翔实,所附《晏子春秋佚文》、《晏子集语》、《晏子事迹》、《有关晏子学说学派讨论》、《有关晏子春秋考辨》及《晏子春秋重言重意篇目表》等对研究《晏子春秋》极有裨益,为目前最好的注本。银雀山汉墓竹简本有骈宇骞《晏子春秋校释》,书目文献出版社1988年出版。

第十三节 《吕氏春秋》

《吕氏春秋》在先秦诸子中成书较晚,可能略早于《韩非子》。据《汉书·艺文志》:"《吕氏春秋》二十六篇,秦相吕不韦辑智略士作。"属"诸子类杂家"。《汉书·艺文志》又云:"杂家者流,盖出于议官。兼儒墨,合名法,知国体之有此,见王治之无不肖,此其所长也。"确实,从此书内容看来颇为庞杂,儒、道、墨、法、名及农家学说无所不有。吕不韦其人《史记》有传,说他是"阳翟大贾人也。往来贩贱卖贵,家累千金"。秦昭王后期,太子死,其次子安国君为太子,当时安国君有个儿子名楚,被派到赵国做人质。吕不韦知道后,就去见子楚,为他到安国君的宠姬华阳夫人处活动,说服华阳夫人以子楚为嫡子。秦昭王死后,安国君立继位,仅一年就死去,是为孝文王,子楚代立,以吕不韦为丞相。子楚在位三年死,谥庄襄王,其子政代立,即后来的秦始皇。当时秦始皇年少,尊吕不韦为相国,号"仲父",执秦国之政。据《史记·吕不韦列传》说,吕不韦还是秦始皇的生父,因为子楚在赵时,吕不韦取邯郸姬,即始皇之母,吕不韦知她怀孕后把她进献子楚,生秦始皇,故班固甚至称秦始皇为"吕政"。这说法今人颇有持怀疑态度的,然难有定论。秦始皇九年,秦国发生始皇母宠人缪毐之乱,事涉吕不韦。次年,吕不韦被免去相国。一年多以后,吕不韦又被迁徙至蜀,饮酖自杀。关于《吕氏春秋》的写作过程,据《史记》本传云:

> 吕不韦乃使其客人人著所闻,集论以为八览、六论、十二纪,二十余万言。以为备天地万物古今之事,号曰《吕氏春秋》。布

咸阳市门,悬千金其上,延诸侯游士宾客有能增损一字者予千金。

吕不韦在当时权势显赫,据《史记》本传载,他曾招致天下辩士,"至食客三千人",其中自不乏各派学者,按照他的意图著书立说。《文选》杨修《答临淄侯笺》李善注引桓谭《新论》云"书成,布之都市,悬置千金,以延示众士,而莫能有变易者,乃其事艳约,体具而言微也",足见他对书的重视。此书之成,据本书《季冬纪·序意》有"维秦八年,岁在涒滩,秋甲子朔,朔之日,良人请问十二纪,文信侯曰……"等语,所以历来学者如宋吕祖谦等人,均以为此书成于秦始皇八年(前239)。但"涒滩"二字,据《尔雅·释天》为申年,而此年实为戌年,所以也有人怀疑"八年"为"六年"之误。现在看来,此段文字似仅记当时文信侯(吕不韦封爵)与他人有此对答,未必指书成之年。检本书《孟冬纪·安死》有:"齐荆燕尝亡矣,宋中山已亡矣,赵魏韩皆亡矣,其皆故国矣。"按:赵魏韩三国中,韩亡最早,据《史记·六国表》为秦始皇十七年(前230);《秦始皇本纪》同,而吕不韦死于秦始皇十二年(前235),似亦与史实有矛盾。清人毕沅据刘昭《续汉书注》作"赵韩魏皆失其故国矣",疑此书之成略晚于秦始皇八年,而稍早于十二年,此时赵已失其故地晋阳,魏亦失其安邑,故云"失其故国"。

《吕氏春秋》的写作意图是比较明显的。秦国自昭王二十九年击楚拔郢,东至竟陵;四十七年破赵长平以后,破灭六国之势已成。孝文王、庄襄王享国日浅,至始皇初立,统一天下的事业已指日可待,作为相国的吕不韦自然会考虑到并吞六国之后,秦国如何可以长安久治。《吕氏春秋》一书,似是为统一的新帝国做理论上的准备。从这本书看来,吕不韦的想法和秦始皇显然有区别。他显然不反对用武力来实现统一。例如《孟秋纪·荡兵》中说:

夫兵,不可偃也。譬之若水火然,善用之则为福,不能用之则为祸。若用药然,得良药则活人,得恶药则杀人。义兵之为天下良药也,亦大矣……古之圣王有义兵而无有偃兵,兵诚义,以诛暴君而振苦民,民之说也,若孝子之见慈亲也,若饥者之见美食也。民之号呼而走之,若强弩之射于深溪也,若积大水而失其壅堤也。中主犹若不能有其民,而况于暴君乎?

同卷《振乱》又云:

当今之世,浊甚矣。黔首之苦,不可以加矣。天子既绝,贤者废伏,世主恣行,与民相离,黔首无所告愬(诉)。世有贤主秀士宜察此论也。则其兵为义矣。天下之民且死者也生,且辱也者荣,且苦也者逸。世主恣行,则中人将逃其君,去其亲,又况于不肖者乎?故义兵至,则世主不能有其民矣。

但在吕不韦看来,用兵统一之后,必须实行仁义的政策,才能长久维持其统治。他说:

殷汤良车七十乘,必死六千人,以戊子战于郕,遂禽(擒)推移大牺,登自鸣条,乃入巢门,遂有夏。桀既奔走,于是行大仁慈,以恤黔首,反桀之事,遂其贤良,顺民所喜,远近归之,故王天下。武王虎贲三千人,简车三百乘,以要甲子之事于牧野,而纣为禽(擒)。显贤者之位,进殷之遗老,而问民之所欲,行赏及禽兽,行罚不辟天子。亲殷如周,视人如己,天下美其德,万民说(悦)其义,故立为天子。

他这里所谓的"仁慈",显然不完全同于儒家,但亦有共同处。他反对君主一味用刑罚进行统治,所以《季春纪·论人》说:

> 昔上世之亡主,以罪为在人,故日杀僇(戮)而不止,以至于亡而不悟。三代之兴王,以罪为在己,故日功而不衰,以至于王。

这显然是对商鞅、韩非和秦始皇那套严刑峻法的不满。在《仲春纪·功名》中,他又说:

> 水泉深,则鱼鳖归之;树木盛,则飞鸟归之;庶草茂,则禽兽归之;人主贤,则豪杰归之。故圣王不务归者而务其所以归。……大寒既至,民暖是利;大热在上,民清是走,是故民无常处,见利之聚,无之去。欲为天子,民之所走,不可不察。

他在《孟春纪·贵公》中甚至说:

> 天下非一人之天下也,天下之天下也。阴阳之和,不长一类,甘露时雨,不私一物;万民之主,不阿一人。

显然,这和商鞅以来秦国的政策及秦始皇的性格完全不相容,所以其被"迁蜀"以致自杀也是不可避免的。

《吕氏春秋》包罗的内容十分丰富,其基本倾向似糅合黄老之学和儒家学说,但亦旁及阴阳家、墨家及名、法诸家之说。值得注意的是所谓阴阳家的学说,在先秦本是很重要的一派,汉代所谓"五德终始说"即由此而来,但这种说法在《有始览·应同》中有较详细的记载,尤其可注意的是汉代曾流行过的所谓《尚书·泰誓》,有一些荒诞的神话,如董仲舒对策中所引《尚书》的"白鱼入于王舟,有火复于王屋,流为乌"等语即本于《应同》中的"及文王之时,天光见火,赤乌衔丹书集于周社"。此说显然是为"代火者必将水"立论,给秦统一天下制造舆论。从《吕氏春秋》这些话也可以见到西汉一些儒家如董仲舒辈与阴阳家的关系。这对了解先秦两汉思想史颇为重要。

《吕氏春秋》因为产生于战国末期,又是杂家著作,所以书中所引各家典籍甚多,而且大部分引文在文字上出入不多,说明在吕不韦前,这些书已经形成。这类引文以《左传》、《老子》和《庄子》为最多。其中最值得注意的是所引《庄子》不光有出于《内篇》中的《逍遥游》、《养生主》,亦有出于《山木》、《达生》、《田子方》、《让王》诸篇,说明《庄子》的"外、杂篇"出现时代亦应在战国末以前。还有一些引文亦可据以论证这些书并非秦汉人所为,而是在先秦已经出现。如《慎大览·权勋》记荀息向晋献公假道于虞以伐虢的故事,和《穀梁传》相同,说明《穀梁传》的出现亦在战国末期以前,证明陆贾《新语》中两次提到《穀梁传》确非误入。《先识览·察微》引《孝经·诸侯章》,说明《孝经》亦非秦汉以后产物。其他如《离俗览·贵信》记曹刿事,与《公羊传》相似,说明《公羊传》亦出先秦。《慎大览·不广》记管仲事同于《管子·大匡》,《恃君览·知分》记晏婴和崔杼事既同于《左传》亦同于《晏子春秋·内篇杂上》,这都可以说明这些书虽非管仲、晏婴手笔,却也出于先秦人之手。这些引证显然对研究许多典籍包括富有文学价值的典籍有重要史料价值。

《吕氏春秋》的文章亦颇受历来重视。《文心雕龙·诸子》评《吕氏春秋》云"《吕氏》鉴远而体周",似重视其内容。现在看来,《吕氏春秋》因包含内容广泛,涉及的面甚广,有些内容不大好懂,但全书文字较平易流畅,说理详明。然而有不少片段取自它书,故文学价值较高的部分,似多出其他书中。即使如"十二纪",郑玄虽以为吕氏作,而实取自《逸周书》。所以其中即使有较精彩的片段,亦可能采自已逸古书,不能确定为吕不韦门客自作。如:《恃君览·知分》中记次非杀蛟故事:

> 荆有次非者,得宝剑于干遂,还反涉江,至于中流,有两蛟夹绕其船。次非谓舟人曰:"子尝见两蛟绕船能两活者乎?"船人曰:"未之见也。"次非攘臂祛衣拔宝剑曰:"此江中之腐肉朽骨也。弃剑以全己,余奚爱焉?"于是赴江刺蛟,杀之而复上船,舟中之人皆得活。荆王闻之,仕之执圭。

写一个勇士的形象,颇为生动,后来《世说新语》等书记周处斩蛟故事,可能受此影响。

《吕氏春秋》中还有一些内容对理解我国古代神话有较重要的意义,如《慎行论·察传》:

> 鲁哀公问于孔子曰:"乐正夔一足,信乎?"孔子曰:"昔者舜欲以乐传教于天下,乃令重黎举夔于草莽之中而进之。舜以为乐正。夔于是正六律,和五声,以通八风,而天下大服。重黎又欲益求人。舜曰:'夫乐,天地之精也,得失之节也。故惟圣人为能和乐之本也。夔能和之,以平天下,若夔者一而足矣。'故曰夔一足,非一足也。"

《吕氏春秋》的作者又讲了一个故事与之类比:

> 宋之丁氏,家无井而出溉汲,常一人居外。及其家穿井,告

人曰："吾穿井得一人。"有闻而传之者曰："丁氏穿井得一人。"国人道之，闻之于宋君。宋君令人问之于丁氏。丁氏对曰："得一人之使，非得一人于井中也。"求能之若此，不若无闻也。

其实我国古代确有夔只有一足的神话，孔子因为不信"怪力乱神"，所以不信。《吕氏春秋》这里所引孔子语，是否真出孔子之口，颇难确证，但孔子的确不信神话，而《吕氏春秋》的作者大约受了儒家的影响，所以对此亦取否定态度。这也许是我国许多古代神话所以多遭散佚，存者亦仅有梗概的一个重要原因。

《吕氏春秋》对理解汉代文学亦有重要意义，如《孟春纪·本生》云："出则以车，入则以辇，务以自佚，命之曰招蹶之机；肥肉厚酒，务以自强，命之曰烂肠之食；靡曼皓齿，务以自乐，命之曰伐性之斧。三患者，贵富之所致也。"这些话，显然为枚乘《七发》中"吴客"说楚太子语所本。

《吕氏春秋》最早的注本为东汉高诱注，高诱在《序》中自称"诱正《孟子章句》，作《淮南》、《孝经》解毕讫，家有此书，寻绎案省，大出诸子之右，既有脱误，故复依先师旧训，辄为之解焉。以述古儒之旨，凡十七万三千五十四言"。《隋书·经籍志》著录："《吕氏春秋》二十六卷，秦相吕不韦撰，高诱注。"此书较早的版本为《四部丛刊》影印明云间宋邦乂刻本，稍后有杭州局《二十二子》本。清人毕沅有《吕氏春秋新校正》，自刻本。梁玉绳有《吕子校补》、《吕子校续补》，二卷，清白士集本。蔡云有《吕子校补献疑》一卷，自刻本。近人许维遹有《吕氏春秋集释》，文学古籍刊行社排印本及中国书店影印文学古籍刊行社本。今人陈奇猷作《吕氏春秋校释》，有学林出版社排印本。

第十四节 《尹文子》、《公孙龙子》、《慎子》及《鹖冠子》

在先秦诸子中,"名家"也是一个很重要的派别,其代表人物常被人们认为是公孙龙。但据《汉书·艺文志》诸子类名家有"《邓析》二篇,郑人,与子产并时";"《尹文子》一篇,说齐宣王。先公孙龙"。据颜师古注,尹文其人"与宋钘俱游稷下"。现在我们所能见到的名家著作甚少,《邓析子》虽有其书,而多数学者均认为是后人伪托,非汉《志》著录之本。《尹文子》虽存,篇幅甚少;《公孙龙子》据《汉书·艺文志》凡十四篇;《隋书·经籍志》不见著录,但《旧唐书·经籍志》和《新唐书·艺文志》并云"三卷",当即今所见之本,可见已非全帙。此外,《汉志》又有"《惠子》一篇",即庄子友人惠施,亦已佚。"名家"人物的思想似与墨家有较深关系。如尹文其人,《庄子·天下篇》把他和宋钘并列,所述其学说,颇似墨家。《吕氏春秋·审应览》记公孙龙为赵惠王论"偃兵",认为"偃兵之意,兼爱天下之心也"。"兼爱"乃墨子学说,"偃兵"即"寝兵",《庄子·天下》论宋钘、尹文之学有"禁攻寝兵,救世之战"语。同篇记惠施的学说,亦多与《墨经》类似。可见二家颇多共通之处。

今本《尹文子》和《公孙龙子》篇幅都不长。《尹文子》的主旨似重在"正名",他说:"大道无形,称器有名。名也者,正形者也。形正由名,则名不可差。"因此他记载了宋钘和彭蒙、田骈的争论,宋钘认为"圣人之治"与"圣法之治"并无区别,而彭蒙指出"圣人者,自己出也;圣法者,自理出也","故圣人之治,独治者也;圣法之治,则无不治矣"。这种区分显然是有道理的。《尹文子》还善于用譬喻,以小故

事说明道理。为了说明"圣人"与"圣法"之别,他讲了如下故事:

> 庄里丈人字长子曰盗,少子曰殴。盗出行,其父在后,追呼之曰:"盗!盗!"吏闻,因缚之。其父呼殴喻吏,遽而声不转,但言:"殴!殴!"吏因殴之几殪!

这故事很生动,虽然生活中不可能有类似的事情发生,但说明了名不可不慎的道理。《文心雕龙·诸子》云"辞约而精,尹文得其要",可谓确当的评语。有《守山阁丛书》本;中华书局重印《诸子集成》本。

和《尹文子》同属名家的《公孙龙子》似更多地被人们提到。历来人们谈到他时,往往与"白马非马"的论点联系起来。从今本《公孙龙子》看来,作者颇以此论点为得意之笔,所以全书中不但有《白马论》,而且在第一篇《迹府》中还写到公孙龙向孔穿表示自己不放弃"白马非马"论,"使龙去之,则龙无以教"。现在看来,《公孙龙子》中其他论点,大抵皆先秦名家都曾讨论过的。如《指物论》,即《庄子·齐物论》所谓"以指喻指之非指,不若以非指喻指之非指也"。《坚白论》,据《庄子·德充符》载,庄子对惠施说"今子外乎子之神,劳乎子之精,倚树而吟,据枯槁而瞑,天选子之形,子以坚白鸣",足证亦非公孙龙独有。《庄子·天下》批评名家,以惠施为代表,而仅有一句话说到公孙龙;《荀子·不苟》和《非十二子》两次批评名家;亦以惠施、邓析为代表而不及公孙龙。现在看《公孙龙子·迹府》首句云"公孙龙,六国时辩士也",说明此书亦非公孙龙自著,作者可能是秦汉以后人。是否《汉书·艺文志》所著录的原书,亦颇可疑。所谓的"白马论",其实不过是诡辩,因为"马"自可不限于"白马",而"白马"则必为"马"的一种,"白马非马"根本违反常识。《文心雕龙·诸子》云:"《公孙》之'白马'、'孤犊'(疑即《庄子·天下》记惠施所谓'孤驹未尝有母'),辞巧理拙。"其实公孙龙的"理",不但"拙",实不可通,而其"辞"亦不能算巧,并无文学价值可言!有《守山阁丛书》本,中华书局排印清傅山注本和王琯《公孙龙子悬解》本。

慎子即慎到,《庄子·天下》把他和彭蒙、田骈并提,唐成玄英《庄子疏》云:"并齐之隐士,俱游稷下,各著书数篇。"据《汉书·艺文志》属诸子略法家类,云:"《慎子》四十二篇,名到,先申韩,申韩称之。"《隋书·经籍志》著录为十卷,宋代《崇文总目》云三十七篇,而至南宋陈振孙《直斋书录解题》已云仅五篇,则此书自宋以来,已多半散佚。据钱熙祚跋,云经后人删节,故已非原貌。慎到其人,据《庄子·天下》、《荀子·非十二子》均把他和田骈并列。《庄子》论他们的学说为:"公而不当,易而无私,决然无主,趣物而不两,不顾于虑,不谋于知,于物无择,与之俱往";《荀子》则说他们"尚法而无法,下修而好作,上则取听于上,下则取从于俗",看来庄子和荀子都认为慎到的学说就是"不师知虑,不知前后",取法无知之物。从现存文字看来,慎到确有"不师知虑"的一面,如《因循》云:"天道因则大,化则细。因也者,因人之情也。人莫不自为也,化而使之为我,则莫可得而用矣。"《民杂》云:"若使君之智最贤,以一君而尽赡下则劳,劳则有倦,倦则衰,衰则复反于不赡之道也。是以人君自任而躬事,则臣不事事,是君臣易位也,谓之倒逆,倒逆则乱矣。人君苟任臣而勿自躬,则臣皆事事矣。是君臣之顺,治乱之分,不可不察也。"这种思想显然是从道家向法家转化时的产物,和汉代司马谈《论六家要旨》中说到道家优于其他各家处相近。此书虽残,但对了解汉初黄老学说的形成及汉初散文家的思想有较大作用。有《守山阁丛书》本,中华书局重印世界书局《诸子集成》本。

《鹖冠子》据《汉书·艺文志》著录为诸子类道家,凡一篇。云:"楚人,居深山,以鹖为冠。"(颜师古注:"以鹖鸟羽为冠。")《隋书·

经籍志》著录为三卷,今本同。《鹖冠子》作者的姓名已无可考,但从本书来看,《汉书·艺文志》说他是"楚人"应该是正确的,因为本书《王铁》中说到一伍之中有人行为不端,就该告诉"里有司",治"伍长"之罪;里中有不法行为,就该告诉"扁长",治"里有司"之罪。"扁长"以上为"乡师","乡师"以上为"县啬夫","县啬夫"以上为"郡大夫","郡大夫"以上为"柱国","柱国"以上为"令尹"。在这里"郡"已在"县"之上,显然是战国制度(春秋以前为县统郡,《逸周书·作洛解》:"县有四郡。")。"柱国"和"令尹"则为楚国官名(见《战国策·齐策二》)。至于此书成书的年代,从《世兵》中说"剧辛为燕将,与赵战,军败,剧辛自到"和《世贤》中"卓(悼)襄问庞煖曰"看来,当即赵孝成王子悼襄王偃。检《史记·六国表》,赵悼襄王元年为秦始皇三年(前244),剧辛死于赵在秦始皇五年(前242),而赵悼襄王之死在秦始皇十一年(前236),据此则《鹖冠子》的成书当在秦并六国前夕。有关《鹖冠子》一书研究,可以参见戴卡琳著《解读〈鹖冠子〉》(杨民译,辽宁教育出版社2000年版)。作者综合了国际汉学界的各种意见,并根据避讳、专名的独特性,从而认为:"《鹖冠子》相对核心的部分可能写于公元前三世纪最后二十五年,在楚国、赵国或者这两个国家,更为具体地来说,则是公元前209年到公元前202年之间。"而早在1989年,戴卡琳的老师、英国汉学家葛瑞汉撰《〈鹖冠子〉:一部被忽略的汉前哲学著作》(译文载《清华汉学研究》第一期,1994)就提出该书作者可能是一个秦汉之际关注时势的人。

《鹖冠子》的思想比较复杂,《汉书·艺文志》虽把此书列入"道家",但书中尽管多次引用《老子》,却对儒家的仁义礼乐取肯定态度;《世兵》云"汤能以七十里放桀,武王以百里伐纣"似取《孟子》。此外,书中对墨家、阴阳家学说亦多有采取;《天则》中说"故政在私家而弗能取,重臣掉权而弗能止,赏加无功而弗能夺,法废不奉而弗能夺,罚行于非其人而弗能绝者,不与其民之故也"则又似法家。此外,书中又好论兵。

《鹖冠子》一书,历来论者毁誉不一,《文心雕龙·诸子》说:"《鹖冠》绵绵,亟发深言。"但唐代的柳宗元在《辨〈鹖冠子〉》(见《柳河东集》卷四)中说:"读之,尽鄙浅言也,唯(贾)谊所引用为美,余无可者。吾意好事者伪为其书,反用《鹏赋》以文饰之,非谊有所取之,决也。"后来不少学者都信柳说,以《鹖冠子》为伪书。但1972年长沙马王堆汉墓出土帛书,其文字有不少与《鹖冠子》相同,证明并非伪书。对此,李学勤先生《〈鹖冠子〉与两种帛书》(载《简帛佚籍与学术史》,江西教育出版社2001年出版)有详尽考述。《鹖冠子》对汉代思想家和文学家有较明显的影响。如柳宗元提到贾谊《鹏鸟赋》中用此书的话指《世兵》中"至人遗物,独与道俱。纵躯委命,与时往来,盛衰死生,孰识其期。俨然至湛,孰知其尤。祸乎福之所倚,福乎祸之所伏。祸与福如纠缠,浑沌错纷,其状若一。交解形状,孰知其则。芬芒无貌,唯圣人而后决其意"等语;又如"夸者死权,自贵矜容;烈士徇名,贪夫徇财"等句,行文虽与《鹏鸟赋》不尽同,而贾谊取自《鹖冠子》则无疑问。《鹖冠子》一书,还有一点颇可注意,即作者是楚人,而战国后期今山东南部不少地方属楚,临沂当亦属此范围,帛书《鹖冠子》正出土于此。现在我们读《鹖冠子》,载鹖冠子与庞子问答(如《兵政》、《学问》诸篇),其口吻与《太平经》中"师"与"真人"的问答十分相似。再看《太平经合校》卷三七云:"以何为初,以思守一,何也?一者,数之始也;一者,生之道也;一者,元气所起也;一者,天之纲纪也。"(中华书局排印本第60页)这些话与《鹖冠子·环流》所谓"有一而有气,有气而有意,有意而有图,有图而有名,有名而有形,有形而有事,有事而有约,约决而时生,时立而物生"以及"故日月不足以言明,四时不足以为功。一为之法,以成其业,故莫不道。一之法立,而万物皆来属"等语,颇为相似。据《后汉书·襄楷传》云"臣前上琅邪宫崇受于吉神书",李贤注:"神书,即今道家《太平经》也。"又同书云:"初顺帝时,琅邪宫崇诣阙,上其师于吉于曲阳泉水上所得神书百七十卷,皆缥白素朱介青首朱目,号《太平清领书》。"因此《鹖冠子》和"天师道"及《太平经》的关系似乎亦值得关注。

《鹖冠子》有宋陆佃注,凡三卷,有《四部丛刊》影印明刻本,涵芬楼《道藏举要》影印《道藏》本。清末王闿运有《鹖冠子注》一卷,自刻湘绮楼本。

第十五节 《孙子》及兵家著作

兵家著作在刘向《七略》及班固《汉书·艺文志》中是专门一类,号为"兵书略",与《诸子》、《诗赋》都不同。只是后来图书的分类由七分法改为四分法以后,这些典籍才被列入"子部"之中,然而仍与儒、墨、道、法诸家有别。兵书本是一种专门的学问,与文学有别,因此文学史中大可不谈这些典籍。但作为文学史料学,尤其是先秦两汉的文学史料学,则对这一类典籍就不容加以忽视。因为无论哪一个时代,哪一个民族的文学史上,战争和军事总是一个十分重要的题材,当某一作品中写到一场战争的胜负或某位将帅的韬略时,对这个时代的军事学说有所理解,对认识作品显然有很大帮助。因此文学史中自可不必为兵书设立章节,而作为文学史料却是颇为重要的方面。尤其对先秦两汉文学史来说,更是如此。一方面,这些兵书本身有的是极好的散文。例如《孙子》一书,历来就被视为古代散文的典范作品之一。例如梁代刘勰在《文心雕龙·程器》中说:"孙武《兵经》,辞如珠玉,岂以习武而不晓文也?"不但如此,先秦一些兵书,其思想与当时的儒、道、法等家有着千丝万缕的联系,这些书对后代作家亦有着深刻的影响。例如汉代晁错的《论兵事疏》,就讲各种兵器的不同作用,显然受了《司马法》的影响。至于后来一些小说中称引兵法,亦往往出自《孙子》,所以作为文学史料,这些兵书仍应加以论列。

所谓的先秦兵书,主要是指《孙子》、《孙膑兵法》、《司马法》、《吴子》、《尉缭子》和《六韬》等书。其中最受人们重视的当然是《孙子》。据《汉书·艺文志》:"《吴孙子兵法》八十二篇,图九卷。"颜师古注:"孙武也,臣于阖庐。"按:孙武,《史记》有《孙子吴起列传》。《史记》本传云:"孙子武者,齐人也。以兵法见于吴王阖庐。阖庐曰:'子之十三篇,吾尽观之矣,可以小试勒兵乎?'对曰:'可。'"于是阖庐知孙子能用兵,"卒以为将,西破强楚,入郢,北威齐晋,显名诸侯,孙子与有力焉"。在这里,阖庐提到了《孙子兵法》为十三篇,与《汉志》所说的"八十二篇"不合。据唐张守节《正义》云:"《七录》(按:指南朝梁阮孝绪《七录》)云:'《孙子兵法》三卷'。案:十三篇为上卷。又有中下二卷。"今本十三篇,大约就是原书的上卷。《正义》又云:"魏武帝云:'孙子者,齐人。事于吴王阖庐,为吴将,作《兵法》十三篇。'"魏武帝曹操曾为《孙子》作注,他所见的《孙子》已仅十三篇,则《汉志》所言八十二篇,至汉魏之际已不大为人们所重视。《隋书·经籍志》云:"《孙子兵法》二卷,吴将孙武撰,魏武帝注。梁三卷。"又云:"《孙子兵法》一卷,魏武、王凌集解。"这里说的"梁三卷",当即指阮孝绪所见三卷本,而所谓"魏武帝注",大约仅指曹操所注的上卷,至于中下二卷,似曹操所未注,不然的话,《隋志》所著录曹操和王凌所作《集解》不会仅一卷。不过,阮孝绪所著录的三卷,当实有其书,因为1972年在山东临沂银雀山汉墓中出土的《孙子》木牍,有十三篇以外的文辞,有《吴问》、《四变》、《黄帝伐赤帝》、《地形二》和《见吴王》等篇,文字虽已残缺,但从残存文字看来,有些是对十三篇的解释,如《四变》乃阐释十三篇中的《九变篇》;《地形二》乃补充说明十三篇中的《地形篇》;《黄帝伐赤帝》似是解释《行军篇》中"凡此四军之利,黄帝之所以胜四帝也"一语的具体事实。看来这些文字,司马迁很可能亦见过,因为《史记·孙子吴起列传》中记孙子将吴王宫中美女当作军队来训练的故事,其基本情节亦与木牍本的《见吴王》类似。可能司马迁和曹操都认为这些文字非孙武自作,而是门人后学记其行事或解释其著作,所以只提十三篇。至于现在所存的《孙子》十三篇,是否孙武本人所作,学者们有所怀疑。在银雀山竹简出土以前,曾经有人认为十三篇乃战国孙膑所作,自《孙膑兵法》出土后,此说自然不能成立,但还可能认为是门人后学记载孙武的言论和军事思想。因为孙武基本上与孔子同时,当时尚无个人著书立说之例,即使孔子亦无自己著作,《论语》亦出于门人后学之手。

从十三篇看来,孙武的思想似略近于《老子》,如《谋攻》云:"是故百战百胜,非善之善者也;不战而屈人之兵,善之善者也。"这和《老子》第六十八章中的:"古之善为士者不武,善战者不怒,善胜敌者不与争"等语十分相似。《始计》中"能而示之不能","卑而骄之"等思想,亦与《老子》第三十六章中的"将欲翕之,必故固张之;将欲弱之,必故强之;将欲废之,必固兴之;将欲夺之,必固与之"的思想一致。《孙子》在这些兵书中最具文学价值,其文章曾受到刘勰的称赏,前面已经引证。现在看来,《孙子》之文亦与《老子》颇类似,以简洁为特色,有些片段亦用韵语,如:"微乎微乎,至于无形。神乎神乎,至于无声。故能为敌之司命。"但较之《老子》,似已超出语录体的范畴,显出论说文的特色。有的地方还使用排偶句,如《始计》云:"兵者,诡道也。故能而示之不能,用而示之不用;近而示之远,远而示之近。利而诱之,乱而取之,实而备之,强而避之,怒而挠之,卑而骄之,佚而劳之,亲而离之。攻其无备,出其不意。此兵家之胜,不可先传也。"连用排句而又有变化。《孙子》之文又善用比喻,十分生动,如《军争》云:"故兵以诈立,以利动,以分合为变者也。故其疾如风,其徐如林,侵掠如火,不动如山,难知如阴,动如雷震。掠乡分众,廓地分利,悬权而动,先知迂直之计者胜,此军争之法也。"这种文字置诸各种诸子散文中都不失为上乘之文。

《孙子》中有不少话,经常为人们引用,已成为习用的成语,如:

攻其无备,出其不意。(《始计》)
百战百胜,非善之善者也;不战而屈人之兵,善之善者也。(《谋攻》)
知己知彼,百战不殆。(同上)
善守者藏于九地之下,善攻者动于九天之上。(《军形》)
归师勿遏,围师必阙,穷寇勿追。(《九变》)

这说明《孙子》一书的影响之大,已经远远地超出了军事学的范畴而涉及人们的日常生活。

《孙子》一书自三国以来,就有魏曹操、南朝梁孟氏、唐李筌、杜牧、陈皞、贾林,宋梅圣俞、王晳、何延锡、张预等人先后作注。宋人吉天保把十家之注合为十五卷,称《孙子十家注》,有《四部丛刊》影印明嘉靖谈恺刻本,杭州局《二十二子》本,涵芬楼《道藏举要》影印《道藏》本。又有一种《十一家注》则加上唐杜佑,其实即《通典·兵典》所举战例,有1961年中华书局据南宋刊本排印本。1999年又出版杨丙安《十一家注孙子校理》,收入新编诸子集成中。1972年银雀山竹简出土后,文物出版社出版《孙子兵法》竹简本,附以《武经七书》本《孙子》原文。后来上海古籍出版社和解放军出版社均有排印本。李零《孙子古本研究》汇集古本、古注,并附以相关研究论文,北京大学出版社1995年出版。

《孙膑兵法》据《汉书·艺文志》著录:"《齐孙子》八十九篇。图四卷。"颜师古注:"孙膑。"此书后来散佚,《隋书·经籍志》已无著录。孙膑事迹附见《史记·孙子吴起列传》:"膑生阿、鄄之间,膑亦孙武之后世子孙也。孙膑尝与庞涓俱学兵法。庞涓既事魏,得为惠王将军,而自以为能不及孙膑,乃阴使召孙膑。膑至,庞涓恐其贤于己,疾之,则以法刑断其两足而黥之,欲隐勿见。"可见"膑"不是他的名字,而是断足之意。孙膑后来暗中结交齐使,到了齐国,为田忌所赏识,荐于齐威王,成了齐将田忌军师,击败魏军于桂陵,后又率齐兵救韩伐魏,大破魏军,使庞涓自杀,孙膑因此名显天下。

《孙膑兵法》散佚后,人们久不知其书,直到1972年银雀山汉墓出土此书残简,才重为人们所知。今残简本存二百二十三简,凡五千九百余字,共分二十七篇,前面十五篇主要讲治军方法,后面则讲排兵布阵等战术。其文章有的是论文,有的是问答,军事思想基本上发挥孙武的观点。其《禽(擒)庞涓》一篇谓桂陵之战时擒庞涓,与《史记》所载有出入。疑司马迁当时未见此书。

《孙膑兵法》出土后,有文物出版社本,今人张震泽有《孙膑兵法校理》,收入中华书局新编诸子集成中,1984年出版。

《司马法》据《汉书·艺文志》入六艺略礼类中,云:"《军礼司马法》百五十五篇。"至《隋书·经籍志》仅三卷,云:"齐将司马穰苴撰。"按:司马穰苴,齐景公时人,与晏婴同时。《晏子春秋·内篇谏上》记景公饮酒事曾提到他"介胄操戟立于门",说明他是一位将军。《史记》有《司马穰苴列传》云"司马穰苴者,田完之苗裔也",也认为他是齐景公时人,则年代略早于孙武。

《司马法》今本凡三卷,分五篇,七十七则,每则文字不等,一般均较简短。此书除讲了治军原则外,也讲到战术。其思想略近儒家,也讲"仁"、"义"等道德观念,如《仁本》中说:"是故杀人安人,杀之可也;攻其国,爱其民,攻之可也;以战止战,虽战可也。"但作者似乎较儒家更崇古,如《天子之义》云:"夏后氏正其德也,未用兵之刃,故其兵不杂。殷义也,始用兵之刃矣。周力也,尽用兵之刃矣。"书中还讲到各种兵器的不同用途,如《定爵》:"弓矢御、殳矛守、戈戟助。凡五兵五当,长以卫短,短以救长。迭战则久,皆战则强。"这种具体的战术思想显然对汉代晁错《论兵事疏》有影响。

《司马法》中有些思想颇值得注意,如《仁本》云:"古者,逐奔不过百步,纵绥不过三舍,是以明其礼也。不穷不能而哀怜伤病,是以明其仁也。成列而鼓,是以明其信也。"这种思想看来有些迂腐,尤其"不穷不能而哀怜伤病"和春秋时宋襄公所谓"不重伤,不禽(擒)二毛"类似;"成列而鼓",亦同于宋襄公之"不鼓不成列"。这种愚蠢的作战方式在其他兵书中均不予采纳,但《公羊传·僖公二十二年》则对宋襄公的行为大加称赞。据《汉书·艺文志》,《公羊传》作者"公羊子,齐人"。是否古代用兵曾有过这种规矩,在齐国人中仍有保留,这很值得思考,同时对"《春秋》三传"的研究也颇有参考价值。

《司马法》有邢澍辑注浙江刻本,平津馆孙星衍据宋本影刻本。近人曹元忠有《司马法古注》三卷,附《音义》一卷,自刻本。黄以周《司马法考征》二卷,杭州局本。较易得的为解放军出版社据《武经七书》的排印本。

《吴子》据《汉书·艺文志》著录为"《吴起》四十八篇,有《列传》"。当即《史记·孙子吴起列传》。据《史记》,吴起乃春秋战国之间卫国人,曾从孔子弟子曾参学习,仕鲁,后到魏国,事魏文侯,为魏守西河,秦人不敢东窥。魏文侯死后,吴起遭谗离魏至楚,为楚悼王相,明法审令,及悼王死后,为楚宗室大臣所杀害。

今本《吴子》据《隋书·经籍志》著录为一卷,则自隋以前,此书已多半散佚。《隋书·经籍志》谓有三国魏人贾诩,今亦不见。现代学者对此书真伪有不同看法,但说它是伪托者的论据并不充分。如有人以为《治兵》中"必左青龙,右白虎,前朱雀,后玄武,招摇在上,从事于下"等语为汉以后事物,故断此书为伪。但20世纪70年代湖北随县曾侯乙墓出土文物已有这些图画。何况题为战国人作的书,其中杂有秦汉人手笔,本不足怪,而秦汉去战国未远,其作者很可能是吴起的后学,所述往往是吴起的观点,未可以伪书视之。据《经典释文序录》,吴起是《左传》的传人,现在读《吴子》如《图国》云:"不和于国,不可以出军;不和于军,不可以出陈(阵),不和于陈(阵),不可以进战,不和于战,不可以决胜。"这种思想与《左传·桓公十一年》所说"师克在和,不在众",及《宣公十二年》记楚臣伊参说到晋军三帅"专行不获,听而无上,众谁适从"等语相似。同篇又曰:"凡制国治军,必教之以礼。"亦与《左传·僖公二十七年》记晋臣子犯论兵,"民未知义"、"民未知礼"时不能用兵的意见相同。由此可以推论,吴起与《左传》的传授大约有较深的关系。

《吴子》有孙星衍据宋本影刊本,二卷。现今较易得的是解放军出版社排印的《武经七书》本。

《尉缭子》,据《汉书·艺文志》有两种,一为诸子略杂家类著录,云:"《尉缭》二十九篇。六国时。"颜注引刘向《别录》云:"缭为商君学。"又兵书类形势有"《尉缭》三十一篇"。此二尉缭是否一人,难于确考。又《史记·秦始皇本纪》又有一个"大梁人尉缭",后为"秦国尉"(《正义》:"若汉太尉、大将军之比也。")。但这个尉缭已是秦始皇时代,与今存《尉缭子》中所记与梁惠王问答的尉缭相去一百年左右,亦非一人。《隋书·经籍志》则云:"《尉缭子》五卷,梁并录六卷。尉缭,梁惠王时人。"今本《尉缭子》五卷,过去一直被认为是伪书,故张之洞《书目答问》不录此书。自从银雀山汉墓出土竹书六篇,与今本基本相同,可见此书不伪。

《尉缭子》虽然是一部兵书,但其思想却近杂家。如《武议》中有"故兵者,凶器也"语,显然取自《老子》;又说"天时不如地利,地利不如人和",则取自《孟子》;《将理》云"兵法曰:'十万之师出,日费千金'",则采自《孙子》。《尉缭子》的文章,前人评价不高,如《文心雕龙·诸子》有"尸佼、尉缭,术通而文钝"之评,现在看来,《尉缭子》一书并无太高的文学价值。然而通过它也可以了解一些当时的社会情况及《老子》、《孙子》等书在战国的影响。《尉缭子》最易得者为解放军出版社排印《武经七书》本。而吸收竹简本内容的有华陆综《尉缭子注释》,中华书局1979年出版。

《六韬》一书据《隋书·经籍志》著录"《太公六韬》五卷,梁六卷,周文王师姜望撰",属于"兵家"。但《汉书·艺文志》兵书类却未加著录,倒是诸子类儒家中有《周史六弢》六篇。"惠、襄之问,或曰显王时,或曰孔子问焉。"这部《周史六弢》据颜师古注曰:"即今之《六韬》也,盖言取天下及军旅之事。'弢'字与'韬'同也。"看来刘向、班固并不认为此书乃姜望所作;但其时代,刘、班亦难确定,周惠王、襄王在春秋中期以前,相当公元前676年至前607年;而显王则在战国中期,相当公元前368年至前315年,相距有三百年左右。看来还是后一说比较可信。因为姜望即太公其人,在春秋以前似乎较少被人称道。如《诗经·大明》中提到的"维师尚父,时维鹰扬",似只说他作战勇猛;《左传·僖公二十六年》则称他与周公一起"股肱周室,夹辅成王",未及他为文王师。至于说文王不结交姜望,便不能成其王业的说法,皆起于战国中期以后。再说《六韬》中如《均兵》、《武骑士》等篇还提到了骑兵。其实我国骑兵的出现是在赵武灵王"胡服骑射"之后,所以此书只能是战国后期的产物。《汉书·艺文志》诸子类道家有"《太公》二百三十七篇。吕望为周师尚父,本有道者。或有近世又以为太公术者所增加也。《谋》八十一篇,《言》七十一篇,《兵》八十五篇"。这里所说的二百三十七篇中有没有部分内容被收入了今本六卷中,已很难考。大抵战国中后期人著书托名"太公"者不少,刘向、班固对此已说到。从今本《六韬》看来,其基本思想与儒家相近,故《汉志》把《周史六弢》归入儒家,似乎是对的。然而书中有些主张则与儒家不同,如《武韬·文伐》云:

> 凡文伐有十二节:一曰:因其所喜,以顺其志,彼将生骄,必有奸事,苟能因之,必能去之。二曰:亲其所爱,以分其威。一人两心,其中必衰。廷无忠臣,社稷必危。三曰:阴赂左右,得情甚深,身内情外,国将生害。四曰:辅其淫乐,以广其志,厚赂珠玉,娱以美人。卑辞委听,顺命而合。彼将不争,奸节乃定。……十二曰:养其乱臣以迷之,进美女淫声以惑之,遗良犬马以劳之,时与大势以诱之,上察而与天下图之。

这种手段,在儒家看来属于不义和阴谋,因此有人加以指责,其实这并不足怪。因为《六韬》作者未必是儒家,其书亦未必出于一人之手,有这种内容本不足怪。褚斌杰先生主编的《先秦文学史》中举出《逸周书·酆保》、《韩非子》及《管子》为例说明战国时期这类传说颇多(第405页),显然是有见地的。大抵战国的一些兵家和纵横家也往往把自己的观点托名于"黄帝"或"太公"。今本《六韬》的《龙韬》有《阴符》和《阴书》。《战国策·秦策》记苏秦"得太公《阴符》之谋,伏而诵之"。检《隋书·经籍志》,有"《太公阴谋》一卷"、"《太公阴符钤录》一卷"等。可见当时人并不讳言太公与阴谋的关系。值得注意的是《文韬·守土》有"日中必彗,操刀必割"语,而贾谊《陈政事疏》

却引作"黄帝曰",可见《六韬》与黄老之学亦有密切关系。《文韬·兵道》有"兵为凶器,不得已而用之"语;《武韬·发器》有"大智不智"语,似皆出《老子》。因此《六韬》一书思想比较复杂,不能单纯地看作儒家。此书长期以来,曾被人们视为伪书,自从银雀山汉墓出土竹简已有《文韬》、《武韬》、《龙韬》等以后,伪书之说已不能成立,但它是战国后期的书,大约是可以肯定的。

《六韬》有《四部丛刊》影印影宋钞本,平津馆校本等。最易得的为解放军出版社排印的《武经七书》本。

中编

第一章 两汉子书研究文献

第一节 陆贾与《新语》

陆贾,楚人。西汉初年著名的政论家和辞赋家。《汉书·艺文志》著录辞赋四个流派,其中之一就有"陆贾赋,二十一家,二百七十四篇(入扬雄八篇)"。陆贾本人创作辞赋凡三篇。此外,还包括枚皋、朱建、庄忽奇、严助、朱买臣、刘辟强、司马迁、苏季、萧望之、徐明、李息、扬雄、冯商、杜参、张丰、朱宇等人创作。《论衡·书解》:"汉世文章之徒,陆贾、司马迁、刘子政、杨子云,其材能若奇,其称不由人。"《文心雕龙·诠赋》:"秦世不文,颇有杂赋,汉初词人,顺流而作,陆贾扣其端,贾谊振其绪。"《文心雕龙·才略》:"汉室陆贾,首发奇采,赋《孟春》而进《新语》,其辨之富矣。"可惜他的辞赋只字未存。作为一个政论家,他的最重要的著作就是流传至今的《新语》。《汉书》本传载:"贾时时前说称《诗》、《书》。高帝骂之曰:'乃公居马上得之,安事《诗》、《书》!'贾曰:'马上得之,宁可以马上治乎?且汤武逆取而以顺守之,文武并用,长久之术也。昔者吴王夫差、智伯极武而亡;秦任刑法不变,卒灭赵氏。乡(向)使秦以并天下,行仁义,法先圣,陛下安得而有之?'高帝不怿,有惭色,谓贾曰:'试为我著秦所以失天下，吾所以得之者，及古成败之国．'贾凡著十二篇。每奏一篇，高帝未尝不称善，左右呼万岁，称其书曰《新语》。"《史记正义》引《七录》作："《新语》二卷，陆贾撰也"。《隋书·经籍志》同。按：《淮南子·原道训》："若然者，藏金于山，藏珠于渊。"高诱注："舜藏金于崭岩之山，藏珠于五湖之渊，以塞贪淫之欲也。"陆贾《新语·术事篇》有类似的记载："舜弃黄金于崭岩之山，禹捐珠玉于五湖之渊，将以杜淫邪之欲，绝琦玮之情。"高诱注很可能本此。这说明《新语》在东汉仍有流传。

但是，由于宋元一些著名的目录学著作如《崇文总目》、《郡斋读书志》、《直斋书录解题》、《文献通考·经籍考》均未著录此书，就引起了后世学者的怀疑。《四库全书总目提要》始发其端，其证据之一："惟是书之文，悉不见于《史记》。"证据之二："《穀梁传》至汉武帝时始出，而《道基篇》末乃引《穀梁传》曰，时代尤相抵牾。其殆后人依托，非贾原本欤？"证据之三："惟《玉海》称：'陆贾《新语》，今存于世者，《道基》、《术事》、《辅政》、《无为》、《资质》、《至德》、《怀虑》才七篇．'此本十有二篇，乃反多于宋本，为不可解；或后人因不完之本，补缀五篇，以合本传旧目也。"近人张西堂《陆贾新语辨伪》①又补充了若干论据："据今《新语》考之，贾从《公羊》义者，《辅政》、《无为》、《至德》、《怀虑》、《明诚》诸篇，均述《公羊》义，云'书鲊绝骨肉之亲，弃大夫之位'，尤破《穀梁》'专之去合乎《春秋》'之说，其不明引《公羊》，而转引《穀梁》，其可疑一。且如崔鲜甫说，韦贤、夏侯胜、萧望之、刘向皆习《穀梁》而晚于贾，所引《公羊》传文，而不及《穀梁》一字，贾生于其前，反得征引之，果又何耶？其可疑二。贾书《本行篇》曰'案纪图录，以知性命，表定六艺，以□□□'，'表定六艺'，非贾所

---

① 《古史辨》第五册。

为,此本董君事,贾不当云此。其书实似为依托者,其可疑三。"

问题是,本书上编已经论及,《公羊传》与《穀梁传》的基本思想早在先秦即已成形。戴彦升为宋翔凤浮溪精舍丛书之陆贾《新语》作序时指出,汉初陆贾引用《穀梁传》显然不仅限一处。《辨惑》篇说夹谷之会事,与《穀梁》定十年《传》大同。《至德篇》说齐桓公遣高子立僖公事,本《穀梁》闵二年《传》。《怀虑篇》言鲁庄公不能存立子纠,亦本《穀梁》庄九年《传》,"可征陆生乃《穀梁》家矣"。此外,还有许多经义不见于今传《穀梁传》,其缘由,大约当时皆口耳相授,至汉初之瑕邱江公始写定的。所以,写定之前,难免出现歧义。根据《汉书·儒林传》和《楚元王交传》以及《荀子·礼论》《大略》二篇考知,《穀梁传》的传授,始自荀子,至浮邱伯,下传至少四人:鲁穆公、白生、申公、刘交。其中鲁学在汉代的最大传授者为申公,这是学术史的常识。而陆贾虽然不能说一定是浮邱伯的门生,但是大约是同时代人,且有所过从。《盐铁论·毁学》篇:"昔李斯与包丘子俱事荀卿,既而李斯入秦,遂取三公,据万乘之权,以制海内,功侔伊、望,名巨太山,而包丘子不免于瓮牖蒿庐,如潦岁之蛙,口非不众也,卒死于沟壑而已。"本书《资质篇》云:"鲍邱之德行,非不高于李斯、赵高也,然伏隐于蒿庐之下,而不录于世。"鲍邱即包邱子,即浮邱伯。《汉书·楚元王传》服虔注:"浮邱伯,秦时儒生。"陆贾游士,当有机会与浮邱伯游,从其学经传,传承荀子的学说。据《汉书·艺文志》载,荀子亦楚人,是说他晚年废居楚地。刘向《孙卿书录》云:"春申君死,而孙卿废,因家兰陵,李斯尝为弟子,已而相秦,及韩非号韩子,又浮邱伯皆受业为名儒。"说明荀子由齐入楚的经过。陆贾楚人,故闻说鲁诗及《穀梁传》,是在情理之中。为此,我们还可以举两点旁证:第一,《新语·术事》引"《诗》云:'式讹尔心,以蓄万邦。'言一心化天下"。这是《诗经·小雅·节南山》的末章。毛传:"讹,化也。"则陆贾之所解，与《毛传》同，则说明至少这条，《鲁诗》与《毛诗》同。第二，汉初之公卿大臣绝大多数是随刘邦起义的楚人，但是，就其政治制度而言，沿袭秦制，在叔孙通的制礼作乐过程中可以看得非常清楚，而在学术文化方面，则以鲁学为主。叔孙通为研习礼义，特从鲁地征引三十名儒生，其中有两名不从，以为秦为无道，汉亦名不正，叔孙通斥之为腐儒。说明叔孙通只是从实用的角度对待传统的儒学，并非真正是倡导儒学。而陆贾则专作《无为》一章，为刘邦宣示《论语》的精粹，认为无为而治，非黄老之专利，而是传统的统治方略。这也正符合汉代初年的政治实际。

从上述材料看，陆贾为《新语》作者问题似乎很难否定。严可均《新语叙》以为："盖宋时此书佚而复出，出亦不全。至明弘治间，莆阳李廷梧字仲阳，得十二篇足本，刻版于桐乡县治，后此有姜思复本，胡维新本，《子汇》本，程荣、何镗《丛书》本，皆祖李廷梧。或疑明本十二篇，反多于王伯厚所见，恐是后人因不全之本，补缀五篇以合本传篇数；今知不然者，《群书治要》载有八篇，其《辨惑》、《本行》、《明诚》、《思务》四篇，皆非王伯厚所见，而与明本相同。《文选》张载《杂诗》注引'建大功于天下者，必垂名于万世也'，《古诗行行重行行》注引'邪臣之蔽贤，犹浮云之障日月'，今在《辨惑篇》。王粲《从军诗》注引'圣人承天威，承天功，与之争功，岂不难哉'？今在《本行篇》。《意林》所载'众口毁誉，浮石沉木，群邪相抑，以直为曲'，今在《辨惑篇》；'玉斗酌酒，金椀刻镂，所以夸小人，非厚己也'，今在《本行篇》；足知多出五篇，是隋唐原本。"余嘉锡《四库提要辨证》以为："严氏所考，足以释《提要》之疑。《群书治要》为修四库书时所未见，《提要》不知其所载《新语》同于今本，固不足怪；独是《提要》既谓此书之伪，似在唐前，又谓后人因不完之本补缀五篇。夫所谓不完之本者，即王伯厚之所见也，伯厚为南宋末人，信如《提要》之言，则必伯厚所见之七篇为唐以前人所伪作,今本多出之五篇,出于宋以后人之伪作而后可;乃其所引《意林》及《文选》注所谓与今本虽有详略异同而大致亦悉相应者,竟多见于后出之篇,然则此五篇者,究出于唐以前耶?宋以后耶?可谓自相矛盾,多所牾者矣。考宋黄震《日钞》卷五六云:'《新语》十二篇,汉大中大夫陆贾所撰。一曰《道基》,言天地既位,而列圣制作之功。次曰《术事》,言帝王之功,当思之于身,舜弃黄金,禹捐珠玉,道取其至要。三曰《辅政》,言用贤。四曰《无为》,言舜、周。五曰《辨惑》,言不苟合。六曰《慎微》,言谨《内行》。七曰《资质》,言质美者在遇合。八曰《至德》,言善治者不尚刑。九曰《怀虑》,言立功当专一。十曰《本行》,言立行本仁义。十一曰《明诫》,言君臣当谨言行。十二曰《思务》,言闻见当务执守,此其大略也。'其所叙篇目,与今本皆合,且能每篇言其作意,是十二篇未尝阙也。黄氏与王伯厚皆生于宋末,正是同时之人,然则当时自有两本,一只七篇,一则十二篇,王氏偶见不全之本耳。乃《提要》遽谓宋本只七篇,余出后人补缀,严氏亦谓宋时佚而复出,出亦不全,皆不考之过也。"

胡适《陆贾新语考》、罗根泽《陆贾新语考证》[①]对于严可均等人考辨又有所补充。胡氏据唐晏校本驳斥四库之说。以为"《新语》一书很有见地,其思想近于荀卿韩非,其《道基篇》叙文化的演变尤有独到的见解。陆贾亲经始皇李斯的急进政策失败之后,故在政治上颇主张无为,正与他身遭诸吕之乱,晚年自隐于醇酒妇人,同一用意。然其人绝不是一个消极的人,此书末篇有'圣人不空出,贤者不虚生'的教训,很可以表示他的生活态度。第六篇中很沉痛地攻击当日人士的避世态度,与此正是一贯。我从前也曾怀疑此书,去年得唐晏先生校刊本,重读一遍,颇信此书是楚汉之间之书,非后人所能依托,故

[①] 并见《古史辨》第四册。

为检《司马迁传》,正《四库提要》之误,以释后来读者之疑"。罗氏主要从学术思想方面立论,称"治辩伪学者,每偏重制度名物,忽略思想文艺,其实一人有一人之思想,一人有一人之作风,无论如何模拟仿造,不能全同;故就文艺方面、思想方面,以考证其真伪,尤为确凿可据。今本《新语》所表现之思想,既在与陆贾全同,故知其决为陆贾之书也"。类似这样从思想意义上的考证,还有苏诚鉴《陆贾新语的真伪及其思想倾向》①。作者认为:"今本《新语》乃经过一再增删窜改的残书,决非陆贾的原著;但就其内容说,则保留了不少陆贾的原意。结论是:书是原书,事(内容)有真有伪。"

《新语》的文学价值突出表现在质而不俚的文风上,与稍后的贾谊的汪洋恣肆的雄辩文风形成鲜明对照。其后,董仲舒《春秋繁露》、刘向《新序》、桓谭《新论》均传承其文风。《论衡·案书篇》:"《新语》,陆贾所造,盖董仲舒相被服焉。皆言君臣政治得失,言可采行,事美足观。鸿知所言,参贰经传,虽古圣之言,不能过增。陆贾之言,未见遗阙。"此外,《新语》还有一些典故时常为后世引用。如"覆巢无完卵"就并见于本书及《吕氏春秋》等。

除辞赋和《新语》外,《汉书·艺文志》六艺略儒家类著录陆贾著作凡二十三篇,兵书略著录"十三家二百五十九篇"。其中有"陆贾"之作,未言篇数。王利器《新语校注》前言,认为兵权谋家所省之陆贾,谓出之兵权谋而入之儒家,"则所省的当为十一篇;省并后之陆贾二十三篇,既有《新语》,又有陆贾兵法"。可惜陆贾兵书类著作只字不存。此外,《汉书·司马迁传》:"孔子因鲁史记而作《春秋》,而左丘明论辑其本事以为之传,又纂异同为《国语》。又有《世本》,录黄帝以来至春秋时帝王公侯卿大夫祖世所出。春秋之后,七国并争,秦

---

① 见《中国古代史论丛》第一辑,福建人民出版社1981年版。

兼诸侯,有《战国策》。汉兴伐秦定天下,有《楚汉春秋》。故司马迁据《左氏》、《国语》,采《世本》、《战国策》,述《楚汉春秋》,接其后事,讫于大汉。其言秦汉,详矣。"《汉书·艺文志》六艺略春秋类:"《楚汉春秋》九篇。"注:"陆贾所记。"《后汉书·班彪传》载其论史记云:"汉兴定天下,太中大夫陆贾记录时功,作《楚汉春秋》九篇。"此书已佚,王利器《新语校注》有辑佚。

第二节 贾谊与《新书》

贾谊(前200~前168),洛阳(今属河南)人,世称贾生。年十八,以能诵《诗》、《书》、善属文而称于郡中。河南守吴公召置门下。文帝初立,征吴公为廷尉,吴公向汉文帝推荐贾谊。贾谊二十余岁被召为博士,提出了一系列改革政治的主张。不久迁至太中大夫。贾谊认为汉兴已经二十余年,应当改正朔,变易服色制度,重定官名,振兴礼乐。于是草撰仪法,奏请颁行。汉文帝虽未遑施行,但是朝廷更定法令及列侯就国,都出于贾谊的主张。汉文帝颇器重贾谊,欲任以公卿之位,但是贾谊受到大臣周勃、灌婴、张相如、冯敬等人的排斥,说他"年少初学,专欲擅权,纷乱诸事"。结果被贬为长沙王太傅。在长沙滞留四年多,又被征回京城。汉文帝召见贾谊,却问以鬼神之事,说:"吾久不见贾生,自以为过之,今不及也。"唐朝诗人李商隐诗:"宣室求贤访逐臣,贾生才调更无伦。可怜夜半虚前席,不问苍生问鬼神。"就是指此。后拜贾谊为梁怀王刘揖太傅。当时匈奴强盛,数侵掠边郡,而诸侯王多割据自强,蓄谋叛乱。于是,贾谊上书论政事(《陈政事疏》);其后贾谊又上疏,建议多封诸侯,瓜分各自的权力,这样朝廷容易控制他们。汉文帝十一年(前169),梁怀王刘揖坠马死,贾谊自伤没有尽到做太傅的责任,常哭泣,过了一年多就死了。时年仅三十三岁。

《汉书·艺文志》儒家类著录有"贾谊五十八篇"。阴阳家著录《五曹官制》五篇。诗赋略著录贾谊赋七篇。《隋书·经籍志》子部儒家类著录《贾子》十卷。集部别集类《汉淮南王集》下注:"梁有《贾谊集》四卷。"姚振宗《汉书艺文志拾补》六艺略春秋类,补著录贾谊《春秋左氏传训诂》。从上述著录看,贾谊特别值得我们关注的有下列三个方面,第一是他的辞赋,第二是他的散文,第三是他的学术传承。

贾谊的辞赋,今存者以《史记》、《汉书》本传所载《吊屈原赋》、《鵩鸟赋》为最著名。又有《古文苑》所载《旱云赋》,《楚辞》所载《惜逝》亦传于世。《吊屈原赋》作于贾谊赴长沙途经汨罗江之时,以屈原的遭遇来比喻自己。他认为屈原可以远游列国,不必留楚自讨苦吃,说明他对于屈原的思想境界并未完全理解。任长沙王太傅时,还创作了著名的《鵩鸟赋》。其创作起因,只是因为鵩鸟入室,他认为这是不祥之兆,于是写下这篇作品,借此以论世事的变化。赋中写道:"天地为炉兮,造化为工。阴阳为炭兮,万物为铜。合散消息兮,安有常则。千变万化兮,未始有极。"认为世界为物质变化的过程,具有朴素的辩证法思想,比较深刻。又说祸福相倚伏,明显受到老子的影响。所以司马迁说他读此赋有"同生死,轻去就,又爽然自失矣"之感。但是其中也有许多说理的句子,意思既枯淡,语言也乏味。从形式上来说,这篇作品已趋向于散体化,多用四言句,显示了从楚辞过渡到新体赋的痕迹。《旱云赋》见于晚出的《古文苑》,有伪托之嫌,所以历来的读者不大重视。但是这篇作品文字古奥,尚难断定是伪作。此赋针对文帝九年(前171)大旱而作。对于农民疾苦表示了同情。这类题材,在汉赋中还比较少见。《惜逝》虽相传为贾谊作,但是博学如王逸已"疑不能明也",此赋大抵模拟屈原之作,较少特色。

贾谊的散文主要集中在《汉书·艺文志》诸子略儒家类著录贾谊五十八篇中。《隋书·经籍志》作《贾子》十卷。其书当即今所传《新书》，凡十卷，正好五十八篇。《汉书》本传所载《陈政事疏》及《史记·秦始皇本纪》末段附《过秦论》三篇，最为著名，均见于今传《新书》。

目前争论的焦点是这五十八篇的篇目和真伪问题，因为《汉书》、《隋书》从未称《新书》。唐人马总《意林》始征引此书，题曰《贾谊新书》。高似孙《子略》载庾仲容《子钞》目同，是梁时已有此称。《新唐书·艺文志》始以《贾谊新书》著录，称为十卷。《崇文总目》云："本七十二篇，刘向删定为五十八篇。隋、唐《志》皆九卷；今别本或为十卷。"王应麟《玉海》详载所见《新书》五十八篇目录："一、《过秦》上下（见《史记·秦纪》）、《宗首》、《数宁》、《藩伤》、《藩强》、《大都》、《等齐》、《服疑》、《益坏》（事势）。二、《权重》、《五美》、《制不定》、《审微》、《阶级》（事势）。三、《俗激》、《时变》、《瑰玮》、《孽产子》、《铜布》（见《食货志》）、《壹通》、《属远》、《亲疏危乱》、《忧民》、《解县》、《威不信》（事势）。四、《匈奴》、《势卑》、《淮难》、《无蓄》、《铸钱》（事势）。五、《傅职》、《保傅》（见《大戴礼》、《昭纪》）、《连语》、《辅佐》（连语）、《问孝》（阙）。六、《礼》、《容经》（见《大戴礼》）、《春秋》（连语）。七、《先醒》、《耳痹》、《谕诚》、《退逊》、《君道》（连语）。八、《官人》、《劝学》、《道术》、《六术》、《道德说》（杂事）。九、《大政》上下、《修政语》上下（杂事）。十、《礼容语》上下（上篇阙）、《胎教》（见《大戴礼》）、《立后议》、《传》（杂事。'传'即'本传'之语）。五十八篇十卷。"对此五十八篇，清人卢文弨《抱经堂文集·书校本贾谊新书后》认为是"习于贾生者萃其言以成此书耳。犹夫《管子》、《晏子》非管、晏之所自为。然其规模、节目之间，要非无所本而能凭空撰造者。篇中有'怀王问于贾君'之语，谊岂以贾君自称也哉？《过秦论》史迁全录其文，《治安策》见班固书者乃一篇，此离而为四五，后人以此为是贾生平日所草创,岂其然欤?《修政语》称引黄帝、颛、喾、尧、舜之辞,非后人所能伪撰。《容经》、《道德说》等篇辞义典雅,魏晋人决不能为。吾故曰是习于贾生者萃而为之,其去贾生之世不大相辽绝,可知也"。而《直斋书录解题》儒家类则认为这是后人所伪托之作:"《贾子》十一卷。汉长沙王太傅洛阳贾谊撰。《汉志》五十八篇。今书首载《过秦论》,末为《吊湘赋》,余皆录《汉书》语,且略节谊本传于第十一卷。其非《汉书》所有者,辄浅薄不足观,决非谊本书也。"袁枚《读贾子》也说:"贾子,伪书也。天子御四夷,有五帝三王之道在,未闻'表'与'饵'也。贾生王佐才,识政体,必无是言。"姚鼐《惜抱轩文集·辨贾谊新书》干脆就认为"贾生书不传久矣,世所有云《新书》者,妄人伪为者耳。班氏所载贾生之文,条理通贯,其辞甚伟。及为伪作者分晰(析)不复成文,而以陋辞联厕其间,是诚由妄人之谬,非传写之误也"。此外,他们认为,《新书》中有的内容与《说苑》、《新序》、《韩诗外传》相类似,是《新书》以这些书为本,因为《新书》的这些部分较之诸书为略。《四库提要》采取一种折中的态度,以为"其书不全真亦不全伪"。

也有很多学者认为,《新书》所集为贾谊草稿,刘向所整理。《朱子语录》:"贾谊《新书》,除了《汉书》所载,余亦难得粹者,看来只是贾谊一杂记稿耳,中间事事有些。"清人孙志祖《读书脞语》卷四:"贾谊《新书》较之《汉书》本传及《食货志》所载诸疏,率多任意增损,或一事而分为两篇,疑此其平日论撰;而奏疏则芟薙浮语,熔铸伟词,故其文益茂美,或班氏小有润色,而《新书》又间出后人增窜,未可定也。"清人孙诒让《札迻》以为:"《新书》者,盖刘向奏书时所题。凡未校者为故书,已校定可缮写者为新书。杨倞注《荀子》末载旧本目录,刘向叙录前题《荀卿新书》十二卷三十二篇;殷敬顺《列子释文》亦载旧题云《列子新书》目录;又引刘向上《管子》奏称《管子新书》目录,足证诸子古本旧题大抵如是。若然,此书隋、唐本当题《贾子新书》。

盖新书本非《贾书》之专名，宋元以后诸子旧题删易殆尽，惟《贾子》尚存此二字，读者不审，遂以新书专属之《贾子》，校椠者又去贾子而但称《新书》，辗转讹省，忘其本始，殆不可为典要。"汪中《贾谊新书序》也称："《艺文志》但云《贾谊》，称《新书》者，刘向校录所加。"《新书》有《四部丛刊》本，依然保留着唐宋传本的旧貌。从目前所能掌握的资料看，没有充分的理由否定贾谊的著作权。读罢贾谊文章，给人最强烈的感受就是充满着一种霸气。这大概与他出入于儒法之间有着重要的关联。《太史公自序》："贾生、晁错明申商。"与申商不同者，陈亮谓："贾生于汉道初成之际，经营讲画，不遗余虑，推而达之于仁义礼乐，无所不可。申韩之书，直发其经世之志耳。"清人姚鼐、汪之昌并有《贾生明申商论》。《朱子语录》卷一三七："贾谊之学杂，他本是战国纵横之学，只是较近道理，不至如仪、秦、蔡、范之甚尔。他与这边道理见得分数稍多，所以说得较好。然终是纵横之习，缘他根脚只是从战国中来故也。"类似这样的论述，我们还可以举出很多，限于篇幅，就不一一论列了。①

贾谊文学风格的形成，还与他的学术背景有重要关系。陆德明《经典释文序录·注解传述人》②云："左丘明作《传》以授曾申，申传卫

---

① 如朱图隆《贾太傅新书总论》："白居易曰：汉兴四十载，万方大理，四海太和，贾谊非不见之。所以过言者，以为词不切，志不激，则不能回君听，感君心，而发愤于至理也。"同上："张栻曰：贾生英俊之才，所陈治安之策，可谓通达当世之务，然未免有激发暴露之气，其才则然也。"曾国藩《求阙斋读书录》："奏疏以汉人为极轨，而气势最盛，事理最显者，尤莫善于《治安策》，故千古奏议，推此为绝唱。""奏议以明白显豁人人易晓为要，后世读此文者，疑其称名甚古，用字甚雅，若仓卒不能解者，不知在汉时，乃人人共称之名，人人惯用之字，即人人所能解也。"
② 所据版本系吴承仕《经典释文序录疏证》，中华书局1984年版。

人吴起,起传其子期,期传楚人铎椒,椒传赵人虞卿,卿传同郡荀卿名况,况传武威张苍,苍传洛阳贾谊,谊至传其孙嘉,嘉传赵人贯公,贯公传其少子长卿。长卿传京兆尹张敞及侍御史张禹。禹数为御史大夫萧望之言《左氏》,望之善之,荐禹,征待诏,未及问,会病死。禹传尹更始,更始传其子咸及翟方进、胡常,常授黎阳贾护,护授苍梧陈钦。"可见贾谊的《春秋》之学,传自荀子、张苍。我们注意到,贾谊说《诗》以"雅"、"颂"为主,《新书》所涉及的《诗经》作品,就有十首出自"雅"、"颂",论及"国风"的仅仅三首。这是先秦说《诗》的传统。① 这说明贾谊的《诗》学源于先秦的说《诗》传统。特别值得我们注意的是对《邶风·柏舟》和《小雅·都人士》的解说,前者悉本于《左传》,后者源于《国语》。而根据《汉书·艺文志》,《国语》也是左丘明所作。这就很容易让我们联想起《史记》、《汉书》以及《经典释文》中关于贾谊的经学源于《左传》的记载。章太炎在《春秋左传读》、《春秋左传读叙录》、《春秋左传疑义答问》等书中多取《新书》作为佐证。徐复根据文字训诂方面的材料,认为"《新书》中征引左氏说二十四事,足以窥见书中所存古字"②。这些材料告诉我们一个基本史实,即贾谊的经学源于《左传》系统。记载西周人和春秋人说《诗》引《诗》的主要典籍是《国语》和《左传》。今本《左传》存与《诗》相关记载 279 条,《国语》存与《诗》相关记载 38 条。春秋及其前人说《诗》引《诗》已有"以《诗》为史"和"以《诗》为

---

① 参见刘跃进《六义与诗教——读〈毛诗序〉臆札》,收在《古典文学文献学丛稿》中,学苑出版社 1999 年版。
② 见方向东《贾谊集汇校集解序》。方向东《贾谊材料考》将《过秦论》中"强凌弱,众暴寡"与《韩非子·守道》、《商君书·画策》、《吕氏春秋·侈乐》、《韩诗外传》卷五等作了比较。其实近似的语句尚有多种,更重要的还不仅仅是语句的相近,其排比句式的运用,论述逻辑的承袭等均有迹可寻。

教"的不同学术传统。① 贾谊继承了先秦《诗》学中学以致用的传统。《新书》中多次论及太师、太傅、太保等职,又有《辅佐》论大相、大拂、大辅、道行、调谇、典方、奉常、桃师的职责,既非周制,也非汉制,是贾谊自己的制定。又有《礼》篇,称"道德仁义,非礼不成;教训正俗,非礼不备;分争辩讼,非礼不决;君臣、上下、父子、兄弟,非礼不定;宦学事师,非礼不亲;班朝治军,莅官行法,非礼威严不行;祷祠祭祀,供给鬼神,非礼不诚不庄。是以君子恭敬、撙节、退让以明礼"。此外有《容经》,以《洪范》五事为纲,即貌、言、视、听、思,又以《周礼》保氏六仪为纬,即祭祀之容,宾客之容,朝廷之容,丧纪之容,军旅之容,车马之容,规定得非常详尽。正因为如此,刘熙载《艺概》说:"盖仲尼既没,六艺之学,其卓然著于世用者,贾生也。"收录在大戴礼中的有《傅职》《保傅》《连语》《辅佐》《胎教》等,收在《礼记》中的有若干条目,可见其在汉代的盛行。因此,可以说,贾谊说《诗》,更加注重礼学的精神,接受的是春秋官学中"以诗为教"的传统。②

  反映在他的文学创作中,就带有明显的《左传》的叙事风格,笔底含情。譬如世所传诵的《过秦论》,顾名思义,是总结批判秦国的过失,说明秦为什么灭亡的论文。此文论秦之亡,由于"仁义不施",盖汉初人总结秦亡经验,多持此说,然文章之艺术感染力鲜有及之者。开篇首先铺叙了秦国如何走向强盛,诸侯又如何集中大批政治、军事人才和庞大兵力竭力想消灭秦国,反而被秦国击败。文中对这个过程加以渲染和夸大,绘声绘色,十分动人。尤其是开篇,用排比的句式写来,气势磅礴,雄浑高远,具有极大的艺术感染力:

---

① 参见郑杰文《上博藏战国楚竹书〈诗说〉作者试测》,载《文学遗产》2002年第3期。
② 参见刘跃进《贾谊〈诗〉学寻踪》,《周口师范学院学报》2003年第1期。

秦孝公据崤函之固,拥雍州之地,君臣固守,以窥周室;有席卷天下、包举宇内、囊括四海之意,并吞八荒之心。当是时也,商君佐之,内立法度,务耕织,修守战之具,外连衡而斗诸侯。于是秦人拱手而取西河之外。……及至始皇,奋六世之余烈,振长策而御宇内,吞二周而亡诸侯,履至尊而制六合,执敲扑以鞭笞天下,威振四海。南取百越之地,以为桂林、象郡;百越之君,俯首系颈,委命下吏。乃使蒙恬北筑长城而守藩篱,却匈奴七百余里,胡人不敢南下而牧马,士不敢弯弓而报怨。

作者这样写,实是欲擒故纵,是为了和秦国的迅速崩溃作鲜明的对比。强大无敌的秦国竟被一群手无利刃、"斩木为兵"的农民一举推翻,原因是什么呢？作者的回答是:"仁义不施,而攻守之势异也。"即不知道根据天下大势的变化而改变基本的治世方略。他认为,秦并六国,南面而王天下,是符合人民心愿的。经过长期分裂、战乱,疲惫不堪的广大人民,"冀得安其性命,莫不虚心而仰上"。这时统治者能否照顾人民的愿望和利益,是政权的安危之所在,可是秦始皇仍以酷刑和暴政虐待治下的臣民,"故其亡可立而待"。贾谊在分析秦亡的教训中得出了"是以牧民之道,务在安之而已"的结论。就是说,治国理民的办法,最重要的就在一个"安"字。

《陈政事疏》论汉初社会及政治状况颇剀切犀利,而作者笔底常带有感情,为历来所传诵。其重点虽不在总结历史经验,而是针对现实政事发表自己的意见,但是同样强调如何居安思危:"夫抱火厝之积薪之下而寝其上,火未及燃因谓之安。方今之势何以异此？"躺在柴堆之上,而下面的火就要燃烧起来,自己还以为很安全。这是很可悲的。为此,贾谊"可为痛哭者一,可为流涕者二,可为长太息者六"。其所谓可为痛哭者,即诸侯王强大,有尾大不掉之势;其所谓可流涕者则匈奴之侵扰,而以汉之大,不能制之也;其所谓可长太息者,则民俗之奢侈,德教之不修,及朝廷诸经制之术未定也,表现出了作者强烈的入世精神和批判现实的勇气。贾谊的文笔历来受到推崇。宋人说他"文气笔力当为西汉第一"(见《汉书评林》)。他的散文,尤其是《过秦论》常被视为文章典范。而晋左思《咏史诗》里自称"著论准《过秦》"。刘宋范晔在《狱中与诸甥侄书》里对于自己编著《后汉书》颇为自负,称"循吏以下及六夷序论,笔势纵放,实天下之奇作。其中合者,往往不减《过秦》篇"。鲁迅在《汉文学史纲要》中说:"其《治安策》、《过秦论》,与晁错之《贤良对策》、《言兵事疏》、《守边劝农疏》,皆为西汉鸿文,沾溉后人,其泽远矣。"这些论述可以说明贾谊的散文在后人心目中的地位。

贾谊集的整理,今人有吴云、李春台《贾谊集校注》(中州古籍出版社,1989年),王洲明、徐超《贾谊集校注》(人民文学出版社,1996年),阎振益、钟夏《新书校注》(中华书局,2000年),方向东《贾谊集汇校集解》(河海大学出版社,2000年)等。前两种本子意在普及,吴著分贾子新书、贾谊赋及附录三部分。附录包括:贾谊生平大事年表,治安策,新书版本。感到不足的是排印质量较差,时有误植,然系草创,实属不易。王洲明本分甲乙丙三编。甲编为《新书》,乙编赋,丙编文,附录有五:贾谊传、贾谊年谱、著录、序跋、评述。阎本列入中华书局新编诸子集成中。附录有六:一、《新书》未收文赋及佚文,二、贾谊传,三、著录,四、序跋,五、辑评,六、资料。而方著的特长在校勘和训释,其排列顺序也是《新书》、赋、文及附录,未见增多新的资料。

第三节　刘安与《淮南子》

刘安,汉高帝子淮南王刘长子。汉文帝刘恒前元元年(前179)

生,八年(前172)为阜陵侯。《汉书·淮南衡山济北王传》:"孝文十二年,怜淮南王,王有子四人,年皆七八岁,乃封子安为阜陵侯,子勃为安阳侯,子赐为阳周侯,子良为东城侯。"文帝前元十六年(前164),袭父封为淮南王。《汉书·淮南衡山济北王传》:"十六年,上怜淮南王废法不轨,自使失国早夭,乃徙淮南王喜复王故城阳,而立厉王三子王淮南故地,三分之:阜陵侯安为淮南王,安阳侯勃为衡山王,阳周侯赐为庐江王。"汉武帝建元六年(前135)淮南王刘安作《上书谏伐南越》,见《汉书·严朱吾丘主父徐严中王贾传》:"建元三年,闽越举兵围东瓯,东瓯告急于汉。时武帝年未二十,以问太尉田蚡。蚡以为越人相攻击,其常事,又数反覆,不足烦中国往救也,自秦时弃不属。于是(严)助诘蚡曰……乃遣助以节发兵会稽。会稽守欲距法,不为发。助乃斩一司马,谕意指,遂发兵浮海救东瓯。未至,闽越引兵罢。后三岁,闽越复兴兵击南越。南越守天子约,不敢擅发兵,而上书以闻。上多其义,大为发兴,遣两将军将兵诛闽越。淮南王安上书曰:'陛下临天下……'"云云。其中有"四年不登,五年复蝗"两句,是作于六年之确证。《资治通鉴》卷一七系于本年。《汉文归》引辑此文,并引唐顺之评:"如珠走盘之文,不可捉摸。"

刘安博学善文,才思敏捷,好鼓琴瑟,不喜弋猎狗马驰骋,欲以取名誉。《汉书》本传载其招致宾客方术之士数千人,作《内书》二十一篇(后改名《淮南子》)、《外书》三十三篇(《内书》、《外书》并见《汉书·艺文志》著录);又有《中篇》八卷,言神仙黄白之术,亦二十余万言。汉武帝刘彻建元二年(前139),时年二十岁,这年冬十月,淮南王刘安来朝,献所作《内书》二十一篇,见宋王益之《西汉年纪》卷一〇引《汉书·淮南王传》:"二年冬十月,淮南王安来朝,献所作《内书》二十一篇。上爱秘之,时为《离骚传》,旦受诏,日食时上。又献《颂德》及《长安都国颂》。每宴见谈说得失及方技赋颂,昏暮然后罢。时帝方好艺文,以安属为诸文,辩博善为文辞,甚尊重之。每为报书及赐,常召司马相如等,视草乃遣。"此外,汉宣帝刘询神爵二年(前60)刘向献淮南王刘安所藏《鸿宝》、《苑秘》书。见《汉书·楚元王传》。苏颂《校淮南子题叙》曰:"又有中篇八卷,书言神仙黄白之术,亦二十余万言。中篇者,刘向传所谓《鸿宝》、《苑秘》是也。与《外书》今并亡。"

今存唯《淮南子》二十一篇,当系《汉书》记载的《内书》。据高诱序,此书系门客所著:"与苏飞、李尚、左吴、田由、雷被、毛被、伍被、晋昌等八人,及诸儒大山、小山之徒,共讲论道德,总统仁义,而著此书。其旨近《老子》,淡泊无为,蹈虚守静,出入经道。言其大也,则焘天载地;说其细也,则沦于无垠。及古今治乱存亡祸福,世间诡异瑰奇之事。其义也著,其文也富。物事之类,无所不载,然其大较,归之于道。号曰鸿烈。鸿,大也;烈,明也;以为大明道之言也。故夫学者不论《淮南》,则不知大道之深也。是以先贤通儒,述作之士,莫不援采,以验经传。……刘向校定撰具,名之曰《淮南》。又有十九篇者,谓之《淮南外篇》。"但是《汉书·艺文志》记载:"《淮南》内二十一篇,外三十三篇。"这里作十九篇,有所差异。又王逸《楚辞章句序》:"淮南王安博雅好古,招怀天下俊伟之士,自八公之徒,咸慕其德而归其仁,各竭才智,著作篇章,分造辞赋,以类相从,故或称小山,或称大山,其义犹诗有小雅、大雅也。"与高诱记载不同。

其献书在武帝时代,但是其内容却颇多非议孔子之辞,如《俶真训》:"孔、墨之弟子,皆以仁义之术教导于世,然而不免于僵。身犹不能行也,又况所教乎?"它善于运用古代传说和神话故事来阐发道理,保存了一些珍贵的神话传说,如《共工怒触不周山》、《女娲补天》、《后羿射日》等。其文亦称弘肆瑰丽。刘知几《史通》称"《淮南子》牢笼天地,博极古今",正谓此意。

《淮南子》注有两家,一是高诱注,一是许慎注。宋人苏颂《校淮南子题叙》云:"是书有后汉时太尉祭酒许慎、东郡濮阳令高诱二家之注。隋唐目录,皆别传行。今校《崇文》旧书与蜀川印本暨臣某家书凡七部,并题曰淮南子,二注相参,不复可辨。惟集贤本卷末有前贤题载云:'许标其目,皆曰间诂。鸿烈之下,谓之记上;高题卷首,皆谓之鸿烈解经,解经之下,曰高氏注,每篇之下皆曰训,又分数篇为上下。'以此为异。……互相考证,去其重复,共得高注十三篇,许注十八篇。"据清人陶方琦《淮南许注异同诂自序》云:"《原道》以次十三篇皆有'故曰因以题篇'字,高注本也。《缪称》以次八篇皆无'故曰因以题篇'等字,许注本也。"其注本众多,较为通行的是中华书局新编诸子集成本《淮南鸿烈集解》(刘文典著)和《淮南子集释》(何宁著)。此外,北京大学出版社出版的张双棣《淮南子校释》在版本的选择、校勘方面有特点。

刘安还是著名的辞赋家。《汉书·艺文志》著录其有赋八十二篇,今仅存《屏风赋》,见《艺文类聚》。有集两卷,已佚。曾奉武帝诏作《离骚传》,是最早解说《离骚》的著作,并最早给《离骚》以崇高的评价,称其兼有"国风"、"小雅"之长,可与日月争光。《楚辞章句》及《文选》有淮南小山《招隐士》一篇,或以为安作,或以为刘安宾客作,疑莫能明。又有《上书谏伐南越》,见《汉书·严助传》,亦颇有名,已见前引,不赘。王云度《刘安评传》[①]是目前所见最为详尽的有关刘安生平事迹的研究论著。

第四节　董仲舒与《春秋繁露》

董仲舒,西汉经学家、散文家。广川(治今河北景县西南)人。生

---

① 《刘安评传》,南京大学出版社1999年版。

卒年不详,清人苏舆以为约生于文帝元年(前179),卒于太初之前(前104),似近理,然亦属推测之辞①。董仲舒少治《公羊春秋》。景

---

① 《汉书·食货志》曰:"仲舒死后,功费愈甚,天下虚耗,人复相食。武帝末年,悔征伐之事,乃封丞相为富民侯。"可以肯定,董仲舒死于武帝时代。《汉书·匈奴传》赞称:"仲舒亲见四世之事。"从武帝往上推,可见到惠帝世。苏舆所列《董子年表》以文帝元年为始,吴海林等编的《中国历史人物生卒年表》(黑龙江人民出版社1981年版)以高后八年为董仲舒生年,都不能见及四世之事。因此都是不妥当的。章权才《董仲舒生卒年考》(《社会科学评论》1986年第2期)根据桓谭《新论》:"董仲舒专精于述古,年至六十余,不窥园中菜。"认为董仲舒在对策之前已经60多岁了。又认为对策在汉武帝建元元年(前140)。以此上推60多年,董仲舒应该生于公元前200余年,即在汉高祖初年。由此,章权才又认为董仲舒所"亲见四世"也包括汉高祖世。周桂钿《董学探微》(北京师范大学出版社1989年版)以为:"这里有两个问题值得推敲。一、不窥园的问题。《史记》、《汉书》、《论衡》等书都只说'三年'。王充还认为说'三年'都已经是'儒增'了,夸大事实了。惟独桓谭说他'年至六十余'不窥园。而且这句话有点费解。二、亲见哪四世的问题。《汉书·匈奴传》称董仲舒亲见四世之事。应根据《汉书》帝纪来论世,最多推至惠帝世,无论如何也不能推至高祖。《汉书·叙传》赞:"抑抑仲舒,再相诸侯,身修国治,致仕县车。下帷覃思,论道属书。谠言访对,为世纯儒。"作者认为:"班固说董仲舒辞掉相位也是'致仕县车',说明董仲舒当时已70多岁。元狩元年即公元前122年,如果董仲舒70岁,那么上推70年,董仲舒就是生于公元前191年,即汉惠帝四年。……根据董仲舒亲见四世的记载,推断他生于公元前204年至公元前192年。根据桓谭所说董仲舒'年至六十余不窥园中菜'推断董仲舒生于公元前200年至公元前196年,对策在元光元年。根据'致仕县车'在元狩元、二年间,推断他生于公元前200年至公元前191年,辞胶西相为70至79岁。把以上三项结合起来,可推断董仲舒生于公元前200年至公元前191年。折中一下,约生于公元前198年,即高祖九年。那么,董仲舒也像孔子那样,10岁时正当惠帝六年,开始亲见世事。从汉惠帝至汉武帝共四世。"

帝时为博士,下帷讲诵,有三年不窥园之传说。武帝即位,举贤良文学之士前后百数,董仲舒上书对策。其对策的具体年代,目前尚有争论。《史记·儒林传》载:"今上即位,为江都相。"似乎是说董仲舒是在汉武帝即位初年,即建元元年参加对策而被任为江都相的,因而《资治通鉴》将董仲舒对策系于建元元年。最重要的根据系《儒林传》除上引外又载:"中废为中大夫,居舍,著《灾异之记》。……有刺讥。"主父偃告发,差点被杀,结果"诏赦之","于是董仲舒竟不敢复言灾异"。董仲舒是因为被赏识才被任为江都相的,由此来看,对策应在主父偃告发之前。又《汉书·武帝纪》载:"元光元年冬十一月,初令郡国举孝廉各一人。"《汉书·董仲舒传》又说:"及仲舒对策,推明孔氏,抑黜百家。立学校之官,州郡举茂才孝廉,皆自仲舒发之。"董仲舒在对策中确有"兴太学,置明师"和"使列侯郡守二千石,各择其吏民之贤者,岁贡各二人,以给宿卫"的建议。第二次举贤良对策是在"初令郡国举孝廉"之后进行的。举孝廉在冬十一月,对策在夏五月。因此,董仲舒不可能在第二次对策中提出这种建议。如果在第二次对策中提出,那就不应该说"立学校之官,州郡举茂才孝廉"这些事"皆自仲舒发之"。建元元年说者以为这是一条最有力的证据。《汉书·武帝纪》则将董仲舒对策时间系于元光元年。在"公孙弘"之前加上董仲舒,记为"五月,诏贤良……于是董仲舒、公孙弘等出焉"。南宋洪迈《容斋随笔》卷六中认为对策应在元光元年(前134)。目前很多学者相信此说,以为董仲舒上《天人三策》在元光元年。该策以为"诸不在六艺之科,孔子之术者,皆绝其道,勿使并进"。又立"天人感应"之说,以为"国家将有失道之败,而天乃先出灾害以谴告之,不知自省,又出怪异以警惧之"。其说以为天道之大者在阴阳,"阳为德,阴为刑","王者承天意以从事,故任德教而不任刑"。董仲舒以为"天不变,道亦不变",然汉仍秦之弊,亦当改弦更张。武帝颇纳其言,遂为罢黜百家,独尊儒术。又尝上书,言民间疾苦,议以盐铁之利悉归于民。武帝以董仲舒为江都相,治其国,颇言阴阳灾异之变。"会辽东高庙、长陵高园殿灾,仲舒推其说,属草稿未上,主父偃窃其书而奏之。仲舒弟子吕步舒不知其师书,以为大愚。于是下仲舒吏,武帝赦之。后以为胶西相。仲舒恐久获罪,病免家居。朝廷有大事,使使者问之。以寿终。"这里"以寿终"的寿到底多少,还可以作一些推测。《汉书·食货志》载:董仲舒向汉武帝建议:"愿陛下幸诏大司农,使关中民益种宿麦,令勿后时。"《汉书·武帝纪》元狩三年(前120)秋"遣谒者劝有水灾郡种宿麦"。颜师古注:"秋冬种之,经岁乃熟,故云宿麦。"说明董仲舒元狩三年还活着。《资治通鉴》载,汉武帝元狩四年设置盐铁官,东郭咸阳、孔仅为大农丞,领盐铁事。实行盐铁官营,也正是在这一年。《汉书·武帝纪》载:"关东贫民徙陇西、北地、西河、上郡、会稽凡七十二万五千口,县官衣食振业,用度不足。"《食货志》亦有相近记载。在这种情况下,董仲舒向汉武帝建议"限民名田,以澹不足",见《食货志》。元狩四年冬天实行盐铁官营,董仲舒反对这种政策当在元狩五年,即公元前118年,说明这一年董仲舒还在活动。施之勉《董子年表订误》[①]、李威熊《董仲舒与西汉学术》[②]据《汉书》、《食货志》、《五行志》、《武帝纪》载,饥人相食在元鼎三年(前114),因此,董仲舒必死于元鼎三年以前。苏舆《董子年表》则以为董仲舒卒于武帝太初元年(前104)前后。据"仲舒著书,皆未改正朔以前事,则其卒于太初前可知。故断自是年止",年约八十多岁。

《汉书》本传谓"仲舒所著,皆明经术之意,及上疏条教,凡百二

[①] 施之勉《董子年表订误》,见《东方杂志》41卷24期,1935年版。
[②] 李威熊《董仲舒与西汉学术》,台北文史哲出版社1978年版。

十三篇,而说《春秋》事得失,《闻举》、《玉杯》、《蕃露》、《清明》、《竹林》之属,复数十篇,十余万言"。《汉书·艺文志》有"董仲舒百二十三篇。《公羊董仲舒治狱》十六篇"。现存著作主要是《春秋繁露》十七卷和保存在《汉书》本传中的"天人三策"。此外,还有保存在《汉书·食货志》中的论经济,《匈奴传》中的议匈奴,《五行志》中的讲灾异。唐人编的《古文苑》中也保存着《雨雹对》、《诣丞相公孙弘记室书》等重要资料。《艺文类聚》还收有董仲舒的《士不遇赋》一首,抒发了作者怀才不遇的情绪,是汉代同类题材中较早的作品。其《山川颂》以山水比拟人的品德,虽不是模山范水之作,但也代表了当时的一种审美观点。其文章总计十九篇,见清严可均《全上古三代秦汉三国六朝文》辑录。

《春秋繁露》语言质朴平易,与汉初政论文的严峻铺陈的文风颇有区别,在汉代散文发展史占有重要地位。该书最早见于《史记·董仲舒传》:"上大夫董仲舒推《春秋》,颇著文焉。"《索隐》称曰《繁露》。《汉书》本传记录了其中的五篇。《隋书·经籍志》、新旧《唐书》并著录十七卷,《崇文总目》著录八十二篇,这些均与今本同。《史记正义佚文》与《儒林传》下引《七录》:"《春秋繁露》十七卷,《春秋断狱》五卷。"

但是依据班固之说,《闻举》、《玉杯》、《蕃露》、《清明》、《竹林》等篇均在百二十三篇之外,且《繁露》是这"十余万言"中之篇,而今传《春秋繁露》却以之为书名,其余几篇成为书中的篇目。因此之故,宋代陈振孙、程大昌、黄震等人疑其舛讹。《直斋书录解题》:"先儒疑辨详矣。其最可疑者,本传载所著书百余篇,《清明》、《竹林》、《繁露》、《玉杯》之属,今总名曰《繁露》,而《玉杯》、《竹林》则皆其篇名,此决非其本真。况《通典》、《御览》所引,皆今书所无者,尤可疑也。然古书存于世者希矣,姑以传疑存之可也。"《黄氏日钞》五十六云:

"董仲舒传:'说《春秋》事得失,《闻举》、《玉杯》、《蕃露》、《清明》、《竹林》之属数十篇,十余万字。'颜师古注:'皆其所著书名。'本朝《崇文总目》:'《繁露》十七卷,八十二篇。'与隋、唐《志》卷目同。《目》谓其'义引宏博,非出近世'。然总以《繁露》为名,又即用《玉杯》、《竹林》题篇,已疑后人附著矣。乃《中兴馆阁书目》止存十卷,三十七篇。新安程大昌读《太平寰宇记》及杜佑《通典》,见所引《繁露》语言,今书皆无之,因知今书之非本真。又读《太平御览》,古《繁露》语特多。《御览》,太平兴国间编葺,此时《繁露》尚存,今遂逸不传。合此三说观之,是隋、唐、国初《繁露》已未必皆董仲舒之旧,中兴后《繁露》又非隋、唐、国初之《繁露》矣。近世胡尚书榘为萍乡宰日,刊之县斋,仅三十七篇而已。其后又攻媿楼参政校定本,十七卷八十二篇之旧复全。其兄胡槻既刊之江东漕司,其后岳尚书珂复刊之嘉禾郡斋,世遂以为定本。"今人黄云眉承此说,著《古今伪书考补证》,断定"是书固不仅书名伪而书亦伪矣"。

问题就出在这"攻媿楼参政校定本"上。据楼大防跋语:"《繁露》一书,凡得四本,皆有余高祖正议先生序文。……开禧三年,今编修胡君仲方榘宰萍乡,得罗氏兰台本,刊之县庠,考证颇备。先程公所引三书之言,皆在书中,则知程公所见者未广,遂谓为小说者,非也。然止于三十七篇。终不合《崇文总目》及欧阳文忠公所藏八十二篇之数。余老矣,犹欲得一善本。闻婺女潘同年叔度景宪多收异书,属其子弟访之,始得此本,果有八十二篇。"就是说,《春秋繁露》在宋代即已有多种传本。楼钥所校刻者仅是其中一种。此本存《永乐大典》中,四库馆臣犹得以校刻问世。故《四库提要》以为:"倘非幸遇圣朝右文稽古,使已湮旧籍复发幽光,则此十七卷者,竟终沉于蠹简中矣,岂非万世一遇哉?"现在,我们所见《春秋繁露》最好的本子就是这部宋代楼钥校定本。没有更多的版本依据断定它是伪书。周桂钿《董学探微》(北京师范大学出版社,1989 年)以为"从宏观上看,以上资料表达出一种浑然一体的思想体系,这个思想体系跟西汉武帝时代的社会状况、科学水平、思维方式都那样协调、吻合,后代的人怎么会伪造得出来呢?至于书名、篇名,可能有错乱,或者后人加上的,甚至有错简现象,使某些段落似乎衔接不上,还有错漏、遗佚的。总之,以上资料大体上都是研究董仲舒思想的可信的资料"。目前,最通行的注本是苏舆的《春秋繁露义证》,已收入新编诸子集成中,中华书局 1992 年出版。

第五节　桓宽与《盐铁论》

桓宽字次公,汝南(今河南上蔡西南)人。《汉书·公孙刘田王杨蔡陈郑传》载其博学能文,尤其酷爱《公羊春秋》,宣帝时举为郎,官至庐江太守丞。公元前 70 年左右,他根据昭帝始元六年(前 81)御史大夫桑弘羊与贤良、文学之士辩论盐铁政策等问题的记录而编撰成《盐铁论》六十篇,为研究西汉政治、经济等问题的重要资料。关于这次盐、铁之议,《盐铁论·本议篇》有详细记载:"惟始元六年,有诏书使丞相与所举贤良、文学语,问民间所疾苦。"又《汉书·昭帝纪》:"始元六年二月,诏有司问郡国所举贤良、文学民所疾苦。议罢盐、铁、榷酤。"《汉书·食货志》记载桑弘羊于元封元年(前 110)尽官盐铁之职,至此时已经过去三十年。"昭帝即位,六年诏郡国举贤良、文学之士,问以民所疾苦,教化之要。皆对愿罢盐、铁、酒榷、均输官,毋与天下争利,视以俭节,然后教化可兴。弘羊难以为国家大业,所以制四夷、安边、足用之本,不可废也。乃与丞相千秋共奏罢酒酤。"《资治通鉴》卷二三:"昭帝始元六年,秋,七月,罢榷酤官,从贤良、文学之议也。武帝之末,海内虚耗,户口减半。霍光知时务之要,轻徭薄赋,与民休息。至是,匈奴和亲,百姓充实,稍复文、景之业焉。"

《汉书·艺文志》诸子略儒家著录:"桓宽《盐铁论》六十篇。"马总《意林》著录为十卷。王应麟《玉海》并著录六十篇目录,与今本同。而据王利器辑校佚文,也不过数条,则今存此书至少是宋代原貌。

该书名虽仅涉及盐、铁,实际上论及当时政治各个方面的问题,既有对前代的评价,主要是比较文帝和武帝的功过是非。贤良、文学之士褒文帝而贬武帝,桑弘羊反之。如《刺复篇》:"当公孙弘之时,人主方设谋垂意于四夷,故权谲之谋进,荆、楚之士用,将帅或至封侯食邑,而勉获者咸蒙厚赏,是以奋击之士由此兴。其后干戈不休,军旅相望,甲士糜弊,县官用不足,故设险兴利之臣起,磻溪熊罴之士隐。"《地广篇》:"今逾蒙恬之塞,立郡县寇虏之地,地弥远而民滋劳。朔方以西,长安以北,新郡之功,外城之费,不可胜计。"同时也表现了桑弘羊的实用思想。如《相刺篇》:"大夫曰:'歌者不期于利声,而贵在中节;论者不期于丽辞,而务在事实。善声而不知转,未可为能歌也;善言而不知变,未可谓能说也。'"又有对当前政治的建议等。语言简洁而流畅,浑朴质实;行文整齐而有变化,疏朗中又见细密;善于用对话表现人物思想、神态,如《国疾篇》记载文学之言后,"大夫视文学,悒悒而不言也。丞相曰:'夫辩国家之政事,论执政之得失,何不徐徐道理相喻,何至切切如此乎?!大夫难罢盐铁者,非有私也,忧国家之用,边境之费也。……所以贵术儒者,贵其处谦推让,以道尽人。今辩讼愕愕然,无赤、赐之辞,而见鄙倍之色,非所闻也。大夫言过,而诸生亦如之,诸生不直谢大夫耳。'贤良、文学皆离席,曰:'鄙人固陋,希涉大庭,狂言多不称,以逆执事。夫药酒苦于口者而利于病,忠言逆于耳者而利于行,故愕愕者福也,谦谦者贼也。"在西汉散文中,独具一格。其书以《四部丛刊》所收涂本为最早。今人王利器有《盐铁论校注》,马非百有《盐铁论简注》。

第六节　王充与《论衡》

王充(27~约97),字仲任,东汉著名思想家、文学理论家,会稽上虞(今属浙江)人。出身贫寒,少年好学,后游学洛阳,师事班彪,家贫无书,常去书摊阅览,遂博通众流百家之言。曾教授生徒,做过郡功曹、扬州治中等小官。后罢职居家,于户牖墙壁各置刀笔,专心著书。"志俗人之寡恩",作《讥俗节义》;"闵人君之政,徒欲治人,不得其宜,不晓其务",作《政务》。此二书均已亡佚。王充撰著《论衡》大约在三十岁左右。《讲瑞篇》:"为此论草于永平之初。"《会稽典录》:"《论衡》造于永平末,定于建初之年。"《后汉书》本传:"充好论说,始若诡异,终有理实,以为俗儒守文,多失其真,乃闭门潜思,绝庆吊之礼,户牖墙壁,各著刀笔。"大约六十二岁,罢州还家,同郡谢夷吾荐于肃宗,不就。《论衡》当成于此时。见《论衡·自纪篇》:"章和二年,罢州家居。仕路隔绝,志穷无如。事有否然,身有利害。发白齿落,日月逾迈。俦伦弥索,鲜所恃赖。贫无供养,志不娱快,历数冉冉,庚辛域际。虽惧终徂,愚犹沛沛,乃作《养性》之书十六篇。"据此,钟肇鹏《王充年谱》以为:"《论衡》大部分成于建初之年,然最后定稿直至章和之时,全书创作将近三十年。"《论衡·自纪篇》称:"按古太公望、近董仲舒传作书篇百有余,吾书亦才出百,而云泰多。"则原书当过百篇,但是,葛洪《抱朴子》、范晔《后汉书》、晁公武《郡斋读书志》、陈振孙《直斋书录解题》并记载《论衡》八十五篇。范书又称有二十余万字,《隋书·经籍志》作二十九卷,而晁、陈二志并作三十卷。今传诸本与唐宋以来传本似乎相同,唯第四十四《招致篇》有目无书,实八十四篇。现存这些篇目,是否有真伪之分,历来也有争议。容肇祖《论衡中无伪篇考》①以为现存已经有所遗漏,不可能有伪造的;而胡适《中国哲学史大纲》以为《乱龙篇》等系伪书。其家世渊源及生平考证,较详细者见黄晖和钟肇鹏各自撰《王充年谱》。黄著见《论衡校释》附录,钟著单行。

《论衡》一书内容庞杂,但是依然可以梳理出一条重要的思想线索,那就是《佚文篇》中提出的"疾虚妄"三字:"诗三百,一言以蔽之,曰思无邪。《论衡》亦十数,亦一言也,曰疾虚妄。"他秉持天道自然的思想,列于当日、所有的虚妄之说展开了猛烈的批评,不仅批评自己的父亲,批判当时甚嚣尘上的各种宗教神学和虚妄荒诞的迷信,甚至还对儒家圣人孔、孟之类冷嘲热讽,对当朝皇帝倡导的谶纬之学口诛笔伐。所谓谶纬,又叫"图谶",也叫"谶",或者叫"纬",是与经相对而言的。有经文,故也有纬书,托名为黄帝或周公所作或者是某一位帝王做梦看见了至圣先师,醒来后就叫人记录下来。从战国到秦汉,许多帝王都非常相信它,并为之广泛宣传,从中找出只言片语,用以证明他们称帝称王乃是上天的旨意,不可动摇。东汉光武帝刘秀起兵的时候,就用这种办法迷惑了许多人。后来刘秀称帝后,干脆下令让所有的士子都读这类书,他自己也很用心地读纬书,有一次读得出神,受了凉,竟致昏倒。刘秀看到谶纬之书中有这样两句:"孙咸征狄。"恰巧他手下有人叫"孙咸"的,于是马上登坛拜帅,封他为"平狄将军"。诸如此类的事,在东汉一代非常之多。对此,王充提出截然相反的看法,认为人与万物一样,都是"自生"的,而不是天地有意识

---

① 容肇祖《论衡中无伪篇考》,民国二十五年六月二十六日天津《大公报·史地周刊》第91期。

地创造出来的;至于帝王将相,与常人没有什么不同。这些观点,在今天看来也许卑之无甚高论,但是在当时却是大逆不道,是要冒着杀头的危险的。这种愤世嫉俗之情,鞭辟入里之论,当然会叫很多人感到不快。因此,从宋代以来乃至《四库提要》均对此书的思想评价较低。如晁公武:"汉世文章,温厚尔雅,及其东也,已衰。观此书与《潜夫论》、《风俗通义》之类,比西京诸书,骤不及远甚,乃知世人之言不诬。"胡应麟《少室山房笔丛》:"王充氏《论衡》八十四篇,其文猥冗尔沓,世所共轻。"这是从文章上否定。《四库提要》:"其言多激,《刺孟》、《问孔》二篇,至于奋其笔端,以与圣贤相轧,可谓悖矣。又露才扬己,好为物先,至于述其祖父顽很,以自表所长,傎亦甚焉。"这是从思想上否定。但是无论怎么否定,该书自东汉末叶以来在世间颇为流传。汉灵帝光和二年,蔡邕亡命江海,远迹吴会时读到《论衡》。《抱朴子》:"王充好论说,始诡异,终有理。乃闭门潜思,绝庆吊之礼,户牖墙壁各置笔类,著《论衡》八十五篇。蔡邕入吴,始得之,秘玩以为谈助。后王朗得其书,时称其才进。或曰:'不见异人,当得异书。'问之,果以《论衡》之益。"又载:"王充所著《论衡》,北方都未有得之者。蔡伯喈常到江东得之,叹其文高,度越诸子。及还中国,诸儒觉其谈论更远,嫌得异书。或搜求至隐处,果得《论衡》,捉取数卷持去,伯喈曰:惟吾与汝共之,弗广也。"宋元以后,尽管有许多人批评《论衡》的激愤思想,但在同时也不得不承认其独特的价值。如前引胡应麟在批评《论衡》之后,又故作折中之论:"至精见越识足以破战国以来浮诡不根之习,则东、西京前,邈焉罕睹。"至于近现代,可谓好评如潮,举不胜举。王充的这种离经叛道的思想,反映在文学方面,就是旗帜鲜明地反对"华而不实,伪而失真"的文风,批判"深覆典雅,指意难睹"的赋颂,主张文学贵在独创,"饰貌以强类者失形,调辞以务似者失情。百夫之子,不同父母;殊类而生,不必相似;各以所禀,自为佳好"。"谓文当与前合,是谓舜当复重瞳",从发展的眼光来看待文学发展的历史。这种进步的文学观,与当时占据文坛主流的复古思潮是针锋相对的。汉代董仲舒提出"天不变,道亦不变",在此种学说的影响下,许多学术著作和文学作品都不免染上复古色彩,比如扬雄写《法言》、《太玄》,有意模仿《论语》,故作艰深。他的《甘泉赋》、《长杨赋》刻意效法司马相如的《子虚赋》、《上林赋》,他的《剧秦美新》又以司马相如《封禅文》为蓝本,至于《解嘲》、《解难》则明显追随东方朔《答客难》。还有西汉后期的王褒、刘向到东汉的王逸,他们的骚体作品又显然脱胎于屈原的《九章》。面对着滚滚而来的复古思潮,王充以其鲜明的态度,对此作了有力的否定。反对复古,主张独创,要想取得实绩,就要求作家能够加强道德修养,而不能像汉代皓首穷经的儒生那样目光短浅。在《超奇》篇,他把文人分为三等,即通人、文人、鸿儒,其实还应加上等而下之的儒生和文吏两种,总共五种。《超奇篇》论前三种曰:"儒生过俗人,通人胜儒生,文人逾通人,鸿儒超文人。"故夫鸿儒,所谓超而又超也。怎样才能成为鸿儒,这实际上关系到作者的修养问题。光从外在"文"下功夫,那还远远不够,更应从内在的"实"方面做努力。这道理有如种植花木:"有根株于下,有荣叶于上,有实核于内,有皮壳于外。文墨辞说,士之荣叶皮壳也。实诚在胸臆,文墨著竹帛,外内表里,自相副称,意蓄而笔纵,故文见而实露也。"这种看法对于文学创作和文学理论都曾产生过较大的影响,如齐梁时期著名文学理论家刘勰在《文心雕龙》中提出"为情而造文",反对"为文而造情",就可以比较明显地看出是对这种理论的进一步发展。

第七节　班固与《白虎通义》

《后汉书·章帝纪》:"(建初四年)十一月壬戌,诏曰:'盖三代导人,教学为本。汉承暴秦,褒显儒术,建立《五经》,为置博士。其后学者精进,虽曰承师,亦别名家。孝宣皇帝以为去圣久远,学不厌博,故遂立大、小夏侯《尚书》,后又立京氏《易》。至建武中,复置《颜氏》、《严氏春秋》,大、小戴《礼》博士。此皆所以扶进微学,尊广道艺也。中元元年诏书,《五经》章句烦多,议欲减省。至永平元年,长水校尉儵奏言,先帝大业,当以时施行。欲使诸儒共正经义,颇令学者得以自助。孔子曰:学之不讲,是吾忧也。又曰:博学而笃志,切问而近思,仁在其中矣。於戏,其勉之哉。'于是下太常,将、大夫、博士、议郎、郎官及诸生、诸儒会白虎观,讲议《五经》同异,使五官中郎将魏应承制问,侍中淳于恭奏,帝亲称制临决,如孝宣甘露石渠故事,作《白虎议奏》。"《隋书·经籍志》著录六卷,无作者名氏。《旧唐书·经籍志》题作汉章帝撰,而《新唐书·艺文志》著录为"班固等《白虎通义》六卷",《崇文总目》题作"后汉班固撰"。《直斋书录解题》著录:"《白虎通》十卷,汉尚书郎班固撰。章帝建初四年,诏诸儒会白虎观,讲议五经同异。五官中郎将魏应承制问,侍中淳于恭奏,帝亲称制临决,作《白虎议奏》,盖用宣帝石渠故事也。《石渠议奏》今不传矣。《班固传》称作《白虎通德论》,令固撰集其事,云凡四十四门。"

因此,关于作者就有三说:无名氏、汉章帝和班固。关于书名也有三说:《白虎通》(又作《白虎通义》)、《白虎议奏》和《白虎通德论》。

刘师培《白虎通义源流考》以为,"夷考诸儒讲议之际,问者魏应,奏者淳于恭,嗣则章帝亲临,称制决议。范书所胪,始末昭明。……是则所奏之文,必条列众说,兼及辨词,临决之后,则有诏制,从违之词,按条分缀"。因此,所奏之文称为《白虎议奏》,作者非一,是一部原始资料汇编。而章帝"称制决议",则署名章帝撰未始不可。至于班固,乃是在此基础上折中而成。"今所传《通义》四十余篇,体乃迥异,所宗均仅一说,间有'一曰'、'或云'之文,十弗逾一。盖就帝制所可者笔于书,并存之说,援类附著,以礼名为纲,不以经义为区,此则《通义》异于《议奏》者矣。"因此,《汉书·班固传》称:"后迁玄武司马,天子会诸儒讲论五经,作《白虎通德论》,令固撰集其事。"这"撰集"二字交代得很清楚,是班固在原始资料基础上撰集而成的。这样,作者问题也就很清楚了。

至于书名,章怀太子注解《后汉书·章帝纪》时称《白虎议奏》即《白虎通义》,其误已见上述。而《班固传》中所说的《白虎通德论》,刘师培据《北堂书钞》卷四〇注引《功德论》以为《白虎通义》和《功德论》也是两书,今并称系传写误:"今考《北堂书钞》卷四十注引《功德论》曰:'今朝廷昭明,海内宁静,空令朱轮之使,风举龙堆之表。'审绎其文,靡涉说经,亦匪韵词,盖雍容揄扬,等于王充《宣汉》之篇,而奉诏撰书,又符陆贾《新语》之作。其与《白虎通》联词者,建初讲议,汉为殊典,既备称制临决之盛,宜有令德记功之书,故《通义》著其说,《功德论》志其事。范言'顾命史臣',而撰集《功德论》,仅见《固传》,是则《通义》非一人所成,著《论》乃孟坚之笔。且固于经术,非丁、桓、李、贾之伦,惟以文学冠寮寀,《通义》出于众,《论》成于独,固其宜矣。"就是说,《白虎通义》是以班固为主,成于众家之手。此外,班固又独立撰著了《白虎功德论》。这些推论,我个人觉得没有新的材料之前,是可以成立的,故介绍如上①。

关于这部书的价值,显然不能仅仅当作对经义的阐释,实际上,它是一部记载汉代行为规范的法律性文献,从衣食住行到国家大政,无不涉猎。人们在生前要遵守这些行为准则,就是在死后,也不能有所违背。如最后一篇是论及丧葬之礼节,穿戴棺椁均有严格的规定,就是坟墓的高度、种什么样的树,也有讲究。倘若要了解汉代文化,解读汉代文学作品,就不能不参考这部书。最通行的版本是陈立的《白虎通疏证》,中华书局新编诸子集成本。书后还附录有庄述祖、刘师培等人校正和论述的文字,颇有参考价值。

第八节　桓谭、王符、崔寔、仲长统、荀悦

一、桓谭及其《新论》

《后汉书·桓谭冯衍传》:"桓谭字君山,沛国相人也。父成帝时为太乐令。谭以父任为郎,因好音乐,善鼓琴。博学多通,遍习五经,皆诂训大义,不为章句。能文章,尤好古学,数从刘歆、扬雄辩析疑异。性嗜倡乐,简易不修威仪,而喜非毁俗儒,由是多见排抵。哀平间,位不过郎。……当王莽居摄篡弑之际,天下之士,莫不敬褒。称德美,作符命,以求容媚,谭独自守,默然无言。莽时为掌乐大夫,更始立,召拜太中大夫。"据此知道,桓谭在西汉末年即踏上仕途,与扬雄等人有所交往。桓谭在成帝时为乐府令,并创作有《仙赋》。按:《新论》云:"昔余在孝成帝时为乐府令,凡所典领倡优伎乐,盖有千人。"又曰:"扬子云大才而不晓音,余颇离雅乐而更为新弄。子云曰:

---

① 《刘师培全集》,中共中央党校出版社1997年版。

事浅易善,深者难识。卿不好雅颂而悦郑声,宜也。"又《桓谭传》记其父为太乐令,其幼年随父研习音乐。汉孺子刘婴居摄二年(7),王莽作《大诰》,遣大夫桓谭等班行谕告当返位孺子之意。还,封谭为明告里附城。汉光武帝建武二年(26),桓谭为议郎,实为大司空宋弘所荐,比之扬雄、刘向父子。桓谭《陈时政疏》、《抑谶重赏疏》等约作于此时。该论"极言谶之非经",令光武帝龙颜大怒,欲致死罪。后出为六安郡,意忽忽不乐,道病卒,时年七十余。"初,谭著书言当世行事二十九篇,号曰《新论》,上书献之,世祖善焉。《琴道》一篇未成,肃宗使班固续成之。所著赋、书、奏,凡二十六篇"。据此而推,桓谭《新论》成于西汉末叶。据严可均辑文,其文论及更始帝故事。桓谭之得罪光武帝,《资治通鉴》系于建武三十一年。刘汝霖《汉晋学术编年》、陆侃如《中古文学系年》则以为卒于光武中元元年。考《北堂书钞》卷一〇二引《谢承书》:"感而作赋,因思大道,遂发病。"《职官分纪》卷四一引华峤书:"意忽忽不乐而卒。"袁宏《后汉纪》卷一八引华峤语:"桓谭以远斥忧死。"均未言于道卒。这是问题之一。其二,光武之起灵台,据《后汉书·光武帝纪》事在建武二十六年:"是岁,初起明堂、灵台、辟雍,及北郊兆域。宣布图谶于天下。"《续汉书·祭祀志》所载亦同。桓谭之以非谶得罪,或事在本年?但是,曹道衡先生《桓谭生卒年问题》认为王先谦《后汉书集解》考证,议灵台与立灵台未必同年。而桓谭之议灵台,事在建武中,"意以为'初'者,当在建武十二年陇蜀既平,增广郊祀之时,而谭亦旋卒也。其证有三:谭于西汉成帝时既以父任为郎,又为乐府令。历哀、平两世凡十一年。又更新莽、更始,至建武初元,凡二十年。其齿已当六十矣。卒年仅七十余,则仕光武朝不过十许年也。刘顺拜六安太守,在建武八年,而六安之省并,即在建武十三年。谭为六安郡丞,亦当在未省之前。又谭二次上疏,尚感帝之酬赏少薄,天下不时安定,则其时陇蜀必未全平,接书其后会议灵台所处,距上疏时亦必不远也。"据王先谦考证,建武十二年时,桓谭已经年届六十。七十余在建武二十二年前后。但是,建武二十六年有张纯、桓荣奏议明堂制度等事。或许桓谭也参与议论。如果卒年在本年之后,则已经八十以上,这样与本传所载"七十余"不合。据袁宏《后汉纪》卷八载:"初议灵台位,上问议郎桓谭曰:'吾欲以谶决之,何如?'谭默然良久曰:'臣不读谶。'上问其故,谭复言谶之非。上大怒曰:'桓谭非圣人无法,将下,斩之!'谭叩头流血,良久乃解。谭以屡不合旨,出为六安太守丞,失意,忽忽不乐,道病卒,时年七十余。"这段记载袁宏系在中元元年,但是从语气上看,似是追述过去的史实。因此,桓谭当卒在建武二十二年至二十六年之间①。

桓谭及其代表作《新论》,当时就获得很高的评价。王充《论衡》多次论及,将他与扬雄相提并论。可惜久已失传。严可均《全上古三代秦汉三国六朝文》多所辑录。

二、王符及其《潜夫论》

王符的生卒年不详。《后汉书》本传称:"王符字节信,安定临泾人也。少好学,有志操,与马融、窦章、张衡、崔瑗等友善。安定俗鄙庶孽,而符无外家,为乡人所贱。自和、安之后,世务游宦,当途者更相荐引,而符独耿介不同于俗,以此遂不得升进。志意蕴愤,乃隐居著书三十余篇,以讥当时失得,不欲章(彰)显其名,故号曰《潜夫论》。其指讦时短,讨谪物情,足以观见当时风政。……后度辽将军皇甫规解官归安定,乡人有以货得雁门太守者,亦去职还家,书刺谒规,规卧不迎。既入而问:'卿前在郡食雁美乎?'有顷,又白王符在门,规素闻符名,乃惊遽而起,衣不及带,屣履出迎,援符手而还,与同

---

① 参见刘跃进编《秦汉文学编年史》,将由商务印书馆出版。

坐,极欢。时人为之语曰:'徒见二千石,不如一逢掖。'言书生道义之为贵也。符竟不仕,终于家。"这里可供参考的材料有两条,一是与马融等人为友。一是皇甫规解官归乡。先看王符诸位友人的生卒年:

马融:生于建初四年(79),卒于延熹九年(166)

张衡:生于建初三年(78),卒于永和四年(139)

崔瑗:生于建初三年(78),卒于汉安二年(143)

据此,王符的年龄与上述诸人相去不会太远,当生在章帝时。刘文英《王符评传》根据王符取名,具体坐实在建初七年(82):"据《东观汉记·符瑞志》记载,章帝建初七年,岐山发现一个铜器,形似酒樽,采色青黄,刻有古文。同时又捕到一只十分罕见的白色的野鹿,一下子轰动天下。岐山与安定,上古同属雍州。和王符同时、同乡的皇甫规,自称他'生长邠岐'。因此,岐山'天降'铜樽和白鹿的事,当时在安定一定家喻户晓。正因为王符生在这个时候,恰好遇此天命之'符',所以他的父祖以此为儿子取名,也是讨个吉祥。另外,古人名、字相配,'闻名即知其字,闻字即知其名'。《周礼·春官》序官郑玄注:'瑞,节信也。'王符字节信,由此还可以反证王符之'符'为符瑞之'符',即'天之瑞应'的意思。如果我们的推测可以成立的话,那么王符的生年应该是公元82年,他比马融、张衡等人小三四岁,但仍然属于同辈。"其卒年可以根据皇甫规的归乡及卒年略作推断。皇甫规解官归乡,据《四库提要》论定"在延熹五年"(162)。此前,张衡、崔瑗已卒。四年之后的延熹九年(166),马融也卒。十三年后的熹平三年(174),皇甫规卒。因此,王符的卒年当不会晚于皇甫规的卒年①。张觉《王符〈潜夫论〉考》也主要根据这些材料认为"王符的生卒年大致与马融相似,即约生于公元79年(或78),卒于公元163

---

① 刘文英《王符评传》,南京大学出版社1993年版。

年夏季以后,很可能卒于165年"①。

《后汉书》本传记载其"著书三十余篇,以讥当时失得,不欲章(彰)显其名,故号曰《潜夫论》"。《隋书·经籍志》著录为十卷,以后著录同。据《潜夫论·叙录》载为"三十六篇",即:赞学第一、务本第二、遏利第三、论荣第四、贤难第五、明暗第六、考绩第七、思贤第八、本政第九、潜叹第十、忠贵第十一、浮侈第十二、慎微第十三、实贡第十四、班禄第十五、述赦第十六、三式第十七、爱日第十八、断讼第十九、哀制第二十、劝将第二十一、救边第二十二、边议第二十三、实边第二十四、卜列第二十五、巫列第二十六、相列第二十七、梦列第二十八、释难第二十九、交际第三十、明忠第三十一、本训第三十二、德化第三十三、五德志第三十四、志氏姓第三十五、叙录第三十六。这些篇章的写作年代各不相同:《劝将》至《实边》四篇,具体讲到安边事宜,而据《后汉书》记载,桓帝永初元年西羌反叛,此后,皇甫规、段颎、张奂诸将屡与羌战,前后长达十余年。如《劝将》篇:"军起以来,暴师五年。典兵之吏,将以千数,大小之战,岁十百合。"而据《后汉书·西羌传》记载,先零羌滇羌等以永初元年(107)为寇,翌年自称天子。六年,滇零死,子零昌复袭伪号,至元初四年(117),为任尚客刺死,陇右始平。《救边》篇:"今羌叛久矣,伤害多矣,百姓急矣,忧祸深矣。上下相从,未见休时。"又说:"羌始反时,计谋未善,党与未成,人众未合,兵器未备。……若此已积十岁矣。"说明写作这些篇章时,西羌未平,则作于永初元年之后、元初四年之前这十年间。永初元年,王符二十五岁;元初四年,三十五岁。至少这些篇章作于这十年间无疑。此外,《实边》篇说到"太后崩后,群奸相参"。据刘文英《王符评传》考证,以为指和熹邓太后,卒于安帝永宁二年(121),可知此篇撰著又

---

① 张觉《王符〈潜夫论〉考》,载《古籍整理研究学刊》1998年第4、5合刊。

在其后。

  该书是一部政论性很强的著作,思想观点深受王充影响,怀疑天命,具有朴素唯物主义思想。文章朴素无华,笔锋犀利,对当时官场的黑暗腐败,豪门贵族的贪婪残暴,社会风气的败坏,作了揭露和批判。《潜夫论》虽然较少文学色彩,但是,该书还是为文学史研究提供了许多有用的材料。如《实边》篇"且夫士重迁,恋慕坟墓,贤不肖之所同也。民之于徙,甚于伏法。伏法不过家一人死尔,诸亡失财货,夺土远移,不习风俗,不便水土,类多灭门,少能还者。代马望北,狐死首丘,边民谨顿,尤恶内留。……"等文就为范晔著《后汉书·西羌传》所袭用。如《务本篇》:"今学问之士,好语虚无之事,争著雕丽之文,以求见异于世,品人鲜识,从而高之,此伤道德之实,而或矇夫之大者也。诗赋者,所以颂善丑之德,泄哀乐之情也。故温雅以广文,兴喻以尽意。今赋颂之徒,苟为饶辩屈蹇之辞,竞陈诬罔无然之事,以索见怪于世,愚夫憨士,从而奇之,此悖孩童之思,而长不诚之言者也。"这段话对于文学的理解也许过于狭隘,但是,指出当时文坛"好语虚无之事,争著雕丽之文,以求见异于世",则是事实。《论衡·书虚篇》:"世信虚妄之书,以为载于竹帛上者,皆贤圣所传,无不然之事,故信而是之,讽而读之;睹真是之传,与虚妄之书相违,则并谓短书不可信用。夫幽冥之实尚可知,沉隐之情尚可定,显文露书,是非易见,笼总并传,非实事,用精不专,无思于事也。夫世间传书诸子之语,多欲立奇造异,作惊名之论,以骇世俗之人,为谲诡之书,以著殊异之名。"王充所谓"短书"即诸子之书,如《龙虚篇》:"短书曰:'龙无尺木,无以升天。'"此即桓谭《新论》"龙无尺木,无以升天"。见《意林》所引,可与此相参照。又如《潜夫论·断讼篇》:"又贞洁寡妇,或男女备具,财货富饶,欲守一醮之礼,成同穴之义,执节坚固,齐怀必死,终尤更许之虑。遭值不仁世叔,无义兄弟,或利其聘币,或贪其财贿,或私其儿子,则强中欺嫁,处迫胁遣送,人有自缢房中,饮药车上,绝命丧躯,孤捐童孩,此犹胁迫人命自杀也。"这就有助于我们理解《玉台新咏》所收《焦仲卿妻》的历史背景。联系到《后汉书·列女·南阳阴瑜妻传》:"南阳阴瑜妻者,颍川荀爽之女也。名采,字女荀。聪敏有才艺。年十七,适阴氏。十九产一女,而瑜卒。采时尚丰少,常虑为家所逼,自防御甚固。后同郡郭奕丧妻,爽以采许之,因诈称病笃,召采。既不得已而归,怀刃自誓。爽令傅婢执夺其刃,扶抱载之,犹忧致愤激,敕卫甚严。女既到郭氏,乃伪为欢悦之色,谓左右曰:'我本立志与阴氏同穴,而不免逼迫,遂至于此,素情不遂,奈何?'乃命使建四灯,盛装饰,请奕入相见,共谈,言辞不辍。奕敬惮之,遂不敢逼,至曙而出。采因敕令左右办浴。既入室而掩户,权令侍人避之,以粉书扉上曰:'尸还阴。''阴'字未及成,惧有来者,遂以衣带自缢。左右玩之不为意,比视,已绝,时人伤焉。"可见,类似于焦仲卿和刘兰芝的爱情悲剧在当时不在少数。此外,《潜夫论》崇尚排偶,字里行间,骈俪相向,已经渐启建安以后华丽的文风。这大约是受到辞赋的影响,"往往以单行之语,运排偶之词,而奇偶相生,致文体迥殊于西汉"(刘师培《论文杂记》)。

《潜夫论》有《四部丛刊》影宋本较好。清人汪继培据元、明刊本加以校勘注释,彭铎先生又加以校正,已由中华书局1979年出版,成为现在最通行的版本。关于其生平传记见刘文英《王符评传》,南京大学出版社1993年出版;徐平章《王符〈潜夫论〉思想探微》,文津出版社1982年出版。

三、崔寔及其《政论》

崔寔的生卒年不详,从现存材料来看,《古文苑》卷五所收崔寔《大赦赋》为最早的创作。不过这篇作品尚有疑义。章樵注:"按《汉书》和帝十一年夏四月丙寅,大赦天下。此赋实少年所作,至桓帝时,论事名曰《政论》。"其根据是赋前之序:"惟汉之十一年四月大赦,涤恶弃秽,与海内更始,亹亹乎思隆平之进也,寔就而赋焉。"按:其父崔瑗本年才二十二岁。如果确定赋作于本年,崔寔无论如何也得十岁左右。那么,崔瑗十二三岁即生崔寔,似乎不可能。因此我怀疑此赋非崔寔所作。或是崔瑗所作而误作崔寔。汉顺帝刘保汉安元年(142),其父崔瑗卒,临终作《遗令子寔》称:"夫人禀天地之气以生……"崔寔奉遗令,遂留葬洛阳。按:谢承《后汉书》:"初,崔寔父卒,标卖田宅,起家茔,立碑颂,葬讫,资产竭尽,因穷困以榷酤鬻为业,时人多以此讥之。寔终不改,亦取足而已,不致盈余。"汉桓帝刘志元嘉元年(151),桓帝下令太中大夫边韶、大将军司马崔寔、议郎朱穆、曹寿作《东观汉记》中的《孝穆皇传》、《孝崇皇传》和《顺烈皇后传》,又增安思等后入《外戚传》,崔篆诸人入《儒林传》。崔寔、曹寿又与议郎延笃作《百官表》和顺帝功臣《孙程传》、《郭镇传》,又作郑众、蔡伦等传。这次续补工作,主要是增加人物传记,而《百官表》则是崔寔、曹寿新创立的。见《史通·古今正史篇》。同年撰写了著名的《政论》。见《后汉书·崔骃传》:"桓帝初,诏公卿郡国举至孝独行之士。寔以郡举,征诣公车,病不对策,除为郎。明于政体,吏才有余,论当世便事数十条,名曰《政论》。指切时要,言辩而确,当世称之。仲长统曰:'凡为人主,宜写一通,置之坐侧。'其辞曰"云云。袁宏《后汉纪》卷二一、《资治通鉴》卷五三并系在元嘉元年。《后汉书》本传记载,崔寔"所著碑、论、箴、铭、答、七言、祠、文、表、记、书凡十五篇"。《隋书·经籍志》除著录《政论》六卷外,还在子部农家类著录《四民月令》一卷,另有集二卷。全篇均已亡佚。严可均辑有佚文。关于其生平事迹见《后汉书》本传及刘文英《崔寔评传》。

四、仲长统及其《昌言》

仲长统为汉末思想家。据《后汉书》本传其卒于建安二十五年,四十一岁,逆推生于汉灵帝刘宏光和三年(180)。《后汉书·王充王符仲长统传》:"仲长统字公理,山阳高平人也。少好学,博涉书记,赡于文辞。"仲长统二十余岁,游学青、徐、并、冀之间。与交友者多异之。并州刺史高幹,袁绍外甥。素贵有名,招致四方游士,士人多所归附。仲长统拜访高幹,对高幹说:"君有雄志而无雄才,好士而不能择人,所以为君深戒也。"高幹自负多才,不纳其言,仲长统遂辞去。不久,高幹以并州反叛,终于败亡。并、冀士人因此而对仲长统另眼相看。《后汉书·王充王符仲长统传》:"献帝逊位之岁,统卒,时年四十一。友人东海缪袭常称统才章足继西京董、贾、刘、杨。"《三国志·王卫二刘傅传》:"(缪)袭友山阳仲长统,汉末为尚书郎,早卒。著《昌言》,词佳可观省。"裴注:"袭撰统《昌言》表,称统字公理,少好学,博涉书记,赡于文辞。……延康元年卒。时年四十余。统每论说古今世俗行事,发愤叹息,辄以为论,名曰《昌言》,凡二十四篇。"《隋书·经籍志》著录"仲长子《昌言》十二卷,录一卷"。《崇文总目》著录称"今所存十五篇",是宋代即已经遗失。现存除《后汉书》本传节录的《理乱》、《损益》、《法诫》三篇外,严可均还从各种古籍中辑出两卷,为目前所辑最完备者。按其性质,《昌言》与王符《潜夫论》、崔寔《政论》相近,都属于政论一类的著作,更具有异端的色彩。该书批判了天命观和谶纬迷信,提出了"人事为本,天命为末"的论点,指出天下由治而乱,是由于统治阶级"煞天下之脂膏,斫生人之骨髓"的残酷剥削,深刻地揭露了汉末的黑暗现实。可谓"闿陈善道,指诃时蔽,剀切之忱,踔厉震荡之气,有不容摩灭者"①,当非过誉。其文风的特点是任气骋词,铺张扬厉,骈偶排比,形象鲜明,表现出建安时代政论散文"渐尚通脱"、"颇慕纵横"的"骋词之风"(刘师培《中国中古文学

---

① 严可均《铁桥漫稿·〈昌言〉叙》。

史》)。仲长统又存《述志》诗两首,见《后汉书》本传,抒发了对现实的愤慨和对儒家统治思想的不满。

关于《昌言》的思想史价值,刘文英《仲长统评传》有详细论述,这里就略而不论了。

五、荀悦及其《申鉴》

荀悦,东汉后期著名史学家和政论家。其史学代表作为《汉纪》三十篇,著于建安三年。《玉海》卷四七"艺文"记载说:"《荀悦传》建安三年帝好典籍,以班固书文繁难省,令秘书监悦依《左氏传》体为《汉纪》三十篇。诏尚书给笔札。辞约事详,论辩多美。序曰:夫立典有五志焉:一达道义,二章(彰)法式,三通古今,四著功勋,五表贤能。汉四百有六载,拨乱反正,统武兴文,圣上唯文之恤,命立国典,于是缀序旧书,以述《汉纪》。中兴以前,明主贤臣得失之轨,足以观矣。又著《崇德正论》及诸论数。"张璠《后汉纪》建安十年下载:"悦清虚沉静,善于著述。建安初,为秘书监侍中,被诏删《汉书》作《汉纪》三十篇,因事以明臧否,致有典要,其书大行于世。"该书序称:"建安元年,上巡省,幸许昌,以镇万国,外命亢辅,征讨不庭,内齐七政,允亮圣业,综练典籍,兼览传记,其三年,诏给事中秘书监荀悦抄撰《汉书》,略举其要,假以不直,尚书给纸笔,虎贲给书吏。悦于是约集旧书,撮序表志,总为帝纪。"其书成于建安五年。龙溪精舍校刊《前汉纪目录序》:"其五年书成,乃奏记云:四百有二十六载,谓书奏之岁,岁在庚辰。"通行本见中华书局2003年出版的《两汉纪》(荀悦《前汉纪》和袁宏《后汉纪》)。

其政论方面的代表作是《申鉴》五卷,建安十年八月奏上,讨论政治得失。详见袁宏《后汉纪》卷二九。现存版本以《四部丛刊》影印明文始堂本最为通行。其取名原委见《政体篇》:"夫道之本,仁义而已矣。五典以经之,群籍以纬之,咏之歌之,弦之舞之。前鉴既明,后复申之,故古之圣王,其于仁义也,申重而已。笃序无强,谓之申鉴。"这五卷是:政体、时事、俗嫌、杂言上、杂言下。所谓政体:"王之政,一曰承天,二曰正身,三曰任贤,四曰恤民,五曰明制,六曰立业,承天惟允,正身惟常,任贤惟固,恤民惟勤,明制惟典,立业惟敦,是谓政体也。"其中论及观察民风以知天下之治乱曰:"惟察九风以定国常:一曰治,二曰衰,三曰弱,四曰乖,五曰乱,六曰荒,七曰叛,八曰危,九曰亡。君臣亲而有礼,百僚和而不同,让而不争,勤而不怨,无事惟职是司。此治国之风也。礼俗不一,位职不重,小臣谗疾,庶人作议,此衰国之风也。君好让,臣好逸,士好游,民好流,此弱国之风也。君臣争名,朝廷争功,士大夫争名,庶人争利,此乖国之风也。上多欲,下多端,法不定,政多门,此乱国之风也。以侈为博,以伉为高,以滥为通,遵礼谓之劬,守法谓之固,此荒国之风也。以苛为密,以利为公,以割下为能,以附上为忠,此叛国之风也。上下相疏,内外相蒙,小臣争宠,大臣争权,此危国之风也。上不访,下不谏,妇言用,私政行,此亡国之风也。"这些似乎皆有感而发也。还有一些史料值得注意,如《俗嫌篇》:"或问黄白之俦,曰:傅毅论之当也。"按:所谓黄白之法,见《抱朴子》:"神仙经黄白之方二十五卷,千有余首。黄者,金也。白者,银也。古人秘重其道,不欲指斥,故隐之云耳。"这是我们所知较早的记载,而此处则云傅毅论之,傅毅与班固、马融共为兰台典校,或其时已有黄白之论矣[①]。其中也论及文学语言问题,如《杂言下》:"或曰:辞达而已矣。圣人以文,其隩也有五:曰玄、曰妙、曰包、曰要、曰文。幽深谓之玄,理微谓之妙,数博谓之包,辞约谓之要,章成谓之文。"

[①] 有关黄白之术的详细内容,请参见陈国符《中国外丹黄白法考》,上海古籍出版社1992年版。

关于荀悦研究,美籍华人学者陈启云《荀悦与中古儒学》是较为出色的一种。全书将荀悦放在广阔的历史背景下,从汉魏风尚的转变,颍川荀氏家族的兴衰,论述荀悦《汉纪》和《申鉴》的学术价值以及透射出来的反思情结[①]。

---

① 陈启云《荀悦与中古儒学》,高专诚译。辽宁大学出版社2000年版。

第二章 两汉史书研究文献

第一节 《史记》的编撰及历代研究

一、司马迁的生卒年

司马迁字子长,左冯翊夏阳龙门(今陕西韩城南)人。其父司马谈,武帝建元至元鼎间(前140~前111)任太史令,尝"学天官于唐都,受《易》于杨何,习道论于黄子"。作《论六家要旨》,于阴阳、儒、墨、名、法、道德诸学派皆有所论述,而独推尊道家。以元封元年(前110)卒于洛阳。司马迁幼年在家乡耕读,十岁随父亲到长安,曾从经学大师董仲舒、孔安国学习古文典籍。二十岁开始漫游,到过今天的湖南、江西、浙江、江苏、山东、河南等地。回来后任郎中。又奉使出使西南,侍从武帝巡狩,足迹几乎遍及全国。到处探访古迹,采集传说,考察风土民情,积累了丰富的史料。其时汉武帝欲东游泰山,行"封禅"祭天之礼。司马谈为太史令,应随从前往,而病于洛阳,发愤且卒。会司马迁出使返,在洛阳与父亲相见。司马谈执其手,泣而告之以发愤之故,将作史的遗志郑重相告。司马谈说:"自获麟(《春秋》绝笔之时)以来,四百有余岁,而诸侯相兼,史记放绝。今汉兴,海内一统,明主贤君、忠臣死义之士,余为太史而弗论载,废天下之史文,予甚惧焉,尔其念哉!"司马迁俯首流涕,含泪承诺下来:"小子不敏,请悉论先人所次旧闻,不敢阙。"司马谈卒后三年,即武帝元封三年(前108),司马迁为太史令,他一方面参加侍从武帝巡祭封禅、改订历法等活动,一方面继承父亲修史的遗业,努力整理汇集保存在"石室金匮"即国家藏书室的历史文献资料。经过几年的认真准备之后,于太初元年(前104)正式开始撰写《史记》。

当工作进展到最关键的时刻,一桩意外的事件发生了。

天汉二年(前99),西汉名将李广的孙子李陵率兵与匈奴决战,最后兵败投降了匈奴。在当时人看来,李陵不仅败坏了"李氏世将"的家风,而且也丢了汉家朝廷的面子。而司马迁与许多人的看法不大一样,他很同情李陵,觉得李陵决不会向匈奴投降。为此,他触怒了汉武帝,被抓进监狱。这时,司马迁的许多朋友,竟没有人敢于出面营救,而朝廷中的贵戚显宦也没有谁肯出来说一句话。最后,他竟面临着三种无法抗拒的选择:一是伏法受诛,二是拿钱免死,三是甘受"腐刑"。从当时的情形来看,如果拿钱免死,起码得要五十万钱,这是一般"中人之家"五家的家产。司马迁既没有得到朋友的帮助,自己又官小无钱,因此用钱赎死的路对于司马迁来讲,几乎近于天方夜谭。结果,司马迁所面临的选择实际只有两条,要么去死,要么甘受"腐刑"。司马迁想到了死,但是最后他却选择了后者,忍辱负重地活了下来。完成父亲的重托,实现父亲的遗志,是他得以生存于尘世的最重要的精神支柱。他想,人固有一死,或重于泰山,或轻于鸿毛。死要死得有意义,活也要活得有价值。受到腐刑,他要面临着常人难以忍受的屈辱,但是,想到父亲的重托,想到刚刚开始的《史记》的撰著,他只能选择这样一条饱受屈辱的途径了:

西伯拘而演《周易》;仲尼厄而作《春秋》;屈原放逐,乃赋

《离骚》;左丘失明,厥有《国语》;孙子膑脚,兵法修列;不韦迁蜀,世传《吕览》;韩非囚秦,《说难》、《孤愤》;《诗》三百篇,大抵圣贤发愤之所为作也。此人皆意有所郁结,不得通其道,故述往事,思来者。

这些历史人物,大都遭受到不幸后发愤著书,从而在历史上留下了名声。如周文王推演《周易》,孔子整理《春秋》,左丘明编著《国语》,孙膑刊修《兵法》,屈原创作《离骚》,还有韩非的《说难》、《孤愤》,吕不韦的《吕氏春秋》以及《诗经》三百篇等,都是由于"意有所郁结,不得通其道,故述往事,思来者"。司马迁从他们身上找到了精神的力量,看到了自己的历史使命,决心忍辱含垢,坚持写完自己的"通古今之变,成一家之言"的《史记》。天汉三年(前98),司马迁"卒从吏议"甘心下"蚕室"(即受腐刑者所居之室),"就极刑而无愠色"。这里蕴涵着多么惊人的毅力!在以后漫长的日子里,他除了坚持自己的著述之外,对于朝廷内外的一切杂事,均已毫无兴趣了,往往"居则忽忽若有所亡,出则不知所如往",内心忍受着巨大的痛苦和无限的悲愤。"每念斯耻,汗未尝不发背沾衣也。"迁既就刑,后为中书令,据云颇为武帝所"宠任"。然其心则以为大耻,常愤愤焉。太始四年(前93),司马迁的一个朋友名叫任安的写信给司马迁,劝他以"推贤进士为务"。任安也许是出于好意,以为他身处皇帝身边,容易进言荐贤,殊不知,此时的司马迁身为残秽,动辄得咎。于是他写下著名的《报任安书》把自己一腔"隐忍苟活"的悲苦之心,和盘托出,而以"死日然后是非乃定"自誓。此文为西汉散文名作,历来传诵。在这封书信里,司马迁告诉任安一个重要消息:

仆窃不逊,近自托于无能之辞。网罗天下放失旧闻,考之行事,稽其成败兴坏之理,凡百三十篇,亦欲以究天人之际,通古今之变,成一家之言。

从这里可以看出,司马迁的《史记》到这时已经大体完成了。从在父亲病榻前含泪承诺,到全书大体完成,司马迁为撰写《史记》,前后花费了二十多年的时间。

关于司马迁的生卒年,历来没有定论。关于其生年的考证,主要是根据太史公自序的唐人注释,分歧由此而来。尽管有分歧,其生年毕竟可以确定在两个比较明确的年份。而其卒年,《汉书·司马迁传》没有明确记载,汉唐注家亦无涉及。此一问题不仅仅关涉到司马迁一人之生卒年的问题,更关涉到《史记》中部分篇章的真伪问题。综略诸说,概括如下。

1.生于景帝中元五年说。《史记·太史公自序》:"五年而当太初元年。"此下,张守节《正义》云:"案迁年四十二岁。"据此,王国维《太史公行年考》推断司马迁生于景帝中元五年(前145)。梁启超《史记解题及读法》、张鹏一《太史公年谱》、郑鹤声《司马迁年谱》、刘汝霖《汉晋学术编年》、日本泷川资言《史记会注考证》、朱东润《史记考索》①、程金造《史记管窥》②、施丁《司马迁行年新考》③据此申说,颇为详尽。

2.生于武帝建元六年说。《太史公自序》"(司马谈)卒三岁后而迁为太史令"。司马贞《索隐》引《博物志》:"太史令,茂陵显武里大夫司马迁,年二十八,三年六月乙卯除六百石。"据此,日本桑原骘藏

---

① 朱东润《史记考索》,华东师范大学出版社1996年版。
② 程金造《史记管窥》,陕西人民出版社1985年版。
③ 施丁《司马迁行年新考》,山西人民教育出版社1995年版。

1926年发表《关于司马迁生年之一新说》①,郭沫若《〈太史公行年考〉有问题》等据此推断司马迁生于建元六年(前135)。其后,李长之《司马迁之人格与风格》所附《司马迁生年为建元六年辨》等亦主此说,两者相差十年。赵生群《从〈正义〉佚文考定司马迁生年》②则又据此申说,其主要论据是《玉海》所引的两条材料:其一见卷四六载:"《史记正义》:《博物志》云迁年二十八,三年六月乙卯,六百石。"其二见卷一二三载:"《索隐》曰:《博物志》:太史令司马迁年二十八,三年六月乙卯除六百石。"认为"这两条资料所载司马迁年岁,与今本《史记》所引《博物志》之文完全一致,这说明《索隐》引文准确无误,同时也证实,张守节推算司马迁生年的根据也是《博物志》。如此看来,《博物志》确实是考订司马迁生年唯一的、也是最为可靠的原始资料"。根据这些资料,作者认为"《玉海》所引《正义》佚文是可信的。司马迁的生年应该是武帝建元六年而非景帝中元五年"。

3. 卒于武帝末年说。《太史公自序》"俟后世圣人君子,第七十"句下,裴氏《集解》引卫宏《汉旧仪注》:"司马迁作《景帝本纪》,极言其短及武帝过,武帝怒而削去之。后坐举李陵,陵降匈奴,故下迁蚕室,有怨言,下狱死。"从这段话中可以析出三种可能:第一,武帝曾见到司马迁《史记》;第二,司马迁荐举李陵,因李陵降匈奴而下蚕室;第三,下蚕室后有怨言而死于狱中。程金造先生《史记管窥》以为上述诸说无一确证。这是因为,司马迁著《史记》非官方意志,当时并未发表,正如《汉书·司马迁传》所说"宣帝时,迁外孙杨恽,祖述其书,遂宣布焉",因此,武帝根本没有可能看到《史记》。再说李陵之出仕,

---

① 桑原骘藏《关于司马迁生年之一新说》,载《史学研究杂志》。
② 赵生群《从〈正义〉佚文考定司马迁生年》,载《光明日报》2000年3月3日。后又收入作者《史记文献学丛稿》,江苏古籍出版社2000年版。

也没有任何材料证明是司马迁荐举。李陵之降匈奴与司马迁之下蚕室没有必然关系,只是因为司马迁为李陵求情而遭到嫉恨。至于司马迁下蚕室后因怨言而死也非事实。因为《汉书·司马迁传》明载:"迁既被刑之后,为中书令,尊宠任职。"还有人根据《史记》没有武帝晚年的记载,认为司马迁不及见。但是《太史公自序》明确说:"余述历黄帝以来,至太初而讫。"也就是说,太初以后,阙而不录(《汉书叙传》),这是司马迁作史的体例所决定的。

4.卒于昭帝初年说。此说最早见金人王若虚《滹南遗老集》卷一七,以为司马迁"其死不过在昭、宣之间耳"。王鸣盛《十七史商榷》卷一:"《汉书》本传于《报任安书》后,言迁卒,则在武帝末,或更至昭帝也。"是武帝末还是昭帝初,王鸣盛没有明确说明,而张鹏一《太史公年谱》则定其卒年在昭帝末的元平元年。程金造先生《史记管窥》赞同司马迁死于昭帝时,根据有四:"一、褚少孙是西汉人,与司马迁上下同时,见过《史记》,曾说'太史公记事,尽于孝武之事'。其言在所以指事之蝉联而又须见其始终者。是司马迁死于武帝后证据之一。二、《史记》篇中,有引时因位称人,而又书汉世宗皇帝之谥号'武帝'者,是司马迁死于武帝后证据之二。三、《玉海·职官部》,太史令一项,历载前后任职之人,而太史令张寿王列名于司马迁之次。张寿王为太史令,是在昭帝末期,是司马迁不死于武帝生时,而死于武帝之后证据之三。四、距武帝殁只有四年之征和二年,司马迁《报任安书》说《史记》尚未完成,而《太史公序》则总书全书字数,为已完成之书。是以知在征和二年之后,《史记》必然迭加补辑著录,是司马迁死于武帝后证据之四。"

二、《史记》的名称、体例、断限及增补

1.《史记》的名称。在司马迁的著作中多次提到"史记"二字,如《周本纪》、《十二诸侯年表序》、《六国表序》、《天官书》、《陈涉世

家》、《孔子世家》、《儒林列传》等。这里有两重含义：第一，是指先秦各国史官的记录。第二，特指汉代的文字之学。因此，司马迁的著作，原名非《史记》，而是作者自序中所说的《太史公书》："凡百三十篇，五十二万六千五百字，为《太史公书》。叙略，以拾遗补蓺，成一家之言。"《汉书》多次提到司马迁的史学著作，均称之曰《太史公书》。如《宣六王传·东平王宇传》："上书求诸子及《太史公书》。"《杨恽传》："恽始读外祖《太史公记》，颇为《春秋》。"《艺文志》："《太史公书》百三十篇。"《论衡·对作》："《太史公书》，刘子政序，班叔皮传，可谓述矣。"应劭《风俗通义·正失篇》："谨按《太史记》，燕太子丹质秦，始皇遇之益不善，丹恐而亡归。"此云"太史记"当是"太史公记"的简称。而建安时代的荀悦著《汉纪》卷三〇："彪子固，明帝时为郎，据太史公司马迁《记》，自高祖至孝武。"这里直接称《史记》。因此，周中孚《郑堂读书记》、王国维《太史公行年考》都认为《史记》非司马迁原名，用《史记》取代《太史公书》乃魏晋间事。

2.史记的体例。《史记》凡一百三十篇，分十二本纪、十表、八书、三十世家、七十列传。其十二本纪，《文心雕龙·史传篇》以为本于《吕氏春秋·十二纪》："子长继志，甄序帝绩，比尧称典，则位杂中贤。法孔题经，则文非玄圣。故取式《吕览》，通号曰纪。故本纪以述皇王。"其说颇为后代所认可。特别是章学诚《文史通义·永清县志·皇王纪叙例》："史之有纪，肇于《吕氏春秋》十二月纪，司马迁用以载述帝王行事，冠冕百三十篇。"其十表，《史通·杂说》以为司马迁自创："太史公创表。"而《梁书·刘杳传》载"（刘）杳曰：桓谭《新论》云，太史《三代世表》，旁行邪上，并效《周谱》。"据此，清人赵翼《廿二史札记》、章学诚《文史通义·和州志·舆地图叙例》并以为十表本于《周谱》。其八书，《史通·书志篇》以为效仿《礼经》："夫刑法礼乐，风土山川，求诸文籍，出于'三礼'。及班、马著史，别裁书志，考其所记,多效《礼经》。"郑樵《通志叙》则以为本于《尔雅》:"修史之难,无出于志。志之大原,起于《尔雅》。司马迁曰书,班固曰志。"其世家三十篇,《史通·世家篇》亦以为司马迁独创:"司马迁之记诸国也,其编次之体,与本纪不殊。盖欲抑彼诸侯,异乎天子,故假以他称,名为世家。"但是程金造《史记管窥》以为:"《史记》书中,太史公曾自言'读世家'之书,是太史公之前,固已有世家之体,而非创自太史公也。"其七十列传,《史通·列传篇》也以为创自司马迁:"纪传之兴,肇于《史》、《汉》。"当然,关于《史记》之体例来源,后代异说纷呈,但是有一个最基本的事实是,将这五种体例熔于一书,始于司马迁,则历来没有异词,也就是说,司马迁在继承前人基础上,创造性地确立了中国正统史书的规范。尽管后来者根据各个不同时代的特点略有调整,但是,就其整体而言,没有出其右者。

3.《史记》的断限。考证《史记》的断限,直接涉及部分篇章的真伪补窜、司马迁的生卒年等大问题。因此,也是学术界讨论颇为热烈的问题。综其异说,约有四端:其一讫于麟止说,其二止于太初说,其三终于天汉说,其四尽于武帝之末说。讫于麟止说见于《史记·太史公自序》:"于是卒述陶唐以来,至于麟止,自黄帝始。"《后汉书·班彪传》记载《史记论》曰:"孝武之世,太史令司马迁采《左氏》、《国语》,删《世本》、《战国策》,据楚、汉列国时事,上自黄帝,下讫获麟,作本纪、世家、列传、书、表百三十篇。"李贤注:"武帝泰始二年登陇首,获白麟,迁作《史记》,绝笔于此年也。"陈汉章同意此说。太初说也见《史记·太史公自序》:"余述历黄帝以来至太初而讫,百三十篇。"都是《史记自序》,其矛盾如此,故梁启超以为"同出一篇之中,矛盾至此,实令人迷惑。查讫麟止一语,在《自序》正文中,讫太初一语,乃在小序之后,另附一行,文体突兀不肖。又《汉书》本传全录自序,而不载此一行,似班固所见《自序》原本,并无此语。"依次,似原本《自序》论《史记》下限是讫于获麟为止。所谓讫于太初云云似为后人注解之语窜入正文。日本学者泷川资言以为麟止表作史之年而非《史记》记事断限:"《史记》讫于太初,史公自言,不待辨说。麟止,依元狩事,假《周南》诗,以表作史之时,非言讫史之年也。"比较占上风的说法是讫于太初说。朱东润《史记考索》举出九证,断为太初之说,其中最具有说服力的四证是:第一,《汉兴以来诸侯王年表序》称:"臣迁谨记高祖以来至太初诸侯。"第二,《高祖功臣侯者年表序》:"至太初百年之间,见侯五。"第三,《惠景间侯者年表》署"建元至元封六年三十六字"。其下空列"太初已后"一匡。第四,《建元以来侯者年表》共列六匡:元光、元朔、元狩、元鼎、元封、太初已后。说明至元封而止。赵生群《论史记记事讫于太初》①从诸表记事下限、其他各体下限以及涉及时间断限的一些特殊词汇,如"今"、"建元以来"等方面,考证《史记》的记事下限在太初"封禅改正朔易服色"之前。太初以后的重大事件莫过于武帝晚年的巫蛊之案,涉及人物之多,范围之广,均前所未有,而《史记》概不涉猎。

4.《史记》的增补。班彪《史记论》云:"(太史令司马迁)作本纪、世家、列传、书、表,凡百三十篇,而十篇缺焉。"李贤注:"十篇谓迁殁之后,亡景纪、武纪、礼书、乐书、兵书、将相年表、日者传、三王世家、龟策传、傅靳列传。"《汉书·艺文志》:"《太史公书》百三十篇,十篇有录无书。"《汉书·司马迁传》:"凡百三十篇,五十二万六千五百字,为《太史公书》。……迁之自叙云尔。而十篇缺,有录无书。"这里,班彪、班固父子一而再、再而三地说到司马迁《史记》缺十篇,是哪十篇呢?《史记索隐》引张晏记载说:"迁没之后,亡《景纪》、《武纪》、《礼书》、《乐书》、《律书》、《汉兴以来将相年表》、《日者列传》、《三王

---

① 赵文见其《史记文献学丛稿》,江苏古籍出版社2000年版。

世家》《龟策列传》《傅靳蒯列传》。元、成之间,褚先生补缺,作《武帝纪》《三王世家》《龟策》《日者列传》,言辞鄙陋,非迁本意也。"既然十篇缺佚,而今十篇俱存,就导致后世论证蜂起。刘知几《史通·古今正史》谓司马迁作《史记》,"至宣帝时,迁外孙杨恽祖述其书,遂宣布焉。而十篇未成,有录无书"。也就是说司马迁草创未成。《四库提要》、梁启超《读史记》均本此立说。而宋人吕祖谦则以为这十篇部分有所亡佚:"以张晏所列亡篇之目校之《史记》,或其篇俱在,或草具而未成。惟《武纪》一篇亡耳。"①王应麟《汉书艺文志考证》、王鸣盛《十七史商榷》、梁玉绳《史记志疑》皆从此说。而今人李长之《司马迁之人格与风格》以为"《史记》有零星的补缀,却无整篇的散亡"。所有这些问题,历来争论不休。相关的研究资料,参见余嘉锡《太史公书亡篇考》。②

三、《史记》的注本

程金造《论史记三家注解》(《史记管窥》):"太史公司马迁的《史记》,唐以前注释者为数不少。后汉延笃始有《史记音义》一卷,后无名氏有《史记音隐》五卷,吴张莹《史记正传》九卷,南朝宋徐广《史记音义》十二卷,梁邹诞生《史记音义》三卷,隋柳顾言《史记音解》三十卷,唐许子儒《史记注》一百三十卷,刘伯庄《史记音义》二十卷,王元感《史记注》一百三十卷,李镇《史记注》一百三十卷,又《史记义林》二十卷,陈伯宣《史记注》一百三十卷,徐坚《史记注》一百三十卷,裴安时《史记训纂》二十卷。"关于这些古注的价值,张玉春《魏晋六朝〈史记〉异本研究》③作了详尽的考察。可惜所有这些注解,及

---

① 《东莱吕太史别集》卷一四"辨《史记》十篇有录无书"。
② 参见余嘉锡《太史公书亡篇考》,见《余嘉锡论学杂著》,中华书局1965年版。
③ 张玉春《魏晋六朝〈史记〉异本研究》,载《古籍研究》1999年第4期。

今都已亡佚。只有六朝宋裴骃的《史记集解》、唐司马贞《史记索隐》和张守节《史记正义》三书,流传到现在。世人称为《史记》三家注。这三家注解,其卷数与《史记》本不一致,原是各自为书,各自流传的,而由于三家比之他注,义训较为优恰,并且三家解释《史记》时,往往彼此前后关联,因此在赵氏南宋时代,版刻书籍盛行之际,为免除读者披览正文注解之劳,就有人把《集解》、《索隐》、《正义》三家合刻在《史记》正文有关各句之下,使之辅翼太史公书,广肆流传。程先生概括三家注解的优点言简意赅,特征引如下:第一,"三家注释《史记》,虽然是各据传本,但也都注出以前的古本异字,这古本异字,有时为后世研读《史记》者提供可取的资料,它比宋本元本明本都珍贵"。第二,"三家注解,引述《史》、《汉》古注,如徐广、应劭、韦昭诸人之说,往往理胜近人,而得其真解。能使后世读《史记》者,寻绎注文,对《史记》有深入的理解"。第三,"裴氏等三家注,多著出太史公所据之典籍,或引解释其典籍之注文,虽说不太完备,但即此已足为研究太史公著《史记》之旨趣,提供许多有利之材料"。第四,"三家注所引某书云云,或某人云云,皆隋唐以前之书籍或书注,距今已千有余年。其书见于隋唐书志者虽多,而传于今日者却为数无几,为古代留存的宝贵资料"。第五,"三家所引之书,合之可千有余种,若除其重复,尚可得五百种上下。又隋唐书志所不著录者,而绝大部分已经亡佚。但此五六百种之书,它可以验中国学术之消长,可以考书籍亡佚之年代,在目录学上是有重要性的"。按:作者著有《史记索隐引书考实》[①],引用书籍四百二十种,其不见于《隋书·经籍志》著录者约四五十家,而存于今日者不过四分之一。张衍田著有《史记正义佚文辑

[①] 《史记索隐引书考实》,中华书局1998年版。

校》①,辑录《史记正义》较为完备。段书安编《史记三家注引书索引》(中华书局,1982年)极便于检索。

现存最早的本子有南宋黄善夫刻本,经商务印书馆影印,收入"百衲本二十四史"中。此外有明嘉靖、万历间南北监刻的"二十一史"本,有毛氏汲古阁刻的"十七史"本和清乾隆时武英殿刻的"二十四史"本。其中武英殿本最为通行,有各种翻刻或影印的本子。中华书局组织专家学者重新整理《史记》,分段标点,又将三家注移到每段之后,校点出版,学术界评价甚高。

《史记》是中国古代历史的伟大总结。它开创了纪传体史书的范例,故"百代以下,史官不能易其法,学者不能舍其书"(郑樵《通志序》)。《史记》不仅是史学巨著,而且是史传文学的典范。远大的抱负,丰富的学识,特殊的遭遇,使得司马迁对于历史人物、历史事件有着异乎寻常的深刻体验和准确的把握。结合自己的身世际遇,他在撰写《史记》的过程中,时常会流露出鲜明的爱憎感情和对于自己不幸遭遇的隐痛。这就使得《史记》与后世的所谓"正史"有了明显的区别,它以其鲜明的个性和深刻的内容彪炳青史。《史记》问世后,虽然有相当一段时间被深锁宫殿,但是,魏晋以后即在世间广泛流传。隋唐以后又传播海外。日本泷川资言《史记会注考证》汇集了一百多种中日《史记》注本,吸收了一千多年《史记》的研究成果,被学人视为继《史记》三家注之后第二个里程碑式的注本。该书虽然博赡,但也多有误入的文字,非旧三家注所原有。日本学者水泽利忠著有《史记会注考证校补》、我国台湾学者施之勉著有《史记会注考证订补》等著作,有较多的拾遗补阙。海外还做了大量的译介工作。例如韩国从1965年到1970年,已有二十五种以上各种《史记》翻译本,其中

---

① 张衍田《史记正义佚文辑校》,北京大学出版社1985年版。

有两种是全译本。法国汉学家沙畹在 19 世纪末 20 世纪初已将《史记》中的重要篇章译为法文并加以注释。美国汉学家华特生将沙畹没有翻译的汉代世家和列传译为英文。美国威斯康辛大学郑再发、倪豪士等人计划补充沙畹、华特生未译的三十一卷,将《史记》全部译成英文。可以预见,随着中外文化交流的加速,《史记》将会对世界各国文化产生更大的影响。

纵观 20 世纪的《史记》研究,具有一定影响的研究论著超过 200 多部,研究论文多达 2000 多篇,研究方法、研究领域不断推陈出新。对此,陈桐生教授的《百年〈史记〉研究的回顾与前瞻》①作了系统的描述。其中特别使人振奋的是陕西教育出版社推出的"司马迁与华夏文化丛书",以 28 种的鸿篇巨帙,对《史记》与华夏文化的关系做一次真正意义上的"地毯式"研究,极大拓展了《史记》研究的空间。在此基础上,陕西司马迁学会组织两大工程:一是编写《历代名家评注史记集说》,二是编纂《史记研究集成》。两项工程可视为继《史记》三家注、《史记会注考证》之后的第三个里程碑,为 21 世纪的《史记》研究展现一片璀璨的前景②。

司马迁著述,以《史记》为最著,除《史记》外,《汉书·艺文志》著录有《司马迁赋》八篇;《隋书·经籍志》著录《司马迁集》一卷。今所存《史记》外文字,另有《悲士不遇赋》,见于《艺文类聚》卷三〇;以及《报任安书》,尚有书信佚文二篇,清人严可均已经辑入《全上古三代秦汉三国六朝文》。

---

① 陈桐生《百年〈史记〉研究的回顾与前瞻》,载《文学遗产》2001 年第 1 期。
② 为此,有学者提出建立"史记学"的设想。参见张新科《史记学概论》,商务印书馆 2003 年版。

第二节 《汉书》的历史功绩

司马迁《史记》始撰于汉武帝太初年间,主要叙述此前的历史事实。其后,有很多学者如刘向、刘歆父子,扬雄、史岑等想续补《史记》,但是都没有如愿以偿,其中也有些续作颇多鄙俗,难以为继。如《汉书·艺文志》著录:"冯商所续《太史公书》七篇。"韦昭注:"冯商受诏续太史公十余篇,在班彪《别录》。商,字子高。"颜注:"《七略》云:商,阳陵人,治《易》,事五鹿充宗,后事刘向。能属文,后与孟柳俱待诏,颇序列传。未卒,病死。"此书久已亡佚。西汉末、东汉初年班彪"乃继采前史遗事,傍贯异闻,作《后传》数十篇",这是扶风班家修史的开端。

班彪为当时著名学者,《后汉书》本传说他"性沉重好古"、"唯圣人之道然后尽心焉",从思想上来说,显得很正统。西汉末一些著名人物如扬雄、王充等都曾登门求教,可见,班彪在西汉末学术界占据着较高的地位。这种学术功力和学术地位为他续撰《后传》奠定了坚实的基础。

班彪所以要续撰《后传》,除了要续补《史记》未备的历史之外,还有一个重要的原因,那就是他对于司马迁的《史记》颇多不满之处。譬如他批评《史记》:"采经摭传,分散百家之事,甚多疏略,不如其本,务欲以多闻广载为功,论议浅而不笃。其论术学,则崇黄老而薄五经;序货殖,则轻仁义而羞贫贱;道游侠,则贱守节而贵俗功;此其大敝伤道,所以遇极刑之咎也。"尽管班彪也承认《史记》"善述序事理,辩而不华,质而不野,文质相称,盖良史之才",但是,上述的批评也够分量的。因为他给司马迁罗列的几条"罪状",比如说司马迁

"崇黄老而薄五经"、"轻仁义而羞贫贱"、"贱守节而贵俗功",仅此三条就足以使人相信,司马迁所以受到"宫刑",实在咎由自取。

班彪的儿子班固几乎完全接受了父亲的看法,他在写作《司马迁传》时,称司马迁"是非颇谬于圣人"。所以从这个角度来讲,后人对于班彪、班固父子的这种正统迂腐的观点颇不以为然也不是没有道理的。但是,这仅仅是问题的一个侧面。从积极的意义方面来讲,班彪毕竟完成了《后传》数十篇,而且在体例上也一定对于《史记》有所改进。比如说,从整体结构上看,《史记》纪传部分的排列,基本上是以时代和世系为序列的,但是体例上似乎还不很严格,如鲁仲连和邹阳合传,屈原和贾谊合传,作者似乎着眼于他们在精神上有相通之处。《李将军列传》与《卫将军骠骑列传》中间插入《匈奴列传》,《司马相如列传》系于《西南夷列传》之后,《循吏列传》与《酷吏列传》之间插入《汲郑》、《儒林》二传,如此等等,司马迁主要从内容方面考虑其内在的联系,但是从外在形式方面来看,就显得有些紊乱。而班彪、班固父子撰写《汉书》则严明整齐多了,一律以时代及世系为先后来排列,然后再按自己的观点将类传集中在一起,整齐划一。而在篇章标题上,《史记》有时称名,有时称号,有时称官职,有时称爵号,《汉书》在修撰过程中都尽量统一起来。

班固(32~92)字孟坚。史载其九岁就能写文章诵诗赋。及长,博通群书。二十三岁那年,班彪死。班固回到家乡,因其父"所续前史未详,乃潜精研思,欲就其业"。永平五年(62),有人上书明帝,控告班固私撰国史,结果被捕入狱。他的弟弟班超怕他在狱中无法申述,于是亲自到长安,向明帝陈述了班固著述的意图,同时,郡守也将班固的书献上。明帝十分欣赏班固的才能,就把他召至校书部,任命他为兰台令史。后人又称班固为班兰台者,即由于此。在此任上,班固有条件查阅官方的各类图书档案,并且,他得到了皇帝的"恩准",

奉诏修史。从此至汉章帝建初七年(82),基本完成了《汉书》的写作。前后也经历了二十多年的时间。汉章帝时,班固任玄武司马。帝会诸儒讨论五经异同,令班固撰《白虎通义》,该书至今犹存。汉和帝永元初,窦宪出击匈奴,以班固为中护军,参与谋议。此后几年,班固都在窦宪幕中,窦宪在燕然山刻石勒功,那篇大文章就是出于班固的手笔。窦宪失势后,班固受到牵连而被捕入狱,永元四年(92)死于狱中,时年六十一岁。他死时,《汉书》还有八表及《天文志》尚有部分未能完成。汉和帝命班固的妹妹班昭参考东观藏书继续补写,又命同郡人马续帮助班昭完成《天文志》,始成完璧。

《汉书》是中国第一部纪传体断代史,记事始于汉高祖元年(前206),终于王莽地皇四年(23),共二百二十九年的历史。全书包括本纪十二篇,表八篇,志十篇,列传七十篇,共一百篇,后人划为一百二十卷。作为续补《史记》的《汉书》,其体例基本上承袭司马迁旧例,但是正如前述,此书也做了几处重要的更改和增补,并非机械地照搬。更改部分主要在名称上,如改"书"为"志",取消"世家",并入"列传";当然,在内容方面也有所改进,像《汉书》"十志",如同《史记》"八书"一样,是记载典章制度的专史,它在《史记》基础上进一步穷本溯源,收集了更为丰富完整的资料。如将《律书》和《历书》合成《律历志》,将《礼书》和《乐书》合成为《礼乐志》。又将《平准书》扩充为《食货志》,增加了不少新的内容,成为记载经济制度和社会生产的重要篇章。新增加的《刑法》、《五行》、《地理》、《艺文》四志中,《五行》是讲五行灾祥,具有民俗学上的价值;《刑法》记载军制与刑法,为政治史的重要内容;而《艺文志》和《地理志》特别值得称道。尽管《艺文志》是根据刘歆《七略》而来的,但是《七略》久佚,我们今天所以还可以较为系统地考察先秦以迄西汉的典籍存佚情况,《汉书·艺文志》为我们提供了最珍贵的史料。这是班固对中国学术史所作的巨大贡献。而研究历代地理名称的变化，水道的流向以及各地物产等情况，又不能离开《汉书·地理志》（当然还应包括《史记·河渠书》及《汉书·沟洫志》等）。这两志的增补，为后代多数正史修撰所沿用。

班固在《叙传》中说："为春秋考纪、表、志、传，凡百篇。"则《汉书》原本百卷。而《隋书·经籍志》和《旧唐书·艺文志》著录作一百十五卷。《旧唐书·艺文志》还说颜师古注《汉书》一百二十卷。《四库提要》仅云"皆以卷帙太重，故析为子卷"，没有说明第一次被析出的十五卷和第一次被析出的五卷到底是哪几卷。据中华书局校点本出版说明："我们查出第五十七、六十四、八十、九十六和一百卷的篇题下都有颜师古说明析卷的注文。从此可知颜师古作注时析出的就是这五卷。今本卷一、十五、十九、二十一、二十四、二十五、九十四、九十七都有一个分卷，卷二十七有四个分卷，卷九十九有两个分卷，一共多出十五卷来，那第一次析出的大概就是这一部分。《汉书》经过了一分再分，本纪就有十三卷，表有十卷，志有十八卷，列传有七十九卷，这才是我们现在这部一百二十卷本《汉书》的面貌。"

由于受到当时辞赋创作的影响，班固本人又是著名的辞赋作家，所以他在写作《汉书》时，比较注意语言的典雅富丽，趋于骈化。又喜欢使用古字或假借字，如"供张"作"共张"，"东厢"作"东箱"，"嗜好"作"耆好"，"揖让"作"揖攘"，这就使得《汉书》在文学语言方面不像《史记》那样更接近口语，那样更明白显豁。但是，其书简练整洁，详赡严密，颇为学者所喜爱。据说"当世甚重其书，学者莫不讽诵焉"。譬如同样是描写巨鹿之战，《史记》和《汉书》就很有差异。司马迁是以诗人的笔触叙述史实，往往非常投入，饱蘸激情，悲欢离合，不能自已，时常沉浸在历史人物所处的氛围环境之中，任凭情感奔扬喷吐；而班固则与历史保持相当的距离，原原本本，实实在在，从容儒雅,文质彬彬,即使有所褒贬,也不像司马迁那样外露,那样容易动情。作为一部历史著作,这也许是应有的风范,但是却因为过于冷静而缺乏动人的气势。又譬如描写苏武在单于被逼降时的场面,从容细致,这在《史记》中绝少见到。即使《苏武传》中激越慷慨之处,如李陵劝降一节,以及李陵与苏武分别场面,都写得十分细腻感人。用个不太恰当的比喻,《史记》就像是巨幅泼墨山水,酣畅淋漓;而《汉书》有如工笔细描,于细微处见精神。《汉书》在文学描写方面还有一个较为突出的特点,即善于抓住典型事例给予精细的描写。如《朱买臣传》写他失意和得意时的不同境遇,既揭露出世态炎凉的现实,又鞭辟入里地刻画出在功名利禄诱导下扭曲的灵魂。这段描写,使人自然联想到《战国策》中描写苏秦游说四方,其嫂前倨后恭的丑态。又如《陈万年传》写陈万年有病,还让他的儿子陈咸在其床下接受他的教训:"语至夜半,咸睡,头触屏风,万年大怒,欲杖之,曰:'乃公教汝,汝反睡,不听吾言,何也?'咸叩头谢曰:'具晓所言,大要教咸谄也!'万年不复言。"又《张禹传》也是通过叙述张禹的日常言行,围绕着他"持禄保位"的卑鄙心理,戳穿了张禹"为人谨厚"、"为天子师"的堂皇外衣。这些描写,非常深刻地揭示出社会上的丑恶现象,具有相当普遍性。

《后汉书·班昭传》说:"时《汉书》始出,多未能通者。同郡马融伏于阁下,从昭受读。"又《三国志·吴志·孙登传》说:"权欲登读《汉书》,习知近代之事,以张昭有师法,重烦劳之,乃令休从昭受读,还以授登。"可见《汉书》从问世以来就被认为是难读之书,所以到了汉灵帝时就有服虔、应劭等人替它作了音注。魏晋南北朝时为《汉书》作注的人更多。唐初颜师古(581~645)的《汉书注》征引已往的注本多达二十三家。清末王先谦《汉书补注》征引专著和参订者多达六十七家,在当时号称集大成者。商务印书馆影印的百衲本《汉书》

系北宋刻本,历来最为学者重视。而清乾隆武英殿本最为通行。20世纪60年代,北京中华书局组织专家整理校点本,仍以北宋本为底本,参校众本而成,被视为《汉书》的权威版本,1962年出版。

第三节　从《东观汉记》到范晔《后汉书》

一、《东观汉记》

东汉刘珍等著。是一部以纪传体撰写的记载东汉历史的鸿篇巨制。《隋书·经籍志》著录为一百四十三卷。原注:"起光武记注至灵帝。长水校尉刘珍等著。"《旧唐书》作一百二十七卷,《新唐书》作一百二十六卷,录一卷。分纪、表、志、传、载记,记事起于光武帝,终于灵帝。此书在流传初期颇为世人所重,人们把它和《史记》、《汉书》合称"三史",但是唐代时,此书已有散佚,及两宋散失更多,至元时已经无全本流传。清代初年始有学者从事此书的辑佚工作,姚之骃《后汉书补逸》八种,第一种即为《东观汉记》凡二十四卷,但是仅仅参考五种古注及类书,且编排较杂。四库全书辑本较为完备,可惜不标明出处,是最大的问题。河南中州古籍出版社1986年出版的吴树平《东观汉记校注》是在前人基础上重新辑成的最新注本,不仅辑出数百条佚文,而且又利用各种资料比勘互对,并对人物事迹重新编排,注明出处,使得辑佚工作日臻完善。全书分为二十二卷,其中纪三卷,表一卷,志一卷,传十五卷,载记一卷,散句一卷。纪传中人物一般按年代先后排列,按人成篇。因为这是较早的后汉史书,是当时人所作,所以史料价值较高。魏晋以来修撰东汉史籍者,主要材料都取自《东观汉记》,所以此书不仅具有校勘价值,更重要的是有考订史实的作用。

二、《后汉书》

范晔著。范晔,字蔚宗,南朝宋顺阳人。生于晋安帝隆安二年(398),元嘉二十二年(445)被杀。他是晋豫章太守范宁的孙子,宋侍中范泰的庶子,因为出继给堂伯范弘之,袭封武兴县侯。任彭城王刘义康参军,官至尚书吏部郎。宋文帝元嘉元年(424),因事触怒刘义康,贬为宣城太守。《后汉书》大约就是在这个时期撰写的。全书原定十纪,十志,八十列传,合为百卷,与《汉书》相应。但是十志没有完成,在元嘉二十二年被告发与孔熙先等谋立刘义康而被杀。因此,出于范晔手笔的仅有本纪十卷,列传八十卷。梁代刘昭最早给范书作注,因为没有志,他就把司马彪《续汉书》中的八篇志分为三十卷补缀进来的。现在通行的注本是唐代章怀太子李贤的注,重在训诂。后来研究《后汉书》的人不在少数,清末王先谦集合诸家之说,成《后汉书集注》。戴蕃豫《稿本后汉书疏记》对于王先谦集注又有所补充①。

众所周知,用纪传体编撰东汉一朝的历史,除属于官史性质的《东观汉记》外,私人编撰而著录于《隋书·经籍志》的还有三国时吴国谢承的《后汉书》,晋朝薛莹的《后汉记》,晋朝司马彪的《续汉书》,晋朝华峤的《后汉书》,晋朝谢沈的《后汉书》,晋朝张莹的《后汉南记》,晋朝袁山松的《后汉书》。但是,由于后来范晔《后汉书》出,取代众家,这些后汉史书便被淘汰,唯范书作为正史,与《史记》、《汉书》、《三国志》合称前四史。范书列传八十卷,记载了许多东汉重要作家、学者,如桓谭、冯衍、郑玄、贾逵、班彪、班固、王充、王符、仲长统、崔骃、崔瑗、崔寔、张衡、马融、蔡邕、孔融等。最引人注目的是,范书首次在正史中列有《文苑传》,与《儒林传》并列。《儒林传》是学者

---

① 戴蕃豫《稿本后汉书疏记》,书目文献出版社1995年版。

专传,而《文苑传》则主要是作家小传。这种编排反映出当时文学观念的日益明确。这是范晔《后汉书》的一大特点。此外,该书还特辟《隐逸传》,反映了当时隐逸成风的社会现状。对此,美国学者柏士隐有过较为深入的探讨,可以参看①。研究著作以朱东润先生的《后汉书考索》最为系统。根据朱东润先生的考察,第一,范晔的《后汉书》是根据第一手的史料,以及谢承、司马彪等诸人的著作写定的,尤其是《东观汉记》,范晔始终认为是"本书"……这里透露范晔作书的时候,只准备与《东观汉记》并存。第二,范晔叙述功臣之后,每叙至和熹邓后临朝时为止。第三,范晔作书,不讳抄撮,因此,书中时有自相矛盾之处,显露着来源不一,因此发生字句的冲突②。此外,宋文民《后汉书考释》从校勘及文字训诂的角度对《后汉书》作了梳理。书后还有《范晔系年》,较为详尽③。

三、众家《后汉书》

在《东观汉记》基础上而撰成的后汉书,今可知多达十余家,除晋袁宏《后汉纪》和宋范晔《后汉书》流传至今外,见于《隋书·经籍志》著录的尚有吴谢承《后汉书》一百三十卷,晋薛莹《后汉记》六十五卷(原注:本一百卷,梁有,今残缺),晋司马彪《续汉书》八十三卷,晋华峤《后汉书》十七卷(原注:本九十七卷,今残缺),晋谢沈《后汉书》八十五卷(原注:本一百二十二卷),晋张莹《后汉南记》四十五卷(原注:本五十五卷,今残缺),晋袁山松《后汉书》九十五卷(原注:本一百卷),晋张璠《后汉记》三十卷,梁萧子显《后汉书》一百卷。此外,

---

① Alan J.Berkowitz.Patterns of disengagement:the practice and portrayal of reclusion in early medieval China.Stanford University Press,2000.
② 收在朱东润《史记考索》中,华东师范大学出版社1996年版。
③ 宋文民《后汉书考释》,上海古籍出版社1995年版。

《旧唐书·经籍志》著录宋刘义庆《后汉书》五十八卷等。上述十书,刘义庆、萧子显书已经全部失传于隋唐之际,不仅唐代刘知几《史通》无只言片语论及,甚至残文剩字也无从辑考。其余八书也都散佚,但是从各种古注及类书中还可以略窥其斑豹,以为研史之助。清初已有学者从事辑佚,如姚之骃较早辑本《后汉书补逸》即有收录,而汪文台《七家后汉书》最为精湛。上海古籍出版社1986年出版的由周天游辑校的《八家后汉书》在前人已经取得的重大成果基础上,再作爬梳,重加整理而成,不仅注明出处,而且注明前人谁辑过,颇可信据。

四、袁宏《后汉纪》

袁宏《后汉纪》效法荀悦《前汉纪》的方法,把东汉一百九十五年的大事,编在十一帝纪中,起后汉光武帝刘秀(25),终于曹丕废献帝灭汉(220),成书早于范晔《后汉书》数十年(范晔始作《后汉书》是宋文帝元嘉九年,距袁宏死与晋孝武帝太康元年,已经五十六年。故两书的成书年代至少相差在五十年以上),而与范书并行于世。《史通·古今正史》称:"世言汉中兴史者,唯袁、范二家。"两书在史料方面可以参证者较多。董文武《袁宏〈后汉纪〉的史学价值》从"袁纪可订范书记载之讹误"、"袁纪可补范书记载简略之不足"、"袁纪保存了范书没有的原始材料"、"袁纪保存了诸家后汉书的部分佚文"等四个方面论证了袁宏《后汉纪》的史学价值①。通行的本子有《四部丛刊》影印明嘉靖刊《两汉纪》,中华书局校点本《两汉纪》最易获读。

五、《风俗通义》与《独断》

《风俗通义》十卷,应劭著。其十卷为:皇霸、正失、愆礼、过誉、十反、声音、穷通、祀典、怪神、山泽。从其章节安排来看,首"皇霸",历述三皇五帝乃至五霸六国的霸业轨迹,似乎昭示着为汉末曹操重振

---

① 董文武《袁宏〈后汉纪〉的史学价值》,《中州学刊》2001年第3期。

霸业的含意。这里就涉及此书的撰写年代问题。其序称："今王室大坏,九州幅裂,乱靡有定,生民无几,私惧后进,益以迷昧,聊以不才,举尔所知,方以类聚,凡一十卷,谓之《风俗通义》,言通于流俗之过谬,而事该之于义理也。风者,天气有寒暖,地形有险易,水泉有美恶,草木有刚柔也。俗者,含血之类像之而声,故言语歌呕异声,鼓舞动作殊形。或直或邪,或善或淫也。圣人作而均齐之,咸归于正。圣人废,则迁其本俗,《尚书》:天子巡守,至于岱宗,观觐诸侯见百年,命大师陈诗以观民风俗。《孝经》曰:移风易俗莫善于乐。《传》曰:百里不同风,千里不同俗。户异政,人殊服。由此言之,为政之要,辨风正俗,最其上也。"这里交代了此书撰写的宗旨,即为统治者提供辨风正俗的历史依据。而且作者明确说明当时"王室大坏,九州幅裂,乱靡有定,生民无几",可见作于汉末。

《三国志·吴志·张顾诸葛传》载张昭传记曰:"张昭字子布,彭城人也。少好学,善隶书,从白侯子安受《左氏春秋》,博览众书,与琅邪赵昱、东海王朗俱发名友善。弱冠察孝廉,不就,与朗共论旧君讳事。州里才士陈琳等皆称之。"裴注:"时汝南主簿应劭议宜为旧君讳,论者皆互有异同,事在《风俗通》。昭著论曰:'客有见大国之议,士君子之论,云起元建武已来,旧君名讳五十六人,以为后生不得协也。……'"按:张昭卒于嘉禾五年(236),时年八十一岁。其二十岁在汉灵帝熹平四年(175)。但是《风俗通义佚文》又记载光和中故事,如"光和四年四月,南宫中黄门寺有一男子,长九尺,服白衣"。还有记载光和七年、中平中、"灵帝末"等故事。卷五《怪神篇》:"乐安太守陈蕃、济南相曹操,一切禁绝,萧然政清。……陈曹之后,稍复如故。"按:曹操为济南相在光和末。《三国志》本纪:"光和末,黄巾起。拜骑都尉,讨颍川贼。迁为济南相,国有十余县。"文中记载了黄巾起义后的故事,可以考知,此书在汉灵帝中平元年(184)之后尚未定稿。

又元刊本题"汉太(泰)山太守应劭",考《后汉书》本传,应劭为泰山太守在汉献帝刘协永汉元年(189)。《后汉书·杨李翟应霍爰徐传》:"初平二年(191),黄巾三十万众入郡界。劭纠率文武连与贼战,前后斩首数千级,获生口老弱万余人,辎车二千辆,贼皆退却,郡内以安。"汉献帝刘协建安元年(196)八月辛亥,镇东将军曹操自领司隶校尉,录尚书事。庚申,迁都许昌。应劭删定律令为《汉仪》,这年上奏,并作《奏上删定律令》,见《后汉书·杨李翟应霍爰徐传》。这年迁都,故文称:"今大驾东迈,巡省许都,拔出险难,其命惟新。臣累世受恩,荣祚丰衍,窃不自揆,贪少云补,辄撰具《律本章句》《尚书旧事》《廷尉板令》《决事比例》《司徒都目》《五曹诏书》及《春秋断狱》凡二百五十篇。蠲去复重,为之节文。又集驳议三十篇,以类相从,凡八十二事。其见《汉书》二十五、《汉纪》四,皆删叙润色,以全本体。其二十六,博采古今瑰玮之士,文章焕炳,德义可观。其二十七,臣所创造。岂繄自谓,必合道衷,心焉愤邑,聊以藉手。"建安二年(197),应劭著《汉官》《礼仪故事》。见《后汉书·杨李翟应霍爰徐传》:"二年,诏拜劭为袁绍军谋校尉。时始迁都于许,旧章堙没,书记罕存。劭慨然叹息,乃缀集所闻,著《汉官》《礼仪故事》,凡朝廷制度,百官典式,多劭所立。初,父奉为司隶时,并下诸官府郡国,各上前人像赞,劭乃连缀其名,录为《状人纪》。又论当时行事,著《中汉辑序》。撰《风俗通》,以辨物类名号,释时俗嫌疑。文虽不典,后世服其洽闻。凡所著述百三十六篇。又集解《汉书》,皆传于时。后卒于邺。弟子玚、璩,并以文才称。"按:《后汉书》将《汉官》《礼仪故事》标点作一本书,而据《三国志·王卫二刘傅传》裴注,应是二书。裴注曰:"华峤《汉书》曰:'玚祖奉,字世叔。才敏善讽诵,故世称:应世叔读书,五行俱下。著《后序》十余篇,为世儒者。延熹中,至司隶校尉。子劭字仲远,亦博学多识,尤好事。诸所撰述《风俗通》

等,凡百余篇,辞虽不典,世服其博闻。'《续汉书》曰:'劭又著《中汉辑叙》、《汉官仪》及《礼仪故事》,凡十一种,百三十六卷。朝廷制度,百官仪式,所以不亡者,由劭记之。官至泰山太守。劭弟珣,字季瑜,司空掾,即场之父。"这里提到《风俗通义》乃与《汉官》、《礼仪故事》前后所作。据此则《风俗通义》早在熹平四年(175)晚至建安二年(197)始定稿,前后长达二十二年之久。就其思想倾向而言,此书和王充《论衡》一样,集中对当时流传的各种虚妄之说逐一辩驳,只是没有王充那么彻底而已。但是,此书最主要的价值还在于它的史料。其《声音篇》论及各种乐器,《祀典篇》论及当时祭祀典礼,均可补史料之不足。又如《正失篇》:"及太中大夫邓通以佞幸吮痈疮脓汁见爱,拟于至亲,赐以蜀郡铜山,令得铸钱。通私家之富,侔于王者封君。又为微行,数幸通家……是时待诏贾山谏以为不宜数从郡国贤良吏出游猎,重令此人负名,不称其与。及太中大夫贾谊亦数陈止游猎,是时谊与邓通俱仕中同位,谊又恶通为人,数廷讥之。由是疏远,迁为长沙太傅。"按:邓通吮脓事,王充《论衡》亦多所讥讽,而《汉书》就没有这段记载。文帝号称贤君,历来评价甚高。但是,东汉以来受到一定程度的批评。应劭《风俗通义·正失篇》:"文帝遵汉家基业初定,重承军旅之后,百姓新免于干戈之难,故文帝宜因修秦余政教,轻刑事少,与之休息,以俭约节欲自持。初开籍田,躬劝农耕,务民之本。即位十余年,时五谷丰熟,百姓足,仓廪实,蓄积有余。然文帝本修黄老之言,不甚好儒术。其治尚清静无为,以故礼乐庠序未修,民俗未能大化。苟温饱完给,所谓治安之国也。其后匈奴数犯塞,侵扰边境。单于深入寇掠,贼害北地都尉,杀略吏民,系虏(掳)老弱,驱畜产,烧积聚,候骑至甘泉,烽火通长安。京师震动,无不忧懑。是时大发兴材官骑士十余万军长安,帝遣丞相灌婴击匈奴。文帝自劳兵至太原代郡。由是北边置屯待战,设备备胡兵连不解,转输络驿,费损耗虚,因以年岁谷不登,百姓饥乏。谷籴常至五百石,时不升一钱。……世之毁誉,莫能得实。审形者少,随声者多。或至以无为有。故曰:尧舜不胜其善,桀纣不胜其恶。"这些对于我们全面认识所谓文景之治,都有参考价值。通行本有吴树平《风俗通义校释》,天津人民出版社1982年版。

《独断》,蔡邕著。最早见于《后汉书·蔡邕传》。《南齐书·礼志上》:"汉初叔孙通制汉礼,而班固之志不载。及至东京,太尉胡广撰《旧仪》,左中郎蔡邕造《独断》,应劭、蔡质咸缀识时事,而司马彪之书不取。"据此,蔡邕《独断》至少在晋宋以来已广为流传。藤原佐世《日本国见在书目》杂家类著录《独断》一卷。注云:"今案蔡邕撰。"①姚振宗《隋书经籍志考证》据此推断说:"《独断》集外别行见于著录者,莫先于此。其云'今案'者知其前不著录撰人也。"说明唐代已经有了单行本。宋代晁公武《郡斋读书志》卷五经解类著录:"蔡邕《独断》二卷。右汉左中郎将蔡邕纂。杂记自古国家制度及汉朝故事,王莽无发,盖见于此。"(晁)公武得孙蜀州道夫本,乃阁下所藏。陈振孙《直斋书录解题》卷六礼注类著录:"《独断》二卷,汉议郎陈留蔡邕伯喈撰。记汉世制度、礼文、车服及诸帝世次,而兼及前代礼乐。舒、台二郡皆有刻本。向在莆田尝录李氏本,大略与二本同,而上下卷前后错互,因并存之。"《玉海》卷五一"艺文"类著录:"《蔡邕传》著《独断》、《劝学》。《书目》二卷,采前古及汉以来典章制度、品式称谓,考证辨释,凡数百事。其书间有颠错。嘉祐中,余择中更为次序,释以己说,故别本题《新定独断》。《光武纪》注引之。"《书林清话》卷三"宋司库州军郡府县书院刻书"著录"淳熙庚子(七年),舒州泮宫刻蔡邕《独断》二卷"。此本或即陈振孙著录的"舒、台二郡皆

---

① 《古逸丛书》本,江苏古籍刻印社1997年10月影印。

有刻本"中的一种,说明宋代流传的刻本《独断》,均署名蔡邕,没有异议。历代著录,或经解、或礼注、或杂家,显示其内容颇为驳杂,但是,大多言而有据。《四库提要》以为"是书礼制多信《礼记》,不从《周官》。若五等封爵,全与《大司徒》异,而各条辞义与康成注合者多,其释六祝一条,与康成六祝注全符。则其所根据当出一书。又《汉书·舆服志》樊哙冠广九寸,高七寸,前后出各四寸。是书则谓高七寸,前后出四寸,此词小异。刘昭《舆服志》注引《独断》曰:'三公诸侯九旒、卿七旒。'今本则作三公九,诸侯卿七。建华冠注引《独断》曰:'其状若妇人缕鹿。'今本并无此文。又《初学记》引《独断》曰:'乘舆之车皆副辖者。施辖于外乃复设辖者也。'与今本亦全异。此或诸家与人援引偶讹。或今本传写脱谬,均未可知。然全书条理统贯,虽小有参错,固不害其宏旨,究考证之渊薮也"。根据新发现的资料,可以证明《四库提要》的论断是有其根据的。如《独断》记载:"汉承秦法,群臣上书皆言昧死。王莽盗位,慕古法,去'昧死'曰'稽首'。光武因而不改。"根据敦煌汉简:(1)"使西域大使五威左率都尉粪土臣△稽首再拜上书。"(2)"名状,其秩命士以上,先以闻,以明好恶,臣稽首以闻。"王莽时有五威将军、五威将帅等职,又称五百石官曰命士,所以根据简文中的职官名称,知其乃新莽时之简。这两支简出自敦煌,从行文看,前一简是臣下对皇帝的章奏文书,当属边塞官吏奏章的草稿,边塞官吏不在朝官之列,故言"稽首再拜"。后一简止言"稽首",或是朝官奏章经王莽批准,然后以诏书形式下达至边郡的。两份奏书中皆不再用"昧死"一词。这里足以证明蔡邕《独断》所论为完全准确可信[①]。《独断》的文献价值也由此可见一斑。

[①] 汪桂海《汉代官文书制度》,广西教育出版社 1999 年版。薛英群《汉简官文书考略》,载《汉简研究文集》,甘肃人民出版社 1984 年版。

从现存资料来看,有关文体研究的论著,当以蔡邕《独断》为最早。该书卷二论官文书四体曰:"凡群臣上书于天子者有四名:一曰章,二曰奏,三曰表,四曰驳议。"揭开了文体学研究的序幕。此后,略晚于蔡邕的曹丕著《典论·论文》称:"夫文本同而末异。盖奏议宜雅,书论宜理,铭诔尚实,诗赋欲丽。"略举四科八种文体,以为"此四科不同,故能之者偏也,唯通才能备其体"。西晋初年陆机著《文赋》又标举十体,并对各体的特征有所界说:"诗缘情而绮靡,赋体物而浏亮,碑披文以相质,诔缠绵而凄怆,铭博约而温润,箴顿挫而清壮,颂优游以彬蔚,论精微而朗畅。奏平彻以闲雅,说炜晔而谲诳。"此外,像挚虞的《文章流别论》、李充的《翰林论》,直至任昉的《文章缘起》①、《文心雕龙》等均有或详或略的文体概论,条分缕析,探颐索隐,奠定了中国文体学的理论基础。在此基础上,萧统广采博收,去芜取精,将先秦至梁代的七百多篇优秀作品分成三十七类②加以编录,因枝振叶,沿波讨源,成为影响极为久远的一代名著。从蔡邕《独断》到萧统《文选》,前后绵延三百多年,中国文体学最终得以确立③。关于此书的研究,可以参考的资料较少。当年辅仁大学毕业生有为《独断》作注者,可惜未曾刊行④。

---

① 中华书局影印元刻《山堂考索》本。其真伪颇多争论。傅刚《〈文选〉与〈诗品〉、〈文心雕龙〉及〈文章缘起〉的比较》(收在《昭明文选研究》,中国社会科学出版社 2000 年出版)、朱迎平《〈文章缘起〉考辨》(收在《古典文学与文献论集》,上海财经大学出版社 1998 年 6 月出版)均认为《文章缘起》为任昉作,其说可从。
② 通行本三十七类,但是根据南宋陈八郎宅刻五臣注《文选》,还有"移"、"难"两体,这样就有三十九体之说。
③ 参见刘跃进《〈独断〉与秦汉文体研究》,《文学遗产》2002 年第 4 期。
④ 李瑞敏《独断疏证》,辅仁大学 1943 年毕业论文。承首都经贸大学张剑先生函示,特此致谢。

第四节　有关秦汉文学研究的其他文献

一、《吴越春秋》

东汉赵晔著。《隋书·经籍志》著录为十二卷。晁公武《郡斋读书志》载："后汉赵晔撰。吴起太伯，尽夫差。越起无余，尽句践。内吴外越，本末咸备。"说明全书以吴越两国兴衰的历史作为线索，包含了一些年代较早的内容①。在结构安排上，本书有较为明确的总体设计。在吴国，以伍子胥复仇为主线，把描写吴国历史的五篇传记贯穿起来；而在越国，则以越王勾践复国为纲目，勾勒出清晰的历史画面。这样，《吴越春秋》的叙事就比《史记》更有连贯性、更完整，十篇传文已经构成有内在联系的一组短篇，人们由此可以对吴越历史有一个集中而系统的把握。其中最令人难忘的当然是越王勾践卧薪尝胆的故事。这个故事在司马迁《史记·吴太伯世家》、《楚世家》、《越王勾践世家》、《伍子胥列传》等篇中已有一些令人难忘的片段，但是从整体上说，拘于史实的记述仍然比较多。而在东汉赵晔所著的《吴越春秋》这部著名的历史小说中，作者则比较注重对于具体事件的描述，特别着重增加了对人物具体活动的集中的描写，善于突出矛盾冲突，从而构成生动感人的故事情节。在人物描写方面，这部小说更有值得注意的艺术成就。越王勾践是全书着意描写的重要人物，既写出了他的坚韧不拔的毅力，同时也写出了他残忍、阴毒的另一面。书中从入臣——归国——阴谋——伐吴这几个互有关系的系列故事

---

① 参见李学勤《时分与〈吴越春秋〉》，载《简帛佚籍与学术史》，江西教育出版社2001年版。

中,对于他的复杂性格作了较为深入的揭示。吴王夫差也是刻画得相当成功的艺术形象。他性格最突出的特征是愚而不仁、刚愎自用。继位之初,还不失为一个有作为之君。围越王于会稽之上,父仇得报。然又以"仁义"为怀,对越宽顺;其后又穷兵黩武,连连伐齐,轻信越归顺之词。最后落得个亡国丧身的下场。伍子胥是书中另一个传奇式的人物。作者在刻画这个人物时,重点似乎不在他生前的种种业绩,而是写他屈死后的冤魂,从而赋予人物以特定浓烈的感情。类似这种夸张渲染的描写,极富于想象力,但是,又不使人感到过于失真。这正是文学作品迥异于历史书籍的魅力所在。

《吴越春秋》原本十二卷,而宋代以来仅存十卷,似非赵晔原本面貌。在现存诸本中,以明翻元大德本、弘治十四年刊本和清代徐乃昌刻本为佳。周生春《吴越春秋辑校汇考》即以弘治本为底本,参校众本而成,是目前最为完备的校释本,已由上海古籍出版社 1997 年出版。

二、《越绝书》

《越绝书》,最早著录于《隋书·经籍志》,作者题为子贡。宋代还有的书目著录伍子胥著。但在同时,也有人认为这两种说法均不正确,比如宋代著名的藏书大家陈振孙在其《直斋书录解题》中以为是"无撰人名氏,相传子贡者,非也"。这样,关于此书的作者就有三种不同的说法,即子贡、伍子胥和无名氏。但是到了明代,竟然有学者从这部书本身发现了惊人的秘密。在此书末章"越绝篇叙外传记"中有这样一段文字,很值得玩味:"记陈厥说,略其有人。以去为姓,得衣乃成,厥名有米,覆之以庚。禹来东征,死葬其疆。不直自斥,托类自明;写精露愚,略以事类,俟告后人。文属辞定,自于邦贤。邦贤以口为姓,承之以天。楚相屈原,与之同名。"根据这段文字,杨慎在《越绝书跋》中推断说,"以去为姓,得衣乃成",应是"袁"字;"厥名有米,覆之以庚",应是"康"字。"禹来东征,死葬其疆",说明是会稽人,因为大禹死后葬在会稽。据此,此书是会稽人袁康所著。其后又说:"文词属定,自于邦贤,以口为姓,承之以天。"应是同郡姓"吴"的改定的。又说:"楚相屈原,与之同名。"屈原名平,则这部书的改定者叫吴平。杨慎居然将这隐语破译,真是他的一大功绩。更何况从隐语中推究出来的作者之一吴平,在王充《论衡》中几次出现过,称吴君高,而且还记载说他作过《越纽录》,大约与《越绝书》是同一书。

汉人好作隐语,比如著名文学家孔融作《离合诗》,就将其姓名隐藏在诗句中,让后人去猜;著名道教学者魏伯阳著《周易参同契》,也用隐语"委时去害,与鬼为邻"而隐其姓名。俩人都是东汉末人,其时风气可想而知。又《越绝书》卷二《吴地记》最后一句:"勾践徙琅琊到建武二十八年,凡五百六十七年。"这两条材料证明袁康、吴平是东汉时人。这样,千载隐语一经破译,其作者问题似乎就应当说完美地解决了。可以说,《越绝书》为袁康撰、吴平改定的说法,几乎已经成为了定论。

不过,细心的读者还可以从中发现里面仍然存在着一些疑难问题没有解决。我国先秦流传下来的许多古籍,可以说都已被后人增删过,但不能因为后人有所增改就否定先人的著作权。这样的例子非常多。像《战国策》,虽经刘向编定,但是不能说就是刘向所著。王逸《楚辞章句》收有汉人作品,总不能否认《楚辞》主要是屈原的作品吧?《越绝书》确实出现了东汉时人的口吻,但是同样不能据以断定就一定是东汉人所作。很可能的解释是,袁康、吴平二人所作的工作就像刘向、王逸等人编辑整理先秦文集一样,只是对于前代作品做了加工整理。因此,《隋书·经籍志》著录是子贡所作的说法,似乎也不应轻易否定。因为我们从《史记·仲尼弟子列传》中知道,子贡游说齐、吴、越、晋、鲁等国,"故子贡一出,存鲁,乱齐,破吴,强晋而霸越",

子贡对于当时各国情况了解很多,同时他在感情上也倾向于越而贬吴,故对于越国历史记载得就非常详细,而吴国则记载得很简略。另外在最后一篇"越绝篇叙外传记"中也明明记载道:"赐(端木赐,即子贡)见《春秋》改文尚质,讥二名,兴素王,亦发愤记吴越,章句其篇,以喻后贤。"而袁康、吴平乃"题其文,谓之《越绝》",这段记载似乎可以这样理解:子贡辑录吴越史事在先,袁康、吴平二人整理在后,并重新题名。《越绝书》本身的记载应当说最为可信。由此看来,《越绝书》的作者问题,至少到目前为止,还没有得到最后解决。

　　《越绝书》是一部史书,记载了春秋时期越历史以及与越相邻的吴和楚的部分历史。在我国现存古籍中,记载越历史的书籍主要有《国语》、《史记》及《越绝书》和《吴越春秋》四种。其中后两种最为重要,其内容也比前两种丰富得多。《吴越春秋》具有很强的故事性,前面已有所介绍,这里主要想指出一点,那就是《吴越春秋》主要是参考了《越绝书》而撰写的。因此,如果单从史料学的角度来看,《越绝书》较之《吴越春秋》具有更大的参考价值。这部书现存十五卷,其篇目依次为:"越绝外传本事"、"越绝荆平王内传"、"越绝外传记吴地传"、"越绝吴内传"、"越绝计倪内经"、"越绝请籴内传"、"越绝外传纪策考"、"越绝外传记范伯"、"越绝内传陈成恒"、"越绝外传记地传"、"越绝外传计倪"、"越绝外传记吴王占梦"、"越绝外传记宝剑"、"越绝内经九术"、"越绝外传记军气"、"越绝外传枕中"、"越绝外传春申君"、"越绝德序外传记"、"越绝篇叙外传记"等。从这个目录中可以看出,此书所涉及的内容非常广泛,但是中心是写越如何从兴国到沦为吴国附庸,而后又如何励精图治终于灭吴的经过,描写得非常细致,很多地方可以补正史的不足。同时,它又是一部文学作品,通过激烈的矛盾冲突刻画历史人物,其精华均已为《吴越春秋》所吸收,这里可以略而不论。

关于《越绝书》版本,现存较早刊本多为明刊,张宗祥曾据众本加以校注,并于1956年由商务印书馆出版。乐祖谋又以张本为基础重新校订,上海古籍出版社1985年排印出版。

三、《华阳国志》

晋常璩著,凡十二卷,是我国现存较早的一部地方文献,记载了从远古到公元347年间今四川、云南、贵州三省以及甘肃、陕西、湖北部分地区的历史、人物、地理,具有很高的史料价值。如以写《陈情表》而著名的李密是西蜀人,他的生平材料除见于《三国志·蜀志·杨戏传》裴注及《晋书·孝友传》外,还有就是这部《华阳国志》了。从这些材料中可以知道,他确实有较高的文学修养,曾著有《述理论》十篇,为皇甫谧所称赞。又如前四卷记载四川、云南、贵州地区郡县的沿革、治所、著名山川、重要道路、一方物产、各地风俗、主要民族,乃至名宦政绩、各县大姓等,内容极为丰富,很多可以补充正史的不足。又如中间五卷,以编年体的形式叙述公孙述、刘焉刘璋父子、蜀汉、成汉四个割据政权以及西晋统一时期的历史,内容多为一般史籍所未载。本书还保存了许多古代传说,如蜀之先王蚕丛、鱼凫、杜宇、开明等;又有力能排山五丁力士,为蜀之佐。这些神话或故事传说,常常成为后来诗人喜爱引用的故实。本书有明清刻本、抄本多种,刘琳《华阳国志校注》参校诸本,训释考订,又附以示意地图五幅及附录四种:《华阳国志佚文》、《华阳国志梁益宁三州地名族名索引》、《本书校注辑佚引用书目及简称》以及吕大防、李㙉序。此外,任乃强先生《华阳国志校注图补》卷帙较大,上海古籍出版社1987年出版,为集大成之作。

第三章　秦汉乐府研究文献

第一节　乐府的名称、源流及机构

历来认为,乐府是汉武帝时建立的。但同时在《汉书·礼乐志》中又记载说:"汉兴,乐家有制氏,以雅乐声律世世在大乐官,但能纪其铿锵鼓舞,而不能言其义。高祖时,叔孙通因秦乐人制宗庙乐。大祝迎神于庙门,奏《嘉至》,犹古降神之乐也。皇帝入庙门,奏《永至》,以为行步之节,犹古《采荠》、《肆夏》也。乾豆上,奏《登歌》,独上歌,不以管弦乱人声,欲在位者遍闻之,犹古《清庙》之歌也。《登歌》再终,下奏《休成》之乐,美神明既飨也。皇帝就酒东厢,坐定,奏《永安》之乐,美礼已成也。又有《房中祠乐》,高祖唐山夫人所作也。周有《房中乐》,至秦名曰《寿人》。凡乐,乐其所生,礼不忘本。高祖乐楚声,故《房中乐》楚声也。孝惠二年,使乐府令夏侯宽备其箫管,更名曰《安世乐》。"清代学者沈钦韩认为这是以后来的建制来追述前代事,而清代另一位学者何焯则认为这是班固把乐府与太乐搞混了。乐府令应是太乐令之误。其实,这种疑问,早在宋代就已有人提出过,如王应麟作《汉书艺文志考证》就已经怀疑乐府并非始建于汉武帝时。《史记·乐书》:"高祖过沛,诗三侯之章,令小儿歌之。高祖崩,令沛得以四时歌舞宗庙。孝惠、孝文、孝景无所增更,于乐府习常肄旧而已。"此明言惠帝、文帝、景帝时即有乐府。《史记·秦始皇本纪》:三十五年治"宫观二百七十,复道甬道相连,帷帐钟鼓美人充之,各案署不移徙"。又三十六年,"始皇不乐,使博士为仙真人诗;及行所游天下,传令乐人歌弦之"。说明秦时宫廷有音乐供奉。1977年陕西临潼县(今西安市临潼区)秦始皇墓附近出土秦代编钟,上面刻有秦篆"乐府"二字①。这就为王应麟的怀疑提供了最直接的实物证据,证明至迟在秦代就已经有了乐府。

汉承秦制,汉代的乐府机关是从秦代沿袭下来的。从唐代杜佑《通典》的记载中知道,在秦汉时代,掌管音乐的官职有两个,一是太乐,一是乐府,各有分工:太乐掌管传统的祭祀雅乐,归奉常主管;乐府掌管当世民间俗乐,归少府主管。不过,秦代虽然设立乐府官署,但并没有建立采集民间歌谣制度,多演唱前代流传下来的旧曲。所以,真正意义上的乐府诗歌是从汉代开始的,特别是汉武帝在定郊祀之礼的基础上,又采集民间歌谣,揭开了乐府诗史的新篇章。《汉书·礼乐志》:"内有掖庭才人,外有上林乐府。"据此知乐府设在上林苑中。在汉代,乐府诗的最主要特点是入乐。当时从民间采集来的诗歌通常叫作"歌诗",如"吴、楚、汝南歌诗"等,而贵族文人的作品一般只叫"歌",如汉高祖刘邦有《大风歌》,还有汉武帝刘彻有《李夫人歌》等,《汉书·外戚传》:"上思念李夫人不已,方士齐人少翁言能致其神。乃夜张灯烛,设帷帐,陈酒肉,而令上居他帐,遥望好女如李夫人之貌,还幄坐而步。又不得就视,上愈益相思悲感,为作诗曰:

---

① 参见寇效信《秦汉乐府考略》(《陕西师大学报》1978年第1期)和袁仲一《秦代金文、陶文杂考三则》(《考古与文物》1982年第4期)等文。及王辉《秦铜器铭文编年集释》(三秦出版社1990年版)等书。

'是邪,非邪?立而望之,偏何姗姗其来迟!'令乐府诸音家弦歌之。"这些诗歌都曾在乐府机关中合乐,而且又被演唱,所以后来人们把这些歌辞称为"乐府"①。

乐府人员之数,《汉书·礼乐志》记载较详:"是时。郑声尤甚。黄门名倡丙强、景武之属富显于世,贵戚五侯定陵、富平外戚之家淫侈过度,至与人主争女乐。哀帝自为定陶王时疾之,又性不好音,及即位,下诏曰:'惟世俗奢泰文巧,而郑、卫之声兴。夫奢泰则下不孙(逊)而国贫,文巧则趋末背本者众,郑、卫之声兴则淫辟(僻)之化流,而欲黎庶敦朴家给,犹浊其源而求其清流,岂不难哉!孔子不云乎?放郑声,郑声淫。其罢乐府官。郊祭乐及古兵法武乐,在经非郑、卫之乐者,条奏,别属他官。'"该文还详细记载了绥和二年丞相孔光、大司空何武奏定精简乐府人员的史料及具体名单。根据这些材料,再参照台静农《两汉乐府考》②、施蛰存《汉乐府建置考》③、芳婷婷《两汉乐府研究》④可以将乐府构成简列如下:

---

① 其实,这已经是一种转变,即由原来的官署之名变为歌辞通称。魏晋以后,"乐府"又由歌辞通称变为一种诗体的专称,如《宋书·自序》载沈林子著述,除诗赋赞等文体外,别有"乐府"一类。《文选》、《玉台新咏》除诗赋之外,均设"乐府"一门。刘勰《文心雕龙》于《明诗》、《诠赋》外,有《乐府》专篇,明确称"乐府者,声依永,律和声也"。说明魏晋南北朝人仍然从音乐上着眼,用以辨析乐府。就是说,凡是能入乐的,或具有音乐特点的诗篇,均可称之为"乐府"。至唐代,"乐府"概念已渐渐脱离了音乐的特征,而更加注重其内容,有所谓的"新乐府"之称。至于宋元时所说的乐府,则多指词或散曲,如《东坡乐府》等,那离乐府的原来含义相去就更远了。
② 该文作于40年代,收入《静农论文集》,联经出版事业公司1989年版。
③ 该文作于50年代,载《中华文史论丛》1986年第4期。
④ 芳婷婷《两汉乐府研究》,学海出版社1980年版。

乐府令一人:《汉书·百官公卿表》。属于乐府官署行政长官。

乐府丞一人:武帝太初元年增为三人。出处同上。属于行政助理。

乐府音监:成帝时有乐府监景武,见《汉书·张放传》孟康注:"音监,监主乐人也。"

乐府游徼:成帝时,又乐府游徼,见《汉书·张放传》。颜注:"乐府之游徼,名莽。"

协律都尉:武帝以李延年为之,见《汉书·礼乐志》、《李延年传》、《李夫人传》。

郊祭乐人员六十二人:给祠南北郊。按:汉初郊祀无乐。武帝元狩六年立。《史记·封禅书》:"其春,即灭南越,上有嬖臣李延年,以好音见,上善之,下公卿议曰:民间祠,尚有鼓舞乐,今郊祀而无乐,岂称乎?……于是赛南越,祷祠泰一后土,始用乐舞。"

大乐鼓员六人。

嘉至鼓员十人:《补注》引钱大昭:"嘉至乐,章名,迎神庙门所奏。"《汉书·礼乐志》:"高祖时,叔孙通因秦乐人制宗庙乐,大(太)祝迎神于庙门,奏嘉至。犹古降神之乐也。"

邯郸鼓员二人:《汉书·艺文志》有"邯郸河间歌诗四篇"。

骑吹鼓员三人:《宋书·乐志》:"《建初录》云:务成、黄爵、玄云、远期皆骑吹曲,非鼓吹曲。此则列于殿庭者为鼓吹,今之从行鼓吹为骑吹,二曲异也。"(《乐府诗集》卷一六同此)

江南鼓员二人:王先谦云:"《晋志》:凡乐章古词今之存者,并汉世街陌讴谣江南可采莲之属也。吴歌杂曲并出江南。"《上林赋》有所谓"荆吴之声也",或即指此。

淮南鼓员四人:王先谦云:"司马相如传《上林赋》云'淮南干遮。'"《西京赋》所谓"奏淮南,度阳河"之乐。《汉书·艺文志》有

"淮南歌诗四篇"。汉乐府有淮南王篇。

巴俞鼓员三十六人:颜注:"巴,巴人也。俞,俞人也。当高祖初为汉王,得巴俞人,并矫捷善斗,与之定三秦、灭楚,因存其武乐也。巴俞之乐,因此始也。巴即今之巴州,俞即今之渝州。各其本地。"《汉书·西域传》、《华阳国志》并载巴渝舞。《上林赋》郭璞注:"巴西阆中有渝水,獠居其上。皆刚勇好舞。初,高祖募取以平三秦,后使乐府习之,因名巴渝舞也。"

歌鼓员二十四人。

楚严鼓员一人:《汉书·郊祀志》:"雍有……诸布、诸严、诸逐之属,百有余庙。"颜注:"诸布、诸严、诸逐,未闻其义。"施蛰存:"按楚焉或即此'诸严'之一,殆楚之淫祀乎?《汉书·史丹传》:'声中严鼓之节。'李奇注:'庄严之鼓节也。'晋灼曰:'疾击之鼓也。'师古曰:'李说是也。'"陈直《汉书新证》:"楚严谓楚声下急。"

梁皇鼓员四人:施蛰存:"按《周礼》有'黄舞'。郑玄注:'皇舞者,以羽冒覆头上,衣饰翡翠之羽。'又《周礼·地官》曰'舞师……教皇舞,帅而舞旱暵之事'。可知皇舞乃古代民间祈雨之舞,此殆梁之皇舞乐人乎?"

临淮鼓员二十五人:施蛰存:"按临淮,西楚地,武帝元狩六年置郡,后汉明帝永平十五年改为'下邳国',此必置郡时所得乐也。"

兹邡鼓员三人:"按兹邡即什方,属广汉。此蜀乐也。"陈直《汉书新证》:"《史记·楚世家》云:'楚肃王四年,蜀伐楚,取兹方。'《正义》引古今地名云:'荆州松滋县,古鸠兹地,即兹方也是也。'(六国表亦同)当即本文之兹邡。王先谦谓兹邡即汁邡,兹汁双声,其说甚误,且汁邡从无假借作兹邡者。"

——凡鼓十二,员百二十八人,朝贺置酒,陈殿下,应古兵法。跃进按:《资治通鉴》卷三三作"人员百一十八人"。今计各鼓员为一百三十人。

外郊祭员十三人。

诸族乐人兼《云招》给祠南郊用六十七人：施蛰存：《后汉书·祭祀志》云："迎气五郊之兆，自永平中以礼谶及月令有五郊、迎气服色，因采元始中故事，兆五郊于洛阳四方。中兆在未。坛皆三尺，阶无等。立春之日，迎春于东郊，祭青帝句芒。车旗服饰皆青。歌青阳、八佾，舞云翘之舞。……立夏之日，迎夏于南郊，祭赤帝祝融。车旗服饰皆赤。歌朱明、八佾，舞云翘之舞。……"注引魏缪袭曰："汉有云翘、育命之舞，不知所出。旧以祀天，今可兼以云翘祀圜丘，以育命祀方泽。"师古注曰："招，读与翘同。"

兼给事雅乐用四人：《汉书·礼乐志》："汉兴，乐家有制氏，以雅乐声律世世在太乐官，但能纪其铿锵鼓舞，而不能言其义。"服虔注："鲁人也。"又《艺文志》曰："六国之君，魏文侯最为好古。孝文时，得其乐人窦公，献其书，乃《周官·礼宗伯》之《大司乐》章也。武帝时，河间献王好儒，与毛生等共采《周官》及诸子言乐事者，以作《乐记》。献八佾之舞，与制氏不相远。"据此，则此盖制氏、窦公、河间献王所造乐也。

夜诵员五人：《汉书·礼乐志》曰："武帝……乃立乐府，采诗夜诵，有赵代秦楚之讴。"师古注曰"夜诵者，其言辞或秘，不可宣露，故于夜中歌诵也"。周寿昌《汉书注校补》曰："颜注迂阔可笑……是朝廷置官，夜则诵选诗之合于雅乐者。夜静诵之，令人主导德遏淫也。……又《食货志》曰：孟春之月，群居者将散，行人振木铎于路以采诗。是采诗夜诵，即采其夜诵之诗也。此亦可备一说。"施按："颜说诚迂阔，周说持两端，亦恐未谛。武帝不好雅乐，未必欲以赵代秦楚之讴合于雅乐。'采其夜诵之诗'，更不可通。《周礼》大司农'以乐语教国子，兴道、讽、诵、言、语'。可知讽与诵有别。郑玄注曰：'以声节之曰诵。'此说是矣。盖以所采诸诗,于夜间合之于乐耳。"其实施说也未必可信,《补注》引钱大昭考证:"夜诵,官名,员五人。古宫掖之掖,亦作夜。因诵于宫掖之中,故谓之夜诵。下文云,内有掖庭才人,外有上林乐府皆以郑声施于朝廷是也。后汉马廖传愿置章坐(座)侧以当瞽人夜诵之音。章怀注亦误。"

刚别枊员二人:颜注:"刚及别柎,皆鼓名也。"施曰:"按《隋书·音乐志》曰:'杠鼓一曲十二变,与金钲同。夜警用一曲。次奏大鼓。'又唐《开元礼义》曰:'杠鼓,小鼓也。鼓上有盖,常先作之,艺引大鼓。'别枊,别字亦未详。枊,当作柎,《周礼·春官·大师》:'大祭祀帅瞽登歌令奏击柎。'郑玄注曰:'柎形如古,以韦为之,著之以糠。'《史记·乐书》张守节《正义》曰:'柎者,皮为之,以糠实如革囊也。用手柎之鼓也。……若欲令堂上作乐,则抚柎堂上,乐工闻抚柎,乃弦歌也。若欲令堂下作乐,则击鼓堂下,乐工闻鼓,乃吹管播乐也。'"跃进按:"给《盛德》"三字,施文连在"枊员二人"之后,并注:盛德,舞名也。

给《盛德》主调箎员二人:颜注:"箎以竹为之。七孔,亦笛之类也。"施文:《隋书·音乐志》曰:雅乐合二十器……竹之属三……二曰箎。刘昭《续汉书·律历志》曰:元和元年,待诏候钟律殷肜上言:官无晓六十律以准调音者,故待诏严崇具以准法教子男宣。宣通习,愿召宣补学官主调乐器。

听工以律知日冬、夏至一人:协四时之乐。施文:谓听工所守之事。刘昭《续汉书·律历志》:天子常以日冬夏至御前殿,合八能之士,陈八音,听乐均,度晷景,候钟律,权土灰,放阴阳。冬至阳气应则均清。……夏至阴气应则乐均浊。韦昭国语注曰:均者,均钟,木长七尺,有弦系之,以均钟者,度钟大小清浊也。汉大予乐有之。跃进按:《资治通鉴》卷三三作"听工以日知律冬夏至一人"。

钟工、磬工、箫工员各一人,仆射二人主领诸乐人:皆不可罢。

竽工员三人:一人可罢。

琴工员五人:三人可罢。

柱工员二人:一人可罢。颜注:柱工,主筝瑟之柱者。

绳弦工员六人:四人可罢。颜注:弦,琴瑟之弦。绳,言主纠合作之也。施文:据此则绳弦即张弦也。

郑四会员六十二人:一人给事雅乐,六十一人可罢。施文:宋玉《高唐赋》:纤条悲鸣,声似竽籁。清浊相和,武变四会。李善注曰四会,四悬俱会也。又云与四夷之乐声相会也。按汉《郊祀歌》第十二章《景星》句云:'杂变并会,雅声远姚,空桑琴瑟结信成,四兴递代八风生。'臣瓒注曰:舞者四悬代奏也。善注第一说殆本此。

张瑟员八人:七人可罢。施文:《吕览·先已》:琴瑟不张。注曰:张,施也。

《安世乐》鼓员二十人:十九人可罢。安世乐,惠帝二年更此名。

沛吹鼓员十二人:高帝十二年过沛作歌。

族歌鼓员二十七人:施文:族歌之义未详,或宗族歌诗,如"临江王歌诗"及"诏赐中山靖王子哙及孺子妾未央材人歌诗"之类。又,族有丛杂之义,或"泰一杂甘泉寿宫歌诗","杂各有主名歌诗"及"杂歌诗"之类,以上并见《汉书·艺文志》。

陈吹鼓员十三人。

商乐鼓员十四人。施文:《乐记》曰:商者,武帝之遗声也。商人志之,故曰商。宋玉《笛赋》:吟清商,追流徵。按:商乐,即清商也。汉相和歌辞有平调、清调、瑟调,谓之清商三调。

东海鼓员十六人。施文:《汉书·地理志》东海郡,高帝置。《西京杂记》曰东海人黄公,少时为术,能制蛇御虎,佩赤金刀,以绛缯束发,立兴云雾,坐成山河。及衰老,气力羸惫,饮酒过度,不能复行其术。秦末,又白虎见于东海,黄公乃以赤金刀往厌之,术既不行。遂为虎所杀。三辅人俗,用以为戏,汉帝亦取以为角抵之戏焉。按:此所谓东海鼓员,殆皆角抵杂伎乐人。

长乐鼓员十三人。施文:《汉书·高帝纪》:六年,治长乐宫。《三辅黄图》云:长乐宫,本秦之兴乐宫也。高皇帝始居栎阳,七年,长乐宫成,徙居长安城。……汉太后常居之。陈直《汉书新证》:"长乐宫有钟室,见《韩信传》,盖有部分音乐,故设鼓员。"

缦乐鼓员十三人。颜注:缦乐,杂乐也。

——凡鼓八,员百二十八人,朝贺置酒,陈前殿房中,不应经法。跃进按:演奏乐器人员。

治竽员五人。

楚鼓员六人。

常从倡三十人。

常从象人四人。孟康曰:象人,若今戏虾鱼师子者也。韦昭曰:著假面者也。《补注》引沈钦韩:"《御览》引梁元帝《纂要》:'鱼龙曼延复有象人。'则非戏虾鱼师子者矣。《通典》窟礧子亦云:'魁礧子(即傀儡之戏)作偶人以戏,善歌舞。本丧家乐也。汉末始用之于嘉会。'观此则不始汉末。周昌寿曰:象人盖楚优孟著衣冠为孙叔敖之比。如孟说象物非象人矣。先谦曰:沈周说并通。"

诏随常从倡十六人。陈直《汉书新证》:"倡属于黄门令,上文有常随倡三十人,此加诏随二字,盖巡幸时之随从。"

秦倡员二十九人。

秦倡象人员三人。

诏随秦倡一人。

雅大人员九人。

——朝贺置酒为乐。跃进按:总计一百零三人,演奏地方乐器。

楚四会员十七人。

巴四会员十二人。

铫四会员十二人。李奇曰：疑是鼗。韦昭曰：铫，国名，音繇。颜注：韦说是也。铫音姚。陈直《汉书新证》："铫疑跳字假借。说文：跳，蹶也。为舞蹈之乐，前后所叙皆为国名之乐，此为变例。"

齐四会员十九人。

蔡讴员三人。施文：此《上林赋》所谓"巴渝宋蔡"之声也。《楚辞》曰："吴俞蔡讴，奏习容裔。"古乐府有"蔡歌行"。

齐讴员六人。施文：《汉书·艺文志》有"齐郑歌诗四篇"，古乐府有"齐讴行"，曹植《妾薄相行》曰"齐讴楚舞纷纷"。

竽、瑟、钟、磬员五人。

——皆郑声，可罢。跃进按：总计七十四人。

师学百四十二人：其七十二人，给大官挏马酒，其七十人可罢。师学殆即乐师与学徒之称，类似唐代教坊。陈直《汉书新证》："师学为学徒之乐人，大官主造酒，挏马主治马乳。"跃进按：《资治通鉴》卷三三作"师学百四十四人。……其七十二人可罢"。李奇注："以马乳为酒，挏撞乃成。"

——大凡八百二十九人，其三百八十八人不可罢，可领属大乐，其四百四十一人不应经法，或郑、卫之声，皆可罢。奏可。

这是汉哀帝绥和二年的乐府记录。事实上，此前乐府已经一再精简。《汉书·宣帝纪》本始"四年春正月，诏曰：'盖闻农者兴德之本也，今岁不登，已遣使者振贷困乏。其令太官损膳省宰，乐府减乐人，使归就农业。丞相以下至都官令、丞上书入谷，输长安仓，助贷贫民。民以车船载谷入关者，得毋用传。'"《汉书·宣帝纪》黄龙元年元帝即位后的"六月，以民疾疫，令大官损膳，减乐府员，省苑马，以振困乏"。即便如此，成帝时依然壮观。成帝时桓谭为乐府令，自云"昔余在孝成帝时为乐府令,凡所典领倡优伎乐,盖有千人"。在哀帝绥和二年,丞相孔光、大司空何武才下决心奏减乐府。《汉书·哀帝纪》绥和二年六月,诏曰:"郑声淫而乱乐,圣王所放,其罢乐府。"居延汉简有"丞相、大司空奏可省减罢条",当即此事。

第二节　乐府的收集、分类及整理

汉代是乐府诗的源头。不过,由于年代久远,汉乐府散佚情况非常严重,现存的也就是四五十首。而且就这几十首,古人在把它们编辑起来时,由于分类的需要,常常把它们分在各处,如果不对其分类有所了解,查找起来就会感到困难。

乐府诗的分类,种类很多。可以根据作者来分,因乐府中有民间作者,有贵族文人,也有配乐制辞的音乐家。问题是,乐府诗的作者大多失传,且有名字的作家也很难归类,有些作家出身贵族,既是文人,又是音乐家,所以单靠作者分类难度较大。还可以从体制上来分,有首创者,有模拟者,但他们的界限也难划定。就首创而言,通晓音律而创制新曲的固然有,但更多的是加入新声而修改旧曲,或依旧曲而创制新辞。就模拟而言,有袭用曲调而拟古,有依标题而拟古,情形非一,很难一概而论。还可以从声辞上来分,有因声而作歌者,如魏晋多是借汉乐府古曲以造新诗,被之管弦;有因歌而造声者,如"吴声西曲"始为"徒歌"(指不入乐的诗),既而以之入乐;还有一类,即有声有辞者,等等,均难以划分。

上述分类,历代学者都有尝试,但总是不很理想。所以人们多所不取,而按乐曲的性质进行分类,基本上为多数学者所认可接受。

唐代吴兢《乐府古题要解》说早在汉明帝刘庄时代就"定乐有四

品"。可是四品之名,他仅录了最后一种,其余均阙。据《隋书·音乐志》记载,"汉明帝时,乐有四品",其名称是:

(一)大予乐:郊庙上陵之所用。

(二)雅颂乐:辟雍飨射之所用。

(三)黄门鼓吹乐:天子宴群臣之所用。

(四)短箫铙歌乐:军中之所用。

这四种名称是否就是汉明帝时"乐有四品"之名,现在已经不能确切地知道了。不过,这种分类与《宋书·乐志》所记载的东汉蔡邕的分类大体相近:

(一)郊庙神灵。

(二)天子享宴。

(三)大射辟雍。

(四)短箫铙歌。

除第四种名称相同外,其余三种名称有异,但是所用相近是可以推知的。

《晋书·乐志》分为六类:

(一)五方之乐。

(二)宗庙之乐。

(三)社稷之乐。

(四)辟雍之乐。

(五)黄门之乐。

(六)短箫之乐。

前两类近似于《隋书·音乐志》中的"大予乐",第三、四类同于"雅颂乐"。所以,其分类虽细,但是内容上并没有多大的变化,而且没有把民间歌曲包括在内。

唐代吴兢《乐府古题要解》分为八类,把民间乐歌区分开来:

(一)相和歌:汉代街陌讴谣。

(二)拂舞歌:多江北乐曲。

(三)白纻歌:吴地(今苏南)音乐。

(四)铙歌:军乐。

(五)横吹曲:军乐。

(六)清商曲:南朝旧乐。

(七)杂题。

(八)琴曲:多出《琴操》等书。

宋代郑樵编《通志·乐略》将乐府分为五大类:正声、遗声、祀飨正声、祀飨别声、文武舞。每大类以下又分若干类,总计五十三类,学者们多以为烦琐而不取。

郭茂倩《乐府诗集》分为十二类,为后来多数学者所认可:

(一)郊庙歌辞:用以祀天地、太庙、明堂、藉田、社稷。

(二)燕射歌辞:用在宴会上以饮食之礼亲宗族,以宾射之礼亲故旧,以飨宴之礼亲四方宾客。

(三)鼓吹曲辞:是用短箫铙鼓的军乐。

(四)横吹曲辞:是用鼓角在马上吹奏的军乐。

(五)相和歌辞:是用丝竹相和,都属汉时的街陌讴谣。

(六)清商曲辞:源于相和三调(平调、清调、瑟调),其辞多是古辞及曹魏三祖所作。江南吴歌、西曲,总称清商乐。

(七)舞曲歌辞:有雅舞,用于郊庙、朝飨;有杂舞,用于宴会。

(八)琴曲歌辞:有五曲、九引、十二操等。

(九)杂曲歌辞:内容有写心志、抒情思、叙宴游、发怨愤、言征战行役等。

(十)近代曲辞:也属杂曲,因为是隋唐的杂曲,故称近代。

(十一)杂歌谣辞:徒歌、谣、谶、谚语。

(十二)新乐府辞:是唐代新歌,辞拟乐府而未配乐。

这部书是目前所见收集乐府诗最权威的著作。我们所说的汉代乐府诗歌的精华,大都收录在"相和歌辞"、"杂曲歌辞"和"鼓吹曲辞"中,而贵族文人之作主要见于"郊庙歌辞"中。此外,"杂歌谣辞"中也收录了不少汉代民歌,因为未能入乐,所以,很多学者认为这类乐府诗,与民歌有较大的距离。

作者郭茂倩,正史无传,故生平事迹不详。据《直斋书录解题》等材料考证,郭茂倩的生活年代大致与《通志》作者郑樵同时,或稍前。《乐府诗集》一百卷,总括历代乐府,上起陶唐,下迄五代,此书最大的特点是齐全,而且编排较为合理。诚如《四库全书总目提要》所说:"每题以古词居前,拟作居后,是同一曲调,而诸格毕备,不相沿袭,可以药剽窃形似之失,其古辞多前列本词,后列入乐所改,得以考见孰为侧,孰为趋,孰为艳,孰为增字减字。其声词合写,又可训诂者,亦皆题下注明,尤可以药摹拟聱牙之弊。"此书另外一个重要特点是作者对每类乐府诗写了题解。他的题解,"征引浩博,援据精审,宋以来考乐府者,无能出其范围"(同上)。这种题解不仅给后人提供丰富的原始材料,而且其中征引的书籍如《古今乐录》等多已失传,更成为校勘辑佚的渊薮。当然此书依然存在着这样或那样的缺点,比如分类上的问题,标准不统一,有些类别过于牵强,有些类别似收过滥,而且后代拟作收录过多,有喧宾夺主之嫌。但是这些毕竟大醇小疵而已。

本书有宋元刊本,历来以汲古阁本为优,因为它以宋刊本为依据,后来清代翻刻本和《四部丛刊》影印本,大多以此为底本。文学古籍刊印社影印过一个宋刊残本,所缺卷帙,用元刊和旧钞补配。1979年北京中华书局出版了校点本,吸取汲古阁和文学古籍刊行社影印宋本的优点,又校以别集总集等,虽然还有不少讹误,但依然是目前最易获读的本子。

元代左克明《古乐府》十卷是继郭茂倩之后另一重要的乐府诗总集。此书只录唐以前古乐府,分为八类:古歌谣、鼓吹曲、横吹曲、相和曲、清商曲、舞曲、琴曲、杂曲。而于郊庙、燕射歌辞则摒而不录,其缘由见其自序:"首以古歌谣辞者,贵其发乎自然也。终以杂曲者,著其渐流于新声也。"说明其文学旨趣重在新声,对堂庙的雅乐不甚感兴趣。《四库全书总目提要》称此书"所重在于古题古辞,而变体拟作,则去取颇慎"。因省览较便,此书颇为后人所重视。中国社会科学院文学研究所藏有元刊本较为珍贵。

明人所编乐府诗歌总集,其资料、编排大体不出郭、左二家范围,偶有拾遗补阙。梅鼎祚《古乐苑》五十二卷大体因循郭书,略有增补。收录范围则从左克明书,止于隋代,对郭书之近代曲辞、新乐府两类不收,仅存十类,末两卷却增出仙歌曲辞、鬼歌曲辞两类,殊为不伦。徐献忠《乐府原》十五卷分房中曲安世乐、汉郊祀歌、汉铙歌、横吹曲、相和歌、清商曲、杂曲、近代曲八类,于各曲调题目,均有所考释,但多漫为臆说。

清人所编乐府诗选,多重注释考证,学风较为严谨,如朱嘉徵《乐府广序》三十卷,分为三大类,以相和歌辞、杂曲歌辞为"风";以鼓吹、横吹、汉雅舞为"雅",魏雅舞、汉魏杂舞为"变雅";以郊庙歌辞为"颂",最后附以歌诗(即杂歌谣辞)、琴曲两类。以《诗经》体例分乐府为"风、雅、颂"三大类,且仿诗序之例,每篇各为小序以明其旨意,未免失之拘泥。但此书在注释方面,除小序解题之外,时复采录诸家评论文字,又有"集考"一项,专释词句,足资参考。顾有孝《乐府英华》十卷,分为十类,除杂歌谣、新乐府两类不录外,悉依《乐府诗集》,对于乐府体制无所考订,于字句间作注释,尤重文辞的评论,多采钟惺、谭元春《诗归》之论,纤巧空泛。

上述著作，均为四库全书所收录，《提要》中评论其得失利弊，分析详明。总的来看，宋元收录精详，因为所见原始材料多，而明清人则缺乏这种优势，故所编创获不多。值得注意的是《四库全书》以后的朱乾《乐府正义》。全书十五卷，分郊庙、燕射、鼓吹、横吹、相和、清商、舞曲、杂曲、歌谣等九类，取汉魏六朝乐府详为注释，除注释词句外，尤注意诗中事实、背景及作者身世的考订。作者学识渊博，凡所考订，援引繁复，议论翔实。如论汉铙歌《上陵》等为汉宣帝时作，言而有据。类似这样的例子殊多。总之，在明清诸多乐府选本中，王运熙先生认为此书"当推为材料最丰富、见解最突出之著作"①。

近现代乐府诗歌汇辑注释之作较多，以黄节《汉魏乐府风笺》、余冠英《乐府诗选》及在此基础上由曹道衡重新编订的《乐府诗选》最具有代表性。

黄书初版于1924年，北京大学出版社排印，1958年人民文学出版社再版，凡十五卷。卷一至卷七为汉风相和歌辞，卷八至卷一三为魏风相和歌辞，卷一四为汉风杂曲歌辞，卷一五为魏风杂曲歌辞。另有补遗，总计一百五十六首。以乐府古辞为主，另外还收录有辛延年《羽林郎》到嵇康等十余位文人模拟民歌的作品。诗题下均有解题，详述源流。笺注部分，见于《文选》的取李善注而又有补正，此外又引五臣及《玉台新咏》吴兆宜注、《古诗笺》闻人倓注。音释部分，根据古韵相通的原理来分析每诗的用韵，引证颇为详确。诗末援引古今各家评论，用以帮助读者加深对诗的理解。书名"风笺"，因"兹篇所采，皆汉魏乐府风诗，故曰风笺"。

余书1954年由人民文学出版社出版，分五个部分：（一）汉魏乐府古辞，选录鼓吹铙歌、相和歌、杂曲歌三类；（二）南朝乐府民歌，选

---

① 王运熙《乐府诗述论》，上海古籍出版社1996年版。

录吴声歌、神弦歌、西曲歌、杂曲四类;(三)北朝乐府民歌,选录鼓角横吹曲;(四)附录一:汉至隋歌谣;(五)附录二:汉魏晋宋乐府中的文人作品。注释简明易晓,先释字句,后述诗意,关于本事或背景的说明、作者的介绍等附在后边,是近几十年影响最大的乐府选注本。

曹书 2000 年由人民文学出版社出版,分为六个部分:(一)汉魏西晋郊庙乐曲及民歌;(二)汉魏西晋文人乐府诗;(三)东晋南朝乐府民歌;(四)东晋南朝文人乐府诗;(五)北朝乐府民歌;(六)北朝文人乐府诗。从比较中可以看出,本书超出余著的两个特点:第一,对于"郊庙歌辞"酌情选录。因为这些歌辞在艺术上多少有它的某些特色,同时在体裁上也多少显示了后来七言诗形成的雏形,对于读者了解诗歌形式的发展有一定的帮助。第二,注重于各个时代文人乐府诗的选录,因此,扩大了容量,使读者能够更加清晰地把握汉魏六朝乐府诗歌发生、发展和演变的轮廓。其注释简明扼要,颇便初学。

第三节　乐府诗研究论著举要

《琴操》二卷,旧题蔡邕撰。吴兢《乐府古题要解》称:"《琴操》纪事,好与本传相违,今两存者,以广异闻也。"说明此书好采怪异之说,但也多可以与古书相互发明,佐证经传。《隋书·经籍志》著录《琴操》为晋广陵相孔衍撰。《崇文总目》、《中兴书目》并以属之孔衍。《新唐书·艺文志》又有桓谭《琴操》二卷,阮元《四库未收书目提要》以为桓谭未闻撰《琴操》,而传注所引及今《读画斋丛书》所传本皆属蔡邕。刘师培《琴操补释序》称:"蔡氏于经治今文,尤精鲁诗,其所诠引,多今文经说。"并以此书为蔡邕撰。马瑞辰为平津馆《琴操》作序认为《琴操》乃出自蔡邕《叙乐》中,就像桓谭《琴道》原本系《新论》中的一篇一样。他说:《北堂书钞》引蔡邕《琴赋》言"仲尼思归",即《将归操》也。"梁公悲吟",即楚高梁子《霹雳引》也。"周公越裳",即《越裳操》也。"白鹤东翔",即《别鹤操》也。"樊姬遗叹",即《列女引》也。与夫《鹿鸣》三章,楚曲《明光》,俱与《琴操》合,"则《琴操》为中郎所撰信有征矣"。该书分上下卷。上卷述古琴曲、十二操、九引。其中,古琴曲有歌诗五曲:一曰《鹿鸣》,二曰《伐檀》,三曰《驺虞》,四曰《鹊巢》,五曰《白驹》。其十二操为:一曰《将归操》,二曰《猗兰操》,三曰《龟山操》,四曰《越裳操》,五曰《拘幽操》,六曰《岐山操》,七曰《履霜操》,八曰《雉朝飞操》,九曰《别鹤操》,十曰《残形操》,十一曰《水仙操》,十二曰《怀陵操》。又有九引:一曰《列女引》,二曰《伯姬引》,三曰《贞女引》,四曰《思归引》,五曰《辟历引》,六曰《走马引》,七曰《箜篌引》,八曰《琴引》,九曰《楚引》。其名与《乐府诗集》卷五九琴曲歌辞题解相合。下卷为《河间杂歌》二十一章,具体曲名如下:《箕山操》、《周太伯》、《文王受命》、《文王思士》、《思亲操》、《周金縢》、《仪凤歌》、《龙蛇歌》、《芑(杞)梁妻歌》、《崔子渡河操》、《楚明光》、《信立退怨歌》、《曾子归耕》、《梁山操》、《谏不违歌》、《庄周独处吟》、《孔子厄》、《三士穷》、《聂政刺韩王曲》、《霍将军歌》、《怨旷思惟歌》。此外,《处女吟》、《流澌咽》(阙)、《双燕离》(阙)等有名无实。实际上共二十四曲。逯钦立以为除引《诗经》外,其余"皆两汉琴家拟作",故"一律编入两汉歌辞"。关于《琴操》的辑录情况,孙启治、陈建华《古佚书辑本目录》有较为清晰的叙述:"今存《琴操》旧本二卷,为惠栋钞本,不详所自。其文与诸书所引多合,阮元收入《宛委别藏》中。其后《读画斋丛书》等所刊者即此本。并附《补遗》三节,乃采自《艺文类聚》、《文选》李善注,不知何人所辑。孙星衍校本即据《读画斋丛书》本,并于《补遗》增辑佚文四节,采自《北堂书钞》及《类聚》。黄奭又据孙本《补遗》增补,从《水经·淇水》注等采得三节,又于原辑'宁戚饭牛'一节增补八字。王仁俊所辑有二,收入《玉函山房辑佚书续编》者仅从《书钞》采得一节,已见于孙本《补遗》;收入《经籍佚文》者则从《水经·漯水》注、《古诗源》注各采得一节,则出诸家所采之外。王谟未见旧本,从唐宋类书及《乐府诗集》等辑成一卷,并依《隋志》题为孔衍撰。按王所采皆未出旧本之范围。杜文澜仅从《古诗源》转录一节而已。"①众多辑本中,以孙星衍《平津馆丛书》本为最优。

《古今乐录》十三卷,陈释智匠撰。叙录郊庙、燕射、恺乐、相和、清商、舞曲、琴曲等曲辞以至乐律、乐器等。论相和部分多引晋荀勖《荀氏录》、刘宋张永《元嘉正声伎录》、萧齐王僧虔《大明三年宴乐伎录》中有关曲调类别、体制及流传的记载,极有参考价值。郭茂倩编《乐府诗集》,对于汉魏六朝乐府诗的编纂,主要依据的就是这部著作。此书最早著录于《隋书·经籍志》:"《古今乐录》十二卷,陈沙门智匠撰。"新旧《唐书》、《宋史》著录十三卷。《玉海》卷一○五"音乐"载:"唐《中兴书目》:《古今乐录》十三卷,陈光大二年僧智匠撰,起汉迄陈。后周王朴上疏曰:宣示《古今乐录》。"后周王朴上疏见《资治通鉴》卷二九四,足见此书在唐、五代、两宋时期影响之大。20世纪30年代,朱谦之著《中国音乐文学史》,其中第五章"论乐府"中说《玉台新咏》"本意在度曲",其说甚是。因此,《古今乐录》和《玉台新咏》的关系就很值得探讨。可惜这方面的论述尚属空白。朱先生说《古今乐录》"失传,现有马国翰《玉函山房辑佚书》,可惜不全,我很望有人出来重辑,因为这是一部研究两晋六朝乐府顶重要的参考书"。其实,马国翰辑本很不全,因为摘录《古今乐录》最多的《乐府诗集》,马氏竟失之眉睫。相比较而言,王谟《汉魏遗书钞》的辑录比

---

① 孙启治、陈建华《古佚书辑本目录》,中华书局1997年版。

较详尽。序称:"此书宋时尚存,宋人郭茂倩所编《乐府诗集》大率据此书及吴兢《乐府解题》为多。而此书又多引张永、王僧虔二家《伎录》。今并钞出。郭氏《乐府》百三十二条,《御览》十三条,《初学记》七条,《书钞》、《白帖》各一条,《事类赋》注六条,《后汉书》注一条。"马国翰所采间亦有溢出王辑之外者,如《太平御览》引"晋宋已后歌曲"一条,《文选》注引"鸡鸣高树颠,古辞"一条,《路史》注引"大琴二十七弦"一条,均王辑所无。又辑《后汉书》注引"横吹,胡乐也"一则,其文较王谟辑自《玉海》所引者详备。其序称:"信都芳候气及隋文帝问律气于牛弘二节,《隋书·历志》取之。都昙答腊鼓,大周正乐本之。其书见重于当时,从可知矣。"此外,黄氏《汉学堂丛书》也有辑本,但未超出王辑范围。在前人基础上,刘跃进又重新辑补,收入《玉台新咏研究》一书中仅供参考。有些条目,如马国翰津津乐道的"信都芳候气"和"隋文帝问律气于牛弘"两条辑自《太平御览》,并明确注明出自《古今乐录》。但是这里恐怕有些问题,为此也做了一些存疑的工作。

《乐府古题要解》二卷,唐吴兢撰,采集史传及百家文集中有关乐府古题命名缘起的记载,分相和歌、拂舞歌、白纻歌、铙歌、横吹曲、清商曲、杂题、琴曲等,各列曲题,每题大致说明其起源、古辞内容及后人拟作等。每类下又有总说,颇为详核,是研究汉魏乐府诗歌极重要的文献。《郡斋读书志》称:"《古乐府》十卷,并《乐府古题要解》二卷,右唐吴兢纂。杂采汉魏以来古乐府辞,凡十卷。又于传记泊诸家文集中采乐府所起本义,以释解古题云。"《古乐府》十卷已佚,而《乐府古题要解》引文尚存。《四库全书总目提要》怀疑今传已非原书,是元人掇拾《乐府诗集》引文而成,因卷末载诸杂体诗与乐府不同类,"其为掇拾以足两卷之数,灼然可知矣"。王运熙先生根据唐王睿《炙谷子杂录·序乐府篇》引此书,认为内容与今本相同,"《提要》之说不足凭信"。"此书每类各有总说,但琴曲类后自《长门怨》起至《六府》止,尚有数十题,无总说,而王睿引《解题》文则有总说,又建除、风人诗两条,为今本所无,是提要之说虽不必确,但今本已有阙失,乃属无疑之事矣。"①此书有《津逮秘书》、《学津讨源》本,而《历代诗话续编》本最易获读。

宋、元、明、清对于乐府诗作综合研究似乎并不很重视,有价值的存世不多。20世纪以来,平民文学日益受到重视,对乐府诗作综合研究也成为时代的必然要求。就披览所及,较为著名的有下列几种:

《乐府古辞考》,陆侃如著,商务印书馆1926年出版。我们知道,《乐府诗集》在编排上有一些不足,譬如:(一)虽以类相从,但属于侧调的《伤歌行》误入杂曲,属于舞曲的《石城乐》、《乌夜啼》误入清商。(二)虽先载古辞,而《上留田行》、《猛虎行》虽存古辞,却首列曹丕拟作,而以古辞作注。《公无渡河》入《箜篌引》注中。(三)乐府本协律,却误入多篇不入乐的诗,又有伪托之作亦收入。(四)古乐府亡者不能据此书考见。(五)宋后七百年研究成果不能反映。有鉴于此,陆先生编成此书,以订补《乐府诗集》的不足。全书分为八篇:首列引言,解释乐府定义,将其分为创制、模拟、入乐、不入乐四种,本书所论仅限于创制和入乐两种。以下七篇依次考订郊庙歌、燕射歌、舞曲、鼓吹曲、横吹曲、相和歌、清商曲,均为唐前作品。其考证的方法是,征引古今诸说,间以按语方式表示作者意见及异说,每类歌辞考订讫,附以总表,注明各曲调存佚情况,便于检索。

《乐府文学史》,罗根泽著,北平文化学社1931年出版。作者拟编中国文学史类编,按体裁分歌谣、乐府、词、戏曲、小说、诗赋、骈散文等。此书即其中一种。分六章:首章论述乐府诗的义界、类别;次

---

① 王运熙《乐府诗述论》,上海古籍出版社1996年版。

章论述两汉乐府,以《房中歌》、《郊祀歌》、《铙歌》及乐府古辞为重点;中间三章依次论述魏晋南北朝隋唐乐府,其中隋唐两代乐府论述最详;最后是结论。本书的最大特点是注重文学背景研究。作者认为,政治经济文化背景不同,各个时代的文学便呈现出不同的风貌。就乐府而言,汉乐府重在社会问题,魏代则浸入颓丧的人生观意味。在20世纪30年代,这样的议论可以认为是难得的见解。

《汉魏六朝乐府文学史》,萧涤非著,中国文化服务社1944年出版,人民文学出版社1984年再版。这是作者在清华研究院毕业论文基础上修改而成的专著。全书共六编,除绪论外,其余五编分述两汉、魏(附吴)、晋、南朝、北朝(附隋)的乐府诗歌。就其研究方法而言,大体以社会历史的研究方法为主,对于乐府的发展以及各期乐府文学所具有的特色,著者总是从当时社会的政治、经济、文化和风俗方面寻找动力和原因,对具体作品的阐释,也一定多方钩稽,详考诗歌本事,既以史证诗,又以诗证史。其中比较值得注意的是对乐府诗内容的阐释,钩稽史实,相互印证。如第一编叙论详考乐府诗的起源与先秦乐教的关系、乐府诗的产生及其沿革、乐府诗的界说及分类、乐府诗与五言诗兴起的关系、乐府诗变迁的趋势等,要言不烦。又如第二编论两汉乐府,分贵族乐府、民间乐府和文人乐府三大类别,线索清晰。

《乐府通论》,王易著,中国文化服务社1946年出版。分述原、明流、辨体、征辞、斠律五篇。其中"述原"主要论述两汉乐府的起源、乐府的建立。"明流"将乐府沿革分为四个时期:汉至晋,国乐为主,夷乐为辅;东晋至陈,国乐夷乐相长;隋至唐,夷乐为主,国乐为辅;五代以下,夷夏混流,习久不辨。所谓夷乐,即《周礼·春官》"鞮鞻氏掌四夷之乐与其声歌",亦即少数民族及异域内渐的音乐。"辨体"将乐府诗分为十类:郊庙、燕射、舞乐、恺乐、横吹曲、相和曲、清商曲、琴曲、近代曲、新题乐府诗。"征辞"以为乐府系《诗经》的胤嗣,其辞大体分为三类:"祀鬼神"为颂之遗;"述功德"为雅之遗;"存旧俗"为风之遗。"斠律"非指音乐,而是《周礼》中十二音律及后人的阐述,用以推究六代之乐律,最后又以中乐和西乐作了比较,认为燕乐、西乐实出一源,同出印度,故"征十二律当求之西乐"。此书时时结合音乐来论述乐府诗,是其一大特点。

《乐府诗论丛》,王运熙著,古典文学出版社1958年出版。收录十篇论文:《汉魏两晋南北朝乐府官署沿革考略》、《汉武帝始立乐府说》、《清乐考略》、《说黄门鼓吹乐》、《汉代鼓吹曲考》、《杂舞曲辞杂考》、《汉代的俗乐和民歌》、《论〈孔雀东南飞〉的产生时代、思想、艺术及其问题》、《南北朝乐府中的民歌》、《汉魏六朝乐府诗研究书目提要》。又附录《七言诗形式的发展和完成》。这些论文论述了乐府官署的起始与沿革,考证了乐府某些曲调、歌辞的演变、乐府与民歌的关系等,收集了大量原始资料,考订相当细致,研究汉魏乐府,不能不详加参考。此外,王先生还有《六朝乐府与民歌》,因不属本题范围,不再赘述。这两部著作代表了当今研究乐府的最高水平。上海古籍出版社将这两部书连同作者后来撰写的有关论文汇编为《乐府诗述论》,1996年出版。

《汉乐府研究》,张永鑫著,江苏古籍出版社1992年出版。分为四编:第一编,乐府考源,论述乐府的起源和演变;第二编,汉乐府的音乐性,论述汉乐府中诗歌与乐舞的结合以及汉乐府中的"秦声"和"楚声";第三编,汉乐府的分类和编集,论述《铙歌》、《郊祀歌》以及后世的分类整理研究;第四编,汉乐府的特质,主要分析汉乐府的思想性和艺术性及其历史地位。

《汉乐府小论》,姚大业著,百花文艺出版社1984年出版。该书实际是一部乐府诗选,但是在书前有三篇论文,即《西汉"乐府"官署在我国文学史中的地位和作用》、《汉郊庙歌考论》、《东汉的音乐官署与民歌》。其后是《汉乐府民歌集评》,选录了《战城南》等四十四首乐府民歌,并在每一首诗后附录历代评论资料,便于参考。

第四节　乐府诗研究的焦点问题

汉乐府诗诚如萧涤非所论,可以分为贵族乐府、民间乐府和文人乐府三类。其中,贵族与文人乐府又可以合并,即分成无名氏与有名氏两大类别。这些作品均已收录在《乐府诗集》中。其中,无名氏创作主要见诸"相和曲辞"、"杂曲歌辞"和"鼓吹曲辞"中,而有名氏的创作主要见诸"郊庙歌辞"中。此外,"杂歌谣辞"也收录不少汉代民歌,因为未能入乐,所以多数学者认为不能列入严格意义的乐府诗系列中。再说,这类作品后世争论也不是很大,故可以略而不论。

一、郊庙歌辞

(一)《郊祀歌》十九章二十首

《乐府诗集》云:"郊祀者,《易》所谓先王以作乐崇德,殷荐上帝也。"是用以祀天地神祇的郊乐。其作者,《汉书·礼乐志》称:"初,高祖既定天下,过沛,与故人父老相乐,醉酒欢哀,作'风起'之诗,令沛中僮儿百二十人习而歌之。至孝惠时,以沛宫为原庙,皆令歌儿习吹以相和,常以百二十人为员。文、景之间,礼官肄业而已。至武帝定郊祀之礼,祠太一于甘泉,就乾位也;祭后土于汾阴,泽中方丘也。乃立乐府,采诗夜诵,有赵、代、秦、楚之讴。以李延年为协律都尉,多举司马相如等数十人造为诗赋,略论律吕,以合八音之调,作十九章之歌。"又《汉书·李延年传》:"延年善歌,为新变声。是时,上方兴天地诸祠,欲造乐,令司马相如等作诗颂,延年辄承意弦歌所造诗,为之新声曲。"由是知作者非一。其年代,《太一之歌》成于汉武帝刘彻元狩三年(前120)。歌见《史记·乐书》,系年见《资治通鉴》卷一九,并称:"是岁,得神马于渥洼水中,上方立乐府,使司马相如等造为诗赋,以宦者李延年为协律都尉,佩二千石印,弦次初诗以合八音之调。诗多尔雅之文,通一经之士不能独知其辞,必集会五经家相与共讲习读之,乃能通知其意。及得神马,次以为歌。汲黯曰:'凡王者作乐,上以承祖宗,下以化兆民。今陛下得马,诗以为歌,协于宗庙,先帝百姓岂能知其音邪?'上默然不说(悦)。"《考异》曰:"《史记·乐书》:'武帝作十九章歌,常以正月上辛幸祠太乙、甘泉,使僮男、僮女七十人俱歌。又尝得神马渥洼水中,复次以为《太一之歌》。后伐太(大)宛得千里马,次以为歌。中尉汲黯进曰:陛下得马诗以为歌云云。丞相公孙弘曰:黯诽谤圣制,当族。'……按《天马歌》,本志云'元狩三年,马生渥洼水中作'。《武纪》云:'元鼎四年秋,马生渥洼水中。五年十一月,立泰畤于甘泉。太初四年,贰师获汗血马,作《西极天马歌》。'公孙弘以元狩二年薨,汲黯以元狩三年免右内史,五年为淮阳太守。元鼎五年卒。又黯未尝为中尉。或者马生渥洼水作歌在元狩三年,汲黯为右内史而讥之,言当族者非公孙弘也。虽未立泰畤,或以歌之于郊庙,其十九章之歌当时未能尽备也。"可见这组诗是作于不同时期。

(二)《安世房中歌》十七首

《汉书·礼乐志》记载说:"汉兴,乐家有制氏,以雅乐声律世世在大乐官,但能纪其铿锵鼓舞,而不能言其义。高祖时,叔孙通因秦乐人制宗庙乐。大(太)祝迎神于庙门,奏《嘉至》,犹古降神之乐也。皇帝入庙门,奏《永至》,以为行步之节,犹古《采荠》、《肆夏》也。乾豆上,奏《登歌》,独上歌,不以管弦乱人声,欲在位者遍闻之,犹古《清庙》之歌也。《登歌》再终,下奏《休成》之乐,美神明既飨也。皇帝就酒东厢,坐定,奏《永安》之乐,美礼已成也。又有《房中祠乐》,

高祖唐山夫人所作也。周有《房中乐》,至秦名曰《寿人》。凡乐,乐其所生,礼不忘本。高祖乐楚声,故《房中乐》楚声也。孝惠二年,使乐府令夏侯宽备其箫管,更名曰《安世乐》。"郑文《汉诗研究·朝廷乐歌》:"考唐山夫人作《安世房中歌》的时间,在高帝六年到十年之间。这时天下初定,就需要说,创作时间在六七年间的可能性最大。"作者以为这组诗"本来出自《楚辞》与楚歌,也就是本来是楚调,由于兮字被删,使得它的句式与大雅或小雅的四言相类似,而和楚辞不同,其实这只是一种假象。《安世房中歌》的句式既出自楚辞和楚歌,因而联想到它的内容也可能因袭楚地之传而来。《郊祀歌·天地》说'千童罗舞成八佾,合好效欢虞太一。《九歌》毕奏斐然殊,鸣琴竽瑟会轩朱'。这里所奏的《九歌》,正是《楚辞》的《九歌》,《楚辞·九歌》在武帝时这样奏用,那在高帝时也应这样奏用。如将'合好效欢虞太一'与《九歌·东皇太一》联系来看,不但《安世房中歌》的首章与《东皇太一》的光景逼肖,而且泰一就是太一。至于《安世房中歌》的第二章与《云中君》、《湘君》、《湘夫人》、《大司命》、《少司命》……诸篇的气氛也类似。它的第六章的'飞龙秋,游上天',第十一章的'乘玄四龙,回驰北行,羽旌殷盛,芬哉芒芒'与《九歌》所描绘的神灵往来也相仿佛。也许这些都是偶然的现象罢,但从中可以看出楚地祀神乐章对《安世房中歌》的影响"①。

(三)关于这两组诗的笺注

清人李因笃《汉诗音注·汉诗评》十卷,费锡璜、沈用济合著《汉诗说》十卷,陈本礼《汉诗统笺》三卷、朱乾《乐府正义》十五卷等,均有或详或略的笺注。此外,曲滢生《汉代乐府笺注》首列《郊祀歌》、《房中歌》,以为"中国文学恒重庙堂歌颂而轻于民间吟咏。故《安世

---

① 郑文《汉诗研究》,甘肃民族出版社1994年版。

房中乐》、《郊祀歌》立著录于《汉志》"。其见解当然正确,但是注解部分多本于朱乾、陈本礼,发明不多。20世纪的研究一反传统,重视民间乐歌,而对这些庙堂之音多摒弃不顾,各家《乐府诗选》多不登录。唯有郑文先生《汉诗选笺》对这两组诗有过较详细的笺注,上海古籍出版社1986年出版。

二、鼓吹曲辞

今存《铙歌》十八篇,历来解说不一。

(一)释名

《宋书·乐志》引蔡邕"汉乐四品"说:"黄门鼓吹,天子所以晏群臣。其《短箫铙歌》,军乐也。"沈约以为:"鼓吹,盖《短箫铙歌》。"郑樵《通志·乐略》因之:"按汉晋谓之《短箫铙歌》,南北朝谓之《鼓吹曲》。"

郭茂倩不以为然。他认为"《黄门鼓吹》、《短箫铙歌》与《横吹曲》得通名《鼓吹》,但所用异尔"。其根据有三:第一,《晋中兴书》曰:"汉武帝时,南越加置交趾、九真、日南、合浦、南海、郁林、苍梧七郡,皆假鼓吹。"第二,《东观汉记》云:"建武中,班超拜长史,假鼓吹、麾幢。"则《短箫铙歌》汉时已名《鼓吹》,不自魏晋始也。第三,《古今注》曰:"汉乐有《黄门鼓吹》,天子所以宴群臣也。《短箫铙歌》,《鼓吹》之一章尔,亦以赐有功诸侯。"

马端临则怀疑《鼓吹》与《铙歌》即为二曲,两不相同。《文献通考·乐考》说:"《鼓吹》与《铙歌》自是二乐,其用亦殊,然蔡邕言鼓吹者,盖《短箫铙歌》,而俱以为军乐,则似汉人已合而为一。但《短箫铙歌》,汉有其乐章,魏晋以来因之,大概皆叙述颂美时主之功德。而《鼓吹》则魏晋以来,以给赐臣下,上自王公,下至牙门督将皆有之,且以为葬仪。盖《铙歌》上同乎国家之雅颂,而《鼓吹》下侪于臣下之卤簿。非为所用尊卑悬绝,而俱不以为军中之乐矣。"

(二) 施用

《宋书·乐志》引蔡邕之说,以为《短箫铙歌》为军乐,后世学者多有因之者,直到近代夏敬观作《汉短箫铙歌注》、当代萧亢达《汉代乐舞百戏艺术研究》并主军乐说。如萧著说:"黄门鼓吹是包括了武乐,而《短箫铙歌》也是一种武乐。""正因为《短箫铙歌》是军乐,是鼓吹乐的一部分,以后在史籍中也常径直称为'鼓吹'。"①但是历来也有截然相反的意见。上引马端临之说就"不以为军中之乐"。清人庄述祖也称:"《短箫铙歌》之为军乐,特其声耳,其辞不必皆序战阵之事。"萧涤非《汉魏六朝乐府文学史》也认为"旧云军乐,实不尽然"。郑文《汉书研究》又据缪袭、韦昭拟作不全是军乐,认为《短箫铙歌》不全是军乐。

(三) 注释

《铙歌》诸曲名,见《晋书·乐志》:"汉时有短箫铙歌之乐,其曲有《朱鹭》、《思悲翁》、《艾如张》、《上之回》、《雍离》、《战城南》、《巫山高》、《上陵》、《将进酒》、《君马黄》、《芳树》、《有所思》、《雉子班》、《圣人出》、《上邪》、《临高台》、《远如期》、《石留》、《务成》、《玄云》、《黄爵行》、《钓竿》等曲,列于鼓吹,多序战阵之事。"而《宋书·乐志》引《建初录》以为《务成》、《黄爵》、《玄云》、《远如期》皆骑吹曲,非鼓吹曲。知此时骑吹、鼓吹已经混而为一。《宋书》所载十八曲,今并存,素以难读著称,连博雅如沈约也自叹不解。历来注释的较多,主要有:

《汉铙歌发》,明董说撰,收入《四库全书》。《提要》称:"是书取汉《铙歌》十八章,反复解说,首论大意,次论韵,次论音。其论韵则有伏,有进退,有同摄,有同母同入。论音本《周礼》三宫之说,按宫商角

---

① 萧亢达《汉代乐舞百戏艺术研究》,文物出版社1991年版。

徵羽，篇分章位，章分句位，立说殊为创辟。然沈约尝言汉铙歌大字为词，细字为声，后来声词合写，不复可辨，遂无文义可寻。（董）说不知声词合写之源，而强为索解，已迷宗旨。至铙歌乃鼓吹之曲，但奏其音，而不歌其词，故十八章或韵或不韵，亦犹风雅皆有韵，或颂不尽韵止。（董）说一概强为叶读，非惟不知古音，亦并不知乐府体裁矣。"尽管有如许弊端，但前人专释汉《铙歌》之专著，似以此书为嚆矢。

《汉短箫铙歌曲句解》，清庄述祖撰。有《珍艺宧遗书》本。此书是作者为幼子所作的训蒙读物，释义求详，故名句解。如对《有所思》、《上邪》等诗，解为男女情歌，不比附忠君爱国的迂论，见解较新。但牵强附会的解释也所在多有。

《铙歌笺》，陈本礼撰。收在《汉诗统笺》中，多引《古今注》、《宋书·乐志》等古书材料而施以己意，疏解典实。序称："汉诗难读，而《郊祀》、《铙歌》尤难读。"实为甘苦之言。

《汉铙歌十八曲集解》一卷，谭仪撰，《灵鹣阁丛书》本。本于张琦《古诗录》、庄述祖《句解》、陈沆《诗比兴笺》而略断己意，大抵较为平实。

《汉铙歌释文笺正》，王先谦撰，有原刻本。此书在清代最晚出而内容最详备。每曲解题后列原作，其文字校勘，古音叶读即注于正文之下。歌辞后首为释文，通释全篇大意；次笺正，采录或驳正旧说，申述己意；最后附录为自魏至明代的拟作。

《汉短箫铙歌注》，夏敬观撰，商务印书馆1932年出版。作者对声韵素有研究，故十八曲古韵通协处的解释有参考价值。但作者坚持认为汉世铙歌不名鼓吹，纯是王师大捷大献所奏之恺乐，故十八曲歌词内容，专以扬德、建武、劝士、讽敌为主旨，由此而加以解释，学者多以为附会。

《乐府诗笺》，闻一多撰，收在《闻一多全集》。作者长于训诂，于字义诠释、诗意阐发颇多独到之处。

《汉鼓吹铙歌十八曲别解》，徐仁甫撰，收在《古诗别解》，凡三十四则，就各诗中之具体字词别出新解，较见思致。

《汉诗选笺》，郑文撰。其中《铙歌》选录十一首而加以笺释，较为平实，便于初学。每诗后又有评说，提纲挈领，阐释背景材料及诗歌大意。上海古籍出版社1986年出版。

三、相和歌辞

《宋书·乐志》："相和，汉旧曲也，丝竹更相和，执节者歌。""凡乐章古词，今之存者，并汉世街陌谣讴，《江南可采莲》、《乌生十五子》、《白头吟》之属是也。"据《乐府诗集》记载，原本"一部，魏明帝分为二，更递夜宿。本十七种，朱生、宋识、列和等复合之为十三曲"。又引张永《元嘉伎录》云："相和有十五曲，二曲无辞。"则为十三曲，见《宋书·乐志》著录：《气出》、《精列》、《江南》、《度关山》、《东光乎》、《十五》、《薤露》、《蒿里》、《对酒》、《鸡鸣》、《乌生八九子》、《平陵》、《陌上桑》。此十三曲，沈约时代已经失去其五，仅余八曲。此外，相和曲中还有吟叹曲、四弦曲、平调、清调、瑟调、楚调等类，这些曲名，见载于《古今乐录》。此外，《乐府诗集》也收录许多作品，其中标明汉代旧作约三十余首。争议较多的是下列诸问题。

（一）相和三调

《乐府诗集》中的《相和歌辞》一类，包括有魏晋所奏"清商曲"。梁启超《中国之美文及其历史》认为郭茂倩承袭郑樵之误，"把'清商'与'相和'混为一谈，均于'相和歌'三十曲以外，复列相和平调、清调、瑟调、楚调四种，而'清商'则仅列七曲，附三十三曲，皆南朝新歌，一若汉魏只有'相和'别无'清商'者。殊不知惟清商为有清、平、瑟三调（楚调是别出的，是否为清商未可知）。而相和则未闻有之"。陆侃如、冯沅君先生《中国诗史》本之。黄节先生则提出异议，以为"三调中有相和也"。因为汉代"清商曲"久已不传，魏晋清商曲中包含"相和歌"十一曲。所以郑樵仅录南朝乐府民歌。朱自清先生又撰文与黄节商榷,以为"清商与三调可以分言,自汉已然。盖清商固不限三调也"。王运熙先生《清商考略》又补充了黄节的观点,以为相和歌包括相和曲、吟叹曲、清商三调、楚调曲等,故《隋书·经籍志》有《三调相和歌辞》五卷,而郑樵未尝错误,错误的倒是梁启超自己。逯钦立先生《相和歌曲调考》也持同样观点:"清商三调仍然属于相和歌,清商三调是相和歌的变体。"曹道衡先生则承梁启超之说,认为清商三调和相和歌并非一事,根据《宋书·乐志》、张永《元嘉正声伎录》、陈释智匠《古今乐录》等记载,三国魏时,两组并非一种乐曲,在演奏时所用乐器似乎也不大一样。《宋书·乐志》说相和"丝竹更相和,执末节者歌",只用管乐、弦乐伴奏,至于清商似乎除管弦外,还可用种磬来伴奏①。

(二)《陌上桑》

此诗最早著录于《宋书·乐志》,题为《艳歌罗敷行》,属于大曲类。原注:"三解,前有艳词曲,后有趋。"据《乐府诗集》卷五六引《古今乐录》解说,艳是乐曲的序曲,趋附于曲后,相当于今之尾声,解为乐歌段落。《玉台新咏》收录此诗,题《日出东南隅行》,《乐府诗集》题《陌上桑》。

其本事最早见载于《古今注》:"《陌上桑》者,出秦氏女子。秦氏,邯郸人,有女名罗敷,为邑人千乘王仁妻。王仁后为赵王家令,罗敷出采桑于陌上,赵王登台,见而悦之,因置酒欲夺焉,罗敷乃弹筝,乃作《陌上歌》以自明,赵王乃止。"吴兢《乐府古题要解》引此说后又按曰:"案其歌辞,称罗敷采桑陌上,为使君所邀,罗敷盛夸其夫为侍

---

① 曹道衡《〈相和歌〉和〈清商三调〉》,收在《中古文学史论文集》,中华书局 1986年版。

中郎以拒之，与旧说不同。"郑樵《通志·乐典》又云："古辞《陌上桑》有二，此则为罗敷也……另有《秋胡行》，其事与此不同。以其亦名《陌上桑》，致后人差互相说，如王筠《陌上桑》云：秋胡始停马，罗敷未满筐。盖合为一事也。"秋胡故事见刘向《列女传》，两个故事在当时本不相同，但王筠将此合二为一，所以郑樵说亦有所本。

此诗是否为民间作品，近几十年来争议极大，但《宋书·乐志》、《古今乐录》、《乐府诗集》并云古辞，没有直接标明某人所作。五六十年代，关于此诗的讨论焦点多集中在人民性问题上。《乐府诗研究论文集》所收胡人龙、王季思、任哲维、彭梅盛等人文章集中讨论如何评价罗敷及其丈夫的形象问题。王文根据"东方千余骑"考证说明罗敷丈夫是历史上抵御外来侵略的英雄，在历史上起了进步作用，因而肯定此诗具有"人民性内容"；任文则用"不能让资产阶级思想向我们进攻了"为题，将学术问题上升为政治问题，批判王文"用胡适派实用主义的思想方法"和"主观唯心的趣味主义"以及"大汉族主义的狭隘民族观点"歪曲此诗。近十余年的讨论开始摒弃了这种简单粗暴的方法，集中谈艺术性问题。不过，较少涉及本事和评价。

(三)《妇病行》

《妇病行》是汉乐府中的名篇，描写贫人妻死后幼儿生活的惨状。充分表现了汉乐府诗"缘事而发"的特点。不过，对于这首诗的理解是有分歧的，而且分歧很大。关键是如何标点，影响到理解和评价。通行本是这样断句的：

妇病连年累岁，传呼丈人前一言。当言未及言，不知泪下一何翩翩。"属累君两三孤子，莫我儿饥且寒；有过慎莫笪笞，行当折摇，思复念之！"

乱曰：抱时无衣，襦复无里。闭户塞牖，舍孤儿到市。道逢亲交,泣坐不能起。从乞求与孤买饵。对交啼泣,泪不可止。
"我欲不伤悲不能已。"探怀中钱持授交。入门见孤儿,啼索其母
抱。徘徊空舍中。"行复尔耳。"弃置勿复道。

　　诗的层次很清晰:前半部分,描写一个妇人多年患病,自知不起,
便传呼她的丈夫(丈人)到跟前,临终托孤。大意是说,我把这两三个
孤儿托付给你,千万不要使我的孩子挨饿受冻,有了过失也不要责打
他们。前半部分没有什么异议。值得我们注意的是从"乱曰"而起的
后半部分。照目前的理解,这位父亲把孩子留在家里,到市上买东
西,路逢亲交请求他代自己买食品,于是,这位父亲的从怀中掏出钱
来给亲友,自己回到空空荡荡的家中,看见孩子们正在哭闹着要找妈
妈抱。父亲无可奈何,只得徘徊空舍,喟然长叹。根据这种理解,本
诗的倾向性当然是显而易见的:它描写了一个病妇死后,留下她的丈
夫和孤儿继续在死亡的边缘苦苦挣扎的悲惨生涯。这种理解,乍看
起来很有道理,但是,稍微细心的读者不难从这种理解中发现不少疑
惑:第一,从整篇诗的结构来看,前半部分是写病妇沉痛托孤,百般放
心不下,故反复叮咛。垂绝之词,伤心刺骨。此外,起四句写这个妇
人重病已久,但是她的丈夫却不在身边,想留下遗嘱,必须"传乎"方
至,未言先已下泪,心情之沉痛可以想见。诗人用了这么细致的笔触
描写了病妇临终前的一言一行,已隐约交代出作为丈夫和父亲的男
人平素不顾妻子儿女的寡情态度,应当是为下文进一步展开所设下
的伏笔。但是目前这种标点,"丈人"在妻子死后,细心照顾遗孤,致
使上下文的描写无所承接。第二,从整首诗的意象来看,"我欲不伤
悲不能已",似不是父亲的语气,而应是一个旁观者的语气。"道逢亲
交,泣坐不能起"也不像成年男子的举止,而应是一个儿童的举止。
第三,"从乞求与孤买饵",现在都认为这是父亲见到亲交后泣啼不

止,乞求他能为孤儿买些食品,因为没有钱,故有"从乞"之举;但是下文又写"探怀中钱持授交",似乎怀中又生出钱来。"舍孤儿到市",现在都认为这是父亲暂时离开孩子,到市上买东西,奇怪的是,既来了,为什么自己不买东西,反而却要托"亲交"代买? 早在40年代,萧涤非先生《汉魏六朝乐府文学史》有另外一种句读:

> 乱曰:抱时无衣,襦复无里。闭门塞牖舍。孤儿到市,道逢亲交,泣坐不能起。从乞求与孤买饵。对交啼泣,泪不可止。"我欲不伤悲不能已。"探怀中钱持授。交入门,见孤儿啼索其母抱。徘徊空舍中:"行复尔耳,弃置勿复道。"

如此句读有胜于一般说法之处。关键是"舍"和"交"字的不同标点。"舍"字可以作离开讲,也可以作房舍讲。后半部分所写的,不是父亲离开孤儿到市上买东西,而是孤儿离开空舍到市上乞讨食物。根据上文"两三孤子"来看,到市上的应是年龄大的孤儿,道逢亲交,泣不成声,乞求亲交能买些食物给他们充饥。"探怀中钱"的应是亲交,而不是父亲。是"持授"给孤儿,而不是给亲交自己。因此,这句诗应是这样的意思:亲交听完孤儿的泣诉后,给了孤儿些钱,又陪着孤儿来到空舍。进门见到幼孤啼索其母抱,因而感慨不已。在诗的后半部分中,这位父亲根本就没有露面,仅有亲交与孤儿的对话及其来到空舍后的所见所感。通过这样的描写,诗人强烈地表达了对孤儿的同情,也明显流露出了对孤儿父亲的谴责态度。这样,孤儿的父亲显然就不是一个被同情的人物了,相反,却是一个漠然不顾孤儿凄苦的被谴责、被批判的对象。当然,照后一种理解,诗的思想意义似乎不及前一种来得深刻,因为前者是对社会的批判,而后者仅仅是对"丈人"的批判。但实际上,这种题材,却常见于汉魏诗歌中。汉乐府

《孤儿行》写兄嫂嫉恨孤弟,阮瑀《驾出北郭门行》写后母憎恨前夫子,都相当深刻地反映了当时较为严重的社会问题。当然,这种断句也有扞格不通之处,如"舍"上属,译成白话"关闭门窗房屋","舍"字多余。且"牖舍"连读似不多见。因此,两种标点似都可并存。

四、杂曲歌辞

《乐府诗集》曰:"杂曲者,历代有之,或心志之所存,或情思之所感,或宴游欢乐之所发,或忧愁愤怨之所兴,或叙离别悲伤之怀,或言征战行役之苦,或缘于佛老,或出于夷虏,兼收备载,故总谓之杂曲。"

在这一类中争论比较多的是辛延年的《羽林郎》。此诗最早见于《玉台新咏》,作者身世不详。朱乾《乐府正义》疑此诗为讽刺窦宪、窦景兄弟而作,"盖托往事以讽今也"。1955年俞平伯撰文,认为"贻我青铜镜"四句是评价此诗的关键,因为它提出"贵贱"的分别,并说到"不相逾",自有凛然难犯之意,因此"诗人的立场可以说是接近人民的"。1954年卞慧又就此四句作出新解:"一是不负丈夫,二是贵贱的界限不相逾越,含有阶级敌意。"随后,就此诗学术界展开了较为正常的学术讨论,俞平伯、卞慧分别撰写了《再说乐府诗的〈羽林郎〉》、《关于〈羽林郎〉的解释》继续阐述自己的观点。但是不久,柳虞慧《〈羽林郎〉解释中的资产阶级唯心论的训诂》、葛楚英《对于〈再说乐府诗的羽林郎〉的意见》、萧涤非《评俞平伯在汉乐府〈羽林郎〉解说中的错误立场》等文,就已结合批判俞平伯先生《红楼梦研究》而上升为政治批判。如萧文结尾:"让我们以'不惜红罗裂'的毫不妥协的姿态来对资产阶级思想进行斗争。"火药味十足,与他早年研究乐府《羽林郎》的态度全然不同。这些争论文章多已收集到作家出版社编《乐府诗研究论文集》中。

第四章 秦汉诗歌研究文献

第一节 秦汉诗歌的著录

秦汉诗歌内容比较庞杂。如果从形式方面着眼,可以分楚歌、乐府诗、五言诗、七言诗四种类型。汉代诗歌的精华在乐府诗。对此,我们在上一章已经有所论列。这一章,我们主要论述楚歌及五、七言诗。所谓楚歌,《史记·留侯世家》载刘邦对戚夫人说:"为我楚舞,我为若楚歌。"所唱即四言《鸿鹄歌》,非楚辞体。可见,楚歌即楚地传唱的歌诗。用宋人黄伯思《东观余论》的话说就是"书楚语,作楚声,名楚物,记楚事"者,均可称之为楚歌,形式上似不固定。而在先秦,楚歌最典型的代表当然就是以屈原为代表的《楚辞》。从这里可以看出楚歌在形式上的特点,即句式比较自由,多有"兮"字。这类作品,除《楚辞》之外,还有《孟子·离娄》里面记载的《孺子歌》(又叫《沧浪歌》):"沧浪之水清兮,可以濯我缨;沧浪之水浊兮,可以濯我足。"此外还有《说苑·善说》记载的《越人歌》等,都是楚歌的典型代表。这种形式到了楚汉之际达到顶峰,因为刘邦、项羽均为楚人,所以,他们均喜欢楚歌。项羽的绝唱是流传千古的《垓下歌》。其慷慨悲凉之调,就是千载以下,仍然令闻之者扼腕悲叹。八年以后,公元前194年,汉高祖刘邦平定黥布后还都,路过沛地故乡,衣锦还乡,在酒酣耳热之际,击筑自唱《大风歌》。全诗虽只二十三字,而志气慷慨,规模宏远,凛然已有四百年基业之霸气。从这两首诗就可以看出,汉初诗坛,主要是被楚地歌声所笼罩。从刘邦的儿子赵王刘友,到雄才大略的汉武帝,无不演唱楚歌。今存《瓠子歌》二首、《李夫人歌》等,均是清一色的楚歌。不仅帝王皇室好作楚歌,就是武将大臣也熟悉楚调。李陵与苏武身陷匈奴,汉朝请求放还,匈奴允许苏武归汉。苏武将行,李陵置酒饯别:"异域之人,一别长绝。"因起舞而唱楚歌:"径万里兮度沙漠,为君将兮奋匈奴。路穷绝兮矢刃摧,士众灭兮名已隤。老母已死,虽欲报恩将安归?"随着汉武帝恢复采诗制度,一些民间诗歌被收集到宫廷中来,其中有不少是五言句式,影响日益扩大,而楚歌的影响则越来越小,到后来,五言诗竟取代了楚歌而成为诗坛的主流。但是,这已经是在汉朝建国一百多年以后的事了。关于五言和七言诗的情况,我们在下两节还要分头论述。这里,我们先关注一下秦汉诗歌的著录情况。《汉书·艺文志》著录歌诗二十八家,三百一十四篇,它们是:

《高祖歌诗》二篇。按:王应麟《汉书艺文志考证》以为即《大风歌》和《鸿鹄歌》。

《泰一杂甘泉寿宫歌诗》十四篇。

《宗庙歌诗》五篇。王先谦《汉书补注》以为"合上十四篇为十九章,见《礼乐志·郊祀歌》"。

《汉兴以来兵所诛灭歌诗》十四篇。王先谦《汉书补注》认为:"疑即汉鼓吹铙歌诸曲也。"

《出行巡狩及游歌诗》十篇。王先谦《汉书补注》认为:"盖武帝《瓠子》、《盛唐》、《枞阳》等歌。汉铙歌《上之回曲》当亦在内。"

《临江王及愁思节士歌诗》四篇。

《李夫人及幸贵人歌诗》三篇。

《诏赐中山靖王子哙及孺子妾冰未央材人歌诗》四篇。陈直《汉书新证》考证说："《景十三王传》，中山靖王有子百二十余人，子哀王昌嗣。靖王支子为侯者共二十人，刘哙独不见于侯表，孺子盖王侯庶妾有号位者之称，冰为孺子之名，未央材人，即才人，为妃嫔之号。此诗作者是未央材人，经汉廷写赐与中山王子哙，及其妾冰，上列二人非作家也。《礼乐志》云'内有掖庭材人，外有上林乐府，皆以郑声施于朝廷'。未央材人当包括在掖庭材人之内。"

《吴楚汝南歌诗》十五篇。王先谦《汉书补注》认为："郭茂倩《乐府诗集》有《鸡鸣歌》。《鸡鸣歌》即汝南歌诗也。"

《燕代讴雁门云中陇西歌诗》九篇。

《邯郸河间歌诗》四篇。沈钦韩《汉书疏证》认为："崔豹《古今注》：《陌上桑》，邯郸女名罗敷作，疑即其辞。《琴操》有《河间杂歌》二十一章。"陈直《汉书新证》说："《急就篇》云：邯郸河间沛巴蜀。以上四字连文，为西汉人之习俗语。"

《齐郑歌诗》四篇。

《淮南歌诗》四篇。

《左冯翊秦歌诗》三篇。

《京兆尹秦歌诗》五篇。

《河东蒲反歌诗》一篇。

《黄门倡车忠等歌诗》一篇。陈直《汉书新证》认为："黄门倡为倡技之巧，车忠为人姓名，与车郎张丰不同。召信臣传，又奏省乐府黄门倡优诸戏，本文简称为黄门倡也，与《礼乐志》称黄门名倡丙强景武之属并同。"《乐府诗集》有《黄门倡歌》一首。

《杂各有主名歌诗》十篇。

《杂歌诗》九篇。按：《乐府诗集》有《杂曲歌辞》。

《洛阳歌诗》四篇。

《河南周歌诗》七篇。

《河南周歌声曲折》七篇。

《周谣歌诗》七十五篇。

《周谣歌诗声曲折》七十五篇。

《诸神歌诗》三篇。

《送迎灵颂歌诗》三篇。

《周歌诗》二篇。

《南郡歌诗》五篇。

以上所列,始于汉代,而秦代诗歌未见此著录。但是在《汉书·艺文志》儒家类著录《羊子》百篇,注:"秦博士。"又名家类有《黄公》四篇,注:"名疵,为秦博士,作歌诗,在秦时歌诗中。"这是仅见著录的秦代的歌诗。这些诗除极少一部分流传下来(如《高祖歌诗》二篇),似乎大多数已经失传。但是,我们注意到,这些多称之为歌的东西,在《史记》、《汉书》、《后汉书》中多有记载。如《汉书·沟洫志》所载《白渠歌》:"田于何所,池阳谷口。郑国在前,白渠起后。举锸为云,决渠为雨。泾水一石,其泥数斗。且溉且粪,长我禾黍。衣食京师,亿万之口。"又《史记·淮南王传》所载《民为淮南王歌》等均是各地民谣。这类作品集中在杜文澜《古谣谚》中,很多都有一定的故事背景,有些可以归入丘燮友先生《两汉故事诗考》[①]中的乐歌故事诗,有些可以归入历史故事诗,还有些可以归入寓言故事诗。但这些不是我们讨论的重点,姑置不论。

---

① 丘燮友《两汉故事诗考》,《庆祝高仲华先生六秩诞辰论文集》,学生书局1968年版。

第二节　五言诗的出现及相关问题

一、五言诗的兴起

汉代五言诗的出现时间问题,目前还有较大的争论。但是,有一点是可以肯定的,即五言古诗的兴起大约是在两汉。在两汉以前,五言古诗很少,《诗经》以四言为主,虽然不时也夹杂着五言;《楚辞》句式参差不齐,与五言古诗的关系似乎更少。当然,楚歌中也有一些近于五言,比如前面所引的《沧浪歌》就是这样。这说明在两汉以前五言古诗已经在民间有所流传,可能很少,而且不十分成熟,所以现存的史籍记载比较稀见。我们看汉初的诗坛,主要还是骚体和四言诗的天下,尤以骚体为主。刘邦有四言的《鸿鹄歌》:"鸿鹄高飞,一举千里。羽翼已成,横绝四海。当可奈何,虽有矰缴,尚安所施。"但是更有名的还是他的《大风歌》,是骚体。这两首诗见于《史记》和《汉书》的记载,所以比较可信。项羽最有名的诗是《垓下歌》,也是骚体。这首诗也见于《史记》和《汉书》,所以没有人怀疑它的真实性。西汉前期,主要都是骚体诗流行于诗坛。而五言古诗唯有一首题为美人虞的《和项王歌》:"汉兵已略地,四面楚歌声。大王意气尽,贱妾何乐生。"作为五言古诗,它可以说已经相当完整。不过,这首诗的真实性不能不叫人怀疑。首先,关于它的最早的著录见于《史记正义》引《楚汉春秋》。虽然《楚汉春秋》系汉初陆贾所著,但是这条材料,很多学者表示怀疑,因为《史记·项羽本纪》只是记载项羽为歌,"歌数阕,美人和之"。未载其词。《史记正义》为唐人所著,所见《楚汉春秋》是否可靠,是要打个问号的。其次,从现存的汉初诗歌来看,这种比较完整的五言诗也确为罕见。比如《汉书·外戚传》载戚夫人

《春歌》:"子为王,母为虏,终日舂薄暮,常与死为伍。相去三千里,当谁使告汝?"虽然杂有五言句式,但不是完整的五言诗。而戚夫人与美人虞大体同时。到了汉武帝时代,有李延年所作的一首诗近于五言古诗:"北方有佳人,绝世而独立。一顾倾人城,再顾倾人国。不知倾城与倾国,佳人难再得。"而李延年的时代距美人虞已经比较远了,这时还没有完整的五言诗,美人虞的时代怎么可能会超前出现呢?所以我们说美人虞的这首诗不大可信。五言古诗的逐渐兴盛,实际是从汉武帝立乐府、广泛采集民歌之后开始的。被吸入乐府的民歌本来就是比较优秀的,又被乐工加工润色,可以说锦上添花,加之借助于音乐的力量,它的影响也就更加广泛了。文人们模仿这些民歌,大量写作五言诗,便将五言古诗的发展推向一个更新的阶段。从现存的汉代文人五言古诗看来,班固的《咏史诗》大约可以算是最早的一首。写汉文帝时孝女缇萦为赎父刑请求没身为婢的故事。这首诗只是如实地叙述事实,缺乏形象性,所以钟嵘《诗品》评为"质木无文"。说明文人运用这一新的诗体还不够成熟。此后,张衡有《同声歌》、秦嘉有《赠妇诗》、赵壹有《疾邪诗》等,艺术技巧日益提高,艺术形式逐渐趋于定型。此外,还有盛传一时的所谓"苏李"诗,其艺术技巧也相当成熟。而真正代表汉代文人五言古诗最高成就的是收在《文选》中题为"古诗十九首"的一组诗。它的作者已不可考,其写作年代亦难确知。学术界一般认为这组诗大约出现在东汉末年。它的出现,标志着五言古诗在发展过程中已经走向成熟的阶段,构成了一个独立的抒情体系,被后世誉为"一字千金"、"五言之冠冕也"。

二、"苏、李诗"的真伪

所谓的"苏、李诗",是指《文选》所收旧题苏武诗四首、李陵诗三首。此外《古文苑》又收有李陵诗八首、苏武诗二首。相传是苏武归汉时,李陵与苏武的唱和之作。这些诗历来评价较高,被作为五言古诗的代表。比如李陵《与苏武诗》和苏武诗的第一首分别如下：

良时不再至，离别在须臾。屏营衢路侧，执手野踟蹰。仰视浮云驰，奄忽互相逾。
风波一失所，各在天一隅。长当从此别，且复立斯须。欲因晨风发，送子以贱躯。

骨肉缘枝叶，结交亦相因。四海皆兄弟，谁为行路人。况我连枝树，与子同一身。
昔为鸳与鸯，今为参与辰。昔者常相近，邈若胡与秦。惟念当离别，恩情日以新。
鹿鸣思野草，可以喻嘉宾。我有一樽酒，欲以赠远人。愿子留斟酌，叙此平生亲。

这两首诗均收入《文选》，因而影响久远。钟嵘《诗品》将李陵诗列为上品，以为其源于《楚辞》，"文多凄怨者之流"。不过，这些诗作的时代还存在一些问题。如前所述，在西汉前期，主要还是骚体诗的天下，五言古诗远未定型，而苏、李诗则相当完整，所以难以取信后人。刘宋时的颜延之虽然承认其"有足悲者"，但同时也不能不对其真伪问题表示怀疑。《太平御览》卷五八六引颜延之《庭诰》：

逮李陵众作，杂杂不类，元是假托，非尽陵制。至其善篇，有足悲者。

刘勰《文心雕龙·明诗篇》：

西汉四言，韦孟首唱，匡谏之义，继轨周人。孝武爱文，《柏梁》列韵，严马之徒，属辞无方。至成帝品录，三百余篇，朝章国采，亦云周备。而辞人遗翰，莫见五言，所以李陵、班婕妤见疑于后代也。

苏轼《答刘沔都曹书》：

梁萧统集《文选》，世以为工。以轼观之，拙于文而陋于识者，莫统若也。……李陵苏武赠别长安，而诗有"江汉"之语。及陵与武书，辞句儇浅，正齐梁间小儿所拟作，决非西汉人，而统不悟。

洪迈《容斋随笔》卷一四：

《文选》编李陵苏武诗凡七篇。人多疑"俯观江汉流"之语，以为苏武在长安所作，何为乃及江汉？东坡云："皆后人所拟也。"予观李诗云："独有盈觞酒，与子结绸缪。"盈字正惠帝讳，汉法触讳者有罪，不应陵敢用之。盖知东坡之言可信也。

顾炎武《日知录》卷二三：

唐文宗开成中刻石经，凡高祖、太宗及肃、代、德、顺、宪、穆、敬七宗讳并缺点画。高、中、睿、玄四宗，已祧则不缺。汉时祧庙之制不传，窃意亦当如此，故孝惠讳盈，而《说苑·敬慎篇》引《易》"天道亏盈而益谦"四句，盈字皆作满，在七世之内故也。若李陵诗"独有盈觞酒，与子结绸缪"，枚乘《柳赋》"盈玉缥之清酒",又诗"盈盈一水间",二人皆在武、昭之世而不避讳,又可知其为后人之拟作,而不出于西京矣。

钱大昕《十驾斋养新录》卷一六:

> 荀子《成相》、荆轲《送别》,其七言之始乎?至汉而《大风》、《瓠子》见于帝制。《柏梁》联句,一时称盛。而五言靡闻。……要之,此体之兴,必不在景武之世。观《汉书·李陵传》置酒起舞作歌,初非五言,则知河梁唱和,出于后人依托,不待"盈觞"之语触犯汉讳始决其作伪也。

梁章钜《文选旁证》引翁方纲语:

> 自昔相传苏李河梁赠别之诗,苏武四章,李陵三章,皆载《昭明文选》。然《文选》题云:苏子卿诗四首,不言与陵别也。李诗则明题曰:李少卿《与苏武诗》三首。而其中有"携手上河梁"之语,所以后人相传为苏李河梁赠别之作。今即以此三诗论之,皆与苏李当时情事不切。史载陵与武别,陵起舞歌"径万里兮"五句,此当日真诗也,何尝有"携手上河梁"之事。即以河梁一首言之,其曰:"安知非日月,弦望自有时。"此谓离别之后,或尚可冀其会合耳。不思武既南归,即无再北之理,而陵云:"丈夫不能再辱。"亦自知决无还汉之期。此则"日月"、"弦望"为虚词矣。又云:"嘉会难再遇,三载为千秋。"苏李二子之留匈奴,皆在天汉初年,其相别则在始元五年,是二子同居者十八九年之久矣,安得仅云"三载嘉会"乎?就此三首,其题明为与苏武者,而语意尚不合如此,况苏四诗之全不与李相涉乎?

当然仅仅依据所谓避讳问题还不足以证明苏、李诗系后人误题，因为"盈"字，汉世也有不避者。如扬雄《解嘲》"观雷观火，为盈为溢"即是一例。唐人作诗亦有不避讳者，如杜甫《北征》"猛虎立我前"，白居易"唯歌生民病"，等等。但是，问题显然并不仅仅如此。近现代学者又从多方面考订，认为苏李诗当系误题，可成定论。随之而来的问题是，这组诗出现在什么年代呢？

逯钦立先生《汉诗别录》中列举了四个方面的例证，说明苏李诗系东汉灵帝、献帝时的作品：其一，诗中有"山海隔中州，相去悠且长"。其中，"中州"一语，西汉文章中极罕言之，到东汉后期渐渐习用，指中原地区。其二，"清言振东宁，良时著西厢"二句已经涉及清言，实始于汉末。其三，诗中所述习俗，多与汉末相合。其四，东汉末期，人伦臧否风气盛行，矫情戾志，互相标榜，品目杂沓，诗中所写多近此风。

梁启超、马雍则以为成于曹魏时代。李陵诗早在东汉以前即已流行，而苏武诗当出现在魏晋时代。《诗品》叙述中有"子卿双凫"一语，似指苏武之"双凫俱北飞"一首，但钟嵘此文历举曹植至谢惠连十二家，都以年代为先后，"子卿双凫"句在阮籍《咏怀诗》句之下、嵇康《双鸾》句之上，则子卿当为魏人，非汉代苏武。梁启超怀疑魏代别有一字子卿者，今所传苏武六首皆其所作，自后人以诸诗全归苏武，连其人的姓名亦不传。马雍《苏李诗制作时代考》将苏李诗与自汉迄晋诸作相比，寻求"通用之字，常遣之词，皆作之句，同有之境"，又具体考订了诗中称呼的变化证明此说。建安诗中间有称"子"，但多数称"君"。汉乐府及称为古诗的五言亦如此。今存苏李诗除了"愿君崇令德"外，其余之称，皆作"子"。今考建安时代称"子"者凡四见，及太和、正始年间，称"子"渐多，已取代"君"字。阮德如《答嵇康》诗中凡八称"子",苏李诗当晚不过此。阮氏生卒年无考,但必与嵇康同时,推想此诗之作当在正始(240~249)初年。由此而推,苏李诗当成于公元 240 年左右,为曹魏后期作品①。

郑文《论李陵与苏武三首诗的假托》②认为这组诗是西晋末到东晋初年的淹留北方的士人所作。借他人之酒杯浇自己块垒。还有的说是东晋以后江南士人所作。不过这种意见古直早就有所辩驳:"使果出于东晋以后,则至早亦延年同时之作耳。延年博学之士,冠绝江左,何以同时之作,不能分别,而归其名李陵邪?且东晋以后,声律暂启,群趋新丽,俪采百字之偶,争价一句之奇,其时工于拟古者,无过谢灵运、鲍照、刘铄,今持其诗与《文选》李诗相较,则去之不啻天渊矣。使苏、李出于东晋以后,试问谁能操此笔也?"但是此说仍不能服人,百字之偶云云,是指其人本色之作,而并非指拟古诗。陆机、谢灵运、江淹的拟古诗,逼肖原作,难说有天渊之别。

在汉魏六朝诗歌发展史上,这组所谓"苏、李诗"曾产生过很大的影响,但是其真伪问题也困惑了无数博学之士,时至今日,也没有讨论出个所以然来。章培恒、刘骏《关于李陵〈与苏武诗〉及〈答苏武书〉的真伪问题》一反历代成说,认为不仅诗是李陵所作,就连答苏武书也是李陵的作品③。此说欲翻旧案,但未提供新的论据。而这个问题,凡是研究汉魏六朝诗歌又无法绕过,所以也只能一遍又一遍地旧话重提,激发人们探索的兴趣。

---

① 马雍《苏李诗制作时代考》,商务印书馆 1941 年版。
② 郑文《汉诗研究》,甘肃民族出版社 1994 年版。
③ 章培恒、刘骏《关于李陵〈与苏武诗〉及〈答苏武书〉的真伪问题》,《复旦学报》1998 年第 2 期。

三、《古诗十九首》的年代

这组诗最早收入《文选》,题无名氏古诗。《玉台新咏》选取九首,署名枚乘。从此,这组诗的作者及年代也成为了汉魏六朝诗学讨论的热点问题。诗的内容大多抒写的是游子思妇的悲哀、朋友索居的苦闷、人生无常的感慨与现世享乐的追求。这些内容虽已不足称道,且为大家司空见惯,但是这些无名的诗人通过高超的艺术技巧把这些情感表现得是那样缠绵悱恻、哀怨动人。全部《古诗十九首》多以平易浅近、极其自然的语言抒写出深厚含蓄的感情,而且多由描写自然景物而造成一种凄凉的气氛,并运用叠字而构成一种声音之美,传达出作者难言之情。这些特点与成就,可以说举世公认,向来没有异议。争论的核心是其出现的年代问题。

从唐前文献记载来看,刘勰、钟嵘都提出过疑问。《文心雕龙·明诗篇》说到这组诗时,也用种不确定的语气推测道:"其'孤竹'一篇,则傅毅之辞,比采而推,两汉之作乎?"钟嵘《诗品》上卷谈到古诗时说"陆机所拟十四首"、"其外'去者日已疏'四十五首"云云,说明钟嵘所见古诗共有五十九首,但是现存于《文选》中仅有这十九首了。后来徐陵编《玉台新咏》时又收录了其中的九首,并题名为枚乘。钟嵘感慨说:"人代冥灭,而清音独远,悲夫!"唐代李善注解《古诗十九首》时说:"并云古诗,盖不知作者。或云枚乘,疑不能明也。诗云'驱马上东门',又云'游戏宛与洛',此则辞兼东都,非尽是乘,明矣。昭明以失其姓氏,故编在李陵之上。"可见在唐代以前,已有不少学者认为这组诗不大可能出于西汉,而是东汉后期的时代产物。甚至,钟嵘称引"旧疑",以为是建安时曹植、王粲所作。从诗体演进方面看,五言诗至东汉始见着意写作,然质木无文,至安、顺、桓、灵之后,张衡、秦嘉、蔡邕、赵壹、孔融等人才有较多的五言诗创作,音节日趋谐畅,格律日渐严密。再从用字造句来看,徐中舒指出,"促织"之名不见《尔雅》、《方言》，汉末纬书始见。"胡马"、"越鸟"之对亦非西汉手笔①。从诗中所写内容来看，罗根泽指出，"游戏宛与洛，洛中何郁郁……长衢罗夹巷，王侯多第宅"所写分明是洛阳的繁盛，决非西汉京城景象。"驱车上东门，遥望郭北墓"。上东门为洛阳城门，郭北即北邙，亦是东京人语。又诗中"服食求神仙，多为药所误"；"生年不满百，常怀千岁忧"等忧生之嗟及企慕神仙之语，亦是汉末魏晋的风气②。而李炳海的《〈古诗十九首〉写作年代考》③详尽考察了秦嘉《赠妇诗》的年代及特点，并与《古诗十九首》加以比较，认为这组诗问世的绝对年代应当是在汉顺帝永和五年（140）至汉桓帝延熹三年（160）之间，而尤以后十年的可能性最大。

当然，对于上述考订，也有持异议者。如有人根据诗中的避讳问题，断定诗非西汉，因为有"盈盈一水间"。隋树森先生指出，贾谊《陈政事疏》、邹阳《狱中上书》均有"盈"字④。而且，陈直先生《史记新证》、《汉书新证》举出许多考古资料论证汉代避讳并不严格。即以"盈"字为例："汉代讳盈字，在金石刻辞中并不严格。《隶释》卷一《成阳灵太碑》云'历纪盈千'。卷十七《州辅碑》云'在宠弗盈'。《隶续》卷二《司农刘夫人碑》云'孙息盈房'。州、刘两碑，盈字中有缺笔，类于避讳。《汉印文字征》第五、九页，有'庄盈愿'、'庄盈之'

---

① 徐中舒《〈古诗十九首〉考》，中山大学语言历史研究所周刊第6卷。又收入《徐中舒历史论文选辑》，中华书局1998年版。
② 罗根泽《〈古诗十九首〉之作者及年代》，收入《罗根泽古典文学论文集》，上海古籍出版社1985年版。
③ 李炳海《〈古诗十九首〉写作年代考》，《东北师范大学学报》1987年第1期。
④ 隋树森《古诗十九首集释》，上海中华书局1936年版。

两印,在西汉且有以盈为名者。"①又如西汉人所作辞赋,其中鸟兽之名,也多有不见于《尔雅》、《方言》者。至于有人用"洛"与"雒"的分别,以为西汉讳"洛",因为属于土德,但是,实际上西汉到底是属于土德还是水德,抑或是火德,他们自己就有分歧。汉人似多以为汉得火德,但贾谊以为是土德,而刘向则以为水德。因此,不能据此来论定诗的年代。再说,"洛"与"雒"二字,魏晋以来亦多有改易者。又《古诗十九首》第五首有"玉衡指孟冬"句,李善注:"《春秋运斗枢》曰:北斗七星,第五曰玉衡。《淮南子》曰:孟秋之月,招摇指申。然上云促织,下云秋蝉,明是汉之孟冬,非夏之孟冬矣。《汉书》曰:高祖十月至霸上,故以十月为岁首。汉之孟冬,今之七月矣。"据此,有学者认为这首诗是西汉太初改历以前所作。对此,金克木、叶嘉莹等认为这是李善的错误:第一,他把"玉衡"与"招摇"混为一谈;第二,他把孟冬误作季节而言,实际是指时辰,指天上十二方位中相当孟冬的"亥"的方位;第三,他把汉初改历误解为将夏历十月改为正月,实际汉初以十月为岁首,仅是把十月当作一年的开始,而季节与月份的名称未尝改易②。此外,第一首"努力加餐饭"句亦汉代习语,如《汉书·外戚世家》载西汉武帝时故事:"子夫上车,平阳主拊其背曰:行矣强饭勉之,即贵毋相忘。"《汉书新证》引《小校经阁金文》卷一五引妻赠夫远戍镜铭云:"愿君强饭多勉之,仰天太息长相思。"③

---

① 陈直《汉书新证·惠纪第二》,天津人民出版社1979年版。
② 金克木《古诗"玉衡指孟冬"试解》,《国文月刊》第63期(1948);叶嘉莹《谈〈古诗十九首〉之时代问题》,《迦陵论诗丛稿》,中华书局1984年版。
③ 有关近年《古诗十九首》的研究情况,可以参看刘明怡《近二十年〈古诗十九首〉研究概观》,载《文史知识》2002年第10期。其后,又为《新华文摘》2003年第1期全文转载。

关于《古诗十九首》的研究著作以贺扬灵《古诗十九首研究》、隋树森《古诗十九首集释》、马茂元《古诗十九首探索》三部最有代表性。

贺著上海大光书局 1926 年印行，分五个部分：一是《古诗十九首》之作者问题，以为非一人一时之作，持论平允。二是《古诗十九首》所著时代考，几乎逐篇考订各诗时代，多推测之词。三是《古诗十九首》之艺术上的鉴赏，征引历代之说，同时用后世诗作及前代古乐府加以印证。四是《古诗十九首》与各家之拟作，列陆机、谢惠连、刘休玄、鲍令晖、江淹、沈约等作品，对鲍、江评价较高，以为"在各家杂拟中总算是最上乘作品"。五是《古诗十九首》之校勘记，仅以《文选》五臣注本与李善注本互校，且又信笔妄书，如评"冉冉孤生竹"时说："钟嵘乃刘勰的前辈，钟嵘所不知道的，刘勰又何从而知之呢？"不知据何而有此论。

隋著上海中华书局 1936 年出版，1955 年中华书局再版。全书由考证、笺注、汇解、评论四部分组成。考证本于刘勰"比采而推，两汉之作"，推定古诗十九首出于两汉无名氏之手，历来认为全系东汉或汉魏间作的理由并不充分。笺注多集《文选》李善注、五臣注以来诸家之说，事义兼释，务求详备。每诗下附以评说以为鉴赏之助。汇解辑录有刘履《古诗十九首旨意》、吴淇《古诗十九首定论》、张庚《古诗十九首解》、姜任修《古诗十九首绎》、朱筠《古诗十九首说》、张玉穀《古诗十九首赏析》、方东树《论古诗十九首》、饶学斌《古诗十九首详解》等，体味诗情、阐发意蕴，迂曲之论，透彻之旨，概加收录。评论辑自诗话、文评，始于《诗品》、《文心雕龙》，终于《人间词话》，凡五十则。

马著作家出版社 1957 年出版，陕西人民出版社 1981 年修订出版，改名《古诗十九首初探》。全书三部分：一是长篇前言，写了乐府与古诗、古诗与《古诗十九首》的关系,《古诗十九首》的作者和时代及其在中国诗歌发展史上的重大意义,它的基本内容、艺术特色等。二是逐篇注释讲解。三是历代评论辑录,不出隋树森所辑范围,可惜未加说明。注释部分字词兼释,除说明它的意义或加注音外,对词的变化和性质、句的结构和组织,以及它和上下文的关系,作者在这里所表现的思想感情,也都作了必要的阐释。说明部分较有特点,显示了作者自己的理解。

四、《孔雀东南飞》

这首诗最早见于《玉台新咏》。前面有一则小序:

> 汉末建安中,庐江府小吏焦仲卿妻刘氏,为仲卿母所遣,自誓不嫁。其家逼之,乃投水而死。仲卿闻之,亦自缢于庭树。时人伤之,为诗云尔。

根据这个序言可以知道,这首诗和其中所叙述的故事都产生在汉朝末年的建安时期。历来的研究者几乎没有异词。不过,这里还是有个小小的问题,《史记·刺客列传》司马贞《索隐》及张守节《正义》并引用了这样一段话:"韦昭云:古者名男子为丈夫,尊妇妪为丈人。故《汉书·宣元六王传》所云丈人,谓淮阳宪王外王母,即张博也。故古诗曰'三日断五匹,丈人故言迟'是也。"司马贞、张守节并唐人,两人都称引了韦昭的话,大约可信。韦昭,三国时东吴史学家,《三国志》有传,卒于凤凰二年(273),七十余岁。他所说的"三日断五匹,丈人故言迟"云云,实即《孔雀东南飞》中的两句诗,而他称为"古诗"。建安共二十五年,如果建安二十余年可称是建安末的话,其时韦昭已经十余岁,这个时期产生的诗,无论如何难以称得上是"古诗"。因此,徐陵编《玉台新咏》所收小序说的"汉末建安中"云云就很值得引起怀疑。我们从韦昭的话来推断,这首诗至少产生在三国以前百年上下,否则,韦昭是不会称之为"古诗"的。当然也可能有另外一种理解,即"故古诗曰"云云不是韦昭的原话,而是司马贞和张守节的进一步说明。不过,两人所引完全一致,不约而同地引用"古诗曰"的可能性不大。当然,在传唱和传写的过程中,一定经过了后世许多诗人的加工和润色,最后成为徐陵编辑《玉台新咏》时的写定本。关于其出现的年代,历来有争议。综合其说,主要有两种意见。一种意见认为是汉代创作,一种则认为是六朝的作品。

(一)汉代创作说

《玉台新咏》将此诗列在繁钦后、曹丕前,隐然视为汉末作品。《乐府诗集》称为"古辞",《古诗源》标明"汉代",说明古代持汉代创作说为多。针对近现代不少学者以为是六朝人所作,古直《焦仲卿诗辨证》则从用韵、风格、名物等方面论证此诗为汉代作品,考证颇为细密。王越《孔雀东南飞年代考》、萧涤非《汉魏六朝乐府文学史》、王运熙《〈孔雀东南飞〉的产生时代、思想、艺术及其问题》、蒋逸雪《关于〈孔雀东南飞〉的写作时代问题》、林剑鸣《中国古代官吏的休假制度与婚姻家庭——从〈孔雀东南飞〉的爱情悲剧谈起》等并肯定汉代创作说。林文从汉代官吏出勤与休假制度论证此诗作于汉代较有说服力。像焦仲卿这样的府吏,"按规定平时只能居于舍内……除特殊的婚丧大事外,只有'五日一休沐'的假期才能与妻子见面。而作为媳妇的刘兰芝,绝大部分的时光,乃是守着婆婆过日子。这种状况绝非焦、刘夫妇特例,实是古代小吏家庭生活的普遍情形。由于这样的客观条件,代表一家之长的婆婆,不满意自己的儿媳,而令其子休妻,则易如反掌"。蒋文以为此诗早在汉末即在民间传诵,经魏晋宋齐不断加工,成为今天看到的定型作品。近现代一些选本也多把此诗列在汉代。

(二) 六朝创作说

宋人刘克庄《后村诗话》认为汉代没有这样的长篇叙事诗，应是六朝人的拟作。梁启超《印度与中国文化之亲属关系》以为此说新奇，颇表赞同，不过，后来著《中国之美文及其历史》又否定自己的看法。他说："仔细研究，六朝人总不会有此朴拙笔墨。原序说焦仲卿是建安时人，若此诗作于建安之末，便与魏的黄初紧相衔接。那时候如蔡琰的《悲愤诗》、曹植的《赠白马王彪》都是篇幅很长。然则《孔雀东南飞》也有在那时代成立的可能性。我们还是不翻旧案的好。"主张六朝创作说最有力的是张可骐，他曾列举"交广市鲑珍"、"下官奉使命"、"足下蹑丝履"、"初七及下九"、"六合正相应"、"处分适兄意"、"诺诺复尔尔"、"承籍有宦官"、"堂上启阿母"、"小子无所畏"等句子说明诗中有许多建安以后的词汇，所以认定它列入《玉台新咏》时才是最后写定的。陆侃如、冯沅君先生《中国诗史》亦主六朝创作说。徐复先生从用韵的情况推定，它完全没有受到六朝声律的影响，因此，是东晋时代的作品。近来，《原学》第二辑发表朱庆之文章，认为《孔雀东南飞》为佛教传入中国之后的作品，证据之一即是"孔雀"二字，认为这是佛教文化的重要象征。此说颇新，但还有商讨的余地。因为《汉书》和《后汉书》以及司马相如《长门赋》均不止一次提到孔雀。如《汉书》载文帝即位之后，"欲使人之南越，丞相乃言贾为太中大夫，往使尉佗，去黄屋称制，令比诸侯，皆如意指"。此事，《汉书·西南夷两粤朝鲜传》定在元年："文帝元年，初镇抚天下，使告诸侯四夷从代来即位意，谕盛德焉。乃为佗亲冢冢在真定置守邑，岁时奉祀。召其从昆弟，尊官厚赐宠之。诏丞相平举可使粤者，平言陆贾先帝时使粤。上召贾为太中大夫，谒者一人为副使，赐佗书曰……。陆贾至，南粤王恐，乃顿首谢，愿奉明诏，长为藩臣，奉贡职。于是下令国中曰：吾闻两雄不俱立，两贤不并世。"在这篇令中，南粤王提到"今陛下幸哀怜,复故号,通使汉如故,老夫死骨不腐,改号不敢为帝矣。谨北面因使者献白璧一双,翠鸟千,犀角十,紫贝五百,桂蠹一器,生翠四十双,孔雀二双"。武帝时代的司马相如《长门赋》也提到孔雀。说明在汉初中原即对孔雀有所了解。又《汉书·扬雄传》载其《校猎赋》也有"玄鸾孔雀"之句。再检《后汉书·南蛮西南夷传》,元封二年,武帝平定滇王,以其地为益州郡。"河上平敞,多出鹦鹉、孔雀。"同书载哀牢人皆穿鼻儋耳。其地多出孔雀、大雀。又检《盐铁论·崇礼篇》:"中国所鲜,外国贱之。南越以孔雀珥门户。"又《艺文类聚》、《太平御览》载杨浮《交州异物志》曰:"孔雀,人拍其尾则舞。"杨浮,东汉初年人。说明在西汉初年至东汉初年前,孔雀已为中原士人所知。关于此诗的主旨,历来颇多分歧。如诗中所写,主人公刘兰芝是一个善良、勤劳而有教养的女子。她十七岁嫁给焦仲卿,夫妻恩爱,没有想到却不能见容于焦母。尽管兰芝"鸡鸣入机织,夜夜不得息",焦母还是嫌她生产得太少;尽管兰芝"行无偏斜",焦母还是百般挑剔,说她"无礼节"、"自专由"。不到三年,兰芝就被逼回娘家。她和焦仲卿被迫分别,心情十分痛苦,但还是抱有一线希望,渴望重新团圆,分别时立誓互不相负。刘兰芝回家后才十多天,就有县令和太守相继遣媒为子求婚。兰芝"性行暴如雷"的阿兄以家中统治者的地位强迫她答应太守家的婚姻。婚期前一天,仲卿和兰芝私下相见,共同约定"黄泉下相见",以死来抗议焦母和阿兄的暴行。在太守迎亲的前夕,刘兰芝"举身赴清池",焦仲卿也"自挂东南枝",双双极其悲愤地离开了给他们带来无尽痛苦的昏暗世界。从上面的叙述可以看出,婆媳矛盾实际构成了全诗冲突的焦点:焦母总是嫌刘兰芝无礼节、自专由,百般不合意。但是读过诗的读者谁都知道,这只是借口而已。当然,深层的原因是什么,这诗毕竟产生一千多年了,对于这个问题,诗的字里行间也没有给后人提供更直接的说明,因此,所有的解释只能是猜测性的。

五、蔡文姬与《悲愤诗》

蔡文姬,本名琰,字文姬,又字昭姬。陈留圉(今河南杞县)人。她出生于一个具有浓厚儒家传统的家庭。父亲蔡邕是东汉著名的学者、作家,对于她的一生都曾产生了深刻而广泛的影响。蔡文姬的确切生卒年现已不得详知。根据多数学者的意见,她大约生于汉灵帝熹平六年(177)前后①。就在这一年前后,她的父亲蔡邕遭遇到前所未有的打击。熹平六年七月,汉灵帝下诏书,让蔡邕及光禄大夫杨赐、谏议大夫马日磾、议郎张华、太史令单飏等就灾异等方面的问题各陈己见。蔡邕为此而作《对诏问灾异八事》,认为当时的政治所以混乱,天灾所以不断,其根本原因"远则门垣,近在寺署",也就是说主要是外戚和宦官干预朝政所致。如此尖锐的抨击,当然要得罪许多达官显贵。结果呢,蔡邕被视为"仇怨奉公,议害大臣,大不敬",要被处以极刑。在有关人士的斡旋下,他才免于一死,被黜戍边,来到了五原安阳县,即今内蒙古自治区包头市的西北地区。我们从蔡邕的陈情中知道,当时他"年四十有六,孤特一身"。这"孤特一身"可以有两种理解,或者蔡文姬没有出生,或者文姬已经出生,但是没有兄弟。蔡邕在其陈情表中记载非常清楚,他被贬,"与家属髡钳徙朔方"。另外,《上汉书十志疏》也提到"父子家属,徙充边方"。既然已有"父子家属",说明蔡邕所说的"孤特一身"似指没有儿子而言。似乎可以这样说,从来到这个世界之初,蔡文姬的命运注定要与边地的流亡生活紧密相连。汉灵帝光和二年(179),也就是蔡邕流亡五原的

---

① 有关蔡文姬的生年,参见陈祖美《蔡琰生年考证补苴》,载《中华文史论丛》1983年第2期。又见《蔡琰评传》,载《中国历代著名文学家评传》,山东教育出版社1983年版。

第三个年头,朝廷大赦,蔡邕终于有机会回到中原。五原太守王智为他饯行,酒酣之际,王智起舞祝贺,但是蔡邕并没有表示特别的感激之情,为此而得罪了王智。也许蔡邕有所不知,王智绝非等闲之辈,他是中常侍王甫之弟,素来骄横。见蔡邕居然不领其情,便暗中告密,伺机加害。蔡邕自知祸将及身,于是亡命江海,远迹吴会,前后长达十二年之久。年幼的蔡文姬很可能又随着父亲流亡于江南。这个时期,她的父亲在江南以琴书自娱,曾制作了"焦尾琴",传诵一时。又辑录古今琴曲歌词而成《琴操》。父亲对于音乐的独特感受和精深的造诣,深深地影响了文姬。她在幼年时就显示出了超群的音乐才能。根据刘昭《幼童传》的记载,她六岁的时候,父亲蔡邕夜里弹琴,不巧弄断琴弦。蔡文姬马上就能听出断的是第二根琴弦。开始,蔡邕还不以为然,认为不过是碰巧罢了。为了证明自己的判断,他又有意弄断另一根琴弦。蔡文姬又准确地指出是第四根,这令蔡邕感念不已。这个故事时常被后人提及,流传甚广。譬如影响非常大的《蒙求》就特别用"蔡琰辨琴"来表彰蔡文姬的音乐才华。

汉灵帝刘宏中平六年(189)八月,大将军何进设计围剿宦官,结果反被宦官诛杀。宫廷之争达到白热化的程度。宦官张让、段圭等劫持汉少帝刘辨等奔赴小平津。尚书卢植又追杀张让等。西凉军阀董卓带兵进京,谋立献帝刘协,改元永汉元年(189)。这时,蔡邕已经回到京城。同年九月,蔡邕为董卓所征,举高第,补侍御史,又转持书御史,迁尚书。三日之间,周历三台。迁巴郡太守,复留为侍中。这时,蔡文姬十二三岁,开始了一段比较短暂的比较平静富足的生活。十六岁时,蔡文姬远嫁河东(今山西运城北部)卫仲道。我们根据的材料是《艺文类聚》卷三〇所收丁廙《蔡伯喈女赋》中的一段话:"在年华之二八,披邓林之曜鲜。当三春之嘉月,时将归于所天。""归于所天"就是出嫁的意思,而且是在春天最美好的季节。这一年大约是在汉献帝初平三年(192)前后。不幸的是,此后不久,父亲蔡邕只是因为听到董卓被杀发出一声叹息,就被王允所杀。而且,几乎就在同一年,她的丈夫也短命弃她而去。史书记载,"夫亡无子,归宁于家。兴平中,天下丧乱"。初平五年(194)即改元兴平元年,兴平只有两年。由此来推断,文姬结婚也就一年左右的时间。因为没有子息,文姬只好回到家乡。不久就逢丧乱,"为胡骑所获,没于南匈奴左贤王,在胡中十二年,生二子"。从此,蔡文姬开始她人生的第二次西北边地的流亡生活。

根据《后汉书》知道,董卓到长安,是在初平二年(191)四月,他派李傕、郭汜阻击朱俊,应当就在这年。到了初平三年(192)四月,董卓被诛。五月,李傕、郭汜反攻京师,六月陷长安。兴平二年(195),李、郭火并相攻,汉献帝出长安。这年,匈奴南单于呼厨泉立。同年十一月,杨奉承引白波帅胡才、李乐及匈奴左贤王去卑,率师奉迎侍卫汉献帝由长安回洛阳,与李傕等交战。匈奴部落不可避免地加入了中国的战事。文姬很可能就在此时落到南匈奴手中。左贤王去卑是以建安元年(196)回匈奴的,建安元年即兴平三年,蔡文姬去匈奴可知也就在这一年①。对此,一些学者表示异议。《后汉书·南匈奴传》记载,汉灵帝死后,天下大乱,于扶罗单于率数千骑与白波贼合寇河内诸郡。《三国志·魏书》记载,初平三年曹操在内黄出击匈奴于扶罗,大获全胜。四年春,袁绍引军进入陈留,屯封丘黑山余贼及于扶罗等从中协助。据此,清代学者沈钦韩认为,蔡文姬就是在匈奴滋扰陈留、颍川等地的初平三、四年间被掠走的。还有一个重要根据,蔡文姬的《悲愤诗》有"感时念父母"等句,说明这时,蔡邕还没有被

---

① 参见郭沫若《谈蔡文姬的〈胡笳十八拍〉》,载于《胡笳十八拍讨论集》。戴君仁《蔡琰悲愤诗考证》,载《中国文学史论文选集》等。

杀。等到文姬被赎回时,家门灭绝,故有"既至家人尽"语。因此,文姬被掠当发生在初平年间,而非史传所说的"兴平"年间。如果是初平年间,就不是李、郭之乱,而是指董卓之乱。对此,我个人表示保留的意见。因为《后汉书》本传明确记载:"兴平中,天下丧乱,文姬为胡骑所获,没于南匈奴左贤王。"所以引发初平年间被掠的问题,关键是《悲愤诗》中有"感时念父母"之句,说明蔡琰被掠时,其父蔡邕尚在世。事实上,这是蔡琰回顾自己过去生活的诗句。念,是思念的意思,父母在与不在,这种感情都是一样的,不一定父母活着的时候才会这样说。按:骚体《悲愤诗》的开头两句这样写道:"嗟薄祜兮遭世患,宗族殄兮门户单。"这里,"宗族殄兮"四字就明确交代出蔡邕被杀的背景。因此,蔡琰的《悲愤诗》必作于蔡邕被杀的初平三年之后。史传载其"兴平中"被掠,是有其根据的。

　　文姬在胡中生活了十二年,生有二子。这段经历,史书没有详细记载,倒是她的骚体《悲愤诗》以及尚有争议的《胡笳十八拍》有着细致动人的描绘。对此,我们下文还要具体论述。曹操素"与蔡伯喈有管、鲍之好",念其无后,"乃命使者周近择玄璧于匈奴赎其女还"(曹丕《蔡伯喈女赋》)。南匈奴王同意蔡文姬归汉当然是有一定条件的,最苛刻的一条就是将两个孩子留下。要么骨肉分离,要么滞留边地,面临着如此艰难的选择,文姬陷入了极大的痛苦之中。她的《悲愤诗》以相当的篇幅细致逼真地描写了这种近乎绝望的心迹。归汉后,她再嫁同郡董祀。这时,应当是在建安十二年或十三年,文姬大约三十一二岁左右。董祀为屯田都尉,不知什么原因,犯法当死。文姬火速赶到曹操营中请命。当时,公卿名士及远方使驿坐者满堂,曹操对宾客说:"蔡伯喈女在外,今为诸君见之。"文姬进屋后,蓬首膝行,叩头请罪,音辞清辩,悲痛感人。众人为之改容。见此情景,曹操也无可奈何地说:"我对你实是表示同情,但是,文状已经发出,我有什么办法呢?"文姬说:"您的马棚有骏马万匹,有众多战士,为救人一命,派兵骑马营救,您还在乎这点吗?"曹操深感其言,于是赦免了董祀。此后的日子里,蔡文姬用了极大的精力整理父亲的藏书。至于晚年的生活,限于材料,已不得详知。从她的诗歌来推断,她应当死在曹操之后。建安凡二十五年,建安十二年归汉时三十一二岁,到建安二十五年曹操死时,她已经四十四五岁。也就是说,蔡文姬至少活了四十五岁。

在蔡琰的名下,《悲愤诗》有两首。一首是五言,一首是骚体。并见于《后汉书》本传记载。唐代以前无人提出异议。宋代苏轼最早怀疑这两首诗是晋宋人的伪造,其《与刘昉书》称:"范晔作《蔡琰传》,载其二诗,亦非是。董卓已死,琰乃流落,方卓之乱,伯喈尚无恙也,而其诗乃云以卓乱故,流入于胡。此岂真琰语哉!其笔势乃效建安七子者,非东汉诗也。"又《题蔡琰传》云"今日读《列女传》蔡琰二诗,其词明白感慨,颇类世所传《木兰诗》,东京无此格也。建安七子,犹涵养圭角,不尽发见,况伯喈女乎?又,琰之流离,必在父死之后。董卓既诛,伯喈乃遇祸。今此诗乃云为董卓所驱虏入胡,尤知其非真也。盖拟作者疏略,而范晔荒浅,遂载之本传,可以一笑也"。此后形成主真与主伪两大派,成为文学史上聚讼纷纭的一桩著名公案。20世纪以来,争论依然持续不绝。郑振铎先生以为骚体是蔡琰所作,而五言为伪。余冠英先生正相反,认为五言为真,骚体为伪。张长弓、卞孝萱、蔡义江等先生则认为两首诗均系后人伪托。刘文忠先生又推翻前说,认为两首《悲愤诗》均为蔡琰所作。上述诸说,引证丰富,一时难以取得一致的意见。所有这些材料,刘跃进著《中古文学文献学》均有考述,有兴趣的读者不妨参阅。

这些学术问题确实很难清理出明晰的结论。但是,如果不能确定哪些是蔡文姬的作品,我们这里就无法展开论述。我个人的看法,认为《后汉书》中记录的两首《悲愤诗》均为蔡文姬所作。对于这个问题的讨论不妨从最近提出异议的蔡义江的文章说起。蔡义江先生认定五言《悲愤诗》系伪作，认为第一句"汉季失权柄"就是铁证。作者认为，蔡文姬是曹操时代的人，汉代是名存实亡，但是毕竟还没有改变国号。蔡文姬如何知道这已是"汉季"呢？如果承认《悲愤诗》作于曹操的时代，这样的疑问当然很有道理。但是，到目前为止，没有任何一条材料证明这一点。如果《悲愤诗》作于曹操身后，即作于曹丕代汉之后，那么用"汉季"也不是不可能的。当然，我们目前也找不到相关的旁证，也只能是一种推论。这样的争论，实在没有太大的意义，这里就此按下不表。我们换一个思路，考察一下早期征引这首诗的情况。《文选》所收的曹植《赠白马王彪》，其中有这样两句："离别永无会，执手将何时？"唐代李善以为这是出自蔡琰五言《悲愤诗》"念别无会期"。文学史常识告诉我们，《赠白马王彪》作于魏文帝黄初四年。如果曹植的诗确实用到了蔡文姬的五言《悲愤诗》，说明《悲愤诗》在此时已经完成。此外，魏晋时期还有许多文学家的作品暗用了《悲愤诗》的语句。根据《文选》李善注，可以举出赵景真的《与嵇茂齐书》，陆机的《为顾彦先赠妇二首》、《吊魏武帝文》，石崇的《王明君词》，江淹的《别赋》，陶渊明的《挽歌诗》，谢灵运的《石门新营所住四面高山回溪石濑修竹茂林诗》等，均与五言《悲愤诗》有关。就是骚体《悲愤诗》也渊源有自。《文选》所收王赞《杂诗》："朔风动秋草，边马有归心。"李善注以为出自蔡文姬骚体《悲愤诗》中的"北风厉兮肃泠泠，胡笳动兮边马鸣"两句，说明这首诗也早在两晋时代已在世间流传。根据李善注《文选》的体例，所引书证，均出自本文之前，因此，在李善心目中，曹植、赵景真、陆机、石崇、江淹、陶渊明、谢灵运等人都曾读到过蔡文姬的《悲愤诗》，如果确如苏轼所说是晋宋人所造，则曹植所引就不近情理。

此外,朱熹《楚辞集注》后面《楚辞后语》卷三收录有《胡笳十八拍》,前有题解云:"《胡笳》者,蔡琰之所作也。东汉文士有意于骚者多矣,不录而独取此者,以为虽不规规于楚语,而其哀怨发中,不能自已之言,要为贤于不病而呻吟者也。范史乃弃不录,而独载其《悲愤》二诗。二诗词意浅促,非此词比,眉山苏公已辨其妄矣。蔚宗文下,固有不察。归来子(指编辑《续楚辞》、《变离骚》的晁补之)祖屈而宗苏,亦未闻此,何邪?琰失身胡虏,不能死义,固无可言。然犹能知其可耻,则与扬雄《反骚》之意又有间矣。今录此词,非恕琰也,亦以甚雄之恶云尔。"朱熹认为诗确为蔡文姬所作,不过,毕竟著录太晚,且文辞丰赡,造语精致,有些词句近于唐人风味,如第十拍"城头烽火不曾灭,疆场征战何时歇。杀气朝朝冲塞门,胡风夜夜吹边月",就很接近于唐人边塞诗的风格。如高适的《燕歌行》:"汉家烟尘在东北,汉将辞家破残贼。男儿本自重横行,天子非常赐颜色。枞金伐鼓下榆关,旌旗逶迤碣石间。校尉羽书飞瀚海,单于猎火照狼山。山川萧条极边土,胡骑凭陵杂风雨。"两相比较,确有其相通之处。另外,这拍中的"故乡隔兮音尘绝,哭无声兮气将咽"有似取境于南朝谢庄《月赋》中的"美人迈兮音尘阙,隔千里兮共明月。临风吹兮将焉歇,川路长兮不可越"。因此,这首诗是否为蔡文姬所作,历来就有较大的争论。1959年,郭沫若创作历史剧《蔡文姬》,并发表了《谈蔡文姬的〈胡笳十八拍〉》,认为这篇作品确为蔡文姬所作,认为这是"自屈原的《离骚》以来最值得欣赏的长篇抒情诗","是用整个的灵魂吐诉出来的绝叫"。"没有那种亲身经历的人,写不出那样的文字来。"由此而引起学术界热烈的讨论,考述史实,清理原委,形成了针锋相对的两大阵营。持肯定论者除郭沫若外,还有张德钧、胡念贻、熊德基、黄诚一、叶玉华、王竹楼、高亨、萧涤非等。持否定论者有刘大杰、王运熙、王达津、刘盼遂、胡国瑞、卞孝萱、谭其骧、黄瑞杰、王先进、逯钦立、刘开扬、李鼎文等。这些论争论文,大多收在中华书局 1959 年出版的《〈胡笳十八拍〉讨论集》中。此外,游国恩先生《论蔡琰胡笳十八拍》、王小盾《琴曲歌辞胡笳十八拍新考》等也都认为《胡笳十八拍》是唐人所作。看来,这个问题也难以取得相近的看法。台湾学者戴君仁《蔡琰悲愤诗考证》(《中国文学史论文选集》)据《蔡宽夫诗话》也持此说。虽然多数学者认为这首诗不是蔡文姬所作,但是它的艺术成就已经获得多数学者的首肯。

第三节　七言诗的起源

一、七言诗的兴起

钱大昕《十驾斋养新录》卷一六"七言在五言之前"条:"《楚辞》、《招魂》、《大招》多四言,去些只助语,合两句读之,即成七言。《荀子·成相》、荆轲《送别》,其七言之始乎?至汉而《大风》、《瓠子》,见于帝制;《柏梁联句》,一时称盛。"这里以《成相辞》为七言之祖,是很有见地的。这篇作品均由两个三言、一个四言及两个七言句式所组成,成为固定格式:

请成相,世之殃,愚暗愚暗堕贤良。人主无贤,如瞽无相何伥伥。

请布基,慎圣人,愚而自专事不治:主忌苟胜,群臣莫谏必逢灾。

论臣过,反其施,尊主安国尚贤义。拒谏饰非,愚而上同国必祸。

曷谓罢?国多私,比周还主党与施。远贤近谗,忠臣蔽塞主执移。

　　曷谓贤,明君臣,上能尊主爱下民。主诚听之,天下为一海内宾。

　　主之孽,谗人达,贤能遁逃国乃蹷。愚以重愚,暗以重暗成为桀。

　　世之灾,妒贤能,飞廉知政任恶来。卑其志意,大其园囿高其台。

　　武王怒,师牧野,纣卒易乡启乃下。武王善之,封之于宋立其祖。

　　世之衰,谗人归,比干见剖箕子累。武王诛之,吕尚招麾殷民怀。

　　世之祸,恶贤士,子胥见杀百里徙。穆公任之,强配五伯六卿施。

　　世之愚,恶大儒,逆斥不通孔子拘。展禽三绌,春申道缀基毕轮。

　　请牧基,贤者思,尧在万世如见之。谗人罔极,险陂倾侧此之疑。

　　基必施,辨贤罢,文武之道同伏戏。由之者治,不由者乱何疑为?

　　凡成相,辨法方,至治之极复后王。慎墨季惠,百家之说诚不详。

　　治复一,修之吉,君子执之心如结。众人贰之,谗夫弃之形是诘。

　　水至平,端不倾,心术如此象圣人。□而有执,直而用抴必参天。

　　世无王,穷贤良,暴人刍豢仁糟糠。礼乐灭息,圣人隐伏墨术行。

　　治之经,礼与刑,君子以修百姓宁。明德慎罚,国家既治四海平。

　　治之志,后执富,君子诚之好以待。处之敦固,有深藏之能远思。

　　思乃精,志之荣,好而壹之神以成。精神相反,一而不贰为圣人。

　　治之道,美不老,君子由之佼以好。下以教诲,子弟上以事祖考。

　　成相竭,辞不蹙,君子道之顺以达。宗其贤良,辨其殃孽□□□。

　　请成相,道圣王,尧舜尚贤身辞让。许由善卷,重义轻利行显明。

　　尧让贤,以为民,氾利兼爱德施均。辨治上下,贵贱有等明君臣。

　　尧授能,舜遇时,尚贤推德天下治。虽有贤圣,适不遇世孰知之?

　　尧不德,舜不辞,妻以二女任以事。大人哉舜,南面而立万物备。

　　舜授禹,以天下,尚得推贤不失序。外不避仇,内不阿亲贤者予。

　　禹劳力,尧有德,干戈不用三苗服。举舜甽亩,任之天下身休息。

　　得后稷,五谷殖,夔为乐正鸟兽服。契为司徒,民知孝弟尊有德。

　　禹有功,抑下鸿,辟除群害逐共工。北决九河,通十二渚疏三江。

禹傅土,平天下,躬亲为民行劳苦。得益皋陶,横革直成为□辅。

契玄王,生昭明,居于砥石迁于商。十有四世,乃有天乙是成汤。

天乙汤,论举当,身让卞随举牟光。□□□□,道古贤圣基必张。

顾陈辞,□□□,世乱恶善不此治。隐讳疾贤,良由奸诈鲜无灾。

患难哉,阪为先,圣知不用愚者谋。前车已覆,后未知更何觉时。

不觉悟,不知苦,迷惑失指易上下。中不上达,蒙掩耳目塞门户。

门户塞,大迷惑,悖乱昏莫不终极。是非反易,比周欺上恶正直。

正直恶,心无度,邪枉辟回失道途。己无邮人,我独自美岂无故。

不知戒,后必有,恨后遂过不肯悔。谀夫多进,反覆言语生诈态。

人之态,不如备,争宠嫉贤利恶忌。妒功毁贤,下敛党与上蔽匿。

上壅蔽,失辅执,任用谀夫不能制。孰公长父,之难历王流于彘。

周幽厉,所以败,不听规谏忠是害。嗟我何人,独不遇时当乱世。

欲衷对,言不从,恐为子胥身离凶。进谏不听,到而独鹿弃之江。

观往事,以自戒,治乱是非亦可识。□□□,托于成相以喻意。

请成相,言治方,君论有五约以明。君谨守之,下皆平正国乃昌。

臣下职,莫游食,务本节用财无极。事业听上,莫得相使一民力。

守其职,足衣食,厚薄有等明爵服。利往卬上,莫得擅与孰私得。

君法明,论有常,表仪既设民知方。进退有律,莫得贵贱孰私王。

君法仪,禁不为,莫不说教名不移。修之者荣,离之者辱孰它师。

刑称陈,守其银,下不得用轻私门。罪祸有律,莫得轻重威不分。

请牧祺,明有基,主好论议必善谋。五听修领,莫不理续主执持。

听之经,明其请,参伍明谨施赏刑。显者必得,隐者复显民反诚。

言有节,稽其实,信诞以分赏罚必。下不欺上,皆以情言明若日。

上通利,隐远至,观法不法见不视。耳目既显,吏敬法令莫敢恣。

君教出,行有律,吏谨将之无披滑。下不私请,各以所宜舍巧拙。

臣谨修,君制变,公察善思论不乱。以治天下,后世法之成律贯。

以上五十六韵，其中七言一百一十二句，而且都十分整齐，这在此前以及后来相当长一段时间里都是绝无仅有的现象。与此相类似的是睡虎地秦简中的《为吏之道》。说明这是当时通行的一种文体形式。秦汉以后，七言句式已在世间流行。余嘉锡《古书通例》"明体例第二"云："《东方朔书》内有诗。《朔本传》言：'《朔书》有七言、八言上下。'注：晋灼曰：'八言、七言诗各有上下篇。'"可见东方朔七言诗并非偶然为之。不过据李善所引东方朔七言"折羽翼兮摩苍天"来看，东方朔的所谓七言，与骚体颇有关系。《董仲舒集》也有七言。又刘向、刘歆父子七言句式尤多。刘向七言："博学多识与凡殊"，"竭来归耕永自疏"，"山鸟群鸣我心怀"等。刘歆七言："结构野草起室庐"等。东汉七言也多有记载，如崔骃七言："皦皦练丝退渴污。"李尤《九曲歌》似通篇为七言，如"年岁晚暮时已斜，安得壮士翻日车"、"肥骨消灭随尘去"等，所有这些并见李善注《文选》所引。《道藏》中的经典《太平经》收录了许多韵语，以七言为主的句式尤其多见。如："元气乐即生大昌，自然乐则物强，天乐即三光明，地乐则成有常，五行乐则不相伤，四时乐则所生王，王者乐则天下无病，蚑行乐则不相害伤，万物乐则守其常，人乐则不愁易心肠，鬼神乐即利帝王。"刘跃进在《七言诗渊源辑考》一文中，作了初步的钩稽。此外，罗根泽先生著有《七言诗之起源及其成熟》，爬罗剔抉，从近世考古发现的镜铭、传世的纬书、史游的《急就章》及有关后汉的史书中发现了许多七言诗的材料，因此，他认为七言诗乃蜕变于骚体，初具于西汉之末的元、成、哀、平之际，成熟于东汉中后期。这些意见是可以成立的。

今天见到较早的完整的七言诗首推张衡《四愁诗》。这篇作品最早收录在萧统《文选》中，如第一章："我所思兮在泰山，欲往从之梁父艰。侧身东望涕沾翰。美人赠我金错刀,何以报之英琼瑶。路远莫致倚逍遥,何以怀忧心烦劳。"以下三章,句法大体相同,依次写到诗人思念的美人在泰山,在桂林,在汉阳,在雁门,但是四面八方均有阻隔;四方美人皆有赠物,而自己却路远无以回报,忧心忡忡,无法排解。总之,所写的都是这种对于心目中的美人可望而不可即的复杂心情。这篇作品在魏晋南北朝时期影响非常之大,徐陵编《玉台新咏》也予收录,并在其后还收录了晋代傅玄、张载的《拟四愁诗》。直至近现代,鲁迅先生《我的失恋》也是模仿张诗而成。从这些拟作来看,似乎都有所寄托,在形式上也如同张衡之作,傅、张二作各分为四章,每章七句,每句七言。傅玄在拟作的序中说道:"张平子(张衡字)作《四愁诗》,体小而俗,七言类也。"即从形式上肯定了它的七言特点。从这里可以看出,张衡的《四愁诗》事实开启了后世七言诗的先河。尽管以前有不少诗用了七言句式,但是,像这样通篇都是完整的七言句式,确实是张衡的首创。数十年以后,曹丕创作了著名的《燕歌行》,有些学者认为该篇是"现在所能见到的最古最完整的七言诗"。这不一定确切,因为张衡的《四愁诗》,通体都是七言,而其年代要比曹丕早几十年。当然,应当看到,张衡的《四愁诗》毕竟还带有骚体的味道,每章首句都用"兮"字,还没有从《楚辞》的巨大影响中完全独立出来。另外,其押韵也不像后来的七言诗那样工整,而是中间有换韵,有两句押韵,有三句押韵。其实,曹丕的《燕歌行》也有此类现象,说明七言诗在其发展初期,形式上还未定型。

这里又透露一点信息,即这些七言句式早期的流行与后来的发展,其功用是有所不同的。后来的七言多是案头文学,而早期的七言诗似乎与演唱有很大关系。挚虞《文章流别论》称:"古之诗有三言、四言、五言、六言、七言、九言。古诗率以四言为体,而时有三句二句杂在四言之间,后世演之,遂以为篇。古诗之三言者,'振振鹭,鹭于飞'之属是也,汉郊庙歌多用之。五言者,'谁谓雀无角,何以穿我屋'之属是也,于俳谐倡乐多用之。六言者,'我姑酌彼金罍'之属是也,乐府亦多用之。七言者,'交交黄鸟止于桑'之属是也,于俳谐倡乐多用之。古诗之九言者,'洞酌彼行潦挹彼注兹'之属是也,不入歌谣之章,故世希为之。夫诗虽以情志为本,而以成声为节。"故《文章流别集》所收均为入乐歌词,而非徒诗。这里涉及三言、五言、六言、七言,以为汉代以后均演变为入乐之歌词。由此可以推想,以三言、四言、七言为主要形式的《荀子·成相》篇主要应当是为演唱而撰写的,而非简单的案头文字。是否还可以进一步说,七言诗与五言诗一样,主要也源于声词?

二、《柏梁台联句》的真伪

(一)原始著录及辨真说

《世说新语·排调篇》刘孝标注引《东方朔别传》:"汉武帝在柏梁台上,使群臣作七言诗。"但未引诗。《艺文类聚·杂文部》引曰:"汉孝武皇帝元封三年作柏梁台,诏群臣二千石有能为七言者,乃得上坐。"诗曰:

  日月星辰和四时(武帝)
  骖驾驷马从梁来(梁王)
  郡国士马羽林材(大司马)
  总领天下诚难治(丞相)
  和抚四夷不易哉(大将军)
  刀笔之吏臣执之(御史大夫)
  撞钟伐鼓声中诗(太常)
  宗室广大日益滋(宗正)
  周卫交戟禁不时(卫尉)

总领从官柏梁台(光禄勋)
平理请谳决嫌疑(廷尉)
修饰舆马待驾来(太仆)
郡国吏功差次之(大鸿胪)
乘舆御物主治之(少府)
陈粟万石扬以箕(大司农)
徼道宫下随讨治(执金吾)
三辅盗贼天下危(左冯翊)
盗阻南山为民灾(扶风)
外家公主不可治(京兆尹)
椒房率更领其材(詹事)
蛮夷朝贺常会期(典属国)
柱枅樽栌相枝持(大匠)
枇杷桔栗桃李梅(太官令)
走狗逐兔张罘罝(上林令)
齿妃女唇甘如饴(郭舍人)
迫窘诘屈几穷哉(东方朔)

《初学记·职官部》"御史大夫"条引《汉武帝集》曰:"武帝作柏梁台,诏群臣二千石有能为七言者乃得上座。御史大夫曰:刀笔之吏臣执之。"相传唐代发现的《古文苑》卷八亦收录此诗,每句下称官位,与《艺文类聚》同。又吴兢《乐府古题要解》称连句"起汉武帝柏梁宴作,人为一句,连以成文,本七言诗。诗有七言始于此也。"上述材料都是唐代或是唐代以前的文献记载,所以在相当长的时间里,绝大多数学者基本上深信不疑。原因可能是《文心雕龙·明诗篇》、旧题任昉《文章缘起》等都已言及此诗。宋代严羽《沧浪诗话·诗体》

也说"七言起于汉武《柏梁》"。并注"柏梁体"说:"汉武帝与群臣共赋七言,每句用韵,后人谓此体为柏梁体。"不过,此事在专门记载汉代历史的《汉书》里并没有任何踪影,所以历史上也不断地有学者对于此诗的年代问题提出种种疑问。特别是清代以来,学者们对此诗越发怀疑,而且辩驳颇为有力,但是似乎并未引起时人的重视。钱大昕《十驾斋养新录》依然称:"荀子《成相》、荆轲《送别》,其七言之始乎?至汉而《大风》、《瓠子》见于帝制。《柏梁》联句,一时称盛。而五言靡闻。"赵翼《陔余丛考》:"联句当以汉武《柏梁》为始。"近代丁福保编《全汉三国晋南北朝诗》,绪言称宋本《古文苑》之无注者,每句下但称官位而无名氏。有姓有名者,唯郭舍人、东方朔耳。自章樵增注,妄以其人实之,以致前后矛盾,因启后人之疑,故妄增之姓名宜删。就是说,顾炎武据所注之名,驳其依托,实据俗本立论,未可尽信。

逯钦立先生《汉诗别录》专有"《柏梁台诗》"一则考证,认为最早著录此诗的《东方朔传》成于西汉,班固《汉书·东方朔传》多本此书而作,而抄录之迹,宛然可见。他从"两传文字异同"、"两传故实繁简"、"两传谬误雷同"等方面推论《汉书·东方朔传》实抄袭《东方朔别传》。而"《东方朔传》既系西京之旧记,其中又鲜后人之所增益,则此《柏梁台诗》自为当时所传之篇,年代、官名记载之不合,并不足否定其时代性"。再就此诗语言而言,"辞句朴拙,亦不似后人拟作"。在《先秦汉魏晋南北朝诗》中,他又考曰:"顾炎武《日知录》据《史》、《汉》纪传年表,辨此诗年代官人皆相抵牾,因定为后世依托。然考《汉书·武帝纪》,于建元六年即出大司农一官名,与此抵牾相同。吾人如信班书,不得独疑此诗;且此诗出《东方朔别传》,此《别传》即班书《朔传》所本也。"据此,他将《柏梁台诗》归入《汉诗》卷一汉武帝刘彻名下。

(二）从顾炎武到游国恩的斥伪说

顾炎武《日知录》提出五条证据认为世传《柏梁台诗》不可信。这五条证据是：

第一，诗序所称赋诗的年代——汉武帝元封三年，与作者的年代，比如梁孝王的行迹不相符合。

第二，即使诗中作者之一的梁孝王实为梁平王，也与事实不相符合，因为元封年间，梁平王并未朝京师。

第三，即使梁平王在元封年间来过京师，也未必有梁孝王那样骖驷马的"异数"。

第四，诗中称作者的官名，大半是太初元年所封，在元封之后数年。若元封三年登台赋诗，何得预书太初所改的官名？改官名的时候，柏梁台早已化为灰烬了。

第五，即使登台赋诗在太初改官名之后，而大司马、大将军卫青前两年（元封五年）已经死了，他不可能参加这个盛会了。

近现代学者对于此诗的年代问题大多也都持否定的态度。特别是游国恩先生在《柏梁台诗考证》这篇著名文章中又提出了新的论证，似乎这个问题已经得到了最后的解决。这些新的论证主要是：

第一，《汉书》中记载了汉武帝不少的诗作，比如，《瓠子之歌》、《李夫人歌》、《西极天马之歌》等，却偏偏没有记载这首《柏梁台诗》，有些令人不解。

第二，诗中以大司马、大将军分属两人也露出破绽，因为汉武帝初设大司马时只是用"以冠军之号"的，而诗却是大司马一句，大将军一句，把两职分属二人，这不是汉武帝朝的职官情况。

第三，柏梁联句的次第，丞相反居大司马后，也不是当时的实录。

第四，更主要的一点是，从七言诗的演进历史情形来看，在汉代还不可能出现这样完整的七言诗体。登台作赋且同题共咏的事始于建安时期。再看对于此诗的称引,最早出现于西晋,比如《太平御览》卷五八六所引颜延之《庭诰》有"柏梁以来"云云,而最早模拟此诗的是刘宋孝武帝《华林都亭曲水联句》。此后,六朝诗人称引此诗渐多。据此来看,此诗的出现年代大约不会早于魏晋之世。

第五,刘孝标注《世说新语》引录《东方朔别传》称:"汉武帝在柏梁台上使群臣作七言诗,七言诗自此始也。"由此看来,刘孝标所见《柏梁台诗》本在《东方朔别传》,此诗大约最早就收录在这部书中。因此,考证《东方朔别传》的成书年代也就成了确定此诗真伪的关键。游国恩先生以为《东方朔别传》猥琐,多出后人附会,因此不可信。如果《柏梁台诗》出自《东方朔别传》,那就更增加了此诗的不可信的程度。

对于柏梁台诗真伪的考订,看起来似乎没有多大的意义,其实不然。设想一下,如果《柏梁联句》确有其事的话,那么,就可以证明七言诗早在西汉前期就已经出现。而从诗体演进的历史进程来看,五言诗更应产生在七言之前。这样,五言诗的产生年代就更应提前,而不是通常人们所说产生在东汉中后期。很显然,这一系列问题如果能够成立,那么我们的文学史恐怕就得重新改写。由此来看,柏梁联句年代的确定,就不是可有可无的问题了。只可惜这个问题实在难以考得清楚,因为现有的材料就那么多,除非有新的史料出现。

第四节　历代汉诗研究论著举要

《汉诗音注·汉诗评》十卷,清人李因笃著。李因笃字天生,一字子德,富平人。明末诸生。甲申、乙酉间与顾炎武多所过往。康熙中荐鸿博,授检讨,寻以母老辞归,潜心学问,终不复出。《汉诗音注》与

《诗评》实为一书的两个部分,而分二名。卷一至卷五题"汉诗音注",其评语夹注句下;卷六至卷一〇题"汉诗评",其评语书于诗后。前后体例不同,故又可目为两书。顾炎武有与李因笃书,论古今音韵。李因笃亦依清初重音韵之学风评注汉诗,唯以《诗经》之韵断其出入,不免胶柱之见。然其评语颇多独到的见解,不可全废。此书《四库全书》有存目,清华大学图书馆藏有清刻本。

《汉诗说》十卷,清人费锡璜、沈用济合著。费锡璜字滋衡,吴江人。沈用济字方舟,钱塘人。本书根据明人冯惟讷《古诗纪》、梅鼎祚《汉魏诗乘》所载汉诗,略为评释。持论似高,而所说殊粗疏。如汉人铙歌、鼓吹诸曲,沈约《宋书·乐志》明言声词合写,不可复辨,本无文义可推,而必求其说以通解,不免穿凿附会。又本词与入乐之词本不相同,如《白头吟》中"郭东亦有樵"诸句,乃乐工增入,用来谐律,本书亦曲为之说。此外,冯著《古诗纪》、梅氏《汉魏诗乘》多有疏误,而本书亦很少订正,以讹传讹,最典型的如庞德公"於忽操"三章,本是北宋王禹偁所拟,今亦载于《宋文鉴》中,而本书却加以载录以为是汉诗,推崇备至。其书刻本较多。张潮编《昭代丛书》又将评诗之语辑出四十三条,独立成编,颜曰《汉诗总说》,可见此书影响还是很大的。

《汉诗统笺》三卷,清人陈本礼笺注。是书扉页题"汉乐府三歌笺注"。三歌即郊祀歌、铙歌、唐山夫人歌。书前自序称:"汉诗难读,而郊祀铙歌尤难读。""汉诗见于《汉书·礼乐志》,唯郊祀十九章,安世乐十六章,有颜师古、李奇、应劭等十一家注,然于诗之精义皆未得其肯綮。国朝关中李子德(李因笃)曾应博学宏词之选,且自谓用心于汉诗四十年,可谓勤矣。惜所著《汉诗音注》,义理尚未有析,句读别字仍复踵讹。余若沈方舟、费滋衡之《汉诗说》、钱二白之《汉诗释》、董若雨之《铙歌发》,虽间有可取,未尽善也。"因此之故而作是书。其一为郊庙歌辞,先征引《史记·乐书》、《汉书·礼乐志》,尔后列《练时日》以为此诗是总祀,注引多书,并疏通字义,总述诗歌要旨,间采李因笃、沈德潜等人之说。其二为鼓吹曲辞,先引崔豹《古今注》、《宋书·乐志》等予以解题。尔后逐诗疏解,不时征引前人及时贤诸说。其三为庙祀乐章,先征引《汉书·礼乐志》以为解题,全诗十六章,每章下总以概说,撮述要旨。这三部分笺注,每部分前均有自序,略述古今研究得失以及汉诗研究难易的心得,均作于嘉庆十五年(1810)秋冬之际。是书有清刻本。

除上述专门的汉诗研究论著之外,明清以来还有一些先唐诗选、诗论之类的著作,汉代诗歌也占据比较大的比重。明人之作,大多空疏,一二评语亦多空泛。如明人钟惺、谭元春《古诗归》十五卷,收录先唐诗歌,逐一评解,大旨以纤微幽妙为宗,点逗一二新隽字句,矜为玄妙,于连篇之诗随意割裂。顾炎武《日知录》指摘其失,如称:"近日盛行《诗归》一书尤为妄诞。魏文帝《短歌行》:长吟永叹,思我圣考。圣考谓其父武帝也,改为圣老,评之曰:圣老字奇。"这是比较典型的失考臆改之例。类似这样的例子还可以举出不少。朱彝尊以为这是别人托名钟、谭的伪作,恐不尽然。有明光宗泰昌元年(1620)闵氏三色刻印本。陆时雍《古诗镜》三十六卷,选录汉魏以迄陈隋诗歌加以评论,在明末诸选本中,算是较有特色的一种。其总论中所指晋人华言是务、巧言是标,实际上隐刺钟惺、谭元春之流。但本书不免时俗,与竟陵诗派实貌同而小异。唐汝谔《古诗解》二十四卷,分为古歌谣辞、古逸杂篇、汉歌谣辞、乐府、诗等五类。其训诂字义较为简略,所发明作意亦多敷衍。对乐府中声词合写的现象,作者多不了解而强为之解说。关于古诗源流的分析,亦多疏略。其凡例称五言起于邹、枚。枚乘始作五言之说,首见于《文心雕龙》、《玉台新咏》,然后世多不之信。邹则不知何所本。又将《古诗十九首》冠于苏李之前,亦未说明理由。相比较而言,清人诗选、诗论之类的作者较为切实。较早的选本有王夫之的《古诗评选》六卷,推崇古诗,如称汉乐府《白头吟》"亦雅亦宕,乐府绝唱"。评《战城南》:"所咏虽悲壮,而声情缭绕,自不如吴均一派装长髯大面腔也。"其见解较之明人之空疏,来得切实。陈祚明《采菽堂古诗选》三十八卷,补遗四卷,收录汉至隋诗四千余首。编排以时代而分,诗则汇总作者名下,不取《文选》分类编排之法。书中不作考证,而有圈点评赏,颇能阐发意蕴,为学人所重。张玉毂《古诗赏析》二十二卷,收录先秦至隋代诗歌七百多首,箴、铭、戒、诵、祝辞、系辞之类也收录一些。四言诗以先秦为主,然而陶渊明四言诗也多所采撷。五言诗略后而详前。其编排也以时代为先后,每时代则先帝王,次宗室,次诗人,次闺秀,次方外。一人名下,先列古诗,自四言以次至五言、七言、杂言,依次排列,尔后是乐府。乐府诗题下注明源流,古诗题下有解说。尤其可贵的是对诗歌作了初步的注释工作。每诗之后,都有解析,沉潜反复,探究诗歌的用意。俞樾在序中称赞此书"于汉魏六朝之诗博收约取而存其精,又详加笺注以求其意趣之所在"。所以"是真善读古诗者矣"。许逸民先生的标点本已由上海古籍出版社出版。此外,徐天闵《汉魏晋宋五言诗选集注》(商务印书馆,1946 年)收录《古诗十九首》、苏李诗、班婕妤、卓文君、孔融、蔡邕、秦嘉等人创作,另收录古辞两篇,即《陌上桑》和《古诗为焦仲卿妻作》等。注解比较详尽。

　　近人以研究汉诗名家者主要有古直及郑文先生。两位先生的著作均题名《汉诗研究》。但是侧重点有所不同。郑文先生的著作最初由西北师范学院中文系 1981 年内部印行,其后又有所增补,1994 年交由甘肃民族出版社公开出版。全书几乎涉及现存题名汉诗的全部内容,包括朝廷乐章、乐府古辞、杂言诗、四言诗、五言诗等。特别是所谓庙堂之作,过去的文学史多所忽略,语焉不详。本书给予了较为详尽的论述,如论《安世房中歌》作于汉高祖六年至十年秋七月之间,是对汉初政策的概括和讴歌,原为十五章,非十七章,句式本于楚歌,因为"兮"字被删,遂与大小雅的句式类似。论商山四皓诗,认为所谓四皓所作《紫芝操》不可信,可能是崔骃《四皓墟颂》的翻版。如此等等,都是过去较少涉及的内容。此外,作者还有《汉诗选笺》选录汉代诗歌近二百首详加注释,已由上海古籍出版社出版。汉代诗歌的研究历来较为薄弱,因此,倪其心《汉代诗歌新论》也应在此一提。

选录汉代诗歌,郑文先生的选本是唯一的专门选本。连带汉魏以下诗歌选录的选本,较为流行的是余冠英《汉魏六朝诗选》四卷,人民文学出版社出版。分为汉诗、魏晋诗、宋齐诗、梁陈北朝诗歌各一卷。其中收录六十二位诗人二百一十六篇作品,另外还收录无名氏作品九十九篇,总计三百一十五篇。汉代诗歌重点部分是乐府歌辞中的民歌和无名氏五言诗(包括《古诗》和曾经被误认为李陵、苏武所作的那些"别诗")。此书流行甚广,多次重印,是初学者研习汉魏六朝文学的首选读本。

第五章　秦汉说部研究文献

　　随着经学的普及与深入，大量的伦理教化故事逐渐在秦汉以后的社会各个阶层传播开来。经学类的著作，在章句笺证之外，还有许多"外传"一类的著作，即引用历史上的各类故事来对经学加以形象化的解释。譬如齐诗有《齐杂记》，韩诗有《韩诗外传》，《春秋》另有"三传"，《论语》有《孔丛子》、《孔子家语》，均是运用历史故事的形式解说经典，依附于经典而行。西汉中后期，一些伦理教化的著作逐渐与经书相剥离，成为独立的著作，譬如刘向的《说苑》、《新序》、《列女传》就是这样的著作。表面上看似与经书没有多少关系，但就其本质而言，依然是为讲解传播经学思想而编著的。这类以讲述故事为主的著作，东汉以后更加盛行，其内容也更加繁复，又不仅仅限于传播儒家思想。《隋书·经籍志》著录了很多这样的著作，但是其分类颇为纷杂，经传类归入"经部"也名正言顺，而刘向《列女传》归入史部杂传类，《说苑》、《新序》又归入子部儒家类。还有应劭的《风俗通义》，以其"杂错漫羡，而无所指归"，只能随意列入子部杂家类。而我们根据其史学的特性，在本书中编第二章"史书研究文献"中加以论列。至于大量的被后世目为小说之类的著作，其归类尤其纷繁复杂，几乎散见于各处。可见，在当时，至少在隋唐之际，还没有我们今天意义上的小说概念。这些以讲述故事为主的著作,大都根据其内容归附于不同的类别。笼统地说,近似于后世的说部。因此,本章姑且用"说部研究文献"加以概括。

第一节　小说的含义

"小说"一词最早见于《庄子·外物》:"饰小说以干县令,其于大达亦远矣。"照此来看,先秦已经有了小说,不过那个时候的小说观念与现时的理解简直大相径庭。鲁迅《中国小说史略》解释说:"然案其实际,乃谓琐屑之言,非道术所在,与后来说者不同。"汉代人论到"小说",与先秦相比,含义又有所变化,认为它出自民间,形式短小而具有观赏性。如《文选》第三十一卷江淹《拟李都尉陵从军》李善注引汉代桓谭《新论》记载说:"小说家合残丛小语,近取譬喻,以作短书,治身理家,有可观之辞。"《汉书·艺文志》也说:"小说家者流,盖出于稗官。街谈巷议、道听途说者之所造也。孔子曰:虽小道必有可观焉,致远恐泥,是以君子弗为也。然亦弗灭也,闾里小知者之所及,亦使缀而不忘。"稗官,其实就是乡里小官。也许就是汉代专门收集这类"街谈巷议、道听途说"的文士,因为唐代颜师古注解引如淳说,"街谈巷说,其细碎之言,王者欲知闾巷风俗,故立稗官使称说之"。看来,汉代关于小说的概念至少在娱乐性这方面已经与现时的理解有所接近,当然,它只是残丛小语,情节十分简单,娱宾遣兴而已。而在云梦龙岗秦简中有"乡部稗官"之说,确实在乡里有所谓采集风俗之官。见本书下编第二章《秦汉石刻简帛文献》。

《汉书·艺文志》首先把"小说"作为一种独立的体裁列于诸子之末。诸子类中有儒、道、阴阳、法、名、墨、纵横、杂家、农家、小说家等十家,但班固在诸子类的序中明确说:"诸子十家,其可观者九家而已。"显然,在班固看来,小说家微不足道,因此并未列入"可观者"之列。不过,在《汉书·艺文志》中,还是最早著录了十五家小说,一千三百八十篇。这十五家是:

《伊尹说》二十七篇。班固注:其语浅薄,似依托也。道家类另《伊尹》五十一篇。班固注:汤相。

《鬻子说》十九篇。班固注:后世所加。道家类另《鬻子》二十二篇,班固注:名熊,为周师,自文王以下问焉。周封为楚祖。道家《鬻子》今存一卷,唐逢行珪注。

《周考》七十六篇。班固注:考周事也。

《青史子》五十七篇。班固注:古史官记事也。《风俗通义佚文》(辑自《分门集注杜工部诗》卷一七《赠郑十八贲》注引):"青史善著书。"

《师旷》六篇。班固注:见《春秋》,其言浅薄,本与此同,似因托之。兵书类著录《师旷》八篇,班固注:晋平公臣。

《务成子》十一篇。班固注:称尧问,非古语。方伎略房中类著录《务成子阴道》三十六篇,数术略五行类著录《务成子灾异应》十四卷。

《宋子》十八篇。班固注:孙卿道宋子,其言黄老意。

《天乙》三篇。班固注:天乙谓汤,其言殷时者,皆依托也。

《黄帝说》四十篇。班固注:迂诞依托。此外,道家、兵家、数术、方伎等也有著录。

《封禅方说》十八篇。班固注:武帝时。

《待诏臣饶心术》二十五篇。班固注:武帝时。颜注引刘向《别录》:"饶,齐人也,不知其姓,武帝时待诏,作书名曰《心术》也。"

《待诏臣安成未央术》一篇。应劭注:"道家也,好养生事,为未央之术。"

《臣寿周纪》七篇。班固注:项国圉人,宣帝时。

《虞初周说》九百四十三篇。班固注:河南人,武帝时以方士侍郎,号黄车使者。《玉海》卷五五"艺文"类:"志,小说家虞初周说九百四十三篇。河南人,武帝时方士侍郎号黄车使者。"应劭注:"其说以周书为本。"师古曰:"《史记》:虞初洛阳人。即张衡《西京赋》:小说九百,始自虞初者也。"

《百家》百三十九卷。班固无注。《艺文类聚》、《太平御览》引《风俗通》论及两条。

上述小说,到梁代仅存《青史子》一卷,见《隋书·经籍志》。至隋代,连这一卷也佚失了。马国翰《玉函山房辑佚书》辑《青史子》两条,《宋子》六条。丁晏《佚礼抉微》辑《青史子》两条,其中一条与马氏所辑重复;鲁迅《古小说钩沉》辑《青史子》三条,无出马、丁之外。袁行霈《汉书艺文志小说家考辨》①根据上述著录,联系秦汉时代的诸子引用情况,大体分析了这些小说的内容,很有参考价值。

现存的若干我们今天所谓的汉代小说,大多见于《隋书·经籍志》著录,比较著名的有《燕丹子》、《西京杂记》、《列仙传》、《神异传》、《十洲记》、《洞冥记》、《汉武故事》、《汉武内传》、《飞燕外传》、《杂事秘辛》等。不过,现在学术界比较一致的看法,认为这些旧题为汉人之作其实多是魏晋乃至齐梁时代的伪托。鲁迅说:"见存汉人小说皆伪托。"至于是什么时候的作品,各家考订颇有不同。因此,论及中国现存的小说发展的历史,至少应当从所谓的汉人小说谈起。

问题是,鲁迅所谓的"汉人小说",实际上与班固《汉书·艺文志·诸子略》小说家类所讲的小说内涵是有所差异的。《燕丹子》这

---

① 袁行霈《汉书艺文志小说家考辨》,《文史》第七辑,中华书局1979年版。

类作品,在唐宋以前的著录中,归类不一,颇为纷杂。随着文学观念的变化,人们对那些具有一定故事性、同时注重人物形象塑造的作品归入说部,后来索性通称为小说。胡应麟《少室山房笔丛》卷二九将这些小说具体分成六类:一是志怪类,如《搜神记》、《述异志》等;二是传奇类,如《飞燕外传》等;三是杂录类,如《世说新语》等;四是丛谈类,如《容斋随笔》等;五是辩订类,如《资暇集》等;六是箴规类,如《颜氏家训》等①。浦江清先生《论小说》说胡应麟"把志怪传奇卓然前列,与现代的看法相近。也许他原想把传奇放在第一,因为比较晚起而列在第二的。这是说,在这一千六百年之中,虽然小说的定义大体上还没有变动,但是因为范围扩大,新的东西占据了重要的地位,从前人所着重的东西退为附庸了。这里就包含有观念的变化"②。只是,胡应麟的这六种分类还较为庞杂,因为琐闻、杂志、考证等没有什么故事性的杂著也都包括在"小说家"一类中,显然还有不妥。《四库全书总目提要》则简化为三类,即"叙述杂事"类、"记录异闻"类、"缀缉琐语"类。按:《四库全书总目提要》著录,仅有《西京杂记》、《世说新语》、《山海经》、《穆天子传》、《神异经》、《搜神记》、《续齐谐记》、《博物志》、《述异记》、《酉阳杂俎》等,所收其实仅止于胡应麟所分"杂录"、"志怪"两类。就小说范围而言,较为妥当。鲁迅在《中国小说史略》中论及汉魏六朝小说时即把古小说分成两大类,一是"六朝之鬼神志怪书",一是"《世说新语》及其前后"。他在《中国小说的历史的变迁》讲演中索性标举"志怪"与"志人"两大类。近现代学者多从其说。所以,打开任何一部中国小说史的论著,其分类大体不出上述几类。

---

① 胡应麟《少室山房笔丛》,上海书店出版社 2001 年版。
② 见《浦江清文录》,人民文学出版社 1989 年版。

第二节 《新序》、《说苑》、《列女传》

在汉代学术文化发展史上,刘向占据着相当重要的地位。作为一个文献学家,他整理了许多部先秦典籍,每整理完一部,都要写一篇提要,汇编成为《别录》,其子刘歆又因之而成《七略》。这两部书今虽已亡佚,但是其精华已为班固《汉书·艺文志》所吸收。

刘向的学术成就,这篇短文当然不足以概括。这里仅就他的三部类似于小说的著作《新序》、《说苑》、《列女传》略作说明。这三部书的编订时间可能并非一时。《汉书·楚元王传》:"久之,营起昌陵,数年不成,复还归延陵,制度泰奢。向上疏谏曰。"这篇上疏,严可均题曰《谏营昌陵疏》。按:《汉书·成帝纪》永始元年秋七月诏:"朕执德不固,谋不尽下,过听将作大匠万年言昌陵三年可成。作治五年,中陵、司马殿门内尚未加功。天下虚耗,百姓罢劳,客土疏恶,终不可成。朕惟其难,悕然伤心。夫过而不改,是谓过矣。其罢昌陵,及故陵勿徙吏民,令天下毋有动摇之心。"《资治通鉴》卷三〇、《西汉年纪》卷二六俱系汉成帝刘骜永始元年(前16)。这一年,刘向六十四岁。钱穆《刘向歆父子年谱》以为三书的编订即在本年。不过,《玉海》卷五五"艺文"类载:"《刘向传》,向采传记行事著《新序》、《说苑》凡五十篇奏之(注:《新序》阳朔元年二月癸卯上,《说苑》鸿嘉四年三月己亥上),《志》儒家刘向所序六十七篇。注:《新序》、《说苑》、《世说》、《列女传颂图》。《唐志》儒家类刘向《新序》三十卷,又《说苑》三十卷。《中兴书目》杂家类《新序》十卷,汉阳朔元年刘向撰,远至舜禹,次及周秦,古人嘉言善行,悉采摭。序载总一百八十三章。《说苑》二十卷,汉鸿嘉四年刘向采传记百家所载行事之迹,凡二十篇,总七百八十四章上之。"

这三部书又有点像故事类编,全部故事大体以类相从,编为若干类。因此,说它是一部具有类书性质的历史故事集也许更为合适。三书均有所本,《新序》本于旧传《新语》,《说苑》本于《说苑杂事》,《列女传》多采自《诗经》、《尚书》,同时又有很多采自民间传说。当然,作者并非机械地照搬旧闻,而是对于各种历史传说有所增删改易,比较明显的一点是,有的增加了评论,并重新作了编排:王通《中说·天地篇》:"子曰:史之失,自迁固始也,记繁而志寡;《春秋》之失,自歆向始也,弃经而作传。"这话可以从另一个侧面来理解,即向、歆父子将经传剥离,着力作传。而传的特点就是用故事来解说经典,开创汉儒说解经书的新局面。

《新序》最早在《隋书·经籍志》中著录为三十卷,但原书久佚,后人整理成为十卷,即《杂事一》、《杂事二》、《杂事三》、《杂事四》、《杂事五》、《刺奢》、《节士》、《义勇》、《善谋上》、《善谋下》。共一百多条。书中所记故事,在写法上既不同于寓言故事的极度夸张和含有明显的讽刺教育意义,也不同于小说故事的纯属虚构和精细描写生活细节。它所记的故事仍然保持着历史记载的形式,多为历史人物的政治活动、危言庄论。生活琐事、生活细节都写得很少。如《杂事·魏庞恭与太子质于邯郸》记载这样一个故事:"魏庞恭与太子质邯郸,谓魏王曰:'今一人来言市中有虎,王信之乎?'王曰:'否。'曰:'二人言,王信之乎?'曰:'寡人疑矣。'曰:'三人言,王信之乎?'曰:'寡人信之矣。'庞恭曰:'夫市之无虎明矣,三人言而成虎。今邯郸去魏,远于市;议臣者过三人,愿王察之也。'魏王曰:'寡人知之矣。'及庞恭自邯郸反,谗口果至,遂不得见。"这个故事又见《战国策·魏策》。而该书亦刘向所编,是同一来源,也许有历史史实作根据,说的是为政的大道理,情节简单,将意思说清楚为止,不作细致的描写。

这是《新序》的最主要特点。有的故事,全用人物对话来展开情节,表现人物和主题。如《新序·善谋》描写厮养卒见燕王时的神情谈吐:

> 有厮养卒谢其舍中人曰:"吾为公说燕,与赵王载归。"舍中人皆笑之曰:"使者往十辈死,若何能得王?"厮养卒曰:"非若所知。"乃洗沐往见张耳、陈余,遣行见燕王。燕王问之,对曰:"贱人希见长者,愿请一卮酒。"已饮,又问之,复曰:"贱人希见长者,愿复请一卮酒。"与之酒,卒曰:"王知臣何欲?"燕王曰:"欲得而王尔。"卒曰……

这段对话写出厮养卒的神态,颇为细致。另外,《新序》也有些情节写到了人物的内心世界,尽管还不是很直接的描写。如《杂事》第一《昔者周舍事赵简子》章写赵简子的哭泣:

> 三年之后,与诸大夫饮酒酣,简子泣,诸大夫起而出曰:"臣有死罪,而不自知也。"简子曰:"大夫反,无罪,昔者吾友周舍有言曰:'百羊之皮,不如一狐之腋。'众人之唯唯,不如周舍之谔谔。昔纣昏昏而亡,武王谔谔而昌。自周舍之死后,吾未尝闻吾过也。故人君不闻其非及闻而不改者亡。吾国其几于亡矣,是以泣也。"

这段话将赵简子的内心世界刻画得非常生动感人。

《新序》中还有一些片段着重描写人物的外貌和环境。如《节士》第七《原宪居鲁》章描写原宪的贫困状况:

> 原宪居鲁,环堵之室,茨以生蒿,蓬户瓮牖,揉桑以为枢,上

漏下湿,匡坐而弦歌。子赣闻之,乘肥马,衣轻裘,中绀而表素,轩车不容巷,往见原宪。原宪冠桑叶冠,杖藜杖而应门,正冠则缨绝,衽襟则肘见,纳履则踵决。子赣曰:"嘻,先生何病也!"原宪仰而应之曰:"宪闻之,无财之谓贫,学而不能行之谓病。宪贫也,非病也。若夫希世而行,比周而交,学以为人,教以为己,仁义之匿,舆马之饰,宪不忍为也。"子赣逡巡,面有愧色,不辞而去。原宪曳杖托履,行歌《商颂》而反,声满天地,如出金石。

用原宪之贫与子赣之阔作为对比,表现了原宪安贫乐道的性格。《新序·义勇》记载崔杼弑庄公条:

崔杼弑庄公,令士大夫盟者,皆脱剑而入,言不疾,指不至血者死,所杀十人。次及晏子。晏子奉杯血,仰天叹曰:"恶乎!崔子将为无道,杀其君。"盟者皆视之,崔杼谓晏子曰:"子与(支持的意思)我,我与子分国;子不我与,吾将杀子。直兵(武器)将推之,曲兵将勾之,唯子图之。"晏子曰:"婴闻回以利而背其君者非仁也,劫以刃而失其志者非勇也。诗云:'恺悌君子,求福不回。'婴可谓不回矣,直兵推之,曲兵勾之,婴不之回也。"崔子舍之,晏子趋出,援绥而乘,其仆将驰,晏子拊其手曰:"虎豹在山林,其命在庖厨,驰不益生,缓不益死。"按之成节,然后去之。诗云:"彼其之子,舍命不渝。"晏子之谓也。

这个故事在《晏子春秋》、《吕氏春秋》、《韩诗外传》等书中均有记载,但都不如《新序》记得简练、情节完整,通过人物的对话和动作,突出了晏婴痛斥弑君凶手的胆量、不为利诱的忠诚、威武不屈的果敢和不与坏人同流合污的坚贞品格。赵善诒《新序疏证》以光绪九年铁华馆校宋本为底本,加以校点,并以《新序》为纲,将诸书互见故事逐一辑录在相关条目下,故事源流,原原本本,至为清晰,颇有助于读者比勘对照。该书已由华东师范大学出版社 1989 年出版。

《说苑》最早著录二十卷,七百八十四章。但是北宋初年仅残留五卷。曾巩序称:"刘向所序《说苑》二十篇,《崇文总目》云:'今存者五篇,余皆亡。'臣从士大夫间得之者十有五篇,与旧为二十篇。"这二十篇即《君道》、《臣术》、《建本》、《立节》、《贵德》、《复恩》、《政理》、《尊贤》、《正谏》、《敬慎》、《善说》、《奉使》、《权谋》、《至公》、《指武》、《谈丛》、《杂言》、《辨物》、《修文》、《反质》等,但是仅存六百余章。《说苑》分类记述先秦至汉代的遗闻轶事以及故事传说,立意有所讽喻。1975 年睡虎地秦简《为吏之道》有这样一段话:"口,关也;舌,机也。一堵失言,驷马弗能追也。口者,关也;舌者,兵也,符玺也。玺而不发,身亦毋薛。"《说苑·谈丛》有相同句式:"口者,关也;舌者,机也。出言不当,四马不能追也。口者,关也;舌者兵也。出言不当,反自伤也。"这说明刘向编书确实取材广泛,渊源久远。《说苑》叙事描写多用想象夸张,渲染气氛,风格质朴,对后来小说发展有影响。比如《贵德》篇中一段故事就很有意义:

> 丞相西平侯于定国者,东海下邳人也。其父号曰于公,为县狱吏决曹掾,决狱平法,未尝有所冤。郡中离文法者,于公所决,皆不敢隐情。东海郡中为于公立祠,命曰于公祠。东海有孝妇,无子,少寡,养其姑甚谨。其姑欲嫁之,终不肯。其姑告邻之人曰:"孝妇养我甚谨,我哀其无子守寡,日久我老,累丁壮,奈何?"其后母自经死,母女告吏曰:"妇杀我母。"吏捕孝妇,孝妇辞不杀姑。吏欲毒治,孝妇自诬服。县狱以上府,于公以为养姑十年以孝闻,此不杀姑也。太守不听,数争不能得,于是于公辞疾去吏。

太守竟杀孝妇。郡中枯旱三年。后太守至,卜求其故,于公曰:"孝妇不当死,前太守杀之,咎当在此。"于是杀牛祭孝冢,太守以下自至焉。天立大雨,岁丰熟,郡中以此益敬重于公。于公筑治庐舍,谓匠人曰:"为我高门,我治狱未尝有所冤,我后世必有封者,令容高盖驷马车。"及子,封为西平侯。

这个故事,班固后来又写进《汉书·于定国传》中,东晋干宝《搜神记》也予收录。更为大家所熟悉的元代关汉卿《窦娥冤》写窦娥冤死后,感天动地,大旱三年,这个情节也来自《说苑》记载的这个故事,足见其影响之大。这里作者采用了虚构夸张的浪漫主义手法,借助于自然之力,使冤魂得以昭雪,善有善报,充分表达了人民群众的良好愿望和理想。向宗鲁《说苑校证》汇集清代以来的校勘成果,辨析疏证,有重要的学术价值①。许素非《说苑探微》探索了本书所表现出来的刘向的政治论、智识论、人生论、天人论等②。《列女传》,《汉书·刘向传》著录八篇,而《隋书·经籍志》著录十五篇。《后汉书·皇后纪》顺烈梁皇后梁妠(梁商之女)传记载其"少善女工,好史书。九岁能诵《论语》,治《韩诗》,大义略举。常以《列女图》画置于左右以自监戒"。李贤注:"刘向撰《列女传》八篇,图画其像。"惠栋注引刘向《别录》曰:"臣向与黄门侍郎歆所校《列女传》,种类相从为七篇,以著祸福荣辱之效、是非得失之分,画之于屏风四堵。"可见图文并茂。故《汉书·艺文志》著录"刘向所序六十七篇"。班固注:"《新序》、《说苑》、《世说》、《列女传颂图》也。"《日本国见在书目》杂传家著录"《列女传》十五卷,刘向撰,曹大家注"。1993 年在江苏东海县

---

① 向宗鲁《说苑校证》,中华书局 1987 年版。
② 许素非《说苑探微》,太白书屋 1989 年版。

尹湾村出土西汉后期简牍,约四万余字,包括《东海郡吏员簿》、《历谱》、《神乌赋》、《列女传》、《楚相内史对》、《弟子职》、《六甲阴阳书》等。据《文物》1996年第8期所刊《江苏东海县尹湾汉墓发掘报告》,墓主师饶在成帝时任东海郡功曹史,因而简牍包括本郡簿籍,还有墓主本人行事记录和所用名谒。其下葬的年代为元延三年(前10),距其成书之年的公元前16年(依据钱穆考订),不过六年而已。《列女传》,当时墓主所读之书,书分《母仪》、《贤明》、《仁智》、《占顺》、《节义》、《辨通》、《孽嬖》各章。可见,刘向《列女传》问世后很快就在世间流传。又据沙畹编《斯坦因在东土耳斯坦考察所得汉文文书》有一简作"分《列女传》书"不知是否指刘向《列女传》,倘若如是,也是较早称引者也。

　　《列女传》中最有名的故事莫过于"秋胡戏妻"了:"洁妇者,鲁秋胡子妻也。既纳之五日,去而官于陈,五年乃归。未至家,见路旁妇人采桑。秋胡子悦之,下车谓曰:'若曝采桑,吾行道远,愿托桑荫下飧下赍休焉!'妇人采桑不辍。秋胡子谓曰:'力田不如逢丰年,力桑不如见国卿,吾有金愿以与夫人。'妇人曰:'嘻!夫采桑力作,纺绩织纴,以供衣食,奉二亲,养夫子,吾不愿金,所愿卿无有外意,妾亦无淫佚之志,收子之赍与笥金。'秋胡子遂去,至家奉金遗母,使人唤妇至,乃向采桑者也。秋胡子惭。妇曰:'子束发修身,辞亲往仕,五年乃还,当所悦驰骤,扬尘疾至,今也乃悦路旁妇人,下子之粮,以金予之,是忘母也,忘母不孝。好色淫佚,是污行也,污行不义。夫事亲不孝,则事君不忠,处家不义,则治官不理,孝义并亡,必不遂矣。妾不忍见于子改娶矣!妾亦不嫁。'遂去而东走,投河而死。君子曰:'洁妇精于善。夫不孝莫大于不爱其亲而爱其人,秋胡子有之矣。'君子曰:'见善如不及,见不善如探汤。秋胡子妇之谓也。'诗云:'唯是褊心,是以为刺。'此之谓也。"这个故事极具戏剧性,特别是男主人公在家里相会这一场面的描写,使矛盾骤然激化,故事也达到了高潮,而女主人公对于秋胡子的痛斥,生动地表现了她的性格特征,同时也展现了她愤激的内心世界。这个故事对于后代影响极大,是魏晋南北朝以至唐宋诗歌创作中一个非常重要的文学题材,为无数诗人所咏叹。元代著名杂剧作家石君宝又写成《秋胡戏妻》,将这个故事搬上艺术舞台,其影响就更大了,几乎家喻户晓。

除上述三书外,旧题刘向所著《列仙传》二卷也应在此一提。此书未见《汉书·艺文志》著录。《隋书·经籍志》杂传类著录:"《列仙传赞》三卷,刘向撰,鬷续,孙绰赞。《列仙传赞》二卷,刘向撰,晋郭元祖赞。"杂传类小序又云:"又汉(按:应为"秦")时阮仓作《列仙图》,刘向典校经籍,始作《列仙》、《列士》、《列女》之传。"《日本国见在书目》杂传家著录"《列仙传》三卷,刘向撰"。《旧唐书·经籍志》史部杂传类著录二卷,《新唐书·艺文志》子部道家类著录二卷,作《列仙传》,无赞。此后诸家著录,大率与此相同。唐前典籍中,最早提及《列仙传》者为东汉末王逸《楚辞·天问》注及应劭《汉书音义》,但不云撰人。《三辅黄图·甘泉宫》也有征引。最早称刘向作《列仙传》者为东晋葛洪。其《神仙传自序》曰:"秦大夫阮仓所记,有数百人。刘向所撰,又七十余人。"《抱朴子·论仙篇》曰:"刘向博学则究微极妙,经深涉远,思理则清澄真伪,研覆有无。其所传《列仙传》仙人七十有余,诚无其事,妄造何为乎? ……刘向为汉世之名儒贤人,其所记述,庸可弃哉?"《世说新语》注、《水经注·洛水注》、《颜氏家训·书证篇》、陶弘景《真诰》卷一七《握真辅篇》、《太平御览》卷六七二所引佚名《列仙传叙》并谓此书为刘向所著。南宋陈振孙《直斋书录解题》卷一二神仙类则不以为然,认为此书"似非向本书,西汉人文章不尔也"。黄伯思《东观余论·跋刘向列仙传后》:"司马相如云:'列仙之儒,居山泽间。'列仙之名当始此。传云刘向作而《汉书》向所序六十七篇,但有《新序》、《说苑》、《列女传》等,而无此书。又叙事并赞不类向文,恐非其笔。然事详语约,辞旨明润,疑东京文也。"①《四库全书》入子部道家类,认为出于东汉。《四库提要》曰:"黄伯思《东观余论》谓是书虽非向笔,而事详语约,词旨明润,疑东京人作。今考是书,《隋志》著录,则出于梁前。又葛洪《神仙传》序亦称此书为向作,则晋时已有其本。然《汉志》列刘向所序六十七篇,但有《新序》、《说苑》、《世说》、《列女传图颂》,无《列仙传》。又《汉志》所录皆因《七略》,其总赞引《孝经援神契》,为《汉志》所不载。《蜎子传》称其《琴心》三篇有条理,与《汉志》、《蜎子》十三篇不合。《老子传》称'作《道德经》上下二篇',与《汉志》但称《老子》亦不合。均不应自相违异。或魏、晋间方士为之,托名于向耶?"杨守敬《日本访书志》卷六也怀疑《列仙传》为东汉人的作品,并提出三条新证据:一、《世说新语》注引《列仙传序》,"七十四人已在佛经,故撰得七十二人,可以多闻博识者遐观焉。各本皆脱此序。然称七十四人在佛经,此岂西汉人口吻?"二、"《文宾传》大邱乡人也,前汉无太邱县,后汉属沛国。《木羽传》巨鹿南和平乡人也,前汉南和属广平国,后汉改属巨鹿。"三、"《瑕邱传》宁人也,两汉上谷郡有宁县,魏、晋以下省废。"余嘉锡《四库提要辨证》综合诸说,以为"此书盖明帝以后顺帝以前人之所作也"②。

---

① 《宋本东观余论》,中华书局1988年影印出版。
② 有关此书的详细论证,参见陈文新《部分六朝小说的史料问题》,收进《魏晋南北朝文学通论》下编第四章《魏晋南北朝小说研究文献》,刘跃进主编,辽宁人民出版社出版。

第三节　旧题汉人小说的著录和真伪

对于古小说收录最早、最全的应首先推《太平广记》。这部书专门收录自汉代以迄宋初的野史小说,引书近五百种。这些书半数以上都已散佚,就是留存下来的也有不少残缺和错讹之处,现在就只能依据《太平广记》来作辑佚和校勘了。全书按题材分为十二类,又分一百五十余细目,不仅便于翻检,而且给小说史研究提供了很大方便。《四库全书总目提要》子部小说家类评论说:"其书虽多谈神怪,而采摭繁富,名物典故,错出其间,词章家恒所采用。考据家亦多取资。又唐以前书世所不能传,断简残编,尚间存其什一,尤足贵也。"鲁迅《破〈唐人说荟〉》评价此书说:"我以为《太平广记》的好处有二:一是从六朝到宋初的小说几乎全收在内,倘若大略的研究,即可以不必别买许多书。二是精怪、鬼神、和尚、道士,一类一类的分得很清楚,聚得很多,可以使我们看到厌而又厌,对于现在谈狐鬼的《太平广记》的子孙,再没有拜读的勇气。"浦江清先生也说:"元明以后,笔记小说虽依旧盛行,出来了不少著作,但体制和门类再不能超出宋以前所有。依据现代的观点,唐人传奇已经到了文言小说的最高峰,978年《太平广记》的结集,可以作为小说史上的分水岭,此后是白话小说浸灌而成长江大河的局面。"① 此书有人民文学出版社 1959 年汪绍盈先生的校点本,1961 年中华书局又据以重印,1986 年又第三次印刷,较易获读。此外,又有元代陶宗仪辑《说郛》亦是研究古小说的重要的参考书。此书最重要的价值是辑录了许多说部作品,其中有相当

---

① 《浦江清文录》,人民文学出版社 1989 年版。

一部分原本久已失传，仅赖此书得以窥见一斑。当然，此书也有明显的问题，比较突出的是很多作品仅为节录，且缺乏必要的校勘，底本也缺乏较好的选择。尽管如此，此书在中国古典小说资料的保存与流传方面仍有着不可或替的独到价值。《四库全书总目提要》称此书："古书之不传于今者，断篇残简，往往而在，佚文琐事，时有征焉，固亦考证之渊海也。"研究古小说，这部书是相当重要的参考书。唯此书的传本颇为混乱。通行本有明一百二十卷本、涵芬楼一百卷本。1986年上海古籍出版社将一百二十卷本、涵芬楼一百卷本及《说郛续》四十六卷本三种汇集影印，流传更加广泛。

近现代对于古小说钩沉考订而取得较大成就的当首推鲁迅。他的名作《古小说钩沉》，辑录小说三十六种，隋唐以前散佚的小说主要部分都已收录。此外，徐震堮《汉魏六朝小说选》①、俞长源《汉魏六朝小说》②、李剑国《唐前志怪小说辑释》③等都辑录有旧题汉人小说多种，值得参考。对于古小说的著录可以举出程毅中的《古小说简目》和袁行霈、侯忠义合著的《中国文言小说书目》。程著始于邯郸淳《笑林》，止于唐五代，收录古代小说以文学性较强的志怪、传奇为主，并在每书目下标举存佚情况，并列举版本，以通行本为主，说明作者，考述著录。袁、侯二人之著所收书大体与程著相同。唯下限到明清。收录各书以时代为先后，先列书名、卷数、存佚，再列时代、撰者、著录、版本等，并附以必要的考证说明。有这两部书在手，有关汉魏小说的编撰、著录、版本等情况大致可以一目了然。

根据上述著作，现存旧题汉人小说的年代问题大体有了定论，即

---

① 徐震堮选注的《汉魏六朝小说选》，上海古典文学出版社1957年版。
② 俞长源《汉魏六朝小说》，中华书局上海编辑部1959年版。
③ 李剑国《唐前志怪小说辑释》，上海古籍出版社1986年版。

多为后人所伪托,当然,在一些具体问题上尚有异议。

一、《燕丹子》

《隋书·经籍志》子部小说家类著录,一卷。不著撰人姓名。注:"丹,燕王喜太子。"《旧唐书·经籍志》作三卷,题燕太子丹撰。此书传本不多,《四库提要》以为此书"至明遂佚"。余嘉锡先生《辨证》以为"此书著录于明陈第《世善堂书目》卷上,则当在明之中叶,犹未佚也"。单传本世人已不及见,今传乃四库馆臣自《永乐大典》辑出本。孙星衍从纪昀处得传刻本,先后刻入《岱南阁丛书》、《问经堂丛书》、《平津馆丛书》中,又有《四部备要》、《丛书集成初编》本。1985年中华书局出版了程毅中先生的校点本。关于此书的撰著年代,历来是研究的热点,众说纷纭。

(一)成于先秦说

孙星衍序:"其书长于叙事,娴于词令,审是先秦古书,亦略与《左氏》、《国语》相似,学在纵横、小说两家之间。"又考书中多古字古义,"足证此书作在史迁、刘向之前,或以为后人割裂诸书杂缀成之,未必然矣"。按:《文献通考·经籍考》引《周氏涉笔》说:"燕丹、荆轲,事既卓佹,传记所载亦甚崛奇。今观《燕丹子》三篇而与《史记》所载皆相合,似是《史记》事本也。"实际亦认为是秦汉以前古书。宋濂《诸子辨》说它"决为秦汉间人作"。周中孚《郑堂读书记》:"当由六国游士哀太子之志,综其事迹,加之缘饰……太史公作《燕世家》、《荆轲列传》,俱削之不载焉。"

(二)成于秦代说

霍松林说,《燕丹子》是在取材历史事实的基础上汲取民间传说而写成的,从对秦王"虎狼其行"的揭露看来,从对燕太子丹、荆轲刺秦王及其失败流露的赞颂、同情和惋惜的强烈情绪来看,"它应该是秦并天下以后至覆亡前十余年间的产物"。但是,这种考证,只能说是推论,没有事实根据,一时难以叫人信服。

(三)成于两汉说

胡应麟《四部正讹》说:"《燕丹子》三卷,当是古今小说杂传之祖,然汉《艺文志》无之,《周氏涉笔》谓太史《荆轲传》本此,宋承旨亦以决秦汉人所作。余读之,其文采诚有足观,而词气颇与东京类,盖汉末文士因太史《庆卿传》增益怪诞为此书,正如《越绝》等编,掇拾前人遗轶而托于子胥、子贡云尔。"《四库提要》亦称:"其文实割裂诸书燕丹、荆轲事杂缀而成。其可信者,已见《史记》,其他多鄙诞不可信,殊无足采。"又据《史记集解》、《索隐》引应劭、王充记载,不引此书,断曰:"诸家引书,以在前者为据,知此书应在应劭、王充后矣。"按:《论衡》、《风俗通义》多引燕丹子故事,是在东汉流行开来的。

(四)成于宋齐说

李慈铭《孟学斋日记》甲集:"《燕丹子》末篇记荆轲刺秦王事……所言与《国策》、《史记》大异,以情理度之,皆非事实。然文甚古雅,孙氏谓:审是先秦古书,诚未必然。要出于宋齐以前高手所为,故至《隋志》始著录。"罗根泽力辨此书晚出,上不过刘宋,因为裴骃《史记集解》未引。下不过梁,可以梁庾仲容《子钞》目录为证。其时代当在萧齐之世。

二、《西京杂记》

《隋书·经籍志》史部旧事类著录二卷,不著撰人。宋分为六卷,见《直斋书录解题》。《四部丛刊》影印明嘉靖本较好,又有中华书局1985年出版的校点本。向新阳、刘克任有《西京杂记校注》[①]利用了考古资料,具有新意。关于此书争论的焦点,主要是作者问题。

(一)无名氏

《隋书》未著录名氏。《汉书·匡衡传》颜注:"今有《西京杂记》

---

① 向新阳、刘克任有《西京杂记校注》,上海古籍出版社1991年版。

者,其书浅俗,出于里巷,多有妄说。"亦未言作者。

(二) 刘歆

葛洪《西京杂记跋》:"洪家世有刘子骏《汉书》一百卷,无首尾题目,但从甲乙丙丁纪其卷数。先父传之。歆欲撰《汉书》,编录汉事,未得缔构而亡,故书无完本,止杂记而已,失前后之次,无事类之辨。后好事者以意第之,始甲终癸为十帙,帙十卷,合为百卷。洪家具其书,试以此记考校班固所作,殆是全取刘书,有小异同耳。并固所不取,不过二万许言,今抄出为二卷,名曰《西京杂记》,以裨《汉书》之阙。"清人卢文弨《新雕西京杂记缘起》说:"余则以此汉人所记无疑也。《说苑》、《新序》其书皆在刘向前,向校而传之,后人因名二书刘向著。今此书之果出于歆,别无可考,即当以葛洪之言为据。"姚振宗《隋书经籍志考证》、张心澂《伪书通考》等并以为刘歆著。但是,此说有明显的矛盾处,如陈振孙《直斋书录解题》:"向、歆父子亦不闻其尝作史传于世。使班固有所因述,亦不应全没不著也。"《四库提要》也指出:"歆始终臣莽,而此书载吴章被诛事,乃云章后为王莽所杀,尤不类歆语。又《汉书·匡衡传》'匡鼎来'句下,服虔训鼎为当,应劭训鼎为方。此书亦载是语,而以鼎为匡衡小名。使歆先有此说,服虔、应劭皆后汉人,不容不见,至葛洪乃传。是以陈振孙等皆深以为疑。"马叙伦《读书续记》、余嘉锡《四库提要辨证》等又找出许多例证否定刘歆著书说。

(三) 葛洪

两唐《志》并题葛洪撰。唐代几部书如刘知几《史通》、段成式《酉阳杂俎》、张彦远《历代名画记》等并称为葛洪著。《册府元龟》卷五五五:"葛洪选为散骑常侍,领大著作,因辞不就,撰《神仙传》十卷,《西京杂记》一卷。"沈钦韩《汉书疏证》、孙诒让《札迻》并信此书为葛洪假托。又,今传《抱朴子外篇自序》所载:"凡著《内篇》二十卷,《外篇》五十卷,碑、颂、诗、赋百卷,军书、檄、移、章表、笺记三十卷;又撰俗所不列者为《神仙传》,又撰高尚不仕者为《隐逸传》十卷,又抄五经七史、百家之言、兵事方伎、短杂奇要三百一十卷,别有目录。"余嘉锡先生以为"洪既抄百家及短杂奇要之书,则此书据洪自称,亦是从《汉书》中抄出,安见不在三百一十卷之中?特因别有目录,自叙不载其篇名"。洪业先生评列众说,又补充许多例证,断为葛洪所作。但此说宋人即有怀疑。《直斋书录解题》:"洪博闻深学,江左绝伦,所著书几五百卷,本传具载其目,不闻有此书……殆有可疑者,岂惟非向、歆所传,亦未必洪之作也。"《四库提要》亦否定葛洪著书说:"今考《晋书·葛洪传》,载洪所著有《抱朴子》、《神仙》、《良吏》、《集异》等传,《金匮要方》、《肘后备急方》并诸杂文,共五百余卷,并无《西京杂记》之名。则作洪撰者自属舛误。"又潘岳《闲居赋》有"张公大谷之梨,梁侯乌椑之柿"之句,李善注引《西京杂记》曰:"上林苑有乌椑木。""大谷未详。"今本《西京杂记》卷一"初修上林苑"条有"大谷梨"、"乌椑"。潘岳(247~300),比葛洪早数十年(葛洪:约281~341),则《西京杂记》非葛洪撰明矣。

(四)吴均

《酉阳杂俎·语资篇》:"庾信作诗,用《西京杂记》事,旋自追改,曰:此吴均语,恐不足用也。"《郡斋读书志》:"江左人或以为吴均依托为之。"《四库简明目录》称此书"实则吴均撰,托言葛洪得刘歆《汉书》遗稿"。但是《酉阳杂俎》载"庾信指为吴均,别无他证"①。鲁迅《中国小说史略》指出:"所谓吴均语者恐指文句而言,非谓《西京杂记》也。梁武帝敕殷芸撰小说,皆钞撮故书,已引《西京杂记》甚多,则梁初已流行世间,因以葛洪所撰为近是。"余嘉锡《四库提要辨证》

---

① 《四库全书总目提要》。

详考吴均、殷芸二人事迹及生卒年断限,认为"二人仕同朝,同以博学知名,虑无不相识者;使此书果出于吴均依托,芸岂不知,何至遽信为古书从而采入其著作中乎?"再说吴均博学,曾撰《通史》、注范晔《后汉书》等,不至于连"《史记》、《汉书》转未覆照,致斯舛误"。

(五) 萧贲

《南史·齐武帝诸子传》记载萧贲著有《西京杂记》六十卷。但是此本早佚。今本《西京杂记》与六十卷本是否为同一种,宋代以来学者有两种意见。一种意见认为,此是另外一部同名著作。王应麟《困学纪闻》:"今案《南史》,萧贲著《西京杂记》六十卷,然则依托为书,不止吴均也。"余嘉锡考证说:"古今书名相同者多矣,萧贲虽生葛洪之后,彼自著一书,亦名《西京杂记》,既未题古人之名,则不得谓之依托。"洪业先生进一步推测说,萧贲所说"西京"非指西汉,可能是指江陵城内西京湖,因为萧贲在此著书而名,很可能记述太清(547~549)、承圣(552~555)年间在江陵发生的军政朝野大事。但是,洪业先生对此书内容的推测似无据。从《南史·萧贲传》来看,萧贲似未活到承圣年间。另一种意见认为此书确为萧贲所著,因为书中有《柳赋》、《月赋》之类的文章,句法多类六朝,且作者是南方人,对于北方地理不甚清楚,因此可以排除刘歆、葛洪的可能性。其成书时代在齐梁年间殆无疑问,萧贲最有可能是《西京杂记》的作者。还可以从书中找到一些内证,譬如"画工弃市"条,与《汉书·匈奴传》所载王昭君故事颇有不同:昭君故事在最初流传时没有画工作祟情节,而《玉台新咏》所收王淑英妻刘氏《和昭君怨》、范靖妻沈氏《王昭君叹》则有这个情节。刘、沈为齐梁时人,说明昭君不肯屈从画工的情节流行于齐梁时代,这样,刘歆、葛洪著书说不攻自破。至于吴均,仅见《酉阳杂俎》,找不到任何旁证。唯萧贲最可值得注意。萧贲为湘东王文学侍从。其时,萧绎门下文人多醉心于道学和前汉历史,又善于辞赋,他们的作品含有较多的政治讽喻意义。《西京杂记》卷四收录的几篇小赋,表面上托之于议者向梁孝王进言,实际传达了作者对于政治功名的渴望之情。从当时的政治背景、文化环境以及作品的内容、作者的生平等方面考察比较,只有萧贲编撰此书的可能性为最大。可惜萧贲后来为萧绎所杀,身败名裂,《西京杂记》因此也只能以佚名方式流传世间。后人不察,遂托名于博学多识的刘歆或葛洪①。

《三辅黄图·汉宫》引录曰:"又《西京杂记》云:武帝为七宝床、杂宝桉、厕宝屏风、列宝帐,设于桂宫,时人谓为四宝宫。"此文见于卷二。《未央宫》条又引《西京杂记》:"温室以椒涂壁,被之文绣,香桂为柱,设火齐屏风,鸿羽帐,规地以罽宾氍毹。"按:《三辅黄图》的作者虽然未详,但是,曹魏时代的如淳、晋初的晋灼和梁代的刘昭均有引录,则最晚不过曹魏。既然曹魏时人已经引用《西京杂记》,则其成书年代不过曹魏,葛洪所著说不攻自破。

三、《神异经》与《十洲记》

并见于《隋书·经籍志》史部地理类著录,题名东方朔撰。《日本国见在书目》著录:"《神异经》一,东方朔撰,晋张华注。"西汉后期,关于东方朔的神异传说越演越烈。《论衡》、《风俗通义》就记载了许多这类故事。如《风俗通义·正失篇》:"俗言东方朔太白星精。黄帝时为风后,尧时为务成子。周时为老聃。在越为范蠡,在齐为鸱夷子皮。言其神圣,能兴王霸之业,变化无常。"然后,应劭评论说:"刘向少时数问长老贤通于事,及朔时人皆云:朔口谐倡辩,不能持论,喜为凡庸诵说。故今后世多传闻者,而扬雄亦以为朔言不纯师,行不纯德。其流风遗书,蔑如也。然朔所以名过其实,以其恢诞多

---

① Willam H. Nienhauser, Jr.: Once Again, The Authorship of The His-Ching Tsa-Chi, Journal of the American Oriental Society 98.3.

端,不名一行,应谐似优,不穷似智,正谏似直,秽德似隐,非夷齐,是柳惠,其滑稽之雄乎?朔之逢古射覆,其事浮浅,行于众,僮儿牧竖,莫不眩耀,而后之好事者,因取奇言怪语附著之耳。"《汉书·东方朔传》赞也称:"朔之恢谐,逢占射变,其事浮浅,行于众庶。童儿牧竖,莫不眩耀。而后世好事者因取奇言怪语,附著之朔,故详录焉。"颜注:"言此传所以详录朔之辞语者,为俗人多以奇异妄附于朔耳。欲明传所不记者皆非其实也。"所录即为《答客难》等十余种,而这二种并不在内,说明非东方朔所著。《神异经》,或称《神异记》、《神异录》、《神异传》等,仿《山海经》的体例,分为东荒经、南荒经、西南荒经、西荒经、西北荒经、北荒经、东北荒经和中荒经等部分,叙述异物、奇闻、山川、道里等。与《山海经》有所不同的是,《神异经》略于山水地理而详于异物异人。此外,文笔简洁而流畅,略近于后代文风,所以,陈振孙《直斋书录解题》、胡应麟《少室山房笔丛》续甲部《丹铅新录》以及《四库提要》都以为是六朝之作。如《四库提要》评论说:"观其词华缛丽,格近齐梁,当由六朝文士影撰而成。"这是一种具有代表性的意见。但是这种看法并不可靠。《水经注》、《三国志》裴注等书已经有所征引,并题东方朔撰,说明至少是东晋以前作品,南北朝时即已将此书托于东方朔。《左传》文公十八年孔疏引"服虔案:《神异经》云:梼杌,状似虎"。《说文解字》六上木部"枭"字释云:不孝鸟,用《神异经》名目。服虔、许慎皆东汉中期人。据此,段玉裁《古文尚书撰异》、余嘉锡《四库提要辨证》以为此书系托名东方朔实际上是汉人的作品。李剑国《唐前志怪小说史》①第三章又补充若干考证材料推测《神异经》"出于西汉成、哀前后"。他所举出的证据有:东汉初郭宪《洞冥记》卷二云:"昔西王母乘灵光辇,以适东王公之舍。"此

---

① 李剑国《唐前志怪小说史》,南开大学出版社1984年出版。

正本于《神异经》;又《汉书·东方朔传》谓"后世好事者因取奇言怪语,附著之朔",我们知道,《神异经》刻意模仿《山海经》,且托名东方朔,因此说"出于成、哀前后"。又有张华注,见《水经注·河水注》称:"张华叙东方朔《神异经》。"《齐民要术》卷一〇引《神异经》并张茂先注。《隋书·经籍志》著录张华注,然检《晋书》本传并无记载。因此,陈振孙《直斋书录解题》、《四库全书总目提要》、鲁迅《中国小说史略》等并以为这是后人假托。但是李剑国《唐前志怪小说史》以为张华注此书也有可能:"《西荒经》西方山中有蛇名率然条,张华注云:会稽常山最多此蛇。《孙子兵法》'三军势如率然'者也。与《博物志》卷三'常山之蛇名率然'云云全合。又'鹄国'条注云:'陈章与齐桓公论小儿。'《御览》卷三七八引《博物志》逸文详记此事,与注文正相吻合。此皆可证注出张华之手。"

今存《神异经》一卷,与《隋书·经籍志》同。通行本有《广汉魏丛书》、《龙威秘书》、《百子全书》等。这些版本均为58则,而《汉魏丛书》、《格致丛书》等才47条。上述两种版本均非足本,因为陶宪曾《灵华馆丛稿·神异经辑校》就辑有佚文9条。王国良《神异经研究》、周次吉《神异经研究》①是两部比较系统的研究论著。

《十洲记》,或名《海内十洲记》、《十洲三岛记》,《隋书·经籍志》史部地理类著录,《新唐书·艺文志》归入道家类,而《四库全书总目》归入子部小说家类,追述东方朔应对武帝之辞,极夸瀛洲等十洲风物,这十洲是:祖洲、瀛洲、玄洲、炎洲、长洲、元洲、流洲、生洲、凤麟洲、聚窟洲。虽仿《山海经》的地理博物一类,实际更重仙家故事。《四库提要》说:"考刘向所录朔书无此名,书中载武帝幸华林园射虎

---

① 王国良《神异经研究》,文史哲出版社1985年版。周次吉《神异经研究》,文津出版社1986年版。

事,案《文选》应贞《晋武帝华林园集诗》李善注引《洛阳图经》曰:华林园在城内东北隅,魏明帝起,名芳林园。齐王芳改为华林。武帝时安有是号？盖六朝词人所依托。"今人李剑国《唐前志怪小说史》认为,《四库提要》所列证据似不足信。《太平御览》卷七六六引《十洲记》"华林园"三字为"上林苑"之讹,《续谈助》本也作"上林苑";葛洪《神仙传》卷八称卫叔卿为汉武帝时人;《五岳真形图》之称,西汉已见。西汉纬书《河图括地象》已有《五岳地图》名称。因此,本书当为东汉人的作品。通行本有《道藏》本、《顾氏文房小说》本、《古今逸史》本、《说郛》本等。王国良著有《海内十洲记研究》①为系统的研究论著。

四、《汉武故事》与《汉武内传》

《汉武故事》始见于《隋书·经籍志》史部旧事类著录,不著撰人,二卷。两唐《志》同。按:葛洪《西京杂记跋》自称:"洪家复有《汉武帝禁中起居注》一卷、《汉武帝故事》二卷,世人希有之也。"《玉海》引《崇文总目》著录五卷,题班固撰。《郡斋读书志》:"世言班固撰。"又引唐张柬之《洞冥记跋》:"《汉武故事》,王俭造也。"司马光《通鉴考异》说:"《汉武故事》语多诞妄,非班固书,盖后人为之,托固名耳。"孙诒让《札迻》据葛洪《西京杂记跋》断曰《汉武故事》"出稚川手,故文亦互有出入也"。又书中"女子长陵徐氏"条引有汉成帝元延年号,据此,余嘉锡先生推断说:"班固后汉人,时代不相及,安得称成帝为今上？是班固撰之说,可不攻自破。""疑葛洪别有《汉武故事》,其后日久散佚,王俭更作此以补之。书名虽同而撰者非一人,不必牵合为一。"又以为此书是晋宋前后作品。但潘岳《西征记》"汉六叶而抚畿"数句,李善注以为用《汉武故事》中汉武帝微行柏谷事,说明潘岳已见过此书,并引以为典实,已在葛洪前,更远在王俭前。即使不出班氏,"至晚当亦建安正始间人所

---

① 王国良《海内十洲记研究》,文史哲出版社1993年版。

作无疑也"①。又书中有佛教内容,有图谶语言,如"汉有六七之厄,法应再受命"以为源于"赤厄三七"之说,当可断定为汉末建安时期的作品②。有《丛书集成初编》本较为通行。

《汉武内传》一卷,或称《汉武帝内传》、《汉孝武内传》、《汉武帝传》,《隋书·经籍志》史部杂传著录,不著撰人。书中引有《汉武故事》、《十洲记》中故事,因此,当成书于上述两种书之后。《博物志》卷八记载武帝会西王母事,兼采《汉武故事》、《汉武内传》,所以,其写作年代又应在《博物志》之前。但是,多数学者认为此书成书年代还晚,似与葛洪有关联。《日本国见在书目》杂传家著录《汉武内传》"葛洪撰"。综其异说,约有四端:第一是东汉末年。李剑国《唐前志怪小说史》:"汉时,武帝、西王母传说十分盛行,《汉武故事》、《洞冥记》、《十洲记》都以此为主要内容。《内传》全书系敷衍、增饰《汉武故事》中武帝会西王母诸事。……是则《内传》极可能出于东汉末。"第二是魏晋年间。《四库全书总目提要》:"其文排偶华丽,与王嘉《拾遗记》、陶宏景《真诰》体格相同。考徐陵《玉台新咏序》有'灵飞六甲,高擅玉函'之句,实用此传六甲灵飞十二事,封以白玉函语,则其伪在齐、梁以前。又考郭璞《游仙诗》,有'汉武非仙才'句,与传中西王母所云'殆恐非仙才'语相合。葛洪《神仙传》所载孔元方告冯遇语,与传中称'受之者四十年传一人,无其人,八十年可顿受二人;非其人谓之泄天道,得其人不传是谓蔽天宝'云云相合。张华《博物志》载'汉武帝好道,西王母七月七日漏七刻,乘紫云车来'云云,与此传亦合。今本《博物志》虽真伪相参,不足为证,而李善注《文选·洛神赋》已引《博物志》此语,足信为张华之旧文。其殆魏晋间文士

---

① 游国恩《居学偶记》,见《游国恩学术论文集》,中华书局1989年版。
② 参见刘文忠《〈汉武故事〉写作时代新考》,《中华文史论丛》1984年第2期。

所为乎?"晁伯宇《续谈助》引张柬之语以为葛洪所撰。孙诒让《札迻》据葛洪《西京杂记跋》推断"疑《内传》即《起居注》,《汉武故事》似亦即今所传本"。余嘉锡先生说:"愚谓张柬之语并非无据,证以抱朴所言,与此书相出入,尤觉信而有征,当从柬之定为葛洪所依托。"第三是东晋以后。钱熙祚《汉武帝内传校勘记序》以为"大约东晋以后,浮华之士,造作诞妄,转相祖述,其谁氏所造,不足深究也"。第四是齐梁年间。详胡应麟《少室山房笔丛》:"《汉武内传》,不著名氏,详其文体,是六朝人作,盖齐梁间好事者为之也。"王青《〈汉武帝内传〉研究》认为此书"并非作于一时一地,而是屡有增饰。其原始作者当是周义山之门徒。但此书后来在楼观道内流传,并经过了他们的加工与增饰"。这最后的增饰,"最大的可能是在北魏的后期。这时期,上清派道士焦旷活动于华山等地,带去了很多经籍,可能包括《汉武帝内传》,自此之后,此书即在楼观道中流传,并经过了他们的增补"①。

按:《三辅黄图·甘泉宫》征引《汉武内传》,是其成书当在曹魏时。《汉武内传》的材料多杂采《洞冥记》、《汉武故事》等书,而其辞藻更加绚丽,有较强的艺术感染力。较完备的是《道藏》本,即题名《汉武帝内传》。《丛书集成初编》本则较为通行。

五、其他旧题汉人小说

《汉武洞冥记》,又称《洞冥记》、《汉武别国洞冥记》,一卷,见《隋书·经籍志》史部杂传类著录,题名郭氏。《旧唐书·经籍志》作四卷,作者郭宪。《郡斋读书志》引郭宪自序:"汉武明隽特异之主,东方朔因滑稽浮诞以匡谏,洞心于道教,使冥迹之奥,昭然显著,故曰《洞冥》。"《直斋书录解题》小说类著录四卷,拾遗一卷,云:"东汉光禄大夫郭宪子横撰。题《汉武别国洞冥记》,则别录又于《御览》中钞

---

① 王青《〈汉武帝内传〉研究》,《文献》1998年第1期。

出。然则四卷亦非全书也。凡若是者,藏书之家,备名数而已,无之不足为损,有之不足为益,况于详略,尤非所计也。"《续谈助》引张柬之语,以《洞冥记》为梁元帝萧绎著。余嘉锡先生赞同此说,尽管《金楼子·著书篇》无此书名,"则以既托名郭宪,不可复自名以实其伪也"。通行本有《顾氏文房小说》、《古今逸史》、《广汉魏丛书》、《百子全书》等。今人鲁迅《古小说钩沉》辑校较全。

《飞燕外传》一卷,又称《赵后别传》、《赵飞燕外传》,见于《郡斋读书志》、《直斋书录解题》史部传记类著录,题汉伶玄撰。陈振孙说:"称汉河东都尉伶玄子于撰,自言与扬雄同时,而史无所记。或云伪书也。然通德拥髻之事,文士多用之;而祸水灭火一语,司马公载之《通鉴》矣。"《顾氏文房小说》本有伶玄自序,声称与扬雄同时,官至淮南相、河东都尉,但是这些并未见史书记载。李商隐《可叹》:"梁家宅里秦宫人,赵后楼中赤凤来。"赤凤典故正出《赵飞燕外传》,据此可知,此书当为唐前作品。至于具体的创作年代现在较难确考。侯忠义《汉魏六朝小说史》推断说:"写帝王题材,唐人爱谈明皇,宋人乐道炀帝,故单独创作飞燕姊妹故事亦属意外,估计当为东晋或南朝作品。"不过这种推断过于轻率,叫人难以信从。

此外,《汉杂事秘辛》亦题汉佚名作,沈德符《万历野获编》认为杨慎伪作。见《四库全书总目提要》子部小说家类著录。又有《西王母传》,旧题汉桓驎撰。程毅中先生考订实出杜光庭《墉城集仙录》[①]。

有关汉人小说的著录及研究,陈文新撰写的《旧题汉人小说的文献问题》有比较详细的论证,见《魏晋南北朝文学通论》下编第四章《魏晋南北朝小说研究文献》。该书已经由辽宁人民出版社出版。

---

① 参见程毅中《古小说简目》,中华书局1981年版。

下编

第一章 有关先秦两汉文学研究的重要选本与总集

第一节 《文选》

《文选》是梁朝(502~557)昭明太子萧统(501~531)编撰的一部古代文学选集。但是其中大部分选文和编纂的工作很可能出自太子门下文人之手。北宋邵思《姓解》载:张缵、张率、张缅、陆倕、刘孝绰、王筠、到洽等"并为昭明太子及兰台两处十学士"。《南史·王锡传》也记载:王锡与张缵、陆倕、张率、谢举、王规、王筠、刘孝绰、到洽、张缅为昭明太子十学士。这十人多有可能参加过《文选》的编选。其中刘孝绰(481~539)、王筠(481~549)最有可能是直接的编选者。根据《郡斋读书志》卷二〇引用窦常(756~825)的说法:"窦常谓统著《文选》以何逊在世,不录其文。盖其人既往而后其文克定,然则所录皆前人作也。"《文选》收录最晚的作家应数陆倕,卒于梁普通七年(526)。据此判断,《文选》的成书年代很可能在梁普通七年至梁大通二年间(526~528)。这已成为学术界的定论。

《文选》是中国现存最早的一部文学总集,是研究先秦到齐梁间文学发展演变的最直接、最原始的材料之一。但是,《文选》并不是中国第一部文学总集。根据《隋书·经籍志》著录,从西晋初年到陈、隋之间(265~618),共有总集二四九部,合计五二二四卷。可惜这些总集多已失传,《文选》是其中极少数流传下来的文学总集之一,因此也就成为有关中国早期文学最重要的文献渊薮。

《文选》三十卷,收录了先秦至齐梁间一百三十位作家,七百六十一篇作品,按文体分类编排。通行本分为三十七类:赋、诗、骚、七、诏、册、令、教、策文、表、上书、启、弹事、笺、奏记、书、檄、对问、设论、辞、序、颂、赞、符命、史论、史述赞、论、连珠、箴、铭、诔、哀、碑文、墓志、行状、吊文、祭文。有的版本作三十八类,即在"书"与"檄"之间多出"移"体①。还有的作三十九类,多出"难"体。如南宋陈八郎刻本及《山堂考索》所引《文选》分类细目,就增加了"难"体。

《文选》中赋和诗两类所占比例最大。每大类下又按其内容分成小类,例如在赋类之下又分为京都、郊祀、耕籍、畋猎、纪行、游览、宫殿、江海、物色、鸟兽、志、哀伤、论文、音乐、情等十五门;在诗类之下又分成二十三小类:补亡、述德、劝励、献诗、公宴、祖饯、咏史、百一、游仙、招隐、反招隐、游览、咏怀、哀伤、赠答、行旅、军戎、郊庙、乐府、挽歌、杂歌、杂诗、杂拟等。各类的作品是按照时代的先后编排的。这种细密的文体分类,较之曹丕《典论·论文》将文体分为四科八目、陆机《文赋》将文体分为十类,显然精确合理得多。文体的辨析与文学的繁荣,两者的关系是中国中古文学研究的重要课题。同时,对于文体如此深入细密的辨析、文体观念的发展与演变,这又是整个中国文学发展史上一个独特的现象。《文选》的重要价值不仅提供了极为丰富的文学作品,而且通过这种分类,为世人提供了文体方面的范本。大约稍前于此的《文心雕龙》,则又提供了理论上的说明。如果

---

① 见胡克家刻本《文选》后附《〈文选〉考异》。

能把《文选》与《文心雕龙》结合起来阅读,就可以清楚地看出中国文学从先秦到齐梁间文体发展与演变的轨迹。

在《文选序》中,萧统明确地提出编选宗旨及选录标准。他主张有四类作品不能入选:第一,相传为周公、孔子的著作,即大体相当于中国传统目录学中经、史、子、集的经部;第二,老子、庄子、管子、孟子的著作,大体相当于子部;第三,贤人、忠臣、谋夫、辩士的辞令,即《国语》、《战国策》以及散见于史籍中的这一类著作;第四,记事、系年之书。后两类相当于史部。这样看来,萧统通过这种编选,是要为"文"与"非文"划一疆界。他所要编选的是"文",要求具有"综辑辞采"、"错比文华"、"事出于沉思;义归乎翰藻"的特点,而经、史、子三部汇集的作品一般而言较为质朴,以实用为主。但是不可否认,在这些作品中,也有相当一部分带有文采,具有文学的价值。因此是否具有文采不一定就是选文的唯一标准。现代国学大师章太炎(1869~1936)在他的《文学总略》一书中说:"总集者,本括囊别集为书,故不取六艺、史传、诸子,非曰别集为文,其他非文也。"章太炎的这段话很有启发意义,《文选》并不只是以萧统认为具有文采或有文学价值的作品作为选文的标准。然而,从清代阮元(1764~1849)《书梁昭明太子〈文选序〉后》到现在的研究者,多把"事出于沉思,义归乎翰藻"作为《文选》选录的唯一标准,认为《文选》的编选者有意识地把文学作品与学术著作区别开来,豁然划定了文学与非文学的界限,表明了当时人们文学观念的明确和进步。这样的认识未免偏颇而失之准确。因为少数经、史、子三部中的重要篇章也包括在《文选》中,例如伪托孔安国撰《尚书序》和杜预《春秋左氏传序》等,就违反了通常认为是萧统倡导的选文标准。另外,再看《文选序》的前半段,主要沿袭《诗大序》中言志抒情的基本观点,注意到了作品的社会功能,要求它们具有真实的思想感情。在此基础上讲究文采。他在《答湘东王求文集及〈诗苑英华〉书》中说:"夫文典则累野,丽亦伤浮。能丽而不浮,典而不野,文质彬彬,有君子之致,吾尝欲为之,但恨未逮耳。"看来,这是编者心目中的最完美的文学标准。在具体的选录中,他更重视陆机、谢灵运、江淹、颜延之等典雅一类的作品,所以他不选录风格轻艳的艳情诗和精美细微的咏物诗,也不选乐府民歌中的情诗。由此来看,萧统的选录标准实际是涂饰了齐梁色彩的儒家思想体系。这一点也容易理解。梁武帝萧衍(464~549)代齐建梁不久就发布了《置五经博士诏》、《定选格诏》,规定"年未三十。不通一经,不得解褐"。后来又作《令皇太子王侯之子入学诏》等,并将持续修撰达二十余年的五礼最终完成。在文学创作方面,倡导典雅古朴之风,比如他后来对于沈约所撰郊庙歌辞就很不满,下令萧子云(约487~549)重修:"郊庙歌辞,应须典诰大语,不得杂用子史文章浅言。"正因为如此,他对于"为文典而速,不尚丽靡之词,其制作多法古,与今文异"的裴子野(469~530)等褒奖有加。萧统自幼就生长在这样一个时代背景下,特别是他的青少年时期,身边围绕着的多是萧衍有意安排的名儒硕学,萧统的生活作风、思想性格、文学创作等方面以自然古朴为宗,不尚绮丽,倾心典雅。因此,似不能简单地把《文选》看作是为学士"肴核坟史、渔猎词林"而编的一部文学总集,而应当视之为一定政治文化背景下的必然产物。换句话说,梁代中期文学复古思潮的形成,是皇太子萧统具体贯彻乃父文化政策的必然结果。

《文选》对于中国文学的传统和发展影响至深,后来有专门从事《文选》的研究,称为"选学"或"文选学"。关于《文选》早期的流传情况,我们今天所能看到的材料主要有两条:其一是《隋书·儒林传》记载的萧该所著《文选音义》。萧该是萧统族侄,生活在6世纪下半叶。从史传的记载来看,他是从荆州过江,将《文选》带到北方的。过江以后,他与当时诸多学士交往频繁。比如在开皇初年与陆法言、刘臻、颜之推、魏渊、卢思道、李若、辛德源、薛道衡等八人共同商定编撰《切韵》(见陆法言《切韵序》)。熟悉中国文化史的读者大多知道，《切韵》的问世，是中国文化史上的重要事件。这大约与隋文帝在位时(581~604)开始科举考试有重要关系。选篇定音，为士子提供可以研寻的选本，自然是时代的需要。《切韵》的编定当是为此一目的。萧该于开皇年间(581~600)撰写的《文选音义》大约也出于同样的目的。《大唐新语》载，隋炀帝在位时(605~618)置明经、进士二科。而当时进士科的考试内容，从《北史·杜正玄传》可以考知，主要就是《文选》中的作品。说明《文选》在当时至少是准官方确认的科举教材。另外一条重要材料见于《旧唐书·曹宪传》。与西部的萧该相辉映，曹宪在东部也撰著一部《文选音义》，影响极为久远。《旧唐书》本传记载说："初，江淮间为《文选》学者，本之于宪，又有许淹、李善、公孙罗复相继以《文选》教授，由是其学大兴于代。"唐代以诗赋取士，士亦以诗赋名家，所以《文选》日益风行。受学于曹宪的门人许淹、李善、公孙罗等相继以《文选》教授。李善(卒于公元689年)乃集其大成，将《文选》三十卷析为六十卷，详为注释，用力甚勤，引书多达一千七百多种。唐高宗显庆三年(658)完成呈上。其注解体例近于裴松之(372~451)注《三国志》、刘孝标(462~521)注《世说新语》，偏重词源和典故，引证赅博，校勘精审，体例严谨，凡有旧注而义又有可取者就采用旧注。据《资暇集》记载，李善注释《文选》有初注、二注乃至三注、四注，当时旋被传写。足见其用力之勤、影响之大。这一学派，自从李善注本出现以后，涓涓细流终于汇为长江大河。盛唐时，"选学"更受重视，杜甫就曾告诫儿子要"精熟《文选》理"。根据《朝野佥载》的记载，盛唐时，乡学亦立有《文选》专科。李善注《文选》详于典章制度和名物训诂，字句的疏通可能有所不及甚至有人说他"释事忘义"。因此唐代学术界又兴起为《文选》重新作注的风气。

开元六年(718),吕延祚将《进五臣集注文选表》献给唐玄宗。五臣即吕向、吕延济、刘良、张铣和李周翰。此后一直到11、12世纪期间,五臣注颇受世俗青睐,较之李善注本更为流行。此外唐代注本在日本也保留了一些残卷,其中最重要的有金泽文库的《文选集注》,原有一百二十卷,保留了除李善注、五臣注之外的《文选钞》、《文选音决》及陆善经注等。这些旧注不仅有助于对《文选》的理解,而且通过这些旧注,可以解决"文选学"史上许多悬而未决的学术问题。著名学者罗振玉在清朝末年东渡日本时,发现此书,叹为观止,于是请人摹写,加上自己收藏的两卷,成《唐写文选集注残本》十六卷。中国学者得以据此考见《文选集注》之一斑。但是罗氏本多为摹写本,且收录颇多缺失,不无遗憾。上海古籍出版社2000年出版的由周勋初先生组织编纂的《唐代文选集注汇存》则弥补了这些缺憾。该书据日本京都帝国大学文学部影印本加以复制,并根据《文选》原来的次序重新编定,对于影印本前后重出或颠倒之处时有订正。更有意义的是,该书在京都大学影印本基础上又增补了一些新的资料,如海盐张氏所藏二卷、楚中杨氏所藏一卷、周叔弢所藏一卷等,就是新增补的部分。至此,流传至今的《文选集注》,已经发现达二十四卷之多。

到了宋朝,有人将李善注与五臣注合刻,统称"六臣注《文选》"。但是,六臣注合刻本有许多缺点,其中最大的缺点就是忽视了五臣注与李善注在体例及质量方面的不同,混同一体,致使李善原有的注文亦无从分辨。李善精通文字、训诂、音韵之学,博览群书,详密精研,史称"淹贯该洽,号为精详"。但是五臣的学术素养远远不及李善,注解颇多疏漏。两种注本的学术成就是不可同日而语的。但是自从六臣注盛以后,李善注本反倒湮没无闻。到了宋淳熙八年(1181),宋代著名文学家尤袤(1127~1194)刻李善注本问世,李善注本的巨大价值重新得到了世人重视。清代胡克家(1757~1816)翻刻尤袤刻本并加详细校勘考异,现已成为流传最为广泛的李善注释的标准本。

陆游(1122~1210)《老学庵笔记》记载了当时盛行的一句话:"《文选》烂,秀才半。"由此可见《文选》在当时流行的一般情况。但是根据王应麟《困学纪闻》的说法,"熙丰之后,士以穿凿谈经,而选学废矣"。这正说明,宋、元、明三代,在注释考证方面没有做出特别突出的成绩。一直到了清朝,朴学大兴,学者在经史之外,倾其余力研究《文选》,专著甚多,既博且精。其中最重要的有汪师韩(1707年生)《文选理学权舆》、张云璈(1747~1829)《选学胶言》、梁章钜(1775~1849)《文选旁证》、朱珔(1769~1850)《文选集释》、胡绍瑛(1791~1860)《文选笺证》等。民国以来,《文选》研究力著要以高步瀛(1873~1940)的《文选李注义疏》、骆鸿凯(1900年生)的《文选学》最为博洽和著名。

现存最早的《文选》写本是敦煌石室所藏及吐鲁番发现的若干唐钞《文选》残卷。饶宗颐先生已将散见各处的钞本汇为《敦煌吐鲁番本文选》,由中华书局2000年影印出版。现存最早的木刻本则是北宋天圣、明道年间刊刻的李善注本。可惜仅残存十九卷。现藏于国家图书馆。另外,至少还有四种完整的宋版《文选》流传至今:一、淳熙八年(1181)尤袤刻李善注本,现藏国家图书馆。中华书局1974年据原本影印,四函二十册。二、绍兴三十一年(1161)陈八郎宅刻五臣注本,现藏中国台湾"中央图书馆"。该馆1981年据原本影印发行。北京大学图书馆藏有长洲蒋氏心矩斋影写本。三、绍兴年间(1131~1162)赣州刻《文选》六臣注本,现藏于国家图书馆。四、明州刻《文选》六臣注本,现藏于日本足利学校,汲古书院1975年据原本影印发行。目前流传最广的《文选》版本是清代胡克家翻刻尤袤刻本。这个本子经过顾千里(1776~1835)的详细校勘,写成《文选考异》十卷。台湾艺文印书馆1955年和北京中华书局1977年据以影印。1980年上海古籍出版社出版了据胡克家刻本重新排印的校点本。这是目前较为通行的读本。

近年来,《文选》学研究日益深入。长春师范学院成立了《文选》研究所,并主办了三届国际学术研讨会,郑州大学目前正在组织编修《文选研究集成》。在中国台湾省,彰化师范大学也建立《文选》研究中心。在美国,西雅图华盛顿大学康达维(Davidr.Kenechtges)教授已将《文选》译成英文,附有详细校注,前三册已由普林斯顿大学出版。在日本,《文选》一向深受重视,早在奈良时代(710~793),《文选》成为朝廷进士会考必备的科目之一。到了20世纪的20年代,日本学者如铃木虎雄、斯波六郎和吉川幸次郎等以《文选》作为学术上的特别研究范围。此外,由小尾郊一和花房英树合译的日译本《文选》全套七册也在1974年到1976年间由集英社出版。另外还值得提及的是斯波六郎编辑的《文选索引》于1955年由京都大学研究所出版,这本索引对《文选》在检字释词方面极有助益,书中还附录了一篇有关《文选》校注史的长篇论文。该书已由李庆翻译成中文,由上海古籍出版社1997年出版。

第二节 《玉台新咏》

《玉台新咏》是陈代(557~589)徐陵所编的一部诗歌选集。全书收录了汉魏六朝一百余位作家共六百七十余篇作品,分为十卷:第一卷为乐府诗,第二卷至第八卷为五言诗,第九卷为七言、杂言诗,第十卷为绝句。此书最早著录于《隋书·经籍志》,题徐陵撰。但是《陈书·徐陵传》却未著录此书。加之现存诸版本所收徐陵诗,作者均题作"徐孝穆"。徐陵,字孝穆。如果《玉台新咏》确系徐陵所编,似不应称字。因此有人怀疑《玉台新咏》非徐陵所著。但是,《艺文类聚》卷五五也题此书为徐陵所编。《隋书·经籍志》与《艺文类聚》均成于初唐,尤其是《艺文类聚》的编者欧阳询乃是陈代官员欧阳纥(537~570)之子。欧阳纥于陈宣帝太建二年(570)因叛陈被杀,欧阳询"以年幼免"(《陈书·欧阳纥传》),从这一年起到陈代灭亡,还有十九年的时间。而徐陵之死在陈后主至德元年(583)。就是说,570年时,欧阳询尚"年幼",至583年又过去了十三年,徐陵死时,欧阳询已经成为青少年。这时的徐陵,官位文名均显赫一时,可见欧阳询对于徐陵的情况是不会弄错的。因此,《玉台新咏》为徐陵所编当是信而有据的。《玉台新咏》卷首下题署作者官位,通常是"陈尚书左仆射太子少傅东海徐陵孝穆撰"。据此,《玉台新咏》当作于陈代。但是,自唐代以来,有许多材料否定此说。《郡斋读书志》著录《玉台新咏》时,征引唐代李康成(与李白、杜甫同时代人)《玉台后集序》,称:"昔陵在梁世,父子俱事东朝,特见优遇。时承平好文,雅尚宫体,故采西汉以来词人所著乐府艳诗以备讽览,且为之序。"刘肃《大唐新语》(自序作于"元和丁亥",公元807年)卷三"公直第五"也提到了《玉台新咏》说:"先是,梁简文帝为太子,好作艳诗,境内化之,渐以成俗,谓之宫体。晚年改作,追之不及,乃令徐陵撰《玉台集》,以大其体。"根据这些材料,明末吴兆宜《玉台新咏笺注》、《四库提要》等并以为此书编于梁朝萧纲(503~551)为太子期间。至于徐陵陈代官名乃后人所加。还有学者根据《法宝连璧序》所列三十八位编者的排列次序,把《玉台新咏》的成书年代限定在中大通六年(534)前后。不过,现存文献资料和版本资料颇多问题。比如版本资料,现在多数学者主要是根据明代崇祯六年(1633)寒山赵均覆宋陈玉父刻本(据陈玉父序,此本刻于1215年)来考论《玉台新咏》的成书年代。但是这个版本确实还存在许多问题。鉴于此,刘跃进在《玉台新咏研究》一书中又提出《玉台新咏》成于陈代初年的看法。这个问题目前尚无定论。

《玉台新咏》是一部诗歌总集，历来的史传目录均归入集部总集类，自是题中之义。唯有晁公武（1102？～1187？）《郡斋读书志》例外，将《玉台新咏》与《乐府诗集》、《古乐府》并列收入乐类中。这种分类似本于唐朝李康成。如前所引，李氏《玉台后集序》称："昔陵在梁世，父子俱事东朝，特见优遇。时承华好文，雅尚宫体，故采西汉以来所著乐府艳诗，以备讽览。"晁公武著录《玉台后集》时说："唐李康成采梁萧子范迄唐张赴二百九人所著乐府歌诗六百七十首，以续陵编。"这里，说《玉台新咏》收录的是"乐府艳诗"，《玉台后集》收录的是"乐府歌诗"，强调都是"乐府"，即从入乐的角度来看《玉台新咏》。以往论及《玉台新咏》的特点，往往关注所收诗歌的描写内容，即以女性为主，而忽略了这部诗集的入乐特点。从某种意义上说，《玉台新咏》实际上是一部歌辞总集。这一点与《文选》迥然有别。再看《玉台新咏序》，所论多与歌辞演唱有关。可见，《玉台新咏》之编录，本意在度曲，而非像萧统（501～531）那样有更多的目的性。作为歌辞，而不是案头的读物，所以《玉台新咏》所收的诗歌，在内容方面主要是以歌咏相思离别为主要题材，而不可能像《文选》那样总是表现较为严肃凝重的主题。在形式方面，更加注重自然流丽，便于传唱，而不可能过于雕琢，这些都是由它的性质所决定的。把握住《玉台新咏》的这种特殊性质，我们也就容易理解为什么要把古乐府列在卷首的原因了。最后一卷是绝句，也是古乐府列于卷首。根据这种特殊的性质，我们有理由断定，通行本将繁钦《定情诗》、陈琳《饮马长城窟行》排在第一卷《古诗为焦仲卿妻作》之前，从体例上说是有问题的。而明代郑玄抚刻本系统将二人诗列在卷二，似更符合于徐陵的原意。因为徐陵是从乐府的角度收录古代诗歌，所以，《文选》中许多遗漏的重要诗歌得以入选,比如吴声歌和西曲歌还有大量的文人拟乐府,多赖《玉台新咏》的收录而保存下来。比如《古诗为焦仲卿妻作》、曹植《弃妇诗》、庾信《七夕诗》等就仅见于本集。另外,许多传世已久的作品,也可以用此集作为校勘,或研究文献。比如书中所收苏伯玉《盘中诗》,《玉台新咏》诸本的排列颇有歧义,这是我们考证这首诗年代最主要的依据了。又如古诗十九首中有九首诗收在《玉台新咏》中,题作枚乘(? ~前140)作,为我们提供了一个参考资料。特别值得我们重视的是,这部诗集主要是从入乐的角度收录作品,所以在声韵方面较之《文选》就更为讲求,这对于我们研究齐梁诗向隋唐近体诗的演变,具有极重要的参考价值。此外,在诗体方面,卷九主要是歌行体,卷一〇是五言绝句,而古体向近体的演变,除了声韵方面的讲求外,最重要的特征莫过于句式的定型了。《玉台新咏》为我们提供了具体的作品。

《玉台新咏》现存最早的版本是敦煌石室中所藏唐写本。收在《鸣沙石室古籍丛残》中,起张华《情诗》第五篇,讫《王明君辞》,凡五十一行,前后尚有残字七行。书题已佚,据所录诸诗,都在《玉台新咏》第二卷之末,其次第与今各本相同,由是知为《玉台新咏》残卷。现存刻本以五云溪馆铜活字本为最早。《四部丛刊》据无锡孙氏小禄天藏本影印。现在流传最广的是明代崇祯寒山赵均覆宋陈玉父刻本,此本历来为藏书家所珍重。古籍刊行社1955年据以影印,较易索读。此外还有明代嘉靖十九年(1540)郑玄抚刻本,正编十卷,续编五卷。明代嘉靖二十二年(1543)张世美刻本,万历七年(1579)茅元祯刻本,天启二年(1622)沈逢春刻本以及汲古阁刻本等。在版本研究方面用力最深的,当首推《玉台新咏考异》。此书广泛参考了清前众多版本,详加考订,比勘异同,纠正了宋明以来诸本许多错误,在《玉台新咏》校勘上做出了重要的贡献。此书收入《四库全书》中,题名纪容舒。而国家图书馆藏有纪昀(1724~1805)《玉台新咏校正》稿本,与《考异》相校,除序文略有差异外,其余全同。不知纪昀出于什么目的把自己的著作换上父亲的名字列入《四库全书》中。此书有多种版本。上海古籍出版社1993年据文渊阁本《四库全书》影印出版。

注本唯有一部,即乾隆三十九年(1774)由程琰删补刊行的吴兆宜笺注本。此本把每卷中明人滥增的作品退归每卷之末,注明"以下诸诗,宋刻不收",颇为后人称道。此外,作为《玉台新咏》唯一的注本,引证详尽,具有较大的参考价值。中华书局1985年校点排印出版。综合研究论著详见刘跃进《玉台新咏研究》,中华书局2000年出版。

第三节 《古文苑》与《古文苑续编》

《古文苑》,作者不详。始见著录于宋代陈振孙《直斋书录解题》:"《古文苑》九卷,不知何人集。皆汉以来遗文,史传及《文选》所无者。世传孙洙巨源于佛寺经龛中得之,唐人所藏也。韩无咎类次为九卷,刻之婺州。"本书所收自东周迄于南齐,凡二百六十余篇。虽不见于史传及《文选》,但是所录汉魏诗文多是根据《艺文类聚》、《初学记》等类书删节的本子。如开卷第一篇石鼓文,也与今本相近,因此过去有些学者认为它是伪书,或者采取一种比较慎重的态度使用它。但无论如何,它至少在北宋时就出现了,它所采集的文章,更是北宋以前的人所作,特别是其中一些关于汉魏六朝作品为多,比如著名的《木兰诗》就保存在此书中。因此,在保存文献上有一定的价值,因为汉魏六朝流传于世的别集仅有为数不多的几家,大部分都以单篇散见于类书之中,到明代才有人辑成专辑。这样来看,像《古文苑》这样的总集,权当是北宋人所编的伪书,其价值亦如此前类书一样,具有校勘辑佚的作用。因此前人对它还是比较重视的,往往加以征引。此书除陈振孙所说的由韩无咎在南宋绍兴中缀辑编为九卷外,绍定时,又有章樵在此基础上补遗刊误,并为注释,重编为二十一卷。今两本并存,九卷本见《岱南阁丛书》,但不及章樵二十一卷本流行。章樵本卷一是文,如石鼓文、诅楚文等;卷二至卷七是赋,卷八、卷九是诗歌,卷一〇至卷二〇是杂文;卷二一是附录,收入十几篇残缺不全的文章。文体共有二十类,其中赋、诗、箴三类所收篇数较多,其余各类则很少。有一些每类只收一篇(如敕、启、状、述、记等类)。章樵的注释,根据唐宋类书所引,补遗刊误,做了不少工作,但也有些地方颇有问题,受到清代四库馆臣的批评。章樵本出版后,屡经翻刻,越到后来,错误越多。清乾隆中钱熙祚用韩无咎九卷本校勘一次,又遍检类书,查对出处,分篇注明,成校勘记一卷,附刻《守山阁丛书》本《古文苑》之后。此后又二十年,清代著名学者孙星衍又辑录金石、传记、地志和类书中的遗文,自周至元,成《续古文苑》二十卷,刊入《平津阁丛书》中,也是文史中的名著。

《续古文苑》,顾名思义,此书是续唐人编《古文苑》。因此,其编撰体例,略依前书,其辑录范围主要是从先秦至齐梁之间的作品,同时,又补充了唐代以后的若干作品,止于宋元,大大扩充了收录的范围。其编排次序为:钟鼎文、赋、诗、诏、册、敕、赐书、令、表、疏、奏、对策、启、笺、状、议、书、奏记、檄、七、对、论、说、记、序、颂、赞、箴、铭、碑志、诔、吊文、哀词、祭文、杂文等,凡二十卷,五百三十余篇,也较《古文苑》有较大的扩充。这些文章的辑录,颇费编者心力。凡是见于正史、《文选》、《文苑英华》、《宋文鉴》、《元文类》以及各家专集、《汉魏六朝百三家集》、《古诗纪》等大型图书的资料,本书均不再辑录。因此,本书之编,带有拾遗补阙的性质。特别称道的是,所有文章,均注明出处,颇便于阅读和查寻。

第四节 《古诗纪》与《汉魏六朝百三家集》

《古诗纪》,冯惟讷编。该书是对汉魏六朝诗歌的第一次系统的整理,采摭繁富,编排得宜,具有开创之功。全书分前集、正集、外集、别集。前集十卷,载先汉铭、赞、箴、诔、歌、谣、逸诗等;正集一百三十卷,载汉魏以下陈隋以前之诗;外集四卷为鬼仙杂诗;别集十二卷,载录前人论诗之语。此书问世后,臧懋循《古诗所》五十六卷,张之象《古诗类苑》一百二十卷,梅鼎祚《汉魏诗乘》二十卷等相继而出,却无不以此书为蓝本,但终究不能越此书而代之。臧懋循之书虽然弥补此书之阙,但援检繁猥,珠砾混淆,且割裂文体,不以时代为次,使阅读者茫然不得正变之源流。张之象之书又以题编,竟作类书。冯著不录汉以下箴、铭、颂、赞,此著则增之。殊不知文章各有体裁,著述各有断限。冯本所收箴、铭、颂、赞乃至封禅之文已有不妥,此著则又增而广之,不免伤于嗜博。至于梅鼎祚之书仅仅魏诗全录,晋以下皆从删节,已非完备之观。而汉魏中如增苏武妻诗,则殊为不类。因此之故,明代虽然有不少总集之编,但是仍然推冯著为翘楚。当然,以一人之力,且属草创之作,真伪错杂,抵牾舛漏,确也不少。最主要的问题是:第一,前集一编,各类混收,真伪杂糅,不加分辨。第二,各集先以类分,各类又以体分,颠乱旧集原次,即使同题各章,割分数处,又强以句数多寡,以定次序之前后,颇误后人。第三,各家诗篇大率辑自类书,概不注出处,使人感到好像都辑自旧集。又在各诗明显残缺处,以小字注曰"阙",好像无注者为完篇。事实当然远非如此。第四,滥收误收,杜撰题目,年代混乱,撰人错杂,更是不胜枚举。因此之故,清初冯舒特作《诗纪匡谬》凡一百一十二条,原原本本,一一辨之，证据确凿，对于读是书者颇有助益。但是，冯舒之书依然不注出处，为其大缺漏。晚清杨守敬著《古诗存目》一百四十四卷，因以补辑冯书未注出处之阙。杨书不仅为冯书逐篇为之索隐，又补其所未见之什，其功颇勤。20世纪40年代，逯钦立又著《古诗纪补正》，以杨著为参考，博取群籍，悉心校补，为时三载。在此基础上，又扩展至先秦诗的辑校，成为空前的巨帙《先秦汉魏晋南北朝诗》一百三十卷。

《汉魏六朝百三家集》，明末张溥撰。凡一百一十八卷。此书以张燮编《七十二家集》、冯惟讷《古诗纪》、梅鼎祚《历代文纪》为基础排比而成，上自贾谊，下迄薛道衡，凡一百零三家。其中汉代二十家、曹魏十二家、晋代二十二家、宋代八家、齐代六家、梁代十九家、陈代五家、北魏二家、北齐二家、北周二家、隋代五家。此书在编排上以文隶人，以人隶时代，得以考见唐以前作家遗篇及文风变迁之迹。在每一集前有编者对作家作品的总评，具体反映了"兴复古学"的文学思想。在总叙中论及编纂此书的宗旨有二：一是他所见到唐代以前作家文集不到三十家，有感散佚过多，遂有意搜罗汇辑；二是他的收集可谓空前，欲考订文风之变，于是按时代编排，每集先赋，次文，次诗，次作者本传等。当然，卷帙既繁，失于断限，考订不当，在所难免。清代四库馆臣在给予高度评价的同时，也指出了它的阙谬。如有本系经说而入于本集者；有本系史传而入于本集者；有本系子书而入于本集者；有显然抵牾而不辨者；有是非疑似而臆断者；有伪妄无稽而滥收者；有移甲入乙而不觉者；有采撷未尽者；有割裂失次者；有可以成集而遗之者。尽管如此，此书依然有不可或替的价值。该书问世迄今已逾三百年，虽然清代以迄近现代，汉魏六朝诗文专集的辑校时有后出转精者，但是统领隋唐以前专集辑录的集大成著作，还不曾出现。因此，此书至今仍有其独特的价值。有张溥自刊本、信述堂重刊本、《四库全书》本等。

第五节 《全上古三代秦汉三国六朝文》与《先秦汉魏晋南北朝诗》

《全上古三代秦汉三国六朝文》,严可均编。总共七百四十一卷,为十五集,计:全上古三代文十六卷,全秦文一卷,全汉文六十三卷,全后汉文一百零六卷,全三国文七十五卷,全晋文一百六十七卷,全宋文六十四卷,全齐文二十六卷,全梁文七十四卷,全陈文十八卷,全后魏文六十卷,全北齐文十卷,全后周文二十四卷,全隋文三十六卷,先唐文一卷。其编纂缘起在总序及凡例中有所叙及,主要是清代朝廷开《全唐文》馆,自己未能入役,发愤而编唐前文。据其自述:"肆力七八年,积草稿等身,再省并复重,得厚一寸者百余册,一手校雠,不假众力。"原稿本一百五十六册,现在依然保存在上海图书馆,涂乙满纸,还加上许多标签,可见作者至生命的终结仍然没有停止对本书的修订拾遗。为编撰此书,作者独力花费了二十七年的心力,毅力惊人。可惜作者生前无力刊行,直至死后二十六年(1879)才由他的同乡蒋壑父子为刻目录一百零三卷。又过了八年,王毓藻出资次第刻印,集合二十八个文人,经过八年的功夫,八次校勘,至公元1892年全书才刻成,共一百册。上距严氏成书之时,已经将近六十年了。

这部书的价值主要体现在以下四个方面。第一,收录丰富。本书除了继承吸收明代所编总集成果之外,还广泛搜集各种类书、总集、别集、经史子部书、金石、碑刻等,收录范围包括:经传中的誓、诰、箴、铭和逸经(除诗外)、史序、史评、佚史的论赞,诸子佚文以及集部文、赋。凡属收录范围内的作品,既收整篇文章,也收残篇集句,甚至像司马相如《鱼菹赋》那样只保留一个篇目的也收入。无论是保存作者的数目,还是收罗作品的完备程度,都大大超过了以前的同类著作。如《全汉文》收录作者三百三十四人,作品六十三卷,而张溥《汉魏六朝百三家集》只收九人,梅鼎祚《西汉文纪》只收二十四卷。又如刘向的作品,张溥只辑出二十一篇,此书却收录三十二篇。它不仅使各家作品得到集中,而且还保存大量无名氏作品以及多已散佚的作品,为我们研究唐代以前中国历史、文学、哲学等各个方面提供了极大方便。研究先秦两汉魏晋南北朝文学,不能舍此别求。第二,考订详密。全书三千四百多位作家的小传,"多有不见于史"者,严可均倾其全力,尽可能地一一考其爵里事迹,实属不易,得到了后代学者高度赞誉。由于对于作者事迹考订细密,所以严氏能为众多的作者和文章按时代年辈编排成队,为上古到中古文学的发展大致清理出头绪。第三,体例严谨。《历代文纪》不收诗赋,《汉魏六朝百三家集》诗赋文均收,本书则但收赋文,不收诗。张溥不注出处,本书则详注出处,而且见于不同书的,还注明各书的书名、卷数,存有异说的,将异说附注在下边,为读者查找资料、考核史实提供了极大的便利。

当然,以一人之力辑校这样大部头的巨著,前后失照,偶有疏漏都是难以避免的。杨守敬、陈垣、余嘉锡、刘盼遂、钱锺书等人都曾作过订误补遗工作。概括起来,主要有下列四个方面:第一,漏辑。因为主"全",所以这个问题就显得比较重要一些。大致可以分成五种情形:其一,有些书虽已辑录,但是仍有漏辑者。如严氏于正史、类书最用功,所辑文章也最多,但《史记·滑稽列传》集解引钟繇、华歆、王朗同对魏文帝《论三不欺》,《后汉书·律历志》贾逵《论历》,《列子·天瑞篇》注引何晏《道论》,《宋书·乐志》荀万秋议,《世说新语·赏誉篇》注引谢鲲《元化论序》,《广弘明集》所录齐虞羲《庐山景法师行状》,梁都讲法彪《发般若经题论议》,《洛阳伽蓝记》"平等寺"条引前废帝《让受禅表》、王晔《禅文》，唐代贾公彦《周礼疏》序周礼废兴引马融、郑玄《周官传序》各一段等，均可补辑。至于零星材料，亦复不少。其二，有传本能见到而失于披览者，如《历代名画记》载顾恺之《论画》、《魏晋胜流画赞》、《画云山水记》及王微《序画》，又如《韵补》征引曹魏时代文人之作尤多，也未能利用。其三，当时国内有书而难以借用者，如《永乐大典》、《四库全书》、《大藏经》、《道藏》、大量的乡邦文献以及地方志等等，其中有不少材料未能采录。其四，当时国内无书而无法观览者，如《文馆词林》（严氏仅见四卷）、《玉烛宝典》及后来出土的帛书、简牍、石刻、碑铭等。其五，前人文章已佚而篇名尚存者，严氏辑录依然有可补辑者。第二，失考。也可分为这样几种情形。其一，伪作羼入，如传说人物，其本身就是可疑之对象，更不要说他们的所谓作品了，严氏多有辑录。此外像《全梁文》中的《沈氏述祖德碑》无论从文章风格或遣词造句上都可证明非梁代沈麟士所著。其二，史传混入。如傅玄《傅子序》载管宁所乘海船夜失方向事，注中称辑自《三国志》裴注，其中据《太平御览》补入数字，实为《笑林》中语。又如王俭《答王俊之问》、萧统《议东宫礼绝傍亲令》、卫操《桓帝公德颂碑》等均将史传中的话误作原文。其三，作者小传舛误。这样的例子更多，不必一一列举。其四，篇题及注讹误。如沈约《与约法师书悼周捨》，显然应是悼周颙。第三，误编。如嵇康《蚕赋》两句实为荀卿作。萧统《与东宫官属令》，实为萧纲之作。第四，重出。如萧纲《戎昭将军刘显墓铭》又见刘之遴名下收录（应是刘之遴作）。刘孝绰《为鄱阳嗣王初让雍州表》，又见刘孝仪名下收录（应是刘孝仪作）。如此等等，不一而足。除上述明显失误外，还有大量的校勘问题，因为严氏所用之书多数为坊间俗刻本，鲁鱼亥豕，在所难免，严氏不可能一一校正。而且，在抄录、校刻过程中，讹误无疑又增加许多。因此，引用此书文字必须核对原始材料。

严氏此书完成后,影响极大,但也招来了一些异议。俞正燮《癸巳存稿》卷一二《全上古至隋文目录不全本识语》说,在当时,孙星衍、孙星衡、李兆洛、吴鼐、顾千里等也做过编次唐前文章的工作,有的且已经做成(如李兆洛的《八代文》),有的也已草成初稿(如孙星衍),因此这部书稿出于严氏一人之手,就成了疑案。蒋彤《养一先生年谱》(李兆洛)、张绍南《孙渊如先生年谱》(孙星衍)及谭献《复堂日记》等甚至说严氏此著实窃取孙星衍的遗稿,据为己有。近人傅增湘在《藏园群书题记》卷八辑录众说,详加考核,认为草创辑录先唐遗文,非始丁严氏,孙、李等已有八代文"起汉魏,迄于隋"。"严氏又补辑上古三代先秦,遂改题今名"。钱锺书《管锥编》则提出相反意见,认为"严、孙或始欲协作,渐即隙末,而严不舍以底于大成,孙则中道废置,故严叙绝不道孙,以原有共辑之议,恐人以己为掠美也;而孙谱必道严,亦正以初议共辑,而终让严氏独为,恐其书成而专美也。俞氏《识语》当是惑于悠悠之口"。为此,钱锺书提出了五方面的论据,很有说服力。此书有中华书局1958年据医学书局本影印本,同时出版了篇目著者索引,使用起来非常方便。

《先秦汉魏晋南北朝诗》,逯钦立编。共一百三十五卷。是在冯惟讷《古诗纪》、丁福保《全汉三国晋南北朝诗》基础上重编而成的,可称是目前收录先唐诗歌最完备、考订最精密、编排最得体的集大成的巨帙。众所周知,先唐诗歌大多散佚,见于流传下来的《文选》、《玉台新咏》等文学总集者毕竟是少数。有些作家的诗,散见于《艺文类聚》、《初学记》等类书中,往往已经删节,并非全文;至于像《北堂书钞》等类书及李善注《文选》一类的书所引佚文更是片言只语。丁福保对前一类佚文多予收录,而后一类则多所忽略。其实,这些零星佚文,有时也能略窥一个作家的风貌,如东晋诗人许询五言诗,丁书只收《竹扇诗》四句,并不足见其玄风,而《文选》江淹《杂体诗》注引有两句,似更能代表其特色。可是这两句诗丁书未收,而逯书录入。这种佚文在搜集时,难度往往更高。更能见出编者的学识和功力。本书引书近三百种,隋以前歌诗谣谚,除《诗经》《楚辞》而外,绝大多数辑入此编。如阮籍四言《咏怀诗》十三首,第三首以下皆冯、丁二书所未见,现在也据明刻补入。又如《韵补》所引陈琳等的诗歌,《法书要录》所载王羲之《兰亭诗》,《宋书》所引刘义隆诗歌、地方志所引谢灵运诗歌以及碑帖、佛道经典中的歌谣等,也是冯、丁二书涉及而失收的。此外,还有不少近世才发现的汉简,如《风雨诗》,敦煌石室《老子化胡经》、日本所藏《文馆词林》残卷等均一一补入。其收录之广博可谓空前。特别值得提出的是,作者遍检群书,将全部诗歌核校一遍,均标明出处;凡各书异文,或一书不同版本的异文,甚至前人校勘成果,均予著录,异文齐备,极便研究。这种做法,严可均编《全上古三代秦汉三国六朝文》已有成例在先,而在诗歌方面,不论冯惟讷或丁福保都没有做到。其实这是真正见功力的地方。因为把前人已搜集到的材料加以汇编,还是较易着手的,但是要钩沉索隐,考订出处及诸本异同,则必须博极群书,考列排比,这是极为艰巨的工作。但这种工作既有利读者,亦备复核,大大提高了本书的科学价值。

如果说搜罗佚文,排比资料,还仅仅显示作者之博学,那么,考订作品真伪、作者年代则尤见作者的功力。本书的考订主要体现在这样几个方面:其一是辨证真伪,如流传甚广的"苏李诗",古人已有疑辞,而冯、丁二书仍以苏李诗置于西汉卷中。逯钦立早年作《汉诗别录》[①],征引古今论析,从内容题旨和修辞用语等方面考订"苏李诗之

---

① 逯钦立《汉诗别录》,见《历史语言研究所集刊》第 16 本。后又收入《汉魏六朝文学论文集》,陕西人民出版社 1984 年版。

为东汉末年士大夫之作",因而编入东汉卷。其二是确定年代。如《琴操》诸歌考订为后汉琴工所作,从而归入东汉无名氏作品。丁氏《全梁诗》有任豫《夏潦省宅》诗,据《隋书·经籍志》考为南朝宋人,作于益州,故归入宋。其三是考明作者。如考谢灵运《折杨柳行》第一首为曹丕所作。又如李昶两首诗,丁福保将其中一首归北周宇文昶,另一首归隋李那。其实这是一人所作,本书则统归在李昶名下。其四是改正题目,如宋刻《陆云集》中《从事中郎张彦明为中护军》刻"奚世都为汲郡太守"以下六十一字为序,并在题下注"并序"二字,冯书以为不妥,将"奚世都"以下移至下文《赠汲郡太守》诗下为序,丁书依从此说。本书则以诗和序互证,认为"奚世都为汲郡太守"以下六十一字当与《从事中郎张彦明为中护军》诗题相接,勘正了宋刻陆集和冯、丁二书的淆乱。其五是分合篇目。如把古辞"步出夏门行"与"陇西行"合为一首;应璩"年命在桑榆"一诗分为两篇等。其六是剖析体裁。如论定刘邦《鸿鹄歌》表面为四言,实际是楚歌体诗。很显然,本书已不只是资料的丰富,而且在学术研究上也能给人以不少的启迪。本书的编排次序也改变了已往的模式,一以时代先后为准。《古诗纪》分前集、正集、外集、别集。丁福保《全汉三国晋南北朝诗》较之过去有所改变,但仍以帝王居先,妇女在后,因此在编排《全汉诗》时,把西汉的唐山夫人、戚夫人置于东汉末。对于一代作家的次序,也放得很乱,如《全宋诗》中,卒于宋明帝时的谢庄放在卷二,而早于谢庄卒于宋文帝元嘉十年的谢灵运却放在卷三。这不但不利于读者了解历史背景,也不利于翻阅。钦立此书编次则"略以卒年为准"。先唐史料有限,很多作家生卒年及年代常常难于确考,而且工作极为繁难,编者为此花费了极大的功夫,排比疏理,不仅能显示同期作家之间的联系和影响,也易于比较不同诗风和流派,为文学发展史的研究提供方便。

当然,像这样一部囊括千余年的诗歌总集,偶有失照,在所难免,譬如作家排列的先后,虽以时代为准,但在宋诗部分,鲍令晖卒于鲍照之前,而书中却置在鲍照之后。又譬如梁诗首列萧衍,而年长于他的沈约、范云却置在其后,自乱体例。问题比较集中的体现在下列四个方面:第一,漏辑。主要有两种情形:其一是未曾寓目之书,这类问题不是很多,因为近年发现的有关汉魏六朝的诗歌文献不多,可举出不过几种而已。其二是可见而失辑者,这类较多,如历代笔记、诗话、类书、地理书乃至南北朝几部史书等依然可以辑出一些。第二,失考。所谓失考主要指下列几个方面:其一是编订错乱,如作者考订的错误,作品的重收乃至误收(江淹的四首《杂体诗》分别被误收在曹植、张华、颜延之名下)。其二是伪作混入,如沈约名下的《登北固楼诗》。其三是出处有误。其四是校点未安。漏辑和失考这两类问题较多,近年多有学者进行匡补。第三,小传。这类错误有两类:其一是史传本不误而小传误者,如张衡、曹丕、王融、王锡、萧子云等;其二是有些作者的仕历及生卒年,正史本身的记载就很模糊,有的甚至是错误的,小传或臆断致误,或沿袭旧误,如王僧孺、周捨、萧琛等。不过这类失误与全书的巨大价值相比,称之为白璧微瑕,似不为过。有兴趣的读者可参考刘跃进著《关于〈先秦汉魏晋南北朝诗〉编撰方面的问题》[①]。

[①] 载刘跃进著《古典文学文献学丛稿》,学苑出版社1999年版。

第二章　秦汉石刻简帛文献

中国历来重视"文以载道"的文学功用,重视人生"三不朽"的永久名声,所以,《墨子·尚贤》有"古者圣王……书于竹帛,镂于金石"的记载。秦始皇登基后游历全国,到处刻石纪功。在《史记·秦始皇本纪》中就著录征引了秦代的六件重要的刻石文献。其后,南北朝时期的郦道元的《水经注》,宋代欧阳修的《集古录》、赵明诚的《金石录》、洪适的《隶释》乃至清代的王昶的《金石萃编》和陆增祥的《八琼室金石补正》等论著辑录了丰富的秦汉石刻文献。20世纪以来,随着新资料的不断发现,石刻、简帛、汉代画像已经成为20世纪方兴未艾的"显学"。研究论著汗牛充栋,国际交流日益广泛。以往的研究多限于考古、文物、历史学界,现在已经日益引起古代文学界的重视。这里分为三节予以扼要介绍。

第一节　秦代石刻与汉碑的价值

现在所能见到的秦人最早的文字是唐初在陕西凤翔发现的《石鼓文》,内容记载秦国君臣田猎游乐之事,每鼓各刻一百六七十字的四言诗,格调与《诗经》略同。韩愈、韦应物等人加以考释,但是"辞严义密读难识",因而写下"嗟余好古生苦晚,对此涕泪双滂沱"的诗句。现在仅存272字,全部字体为籀文(又称大篆)。其刻石时代,或以为宗周,或以为秦,还有少数学者认为是北周作品。其中以主宗周说者最多,但是具体考订又有分歧,唐代韦应物则以为是周文王之鼓,如葛立方《韵语阳秋》引韦诗"周文大猎兮岐之阳";欧阳修《集古录》也本此说,并且以为是宣王时刻诗。唐代张怀瓘、韩愈、窦臮等并以为周宣王时代的作品。宋代程大昌等又认为是周成王时代的作品。马衡《石鼓为秦刻考》①根据文字流变、秦刻遗文等材料,认为其具体时代在秦献公之后,襄公之前。徐宝贵《石鼓文年代考辨》②根据石鼓文的文字形体的特点、石鼓文与《诗经》的语言关系、石鼓文的内容所反映出来的史实等三个大方面,论证石鼓文的绝对年代当在春秋中晚期之际(秦景公时期,即公元前576至公元前535年),也就是《诗经》时代的作品。因为顾炎武《日知录》认为战国已经没有赋诗的风尚,所以,这组诗的年代不可能迟于晚周。此外,《诗经》中的十篇秦风,其中云"游于北园"。据此,韩伟《北园地望及石鼓诗之年代一议》③认为,北园即今凤翔,这对判断石鼓原在地和年代提供了新的线索。《尚书》内的一篇《秦誓》以及李斯的奏章及石刻,就是我们今天所能知道的秦代文学的史料了。

秦代刻石,根据《史记·秦始皇本纪》记载总共有七处:二十八年峄山刻石、泰山刻石、琅邪刻石;二十九年之罘刻石、东观刻石;三十二年碣石刻石;三十七年会稽刻石。《史记》记载了峄山以外六种的

---

① 马衡《石鼓为秦刻考》,《凡将斋金石丛稿》,中华书局1977年版。
② 徐宝贵《石鼓文年代考辨》,《国学研究》第四卷,北京大学出版社1997年版。
③ 韩伟《北园地望及石鼓诗之年代一议》,《考古与文物》1981年第4期。

全文。现存实物有两件：一是琅邪石刻，二是泰山石刻，并有较早拓本传世。琅邪石刻存八十四字，前两行为秦始皇刻石残存从臣姓名"五大[夫赵婴]、五大夫杨樛"。后为二世刻辞全文。"臣请具刻诏书金石刻"，与《史记》作"臣请具刻诏书刻石"有异。泰山刻石现存九字。峄山刻石有宋太宗淳化四年（993）郑文宝据徐铉的临摹本而重刻的本子，此后流传较广，存世多种。之罘刻石有《汝帖》本，仅存十四字。会稽刻石有元代重摹本。碣石刻石也有一种摹本传世，但是尚存疑问。东观碣石没有任何资料留存。关于这些石刻的著录及价值，叶昌炽《语石》、柯昌泗《语石异同评》有过比较详细的论述①。按：《汉书·艺文志·六艺略》著录《奏事》二十篇，班固注："秦时大臣奏事，及刻石名山文也。"姚振宗《汉书艺文志条理》认为："严可均辑《全秦文》有王绾、李斯、公子高、周青臣、淳于越及诸儒生群臣议凡十五篇。李斯《狱中上书》云：'更剋画，平斗斛度量，文章布之天下，以树秦之命。'则刻石名山文，当斯手笔也。"因此，秦代文学史，李斯的地位当推为第一。这些石刻文字，尽管多是官样文章，但是其用语考究，韵律严整，也应当给予关注。

宋代金石学盛行以来，学术界对于汉代碑石非常重视。但是限于闻见，所收并不很多。欧阳修《集古录》未曾收集到西汉碑文。在《宋文帝神道碑跋》中说："余家集古所录三代以来钟鼎彝盘铭刻备有，至后汉以后，始有碑文。欲求前汉时碑碣，卒不可得。是则冢墓碑，自后汉以来始有也。"赵明诚《金石录》也仅仅收录一方西汉建元二年郑三益阙碑，尚且疑义颇多。有关西汉的碑刻，以山东曲阜为多。相关著录，参见杨骆耕《石头上的儒家文献》一书②。此外，1981

---

① 叶昌炽《语石》，柯昌泗《语石异同评》，中华书局1994年合刊出版。
② 杨骆耕《石头上的儒家文献》，齐鲁书社1998版。

年徐州龟山二号汉墓出土碑刻,凡44字:"楚古尸王通于天述葬棺郭不布瓦鼎盛器令群臣已葬去服毋金玉器后世贤大夫幸视此书目此也仁者悲之。"尽管墓主身份的确定尚有争议,但是其为西汉墓则无疑义。这段铭刻在西汉碑刻文献中占有重要的地位①。东汉以后,门生故吏,党同伐异,为府主树碑之风日益盛行。历代编修的类书及总集等辑录颇丰。20世纪以后,出土两汉碑刻文献尤其丰富。赵万里先生《汉魏晋南北朝墓志集释》系统辑录了汉代至隋代墓志六百余种,其中汉碑若干种,均选用较好的拓本影印。赵超《汉魏晋南北朝墓志汇编》在赵著基础上,增补了后来出土的墓志加以整理出版,颇便初学②。而高文先生的《汉碑集释》专录汉碑,以有原石或有原拓的碑刻为主,凡六十方。每方碑石,都有比较详尽的校释③。

第二节 秦汉简帛概述

简帛的出土在我国已经有了上千年的历史。在历史上最著名的是晋太康二年(281)汲郡竹书的出土,经过荀勖、和峤、束晳等整理,而今流传下来的《竹书纪年》、《穆天子传》即是那个时代的整理成果,虽然还是后人的辑本。20世纪,地不藏宝,考古资料层出不穷,极大地推进了学术进程。

---

① 参见武利华《徐州汉碑刻石及画像石题记研究》,《两汉文化研究》第二辑,文化艺术出版社1999年版。
② 赵超《汉魏晋南北朝墓志汇编》,天津古籍出版社1992年版。
③ 高文《汉碑集释》,河南大学出版社1997年版。

一、考古报告及释文

(一) 居延、敦煌汉简

20 世纪上半叶以来,在额济纳河流域的大湾、地湾、金关、破城子等地陆续获得汉简万余枚①。1943 年四川南溪出版了劳干《居延汉简考释》考释之部(石印本),1949 年商务印书馆出版铅印本。1957 年和 1960 年在台湾先后出版《居延汉简》图版之部和释文之部。1959 年科学出版社出版中国科学院考古研究所整理《居延汉简甲编》共收入居延汉简 2555 枚,其中有照片、释文和索引。1980 年中华书局出版《居延汉简甲乙编》。至此,居延汉简主要资料均已得到发表。1987 年文物出版社出版谢桂华等校释《居延汉简释文合校》。1990 年文物出版社出版甘肃省文物考古研究所等四单位联合整理的《居延新简》。1988 年兰州大学出版薛英群、何双全、李永良《居延新简释粹》。1997 年甘肃人民出版社出版了吴礽骧、李永良、马建华释校《敦煌汉简释文》。此外,科学出版社 1960 年出版的《武威汉简》,文物出版社 1990 年出版的《散见简牍合辑》等也提供了许多资料。

(二) 银雀山汉简

1972 年山东临沂银雀山汉墓出土近五千枚竹简,包括:《孙膑兵

---

① 郑敏《从居延汉简看内蒙额济纳旗的古代社会经济状况》(《秦汉史探讨》,中州古籍出版社):"汉代的居延及居延泽一带地区,有人认为就是当时的张掖郡的张掖县所在地。如《史记·匈奴列传索隐》引韦昭曰'居延,张掖县'即其例证。这种说法,唐人颜师古早已指出其非。他在《汉书》卷六《武帝纪》元狩二年(前121)条注文中说:'居延,匈奴中地名也,韦昭以为张掖,失之。'据近人考古学家陈梦家先生考证,汉之居延,就是今天内蒙古自治区额济纳旗所辖地。"何双全、孟力《甘肃出土简牍文献大观》(《古籍整理出版情况简报》1994 年第 10 期)有详尽的考述。

法》(即《汉书·艺文志》中的《齐孙子》)232枚,《孙子兵法》(即《汉书·艺文志》中的《吴孙子》)105枚,《六韬》54枚,《尉缭子》36枚,《管子》10枚,《晏子春秋》112枚,《相狗经》11枚。此外还有阴阳及风角灾异杂占四种共210枚以及《汉武帝元光元年历谱》32枚。这些发现,震惊了海内外学术界。学术界长期以来悬而未决的一些重要问题,如《孙子兵法》和《孙膑兵法》是否为同一书,《汉书·艺文志》著录《吴孙子》(孙武)八十二篇、图九卷和《齐孙子》(孙膑)八十九篇、图四卷,《隋书·经籍志》已不见著录《齐孙子》,从此便引起人们对于孙武其人其书的怀疑。两书的同时出现,终于解决了这一千载疑难问题。此外,关于《尉缭子》是否为伪书,最早由明人宋濂《诸子辨》提出来以后,后代多数学者赞成其说。汉简《六韬》、《尉缭子》等书的出土,说明上述传本当时已经有较为广泛的流传。此外《汉书·艺文志》记载唐勒赋四篇,但是没有流传,而银雀山竹简却有唐勒赋残简①。

(三) 马王堆简帛

1973年在长沙马王堆汉墓出土了《春秋事语》②、《刑德》、《相马经》、《房中术》、《五星占》③、《天文气象杂占》、《驻军图》、《长沙国南部图》、《五行》、《德圣》、《老子》甲乙本、《黄帝书》、《周易》、《易传》、

---

① 参见汤章平《〈古文苑〉中的宋玉赋真伪考》,《江海学刊》1989年第6期。

② 多为《战国策》所无。张政烺《春秋事语解题》(《文物》1977年第1期)、吴荣曾《读帛书本〈春秋事语〉》(《文物》1998年第2期)对此有所考论。

③ 席泽宗《中国天文学史上的一个重大发现——马王堆汉墓帛书的〈五星占〉》,《中国天文学史文集》,科学出版社1978年版。席泽宗《马王堆汉墓帛书中的〈五星占〉》,《中国古代天文文物论集》,文物出版社1989年版。刘彬徽《马王堆汉墓帛书〈五星占〉研究》,《马王堆汉墓研究文集》,湖南出版社1994年版。

《阴阳十一脉灸经》、《足臂十一脉灸经》①以及三号楚墓出土的帛画②。这批文物是陆陆续续公布的。全部文物图录收在《马王堆汉墓文物》,1992年湖南出版社出版。相关的研究资料除了本节征引外,还有《长沙马王堆三号墓出土西汉帛书〈天文气象杂占〉》③、王胜利《帛书〈天文气象杂占〉中的彗星图占新考》④、席泽宗《一份关于彗星形态的珍贵资料——马王堆汉墓帛书中的彗星图》⑤等。

(四) 河北定县竹简

1973年在河北定县出土,古代典籍包括《论语》、《儒家者言》、《哀公问五义》、《保傅》、《太公》、《文子》等,其中最引人注意的是《文子》的出土,因为长期以来这部书被认为是伪书,因而它的学术价值没有得到应有的重视。李学勤《试论八角廊简〈文子〉》(《文物》1996年第1期)对此问题作了肯定的回答⑥。

(五) 云梦秦简

1975年在湖北省云梦县城关镇西侧睡虎地出土秦代竹简1155枚(另残片80余枚),内容大部分是秦的法律条文和公文程式⑦。经

---

① 韩健平《马王堆古脉书研究》,中国社会科学出版社1999年版。
② 参见刘晓路《中国帛画与楚汉文化》,吉林教育出版社1994年版。
③ 《中国文物》1979年第1期。
④ 《马王堆汉墓研究文集》,湖南出版社1994版。
⑤ 《科技史文集》,上海科学技术出版社1978版。
⑥ 参见李学勤《试论八角廊简〈文子〉》,《文物》1996年第1期。李文对于《文子》一书的真实性作了比较充分的肯定。1996年台湾辅仁大学召开"《文子》与道家思想发展"研讨会就此展开讨论。此外,相传四十四篇《孔子家语》为王肃伪造,但是与《儒家者言》对照,发现相近者颇多。那么,《孔子家语》是否为伪书的问题,也引起学界的重视。
⑦ 详见《湖北云梦睡虎地十一座秦墓发掘简报》,《文物》1976年第9期。

过整理,有如下内容:《编年记》(53 枚)①、《语书》(14 枚)、秦律十八种(201 枚)、《效律》(60 枚)、《秦律杂抄》(42 枚)、《法律答问》(210 枚)、《封诊式》(98 枚)、《为吏之道》(51 枚)、《日书》甲种(166 枚)、《日书》乙种(257 枚)。其中《语书》、《效律》、《封诊式》、《日书》乙种四种简上原有书题,其他几种书题是整理小组拟定的。前八种编为《睡虎地秦墓竹简》(文物出版社 1978 年出版),后又出版精装本,将后两种也收录其中,1990 年出版②。1989 年云梦龙岗六号秦墓也出土了 150 枚竹简,时代略晚于睡虎地秦简。同属于秦的法律文书,是继睡虎地秦简之后又一重要发现,对研究秦代法律的演变及其相关问题提供了新的资料。刘信芳、梁柱《云梦龙岗秦简》已由科学出版社 1997 年出版。

(六) 阜阳汉简

1977 年在安徽阜阳出土大批汉初木简,古代典籍包括《苍颉篇》、《诗经》、《周易》、《年表》、《相狗经》及《辞赋》等,其中《诗经》被认为是经学史上最重要的发现之一。由于它事实上已是目前发现的《诗经》的最早版本,因而可以据此解决许多"诗经学"研究上的重要问题③。

(七) 张家山汉简

1983 年在湖北荆州地区江陵县张家山发掘汉初古墓,其中竹简

---

① 参见周凤五《从云梦简牍谈秦国文学》,台湾中国古典文学研究会主编《古典文学》第七集,学生书局 1985 年版。

② 1981 年,中华书局将当时论文汇为《云梦秦简研究》正式出版。高敏著有《云梦秦简初探》,河南人民出版社 1979 年版。此后,相关论文颇多,不胜枚举。

③ 胡平生、韩自强整理《阜阳汉简诗经》,上海古籍出版社 1988 年版。此外,关于《苍颉篇》,胡平生等也有《苍颉篇的初步研究》,《文物》1983 年第 2 期。

《脉书》、《引书》、《奏谳书》等,对于我们了解认识中医古籍的源流,有莫大的意义①。

(八)包山楚简

1987年在距战国楚都十六公里的包山楚墓,发现了近三百枚简牍。同时还有湖北江陵九店楚墓出土竹简②。美国学者夏德安《战国时代兵死者的祷辞》对其中的《日书》和《楚辞·国殇》作了有趣的比较探讨,认为两者颇多相通之处③。

(九)尹湾汉简

1993年在江苏东海县尹湾村出土西汉后期简牍,约四万余字,有《东海郡吏员簿》、《历谱》等地方行政文书,其中还有文学史上的奇葩《神乌赋》,引起了学术界的极大兴趣。对于尹湾汉简的研究论文多已收录在《尹湾汉墓简牍综论》④,可以参看。连云港市博物馆等四单位整理《尹湾汉墓简牍》于1997年由中华书局出版。一年以后台湾"中央研究院"廖伯源出版了研究论著《简牍与制度》,有《汉代仕进制度新考》、《汉代郡县属吏制度补考》、《汉代地方官吏之籍贯限制补证》、《〈东海郡下辖长吏名籍〉释证》、《汉书敬丘侯国与瑕丘侯国辩》、《东海郡官文书杂考》等六篇论文,很有参考价值。

(十)郭店楚简

1993年在湖北荆门郭店村楚墓出土简牍八百余枚,包括《老子》甲、乙、丙三种,《太一生水》,《缁衣》,《鲁穆公问子思》,《穷达以时》,《五行》,《唐虞之道》,《忠信之道》,《成之闻之》,《尊德义》,《性

---

① 参见高大伦《张家山汉简〈引书〉研究》,巴蜀书社1995年版。
② 参见湖北省文物考古研究所编《江陵九店东周墓》,科学出版社1995年版。
③ 《简帛研究译丛》第二辑,湖南人民出版社1998年版。
④ 《尹湾汉墓简牍综论》,科学出版社1999年版。

自命出》《六德》等。释文及简牍照片已经由文物出版社出版。

此外,1996年在湖南长沙走马楼出土十余万枚三国时期吴国的简牍,其总数超过全国历代出土简牍的总和。2003年5月又在湖南里耶出土了数万枚秦代简牍,更是惊人的发现。上述出土文献,除三国时期吴国十余万枚简牍和里耶秦简尚在整理外,其他几种则均已经过初步的整理,陆续问世。《尉缭子校注》《帛书老子校注》《孙膑兵法校理》《尹湾汉墓简牍》已由中华书局出版。文物出版社"秦汉魏晋出土文献"丛书系列已出版十余种,另有定州汉墓竹简《论语》《包山楚简》及《郭店楚墓竹简》。书目文献出版社的《晏子春秋校释》、军事科学出版社的《孙子校释》、上海古籍出版社的《阜阳汉简诗经研究》以及成都出版社《张家山汉简〈脉书〉校释》、巴蜀书社《张家山汉简〈引书〉研究》等,已经形成了一定的规模。特别是郭店竹简的研究论著,更是如雨后春笋,一时间成为显学,如《郭店楚简研究》①、《郭店楚简与儒学研究》②、《荆门郭店老子研究》③、《郭店楚简老子校读》④、《郭店楚简校读记》⑤、《郭店楚简国际学术研讨会论文汇编》⑥等。就中国学术史的研究而言,古籍的出土问世,尤其叫人欣欣雀跃。特别是《郭店楚墓竹简》和《上海博物馆藏楚竹书》的整理出版,极大地改变了我们对于秦汉学术史的许多传统看法。

---

① 《郭店楚简研究》,《中国哲学》二十辑特刊,辽宁教育出版社1999年版。
② 收在《中国哲学》第二十一辑,辽宁教育出版社2000年版。
③ 崔仁义《荆门郭店老子研究》,科学出版社1999年版。
④ 彭浩《郭店楚简老子校读》,湖北人民出版社2000年版。
⑤ 李零《郭店楚简校读记》,北京大学出版社2002年版。
⑥ 《郭店楚简国际学术研讨会论文汇编》,武汉大学出版社1999年版。

二、秦汉简牍的学术史意义

郭店楚简发掘报告在《文物》1997 年第 7 期上公布。时隔半年，也就是 1998 年的 5 月，全部竹简照片及释文即由文物出版社公开出版。该书主要包括两方面的内容：一是儒家典籍，二是道家典籍。这批儒家典籍资料的可贵，首先在于它的年代的久远，据此可以廓清学术史上许多模糊不清、甚至是错误的认识。以往出土的简牍，大多是汉简，至于云梦睡虎地十一号秦墓出土的竹简，主要是关于政事和法律方面的内容，与传统的儒学研究没有必然的联系。而据考证，郭店一号墓是一处东周时期楚国的贵族墓地，其南面九公里便是楚国的都城纪南城。其下葬的年代当在战国中后期，具体说，大约在公元前 4 世纪末，不晚于公元前 300 年。墓中竹简书籍的书写年代应早于墓的下葬，至于书的著作年代自然要更早一些，至少是战国中期以前的文献。汉代以来，经学上的今古文之争，是中国学术史上的一件大事。这种局面的形成，最初当然是与秦始皇的"焚书坑儒"有直接的关系。至此，中国学术史出现了断裂。此后重现于世的经书也罢，子书也罢，甚至史书在内，不管来自什么渠道，终究很难完全取信于后人。疑古思潮由此而起，确实也有它必然的因果关系。《郭店楚墓竹简》是秦火之前的珍贵材料，其特异的学术价值自然无与伦比。李学勤先生在《郭店与儒家经籍》[①]一文中特别注意到下列三部与儒家典籍有重要关系的简牍：第一是《六德》。它与《五行》一样，曾为汉初贾谊《新书》所引据。《五行》出自子思，《六德》也可能属于《子思子》。《六德》有这样一段话："观诸《诗》、《书》，则亦在矣；观诸《礼》、《乐》，则亦在矣；观诸《易》、《春秋》，则亦在矣。"这里提到《诗》、《书》、《礼》、《乐》、《春秋》，与《庄子·天运篇》的记载次序完

---

① 收在《中国哲学》第二十辑，辽宁教育出版社 1999 年版。

全相同:"孔子谓老聃曰:丘治《诗》、《书》、《礼》、《乐》、《易》、《春秋》六经,自以为久矣,孰知其故矣。"这里至少可以给我们两点启示:一是证实了秦火之前确有五经(或六经)之说。以往这个问题一直有人怀疑,如钱穆先生《先秦诸子系年考辨》"孔门传经辨"云:"儒家六经之说,至汉初史迁、淮南、董仲舒之徒始言之。"《庄子·天运篇》虽然最早提到"六经",但是《天运篇》在《庄子》外篇,有晚出的嫌疑。但是《郭店楚墓竹简》的出土,可以发疑解惑。反之,这条材料又可以证明《庄子·天运篇》确有所本,非后学缀拾传闻而成。是否还可以再扩而广之,对于《庄子》外篇的资料给予更积极的关注?第二是《缁衣》。李学勤先生认为:"梁代沈约说取自《子思子》,今存于《礼记》。篇内多引《诗》、《书》,包括有《尹吉(告、诰)》、《君陈》、《太甲》、《兑(说)命》等佚《书》。"此外,这批竹简还有不少篇与《礼记》若干篇章有关。这说明《礼记》一书渊源有自,绝非后人猜测的那样,多是汉代学人的辑录,甚至是汉人所著。由此而推,这就影响到我们对"三礼"的重新理解和认识。第三是《成之闻之》。其中引到两条佚《书》。其一条为:"《大禹》曰:余才宅天心,曷?此言也,言余之此而宅于天心也。"李学勤先生认为:"《大禹》无疑是佚《书》、《大禹谟》。《大禹谟》在孔颖达《尚书正义》所述汉代孔壁出佚《书》之中。""《大禹谟》这条佚文不见于今传《大禹谟》,证明今传本确实是有问题的。佚文说'余才宅天心',如何解释还待研究。我们看《康诰》、《立政》都有'宅心',可见'宅心'是古语,但没有'天心'。'天心'只见于今传伪古文的《咸有一德》,这很需要吟味。"儒家学说的传承,先秦的传世文献,《论语》之后便是《孟子》。这中间相差一百多年。孟子虽然自称是孔子学说的继承者,但是时代毕竟不同了,因而孔孟之间仍有相当大的差距。中间一百多年的变化链由于秦火而中断。《郭店楚墓竹简》为我们提供了重要的补充。《荀子·非十二子篇》把子思、孟子列为一派,《史记·孟荀列传》说孟子"受业子思之门人",则孟子学说一定出于子思。孟子的生卒年虽然不详,古今各有各的推测。通常的看法,认为生于公元前4世纪末(杨伯峻认为他生于周安王十七年,即公元前385年),这正是这批儒家资料下葬的年代。孟子很可能有机会读过这些儒家典籍。如果确如李先生所说,《六德》、《五行》属于《子思子》,那么先秦儒学传承的这条线索就此可以连接起来。《郭店楚墓竹简》不仅为我们认识儒家经典的传承有重要参考价值,对其他传世文献也有重要的参照作用。这批竹简中有一些资料与《韩诗外传》、《说苑》、《淮南子》等书的记载颇相近。比如《老子》甲本第46章"罪莫大于可欲"一句,传世诸本均如此,就连汉初的帛书亦然。但是,《韩诗外传》卷九引作"罪莫大于甚欲"。"甚"字于义较胜,但是以往没有版本根据,只能存疑。而郭店竹简作"罪莫大于多欲"。"多欲"就是"甚欲"。这说明,西汉这些著述,许多资料确实来自先秦的典籍。犹记得《文物》1980年第8期上刊载《定县40号汉墓出土竹简简介》中说到《儒家者言》的一段话:"绝大部分内容,散见于先秦和两汉时期的一些著作中,特别在《说苑》和《孔子家语》之内,但它比这些书保存了更多的较为古老的原始资料。"这里不但说明了《儒家者言》的文献价值,连带也说明了《说苑》、《孔子家语》等书的文献价值。近一个世纪以来,《汉书·艺文志》中著录的许多书是被判为死刑的,比如前面提到的《文子》、《尉缭子》,幸亏有了出土文献,否则永无翻身之日。问题是,这类冤案尚有不少,亟待我们缜密考索,充分发掘他们的学术价值。比如《说苑》、《韩诗外传》等,虽然没有断为伪书,但是他们的学术价值仍然是打了许多折扣的。随着出土文献的日益增多,我们相信对秦汉以来的古代典籍会有更多的认识。这批儒家典籍资料的可贵,还在于它出土的地理位置。如前所述,荆门为楚国故地。这座楚墓正在楚国都城纪南城的周围。

联系到 1987 年出土的包山楚墓，也在纪南城周围，而且下葬的时间可以确定在楚怀王十三年（前 316），与郭店楚墓大体同时。所不同的是，包山楚墓出土的竹简多是楚国贵族卜筮祭祷方面的内容，说明楚国贵族每事必巫，这与传世文献记载相符。而郭店楚墓却出土了这样多儒家典籍，很值得深思。它至少可以使我们知道当时楚国贵族除了对巫筮的重视之外，儒家典籍也依然是他们的日常读物。按照学术界的通常看法，屈原生于楚宣王二十七年（前 343）①，至包山楚墓下葬之时的楚怀王十三年，屈原二十八岁。也就是说，作为贵族出身的屈原，在其成年之后，也应当阅读这些儒家典籍。过去我们都非常信奉《孟子》的话"王者之迹息而诗亡"。战国时代，中原已经成为诸侯纷争的场所，诸子百家文化大放异彩。在过去的论述中，战国时代的楚国文化，是一个与中原文化迥异的相对独立的发展系统，所以在那里才会产生以屈原为代表的《楚辞》文化和巫文化。在过去传世的文献中，我们只能看到《楚辞》中的《橘颂》还保留一点中原文化的影子，但是，也仅仅是一点影子。屈原的后期创作，就具有完全独立于中原的楚文化的色彩了。这些描述已经成为现代学术界的一种思维定式。但是，郭店的竹简，却冲破了这一僵化的思维模式，它使我们看到，南方文化，不完全是独立发展的楚文化，它依然受到中原儒家文化的强烈影响。《韩非子·显学篇》载孔子死后，儒分为八："自孔子之死也，有子张之儒，有子思之儒，有颜氏之儒，有孟氏之儒，有漆雕氏之儒，有仲良氏之儒，有孙氏之儒，有乐正氏之儒。"关于他们的传承，后来的资料较少，但是从《郭店楚墓竹简》中的儒家典籍来看，孔子后人在传播儒家学说方面，可谓不遗余力，其影响所及，遍于大江南北。

---

① 此据姜亮夫先生《屈子年表》。见《楚辞学论文集》，上海古籍出版社 1984 年版。

《郭店楚墓竹简》本《老子》的发现,大大地开阔了我们的学术视野。众所周知,《老子》是道家思想的鼻祖,也是楚文化的重要思想渊源之一。历史上,对于《老子》的整理和阐释,可谓不计其数,而最重要的至少有三次:第一次是在汉初黄老之学盛行之时。我们今天能够看到的帛书《老子》就是明证,说明在西汉初年,《老子》传本非一。当然,我们今天所能看到的出土文献还仅限于南方的马王堆汉墓,但是从传世文献来看,黄老之学已经风行全国。汉代许多典籍征引《老子》,成为一时风气。第二次是魏晋玄学盛行之后,《老子》被列为"三玄"之一,结果是王弼注盛行。第三次是在唐代,李唐王朝自高其门第,敬老子为太上玄元皇帝,并在景龙二年在易州将《道德经》刻石保存至今。以后,尽管刻本钞本无数,但是没有超过上述三次整理的范围。也就是说,以往,我们对于《老子》传本的认识,最早上推到汉代初年的帛书,最晚下移到唐代的景龙石刻。但是,郭店竹简本《老子》的发现,又将《老子》的学术传承上推到一百多年前的战国中期。而且竹简本《老子》所存两千多字,约占今本的五分之二。这样,我们就具备了四种《老子》的权威版本:一是竹简本(《郭店楚墓竹简》,文物出版社1998年版);二是帛书甲乙本(高明《帛书老子校注》,中华书局1997年版);三是王弼本(楼宇烈《王弼集校释》,中华书局1962年版);四是景龙本(朱谦之《老子校释》,中华书局1995年版)。四种版本校读,尽管异文甚多,但是可以初步归纳出几点粗浅的认识:第一,帛书本与竹简本比较相近。通过竹简本和帛书本,我们可以知道,世传诸本《老子》已经过后人(很可能是魏晋时的王弼等人)整齐划一。古本则保留许多散句。第二,帛书与竹简不是同一传承系统。

第三,据竹简本可订传世诸本之误①。20 世纪 20 年代,钱穆先生在《先秦诸子系年考辨》中提出一个重要的论点,认为《老子》一书成于《荀子》、《韩非子》时代,也就是说是战国中后期的产物。钱宾四先生当时无缘见到帛书《老子》,更无缘见到新近公布的竹简本《老子》,否则,他还会这样坚持己见,出版《老子辨》这样的专著吗?

《上海博物馆藏战国楚竹书》2002 年正式出版,上海书店当年即出版了研究论文集《上博藏战国楚竹书研究》,讨论的焦点是最引人瞩目的《孔子诗论》简。黄怀信教授还出版了《〈孔子诗论〉释义》(三秦出版社,2004)。此外,国内外重要刊物也相继发表研究论文,如《文学遗产》就连续发表相关研究论文。许多悬而未决的问题,随着新资料的问世,也得到了进一步研讨的线索。譬如贾谊的《诗》学传授问题,清末王先谦著《诗三家义集疏》认为贾谊的时代只有《鲁诗》,故凡贾谊之说并以为鲁说,就显得非常牵强。清代另一重要学者唐晏著《两汉三国学案》引录贾谊说《诗》十则,将其列为"传《诗》而不详其宗派"的第一人,说明这还是一个有待解决的问题。根据上海博物馆藏战国楚竹书等文献资料,我们发现,贾谊说《诗》不是鲁《诗》系统。西汉初年,学《诗》的人并不多。陆贾《新语·怀虑》就曾为"世人不学《诗》、《书》"发出很深的感慨。当时仅仅鲁地有《诗》学传授,很难在全国范围产生影响。因此,王先谦等人说汉初的说《诗》者均习鲁《诗》,从逻辑上说是欠妥当的。其次,贾谊研习的也不是《毛诗》系统。全于贾谊《诗》学与《韩诗》、《齐诗》的关系,现在也找不到任何直接材料。贾谊《新书》中论及《大雅·文王》、《大

---

① 关于这个问题,刘跃进有《振奋人心的考古发现——略说郭店楚墓竹简的学术史意义》(《文史知识》1998 年第 8 期),裘锡圭先生有《郭店〈老子〉简初探》(《道家文化研究》第十七辑)均有讨论,可以参看。

雅·皇矣》《大雅·灵台》《大雅·敬之》与四家《诗》从文字训释到内容的解说是相同或相近的。这个现象说明四家《诗》同源而异流。虽然出现有先后,但是,越是往前推,相同的地方就越多。关于这个问题,还可以举双古堆汉简《诗经》作为例证:此简不属于鲁、齐、韩、毛四家,很可能是未被《汉书·艺文志》著录而流行于民间的另外一家。根据出土器物铭文等材料判断,墓主是西汉第二代汝阳侯夏侯灶。夏侯灶是西汉开国功臣夏侯婴之子,卒于汉文帝十五年。因此,该墓出土的这些简书下限不能晚于本年。这正是贾谊生活的时代。由此看出,汉代初年的《诗经》传授中,还没有形成较为系统严密的所谓家学和师法,诸家《诗》学大体遵循着相近的文本,尽管他们之间还有细微的差异。贾谊《诗》说另外一个有趣的现象是以"雅"、"颂"为主,所涉及的《诗经》作品,就有十首出自"雅"、"颂",论及"国风"的仅仅三首。这是先秦说《诗》的传统。这说明,贾谊的《诗》学源于先秦的说《诗》传统。特别值得我们注意的是对《邶风·柏舟》和《小雅·都人士》的解说,前者悉本于《左传》,后者源于《国语》。而根据《汉书·艺文志》,《国语》也是左丘明所作。这就很容易叫我们联想起《史记》《汉书》以及《经典释文》中关于贾谊的经学源于《左传》的记载。章太炎在《春秋左传读》《春秋左传叙录》《春秋左传疑义答问》等多取《新书》作为佐证。徐复根据文字训诂方面的材料,认为"《新书》中征引《左氏》说二十四事,足以窥见书中所存古字"[①]。这些材料告诉我们一个基本史实,即贾谊的经学源于《左传》系统。根据郑杰文教授的考察,记载西周人和春秋人说《诗》引《诗》的主要典籍是《国语》和《左传》。今本《左传》存与《诗》相关记载279条、《国语》存与《诗》相关记载38条。春秋及其前人说《诗》引《诗》已有

[①] 参见方向东《贾谊集汇校集解序》,河海大学出版社2002年版。

"以《诗》为史"和"以《诗》为教"的不同学术传统(见《文学遗产》2002年第4期)。据此而知,贾谊《诗》更加注重礼学的精神,接受的是春秋官学中"以诗为教"的传统。这是新资料给我们的宝贵启示①。

三、重现于世的文学作品

20世纪最早出土的居延汉简虽多是档案资料,但是与文学关系确也不少。譬如有很多书信,就表现了戍守西北边地的士卒的心声。如《居延汉简释文合校》10·15:"宣伏地再拜请/幼孙少妇足下甚苦塞上暑时愿幼孙少妇足衣强食慎塞上宣幸得幼孙力过行边毋它急/幼都以闰月七日与长史君俱之居延言丈人毋它急发卒不审得见幼孙不它不足数来/记宣以十一日对候官未决谨因使奉书伏地再拜幼孙少妇足下朱幼季书愿高掾幸为到临渠燧长对幼孙治所□书即日起候官行兵使者幸未到愿豫自辩毋为诸部殿……"类似这样的书信还可以举出许多。此外,睡虎地四号墓出土了木牍两件,正反两面都有字迹,是黑夫与惊两人写给衷的家信,其中一件保存较好,另一件下半残缺。对这批竹简的研究,以往多集中在文字考释以及法律文书方面,这些当然都是全新的内容。而前引周凤五《从云梦简牍谈秦国文学》则从文学方面作了比较全面的论述,作者着重分析了四号墓中《黑夫尺牍》和《惊尺牍》,十一号墓中的《语书》、《为吏之道》的内容及形式上的特点,很值得参考。此外,在居延汉简中还有一些文字,多是韵语,也许就是古诗,如371·1A:"若一心坚明,安上去外英。"又如446·17四简,A:"正月刚卯,灵殳四方。"B:"赤青白黄,四色赋当。"C:"帝命祝融,以教夔龙。"D:"庶役冈单,莫我敢当。"与此相近的还有敦煌酥油土出土汉简,颇近于歌词性质:"于兰莫乐于温莫悲

---

① 参见刘跃进《贾谊〈诗〉学寻踪》,《周口师范学院学报》2003年第1期。

于寒中子对曰文莫隰于秖复莫芋于。"类似这样的材料还见马伯乐编《斯坦因第三次中亚所获汉文文书》,现已收录在《敦煌汉简释文》第244页:"日不显目兮黑云多月不可视兮风非沙从悠蒙水城江河州流灌注兮转扬波辟柱……"①

1993年在江苏东海县尹湾村出土西汉后期简牍,约四万余字,有《东海郡吏员簿》、《历谱》等地方行政文书,其中还有文学史上的奇葩《神乌赋》,引起学术界的极大兴趣。裘锡圭先生《〈神乌傅(赋)〉初探》指出,这是一篇基本完整的创作于西汉时代(大约在西汉后期)的佚赋。其篇幅虽然比不上字数以千计的那些所谓大赋,但是也不能算短。如果把残去的字也算在里面,全赋约660字,尤其值得注意的是,它具有独特的风格,在现存的汉赋里连一篇同类的作品也找不出来。赋中讲述了一个完整的鸟的故事,说一对乌鸦营巢时,有一只"盗鸟"窃取其筑巢材料。雌乌发现后,追逐盗鸟,与之论理。盗鸟不服,终至相斗。雌乌受了重伤,临死与雄乌诀别,要雄乌"更索贤妇,毋听后母,愁苦孤子"。为了不拖累雄乌,雌乌自投"污则(厕?)"而死,雄乌极其悲哀,"遂弃故处,高翔而去"。这是目前所能看到的以讲述故事为特色的所谓俗赋当中时代最早的一篇。目前所看到的这类用拟人手法写鸟的文学作品,以《诗·豳风·鸱鸮》为最早。其次就要数到此赋了。此赋之后,则有曹植的《鹞雀赋》和敦煌所出的《燕子赋》两种。《鸱鸮》、《神乌赋》、《鹞雀赋》基本上都用四言句,《燕子赋》甲种也使用大量四言句。各篇内容都讲到不同类的鸟之间的争斗。这些以拟人手法写鸟的文学作品之间,大概存在着某种传承关系。它们可能都是以民间口头文学中的有关内容为创作基础。《神乌傅(赋)》引六句《传》文作结,并将《诗》、《论语》、《孝经》等儒

---

① 并见《敦煌汉简释文》,甘肃人民出版社1991年版。

家经典里的一些话塞入"鸟语"之中,充分反映出其作者是儒学久已确立其独尊地位的时代的一个知识分子,但是总的来说,此赋的语言是相当通俗的,而且有些地方还显得相当笨拙。跟司马相如、扬雄、班固等名家的赋使用大量华丽瑰奇的辞藻而且句法比较灵活多变的情况相比,反差极为明显。显然作者是一个层次较低的知识分子,而且是在民间口头文学的强烈影响下创作此赋的①。

四、汉代小说的崭新课题

1989年云梦龙岗六号秦墓出土的150枚竹简,其中有这样一段话:"取传书乡部稗官。其田及作务勿以论。"(编号185)②"稗官"一词又见《汉书·艺文志》:"小说家者流,盖出于稗官,街谈巷语、道听途说者之所为造也。孔子曰:'虽小道必有可观者焉。致远恐泥,是以君子弗为也。'然亦弗灭也。闾里小知者之所及,亦使缀而不忘,如或一言可采,此亦刍荛狂夫之议也。"颜注于稗官下引如淳曰:"《九章》细米为稗,街谈巷议,其细碎之言也,王者欲知闾巷风俗,故立稗官使称说之。"颜注:"稗官,小官,汉名臣奏:'唐林请省置吏,公卿大夫都官稗官,各减什三'是也。"余嘉锡《小说家出于稗官说》③以为"如淳以'细米为稗,街谈巷说细碎之言'释稗官,是谓因其职在称说细碎之言,遂以名其官,不知唐林所言都官稗官,并是通称,实无此专官也。师古以稗官为小官,深合训诂。案:《周礼》:宰夫掌小官之戒令。法云:小官,士也。此稗官即士之确证也。"此说已经为今天绝大多数研究者所认同。根据秦简来看,稗官确实是小官,但是并非"无此专官",而是乡里专职人员。《秦律十八种》也称"令与其稗官分"。

---

① 裘锡圭《〈神乌傅(赋)〉初探》,《文物》1997年第1期。
② 见《云梦龙岗秦简》,科学出版社1997年版。
③ 余嘉锡《小说家出于稗官说》,《余嘉锡论学杂著》,中华书局1962年版。

所谓"稗官"与《汉书·百官公卿表》中所列"乡有三老、右秩、啬夫、游徼"是并列而称的乡里专职人员。天水放马滩秦简、睡虎地秦简多次出现"小啬夫"、"大啬夫",是月薪不过百石的小官吏,设职面很广,上至县府、下至乡府以及县属各单位。大啬夫,似专指县令、长而说的,小啬夫则是乡政府和仓啬夫、库啬夫、田啬夫等。《史记·殷本纪》"舍我啬事而割政"。张守节《正义》:"《百官表》云:十里一亭,亭有长。十亭一乡,乡有三老、右秩、啬夫、游徼。三老掌教化,啬夫职听讼、收赋税,游徼备盗贼。"①又据李振宏、孙英民《居延汉简人名编年》②"始元年间"诸人名的考察,认为候长秩比二百石,月奉一千二百,而关啬夫秩比百石,而月奉七百二十。至于"令史之职,一般应与尉史、候史、啬夫、亭长、燧长为同一秩级,属百石以下的斗食、佐史之秩,月奉钱是六百"。但是303·45简有"令史覃嬴,始元二年三月乙丑除,未得始元六年九月奉用钱四百口"。303·21简"书佐樊奉,始元三年六月丁丑除,未得始元六年八月奉用钱三百六十"。可见在啬夫以下尚有属令史、书佐一类更低的官吏,月奉在三四百之间。"稗官"或许就是这一类的乡里专职人员。1973年河南偃师出土《汉侍廷里父老僤买田约束石券》③称"建初二年正月十五日侍廷里父老僤祭尊于季、主疏左巨等廿五人共为约束石券"云云,大意是说,侍廷里居民25人于明帝永平十五年(72)六月建立一个名叫"父老僤"的乡里组织,敛钱61500,买田82亩,以供僤内成员担任父老的费用。这里所谓父老,或即三老。祭尊,乡官,犹如祭酒。于季,当是父老僤组织的领导者。这里给我们展示了东汉乡间组织情况。过去,我们

---

① 见张衍田辑《史记正义佚文辑校》,北京大学出版社1985年版。
② 李振宏、孙英民《居延汉简人名编年》,中国社会科学出版社1997年版。
③ 录文见高文《汉碑集释》,河南大学出版社1997年版。

只是知道《汉书·百官公卿表》中所列"乡有三老、右秩、啬夫、游徼"等乡里专职人员,他们的工作是如何运转的,所知不多。而根据这方约束石券,知道了经费来源之一是自发筹集。

至于竹简中记载的秦汉故事,也时有发现。如马圈湾竹简就记载了韩朋故事。文字是这样写的:"书,而召韩朋问之。韩朋对曰:'臣取妇二日三夜,去之来游,三年不归,妇……'"裘锡圭先生《汉简中所见韩朋故事的新资料》①指出,这则故事与《搜神记》大体相同,但是具体细节有出入。《搜神记》所记韩朋故事不到三百字,大意说:宋康王之臣韩朋妻美,王夺朋妻,并罚朋为刑徒。朋妻密遗朋书,朋得书自杀。朋妻与宋王登台,自投台下而死,遗书愿与朋合葬。王不听,分埋之,二冢相望。其上一夜间各生一树,旬日大盈抱,彼此根交枝错,又有鸳鸯一对恒栖树上,交颈悲鸣。敦煌本《韩朋赋》长达二千字左右。前半部分的大意是:韩朋少年丧父,独养老母,因将远仕,娶贤妻奉母,夫妻情投意合。朋婚后不久即远仕于宋,长期不归,其妻念之,致书于朋。朋得书心悲,意欲归家而无因由,怀书不谨,遗失殿前。宋王得书,甚爱其言,遣其臣梁伯驰往朋家,取朋妻入宫。这些情节都不见于《搜神记》。赋的后半部分,主要情节与《搜神记》大体相合,但叙事较繁,在细节上颇有出入。《搜神记》所记韩朋故事与《韩朋赋》之间,究竟存在着什么样的关系呢?容肇祖在认为二者"根本出于一个故事"的同时,强调后者并非由前者发展演变而成。容氏说:"《韩朋赋》所叙韩朋的故事,当为唐以前民间的传说,较之《搜神记》所载,更为详细得多。"又说:"从《韩朋赋》的内容去考证,可定为不是因《搜神记》的记载而产生,而且《韩朋赋》为直接朴实的

---

① 裘锡圭《汉简中所见韩朋故事的新资料》,《复旦学报》1999 年第 3 期。其释文图录收在《敦煌汉简》,中华书局 1991 年版。

叙述民间传说的作品。"他显然认为在《搜神记》之前，韩朋传说早已产生，而且直至《韩朋赋》出现的时代一直在民间流传着。《搜神记》的作者按照他的趣味，以简洁的文笔记录了这个民间传说。所以他说《搜神记》没有提到《韩朋赋》前半部分的情节，并非由于所根据的传说中没有这种情节，而是由于这种情节"是《搜神记》所不甚注重的，故未详述"。裘先生指出，容氏的这些看法是很精辟的，我们在马圈湾汉简韩朋故事中为他找到了有力的证据。马圈湾所出汉简中的纪年简，最早的是宣帝本始三年（前71）简，最晚的是新莽始建国地皇三年（22）简。韩朋故事残简的抄写时代，大概不会超出西汉后期和新朝的范围。也就是说，它的时代比唐代的《韩朋赋》至少早六百年，比生活在两晋之交的干宝的《搜神记》至少早三百年。由此可见这枚残简在古代文学史上的价值。这枚残简所保存的汉代韩朋故事的内容极少，但是从其叙事方式仍可看出，其风格近于《韩朋赋》而远于《搜神记》，而且原来的全文一定相当长。以残简与《韩朋赋》有关内容相对照，可以断定简文所说的"书"，就指韩朋之妻在家想念韩朋而写的那封信。召韩朋加以询问的人，按情理推测当是宋王。所以在我们已经看不到的上文中，一定有跟《韩朋赋》相似的、韩朋之妻的信被韩朋失落而为宋王所得的内容。《韩朋赋》说明将远仕，念老母独居，故娶贤妻，"入门三日，意合同居；共君作誓，各守其躯，君亦不须再娶妇，如鱼如水，妾亦不再改嫁，死事一夫"，接着就说韩朋出游之事。所谓"入门三日，意合同居"，当然不是说入门三日以后才意合而同居；而是说由娶妻到出游，中间只有三天同居时间，而情意则十分投合。这跟简文所说"臣娶妇二日三夜，去之来游"，也是基本符合的。从以上所述来看，《韩朋赋》前半部分不见于《搜神记》的内容，其主要情节大体上在残简所代表的汉代韩朋故事中应该已经存在了，只不过在细节上彼此有一些出入而已。韩朋故事中的宋康王就是宋君偃,他是战国后期宋国的亡国之君。关于韩朋及其妻的民间传说,很可能在战国后期就已经出现,以后经历汉、唐等代不断有所发展变化。残简所代表的汉代韩朋故事和《韩朋赋》,都是对当时的韩朋传说的比较全面的记叙。记叙者无疑会对传说作一些文学上的加工,但对传说的主要情节应该不会作大的变动。我们所讨论的这只敦煌残简所记的韩朋故事,是什么体裁呢?从现存残文看,似是叙事散文或散体赋,但由于存字太少,还难以据此推定全篇的体裁。即使在用韵甚密的俗赋中,也往往间杂一些散句,所以还不能完全排斥这一韩朋故事采用有韵的赋体的可能性。如果确实如此,当然跟《神乌傅(赋)》一样,是"那时民间用口讲述故事,而带有韵语以使人动听及易记"的反映。即使是无韵之体,也应该具有类似后世"话本"的性质,大概主要是用作讲故事的人的底本的。裘先生的论证,言而有据,细微在理,故详述如上。

1986年在天水市北道区(今天水市麦积区)党川乡放马滩一号墓出土460枚秦代竹简。《文物》1989年第1期发表简报。这批竹简又可以分为两个部分,一是《日书》,与湖北云梦睡虎地秦简基本相同。甲种73枚,可分为八章,即《乐建》、《建除》、《亡者》(又称《亡盗》)、《人月吉凶》、《男女日》、《择行日》(又称《禹须行》)、《生子》、《禁忌》。乙种379枚,其内容方面有二十多篇,除《月建》、《建除》、《生子》、《人月吉凶》、《男女日》、《亡盗》、《禹须行》与甲种相同外,尚有《门忌》、《日忌》、《月忌》、《五种忌》、《入官忌》、《天官书》、《五行书》、《律书》、《医巫》、《占卦》、《牝牡月》、《昼夜长短表》、《四时啻》等十三种。一是纪年文书,或题《墓主记》,说的是一个叫丹的人因伤人而被处死,但三年以后又复生的事情,同时追述了丹过去的简历和不死的原因。简文称"……三年,丹而复生,丹所以复生者,吾犀武舍人,犀武论其舍人□命者,以丹未当死……因与司命史公孙强北出赵氏,之北地柏丘之上。盈四年,乃闻犬吠鸡鸣而人食,其状类益。少糜、墨,四支不用。丹言曰:死者不欲多衣……"。据李学勤先生考证,这应当是我国最早期的志怪小说①。类似这样的故事,还可以举《疏勒河流域出土汉简》②一书收录的一简:"'……为君子?'田章对曰:'臣闻之:天之高万万九千里,地之广亦与之等。风发溪谷,南起江海,震……'"容肇祖先生《冯梦龙生平及著作》认为这则田章故事见于敦煌写本句道兴《搜神记》,应为汉魏六朝时期的通俗传说,其故事中有从晏子故事演变而成的内容。裘锡圭先生《田章简补释》③对此给予高度的赞赏,并结合《晏子赋》、《相问书》等敦煌文献,认为"汉唐两代的俗文学之间的确存在着很密切的关系"。

五、秦汉文学的参考资料

在《居延汉简释文合校》和《居延新简》中时常提到秦汉时代的一些文字学著作,如《苍颉篇》、《急就章》等。类似这样的文字学的竹简还多见于沙畹编《斯坦因在东土耳斯坦考察所得汉文文书》。在西北边陲,童蒙读物如此流行,说明秦汉人对于习字的重视。这是为什么呢?《汉书·艺文志》引萧何律:"太史试学童,能讽书九千字以上,乃得为吏,又以六体试之,课最者,以为尚书、御史史、书令史。吏民上书,字或不正,辄举劾。"这就使人推想,汉大赋中大量运用奇字异说,是否与当时人读书习字有某种关系呢?虽然只是推测,但是由于有了汉简的支持,我们的这种推测也许值得考虑。此外,在《居延新简》中收录《剑文四事》,评论剑的文饰,与陶弘景《刀剑录》相近。

---

① 刊于《文物》1990 年第 4 期。又载作者《简帛佚籍与学术史》,江西教育出版社 2001 年版。
② 《疏勒河流域出土汉简》,文物出版社 1984 年版。
③ 刊于《简帛研究》第三辑,广西教育出版社 1998 年版。容肇祖文见于裘文称引。

据《汉书·艺文志》载,《相宝剑经》二十卷。阮孝绪《七录》也载有《相宝剑经》二卷。二书俱佚。这些竹简的发现,弥补了《汉书·艺文志》的缺失。

1977年在长城烽燧遗址发现木简91枚。其中玉门花海出土中有一件皇帝诏书计130字,系后人摘录,大意说皇帝身染重病,已无痊愈希望,诏告继承人皇太子,今后务必善视百姓,轻赋税,近圣贤,信谋臣,以身奉行名教和祖宗法制,牢记秦二世而亡的教训,终生不得疏忽等。其中"谨视皇天之嗣,加增朕在",似乎是对辅佐大臣的嘱咐。嘉峪关市文物保管所《玉门花海汉代烽燧遗址出土的简牍》[①]认为,这很有可能是武帝遗诏。其竹简见《敦煌汉简释文》第150页。开头说道:"制诏:皇大(太)子,朕体不安,今将绝矣。与地合同,众(终)不复起。"然后就是反复叮咛:"善禺(遇)百姓,赋敛以理,存贤近圣,必聚谞(贤)士,表教奉先,自致天子。胡亥自氾,灭名绝纪。审察朕言,众(终)身毋久(已?)。苍苍之天不可得久视,堂堂之地不可得久履,道此绝矣。告后世及其孙子,忽忽锡锡,恐见故至,毋贰天地,更亡更在,去如舍庐,下敦间里。人固当死,慎毋敢妄。"这对于了解武帝后期的政策具有参考价值[②]。其遗诏本身也是一篇优美散文。

第三节　汉代画像的意义

唐代张彦远《历代名画记》:"图画之妙,爰自秦汉,可得而记。

[①] 嘉峪关市文物保管所《玉门花海汉代烽燧遗址出土的简牍》,《汉简研究文集》,甘肃人民出版社1984年版。

[②] 参见田余庆《秦汉魏晋史探微》中的《论轮台诏》,中华书局1993年版。

降于魏晋,代不乏贤。"秦代画像,据陈直《汉书新证》"为吕氏右袒,为刘氏左袒"条考证:"凤翔彪脚镇,曾出秦代大画砖,为两王宴饮图,持杯皆用左手,知秦代尚左,但汉初改为尚右,周昌传'左迁'是也。周勃入北军,大呼为刘氏左袒,知仍用秦代习俗。"[1]据此画像砖考证秦汉习俗,确有意义。此外,咸阳秦代梁山宫遗址踏步空心砖画像《龙璧图》的发现,又为我们全面认识秦代的文化提供了第一手资料。根据史书记载,秦始皇拥有众多宫殿,梁山宫就是其中之一。这里宫妃云集,是秦始皇寻欢作乐的场所。空心砖画像所描绘的正是这种龙璧环绕的欢乐画面:龙头高昂,不时回首翘望,不可一世;玉璧洁白,时时展露风姿,柔情似水。布局讲究,线条优美,传神写照,尽在不言之中。我们知道,中国古代,"龙"往往象征着阳刚之气,而"璧"则表示阴柔之美。由此推想,画中所反映的很可能是宫廷男欢女爱的场景。这是以往的文献资料所不曾展现过的内容,表现了秦人浪漫精致的生活情趣,给人以意外的惊喜。

在叙述说部文献时我们曾指出,随着经学思想的普及和深入,伦理教化故事在世间日益盛行。通过画像将这些经学思想形象地表现出来,是汉代统治阶层非常重视的一个方面。《论衡·须颂篇》:"宣帝之时,画图汉列士,或不在于画上者,子孙耻之。"所谓"宣帝之时,画图汉列士",详见《汉书·李广苏建传》:"甘露三年,单于始入朝。上思股肱之美,乃图画其人于麒麟阁,法其形貌,署其官爵、姓名。唯霍光不名,曰大司马大将军博陆侯姓霍氏,次曰卫将军富平侯张安世,次曰车骑将军龙额侯韩增,次曰后将军营平侯赵充国,次曰丞相高平侯魏相,次曰丞相博阳侯丙吉,次曰御史大夫建平侯杜延年,次曰宗正阳城侯刘德,次曰少府梁丘贺,次曰太子太傅萧望之,次曰典

---

[1] 陈直《汉书新证》,天津人民出版社1979年版。

属国苏武。皆有功德,知名当世,是以表而扬之,明著中兴辅佐,列于方叔、召虎、仲山甫焉。凡十一人,皆有传。自丞相黄霸、廷尉于定国、大司农朱邑、京兆尹张敞、右扶风尹翁归及儒者夏侯胜等,皆以善终,著名宣帝之世,然不得列于名臣之图,以此知其选矣。"《后汉书·朱景王杜马刘傅坚马列传》记载明帝追感前世功臣,永平年间下令追摹二十八位武将画像,悬挂于南宫云台。其外又有王常、李通、窦融、卓茂等,合三十二人。《后汉书·邓张徐张胡列传》载,"熹平六年,灵帝思感旧德,乃图画广及太尉黄琼于省内,诏议郎蔡邕为其颂云"。根据《赵充国传》,不仅画像,还有论赞。又据应劭《汉官》记载,不仅朝廷悬挂功臣画像,郡府厅事壁也悬挂古代先贤图像。景帝末年文翁作蜀郡守,成都起学宫,刻孔子和七十二弟子像。见《玉海》引《益州记》。又鸿都门学画孔子像及七十二弟子像。此外,还有孝子、烈女、神仙、佛教等画像。如《后汉书·西域传》载:"世传明帝梦见金人,长大,顶有光明,以问群臣。或曰:西方有神,名曰佛,其形长丈六尺而黄金色。帝于是遣使天竺,问佛道法,遂于中国图画形象焉。楚王英始信其术,中国因此颇有奉其道者。后桓帝好神,数祀浮图、老子,百姓稍有奉者,后遂转盛。"这些画像,显然是已经有了一定的摹本在世间流传。如《后汉书·杨李翟应霍爰徐传》载:"(建安)二年,诏拜劭为袁绍军谋校尉。时始迁都于许,旧章堙没,书记罕存。劭慨然叹息,乃缀集所闻,著《汉官》、《礼仪故事》,凡朝廷制度,百官典式,多劭所立。初,父奉为司隶时,并下诸官府郡国,各上前人像赞,劭乃连缀其命,录为《状人纪》。"显然,这就是为一部画集题写像赞之类的文字。而画像主要又是古代圣贤。可惜的是,这些画像已经无法保留下来了。

但是,汉代画像石却格外盛行,且易于保留。北宋沈括《梦溪笔谈》卷一九就有记录:"济州金乡县发一古冢,乃汉大司徒朱鲔墓,石壁皆刻人物、祭器、乐架之类。人之衣冠多品,有如今之幞头者,巾额皆方,悉如今制,但无脚耳。妇人亦有如今之垂肩冠者,如近年所服角冠,两翼抱面,下垂及肩,略无小异。人情不相远,千余年前冠服,已尝如此。其祭器亦有类今之食器者。"画面之丰富多彩,依稀可以想见。北宋末年赵明诚《金石录》也著录了山东嘉祥武氏祠的榜题。南宋洪适《隶释》还收录武氏祠部分图像摹本。令人惊奇的是,宋人所见的武氏祠,今天依然保留着,给人以千年历史不过一瞬的强烈感触。

汉代画像的大规模收集著录始于20世纪初叶,但是那个时候所见不多。鲁迅先生收集三百多幅,近来已经影印出版。20世纪后半叶,发现越来越多,包括画像砖、画像石、石棺画像、铜镜画像、瓦当画像等。各省出土的汉画像石著录与研究论著留待下文叙述。这里略论综合性的著录与研究论著,举其要者:傅惜华《汉代画像全集》,巴黎大学北京汉学研究所1950年印行。段拭《汉画》,中国古典艺术出版社1958年版。吴曾德《汉代画像石》,文物出版社1984年版。萧亢达《汉代乐舞百戏艺术研究》,文物出版社1984年版。夏亨廉、林正同《汉代农业画像砖石》,中国农业出版社1996年版。顾森《中国汉画图典》,浙江摄影出版社1997年版。信立祥《汉代画像石综合研究》,文物出版社2000年版。蒋英炬、杨爱国《汉代画像石与画像砖》,文物出版社2001年版。上述著作中,信立祥《汉代画像石综合研究》内容最为丰富,包括汉画像石的发现和研究简史,汉画像石的区域分布和产生的社会背景,汉画像的艺术表现手法,墓地祠堂画像石、地下墓室画像石、石阙画像、墓室画像与祠、阙画像之间的关系,江苏连云港孔望山的摩崖画像,汉画像石各分布区间的交流和影响等九章。根据段拭《汉画》的研究,汉画可以归纳为六类:一是缣帛画,二是宫殿壁画,三是墓壁画,四是器物上的装饰画,五是石刻画像,六是砖画像。这里所要讲的主要是第三项,实际包括了墓壁画像、石刻画像和砖刻画像三种,因为这些画都是刻在砖石上面,故可以归为一类。还因为这类画像出土最多,涉及的范围最为广泛。其中在山东、江苏、河南、四川、陕西等地发现最多。这些地方都是当时最为富庶的区域。

山东画像石以嘉祥武氏祠最为有名。此外,曲阜、邹城、滕州、沂南、莒县、青州也出土了大量的画像石。齐鲁书社按地区出版了若干种画像石的图录。相关的研究著作有:李发林的《山东汉画像石研究》,齐鲁书社1982年版。山东省博物馆、山东省文物考古研究所《山东汉画像石选集》,齐鲁书社1982年版等。蒋英炬、吴文祺《汉代武氏墓群石刻研究》,山东美术出版社1995年版。巫鸿《武梁祠研究——中国早期的绘画艺术观念》[1]在欧美深受好评。他的另一本英文版著作《中国早期艺术和建筑中的纪念性》[2]也涉及一些汉代画像问题。但是此书在西方受到比较严厉的批评[3]。

江苏画像石主要集中在徐州地区。徐州是汉高祖刘邦的老家,两汉时一直为最高统治集团所重视,封有楚王或彭城王十八代。至

---

[1] The Wu Hang Shrine: The Ideology of Early Chinese Pictorial Art. Stanford: Stanford University Press, 1989.

[2] Monumentality in Early Chinese Art and Architecture. Stanford: StanfordUniversity Press, 1996.

[3] 其中有的难免偏见,也有著作本身的问题。李零《学术"科索沃"——一场围绕巫鸿新作的讨论》、秦岭《巫鸿〈中国早期艺术和建筑中的纪念性〉一书内容简介》、贝格利《评巫鸿〈中国早期艺术和建筑中的纪念性〉》、巫鸿《答贝格利对拙作〈中国早期艺术和建筑中的纪念性〉的评论》以及夏含夷《知之不如好之,好之不如乐之》对此问题的客观评述。详细情况见《中国学术》第二辑,商务印书馆2000年版。

于其封荫的王子侯孙、豪族世家、京师贵戚等就更多了。如与中国文学史研究有重要关系的西汉刘向、刘歆父子,东汉楚王刘英,就生活在这里。特别是刘英,"诵黄老之微言,尚浮屠之仁祠"。是中国道教和佛教最早流行的地区。睢宁的画像石,最著名者有张伯英收藏的《牛耕图》(现藏于中国历史博物馆)、建筑图、狩猎图等。其著录主要有:徐毅英主编《徐州汉画像石》,中国世界语出版社 1995 版。田忠恩、武利华、陈剑彤、仝泽荣《睢宁汉画像石》,山东美术出版社 1998 年版。

四川画像近来发现极多。萧亢达《汉代乐舞百戏艺术研究》中论及"成都市郊出土的一块画像砖,一乐人在鼓瑟,身后一女为歌者,左下角一乐人举桴击鼓,右上角一男一女坐于席上,右下角一舞者着冠,长袍拂地,徐舒广袖,正和着音乐的节奏舞蹈。……四川彭县出土的一块画像砖刻绘的是一男一女在舞蹈,两旁为手持便面的侍者,这应当是夫妇对舞。这两幅表现家庭自娱性舞蹈的画与《杨恽传》中的记述是相似的"。《汉书·杨恽传》载《报孙会宗书》称:"家本秦也,能为秦声。妇,赵女也,雅善鼓瑟。奴婢歌者数人,酒后耳热,仰天拊缶而乎(呼)乌乌。……是日也,拂衣而喜,奋袖低印,顿足起舞。"四川画像石的著录和研究主要有:刘志远、余德章、刘文杰《四川汉代画像砖与汉代社会》,文物出版社 1983 年版。高文《四川汉代画像砖》,上海人民美术出版社 1987 年版。《四川汉代石棺画像集》,人民美术出版社 1997 年版。

《后汉书·刘隆传》:"河南帝都多近臣,南阳帝乡多近亲。"因此,河南汉画像石尤以南阳出土居多。著录与研究著作有:关百益《南阳汉画像集》,中华书局 1930 年版。孙文青《南阳汉画像汇存》,金陵大学文化研究所 1937 年版。南阳汉代画像石编辑委员会《南阳汉代画像石》,文物出版社 1985 年版。闪修山、王儒林、李陈广《南阳汉画像石》,河南美术出版社1989年版。薛文灿、刘松根《河南新郑汉代画像砖》,上海书画出版社1993年版。周到、王晓《汉画——河南汉代画像研究》,中州古籍出版社1996年版。周到、吕品《河南出土空心砖拓片集》《河南汉代画像砖》,上海人民出版社1985年版。黄明兰《密县汉画像砖》《洛阳汉画像砖》,河南美术出版社1986年版等。此外,《郑州汉画像砖》《南阳汉代画像砖》《河南汉画像砖精品拓片集》等也著录了许多汉代画像。

陕西画像石主要出土于陕西榆林地区米脂县和绥德县一带,以砖画、画像石、瓦当画三类为主,主要有狩猎图、迎宾图、出行图、杂技表演、神话故事、装饰图案、石门铺首等。陕西汉画像石著录与研究著作有:陕西省博物馆《陕北东汉画像石选集》,文物出版社1959年版。张鸿修《陕西汉画》,三秦出版社1994年版等。

汉画中最多见的是灵异动物,包括所谓四灵及飞禽走兽家畜等。所谓"四灵",即青龙、白虎、朱雀、玄武。《三辅黄图·未央宫》:"苍龙、白虎、朱雀、玄武,天之四灵,以正四方,王者制宫阙殿阁取法焉。"参见《新编瓦当图录》收有四灵瓦当。还有蟾蜍、玉兔、三足鸟、龙凤、嘉禾等。此外,古圣先贤、历史故事、神话传说、飞禽走兽以及统治阶级享乐生活的情景也常见于画像石。其中人物故事画像最为丰富。这些人物故事画像包括:历代帝王,如三皇、五帝、后羿、夏桀、文王及十子、秦始皇;圣贤故事,如孔子见老子、孔门弟子;忠义故事,如周公辅佐成王、赵氏孤儿、二桃杀三士、管仲射小白、完璧归赵、鸿门宴、荆轲刺秦王;孝行故事,如老莱子娱亲、董永孝父等。此外,还有孝子、烈女、神仙、佛教等画像。魏晋时代的曹植的《画赞》可视为总结之作。其次就是乐舞百戏,包括群舞独舞、相和歌、鼓吹、角、笳、横吹、骑吹、短箫铙歌、箫鼓、总会仙倡、东海黄公、漫衍鱼龙、都卢、巴渝等。车马骑乘也是重要题材,车如流水,马若飞龙。仙人神祇也是汉代画像中的常见的主题,西王母、东王公、伏牺、女娲。藻饰建筑,包括宫阙、住宅等也时有发现。此外还应包括农业方面的题材,内容很多,涉及耕作技术、纺织作坊、山泽鱼盐、粮食作物及饮食文化等方方面面的内容。这些内容在汉代的诗歌、辞赋及文章中时有涉及,现在有了形象的资料作为参考,当然有助于我们对于作品的理解,进而清晰地认识当时的社会状况。

第三章　文字、训诂之学与文学史研究

第一节　文字学、训诂学典籍

　　文字学典籍如汉许慎《说文解字》、训诂学典籍如"十三经"中的《尔雅》及后来的《小尔雅》、《方言》、《释名》及《广雅》等，本系专著，并非文学作品，所以历来的文学史著作均不加论述，这当然是有其道理的。但时至今日要读懂几千年以前的先秦两汉文学作品，就非借助于这些书籍不可，而且汉代以前的不少作家如司马相如、扬雄等，本人就是当时著名的文字学家。更值得注意的是在那些书中，往往征引古籍字句以训释一些字的本义和引申之义，其所引文字有时和今本不同；它们所征引的文句，亦足以说明某书在当时的流行情况，对考订其真伪及出现时代有重要作用。因此从文学史料学的角度来看，这些典籍就不容忽视。

　　先秦和汉代的教育对文字、训诂之学十分重视。许慎《说文解字叙》云："周礼：八岁入小学，保氏教国子，先以六书。"这"六书"就是指"指事"、"象形"、"形声"、"会意"、"转注"和"假借"六种造字方式。秦汉以后，字体由籀、篆演变成隶书，趋于简便。但据许慎说："《尉律》(汉代一种律令条文)：学僮十七已(以)上始试讽籀书九千字,乃得为吏。"这说明当时士人要走上仕途,必须通晓文字之学。所以当时文士,多对文字、训诂之学有一定修养。《文心雕龙·练字》云:"汉初草律,明著厥法,太史学童,教试六体;又吏民上书,字谬辄劾,是以马字缺画,而石建惧死,虽云性慎,亦时重文也。至孝武之世,则相如撰篇(指《凡将篇》)。及宣、成二帝,征集小学,张敞以正读传业,扬雄以奇字纂《训》(指《训纂篇》),并贯练雅颂,总阅音义,鸿笔之徒,莫不洞晓。且多赋京苑,假借形声,是以前汉小学,率多玮字,非独制异,乃共晓难也。"这说明当时文人精于文字、训诂,所以我们今天阅读司马相如、扬雄的赋作,往往觉得文字古奥,非借注家之助,难于理解。刘勰又说东汉以后"小学转疏",但现在我们读班固、张衡甚至左思的大赋,仍有许多难认的古字。其实现今所见的文本,其文字已屡经更改,如《文选》张衡《西京赋》:"摣狒猥"句,原作"摣閼彚",今本已经李善、五臣简化。但有些字仍极古奥,如果对文字、训诂之学缺乏了解,就难于读通,更不用说更早的《诗经》、《尚书》及《逸周书》诸书了。所以刘勰又说:"夫《尔雅》者,孔徒之所纂,而《诗》、《书》之襟带也;《仓颉》者,李斯之所辑,而鸟籀之遗体也;《雅》以渊源诂训,《颉》以苑囿奇文,异体相资,如左右肩股,该旧而知新,亦可以属文。"正由于此,我们今天来研究文学史料学,就应和文学史不同,把这些典籍包括在内。因为事实上无文字学和训诂学的基础,不论创作和研究都是很困难的。

据《汉书·艺文志》和许慎《说文解字叙》,最早出现的这类文字学论述是周宣王时太史籀所作的大篆十五篇(《汉书·艺文志》作《史籀》十五篇。周宣王太史作大篆十五篇,建武时亡六篇矣)。大篆亦即"籀书",即西周末至秦统一以前流行于今关中一带的字体。这种字体,据许慎说,已与更早的"古文"、"或异"。这可能是西周时实行的一次统一字体的措施。到了战国时代,正如许慎所说"分为七国,田畴异晦,车涂(途)异轨,律令异法,衣冠异制,言语异声,文字异形"。秦始皇吞并六国后,丞相李斯奏请统一天下的字体,将六国文字中与秦国写法不同的字废除。于是李斯作《仓颉篇》,赵高作《爰历篇》,胡毋敬作《博学篇》,都是以《史籀》大篆为基础而加以简省。这种字体就是小篆,亦即我们现在说的籀文①。显然,这些书籍的编纂是为了统一字体,使之规范化,类似于后来梁代周兴嗣所作的《千字文》。这种文章也有句读,并且有韵,但其目的只是在使人便于诵读和牢记,并不在于文辞的华美。

一、《仓颉篇》

《汉书·艺文志》著录:"苍颉一篇。"注:"上七章秦丞相李斯作。"《说文解字叙》:"(丞相李)斯作《仓颉篇》。"王国维《苍颉篇残简跋》:"《流沙坠简》卷二第八简有'苍颉作'三字,乃汉人随笔涂抹者,余以为即《苍颉篇》首句。其全句当云'苍颉作书',实用《世本》语。故此书名《苍颉篇》。"②据沈兼士《文字形义学》考证,清代以来辑录《苍颉篇》者十有二家:孙星衍、陈鱣、梁章钜、陶方琦、陈其荣、王仁俊、曹元忠、任大椿、黄奭、顾震福、马国翰、姬觉弥等,各家之优劣得失,沈兼士有相尽考证,很有参考价值③。今人李增杰又有增补,见其所著《古代六种字书佚文补辑并注》,广东高等教育出版社1990年出版。

二、《爰历篇》

《汉书·艺文志》著录:"《爰历》六章者,(中)车府令赵高作。"《说文解字叙》:"中车府令赵高作《爰历篇》。"

---

① 班固说:"文字多取《史籀》篇,而篆体复颇异,所谓秦篆者也。"许慎则说:"皆取《史籀》大篆,或颇省改,所谓小篆者也。"
② 王国维《观堂集林》,中华书局1959年版。
③ 沈兼士《文字形义学》,收入《沈兼士学术论文集》,中华书局1986年版。

三、《博学篇》

《汉书·艺文志》著录:"《博学》七章,太史令胡毋敬作。"《说文解字叙》:"太史令胡毋敬作《博学篇》。"

到了汉代初年,上述三书就被合成一书。《汉书·艺文志》序称:"汉兴,闾里书师合《苍颉》、《爰历》、《博学》三篇,断六十字以为一章,凡五十五章,并谓《苍颉篇》。"《论衡·别通篇》说:"夫《苍颉》之章,小学之书,文字备具。"可见《仓颉篇》在东汉时依然为人所重。此书在汉朝末年和唐朝的字书及其他各书的注释中,还保存一些佚文,大都已由清人任大椿辑入《小学钩沉》中①。又有清代孙星衍辑本三卷,收入《岱南阁丛书》中;梁章钜作《仓颉篇校正》二卷,补一卷,家刻本。清光绪末年,匈牙利人斯坦因于敦煌汉长城故址得汉人所书木简,存《仓颉篇》、《急就篇》残简。罗振玉作《仓颉篇残简考释》一卷,有上海广仓学窘排印本。

《仓颉篇》中还有重复的字,汉武帝时司马相如作《凡将篇》,不再有复字。后来元帝时黄门令史游作《急就篇》,成帝时将作大匠李长作《元尚篇》,平帝元始中,扬雄又作《训纂篇》②。这些著述,据《隋书·经籍志》著录,《仓颉篇》、《训纂篇》与后汉郎中贾鲂的《滂喜篇》

---

① 参见罗君惕《汉文字学要籍概述》,中华书局1984年版。
② 《汉书·艺文志》序称:"武帝时,司马相如作《凡将篇》,无复字。元帝时,黄门令史游作《急就篇》。成帝时,将作大匠李长作《元尚篇》,皆《苍颉》中正字也。《凡将》则颇有出矣。至元始中,征天下通小学者以百数,各令记字于庭中。扬雄取其有用者以作《训纂篇》,顺续《苍颉》,又易《苍颉》中重复之字,凡八十九章。臣复续扬雄作十三章,凡一百二章,无复字,六艺群书所载略备矣。《苍颉》多古字,俗师失其读,宣帝时征齐人能正读者,张敞从受之,传至外孙之子杜林,为作训故,并列焉。"

合为《三苍》三卷。这里提到的《凡将篇》、《元尚篇》、《训纂篇》等均已亡佚，只有《急就篇》尚存。其文均由韵文组成，将文字贯通起来。唐代颜师古注，宋朝王应麟补注今并存①。颜师古注序称："逮至炎汉，司马相如作《凡将篇》，俾效书写，多所载述，务适时要。史游景慕，拟而广之，元、成之间，列于秘府。虽复文非清靡，义阙经纶，至于包括品类，错综古今，详其意趣，实有可观者焉。"晁公武《郡斋读书志》也说："凡三十二章，杂记姓名、诸物、五官等字，以教童蒙。'急就'者，谓字之难知者，缓急可就而求焉。"《四库提要》则以为："其书自始至终，无一复字，文词雅奥，亦非蒙求诸书所可及。"上述诸说，简明扼要地说明了《急就篇》的特点，但是说此书无一复字似不确，因为其中复字很多。关于此书的辑注本，代不乏人。清人万光泰、李赓芸、陈本礼、郑知同等，辑注并重。近人高二适《新定急就章及考证》不仅注解其文，更注重其在字体发展史上的地位，可谓别具只眼②。张丽生《急就篇研究》对于该书的成书年代作了推测，权作一说③。从文学史的角度看，全文均为有韵之七言，如首章"急就奇觚与众异，罗列诸物名姓字；分别部居不离厕，用日约少诚快意，勉力务之必有喜。请道其章：宋延年，郑子方，卫益寿，史步昌，周千秋，赵孺卿，爰

---

① 有《津逮秘笈》本、《学津讨源》本、《玉海》附刻本。
② 高二适《新定急就章及考证》，上海古籍出版社1982年版。
③ 张丽生《急就篇研究》，台湾"商务印书馆"1983年版。关于其成书年代，作者推测说："《急就》成书，或可定在元帝即位的第一年初元元年（或第二年），就是元帝的老师萧望之自杀之前（萧望之卒于初元二年十二月）。那是从书中'师猛虎，石敢当，所不侵，龙未央'这四句去推想出来的。史游的原意，除了是说'姓的字'之外，这四句可作隐含深意的解释为：'老师（指萧望之）像猛虎一般，石（指石显）敢担承抵挡（意为不怕），所以不见侵害。那是因为龙（指元帝）还未央。'"

展世,高辟兵"。这里,上半为七言,下半为三言。其中七言句,句句押韵,近于"柏梁体",和《太平经》中的"上无明君教不行,不肯为道反好兵。户有恶子家丧亡,持兵要人居路傍。伺人空闲夺其装,县官不安盗贼行"的句式相同,说明七言诗之兴,起于民间,最早以实用的记诵为目的,其后才用于文学作品。如曹丕《燕歌行》为较早七言,亦每句有韵。所以说,《急就篇》虽非文学作品,却不失为重要的文学史料,在诗歌发展史上理应占有一定地位。

第二节 《尔雅》与《小尔雅》

《尔雅》为我国训诂学典籍之祖。《汉书·艺文志》属六艺类,附《孝经》之后,云:"《尔雅》三卷,二十篇。"今存十九篇,分为上中下三卷。上卷为《释诂》、《释言》、《释训》、《释亲》,中卷为《释宫》、《释器》、《释乐》、《释天》、《释地》、《释丘》、《释山》、《释水》,下卷为《释草》、《释木》、《释虫》、《释鱼》、《释鸟》、《释兽》、《释畜》。颜师古注引张晏曰:"尔,近也。雅,正也。"《经典释文序录》:"《尔雅》者,所以训释'五经',辨章同异,实九流之通路,百氏之指南,多识鸟兽草木之名,博览而不惑者也。尔,近也;雅,正也。言可近而取正也。《释诂》一篇盖周公所作,《释言》以下或言仲尼所增,子夏所足,叔孙通所益,梁文所补。张揖论之详矣。前汉终军始受'豹鼠'之赐,自兹迄今,斯文盛矣。先儒多为亿必之说,乖盖阙之义,唯郭景纯洽闻强识,详悉古今,作《尔雅》注,为世所重。"按:这里说到的张揖,即《广雅》的作者,三国魏人,他在《上广雅表》中,讲到了上述的说法。但他又说:"今俗所传三篇《尔雅》(按:即今之上中下三卷),或言仲尼所增,或言子夏所益,或言叔孙通所补,或言沛郡梁文所考。皆解家所说,先师口传,既无正验,圣人所言,是故疑不能明也。"看来张揖对上述说法亦不无怀疑。所以自汉代以来学者对《尔雅》的作者问题就有不同看法。如郑玄以为"玄之闻也,《尔雅》者,孔子门人所作,以释六艺之言,盖不诬也"。看来郑玄之说,似近情理,当有其根据。但"五四"以来,一些学者多对此书取怀疑态度。今人王宁先生在《尔雅说略》中说:"从它所涉及的文献和所论的制度、史实看,它不是一人一时之作,而是杂采几代多家的训诂材料汇编起来的。而且汇编也不是一次而成,而是逐步完善。初具规模的时代大约在公元前400至公元前300年的战国时期,汉代古文经典的传注发达起来后,又经过一度增补润色,才成为我们今天所见的样子。"(《经史说略》上册第285页,燕山出版社本)看来王先生的说法似更可信从。

现在看来,《尔雅》确是成于多人之手,亦非同一时代人所作。其《释诂》一篇,旧说为周公所作,恐未必可信,但产生时代应该较早,如果说它作于春秋时期或更早时间,似亦不无可能。《释言》和《释训》似着重解释《诗经》中的辞义。特别是《释训》中"颙之卬卬,君之德也","蔼之萋萋,臣尽力也","噰(雝)噰喈喈,民协服也",似专为释《诗经·大雅·卷阿》;"謔謔訿訿,崇谗慝也","翕翕訿訿,莫供职也",似专为释《大雅·板》及《小雅·小旻》;"抑抑密也",释《抑》;而"如切如磋,道学也","如琢如磨,自修也,瑟兮僴兮,恂慄也","赫兮烜兮,威仪也。有斐君子,终不可谖兮,道盛德至善,民之不能忘也",专释《卫风·淇奥》;"张仲孝友,善父母为孝,善兄弟为友",释《小雅·六月》末句。更可注意的是这两句文字,和《毛诗诂训传》全同。过去疑古家往往以为《尔雅》抄《毛诗》,现在看来却未必不是《毛诗》采自《尔雅》。因为自上海博物馆所藏楚国竹书《孔子诗论》出现以来,说明《毛诗》之说与先秦儒家释《诗》的意见最近,很可能正是《毛诗》采《尔雅》之说。《尔雅》中有些说法与其他典籍不同。

如《释地》谈到九州云：两河间曰冀州，河南曰豫州，河西曰雝州，汉南曰荆州，江南曰扬州，济河间曰兖州，济东曰徐州，燕曰幽州，齐曰营州。这种说法既与《尚书·禹贡》不同，又与《周礼·职方氏》及《逸周书·职方解》有别。晋郭璞注云："盖殷制。"在古人看来，似只能如此解释，因为《禹贡》为夏制，《周礼》、《逸周书》为周制，《尔雅》与此不同，只能为殷制。但从《释地》全文来看，恐怕未必如此。因为《释地》又云："东方之美者有医无闾之珣玗琪焉"，"西北之美者有昆仑虚之璆琳琅玕焉。"按：医无闾山在今辽宁阜新、义县一带，昆仑虚当即今新疆和田一带。医无闾山在战国时当在燕国境内，殷时与中原恐未有交通；和田在战国时已有交通，殷时恐尚非中原人所知。因此《释地》所载，当亦战国人看法，不过不同于《禹贡》及《周礼》，只是同时人的不同观点。《释地》中还有一些奇特的事物，多半出于人们幻想而非实有，如：

东方有比目鱼焉，不比不行，其名谓之鲽。南方有比翼鸟焉，不比不飞，其名谓之鹣鹣。西方有比肩兽焉，与邛邛岠虚比，为邛邛岠虚齧甘草，即有难，邛邛岠虚负而走，其名谓之蟨。北方有比肩民焉，迭食而迭望。中有枳首蛇焉（郭注以为即两头蛇）。此四方中国之异气也。

这里除比目鱼为实有之物外，"比翼鸟"实出想象，但成了后人形容夫妇爱情常用的典故；"邛邛岠虚"亦见《逸周书·王会》（"独鹿邛邛距虚，善走也"）和《吕氏春秋·慎大》等书，阮籍《咏怀诗》曾用此典。这些例子说明这些幻想的事物对后来的作家有不小影响。像"邛邛岠虚"一典，见于《逸周书》及《吕氏春秋》，说明这种传说至晚也产生于春秋战国时代。还有像《释兽》中的"猰㺄类貙虎，食人迅走"，即

《山海经》北山经、海内南经、海内西经等所说的"窦窳";《释畜》中说"驳如马,倨牙,食虎豹",亦见《山海经》西山经和海外北经。这些都说明《尔雅》与《山海经》产生于差不多时候,即战国时代,保留了当时某些神话传说。

《尔雅》在古代既被认为周公开始写作,因此颇受人尊崇。据汉赵岐《孟子题辞》云:"孝文皇帝欲广游学之路,《论语》、《孝经》、《孟子》、《尔雅》皆置博士。"武帝时专设五经博士,《尔雅》暂时未立学官。郭璞《尔雅·释兽》注云:"鼠文采如豹者。汉武帝时得此鼠,孝廉郎终军知之,赐绢百匹。"故郭璞在《尔雅序》中云:"《尔雅》者,盖兴于中古,隆于汉氏,'豹鼠'既辨,其业亦显。"迄今所知唐以前人为《尔雅》作注者,据《经典释文序录》著录有犍为文学《注》三卷(据吴承仕先生说,孔颖达《左传正义》中有"犍为舍人"、"犍为文学",疑为二人);刘歆《注》三卷;樊光《注》六卷;李巡《注》三卷;孙炎《注》三卷,《音》一卷。"犍为舍人"和刘歆乃西汉人;樊光、李巡为东汉人;孙炎为汉魏间人。诸书均佚,今所流传者皆东晋郭璞注,亦三卷。可见自汉迄晋,《尔雅》传习不衰。《世说新语·纰漏》:"蔡司徒(谟)渡江,见彭蜞,大喜曰:'蟹有八足,加以二螯。'令烹之。既食,吐下委顿,方知非蟹。后向谢仁祖说此事,谢曰:'卿读《尔雅》不熟,几为《劝学》死!'"可见晋时人多熟读《尔雅》。到唐代文宗太和七年(833),刊刻石经,《尔雅》亦被勒石。此后宋代的邢昺作《尔雅疏》十卷,有阮元刊《十三经注疏》本。清人研究著作以邵晋涵的《尔雅正义》二十卷和郝懿行的《尔雅义疏》二十卷最为精当,二书各有所长。邵书有原刻本和清经解本;郝书有郝联薇校刻足本、续清经解本及中华书局《四部备要》排印本、上海古籍出版社影印本,均较易得。朱祖延主编《尔雅诂林》,湖北教育出版社1997年出版。分正编和叙录两部分。正编收书94种,分成五类,包括古注辑佚类、集解补注类、日记札记类、校勘类、音释类。叙录包括《诂林》书目提要、《尔雅》及其研究专著序跋汇编、当代《尔雅》研究论文选编、20世纪40年代以前《尔雅》研究资料辑录。为《尔雅》研究的集大成之作。

继《尔雅》之后的训诂学典籍以《小尔雅》为较早。《小尔雅》据《汉书·艺文志》,有"《小尔雅》一篇",列《尔雅》之后。此书相传为汉孔鲋作。据《史记·孔子世家》,孔鲋为孔子九世孙,"为陈王涉博士,死于陈下"。鲋弟子襄为汉惠帝时博士,子襄之孙为孔安国,武帝时为博士。据此孔鲋为孔安国伯祖,其书当安国所能见。今本《小尔雅》乃《孔丛子》中一篇,其内容为:《广诂》、《广言》、《广训》、《广义》、《广名》、《广服》、《广器》、《广物》、《广鸟》、《广兽》、《广度》、《广量》、《广衡》十三篇。《孔丛子》今人都疑出于伪托,谓今本非《汉书·艺文志》所著录的原本。但历来注训诂学者仍引用不废。因为即使《孔丛子》是伪书,亦出魏晋人手,仍足参考。以今本《小尔雅》看来,文字似颇简短,其体例全仿《尔雅》,有些片段亦属解释《诗经》,如"'遐不黄耇',言寿考也",释《诗经·小雅·南山有台》;"'公孙硕肤,德音不瑕',道成王大美,声称远也",释《豳风·狼跋》;"'鄂不韡韡'言韡韡也",释《小雅·常棣》;"'我从事独贤',劳事独多也",释《小雅·北山》;"'魴鱮甫甫',语其大也",释《大雅·韩奕》;"'麀鹿麌麌',语其众也",释《小雅·吉日》。也有释《尚书》的,如"'海物惟错',错,杂也",见《禹贡》。古人亦有引《小尔雅》以释文学作品的。如李善注《文选》之班固《西都赋》云:"《小雅》曰:'羌,发声也'";"《小雅》曰:'禾穗谓之颖'",其所谓"小雅"即《小尔雅》。《小尔雅》一书,旧有晋李轨解,王煦疏,有凿翠山房本,凡八卷。清人著作有宋翔凤《小尔雅训纂》六卷,广州局本、续清经解本;胡承珙《小尔雅义证》十三卷,《墨庄遗书》本、贵池刘世珩刊《聚学轩丛书》本。今人有黄怀信《小尔雅汇校集释》,三秦出版社2003年出版。

第三节 《方言》

《方言》全名应为《輶轩使者绝代语释别国方言》，汉扬雄撰。此书作于刘向《七略》完成之后，故未见著录，《汉书·艺文志》亦未见记载。据此书末所附刘歆《与扬雄书》云："属闻子云独采集先代绝言、异国殊语，以为十五卷，其所解略多矣，而不知其目。非子云澹雅之才，沉郁之思，不能经年锐精以成此书，良为勤矣。歆虽不迨过庭，亦克识先君雅训，三代之书蕴藏于家，直不计耳。今闻此，甚为子云嘉之已。"扬雄答之云："又敕以殊言十五卷，君何由知之？谨归诚底里，不敢违信。雄少不师章句，亦于五经之训所不解。常闻先代輶轩之使，奏籍之书，皆藏于周秦之室，及其破也，遗弃无见之者。独蜀人有严君平、临邛林闾翁孺者，深好训诂，犹见輶轩之使所奏言。翁孺与雄外家牵连之亲。又君平过误，有以私遇；少而与雄也，君平财（才）有千言耳。翁孺往数岁死，妇蜀郡掌氏子，无子而去。而雄始能草文……蜀人有杨庄者为郎，诵之于成帝，成帝好之，以为似相如，雄遂以此得外见。此数者皆都水君（刘向）尝见也，故不复奏。雄为郎之岁，自奏少不得学，而心好沈博绝丽之文，愿不受三岁之奉，且休脱直事之繇，得肆心广意，以自克就。有诏可不夺奉（俸），令尚书赐笔墨钱六万，得观书于石室。……故天下上计孝廉及内郡卫卒会者，雄常把三寸弱翰，赍油素四尺，以问其异语。归即以铅摘次之于椠，二十七岁于今矣。而语言或交错相反，方覆论思，详悉集之，燕（安）其疑。张伯松不好雄赋颂之文，然亦有以奇之。常为雄道，言其父及其先君熹典训，属雄以此篇目，颇示其成者。伯松曰：'是悬诸日月不刊之书也。'"这封书信又见载于《古文苑》卷一〇。章樵注引洪迈考证,以为是汉魏之际人所伪造:"洪内翰迈曰:世传扬子云《𬨎轩使者绝代语释别国方言》凡十三卷,郭璞序而解之。其末又有汉成帝时刘子骏《与雄书从取〈方言〉》及雄答书。以予考之,殆非也。雄自序所为文,初无所谓《方言》。观其《答刘子骏书》称蜀人严君平。按:君平本姓庄。汉显宗讳庄,始改曰严。《法言》所称蜀庄沈冥蜀庄之才之珍。吾珍庄也,皆是本字,何独至此独书而曰严。又子骏只从之求书,而答云必欲胁人以威,陵之以武,则缢死以从命也。何至是哉?既云成帝时子骏与雄书,而其中乃云'孝成皇帝'。反复抵牾。又书称汝颍之间,先汉人无此语也。必汉魏之际好事者为之云。"清人黄承吉《梦陔堂文说初稿》(文学所藏书)以为世传扬雄与刘歆往返书信均系伪书:"此伪雄书同篇共八百二十一字,前文七百一十字。中并无一字谓是不肯以书与歆,自雄何慚焉?"又云:"夫雄书卷本无《方言》之名,徒以后人见此两伪书有所谓求代语问异语及绝言殊语言等名目,又见本书卷有齐谓之某,楚谓之某等语,因是而遂称某书为《方言》。且以求方言为此伪歆书之标题。而又妄摘其书中之语列于题下,至谓歆与雄求取《方言》在成帝之时。"综括上述质疑,约有四端:第一,《汉书·扬雄传》叙述其著作,未曾言及《方言》。《艺文志》载扬雄书亦不如此。第二,扬雄答刘歆书称"庄"君平为"严"君平,汉显宗讳"庄",故改曰"严"。《法言》于"庄"字不讳,此何独讳?第三,刘歆只从之求书,尔答云"必欲胁之以威,陵之以武,则缢死以从命也"。何至如此?第四,既云成帝时刘歆与雄书,而书中乃云孝成皇帝,反复抵牾。第五,书中称"汝颍之间",先汉人无此语。清人戴震《方言疏证》对于洪迈的辨疑逐一辩驳。第一,洪迈并《传》、《赞》内"自序"二字结上所录《法言》自序者未之审,又未考扬雄之文如《谏不受单于朝书》、《赵充国颂》、《元后诔》等篇,溢于《扬雄传》及《艺文志》之外者很多,不能据此即论真伪。第二,洪迈不知本书不讳而后人改之者甚多,此书下文蜀人有杨"庄"者,不改"庄"字独习熟于"严"君平之称而妄改之。第三,时歆为莽国师,故雄为是言,绝其终来强以势求,意可见矣。洪迈云云,此于知人论世置不辨,尔妄议不轻出其著述为非,亦不达于理矣。第四,《方言》各本附刘歆书及雄答书云"雄为郎一对,作绣补灵节龙骨之铭诗三志,及天下上计孝廉,雄间异语,纪十五卷,积二十七章,汉成帝时刘子骏与雄书,从取方言曰",此五十二字,不知何人所记,宋本已有之。其曰"汉成帝时"四字,最为谬妄。据《汉书·扬雄传》赞云:"初雄年四十余自蜀来至京师。"又云:"年七十一,天凤五年卒。"使歆与书在成帝之末年甲寅,下距天凤五年凡二十五年,由甲寅上溯二十七年,乃元帝竟宁元年戊子,雄年甫二十,岂年四十余自蜀来至游京师者耶?洪迈不察"汉成帝时"四字系后人序文介入此二书者之妄,乃以疑古,疏谬甚矣。第五,书内举水名以表其地者多矣,何以先汉人不得称"汝颍之间"邪?

东汉末叶的应劭《风俗通序》颇表彰此书,称:"周秦常以岁八月遣輶轩之使求异代方言,还奏籍之,藏于秘室。及嬴氏之亡,遗脱漏弃无见之者。蜀人严君平有千余言,林间翁才有梗概之法。扬雄好之,天下孝廉卫卒交会,周章质问,以次注续,二十七年,尔乃治正,凡九千字。其所发明未若《尔雅》之阂丽也。张谏以为县(悬)诸日月不刊之书。予实玩暗无能述演,岂敢比隆于斯人哉?"常璩《华阳国志》叙述扬雄著作:"典莫正于《尔雅》,作《方言》。"据钱绎统计:应劭注《汉书》引《方言》一条;魏孙炎注《尔雅》,吴薛综注张衡《二京赋》,晋杜预注《左传》,张载、刘逵注左思《三都赋》,"皆递相证引"。其性质与《尔雅》、《小尔雅》相近,对理解先秦及汉代作品亦有帮助,据刘歆、扬雄来往信函,此书本十五卷,而《隋书·经籍志》著录则为十三卷。检郭璞注序有"三五之篇著,而独鉴之功显"语,则本十五篇,清人钱绎以为是晋以后隋以前人归并为十三卷。按:扬雄在信中称元延初年为郎时始为《方言》,"二十七岁于今矣"。据此,刘汝霖《汉晋学术编年》考证作于新王莽天凤二年(15)。《西京杂记》卷三:"扬子云好事,常怀铅提椠,从诸计吏,访殊方绝域四方之语,以为裨补《輶轩》所载。"晋郭璞为此书作注,其序言亦取扬雄此信大意。看来此书乃扬雄所著,当无疑问。今存《方言》十三卷,没有标识细目,收录的字词均为记载各地不同的语言和器物名称。晋朝郭璞作注,有《四部丛刊》影印宋庆元刊本等。清人研究著作有戴震《方言疏证》十三卷,《戴氏遗书》本。钱绎《方言笺疏》十三卷,南陵徐氏积学斋刊本。近人著作有丁维汾《方言音释》,齐鲁书社影印手钞本。今人著作有周祖谟《方言校笺》,中华书局本。

第四节 《说文解字》

在古代的文字、训诂学典籍中,影响最大的除了《尔雅》外,就数许慎的《说文解字》,因为它是最早的文字学著作,历代学者治文字学无不以此书为依据。《说文解字》的作者为东汉许慎,据《后汉书·儒林·许慎传》:

> 许慎字叔重,汝南召陵(今河南郾城东)人也。性淳笃,少博学经籍,马融常推敬之,时人为之语曰:"五经无双许叔重。"为郡功曹,举孝廉,再迁除洨(今安徽固镇东)长。卒于家。初,慎以五经传说臧否不同,于是撰为《五经异义》,又作《说文解字》十四篇,皆传于世。

这篇传记虽甚简略，亦可知许慎生平的大概。据《说文解字》书末附许慎子许冲《上说文表》云："慎前以诏书校东观，教小黄门孟生、李喜等，以文字未定，未奏上。今慎已病，遣臣赍诣阙。"许冲上表时间为汉安帝建光元年（121）九月，大约许慎不久即去世。又据许冲上表称"臣父故太尉南阁祭酒慎，本从（贾）逵受古学"。贾逵卒于和帝永元十三年（101），则许慎生年当在章帝建初以前，享年在四五十岁左右①。许慎撰作此书，则为"永元困顿之年孟陬之月"，即永元十二年（100）庚子，历时二十二年，可以说是一部力作。

许慎在当时是一位"古文经学"家，故在《序》中自言"其称《易》，孟氏；《书》，孔氏；《诗》，毛氏；《礼》，《周官》；《春秋》，《左氏》；《论语》、《孝经》皆古文也"。许慎此书原文凡"十四篇，五百四十部，九千三百五十三文，重一千一百六十三，解说凡十三万三千四百四十一字"。收字的原则，以小篆为正体，兼收籀文（大篆）和古文（六国文字）。依据文字形体和偏旁结构分列540部，每部以一共同的字作部首，使原本杂乱无类可归的文字有了归类的方式。而部与部之间亦按"据形系联"的原则编排前后次序。具体到解说字义，则是每字下先释文，再说形，后注音，兼及义训、形训、音训三种。或采《尔雅》、《方言》诸书，或采前人经传注释，或采当代通人之说，保存了丰富的秦汉古义。说形，以"六书"为原则，并在具体解析过程中建立文字学理论系统。其注音，以"形声"、"假借"、"读若"等术语为提示，为后人考定先秦两汉古音提供了宝贵材料。《说文解字》的价值是多方面的，它保存了大部分秦汉字体，为后代辨识甲、金、古文提供了线索。它以汉前经传训诂释义，反映了上古汉语的实际面貌，成为后人释读先秦两汉文献典籍的重要工具。书中的"六书"理论和"据形系

---

① 参见张震泽《许慎年谱》，辽宁大学出版社1986年版。

联"的部首编排原则,对后代辞书编纂产生了极为深远的影响。此书成书后,颇受学者推重。《魏书·术艺·江式传》载北魏江式曾上表云:

> (贾)逵即汝南许慎古文学之师也。后慎嗟时人之好奇,叹儒俗之穿凿,惋文毁于誉,痛字败于訾,更诡任情,变乱于世,故撰《说文解字》十五篇,首一终亥,各有部属,包括六艺群书之诂,评释百氏诸子之训,天地、山川、草木、鸟兽、昆虫、杂物、奇怪珍异、王制礼仪、世间人事莫不毕载。可谓类聚群分,杂而不越,文质彬彬,最可得而论也。

这里所谓"十五篇",与许慎所称"十四篇"不同,是加上了许慎的《序》和《五百四十部目》及许冲上表在内。其实许冲上表已称"凡十五卷"。故《隋书·经籍志》著录此书,亦云:"《说文》十五卷,许慎撰。"

许慎生当东汉,虽治古文经学,而自秦迄此时,已历时三百年左右,汉初所搜罗的先秦典籍原本多已朽坏,许慎所见"古文经"亦大抵为传抄之本,多数已改用汉代的隶书抄写,所以他所见先秦古文已不很多,书中被解释的每个字只能用秦以来的篆文,只能把他所能见的籀书或六国古文附在后面。这些六国古文离原始文字已较远。近代一些疑古家对这些古文多持怀疑态度,但最近三十年来大量竹简、帛书的出土证明了许慎所说"古文"确为六国文字。当然,许慎所用的篆文和古文,其时代较之近代以来陆续出土的商周甲骨文与金文时间要晚,有些字体已难看出造字用意,因此《说文》中对某些字的解释亦难免有误。近代和现代的文字学家常常能据甲骨文及金文订正《说文》之误,这不难理解。然而许慎毕竟论述了构成字形的六种方法即"六书"之说,为后世所遵循。现代的文字学家之研究古文字学,虽有甲骨文、金文为根据,但仍离不开"六书"等原理,《说文》仍为必读之书,所以许慎之功是不容忽视的。

许慎之作《说文》,往往引群书以为例证,用他自己的话来说就是"厥义不昭,爰明以谕"。但他所引的古书特别是"经"部书,亦有与今本不同者。宋人洪迈在《容斋续笔》卷六中有一条说:

> 许叔重在东汉,与马融、郑康成辈不甚相先后,而所著《说文》,引用经传,多与今文不同。聊摭逐书十数条,以示学者,其字异而音同者不载。所引《周易》"百谷草木丽乎土"为"草木丽乎地";"服牛乘马"为"犕(音备)牛乘马";"夕惕若厉"为"若夤";"其文蔚也"为"斐也";"乘马班如"为"驙如";"天地絪缊"为"天地壹壺";"繻有衣袽"为"需有衣絮"。书晋卦为"晉";"巽"为"顨","艮"为"皀"。所引《书》"帝乃殂落"为"勋乃殂";"窜三苗"为"竄(塞也,音倅)三苗";"勿以憸人"为"谄人"("憸",问也);"在后之侗"为"在夏后氏之调";"尚不忌于凶德"为"上不蕃";"峙乃糗粮"为"糗粮";"教胄子"为"教育子";"百工营求"为"夐求";"至于属妇"为"媰妇"("媰"音邹,妊身也);"有疾弗豫"为"有疾不愈";"我之弗辟"为"不䛐","截截谄言"为"𢧵𢧵巧言"。又"圜圚升云,半有半无","㺎有爪而不敢以撅","以相陵懱","维缁有稽"之句,皆云《周书》,今所无也。(按:此数句疑洪迈有误,此"《周书》"指《逸周书》,如"㺎有"句前第二章第一节已引用)所引《诗》"既伯既祷"为"既祃既禂";"新台有泚"为"有玼";"焉得谖草"为"安得蕿草";"墙有茨"为"有薋";"棘人栾栾"为"戁戁";"江之永矣"为"羕矣";"得此戚施"为"䣛䣛"[按:《毛诗》云"'戚施',不能仰者";《郑笺》云:

"'戚施',面柔下人以色,不能仰也。"而《尔雅·释鱼》云"鼁䵳,蟾诸";又《释训》云:"戚施,面柔也。"盖引申之义。《说文》作"鼁䵳,詹(蟾)诸也",盖用本字,与毛、郑异];"伐木许许"为"所所";"伾伾俟俟"为"伾伾俟俟";"哶哶骆马"为"疼疼";"赤舄几几"为"己己",又为"擎擎"(音悭);"民之方殿屎"为"方念吚";"混夷駾矣"为"犬夷呬矣";"陶复陶穴"为"陶覆"(地室也);"其会如林"为"其㽟";"国步斯频"为"斯矉";"涤涤山川"为"薇薇"。《论语》"荷蒉"为"荷臾";"褒裘"为"绤衣";又有"跲予之足"一句。《孟子》"源源而来"为"㶁㶁"(音愿,徐也);"接淅"为"滰淅"("滰",其两切,干渍米也);《左传》"虺凉"为"㹇凉";"登夷"为"登(音波)夷";"圭窦"为"圭䆮";"泽之萑蒲"为"泽之目䕲"(禁苑也);"衷甸两牡"为"中佃一辕";"禂枌藉幹"为"禂部薦幹"。《公羊传》"闯然"为"覙然"("覙",失冉切,暂见也)。《国语》"飦饭不及壶飱"为"飦饭不及一食"。如此者甚多。

这里所谈到的仅仅涉及经部的书,但已足供研究不少典籍时参考。《说文》中所引之书,对研究其他典籍,亦颇富参考价值。如《逸周书》之名始见《说文》,足证有人称"《汲冢周书》"之误;"郡"字的解释虽未明言引《逸周书·作雒》,而显取其言,又足与《左传》相印证。《女部》云:"娙,女字也。《楚词》曰:'女娙之婵媛。'贾侍中(逵)说:楚人谓姊为娙。"可见王逸《楚辞章句》对"女娙"的解说本于贾逵,而另一种解释为"女字"而非姊,亦东汉时已有之说。这些都说明《说文》对研究先秦和汉代典籍均有重要作用。

《说文》成书后,颇受人们重视,据《隋书·经籍志》,梁代时曾有庾俨默注《演说文》一卷,至隋已亡。隋时有《说文音隐》四卷,不著撰人。今存的《说文解字》有"大徐本"、"小徐本"之分。"大徐"为宋初徐铉，本五代南唐人，入宋后于宋太宗雍熙三年(986)奉命校定《说文》，交国子监刊板。"小徐"为徐锴，乃徐铉之弟，攻《说文》之学，作《说文系传》。二本文字稍有不同，如"一"字下，"大徐本"云"惟初太始，道立于一"，"小徐本"作"惟初太极"。现今一般通行的大抵为"大徐本"。

"大徐本"《说文解字》现存最早的刊本为涵芬楼《续古逸丛书》影印北宋刊本及《四部丛刊》影印北宋本。通行易得的为中华书局影印清广州陈昌治刊本。"小徐本"《说文系传》四十卷，附校勘记三卷，最早为《四部丛刊》影印述古堂影宋抄本，较易得的为近年中华书局影印本。

清人研究《说文》者甚多，最著名的号称"段、朱、桂、王"四家。"段"即段玉裁，作《说文解字注》三十卷，附《六书音韵表》五卷，刊本甚多，如原刻本、苏州重刻本、武昌局本等。民国时代又有扫叶山房石印本。目前易得的有浙江古籍出版社影印本和上海古籍出版社标点本。"朱"即朱骏声，有《说文通训定声》十八卷，东韵一卷，原刻本，江宁局本，民国时上海中国书店影印本，近年易得的有中华书局影印本，及武汉市古籍书店影印本。"桂"即桂馥，有《说文解字义证》十五卷，有原刻本，近年易得的有上海古籍出版社影印本。"王"即王筠，有《说文释例》二十卷，《说文句读》三十卷，自刻本；涵芬楼影印王氏自刻本；易得的有武汉市古籍书店影印本。此外如钮树玉《说文段注订》八卷，武昌局本；《说文校议》三十卷，姚文田、严可均撰，原刻本，清姚氏咫进斋重刻本等书，亦颇受人推重。近人丁福保辑有《说文解字诂林》，吸收诸家成果，并及当时甲骨文、金文方面的成果，号为完备。有医学书局本。

第五节　《释名》与《通俗文》

《隋书·经籍志》："《释名》八卷,刘熙撰。"刘熙,东汉人,据宋陈振孙《直斋书录解题》卷三云:"汉征士刘熙成国撰。"吴韦昭曾作《辨释名》一卷,见《隋书·经籍志》;又《经典释文》中亦曾引用。全书二十七篇:《释天》、《释地》、《释山》、《释水》、《释丘》、《释道》、《释州国》、《释形体》、《释姿容》、《释长幼》、《释亲属》、《释言语》、《释饮食》、《释采帛》、《释首饰》、《释衣服》、《释宫室》、《释床帐》、《释书契》、《释典艺》、《释用器》、《释乐器》、《释兵》、《释车》、《释船》、《释疾病》、《释丧制》,分属八卷。其体例颇仿《尔雅》、《方言》,但着重解释事物之名,好以声近解释事物命名之义。如云:"笔,述也,述事而书之也";"弓,穹也,张之穹隆然";"门,扪也。在外为扪,幕障卫也。"这种解释往往失于牵强。但通过此书,亦可了解一些古代的读音,同时所讲到的名物及制度,有时亦足为研究者参考。据《后汉书·文苑·刘珍传》云:东汉文学家刘珍"撰《释名》三十篇,以辨万物之称号云"。有人认为刘珍、刘熙皆刘姓,而书的性质亦与今《释名》相似,疑该书始于刘珍,成于刘熙。刘熙自序称:"熙以为自古造化制器立象,有物以来,迄于近代,或典礼所制,或出自民庶。名号雅俗,各方名殊。……夫名之于实,各有义类,百姓日称而不知其所以之意,故撰天地、阴阳、四时、邦国、都鄙、车服、丧记,下及民庶应用之器,论叙指归,谓之《释名》,凡二十七篇。至于事类,未能究备。凡所不载,亦欲智者以类求之。"清人焦循《孟子正义·孟子题辞疏》:"《三国志·吴志》韦昭言见刘熙所作《释名》,《程秉传》言秉避乱交州,与刘熙考论大义。又《薛综传》言综避地交州,从刘熙学。……其师事刘熙时,仍远在建安十五年以前。……刘熙为汉人无疑。或谓刘熙及魏受禅,非也。"清《四库全书提要》认为刘珍所作别是一书,其书已佚,与今《释名》无干。《释名》今存最早刊本为《四部丛刊》影印明覆宋陈道人本。清人研究著作有《释名疏证》八卷,《补遗》一卷,江声疏补,但系毕沅署名。有广州局刻本,后王先谦作《释名疏证补》八卷,《续》一卷,《补遗》一卷,光绪间长沙刻本。

今人研究论著,李维棻《释名研究》辨析书名与作者,探讨其训释条例,并对其声训、复词、文法等方面作了分析①。此外,方俊吉《释名考释》②、何宗周《释名释天绎》③、徐芳敏《释名研究》④也是较为系统的研究论著。

汉代文字学论著中还有一部与《方言》、《释名》相近的著名著作,那就是全书已经失传的《通俗文》。这部书专门解释俗言俚语、冷僻俗字,为六朝以后的学者研究、解读秦汉文献,特别是其中的方言俗语提供了重要的依据。唐代著名学者李善、孔颖达、颜师古等无不利用它来解释古籍。其作者,《隋书·经籍志》作服虔。但是《后汉书·服虔传》却没有著录。《颜氏家训·书证篇》:"《通俗文》,世间题云:河南服虔字子慎造。虔既是汉人,其叙乃引苏林、张揖,苏、张皆是魏人。且郑玄以前,全不解反语。《通俗》反音,甚会近俗。阮孝绪又云:李虔所造。河北此书,家藏一本,遂无作李虔者。《晋中经簿》及《七志》,并无其目,竟不得知谁制,然其文义允惬,实是高才。殷仲堪《常用字训》,亦引服虔《俗说》,今复无此书,未知既是《通俗

---

① 李维棻《释名研究》,大化书局1980年版。
② 方俊吉《释名考释》,文史哲出版社1978年版。
③ 何宗周《释名释天绎》,香草山出版有限公司1981年版。
④ 徐芳敏《释名研究》,《台湾大学文史丛刊》之八十三,1989年版。

文》,为当有异? 或更有服虔乎? 不能明也。"对此,清人洪亮吉、姚振宗、马国翰、侯康等多有论辩,以为确系服虔所撰。此书久已亡佚。自清至民国,辑佚者凡七家。今人段书伟综合各家之辑,成《通俗文辑校》,已由中州古籍出版社 1993 年出版。

第六节 《广雅》

继《尔雅》之后,又一部材料极为丰富的训诂学著作是三国魏张揖所作的《广雅》。《隋书·经籍志》著录有:"《广雅》三卷,魏博士张揖撰。"又云:"梁有四卷",疑指张揖《上〈广雅〉表》及目录为一卷。《隋志》又有"《广雅音》四卷,秘书学士曹宪撰"。按:张揖其人《三国志·魏书》无传。其生平略见称述于北魏江式及唐颜师古。据《魏书·术艺·江式传》载,江式于延昌三年(514)上表魏宣武帝云:"魏初博士清河张揖著《埤仓》、《广雅》、《古今字诂》,究诸埤广,缀拾遗漏,增长事类,抑亦于文为益者。然其《字诂》,方之许慎篇,古今体用,或得或失矣。"颜师古《汉书叙例》云:"张揖字稚让,清河人,一云河间人。魏太和中为博士。"又云:"止解《司马相如传》一卷。"按:"太和"为魏明帝曹叡年号,凡六年(227~232),上距曹丕代汉不过七年余,故称魏初,以此推测,张揖其人当出生于东汉末。其所著《埤苍》凡三卷;《古今字诂》亦三卷,《隋书·经籍志》皆有著录。《旧唐书·经籍志》同,而《古今字诂》作"二卷";《新唐书·艺文志》亦有著录,而《古今字诂》作《古今字训》,而此二书均亡佚,唯有《广雅》硕果仅存,为清以来的学者重视。

张揖在《上〈广雅〉表》中说到《尔雅》后云:"若其包罗天地,纲纪人事,权揆制度,发百家之训诂,未能悉备也。臣揖体质蒙蔽,学浅词顽,言无足取。窃以所识,择撵群艺,文同义异,音转失读,八方殊语,庶物易名,不在《尔雅》者,详录品核,以著于篇,凡万八千一百五十文,分为上中下,以须方徕俊哲,洪秀伟彦之伦,扣其两端,摘其过谬,令得用谞,亦所企想也。"从这段话看来,张揖作此书目的在补《尔雅》所未备,因此篇幅较大。至隋代曹宪作《广雅音》,改称"博雅",是因为避隋炀帝杨广之名。后来有些学者(如唐李善《文选注》等),均沿袭"博雅"之名。曹宪所作《广雅音》一书,在《旧唐书·经籍志》和《新唐书·艺文志》中作"十卷",大概是后人所分。《广雅》一书虽得存留至今,但自唐以后虽有人征引,而几乎无人认真进行研究。只有到了清代,由于考证之学兴盛,人们对文字、音韵、训诂之学颇为重视,才有不少学者攻治此书。

今本《广雅》分为《释诂》、《释言》等,其名目与《尔雅》相同。值得注意的是颜师古在《汉书叙例》中所说,张揖曾注《汉书·司马相如传》。我们知道,司马相如不但是一位文字学家(曾作《凡将篇》),而且更是著名的辞赋家,说明他对汉代辞赋最为看重,因为这些赋大抵包罗种种草木虫鱼鸟兽之名,所用古字亦多。《西京杂记》卷二载,司马相如曾对其友人盛览云:"赋家之心,苞括宇宙,总览人物。"虽可能为葛洪所撰,但或有根据,看来张揖之特别关注司马相如,或由于此。至于曹宪之为《广雅》作《音》,恐亦由司马相如等赋家备载品物及古今奇字。《新唐书·儒学·曹宪传》:"又注《广雅》,学者推其该……太宗尝读书有奇难字,辄遣使者问宪,宪具为音注,援验详复,帝咨尚之。"足见他的文字、训诂之学,颇得力于《广雅》一书。曹宪为《文选》学创始者,公孙罗、李善皆出其门下。《文选》所收作品,虽兼及魏晋六朝,亦包括先秦两汉。李善注《文选》就颇引《广雅》,可见《广雅》一书,虽为三国人所著,但去汉未久,实为研究先秦两汉文学史的重要资料。

《广雅》及曹宪《博雅音》十卷,有清高邮王氏刊本。清人研究著作最著名的当推王念孙《广雅疏证》十卷,有家刻本、江宁局本等,近年中华书局、上海古籍出版社及江苏古籍出版社皆有影印本,最为易得。此外,钱大昭有《广雅疏证》,凡二十卷,一名《广雅疏义》;又卢文弨有《广雅释天以下注》二卷(国家图书馆藏二卷,据南京师大江庆柏先生考证,即卢文弨之作)。今人李增杰有《广雅逸文补辑》并注,暨南大学出版社1993年出版。徐复先生撰《广雅诂林》,尽收王念孙、钱大昭和卢文弨等人的成果,所收材料直到1949年为止,最为详备,由江苏古籍出版社1998年出版。

参考文献要目

《史记》 中华书局 1964 年版
《史记会注考证附校补》 泷川资言考证 水泽利忠校补 上海古籍出版社 1985 年版
《史记正义佚文辑校》 张衍田辑 北京大学出版社 1985 年版
《汉书》 中华书局 1962 年版
《汉书补注》 王先谦著 中华书局 1983 年版
《后汉书集解》 王先谦著 中华书局影印本 1984 年版
《资治通鉴》 中华书局 1956 年版
《前汉纪》 荀悦著 中华书局《两汉纪》本 2002 年版
《后汉纪》 袁宏著 中华书局《两汉纪》本 2002 年版
《西汉年纪》 王益之著 《丛书集成》本
《汉书艺文志注释汇编》 陈国符著 中华书局 1983 年版
《史记汉书诸表订补十种》 中华书局 1982 年版
《秦会要订补》 清孙楷撰 徐复订补 中华书局 1959 年版
《西汉会要》 徐天麟著 中华书局 1955 年版
《东汉会要》 徐天麟著 中华书局 1955 年版
《东观汉记校释》 吴树平校释 天津人民出版社 1980 年版

《古文苑》 章樵注 上海古籍出版社影印四库全书本 1983 年版

《续古文苑》 孙星衍辑 中华书局影印丛书集成初编 1985 年版

《秦集史》 马非百著 中华书局 1982 年版

《秦史》 王蘧常辑录 上海古籍出版社 1980 年版

《八家后汉书辑校》 周楞伽辑 1986 年版

《古小说钩沉》 鲁迅辑 人民文学出版社《鲁迅辑录古籍丛编》1999 年版

《西京杂记》 中华书局 1985 年版

《太史公行年考》 施丁著 陕西人民教育出版社 1995 年版

《梦陔堂文说初稿》 黄承吉著 抄本文学研究所藏书

《秦汉文钞》 闵日斯著万历刻本文学研究所藏书

《秦汉文归》 明刻本文学研究所藏书

《春秋繁露义证》 苏舆注释 中华书局 1992 年版

《淮南子集释》 何宁集释 中华书局 1998 年版

《淮南鸿烈集解》 刘文典集解 中华书局 1989 年版

《秦汉民族史》 田继周著 四川民族出版社 1996 年版

《汉书窥管》 杨树达著 上海古籍出版社 1984 年版

《古籍丛考》 金德建著 中华书局 1941 年初版 上海书店 1986 年复印

《昭明文选》 中华书局影印胡克家刻本

《两汉文化研究》第一辑 文化艺术出版社 1996 年版

《两汉文化研究》第二辑 文化艺术出版社 1999 年版

《秦汉史探讨》 高敏著 中州古籍出版社 1998 年版

《秦汉魏晋史探微》 田余庆著 中华书局 1993 年版

《日本学者研究中国史论著选译》第三卷　中华书局 1993 年版

《秦物质文化史》　王学理、尚志儒、呼林贵等著　三秦出版社 1994 年版

《汉代物质文化资料图说》　孙机著　文物出版社 1991 年版

《中古文学系年》　陆侃如著　人民文学出版社 1985 年版

《王充年谱》　钟肇鹏著　齐鲁书社 1983 年版

《郑康成年谱》　王利器著　齐鲁书社 1983 年版

《建安七子年谱》　俞绍初著　见《建安七子集》附录　文史哲出版社 1990 年版

《汉碑集释》　高文撰　河南大学出版社修订版 1997 年版

《牟子丛残新编》　周叔迦辑撰　周绍良新编　中国书店 2001 年版

《齐鲁碑刻》　包备五编著　齐鲁书社 1996 年版

《荀悦与中古儒学》　陈启云著　高专诚译　辽宁大学出版社 2000 年版

《凡将斋金石丛稿》　马衡著　中华书局 1977 年版

《风俗通义佚文》　钱大昕辑见　《钱大昕全集》　江苏古籍出版社 1999 年版

《三史拾遗》　钱大昕著　见《钱大昕全集》

《韩非子新校注》　陈奇猷校注　上海古籍出版社 2000 年版

《吕氏春秋校释》　陈奇猷校释　学林出版社 1984 年版

《战国史系年》　缪文远撰　巴蜀书社 1997 年版

《战国史料编年辑证》　杨宽著　上海人民出版社 2001 年版

《先秦诸子系年考辨》　钱穆著　上海书店"民国丛书"本 1992 年版

《诸子著作年代考》　郑良树著　北京图书馆出版社 2001 年版

《罗根泽说诸子》 罗根泽著 上海古籍出版社 2001 年版

《史记新证》 陈直著 天津人民出版社 1979 年版

《汉书新证》 陈直著 天津人民出版社 1979 年版

《咸阳文物精华》 陕西省咸阳市文物局编 文物出版社 2002 年版

《重修咸阳县志》 咸阳市秦都区城乡建设环保局编印 1986 年版

《刀剑录》 陶弘景著 《顾氏文房小说》本

《解读〈鹖冠子〉》 戴卡琳著 杨民译 辽宁教育出版社 2000 年版

《问字堂集·岱南阁集》 孙星衍著 中华书局 1996 年版

《公孙龙子悬解》 王琯注释 中华书局 1992 年版

《公孙龙子形名发微》 谭戒甫注释 中华书局 1963 年版

《睡虎地秦墓竹简》 睡虎地秦墓竹简整理小组编 文物出版社 1978 年版

《稷下钩沉》 张秉楠辑 上海古籍出版社 1991 年版

《水经注校释》 陈桥驿校释 杭州大学出版社 1999 年版

《三辅黄图校注》 何清谷校注 三秦出版社 1998 年版

《汉唐方志辑佚》 刘纬毅辑 北京图书馆出版社 1997 年版

《齐鲁文化志》 王恩田著 "中华文化通志"丛书 上海人民出版社 1998 年版

《云梦秦简初探》 高敏著 河南人民出版社 1979 年版

《余嘉锡论学杂著》 中华书局 1963 年版

《经学抉原》 蒙文通著 巴蜀书社 1995 年版

《徐福研究论文集》 中国矿业大学出版社 1988 年版

《李笠翁别集》 文学研究所藏钞本

《汉帝国的建立与刘邦集团》　李开元著　三联书店 2000 年版
《学林》　王观国著　中华书局 1988 年版
《经典释文序录疏证》　吴承仕疏证　中华书局 1984 年版
《汉晋学术编年》　刘汝霖著　上海书店影印 1935 年商务印书馆版
《蚩尤研究资料选》　田玉隆编　贵州民族出版社 1996 年版
《唐律疏议》　长孙无忌等撰　中华书局 1983 年版
《论衡》　王充著　上海人民出版社 1974 年版
《汉诗研究》　郑文著　甘肃人民出版社 1994 年版
《新语校注》　王利器校注　中华书局 1986 年版
《四库提要辨证》　余嘉锡著　中华书局 1980 年版
《文心雕龙注释》　周振甫注释　人民文学出版社 1981 年版
《鲁迅辑录古籍丛编》　人民文学出版社 1999 年版
《乐府诗集》　郭茂倩编　中华书局 1979 年版
《佛祖通载》　元释念常著　江苏广陵古籍刻印社 1993 年版
《张家山汉简〈引书〉研究》　高大伦著　巴蜀书社 1995 年版
《中国历史人物生卒年表》　吴海林等编　黑龙江人民出版社 1981 年版
《董学探微》　周桂钿著　北京师范大学出版社 1989 年版
《道藏要籍选刊》　上海古籍出版社 1989 年版
《竹简帛书论文集》　郑良树著　中华书局 1982 年版
《二十史朔闰表》　陈垣著　中华书局 1962 年版
《中国史历日和公历日对照表》　方诗铭、方小芬编著　上海辞书出版社 1987 年版
《中国帛画与楚汉文化》　刘晓路著　吉林教育出版社 1994 年版

《阜阳汉简〈诗经〉研究》 胡平生、韩自强著 上海古籍出版社 1988 年版

《经学历史》 皮锡瑞著 中华书局 1959 年版

《经学通论》 皮锡瑞著 中华书局 1954 年版

《汉魏六朝笔记小说大观》 上海古籍出版社 1999 年版

《先秦诸子杂考》 金德建著 中州古籍出版社 1982 年版

《孔丛子·曾子全书·子思子全书》 上海古籍出版社影印 1990 年版

《钱宾四先生全集》 钱穆著 联经出版公司 1998 年版

《今古文经学新论》 王葆玹著 中国社会科学出版社 1997 年版

《丝绸之路与西域文化艺术》 常任侠著 上海文艺出版社 1981 年版

《史记文献学丛稿》 赵生群著 江苏古籍出版社 2000 年版

《银雀山汉简释文》 吴九龙编 文物出版社 1985 年版

《银雀山汉墓竹简》 文物出版社 1975 年版

《汉魏六朝赋论集》 联经出版事业公司 1990 年版

《汉赋史论》 简宗梧著 东大图书股份公司 1993 年版

《古道西风》 林梅村著 三联书店 2000 年版

《秦汉民族史》 田继周著 四川民族出版社 1996 年版

《盐铁论校注》 王利器校注 中华书局 1992 年版

《十七史商榷》 王鸣盛著 中国书店 1987 年版

《历代诗话》 中华书局 1981 年版

《居延汉简研究》 陈直著 天津古籍出版社 1986 年版

《居延汉简释文合校》 谢桂华、李均明、朱国炤校 文物出版社 1987 年版

《孔子家语》　王肃注　上海古籍出版社影印明本 1990 年版

《史记索隐引书考实》　程金造著　中华书局 1998 年版

《秦汉魏晋史探微》　田余庆著　中华书局 1993 年版

《汉简研究文集》　嘉峪关市文物保管所编　甘肃人民出版社 1984 年版

《越缦堂读书记》　李慈铭著　上海书店出版社 2000 年版

《中国史探究》　齐思和著　中华书局 1981 年版

《魏晋南北朝文学论丛》　周勋初著　江苏古籍出版社 1999 年版

《意林校注》　王天海校注　贵州教育出版社 1998 年版

《两汉诸子研究论著目录》(1912~1996)　陈丽桂主编　汉学研究中心 1998 年版

《秦汉思想研究文献目录》　坂出祥伸编　木铎出版社 1981 年版

《河南考古四十年》(1952~1992)　河南省文物研究所编　河南人民出版社 1994 年版

《战国秦汉史论著索引》(1900~1980)　北京大学出版社 1983 年版

《战国秦汉史论著索引续编》(1981~1990)　北京大学出版社 1992 年版

《战国秦汉史论著索引三编》(1991~2000)　北京大学出版社 2002 年版

后 记

这是我们师生间第二次愉快合作研究的成果。从 1996 年夏酝酿到 2003 年秋完成，前后历时七年。全书的总体框架由曹道衡确定，并撰写概说。正文分为三编：上编主要论述先秦文学史料及研究状况，由曹道衡编写。中编为两汉文学史料学，由刘跃进编写。下编主要介绍与先秦两汉文学研究相关的重要资料，其中第一、二章由刘跃进编写，第三章由曹道衡编写，刘跃进订补。在撰写过程中，时常交换意见，加工补苴。最后由刘跃进编辑定稿，并编写参考文献要目。需要说明的是，先秦两汉典籍流传既久，异文颇多。本书引文，多选用通行的本子。此外，作为先秦两汉文学重要内容的《诗经》、《楚辞》以及两汉辞赋，本书没有专门论列，因为本丛书中已有洪湛侯先生《诗经学史》、马积高先生《历代辞赋研究史料概述》等专门性著作出版，既详且深，读者可以参看。其实，更重要的问题还在于，如何界定先秦两汉文学史料，对于这个历史阶段的"文"、"文学家"、"文学创作"等如何理解，并非易事。本书的编写，权作我们的一种初步尝试，一定还有这样或那样的问题，诚挚地期待着广大读者的批评指正。

曹道衡　刘跃进
2003 年 9 月 10 日